AMIE KAUFMAN & JAY KRISTOFF

ILLUMINAE

AMIE KAUFMAN &
JAY KRISTOFF

ILLUMINAE

DIE ILLUMINAE AKTEN_01

Aus dem amerikanischen Englisch von
Gerald Jung & Katharina Orgaß

dtv

Ausführliche Informationen über
unsere Autoren und Bücher
www.dtv.de

Übersetzung der Gedicht-Ausschnitte auf Seite 256:
›Sonett XVIII‹ von William Shakespeare: Christa Schuenke.
In: William Shakespeare. Die Sonette. Aus dem Englischen von Christa Schuenke.
© 2011 dtv Verlagsgesellschaft, München.
›She Walks in Beauty‹ von Lord Byron, ›Endymion‹ von John Keats und ›Sonett IV‹
von Christina Rossetti: Sabine Roth und Britt Arnold.

MIX
Papier aus verantwortungsvollen Quellen
FSC® C019821

Deutsche Erstausgabe
2017 dtv Verlagsgesellschaft mbH & Co. KG, München

Titel der amerikanischen Originalausgabe:
›Illuminae. The Illuminae Files_01‹,
2015 erschienen bei Alfred A. Knopf, an imprint of Random House
Children's Books, a division of Penguin Random House LLC, New York

Umschlaggestaltung: Ray Shappell unter Verwendung
eines Fotos von Shutterstock
Raumschiff-Logos © 2015 Stuart Wade
Raumschiff-Baupläne und -Querschnitte © 2015 Meinert Hansen
Filmplakat © 2015 Kristen Gudsnuk
Fotos im Innenteil © 2015 Shutterstock
Lektorat: Britt Arnold
Herstellung: Simone Horlacher
Druck und Bindung: Druckerei C.H.Beck, Nördlingen
Gedruckt auf säurefreiem, chlorfrei gebleichtem Papier
Printed in Germany • ISBN 978-3-423-76183-3

FÜR NIC,
DER IMMER DIE BESTEN GESCHICHTEN ERZÄHLT
UND AUCH MIT DIESER HIER ANGEFANGEN HAT

978-0-553-499-117

MITTEILUNG AN: Frobisher, Geschäftsleitung

VON: Ghost ID (#6755-4181-2584-1597-987-610-377-ERROR-ERROR-ERROR . . .)

EINGANG: 29/01/76

BETREFF: *Alexander*-Dossier

Verehrte Geschäftsleitung,
hier nun die Datei, die mich fast das Leben gekostet hätte.

Ich möchte Sie nicht mit einer Auflistung der durchforsteten Datenbanken, durchsprungenen Lichtjahre oder der Kinder, die im Verlauf der Ereignisse zu Waisen wurden, belästigen – das von uns geforderte Honorar dürfte den Grad der gemeisterten Schwierigkeiten ausreichend widerspiegeln. Wie es aussieht, haben Ihre Säuberungstrupps doch nicht so sorgfältig gearbeitet, wie Sie es gern hätten, und der kleine Privatkrieg Ihrer Firma hat sich keineswegs so unbemerkt abgespielt wie erhofft.

Das Ihnen vorliegende Dossier enthält sämtliche Infos, die wir zur Kerenza-Katastrophe auftreiben konnten. Nach Möglichkeit haben wir Scans der Originaldokumente beigefügt. Der Spaß beginnt mit der Vernichtung der Kolonie auf Kerenza (genau heute vor einem Jahr). Danach folgen chronologisch die Vorfälle auf dem Schlachtkreuzer *Alexander* und dem Forschungsschiff *Hypatia*, so gut wir sie rekonstruieren konnten.

Sämtlichen schriftlichen Protokollen sind die ursprünglichen Bild- und Tondaten beigefügt. Alle Unregelmäßigkeiten, sowohl in Bezug auf die Rechtschreibung als auch auf die nicht immer stubenreine Sprache, wurden aus den Originalunterlagen übernommen. Kommentare meines Teams sind mit einem Büroklammer-Symbol gekennzeichnet.

Einige schriftliche Materialien wurden von der TZV zensiert und mussten von unseren KommTechs wiederhergestellt werden, Flüche und Kraftausdrücke bleiben auf Ihren Wunsch hin jedoch geschwärzt. Schließlich möchten wir ja nicht, dass in dieser Geschichte, obwohl sie mit dem Tod Tausender Menschen beginnt, unflätig geflucht wird, oder?

Die Illuminae-Gruppe

HINWEIS:
Die folgenden Seiten sind Auszüge aus den Befragungen der beiden Zielpersonen dieses Dossiers: Kady Grant und Ezra Mason. Die Gespräche fanden kurz nach der Evakuierung von Kerenza statt.

EXANDER-78V

INISTERIUM DES INNEREN
IGTE TERRANISCHE RAUMFLOTTE
OTTENVERBAND ALEXANDER

Eingang: 30/01/75

Vernehmer: Erzählen Sie mir von gestern.

Kady Grant: Ich war grade in der Schule, als es losging. Es hört sich vielleicht blöd an, aber ich hatte an diesem Morgen mit meinem Freund Schluss gemacht, und er saß im selben Klassenzimmer, auf der anderen Seite. Wie ich so aus dem Fenster starre und mir überlege, was ich dem Schwachkopf noch alles sagen sollte, da fliegen auf einmal diese Schiffe direkt über die Schule, so tief, dass die Fenster vibrieren.

Vernehmer: Wussten Sie, was da vor sich geht?

Kady Grant: Nein. Wer denkt schon gleich an eine Invasion? Die Siedlung Kerenza war nicht ganz legal, aber es herrschte immer ziemlicher Verkehr rings um die Mine und die Raffinerie. Ich dachte, es ist bestimmt ein Erzfrachter, der zu tief reinkommt, und dann dachte ich weiter darüber nach, wie ich meinen Ex fertigmachen könnte.

Vernehmer: Wann haben Sie gemerkt, dass es sich um eine Invasion handelt?

Kady Grant: Wahrscheinlich als alle Sirenen auf einmal losgingen. Irgend so ein Schlaukopf, der inzwischen wahrscheinlich tot ist, hatte den Alarm im Raumhafen ausgelöst. Die *Defiant* - unser WUC-Schutzschiff - hatte eine Warnung rausgeschickt, dass irgendwelche unfreundlichen Zeitgenossen mit fetten Kanonen vor der Tür stehen und …

Vernehmer: Woher wissen Sie, dass die *Defiant* eine Warnung rausgeschickt hatte?

Kady Grant: Ich kann ganz gut mit Computern. Ich wollte wissen, was im Hafen los war, also hab ich nachgeguckt.

Vernehmer: Wurde die Schule zu diesem Zeitpunkt bereits evakuiert?

Kady Grant: So wie Sie es sagen, hört es sich organisierter an, als es war.

Vernehmer: Wie war es denn?

Kady Grant: Wie auf dem Ponyhof. Von den Schreien, der Panik und den Explosionen mal abgesehen.

Vernehmer: Wie sind Sie rausgekommen?

Kady Grant: Ich bin Querdenkerin.

Vernehmer: Das heißt, Sie haben Ihren Comp…

Kady Grant: Das heißt, ich hab ein Fenster aufgemacht.

Vernehmer: Ach so.

Kady Grant: Ich war mit dem Auto da. Ausgeliehen von meiner Mom, weil ich nicht mit ihm zusammen U-Bahn fahren wollte. Dass ich das Auto dabeihatte, hat mir das Leben gerettet. Ich hab einen meiner Lehrer auf dem Parkplatz gesehen, und dann kam auf einmal dieser Metallbrocken mit einem irren Kreischen vom Himmel runter und …

Vernehmer: Ja?

Kady Grant: Im ersten Moment dachte ich noch, ich hätte die Schlüssel in meinem Pult liegen lassen, deshalb hab ich meine Schultasche ausgeräumt und alles durch die Gegend geschmissen - wahrscheinlich wusste ich irgendwie, dass ich das ganze Zeug sowieso nicht mehr brauche, ist doch verrückt, oder? Aber dann hab ich die Schlüssel ganz unten in der Tasche gefunden und bin ins Auto rein, und als ich grade den Motor anmache, schaue ich über den Hof und dort steht er, einfach so, und sieht mich an. Ich schwöre …

Vernehmer: Moment - die Liste der Überlebenden ist noch nicht komplett. Von wem reden Sie gerade?

Kady Grant: Von Ezra Mason.

Vernehmer: Den haben wir. Er ist an Bord der *Alexander*.

Kady Grant: [Unverständlich.]

Vernehmer: Geht's wieder, Mr Mason?

Ezra Mason: Schon okay. Meine Schulter tut weh.

Vernehmer: Ein Sani bringt Ihnen gleich noch ein Schmerzmittel. Sie sprachen gerade von Ihrer Flucht aus der Schule.

Ezra Mason: So was hab ich echt noch nicht gesehen. Massen von Menschen in Panik. Alle schreien. Drängeln. Lehrer.

Schüler … ich meine, wir kannten uns doch alle! Da war ja sonst nichts außer der Kolonie. Aber alle drehten total durch. Ich weiß noch, dass ich von der Meute mitgerissen wurde und mich fragte, wieso der Boden unter meinen Stiefeln eigentlich so weich war. Erst dann wurde mir klar, worauf ich da rumspazierte.

Vernehmer: Wie sind Sie rausgekommen?

Ezra Mason: Ich bin einsfünfundneunzig. Ich war Abwehrspieler in der G-Ball-Mannschaft unserer Schule. Einmal hab ich einen Fänger so heftig erwischt, den mussten sie anhand seiner DNA identifizieren.

Vernehmer: Wohin haben Sie sich nach dem ersten Raketeneinschlag geflüchtet?

Ezra Mason: Alle anderen sind Richtung U-Bahn gerannt, aber ich dachte mir, dass eine Blechbüchse in einem unterirdischen Eistunnel nicht gerade der allerbeste Ort ist, wenn überall Bomben explodieren. Deshalb …

Vernehmer: Moment mal - auf Kerenza gab es eine U-Bahn? Ich dachte, es war eine illegale Siedlung?

Ezra Mason: Mann, Alter, das Bergwerk Kerenza war schon zwanzig Jahre in Betrieb, ohne dass jemand es entdeckt hätte. Da wohnten ganze Familien! Sie wissen doch, wie weit wir von der Kernwelt weg sind, oder nicht?

Vernehmer: Vielleicht weiter, als Sie glauben …

Ezra Mason: Was soll das denn schon wieder heißen?

Vernehmer: Nichts. Entschuldigung.

Vernehmer: Wir sprachen gerade von dieser U-Bahn.

Ezra Mason: Äh … stimmt. Jedenfalls wollte ich da nicht runter, deshalb bin ich über die Feuertreppe raus und dann hintenrum zum Parkplatz. Was wahrscheinlich nicht besonders schlau war, weil ich ja kein Auto hatte. Ich sehe mich also um, und es regnet Feuer vom Himmel, und ich friere immer noch, denn wenn es richtig kalt wird auf Kerenza, kann es im Wind schon mal an die minus vierzig werden. Und da stand sie.

Vernehmer: Wer?

Ezra Mason: Meine Exfreundin. Die gerade mal drei Stunden vorher mit mir Schluss gemacht hatte. Eine irgendwie … komische Situation.

Vernehmer: Was haben Sie gemacht?

Ezra Mason: Na ja, ich dachte mir, kann gut sein, dass sie mich einfach über den Haufen fährt, wenn ich mich vor ihren Wagen stelle. Also hab ich an die Scheibe geklopft und »Wie wär's mit einer kleinen Spritztour?« oder so was in der Art gesagt, und im selben Augenblick ist die südöstliche Raketenabwehrstellung abgeraucht, vermutlich ein Volltreffer. Vielleicht möchten Sie in Ihrem Bericht ja festhalten, dass diese Dinger … jedenfalls wehren sie keine Raketen ab.

Vernehmer: Ihre Exfreundin hat Sie also einsteigen lassen?

Ezra Mason: Ja. Wahrscheinlich hat sie sich überlegt, dass sie mich doch nicht so sehr hasst, dass sie mich eiskalt von einem BeiTech-Killerkommando ausradieren lässt. Aber sie musste erst ein paar Sekunden drüber nachdenken.

Vernehmer: Woher wussten Sie, dass BeiTech hinter dem Angriff steckte?

Ezra Mason: Na ja, ein ziemlich guter Hinweis darauf war das riesengroße BeiTech-Logo auf dem Kriegsschiff direkt über uns. Es war einfach so aus den Wolken gefallen und inzwischen dabei, die restlichen Verteidigungssilos wegzuballern.

Vernehmer: Mit »Kriegsschiff« meinen Sie den Schlachtkreuzer *Lincoln*?

Ezra Mason: Genau den. Elende [redacted]. Tschuldigung. Darf man hier eigentlich fluchen?

Vernehmer: Was geschah dann?

Kady Grant: Wir sind vom Parkplatz runter wie bei einer Verfolgungsjagd. Irgendein Vollidiot hatte sein Auto direkt vor der Ausfahrt geparkt, aber wir haben die Kiste einfach weggerammt.

Vernehmer: Wie sah die Umgebung der Schule aus?

Kady Grant: Überall Explosionen und jede Menge Tote. Tote Zivilisten, die für ein [redacted] Bergbauunternehmen gearbeitet haben. Ich meine, stellen Sie sich mal vor, Sie sind ein interstellarer Konzern, okay? Sie finden raus, dass einer Ihrer Konkurrenten irgendwo illegal Bergbau betreibt. Was unternehmen Sie? a)Sie melden es der TZV und lachen sich ins Fäustchen, wenn es Bußgelder regnet, oder b)Sie fliegen mit einem Haufen Kriegsschiffe los und radieren jeden Mann, jede Frau und jedes Kind auf dem Planeten aus. Was verdammt noch mal hat sich BeiTech eigentlich dabei gedacht?

Vernehmer: Das tut momentan nichts zur Sache. Wir müssen uns auf das konzentrieren, was auf Kerenza vorgefallen ist, und so viele Informationen über den Angriff zusammentragen wie möglich.

Kady Grant: Echt unglaublich.

Vernehmer: Könnten wir dann vielleicht …

Kady Grant: Jaja, ist ja gut. Wir sind auf die Hauptstraße raus, und Ezra hat das Radio angestellt. Erst dachte ich, der Blödmann sucht den passenden Soundtrack oder so was, aber dann kam schon die Sonderdurchsage. Alle sollten zum Raumhafen, wo unsere Forschungsflotte Shuttles runterschickt, die uns rauf in die Umlaufbahn bringen.

Vernehmer: Sie sind also zum Raumhafen gefahren?

Ezra Mason: Schon. Ich hab das Radio angemacht, um eine coole Fluchtmusik zu finden, aber da kam nur diese Durchsage. Alle wurden aufgefordert, sofort zum Hafen zu kommen, weil wir von dort evakuiert würden. Das haben wir dann versucht. Aber überall waren Autos, und ein umgekippter Laster lag quer über der Fahrbahn. Kady hätte uns fast selber umgekippt, und als ich sie gefragt habe, ob lieber ich fahren soll, hat sie … na ja, sie hat mich ganz schön zusammenge… äh, gestaucht.

Vernehmer: Schon gut, Mr Mason.

Ezra Mason: Mr Mason ist mein Vater. Von dem Sie mir immer noch nicht verraten haben, warum ich ihn nicht sehen darf.

Vernehmer: Zuerst müssen wir erfahren, was Sie alles gesehen haben, danach dürfen Sie Kontakt mit Zivilisten aufnehmen, Mr Mason … äh … Ezra.

Ezra Mason: »Kontakt mit Zivilisten« … Mann, Alter, der Typ ist mein Vater! Ihr Jungs habt doch auch Väter, oder nicht? Oder werden heutzutage alle Angehörigen der großen Terranischen Zentralverwaltung im Reagenzglas gezüchtet?

Vernehmer: Schildern Sie mir einfach, was als Nächstes geschah.

Ezra Mason: BeiTech hat den [redacted] Raumhafen in die Luft gejagt - das geschah als Nächstes. Die haben ein halbes Dutzend Raketen reingejagt, bis nur noch ein rauchender Eiskrater übrig war. Mit einem der Jungs vom Bodenpersonal hab ich G-Ball gespielt, Rob Flynn hieß er. Und Burton, unser Nachbar gleich nebenan, hat in der Quarantänestation gearbeitet. Und dieses Mädchen, Jodie Kingston, die kenn ich schon seit der achten Klasse, die hat bei der Hafenkommunikation gearbeitet. Sie war …

Vernehmer: Ezra?

Ezra Mason: Wow. Ist mir grad wieder eingefallen. Sie war das erste Mädchen, das ich geküsst habe …

Vernehmer: Sollen wir kurz unterbrechen?

Kady Grant: Nein, ich will das jetzt hinter mich bringen. Als der Raumhafen weg war, wusste niemand mehr, wohin. Wir sind eigentlich einfach nur den Explosionen ausgewichen. Überall hat der Boden gebebt. Erst dachte ich, das kommt von den Raketeneinschlägen, aber dann wurde mir klar, dass die Einschläge die Eisplatte unter dem Fundament der Kolonie aufbrachen.

Vernehmer: Verfügen Sie über geologisches Fachwissen?

Kady Grant: Blöde Frage - ich bin siebzehn! Natürlich nicht. Aber plötzlich klafften riesige Risse im Boden, so breit, dass sie ein Auto verschlucken konnten. Und bevor Sie jetzt fragen, woher ich das weiß: Ich hab's gesehen. Autos wurden verschluckt, mitsamt den Kindern auf dem Rücksitz.

Vernehmer: Sie sind also durch die Stadt gefahren. Was geschah dann?

Kady Grant: Ezra wollte seinen Vater suchen, der hat in der Raffinerie gearbeitet, aber ich hab ihm klargemacht, dass wir nicht durch die vielen Leute kommen, die von dort wegwollten. Sein Vater ist ein kräftiger Kerl, so wie Ez. Der würde sich schon irgendwie durchschlagen, hab ich gesagt. Wenn wir auf das Raffineriegelände gefahren wären, hätte womöglich jemand den Wagen geklaut, und dann wären wir am [redacted] gewesen. Ich hab gesehen, wie eine Frau einen Typen von einem Quad gezerrt hat und dann mit ihrem Kind weggebrettert ist. Und ein Wachmann hat einen Mann erschossen, der hinten auf seinen Truck klettern wollte. Wahrscheinlich wären wir nicht mal bis zur Raffinerie gekommen. Ich wollte lieber meine Mom finden, und meine Cousine Asha. Mein Pa war nicht auf dem Planeten, er arbeitet zurzeit auf der Sprungstation *Heimdall*. Mom ist Pathologin, in der Forschung, und arbeitete im Krankenhaus. Asha machte dort eine Ausbildung.

Vernehmer: Soll ich nachsehen, ob Ihre Mutter auf der Liste steht?

Kady Grant: Nein, ich weiß, dass sie es rausgeschafft hat. Sie ist hier auf der *Hypatia*. Ich hab sie schon gesehen.

Vernehmer: Und Ihre Cousine?

Kady Grant: Hat's nicht geschafft.

Vernehmer: Tut mir leid.

Kady Grant: Mir auch.

Vernehmer: Also … hat Ezra daraufhin Vernunft angenommen? Sind Sie zu Ihrer Mutter gefahren?

Kady Grant: Wollten wir jedenfalls. Ezras Mutter ist ja nicht da, deshalb hat meine Mutter ihn ein ganzes Jahr durchgefüttert. Ich glaube, sie hat sich über unsere Trennung mehr aufgeregt als alle anderen. Wir wollten zu ihrem Labor, aber alles war voller Geländefahrzeuge und Quads, Leute rannten rum. Der Boden riss auf und Gebäude stürzten ein, und die ganze Zeit über ballert dieses riesige BeiTech-Schiff am Himmel immer weiter Raketen auf unsere Verteidigungsanlagen. Evakuierungs-Shuttles hoben ab. Es war so laut, dass ich dachte, mir platzt das Trommelfell. Und dann fängt Ezra auch noch an, an meinem Fahrstil rumzumeckern!

Vernehmer: Ich kann mir gar nicht vorstellen, warum Sie beide sich getrennt haben.

Kady Grant: Wenn Sie wüssten! Aber egal, dann krachte jedenfalls das halbe Cineplex auf unseren Wagen.

Vernehmer: … Äh … wie bitte?

Ezra Mason: Ich weiß nicht, wie lange ich ohnmächtig war. Als ich wieder zu mir kam, dachte ich, der Himmel ist mit lauter Spinnweben überzogen. Dann habe ich gemerkt, dass ich durch die zersplitterte Windschutzscheibe gucke und wir halb unter einem Gebäude begraben sind. Das Auto Schrott, Kady neben mir, ihr Gesicht voller Blut, und ich kann keinen Puls feststellen. Ich hab sie aus dem Wrack gezogen und mit Mund-zu-Mund-Beatmung angefangen, und da hat sie mir eine geknallt, Euer Ehren.

Vernehmer: Sie hat Sie geschlagen?

Ezra Mason: Jep. Mitten ins Gesicht. Ziemlich gut gezielt sogar. Keine Ahnung. Sie dachte wohl, ich wollte sie küssen. Sie hatte sich den Kopf angeschlagen und war ziemlich durcheinander. Und schon schreien wir uns an, bis uns klar wird, dass der Himmel voller Zyklon-Jagdflieger ist. Und ich dachte: Na endlich ist die Kavallerie da.

Vernehmer: Konnten Sie die *Lincoln* immer noch sehen?

Ezra Mason: Nein. Aber wir haben gesehen, dass die Raffinerie getroffen war. Sie war mit … mit irgendwas überzogen. Schwer zu beschreiben. Es war wie ein Nebel, aber schwarz. Er kroch ganz langsam durch die Luft, wie Sirup. Kein Rauch. Es war … irgendwas anderes.

Vernehmer: Sie sagten, Ihr Vater hat in der Raffinerie gearbeitet?

Ezra Mason: Stimmt. Deshalb wollte ich ihn natürlich suchen. Und Kady wollte immer noch ihre Mutter suchen. Und der Gletscher reißt auf, und der Himmel brennt, und ich glaube, dass ich in der Ferne BeiTech-Bodentruppen erkenne. Dann habe ich's gesagt.

Vernehmer: Was hat er gesagt?

Kady Grant: Er hat gesagt: »Da hast du dir ja einen Supertag ausgesucht, um mit mir Schluss zu machen, Kades.«

Vernehmer: Das haben Sie allen Ernstes gesagt?

Ezra Mason: Logisch. Daraufhin ist natürlich die Hölle los. Kady schreit mich an und ich schreie sie an. Alles kommt raus, was sich im ganzen letzten Jahr angesammelt und vor sich hin gebrodelt hat. Ich hab sie geliebt. Echt. Ich liebe sie immer noch! Aber manchmal ist sie einfach … Es war bescheuert. Um uns geht die Welt unter und wir schreien uns wegen irgendwelcher Collegebewerbungen an, wegen Rücksichtnahme und dem ganzen [redacted]. Nicht zu glauben, oder?

Vernehmer: Sie sind siebzehn, richtig?

Ezra Mason: Fast achtzehn.

Vernehmer: Doch, dann ist es durchaus zu glauben.

Ezra Mason: Eiskalt, Alter. Echt eiskalt.

Vernehmer: Was geschah dann?

Ezra Mason: Ich bin weggerannt. Sie hat noch gerufen, dass ich spinne, aber ich war … so wütend. Und weil ich außer meinem Vater niemanden mehr habe, bin ich … tja, ich bin zurück zur Raffinerie gerannt, zwischen den brennenden Autos und einstürzenden Gebäuden durch. Direkt vor mir ist eine Zyklon-Jagdmaschine in ein Wohnhaus gekracht. Ich hab die Hitze im Gesicht gespürt, aber ich hab mich nur geduckt und bin weitergelaufen. Ich wollte näher ran an die Fabrik, aber da waren überall BT-Truppen. Große, gepanzerte Typen in Wintertarnung und mit Gewehren, die einen Glaziosaurus hätten umnieten können. Ich hatte keinen richtigen Plan, ich wollte bloß zu meinem Vater. Dann kam dieser Nebel … aber wie sich rausstellte, war das dann auch kein Problem mehr.

Vernehmer: Warum nicht?

Ezra Mason: Weil ich angeschossen wurde.

Vernehmer: Er wurde angeschossen?

Kady Grant: Ich wollte es erst auch nicht glauben. Diese blöden [redacted]! Das wollte ich doch machen! Die mussten sich schließlich nicht andauernd mit seinen …

Vernehmer: Sie haben doch gesagt, Sie hätten sich zu diesem Zeitpunkt längst getrennt. Woher wussten Sie, dass er angeschossen wurde?

Kady Grant: Erst wollte ich zu Fuß zum Labor meiner Mutter, aber dann kamen mir lauter BeiTech-Truppen in die Quere. Überall landeten Transporter, die Soldaten und Geländefahrzeuge ausspuckten. Ich hatte ziemlich sicher eine kleine Gehirnerschütterung. Einmal musste ich stehen bleiben, um zu kotzen. Ich hab gesehen, dass vor den Labors Shuttles runterkamen, um die Leute zu evakuieren, und ich hab einfach gehofft, dass meine Mom in einem davon unterkommt. Weil das Auto Schrott war hab ich einen BeiTech-Wagen geklaut.

Vernehmer: Wie bitte?

Kady Grant: Ich werde oft unterschätzt. Wahrscheinlich, weil ich nicht besonders groß bin.

Vernehmer: Haben die BeiTech-Leute Sie denn nicht daran gehindert?

Kady Grant: Die hatten genug damit zu tun, aus dem Weg zu springen. Außerdem kannte ich mich in der Innenstadt gut aus, und die nicht. Hinter dem Gemeindezentrum bin ich ein paarmal scharf abgebogen und hab dabei die Türen abgefahren. Als ich am anderen Ende wieder rauskam, hatte ich sie abgehängt. Unsere Leute hatten keine Waffen, um auf mich zu schießen, und ihre Leute hielten mich wahrscheinlich für eine von ihnen.

Vernehmer: Was geschah dann?

Kady Grant: Da war diese eklige schwarze Wolke, die aus der Atmo auf die Raffinerie runterwaberte, und ich wusste ja, dass Ezra dort irgendwo rumlief. Inzwischen hab ich gehört, dass das so eine Art Biowaffe war - stimmt das?

Vernehmer: Davon weiß ich nichts. Sie sagten, Ihr Exfreund sei angeschossen worden, demnach haben Sie ihn offenbar gefunden.

Kady Grant: Auf der falschen Seite hinter den BeiTech-Truppen. Er war voller Blut, ich bin fast ausgerastet, als ich das gesehen habe.

Vernehmer: Konnten Sie ihn mitnehmen?

Kady Grant: Ich, äh … Kann ich für irgendwas belangt werden, was da unten passiert ist?

Vernehmer: Die haben ein Viertel von unseren Leuten ausgelöscht. Von uns vergießt keiner eine Träne, wenn Sie zu Protokoll geben, dass Sie ein paar BeiTechs ausgeknipst haben, um zu Ihrem Exfreund zu gelangen.

Kady Grant: Wie gesagt, ich bin nicht groß, und da war jede Menge Blut überall. Ich glaube, mein Fuß ist auf dem Gaspedal ausgerutscht. Ich kam ja kaum dran, verstehen Sie? Ich hab ein paar von den Typen umgefahren und dann direkt neben ihm angehalten.

Vernehmer: Was hat er gemacht?

Kady Grant: »Hallo, Kades«, hat er gesagt. Ja, Ezra ist echt der Hauptgewinn. Weil der Truck keine Tür mehr hatte, konnte er einfach reinklettern, und dann sind wir abgedüst. Am Stadtrand kamen inzwischen auch Shuttles runter, aber welche ohne BeiTech-Kennzeichnung, und da haben wir es einfach riskiert. Wir haben gehofft, dass unsere Forschungsflotte sie geschickt hatte.

Vernehmer: Und dann?

Ezra Mason: Danach weiß ich kaum noch was. Ich glaube, ich hab einen Witz gemacht, dass ich ihren Führerschein und die Autopapiere sehen will. Weil sie … sie hat diese Typen einfach über den Haufen …

Vernehmer: Schon klar.

Ezra Mason: Genau. Dann hab ich gesagt: »Ich blute«, und sie hat gesagt: »Halt die Klappe, ich rede nicht mit dir.« Also hab ich mich darauf konzentriert, nicht zu sterben. Ich hab geblutet wie ein Schwein, es hat so höllisch wehgetan, dass ich lachen musste. Vielleicht setzte auch schon der Schock ein. Kady schnauzte mich an, ich soll was draufpressen, aber das tat noch viel mehr weh. Über uns flogen Kampfjets. Ich weiß, dass mir richtig kalt wurde, und dass ich Kady beim Fahren zugeschaut hab. Sie war auch voller Blut, und ihre Haare waren mit Schnee und was weiß ich verkrustet. Ich glaube, ich hab ihr noch gesagt, dass sie schön ist … dann ging bei mir das Licht aus.

Vernehmer: Haben Sie es bis zu den Shuttles geschafft?

Kady Grant: Fast. Wir saßen ja jetzt in einem BeiTech-Fahrzeug, deswegen bin ich ein Stück vorher ausgestiegen und hab Ezra über das Eis gezogen, damit sie sehen, dass wir Zivilisten sind. Ein paar Leute vom Krankenhauspersonal hatten es auch bis dahin geschafft. Sie wurden mit den Verletzten in ein Shuttle gepackt und wir anderen in die restlichen. Ich hab gebrüllt wie eine Irre, bis mir endlich jemand geholfen hat, ihn da reinzuhieven. Keine Ahnung, wie ich ihn überhaupt die ganze Strecke hinter mir herschleifen konnte. Währenddessen schlugen ständig Raketen rund um uns ein, setzten alles in Brand. Die Sanis dachten wahrscheinlich, wenn ich noch so rumbrüllen kann, bin ich nicht so stark verletzt, dass ich in den Krankentransport gehöre, deshalb musste ich Ezra einem Arzt überlassen. Deshalb kam er auf die *Alexander* und ich auf die *Hypatia*.

Vernehmer: Sie waren uns eine große Hilfe. Haben Sie mitbekommen, ob die Raffinerie von Raketen getroffen wurde?

Kady Grant: Ich glaube nicht. Da war nur diese schwarze Wolke. Aber die würden doch nicht die Raffinerie in die Luft jagen, oder? Ich meine, wenn BeiTech die Kolonie verschwinden lassen wollte, hätten sie uns doch einfach bei der TZV anschwärzen können. Sie waren offensichtlich hinter dem Hermium her, das wir abgebaut haben. Da vernichten sie doch nicht die einzige Möglichkeit, es zu verarbeiten.

Vernehmer: Über ihre Beweggründe können wir bis jetzt nur spekulieren.

Kady Grant: Wenn sie uns einholen, können wir sie ja mal fragen. Bevor sie uns in tausend Stücke zerballern.

Vernehmer: Eins noch, Mr Mason.

Ezra Mason: Geht es zufällig um die Schmerzmittel, die Sie mir vorhin versprochen haben?

Vernehmer: Wir haben eben eine aktualisierte Liste der Opfer reinbekommen. Leider habe ich Neuigkeiten bezüglich Ihres Vaters.

MITTEILUNG AN DIE OFFIZIERE

SCHLACHTKREUZER ALEXANDER-78V

GEHEIMSACHE

EINGANG: 30/01/75

VON: GENERAL DAVID TORRENCE

Offiziere der *Alexander*,

in den 24 Stunden seit dem Überfall auf die Kolonie Kerenza, dem Gefecht gegen die BeiTech-Truppen und unserem anschließenden Rückzug haben unsere Analysten rund um die Uhr daran gearbeitet, sich ein präzises Bild von unserer Situation zu machen. Hier die Ergebnisse:

- Unser Sprungtor-Generator ist schwer beschädigt – die Wurmlöcher, die sich damit noch erzeugen lassen, sind instabil und würden wahrscheinlich zusammenbrechen, bevor ein Sprung ausgeführt werden kann, was die Vernichtung der *Alexander* zur Folge hätte. Der amtierenden Technikchefin Colonel Eva Sanchez zufolge ist der Schaden nicht zu reparieren (schon gar nicht nach dem Tod von Mallory Yzerman, unserer ehemaligen Technikchefin). Unterm Strich: Raumsprünge kommen **nicht infrage.**

- Das nächste stationäre Sprungtor, das uns in ein Kernsystem zurückbringen könnte, ist die Station *Heimdall*. Sie befindet sich zwar auf der anderen Seite des Universums, aber in 6,5–7 Monaten erreichen wir ein Wurmloch, das uns zur *Heimdall* bringen kann. Kurz gesagt: Wir müssen eine Reise von über einem halben Jahr zurücklegen, ehe wir in eine besiedelte Zone und damit in Sicherheit springen können.

- Während der Schlacht wurde unser Artificial Intelligence Defense Analytics Network (AIDAN) beschädigt, unsere KI, die für viele lebenswichtige Funktionen an Bord verantwortlich ist, unter anderem für die Kontrolle des Hauptantriebs und die Berechnung von Sprungtoren.

- Die Raketen, die AIDAN beschädigt haben, haben zusätzlich einen nicht unerheblichen Prozentsatz unserer Neuroprogrammierer eliminiert. Obwohl AIDAN weiterhin funktionstüchtig und damit in der Lage ist, sich selbst zu reparieren, ist das gesamte Ausmaß des Schadens noch unklar.

- Weitere Bereiche des Schiffes haben Schaden genommen, vor allem unsere H_2O-Tanks, der Abwehrschirm und die Antriebssysteme.

- Mindestens ein am Angriff auf Kerenza beteiligtes BeiTech-Schlachtschiff, die BT042-TN (alias *Lincoln*), hat das Gefecht überstanden und die **Verfolgung** unserer Flotte aufgenommen. Mit den erlittenen Schäden und der derzeitigen Belegung haben wir laut Einschätzung unseres Gefechtsstabes bei einer direkten Konfrontation mit der *Lincoln* eine Überlebenschance **von 22,7 Prozent**.

- Die beiden Ziviltransporte, die wir momentan eskortieren – das Forschungsschiff *Hypatia* und der Schwerfrachter *Copernicus* – haben insgesamt 3.348 Zivilisten aus der Kolonie Kerenza an Bord. Die *Alexander* selbst hat weitere 1.027 Zivilisten aufgenommen. Angesichts der o.g. Schäden an den H_2O-Tanks stellt diese Überbelegung eine zusätzliche Herausforderung dar. Weder die *Hypatia* noch die *Copernicus* sind uns eine Hilfe, falls die *Lincoln* angreift.

- Notrufe sind über die Zwischenstation *Heimdall* auf sämtlichen Kanälen der Terranische Zentralverwaltung abgesetzt worden. Bis jetzt haben wir noch keine Antwort erhalten. Das bedeutet mit großer Wahrscheinlichkeit, dass unsere Übermittlungen nicht gehört wurden.

Kurz gesagt, meine Damen und Herren: Wir bluten aus vielen Wunden und ringsum sind Haie im Wasser. Wir haben zu wenig Personal, sind unterbewaffnet und über ein halbes Jahr von einem realistischen Fluchtpunkt entfernt. Deshalb erlasse ich hiermit folgenden Befehl **mit sofortiger Wirkung:**

GEHEIMSACHE

Jeder Kolonist aus Kerenza, der über Fachkenntnisse verfügt, mit denen sich unsere Ausfälle in irgendeiner Weise ausgleichen lassen, wird zum Militärdienst bei der Terranischen Zentralverwaltung dienstverpflichtet. Darunter fallen alle Ingenieure, Mediziner, Wissenschaftler und sämtliche militärisch ausgebildeten Personen.

Des Weiteren werden alle Kolonisten, die über siebzehn Jahre alt sind, unverzüglich auf ihre Fähigkeiten und Eignung in den Bereichen Informatik, Mechanik, Elektronik, räumliche Wahrnehmung, Mustererkennung, Visuomotorik, Zuckreflex und Stressbewältigung getestet. Jeder, der mit Tauglichkeit C oder höher eingestuft wird, gilt ab seinem 18. Geburtstag als dienstverpflichtet. Wir brauchen Piloten. Wir brauchen Schützen. Wir brauchen Schrauber. Und wir brauchen Chipheads. Und zwar sofort.

Wir haben es mit einer beispiellosen Situation zu tun. Meines Wissens hat noch nie ein interstellarer Konzern offen ein Schiff der Terranischen Zentralverwaltung angegriffen. Es ist mir egal, ob die Rechtsabteilung von BeiTech schon die Messer wetzt. Wir müssen diesen Firmen klarmachen, dass niemand über dem Gesetz steht und dass niemand ein TZV-Schiff angreift, ohne die Konsequenzen dafür zu tragen.

Sie alle haben unermüdlich gearbeitet und sich ehrenvoll ausgezeichnet. Wir haben Kameraden verloren. Wir haben Brüder, Schwestern und gute Freunde verloren. Mir ist bewusst, wie schwer und anstrengend die letzten Tage für Sie alle gewesen sind. Der Weg, der vor uns liegt, wird noch anstrengender werden. Aber da ich jeden Einzelnen von Ihnen persönlich kenne, zweifle ich nicht daran, dass Sie der bevorstehenden Aufgabe gewachsen sind und wir die Zivilisten unversehrt zur *Heimdall* bringen werden.

Centrum tenenda.

David Torrence
General der Terranischen Zentralverwaltung
Kommandant der *Alexander*-78V

GEHEIMSACHE

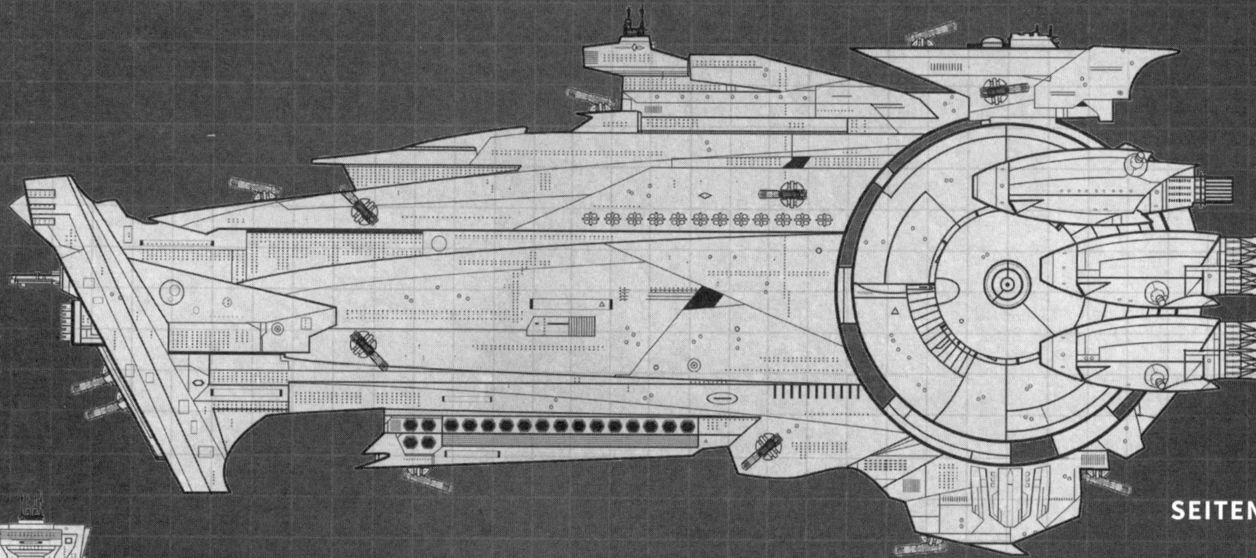

SEITENANSICHT

FRONTALANSICHT

ALEXANDER–78V

Schwerer Schlachtkreuzer mit der Fähigkeit, flüchtige Sprungtore zur interstellaren Raumfahrt zu generieren.

Ausgerüstet mit einem Geschwader Jagdmaschinen der Zyklon-Klasse. Fähig zur Ausführung von Atomschlägen.

Kommandant: General David Torrence

Erster Offizier: Colonel Lia Myles

KLASSE: Vortex

LÄNGE: 3.25 km

HÖHE: 1.3 km

BESATZUNG: 4.000

GESCHWINDIGKEIT MAX: 1.7 sst

BESCHLEUNIGUNG: 1.4 sst

HAUPTANTRIEB: Typhoon MK VII x 6

SEKUNDÄRANTRIEB: Atlas Mk II x 12

TRÄGHEITSDÄMPFER: 1 g

ABWEHRSCHIRM:
- DDT-10.9 phalanx
- RG-166 samsara x 48
- AIDAN-unterstützte FFG-01i

NUTZLAST:
- Goliath 50 mt x 40
- Capricorn 10.8 mt x 100

JÄGER: Zyklon Mk IV x 125 (s)

SHUTTLES:
- Vitus III x 20
- Vitus IX x 12

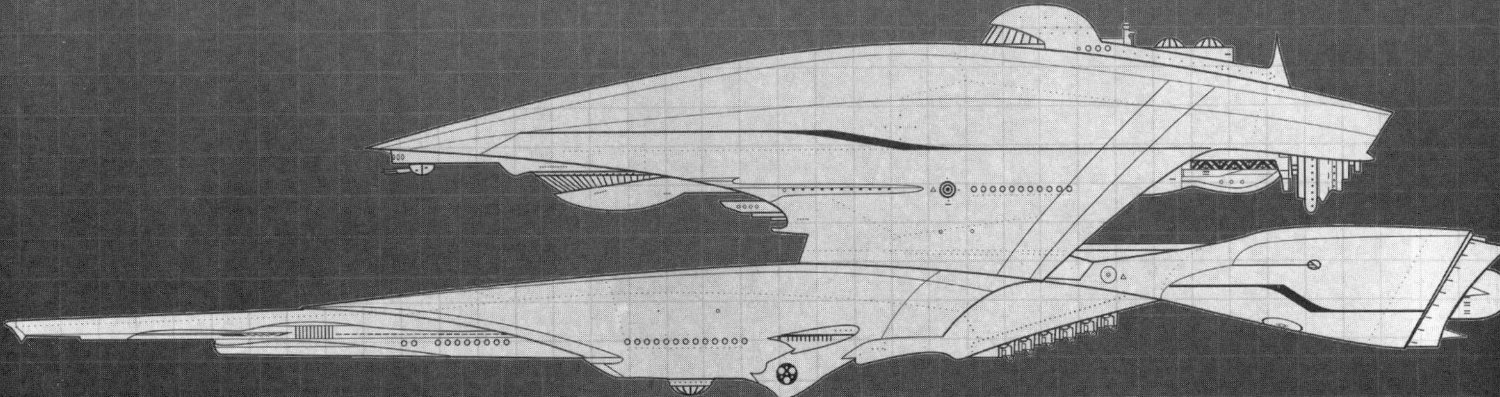

SEITENANSICHT

FRONTALANSICHT

HYPATIA

Langstrecken-Forschungsschiff, ideal geeignet für die Weltraumerkundung.

Leichte Bewaffnung und Panzerung. Ausgerüstet mit neuester Aufspür- und QASAR-Technik.

Kapitän: Ann Chau

Erster Offizier: Syra Boll

KLASSE: Oracle

LÄNGE: 0.9 km

HÖHE: 0.21 km

BESATZUNG: 500

GESCHWINDIGKEIT MAX: 1.5 sst

BESCHLEUNIGUNG: 1.3 sst

HAUPTANTRIEB: Balor IX (gt4)

SEKUNDÄRANTRIEB: Balor IV x 4

TRÄGHEITSDÄMPFER: 0,98 g

ABWEHRSCHIRM:

ZXII-unig

Twilight GH-2 x 2

NUTZLAST: Capstone 7c x 6

JÄGER: keine

SHUTTLES: Nova III x 12

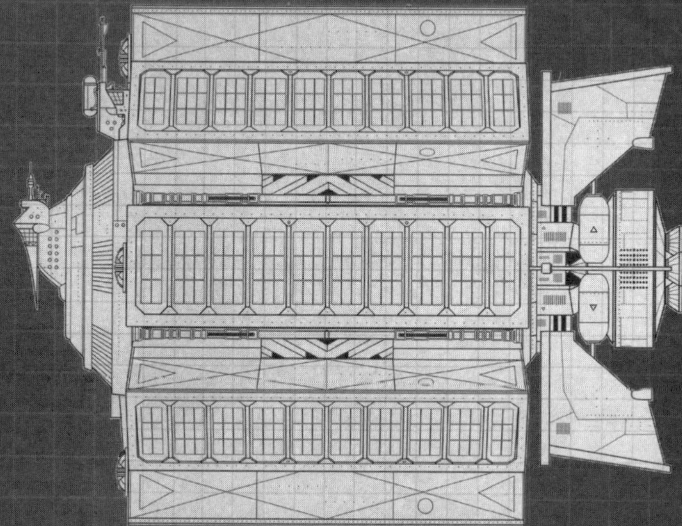

SEITENANSICHT

FRONTALANSICHT

COPERNICUS

Mittelstreckenfrachter für Schwertransporte (Erze/Eis/Necs)

Langsam und schwerfällig, aber ausdauernd.

Modulare Frachträume sorgen für hervorragende Ladeflexibilität.

Kapitän: Harry Ryker

Erster Offizier: Heather Kelly

KLASSE: Taurus

LÄNGE: 1.2 km

HÖHE: 0.96 km

BESATZUNG: 450

GESCHWINDIGKEIT MAX: 0.99 sst

BESCHLEUNIGUNG: 0.8 sst

HAUPTANTRIEB:

Helix-Chelsea VIII (in-line)

SEKUNDÄRANTRIEB: : H-C II x 3

TRÄGHEITSDÄMPFER: 0.94 g

ABWEHRSCHIRM: Opti-Nex II (Standard)

NUTZLAST: z.Zt. keine

JÄGER: keine

SHUTTLES: Vitus II x 12

UNIPEDIA

AUGEN AUF – MUND AUF

Hauptseite
Themen
Zufälliger Artikel
Aktuell
Neuer Artikel
Mitmachen
Kontakt

▾ Verbindung

Sensei
Über uns
Schwarmdenken
Editorial
Review
Make Noise

▸ Werkzeuge

▸ Sync

▾ Sprachen

官话
广州话
Englisch
Deutsch
Español
Italiano
język polski
рýсский язы́к

Bearbeiten
Links

Artikel Diskussion Widerspruch Leser

Kerenza, Schlacht vo

HINWEIS: Obwohl die meisten Informationen in diesem Dossier aus nicht frei zugänglichen Quellen stammen, stießen wir zusätzlich auf einen öffentlichen Kanal mit erstaunlich präzisen Infos zum Angriff auf Kerenza. Es handelt sich um die Hacktivisten-Website Unipedia. Die meisten Leser von Unipedia hocken wahrscheinlich mit Kappen aus Alufolie im Keller ihrer Elternhäuser, aber vielleicht sehen Sie sich ja trotzdem veranlasst, die eine oder andere Höllenpforte zu öffnen und Ihre Anwälte von der Leine zu lassen. Der Vollständigkeit halber fügen wir den betreffenden Unipedia-Artikel hier an.

Dieser Artikel bezieht sich auf die Schlacht

Infos zum Planeten und seinem System gib

WUT DA FAQ

Der Artikel ist zurzeit unter Beschu
ihr eingebildeten Arschgeigen Firm
rein stopft wie billigen Staub bei ei
brauchen bessere Belege! Bitte hel
dem **Schwarm** an. Bitte Infos imme
ren. (Mama zählt hier nicht). Und le
reibung, um [entsprechende Gotthe

INTRO

Die Schlacht von Kerenza IV war der erste Streich im noch immer andauernden und erstaunlicherweise nirgendwo erwähnten **Stellarcorp-Krieg**. Der vonseiten der **BeiTech Industries**[1] ausgeführte Angriff richtete sich gegen illegale Bergbauaktivitäten des **Wallace Uljanow Consortiums**[2]. Der Schlachtkreuzer ***Alexander***[3] der **Terranischen Zentralverwaltung** reagierte auf die Notrufe des WUC, was zu einem heftigen Gefecht zwischen BeiTech, WUC und TZV-Verbänden führte.

INHALT [VERBERGEN]

HINTERGRUND

Kerenza IV befindet sich im Freespace, ungefähr 34.5 AU entfernt von einer Zwischenstation, die zur stationären Sprungstation ***Heimdall*** führt. Unter dem Schelfeis des Planeten lagert eine ungewöhnlich hohe Konzentration von **Hermium**. Trotz der **Verordnung zu interstellaren exotischen Rohstoffen von 2514**[4] betreibt das Wallace Uljanow Consortium seit

UNIPEDIA

AUGEN AUF – MUND AUF

Hauptseite

Themen

Zufälliger Artikel

Aktuell

Neuer Artikel

Mitmachen

Kontakt

▾ Verbindung

Sensei

Über uns

Schwarmdenken

Editorial

Review

Make Noise

▸ Werkzeuge

▸ Sync

▾ Sprachen

官话

广州话

Englisch

Deutsch

Español

Italiano

język polski

русский язык

Bearbeiten

Links

ID erstellen Anmelden

Artikel Diskussion Widerspruch Lesen Bearbeiten Suchen

ca. 2556 auf dem Planeten illegalen Abbau, wobei man auf die Abgeschiedenheit des Systems setzte und nicht damit rechnete, jemals entdeckt zu werden. Besagte Aktivitäten fanden unter dem Schutz des Schlachtschiffs *Defiant* und mit Unterstützung des Schwerfrachters *Copernicus* statt. Zum Zeitpunkt der Schlacht hielten sich außerdem zwei Forschungsschiffe des WUC [***Hypatia*** und ***Brahe***] im Orbit von Kerenza IV auf.

Kerenza IV

Statistische Daten

Oberflächendruck: 101.325 kPa (MSL)
Zusammensetzung:
74.15 % Stickstoff (N_2)[3] (trockene Luft)
23.97 % Sauersoff (O_2)
0.91 % Argon (Ar)
0.038 % Kohlendioxid (CO_2)[21]
Wasserdampf (H_2O; je nach Klimabedingungen)

Mittlerer Radius:	6,371.0 km[6]
Äquatorradius:	6,378.1 km[7][8]
Polradius:	6,356.8 km[9]
Abplattung:	0.0033528[10]
	. . . mehr

ERSTER ANGRIFF

Am 29/01/75 um 14:21 [Ortszeit] fielen vier BeiTech-Schlachtschiffe [*Churchill, Kenyatta, Zhongzheng* und ***Lincoln***] aus einem von der **Mobilen Sprungplattform Magellan** [6][7][8][9] erzeugten flüchtigen Wurmloch, einem Blackbag-Prototyp und die erste jemals außerhalb eines TZV-Labors[10][11] erzeugte mobile Sprungtechnologie. Dieser Flottenverband hielt sofort auf Kerenza IV zu. Das WUC-Abwehrschiff *Defiant* wurde schnell vernichtet, konnte zuvor aber einige Notrufe absetzen; aufgrund der Abgeschiedenheit von Kerenza ging die BT-Flotte davon aus, dass diese Hilferufe unbeantwortet bleiben würden.

Leider – für BeiTech – wurde das SOS der *Defiant* doch von einem Schiff aufgefangen: der *Alexander* von der Terranischen Zentralverwaltung, einem Schlachtkreuzer der Vortex-Klasse, der ebenfalls in der Lage ist, eigene Sprungtore[12] zu generieren, und der gerade unweit von Kerenza VII geheime Manöver durchführte[13]. Die *Alexander* versuchte, über die Zwischenstation *Heimdall* Nachrichten an das TZV-Hauptquartier zu übermitteln, aber die BeiTech-Agenten auf dieser Station sorgten dafür, dass das Signal nie durchkam. Nachdem eine Antwort ausblieb, sprang die *Alexander* ohne Rückendeckung nach Kerenza IV. Einzelheiten zur Okkupation der *Heimdall*-Station und zur Widerstandsbewegung siehe Unterartikel **hier**.

UNIPEDIA

AUGEN AUF – MUND AUF

ID erstellen Anmelden

Artikel Diskussion Widerspruch Lesen Bearbeiten Suchen

Hauptseite

Themen

Zufälliger Artikel

Aktuell

Neuer Artikel

Mitmachen

Kontakt

▾ Verbindung

Sensei

Über uns

Schwarmdenken

Editorial

Review

Make Noise

▸ Werkzeuge

▸ Sync

▾ Sprachen

官话

广州话

Englisch

Deutsch

Español

Italiano

język polski

русский язык

Bearbeiten

Links

Darstellung des Schlachtschiffs Lincoln

Nachdem die BeiTech-Flotte von der TZV buchstäblich auf frischer Tat ertappt wurde, traf man die erstaunliche Entscheidung, die *Alexander* anzugreifen in der Hoffnung, auf diese Weise sämtliche Zeugen zu beseitigen. Stattdessen vereitelte die *Alexander* durch die schwere Beschädigung der Mobilen Sprungplattform *Magellan* den Rückzug der BeiTech-Schiffe. Während die BT-Flotte die *Alexander* attackierte, brachten mehrere Shuttles die Zivilisten aus der verwüsteten Siedlung Kerenza an Bord der *Hypatia*, der *Brahe* und der *Copernicus*. Berichte vom Einsatz einer bislang unbekannten Biowaffe durch das BeiTech-Schlachtschiff *Lincoln* gegen die Siedlung blieben bislang unbestätigt.[14][15][16]

Während des folgenden nuklearen Schlagabtauschs wurde die *Zhongzheng* vernichtet, die *Churchill* und die *Kenyatta* wurden schwer beschädigt. Die *Alexander* erhielt mehrere Treffer – verschiedene Quellen berichten, dass sowohl ihr Sprungtor-Generator als auch die Matrix ihrer künstlichen Intelligenz (KI) in Mitleidenschaft gezogen wurden.[17][18] Damit war keines der Schiffe im Kerenza-System mehr in der Lage, Raumsprünge durchzuführen, was bedeutete, dass jegliche Unterstützung Monate entfernt war. Die BeiTech-Flotte schloss so dicht auf, dass ein sicherer Einsatz von Atomwaffen unmöglich wurde. Die *Alexander* schickte ihre Jäger der Zyklon-Klasse raus, die BeiTech-Gruppe ihre Warlock-Jäger. Angeblich vernichtete das BeiTech-Schiff *Lincoln* kurz darauf das Forschungsschiff *Brahe*. Unbestätigten Berichten zufolge waren mindestens 2.000 Zivilisten aus Kerenza auf die *Brahe* evakuiert worden.[19][20][21]

ALEXANDER-7

HINWEIS: Dies ist der erste aktenkundige Versuch der Zielpersonen, Kontakt miteinander aufzunehmen (zwei Wochen nach dem Angriff auf Kerenza).

ABGEFANGENE PERSOENLICHE NACHRICHT BORDSYSTEM ALEXANDER

An: Kady Grant/KGRANTHYPATIAONBOARD
Von: Ezra Mason/EMASONALEXANDERONBOARD
Datum: 14/02/75
Zeitstempel: 14:04
Betreff: Hey

Hey Kades,
angeblich haben inzwischen fast alle auf der Hypatia einen Bordaccount. Also hoffe ich mal, dass du diese Nachricht bekommst. Ich weiß nicht genau, was du weißt und was nicht. Hier bei uns ist alles ziemlich chaotisch. Das Flottenkommando verrät uns so gut wie nichts. Trotzdem wollte ich dir kurz mitteilen, dass ich noch lebe. Und mich bei dir bedanken. Ohne dich wär ich wahrscheinlich nicht hier.

Ach Quatsch, lösch das. Ohne dich wäre ich GANZ BESTIMMT nicht hier.

Ich bin auf der Krankenstation. Meine Schulter ist fast 100% wieder in Ordnung, aber ich hab immer noch nicht ganz rausgekriegt, was überhaupt passiert ist. Angeblich ist der Sprungantrieb der Alexander geschrottet. Mit der Wasserversorgung ist eindeutig was faul, aber die sagen uns nicht, was. Jemand hat behauptet, die BeiTech-Schlachtschiffe würden uns immer noch verfolgen. Andererseits habe ich gehört, dass wir in wenigen Tagen auf eine ganze TZV-Flotte treffen. Also sind wir vielleicht schon bald in Sicherheit.

Was zwischen uns gelaufen ist, tut mir echt leid. Ich habe immer noch das Gefühl, ich hätte irgendwas sagen sollen, damit alles wieder in Ordnung kommt. Aber vielleicht musste es ja so kommen. Ich meine, wenn du nicht Schluss gemacht hättest, wenn du an dem Tag nicht mit dem Auto zur Schule gekommen wärst, dann wären wir jetzt beide tot, oder? Wenn das nicht eine Botschaft des Universums ist, dass das mit uns nicht hat sein sollen, dann weiß ich auch nicht. Egal. Ich bin froh, dass du und deine Mama es geschafft haben. Ich hoffe, es geht euch gut.

Einen schönen Valentinstag wünscht E

No. KR1471 | NAME NOM Grant, Kady E.

Grant, Kady
Psych Profil/Tauglichkeitsgutachten
Eingang: 17/02/75

—Seite 2—

legt nahe, dass Miss Grant deutlich kompetenter ist, als ihre Testergebnisse vermuten lassen. Im Vergleich zu den ersten Übungseinheiten, die sie in der provisorischen Schulungsseinrichtung der *Hypatia* absolviert hat, sind ihre aktuellen Ergebnisse weniger beeindruckend. Kurz gesagt: Sie legt es bewusst darauf an, Ergebnisse zu erzielen, die sie NICHT für das Ausbildungsprogramm Neuroprogrammierung qualifizieren.

TEAMWORK: Miss Grant arbeitet nicht gut mit anderen zusammen. Laut den Berichten ehemaliger Mitschüler hatte sie in der Schule zwar durchaus Kontakte, aber kaum enge Freundschaften. Derzeit ist sie offensichtlich lieber allein. In Gruppensituationen wirkt sie auf andere eher demoralisierend.

ALLGEMEINE EINSTELLUNG: Miss Grant weist starke nonkonformistische Neigungen auf und hat die unangenehme Angewohnheit, Respektspersonen im falschen Moment infrage zu stellen. Angesichts ihrer Intelligenz, die sie nach Kräften zu vertuschen versucht, ist sie dadurch in gewissem Grad eine Belastung. Ein Egoproblem hat sie aber offenbar nicht, da sie sich damit zufriedengibt, als durchschnittlich eingeschätzt zu werden. Es wirkt eher so, als wären ihre ständigen Nachfragen und ihre (oft erfolgreichen) Destabilisierungsversuche Ausdruck einer persönlichen Überzeugung.

FAZIT:
- [ ] Einberufen—Priorität 1
- [ ] Einberufen—Priorität 2
- [ ] Einberufen—Priorität 3
- [X] Nicht einberufen

BEMERKUNG: Der erforderliche Zeitaufwand, ihr die Spielchen auszutreiben und sie zu der gewünschten Leistung zu zwingen, würde den zu erwartenden Output ihrer Arbeit eventuell übersteigen. Anscheinend ist sie bereit, uns in Ruhe zu lassen, wenn wir sie in Ruhe lassen, und für unsere Rekrutierung gibt es eindeutig geeignetere Kandidaten.

NETZWERK SICHERHEIT BERICHT

HINWEIS:
Beim Aufnahmegespräch erwähnte Grant, dass sie »ganz gut mit Computern« kann. In ihrem psychologischen Profil wiederum wurde festgestellt, dass sie »schlecht mit Autoritäten« kann. Beispiel: Ihre wiederholten Versuche, die Sicherheit auf dem Schiff zu knacken, wurden von den Netzwerktechnikern der *Alexander* und vor allem von der »Hackergemeinde« der Flotte registriert.

>> >> >> >> **EINBRUCHSVERSUCH** 18/02/75 03:15

BERICHT: Lu, Xi Wei, Netzwerktechnikerin
ZIEL: Psychologische_Gutachten_Flüchtlinge
VORGANG: Brachialer Kaskadenangriff auf Datenfestung der *Alexander*
ERGEBNIS: Abgewehrt

>> >> >> >> **EINBRUCHSVERSUCH** 18/02/75 07:15

BERICHT: Lu, Xi Wei, Netzwerktechnikerin
ZIEL: Psychologische_Gutachten_Flüchtlinge
VORGANG: Codewyrm-Abriegelung in Datenfestung der *Alexander*
ERGEBNIS: Einbruch erfolgreich, Dauer 3 Min.

>> >> >> >> **EINBRUCHSVERSUCH** 18/02/75 18:15

BERICHT: Lu, Xi Wei, Netzwerktechnikerin
ZIEL: Datenbank_Bordküche – Speiseplan\Netzwerk_Technik
VORGANG: Zugriff Einschleusung von Trojaner in Bordküchen-Datenbank
ERGEBNIS: Einbruch erfolgreich. Mahlzeiten für Netzwerktechniker gestrichen. Sicherheitsstufe Datenbank Bordküche auf Stufe 3 heraufgesetzt.

>> >> >> >> **EINBRUCHSVERSUCH** 19/02/75 06:00

BERICHT: Brown, Benjamin Fraser, Leitender Netzwerktechniker
ZIEL: Team_Datenverarbeitung-Netzwerktechnik
VORGANG: Zugang über persönliche Einträge, Einbruchsmethode noch nicht identifiziert
ERGEBNIS: Einbruch erfolgreich. Netzwerk-Technikerin Xi Wei Lu aus Datenbank gelöscht. Z. Zt. wird versucht, ihr Profil wiederherzustellen.

HYPATIA

HINWEIS: Unserer Meinung nach handelt es sich beim folgenden Austausch um den ersten Kontakt zwischen Grant und einem Mitglied der Untergrund-community der Flotte. Der Kontakt fand drei Wochen nach der Evakuierung und kurz nach Grants Schwierigkeiten mit dem Sicherheitsdienst statt. Der Absender ist Byron Zhang, wissenschaftlicher Mitarbeiter an Bord der *Hypatia* und bekannter Aktivist für Informationsfreiheit. Einige Teile des Austauschs konnten nicht wiederhergestellt werden. Der Typ wusste genau, was er tat.

ABGEFANGENE PERSOENLICHE NACHRICHT E

An: Kady Grant/KGRANTHYPATIAONBOA
Von: Ghost ID/FAILFAILFAILFAIL
Datum: 20/02/75
Zeitstempel: 23:17
Betreff: Das Geräusch, wenn man mit e

Du warst ganz schön aktiv, alle Achtung.

Ich **[nicht wiederherstellbar]** sehr amüsanten Beispie Hackens. Wir haben 8.340 Leute an Bord unserer Flotte, es gibt für jeden Bedarf einen Spezialisten. Du musst dir nicht **[nicht wiederherstellbar]** selbst beibringen. Greif auf Shell Ref 436HT:904JX:003 zu und **[nicht wiederherstellbar]** zeigt dir, was da draußen ist.

Diese Nachricht zerstört sich aus Sicherheitsgründen automatisch.
D ese Nachr cht zerstört s ch aus S cherhe tsgründen automat sch.
D e e Nachr cht zer tört ch au cherhe t gründen automat ch.
D e e Nac r c t zer tört c au c er e t gründen automat c .
D e e Nac r c zer ör c au c er e gründen au oma c .
D e e N c r c zer ör c u c er e gr nden u om c .
D e e N c r c zer ör c u c er e gr nden u m c.
D e e N r c er r c u c er e r nden u c.
D e e N r er r u er e r nden u
e e N r er r u er e r nden
N fr er r u er e r nd
fr er u r e r nd
fr e u r e nd
fr e u nd

Teilnehmer: ByteMe, CitB
Datum: 21/02/75
Zeitstempel: 00:44
Shell Ref 436HT:904JX:003

> **HINWEIS:**
> Grant antwortet Zhang unter dem Usernamen »ByteMe«. Sie benötigte 87 Minuten, um sein Elektronisches Invasions-Abwehrsystem (EIS) zu knacken.

-- BEGIN HYPATIA CHAT BASIC V9 CODE --><FORM> ONCLICK=

ByteMe: Mehr hast du nicht?

CitB: ach, die neue

ByteMe: Logisch, aber wer bist du?

CitB: derjenige, der dir zeigen kann, wie du an die infos rankommst, die du suchst

CitB: und noch mehr

ByteMe: Was willst du dafür? Hier kriegt man nix umsonst.

CitB: du musst nur deine zeit opfern. die typen weiter oben kostet es viel mehr. die Alexander ist ein kriegsschiff, und hier auf der Hypatia sind wir zivilisten, aber ob notstand oder nicht, wir haben das recht auf mehr informationen als die, mit denen sie uns abspeisen.

CitB: auch unser leben steht auf dem spiel. wenn du bei uns mitmachen willst, herzlich willkommen.

ByteMe: Einfach so?

CitB: du machst doch schon seit 3 wochen deine aufnahmeprüfung, grashüpfer. hab dich beobachtet. du willst auch nicht dumm sterben. hab gesehen, dass du ein paar sachen im auge behältst. und ein paar leute.

ByteMe: Du bist ja GAR NICHT gruselig.

CitB: ich bin halt jemand, der mehr weiß als du. willst du was rauskriegen oder nicht?

ByteMe: Schieß los.

CitB: prima

An: Kady Grant/KGRANTHYPATIAONBOARD
Von: Ezra Mason/EMASONALEXANDERONBOARD
Datum: 18/03/75
Zeitstempel: 21:32
Betreff: Klopf Klopf

Hey K,
ich weiß nicht, ob du das hier kriegst. Ich hab dir letzten Monat was gemailt, aber vielleicht ist es ja nicht durchgegangen. Wenn es an Bord der Hypatia ungefähr so zugeht wie hier bei uns, würde es mich nicht wundern. Vielleicht hast du ja zu viel zu tun. Oder du willst nicht mit mir reden. Schon kapiert.

Gestern hatte ich Geburtstag. 18 Jahre, nicht zu fassen! Die gute Nachricht: Ich darf jetzt Alkohol trinken. Die schlechte: Es gibt keinen. Sogar das Wasser ist rationiert. :P Wir müssen hier ständig irgendwelche Tests machen. VR-Simulationen, Psychoanalysen und Sport. Viele Flüchtlinge aus Kerenza wurden in die TZV eingezogen. »Kriegsbedingte Rekrutierung« nennt sich das. Und jetzt, wo ich 18 bin, haben sie mich auch im Visier. Was vermutlich heißt, dass wir noch tiefer in der [redacted] stecken als gedacht.

Ich hab heute Nacht von dir geträumt. Nein, nicht so was, reg dich nicht auf.

Es ging um den Tag der Invasion. Ich seh dich in deinem Truck auf dem Parkplatz, und ich renne zum Autofenster und klopfe, aber du lässt mich nicht rein. Du siehst mich einfach nur an, als würdest du mich nicht kennen. Und ich hämmere gegen die Scheibe und schreie deinen Namen, aber du schüttelst bloß den Kopf. Dann fährst du weg und lässt mich einfach stehen. Komisch war bloß, dass jemand, der genauso aussah wie ich, die ganze Zeit neben dir saß. Und sich kaputtgelacht hat. Dann kamen die Schiffe. Glaubst du, das hat was zu bedeuten? Wie auch immer, ich hoffe, es geht dir gut.

Alles Liebe E

Mason, Ezra
Psych Profil/Tauglichkeitsgutachten
Gesprächsauszug
Eingang: 19/03/75

Vernehmer: Erzählen Sie mir von Ihrer Mutter.

Ezra Mason: [Lacht.] Der war gut, Alter. Sie sind der erste Psych, der irgendwie ein bisschen Humor …

Ezra Mason: … Moment mal. Meinen Sie das ernst?

Vernehmer: Ist es Ihnen unangenehm? Über sie zu sprechen?

Ezra Mason: Nö, aber es kommt mir so vor, als hätten Sie die Fragen für Ihren Psychotest von 'ner Packung Jupiter-Loops abgeschrieben. Ist das echt Ihre erste Frage? »Erzählen Sie mir von Ihrer Mutter«? Geht's noch?

Vernehmer: Sie haben also bereits an anderen psychologischen Eignungstests teilgenommen?

Ezra Mason: Wie kommen Sie denn darauf?

Vernehmer: Weil Sie eben sagten, ich sei der erste Psychoanalytiker mit einem gewissen Humor, dem Sie bisher begegnet sind. Das bedeutet, dass Sie noch andere Analytiker kennengelernt haben, oder nicht?

Ezra Mason: Sie sind ja ein richtiger kleiner Sherlock.

Vernehmer: Kein Grund für Unverschämtheiten, Mr Mason.

Ezra Mason: Mr Mason ist mein Vater.

Vernehmer: Ach ja, richtig, Ihr Vater. Erzählen Sie mir etwas über ihn.

Ezra Mason: Da gibt's nichts zu erzählen. Er ist Ingenieur. Für die Schwerprozessoren in der Hermium-Raffinerie zuständig. Kann nicht gut kochen. Erzählt gern fiese Witze, Sie wissen schon. Ein ganz normaler Vater halt.

Vernehmer: Fehlt er Ihnen?

Ezra Mason: Was ist das denn für 'ne Frage?

Vernehmer: Ihr Vater ist vor über einem Monat beim Überfall auf Kerenza ums Leben gekommen, aber Sie sprechen weiterhin im Präsens von ihm.

Vernehmer: Finden Sie das etwa nicht interessant, Ezra?

Ezra Mason: [Unverständliche Beschimpfung]

Vernehmer: Na schön. Reden wir von etwas Angenehmerem.

Ezra Mason: Meinen Sie so was wie Unterwäschemodels?

Vernehmer: Erzählen Sie mir von Ihrer Freundin.

Ezra Mason: Wowwww.

Ezra Mason: Sie machen das hier richtig schlecht, Alter.

Ezra Mason: Wenn Schlecht eine Sportart wäre, könnten Sie für Ihren Planeten antreten.

Vernehmer: Ist Ihnen das Thema Freundin unangenehm?

Ezra Mason: Meine Freundin hat am selben Tag, an dem der Planet explodiert ist, mit mir Schluss gemacht.

Vernehmer: Liegt Ihnen noch viel an ihr?

Ezra Mason: Nächste Frage.

Vernehmer: Mir ist nur aufgefallen, dass Sie Miss Grant auf dem Aufnahmeformular für die *Alexander* als Notfalladresse angegeben haben. Ungewöhnlich, ein Mädchen, mit dem man gerade Schluss gemacht hat, als nächste Bezugsperson anzugeben.

Ezra Mason: Ich habe nie behauptet, dass ich mit ihr Schluss gemacht habe. Sie hat mit mir Schluss gemacht.

Vernehmer: Warum?

Ezra Mason: Das geht Sie so was von nichts an, dass es derartig weit über Ihren Geht-mich-nichts-an-Horizont hinausschießt und quasi direkt vor Ihnen wieder landet.

Vernehmer: Haben Sie beide sich gestritten?

Ezra Mason: So wie alle Paare.

Vernehmer: Stammen die Narben auf Ihrem Arm von solchen Auseinandersetzungen?

Ezra Mason: … Hä? Alter, die Narben hab ich, seit ich acht bin. [redacted], was stimmt denn mit Ihnen nicht?

Ezra Mason: Sie machen das nicht beruflich, oder? Bitte sagen Sie mir, dass die richtigen Psychologen der *Alexander* von diesen BeiTech-[redacted] weggeputzt wurden und Sie nur der Typ sind, der früher immer die Wischeimer sauber gemacht hat.

Vernehmer: Ich arbeite in der Krankenstation.

Ezra Mason: Meine Fresse. Das war nur'n Witz. Im Ernst?

Ezra Mason: Sie sind nicht mal ausgebildeter Klapsologe? Echt krass.

Vernehmer: Ich habe an der TZV-Akademie Psychologie im Hauptfach studiert und einen Abschluss gemacht. Im letzten Studienjahr muss man ein sechsmonatiges Praktikum absolvieren. Mich haben sie der *Alexander* zugeteilt, aber man muss kein Neo-Oxford-Absolvent sein, um zu erkennen, dass Sie ein ausgewachsenes Aggressionsproblem haben, Mr Mason. Wir können gern darüber sprechen, wir können aber auch einfach hier sitzen und die Wand anglotzen, bis die Stunde um ist.

Vernehmer: Wie Sie wollen.

[Überspringe 51:27 Minuten ungebrochenen Schweigens.]

Ezra Mason: Sie hat etwas verlangt, was ich ihr nicht geben konnte.

Vernehmer: … Wie bitte?

Ezra Mason: Meine Freundin. Kady. Sie hat etwas verlangt, was ich ihr nicht geben konnte.

Vernehmer: Was hat sie denn verlangt?

Ezra Mason: Ist doch jetzt egal. Schließlich ist das ganze

Versum am Arsch und so. Die Sache ist die, dass es jemandem wie Kady schon schwer genug fällt, überhaupt um etwas zu bitten. Es passt ihr nicht, dass sie jemanden braucht. Deswegen ist es irgendwie … jedenfalls, als ich Nein gesagt habe und es nicht richtig begründen konnte … also … da ist das Fass einfach übergelaufen. Verstehen Sie?

Vernehmer: Warum haben Sie Ihre Weigerung denn nicht begründet?

Ezra Mason: Wenn ich's ihr schon nicht gesagt habe, dann glauben Sie doch nicht im Ernst, dass ich es jetzt Ihnen erzähle, oder?

Vernehmer: Womit wir wieder bei Ihrer Mutter wären.

Ezra Mason: Ach, und wie kommen Sie darauf, Mr Uniabschluss?

Vernehmer: Typischerweise rühren Vertrauensprobleme bei Teenagern daher, dass sie in ihrer Kindheit Missbrauchserfahrungen mit Autoritätspersonen gemacht haben, meistens mit Lehrern oder Elternteilen. Dass Sie schon früher psychologische Beratung erfahren haben, unterstützt diese Hypothese noch.

Vernehmer: Sie haben Ihren Vater offensichtlich sehr geliebt. Daher rühren Ihre Unfähigkeit, mit seinem Tod umzugehen, und Ihre offene Feindseligkeit gegenüber jedem, der Sie darauf anspricht. Womit wir logischerweise bei der Frage nach Ihrer Mutter landen.

Vernehmer: Erzählen Sie mir bitte von Ihrer Mutter.

Ezra Mason: Sie nehmen das alles auf, oder?

Vernehmer: Nur den Ton. Die Kamera ist defekt.

Ezra Mason: Na schön, dann jetzt mal für alle Sehbehinderten: Ich strecke gerade den … ach du Schreck, tatsächlich … ja, es ist tatsächlich mein gereckter *Mittelfinger*, den ich Mr Uniabschluss direkt vor die Nase halte.

Vernehmer: Mr Mason …

Ezra Mason: Und jetzt wackle ich damit auch noch hin und her!

Vernehmer: 19/03/75, 13.58 Uhr, Befragung beendet.

Ezra Mason: Gucken Sie doch mal, wie er wack…

-Tonaufzeichnung bricht ab-

Mason, Ezra—
Psych Profil/Tauglichkeitsgutachten
Eingang: 21/03/75

—Seite 2—

weist Symptome einer posttraumatischen Belastungsstörung auf: Aggression, Ausweichen, Nachtangst und Schuldgefühle, wie sie für Überlebende einer Katastrophe typisch sind.

TEAMWORK: Mr Mason ist teamfähig und übernimmt, falls erforderlich, auch Führungspositionen. Stichwort Schulsport – erleichtert seit 1914 das Leben von Musterungsoffizieren.

ALLGEMEINE EINSTELLUNG: Der Tod seines Vaters hat bei Mr Mason Aggressionen ausgelöst, die jedoch bereits nachlassen und sich inzwischen fast ausschließlich auf BeiTech Industries richten – seine zukünftigen Gegner.

FAZIT:

- [X] Einberufen—Priorität 1
- [ ] Einberufen—Priorität 2
- [ ] Einberufen—Priorität 3
- [ ] Nicht einberufen

BEMERKUNGEN: Mr Mason würde unter normalen Umständen aufgrund seiner PTBS und seiner Ängste als nicht geeignet eingestuft. Angesichts des derzeitigen Mangels an Zyklon-Piloten auf der *Alexander* und in Anbetracht seiner Testergebnisse (räumliche Wahrnehmung: 94%; Mustererkennung: 99,7%) empfehlen wir trotzdem, ihn zu rekrutieren.
Seine Feindseligkeit gegenüber BeiTech kann in einer Konfliktsituation kanalisiert werden. Ihn mit zielorientierten Aufgaben innerhalb eines sozialen Umfelds zu konfrontieren (Kampftraining) könnte sich sogar als therapeutisch erweisen. Wenn nicht, ist er in ein paar Monaten ohnehin nicht mehr unser Problem.
Setzen Sie ihn so schnell wie möglich in ein Cockpit!

No. KR1494 NAME NOM Mason, Ezra J.

0078055349917 1494

ALEXANDER-78

BGEFANGENE PERSOENLICHE NACHRICHT BOR

HINWEIS: Hierbei handelt es sich um den letzten nennenswerten Kontakt zwischen den Zielpersonen vor dem *Copernicus*-Zwischenfall. Zu beachten ist, dass nach dem letzten Kommunikationsversuch von Seiten Masons vier Monate vergangen sind.

An: Kady Grant/KGRANTHYPATIAONBOA
Von: Ezra Mason/EMASONALEXANDERO
Datum: 03/07/75
Zeitstempel: 23:45
Betreff: AUF KEINEN FALL SENDEN

Kades

ich schicke dir das hier nicht ich schreibe es einfach nur und dann lösche ich es aus verschiedenen gründen. Mein freund jimmy meint es ist am besten wenn man sich so was von der seele redet und da du nun mal nicht hier bist und ich es dir nicht sagen kann tu ich eben so als ob. wegen meiner seele. da lastet so einiges drauf.

ich bin irgendwie … ein bisschen beduselt aber keine angst ich verbringe meine zeit nicht damit mich allein in meiner koje zu besaufen man kommt einfach zu schwer an alk ran lol. ES HANDELT SICH EHER UM EINE FEIER weil ich jetzt offiziell fliegen darf stell dir vor ich fliege einen zyklon ach du [redacted], was ist bloß aus dem universum geworden.

aber egal da ich das hier sowieso nicht abschicke kann ich dir genauso gut sagen dass ich es ziemlich brutalfinde dass du mir nicht geantwortet hast ich weiß ja dass du veilliecht nicht mehr mit mir reden wills und das ist in ordnung aber ein kurzes »ich wünsche nicht mit ihnen zu sprechen mein herr« wär echt nett gewesen. so fühl ich mich echt schäbig behandelt meine dame aber echt mal.

da ich das hier nicht abschicke halte ich es auch für meine pflicht dich darüber zu informieren dass ich dich nach sechs monaten immer noch liebe und das macht mich traurig weil sich liebe nicht so anfühlen sollte. es ist als würde mir jedes mal jemand in den bauch treten wenn ich an dich denke und am liebsten würde ichjetzt das gesicht auf die tastatur legen undiu;///ubEWdcfhugiov'byhi;.//////-='-0i9juh8ygtfdcsaazs34defg7u8 hi9o0p[[09ju8hy7gtf6rdsasdr-ftg67yh8u9ji0o-po0i9juhy8gtfrdesazsxdcfr5gt6y7h8u9j i0kolp0i-9uj8hy7gt6frdesazsxdfghu7ghbuio.; ucfrexdAQW3XDE45THYUJY

HINWEIS: Masons Darstellung des *Copernicus*-Zwischenfalls. Zensierter Inhalt im Originalbericht ist als ~~durchgestrichen~~ gekennzeichnet.

EINSATZBERICHT
INISTERIUM DES INNEREN
ITE TERRANISCHE KRIEGSFLOTTE
OTTENVERBAND ALEXANDER

EINGANG: 20/07/75

ORT: Kerenza VII Baryzentrum 778.76,325.71,1243.56k

PILOT: Ezra Mason (UTN-966-330ad)

RANG: Second Lieutenant

RUFZEICHEN: N/A

~~Feuer verhält sich echt irre im All.~~

~~Man denkt gar nicht drüber nach, erst wenn man tatsächlich was da draußen brennen sieht. Zündet man bei Schwerelosigkeit ein Streichholz an, ist die Flamme kreisrund. So wie Terra in den alten Clips. Und genau wie Terra flackert die Flamme in der Schwärze weder orange noch gelb, nicht mal weiß. Sie brennt blau wie ein VR-Himmel. Blau wie die Augen eines schönen Mädchens.~~

~~Das haben sie uns bei der Grundausbildung nicht erzählt.~~

So einen Bericht hab ich noch nie geschrieben. Einen Einsatzbericht. Merkt man wahrscheinlich. Bei all den Versuchen, uns flugtauglich zu machen, blieb wahrscheinlich nicht genug Zeit, uns auch noch den Bürokram beizubringen. So richtig fit bin ich mit der Steuerung trotzdem noch nicht. Ein Rufzeichen haben sie mir jedenfalls noch nicht gegeben. Der General meinte, ich soll einfach alles hinschreiben, sollen die Zensoren doch draus schlau werden, also mach ich das jetzt so.

~~Befolge die [redacted] Befehle.~~

~~Wird gemacht.~~

Am 19/07/75 um 21:00 Uhr saß ich im Cockpit meines Zyklon-Jägers. Unsere Flotte – bestehend aus dem Schlachtkreuzer *Alexander*, dem Forschungsschiff *Hypatia* und dem Schwerfrachter *Copernicus* – befand sich in der Umlaufbahn um den ersten Mond von Kerenza VII, um Vorräte aufzufüllen. Die H_2O-Vorräte der Flotte hatten einen kritischen Tiefstand erreicht, und Kerenza VII(a) besteht zum Großteil aus gefrorenem Wasser, weshalb unsere Besatzungen damit beschäftigt waren, tonnenschwere Eisbrocken aus dem Orbit einzusammeln, ~~während die *Lincoln* immer näher rankam.~~

Mein Geschwader führte 600 km von der Backbordseite der *Alexander* Einzelkampfübungen durch, wobei wir immer wieder den Rand der Atmosphäre von Kerenza VII streiften. Bei dem »Zwischenfall« waren außer mir drei andere vom Geschwader Echo anwesend: unser Kommandant Major Eli »Prophet« Hawking, First Lieutenant Zhenya »Kampfschiff« Alvaranga und ~~noch ein anderer Frischling,~~ Second Lieutenant Mikael Carlin.

Ich habe immerhin fast hundert Stunden in VR abgerissen, aber diese Sims können einen einfach nicht auf das echte Schwarz vorbereiten. ~~Zwei Minuten da draußen, und du kapierst, wie wenig du weißt. Du bist ein Klecks belebter Kohlenstoff plus Wasser mit circa sieben Zentimetern schussfester Keramik zwischen dir und dem absoluten Nichts. Dreiundneunzig Milliarden Lichtjahre aus~~ [redacted] ~~NICHTS. Kein Oben, kein Unten, kein Himmel, kein Boden. Nur unendliche Finsternis, in der ein paar winzige Punkte Sonnenlicht funkeln, die älter sind als du und deine gesamte Spezies. Willst du dir mal so richtig unbedeutend vorkommen? Dann setz dich einfach sechzig Sekunden ins Cockpit eines Zyklons, Alter. Schau dir das Nichts ringsrum gründlich an, und auf einmal spürst du, wie es zurückschaut. Im dem Augenblick weißt du, was du wert bist.~~

Wie gesagt, wir waren an der Backbordseite der *Alexander*. Auch aus einer Entfernung von 600 km ist so ein TZV-Schlachtkreuzer ein Wahnsinnsteil. Eine gigantische, mattgraue Riesenfaust von der Größe einer Megacity, deren hinteres Ende von einer ganzen Batterie von wolkenkratzergroßen Triebwerken weiß-blau erleuchtet wird.

Im VR hab ich mal gesehen, dass für die alten terranischen Seeleute ihre Schiffe immer weiblich waren. Andauernd hieß es »Sie ist das schnellste Schiff der Inseln« oder »Sie ging mit Mann und Maus unter« und so weiter. Schon komisch – auch mein Zyklon kommt mir wie ein Mädchen vor. Sieht aus und bewegt sich wie ein Mädchen. Lauter elegante Linien und scharfe Kurven, die einen ganz schön fertigmachen können. Manchmal könnte ich schwören, dass sie mich fliegt.

Okay, die *Alexander* ist genau genommen natürlich ein »Er«, keine Frage. Er besitzt weder Charme noch Sinnlichkeit, auch keine richtige Symmetrie. ~~Er sieht aus wie das, was er ist – ein brutaler Schlägertyp, der sich auf eine Prügelei mit einem Gegner eingelassen hat, der ihm einen Tick überlegen war.~~ Er fliegt nicht durchs All, er boxt sich durch. Reißt Löcher rein und schleppt sich und alles um ihn rum durch die Gegend. Hunderttausend Kilometer Kabel unter einer blaugrauen Metallhaut. An den Flanken offene Wunden vom Rückzug von Kerenza IV. Ein Hirn so groß wie eine ganze Stadt. ~~Er ist keine Lady, aber auch sicher kein Gentleman. Du kannst die *Alexander* nicht anpissen. Die *Alexander* hat immer den längeren~~ [redacted].

Das Forschungsschiff *Hypatia* befand sich ungefähr 4.000 km von der *Alexander* entfernt. Die *Hypatia* ist auf jeden Fall eine »Sie«. Ein echt schönes Schiff, Alter. Eine Figur wie ein Gedicht. Sie pflügt sich nicht durchs All, sie tänzelt.

Der Schwerfrachter *Copernicus* befand sich ebenfalls auf der Backbordseite der *Alexander*, ungefähr 6.000 km entfernt. Keine Ahnung, ob ich dieses Schiff eher männlich oder weiblich nennen würde. Im VR habe ich Bilder von Schildkröten gesehen, an die erinnert mich *Copernicus*. Diese stadtgroßen Panzer auf dem Rücken, in denen sich genug Treibstoff befindet, um alle drei Schiffe unter Dampf zu halten.

Lieutenant Carlin und ich waren von Kampfschiff gerade zum vierten Mal innerhalb von zwanzig Minuten markiert worden. Mit der Präzision eines Uhrwerks. Ihr Zielcomputer blinkte uns an, und auf unseren Helmdisplays leuchtete »SCHIFF ZERSTÖRT SCHIFF ZERSTÖRT« ~~auf, und sie lachte sich über Funk kaputt über uns.~~

~~Carlin hieß bei ihr bloß »Quassel« weil er zwischen den Gefechten zu viel quatschte. Mir tat der Typ leid, denn wenn einem ein Vorgesetzter einen Spitznamen verpasst, bleibt er oft hängen. »Quassel« gehört nicht unbedingt zu den coolsten Rufzeichen in der Flotte.~~

~~Für mich ließ sie sich immer wieder was Neues einfallen, aber jedes Mal, wenn sie einen Spitznamen wie »Prettyboy« raushaute,~~ [redacted] ~~ich mir fast in die Hosen. Dein Rufzeichen wird dir nämlich in den Sarg graviert, wenn du den Abgang gemacht hast. Da wünscht man sich jedenfalls nicht, dass bei der eigenen Verabschiedung ein Haufen Zyklon-Kumpel zusammenstehen und noch einen auf »Lieutenant Schnuckelchen« heben.~~

Wir formierten uns gerade zu einer neuen Runde, da ging Alarmstufe Rot los. Erst dachte ich, es gehört zur Übung, aber dann kam AIDAN direkt über Funk. AIDAN ist nicht für das Training zuständig. Die KI der *Alexander* kann nämlich nicht lügen. Sie kann natürlich selbstständig denken, aber kein Neuroprogrammierer ist so bescheuert, dass er einen Computer in die Lage versetzt, absichtlich zu täuschen. ~~Diese Kisten sind inzwischen so schlau, dass uns nur noch die Fähigkeit,~~ [redacted] ~~zu labern, von ihnen unterscheidet.~~

»MAJOR HAWKING, BEFEHLEN SIE IHREM GESCHWADER, SCHARFE MUNITION ZU LADEN. DIE SPERREN SIND AUFGEHOBEN. ALARMSTUFE ROT.«

AIDANS Stimme ist geschlechtslos. Betonung, Satzmelodie und Aussprache sind perfekt, aber sie klingt weder alt noch jung und hat nicht die allerkleinste Färbung. AIDAN weigert sich sogar, Piloten mit ihren Rufzeichen anzusprechen. ~~Ja, manchmal klingt er ein bisschen angepisst, wenn man zum Beispiel beim Landen das Flugdeck aufreißt oder so, aber davon abgesehen, ist seine Stimme wie das wunderschöne Gemälde eines leeren Zimmers. Manchmal ist sie mir richtig unheimlich.~~

Prophet wiederholte den Befehl, und Kampfschiff, Carlin und ich liefen heiß. Wir dachten nicht groß nach. Denken kann tödlich sein, das pauken sie einem immer wieder ein.

Wir drei formierten uns an Prophets Flanke, und er wechselte auf einen Kanal zur *Alexander*, über den er die Bestätigung von General Torrence erbat. Aber Prophet bekam keine Lebend-Rückmeldung. Bloß AIDAN mit einer Abfolge von Koordinaten und dem Befehl, uns so schnell wie möglich in Position zu bringen. Wir kippten um 270 Grad, drückten voll auf die Tube und rauschten los. Ein Blick auf mein Raumdisplay verriet mir, wohin die Reise ging. Direkt auf die *Copernicus* zu.

Ich erinnere mich noch an die darauf folgende Unterhaltung. An jedes einzelne Wort. Ich höre sie jetzt noch, direkt in meinem Kopf, als säße ich wieder im Cockpit.

»AIDAN, hier Prophet. Stell mich zu General Torrence durch.«

»MAJOR HAWKING. HALTEN SIE WEITER MIT ANGRIFFSGESCHWINDIGKEIT AUF ANGEWIESENE NETZKOORDINATEN ZU.«

»Verstanden, AIDAN, wir sind unterwegs. Stell mich zu General Torrence durch.«

»NEGATIV, BEFEHL NICHT AUSFÜHRBAR.«

»Wie bitte, AIDAN?«

»BEFEHL NICHT AUSFÜHRBAR.«

Ich schielte auf meine Anzeigen und spähte durch die Blastspex-Brille nach oben, um mich zu vergewissern, ob meine Anzeigen korrekt waren. Auf der Hülle der *Copernicus* erblühte eine winzige Flamme. Ein Dutzend kleine, skarabäusartige Gebilde purzelten eins nach dem anderen aus dem Bauch des Frachters. Die Triebwerke flammten auf, dahinter schimmerte verbogenes Metall.

»Prophet, da ist gerade was durch die Hangartür der *Copernicus* rausgebrochen«, gab ich durch.

~~»Warum war die überhaupt zu?«, fragte Carlin.~~

~~»Halt's Maul, Quassel!«, blaffte Kampfschiff~~. »Prophet, ich registriere mehrere Shuttle-Starts von der *Copernicus*, bestätigt?«

»Verstanden, ich sehe sie auch. Keine Verbindung zur *Copernicus*. Keine Starterlaubnis für die Shuttles. Führungsschiff identifiziert: Osprey.«

AIDANS Stimme knackte im Funk.

»MAJOR HAWKING, SIE HABEN BEFEHL, DIE OSPREY-GRUPPE ZWEITAUSEND KILOMETER VOM HYPOZENTRUM DER *COPERNICUS* ABZUFANGEN. BITTE UM BESTÄTIGUNG.«

»... Hypozentrum?«, wiederholte Prophet verständnislos.

~~Hypozentrum. Das kommt aus dem Griechischen, mein Freund, und bedeutet wörtlich übersetzt »unterhalb des Zentrums«. So bezeichnet man den Ausgangspunkt eines Erdbebens. Oder einer Atomexplosion.~~

~~Plötzlich waren wir ganz Ohr. Aber so was von!~~

Auf meiner Sichtfeldanzeige blinkten Warnlämpchen auf. Strahlungsspitze. Inzwischen bestand ich nur noch aus Adrenalin und Schweiß. Dann fiel mir auf, dass die *Alexander* ihre Geschützbatterien nach oben geschwenkt hatte. Raketen liefen warm, Zieldaten wurden in unsere Navi-Computer gefüttert, ein Dutzend LEDs flackerten auf meiner Konsole auf. Die *Alexander* hatte ihre Atomwaffen scharf gemacht.

Und zielte auf die *Copernicus*.

~~Ich fragte Prophet, was da für eine~~ [redacted] ~~abging, fing mir aber nur einen Anpfiff von Kampfschiff ein, weil ich den Funk verstopfte.~~ Wir hielten volle Kanne auf die *Copernicus* zu, die jetzt noch ungefähr 3.000 km entfernt war. Meine Hände zitterten so heftig, dass ich nur mit Mühe in Formation blieb. Der Frachter hinter meiner Frontscheibe wurde immer größer. Metall glänzte im Licht der Atmo von Kerenza VII. Strudelndes Blau, Blutrot und kupfriges Gold.

Prophet brüllte mittlerweile in den Funk: »AIDAN, wir haben festgestellt, dass die Atomwaffen in deinen Silos scharf gemacht wurden. Stell mich sofort zu General Torrence durch! Bestätigung!«

»ÜBERTRAGUNG BESTÄTIGT, MAJOR HAWKING. BEFEHL NICHT AUSFÜHRBAR.«

Prophet befahl mir, die *Copernicus* über Sprechfunk reinzuholen, während er weiterhin versuchte, zu einem Menschen an Bord der *Alexander* durchzukommen. Von der *Copernicus* war nichts als weißes Rauschen zu hören. Ich führte den Befehl trotzdem aus.

»Schwerfrachter *Copernicus*, hier spricht Second Lieutenant Mason vom Schlachtkreuzer *Alexander*, hören Sie mich?«

Statt einer Antwort kam ein leise zischendes Schweigen. Vielleicht hatten sie mich nicht gehört.

Oder sie antworteten einfach nicht.

~~Oder sie wurden blockiert.~~

»*Copernicus*, hier *Alexander* Zyklon-Jägergruppe Echo. Hören Sie mich?«

Dann passierte es. Mehrere Alarmmeldungen gleichzeitig prasselten kreischend auf mein Cockpit ein, und die *Alexander* feuerte drauflos. Einfach so. Im All gibt es kein Oben und Unten, alles ist relativ. Komischerweise hat man trotzdem das Gefühl, als würde das ganze Universum plötzlich kopfstehen. Meine Sichtfeldanzeige war inzwischen fast komplett rot. Prophet brüllte ins Funkgerät und verlangte eine Erklärung von AIDAN, hielt aber dabei weiter wie befohlen auf den Punkt bei 2.000 km zu.

Die *Copernicus* war mit Abwehrbatterien ausgerüstet, dazu Ghost-

Technologie, mit der man den Zielerfassungscomputer einer Rakete an einem guten Tag mit viel Glück zum Narren halten kann. Aber das Schiff machte keine Anstalten, seine Verteidigung hochzufahren. Äußerlich wirkte es unversehrt – es hatte noch Strom, Antrieb, Navigation. Das Licht war noch an, aber es war niemand zu Hause.

Die Rakete sauste durch das schwarze Nichts. ~~Lippenstiftrote Spitze, makellose weiße Flanken, die schwarze Seriennummer säuberlich auf den Bauch gepinselt: FRZ.HLLE~~

~~»Fahr zur Hölle.«~~

~~Ich fragte mich, ob das der kranke Humor irgendeines Bordmechanikers war. Ich fragte mich, ob das~~ [redacted] ~~jetzt auch noch lachte.~~

Im All pflanzen sich Geräusche nicht fort. Es gibt keine Atmo, die sie weitertragen könnte. In diesen alten terranischen Zukunftsfilmen, über die wir uns an den Retro-Abenden immer kaputtlachen, wird es meistens falsch dargestellt. Aber als diese Rakete in die *Copernicus* einschlug und blau aufloderte, hätte ich schwören können, dass ich etwas hörte. Ich spürte es in der Brust. Die Kompensatoren verfärbten sich gegen das grelle Leuchten schlagartig schwarz, aber ich sah trotzdem, wie die *Copernicus* im Innern einer kreisrunden blauen Kugel in Stücke gerissen wurde. Trümmer trudelten wie tonnenschwere Puzzleteile durchs All. Über zweitausend Leben in einer einzigen Sekunde ausgelöscht. Von der Detonation pulverisiert oder in menschenförmige Eiszapfen verwandelt.

Und das alles in totaler, perfekter

Stille.

Mit der Druckwelle kamen die Trümmer auf uns zugerast und prasselten wie Regen auf meinen Schutzschild, trafen auf die Atmo von Kerenza VII und brannten dort in sämtlichen Regenbogenfarben. Über Funk hörte ich immer noch Prophets Stimme, ich weiß aber nicht mehr, was er sagte. Vielleicht verlangte er immer noch nach einer Erklärung. ~~Vielleicht betete er auch.~~ Ich kann's wirklich nicht sagen.

Von vorne rasten immer noch die Shuttles auf uns zu, und ich kam plötzlich wieder zu mir, ~~als hätte jemand die Lautstärke im Universum wieder aufgedreht.~~ Mein Display zeigte an, dass die *Alexander* noch mehr Zyklons ausspuckte. Ich hatte versucht, das Führungs-Shuttle über die offene Frequenz zu erreichen, danach auf den sicheren Tagesfrequenzen und schließlich direkt. Fehlanzeige. Irgendjemand musste die Dinger doch steuern – für Autopilotanweisungen bewegten sie sich zu unregelmäßig. Und da meldete sich AIDAN wieder.

»MAJOR HAWKING, OSPREY-GRUPPE ABFANGEN UND VERNICHTEN. BESTÄTIGUNG.«

Dann hörte ich Kampfschiff auf der offenen Frequenz, und in diesem Moment wusste ich, dass wir bis zum Hals in der [redacted] steckten.

»Jah …«, sagte Kampfschiff, »möge Jah uns beistehen.«

Prophet verlangte eine Bestätigung. »Sag das noch mal, AIDAN – wir sollen auf Zivilisten schießen?«

»ERFOLGTE QUARANTÄNEVERLETZUNG. KLASSIFIZIERUNG ALPHA-ZERO-PATHOGEN. OSPREY-GRUPPE ABFANGEN UND VERNICHTEN.«

»OSPREY-GRUPPE ABFANGEN UND VERNICHTEN.«

»OSPREY-GRUPPE ABFANGEN UND VERNICHTEN.«

»OSPREY-GRUPPE ABFANGEN UND VERNICHTEN.«

HINWEIS: Folgendes wurde fast elf Stunden, nachdem die *Copernicus* die Bühne verlassen hatte, von der Propagandaabteilung der *Hypatia* – Verzeihung, von der »Bordinformationseinheit« – veröffentlicht.

ALLGEMEINE BEKANNTMACHUNG

HERAUSGEGEBEN VON: CAPTAIN CHAU, FORSCHUNGSSCHIFF *HYPATIA*

DATUM: 21/07/75

ZEIT: 08:00 (Schiffszeit)

ANWEISUNG: FLOTTENVERBAND *ALEXANDER*

Seit wir Kerenza vor sechs Monaten verlassen haben, werden wir von dem BeiTech-Schiff BT042-TN verfolgt, das wir unter dem Namen *Lincoln* kennen. Wir sind der *Alexander*, ihrer Besatzung und dem Militär der Terranischen Zentralverwaltung für ihren Schutz zu großem Dank verpflichtet.

Wir sind immer noch über vier Wochen von unserer Sprung-Zwischenstation entfernt, und die *Lincoln* wird alles tun, um uns am Erreichen dieser Station zu hindern – und daran, dass wir der übrigen Galaxis von den Gräueltaten berichten, die BeiTech in der Kolonie Kerenza begangen hat.

Zu meinem tiefsten Bedauern muss ich Ihnen mitteilen, dass die *Lincoln* gestern Abend einen Überraschungsangriff auf unsere Flotte unternommen hat, in dessen Folge der Schwerfrachter *Copernicus* vernichtet wurde.

Viele von Ihnen hatten Freunde, Familienmitglieder und Kollegen an Bord der *Copernicus*. Neun Shuttles wurden während des Angriffs von Zyklon-Piloten der *Alexander* gerettet, denen wir an dieser Stelle unseren herzlichen Dank für ihren heldenhaften Einsatz aussprechen möchten.

Aufgrund der jüngsten gesundheitlichen Probleme auf der *Copernicus* wurden die Überlebenden an Bord der *Alexander* in Quarantäne verbracht. Dieser Umstand behindert unsere Bemühungen, eine Liste mit Namen und näheren Angaben zusammenzustellen. Ich versichere Ihnen, dass wir uns der Dringlichkeit dieser Aufgabe bewusst sind.

Selbstverständlich verfolgen wir weiter das Ziel, schnellstmöglich zum Sprungpunkt und damit in Sicherheit zu gelangen. Bitte stehen Sie allen in Ihrer näheren Umgebung, die Familienmitglieder, Freunde oder Kollegen verloren haben, mit Rat und Tat bei. Konfessionsübergreifende Gedenkgottesdienste werden in Kürze organisiert, Einzelheiten erfahren Sie aus den Aushängen in den Kantinen.

LISTE DER BESTÄTIGTEN OPFER AUF DER COPERNICUS

ABADIA, Paula
ABBOTT, Claude
ABDELGADER, Pauline
ABDUL-RAHIM, Mira
ABERCROMBIE, Joe
ACLAND, Aracely
ADAMO, John
ADAMS, Davina
ADAMS, Josh
ADAMS, Tracey
ADIL, Bhan
ADIL, Zutshi
ADLER, Chris
AFRAM, Hilary
AHMAD, Cate
AHMAD, Nikki
AHMED, Amir
AITKEN, Rhodora
AJEZ, Lisa
AKBAR, Shreya
AKBARI, Beth
AKHIL, Krystyna
ALBRIGHT, Hester
ALFONSO, Lorcan
ALI, Maya
ALI, Sujata
ALIDOUST, Jeffery
ALIVIZATOS, May
ALLEN, Elka
ALLISON, Jared
ALLMARK, Indora
ALVARADO, Emanuel
ALVAREZ, Sammy
ALWYN, Deanne
ALZAYAT, Mostafa
ANDARY, Faith
ANDERSON, Elizabeth
ANDRE, Famila
ANDREOU, Theo
ANDREWS, Malini
ANDREWS, Matthias
ANDREWS, Nikki
ANTONACCI, Laura

ARBOLINO, Darrin
ARCHER, Noel
ARCHIBALD, Charmaine
ARISOY, Hallie
ARKLEY, Kyriacos
ARNOLD, Susna
ASHTON, Alex
ASHTON, Miller
ASSAF, David
ATAR, Jim
ATHANASOPOULOS, Carl
ATKINSON, Barbara
AUGUST, Jalen
AYOUB, Katherine
AYTON, Donald
AZOURY, Ronald
BADILLO, Carmen
BAGOOD, Samantha
BAILEY, Andy
BAILEY, Kurt
BAJARIAS, Ian
BAKER, Ailie
BAKER, Paul
BALBO, Aaron
BALFOUR, Eric
BALMFORTH, Leon
BALOI, John
BALTOSKI, Eduardo
BANG, Angie
BANKS, Jodie
BANOUB, Moira
BANSAL, Tarun
BARAKAT, Scott
BARAVYKAS, Lisa
BARBER, Virgil
BARDEN, Darryl
BARDEN, Ronny
BARDUGO, Leigh
BARELLO, Nigel
BARINI, Chris
BARKER, Gordon
BARNARD, Jasmin
BARNES, James

BARNETT, Corey
BARNETT, Geneva
BARRON, Maria
BARTER, Abdallah
BARTLEY, Marc
BASS, Jan
BATEMAN, Eli
BATES, Arun
BATES, Rosalie
BATISTA, Margarita
BATOR, Pam
BAXTER, Alan
BAYFORD, Ioannis
BAYKARA, Stuart
BAYONA, Shreya
BAZOUNI, Ruth
BEALE, Amitzur
BEASLEY, Angela
BEATY, Elva
BEBENDORF, Yves
BECK, Cal
BELL, Burton
BELLAH, Michele
BENEDICTO, Tariq
BENISCH, Luigi
BENNETT, Doh Ong
BENNETT, Julia
BERENBAUM, Stacy
BERGIN, Rhonda
BERMAN, Keyur
BERNADINI, Tamara
BERNARD, Mina
BERNSHAW, Avi
BERRY, Everett
BERTRAND, Darren
BESHOI, Rayyan
BEST, Vivienne
BEUTEL, Kerri
BHAGAT, Sunny
BHAVNANI, Kerry
BIALER, Matt
BICKERS, Lindsay
BIL, Abigail

BILAL, Adi
BILLINGHAM, Kristin
BIRCH, Colin
BIRD, Evan
BIRMINGHAM, Peter
BISCOE, Derek
BISSEY, Julie
BLACK, Hannah
BLAGOJEVIC, Also
BLANCHARD, Gary
BLASZCZYK, Jessica
BLOOM, Sharad
BLUM, Carlotta
BLYTHE, Randall
BONIC, Denise
BONNICI, Kazem
BONNICI, Travis
BOON, Ariel
BORETTI, Maria
BORRERO, Juan
BOTH, Shae
BOUCHARD, Enzo
BOURKE, Ioannis
BOYD, Bobby
BOYLE, Lawrence
BRADLEY, Rick
BRAFF, Jan
BRAGANZA, Linda
BRANDI, Victoria
BREEDEN, Milford
BRENNAN NEVILLE, Margaret
BREWER, John
BREWSTER, Veronica
BRIDGES, Sergio
BRIFFA, Kelly
BRIGGS, Abel
BRIGGS, Alex
BRISSEY, Breia
BROAD, Melanie
BROADBENT, Chandra
BROMMER, Stephanie
BROOKS, Lillian
BROOKS, Penny

NICHT ZUR EINSICHT FÜR ZIVILISTEN

LISTE DER BESTÄTIGTEN OPFER AUF DER COPERNICUS

BROWN, Josh
BROWN, Rosemarie
BROWNLOW, Peter
BRUNDELL, Kirilly
BRYANT, Anne
BRYCE, Adam
BUCKEE, James
BUCKETT, Alice
BUDA, Hanjia
BUGEJA, Brad
BUICK, Azzam
BULL, Nathan
BURGESS, Kelly
BURGOS, Leanne
BURKE, Andy
BURKEY, Anna
BURKLE, Sharon
BURNAGE, Alex
BURRACCHIO, Margaret
BUSSEY, Marisol
BUTEAU, Carol
BUTEAU, Jane
BUTEAU, Methodius
BUTEAU, Scott
BUTLER, Al
BUTTFIELD, Sue
BUZIC, Ruby
BYRNE, Graham
BYRNE, Xinrong
CADEL, Hammond
CAIN, Mabel
CALDEON, Lucia
CALDER, Sundermurthi
CALDER, Tara
CAMEJO, Ian
CAMERON, Marie
CAMERON, Sharron
CAMERON, Steve
CAMPBELL, Jeremy
CAMPBELL, Rosalita
CANAVAN, Trudi
CANNON, Gary
CAO, Khanh
CAO, Nhat
CARLSON, Adrienne
CARMICHAEL, Grisel
CARRUTH, Darin
CARSON, Juana
CARTNER, Victor
CARTWRIGHT, Lanny
CARTWRIGHT, Tariq
CARUANA, Joan
CASSAR, Anita
CASSIDY, Richa
CATLOW, Geoffrey
CAUDILL, Stephanie
CAUDILL, Terrell
CAVALLERO, Larry
CELEGHINI, LeShawn
CHALHOUB, Tansy
CHAMBERS, Howard
CHAN, Cassie
CHAN, Jamie
CHAN, Lee
CHAN, Neville
CHANDRA, David
CHAPMAN, Lamar
CHARATSIS, Moana
CHARATSIS, Stephanie
CHARATSIS, Veniola
CHARLES, Buena
CHAU, Jaz
CHEE, Jamie
CHEN, Gang
CHEONG, Samuel
CHERE, Diamond
CHERE, Knox
CHERRY, Alison
CHESSON, Craig
CHEVALIER, John
CHIAPETTA, Paul
CHIGOT, Gillian
CHIHA, Barbara
CHINNERY, Colin
CHISHOLM, Mandy
CHISLETT, Keng
CHIVERS, Michelle
CHOI, Bart
CHOI, Leigh
CHOUDRY, Aneela
CHOUDRY, Yan
CHOW, Leon
CHRETIEN, Beth
CHRISTENSEN, Leah
CHRISTENSEN, Rana
CHRISTIANSEN, William
CHU, Chloe
CHUA, Staci
CHUN, Yun-Seo
CIAVARELLA, Samantha
CICER, Hal
CIMINA, Dominique
CLARK, Karen
CLARK, Tony
CLOUD, Aisha
COCCIOLONE, Ethel
COFFEY, Darryl
COHEN, Bemster
COLEMAN, Lois
COLES, Mahalia
COLGAN, Hannah
COLGAN, Melissa
COLLIER, Josie
COLLINGBURN, Andrew
COLLINS, Derrick
COLLINS, Rio
COLLINS, Stephen
COLT, Mustafa
COLVIN, Alexander
COMER, Krystyna
COMMERFORD, Henri
CONCEPCION, Harland
CONNOR, Gavin
CONNOR, Hilde
CONTE, Beth
CONWAY, Dandy
CONYERS, Whitney
COPELAND, Constance
CORFIELD, LeShawn
CORNFORD, Wen
CORNISH, Kehan
CORTEZ, Bradford
CORTEZ, Swati
CORTI, Joan
CORVAIA, Jethro
COSMAS, Richard
COSTAS, Fulvio
COTTER, Kent
COURT, Deborah
COURTNEY, Pat
COUZENS, Austin
COUZENS, Ben
COUZENS, Evie
COUZENS, Mandy
COUTTS, Kai
COWLER, Bryan
CRAWFORD, Sharmon
CROSSLEY, Alan
CROZIER, Brent
CRUZ, Geoffrey
CULROSS, Sunil
CULVER, Adelaide
CUMMINGS, Erika
CURTIS, Kat
CURTIS, Matt
CUSSION, Neil
CUTHBERTSON, Hannah
CZWARNO, Belinda
D'ARGENT, Glenn
DABINETT, Sarah
DALEY, Justin
DALTON, Queenie
DALY, Catriona
DANG, Thanh
DATTA, Carrie
DAVENPORT, Brady
DAVEY, Bevan
DAVIDSON, Rjurik
DAVIS, Olivia
DAVISON, Vince
DAWBER, Milor
DAWE, Karthik

LISTE DER BESTÄTIGTEN OPFER AUF DER COPERNICUS

DAY, Don
D'ESPAIGNE, Ashley Newell
DE HAUME, Treena
DE KUYPER, Gerald
DE LA CRUZ, Felipe
DE LEON, Andrew
DE MESA, Donata
DE PASQUALE, Annie
DE SUDARTA, Kris
DE VRIES, Sandra
DEAN, Doris
DEARING, Daniel
DEDES, Andrew
DEHART, Rosario
DEHART, Xavier
DEL CASTILLO, Jennifer
DEL GRANADO, Enrique
DEL SOTO, Esteban
DELANEY, Kelly
DELBRIDGE, Malcolm
DELONY, Tina
DELOROSA, Eleonora
DEMETRIOU, Jim
DEMPSEY, Najam
DEO, Fran
DESSES, Shadia
DEVEREAUX, Fay
DEWAR, Winston
DIAMOND, Erwin
DIAZ, Heather
DIBBIN, Leah
DICKENS, Breda
DIESTELKAMP, Audrey
DIPROSE, Lara
DO, Lonnie
DOAN, Lien
DOEL, Miroslawa
DOLICHVA, Tsana
DOLMAN, Elaine
DOMINGUEZ, Eduardo
DOMINGUEZ, Luisa
DOUGLAS, Nina
DOVER, Kenneth
DOWNEY, Rosalba
DOWNIE, Alfred
DOYLE, Ashley
DUFFY, Aoife
DUNCAN, Ronnie
DUONG, Tuan
DUPONT, Suha
DURAND, Fatma
DURAND, Mehdi
DURHAM, Matthew
EDGINGTON, Michelle
EITTING, Margaret
ELAM, Darlena
ELKERDI, Candy
ELLIOT, Nicolas
ELLIOTT, Zahara
ELMSLIE, Dougal
ELOI, Isabelle
ELTON-WEBBER, Holly
EMANUEL, Karl
ENGSTROM, Krister
EPSIMOS, Eileen
ERVIN, Nicole
ESHBAUGH, Julie
EVANS, Michael
EVERIST, Ngoc
EWINGS, Joanne
FABIAN, Mariam
FAILA, Perth
FAIMAN, Tammy
FALAYAJO, Jesus
FARMER, Albert
FARR, Rocci
FATA, Simon
FAWKES, Trevor
FEARN, Shishir
FEBULAN, Tahnee
FEENEY, Catriona
FELD, Rachel
FELLNESS, Salim
FERNANDES, Roslyn
FEY, Caren
FIANNES, Maxwell
FIDGE, Gerald
FIELDS, Jacquelyn
FIELDS, Myra
FILMALTER, Suzann
FISH, Ellen
FITZGERALD, Deb
FLANAGAN, Moe
FLORES, Jean
FLYNN, Caitlyn
FONTANILLA, Carmel
FORAN-SMITH, Erminio
FORD, Peter
FOROOQUI, Frank
FORSTER, Maged
FORSTER, Terry
FORSYTH, Arnoldina
FORTIN, Jules
FOSTER, Andrea
FOURNARIS, Stan
FOURNIER, Hosniya
FOWLER, Doug
FOWLER, Patricia
FOXE, Steve
FOXMAN, Lanny
FRANCIS, Nettie
FRANK, Van
FRANKE, Christina
FRASER, Hilary
FRAWLEY, Brian
FRAZIER, Florence
FRETUS, Suzanna
FREYJA, Katie
FRUKHTMAN, Karl
FULGARO, Sidney
FULLA, Hannah
FULLER, Genevieve
GADO, Manish
GADSBY, Stephanie
GAGNON, Louis
GAITAN, Anthony
GARCIA, Lori
GARCIA, Matas
GARDE, Linda
GARRETT, Cecelia
GASKIN, Brent
GATEWOOD, Laurine
GAUTHIER, Leo
GAZIS, Frankie
GEFJON, Caitlin
GELA, Darrell
GERO, Allison
GHALANDAR, Saoirse
GHANEM, Kim
GIAN, Hao
GIBBINGS, Francisca
GIBBS, Ollie
GIBSON, Lance
GIBSON, Philip
GIGOS, Terrence
GILBERT, Belinda
GILLIS, Lissa
GIOURIOTIS, John
GIRARD, Boston
GIRGIS, Mark
GIRI, Kumar
GLASSMAN, Peter
GLEASON, Alexa
GLEASON, Loris
GLEESON, Michelle
GLOVER, John
GODINO, Casey-Mae
GODINO, Darlene
GODINO, Lee-Anne
GODINO, Vick
GOLDBERG, Tiomotto
GOLIAS, Dianne
GOMEZ, Carlos
GONSALVES, Jasmine
GONSALVES, Rosia
GONZALES, Roger
GONZALEZ, Leo
GOODHART, Peter
GOODMAN, Courtney
GOODVACH-DRAFFIN, Ben
GOODWILL, Ravinder
GOTTLIEB, Alexandra
GRAHAM, Beth
GRANAT, Boyd
GRANT, Helena
GRAUDIN, Ryan
GRAY, Melissa
GREEN, Harry
GREEN, Rebecca
GREENE, Eduardo
GREENTREE, Victor
GREET, Odette
GREGG, Lacie
GREGHINI, Candice
GREY, Essie
GRIFFIN, Anya
GRIFFITHS, Damien
GRISAFI, Lora
GROENEWEGE, Jamie
GROFSKI, Mike
GROOMS, Alan
GROSSMAN, Steven M.
GUBAR, Evelyn
GULLEY, Kiara
GUZMAN, Jayne
HA, Kim-Ly
HADLEY, Hussein
HAIDER, Josh
HAIDON, Joe
HAINES, Malcolm
HALE, Vanya
HALIM, Salman
HALL, Gail
HAMILTON, Tyrone
HAMMETT, Rayford
HAMMOND, Ravi
HAMPSTON, Stella
HAMPTON, Jean
HAMZA, Daniel
HAN, Nyssa
HANCOCK, Hassan
HANLEY, Sydney
HANNAH, Maimunah

LISTE DER BESTÄTIGTEN OPFER AUF DER COPERNICUS

HANNIGAN, Gwenneth
HANNIGAN, Nura
HANRAHAN, Matthew
HANSFORD, Hafid
HANSON, Walberta
HARDING, Atalanta
HARDY, Jan
HARDY, Tim
HARMON, Leeann
HARRIGAN, Ray
HARRIS, Carolyn
HARRISON, Richard
HART, Aubrey
HART, Roberto
HARTLEY, Christine
HARTMAN, Nell
HARVEY, Charandeep
HASTINGS, Troy
HATTON, Shaunte
HATTWELL, Roger
HATZIPAPPAS, Veena
HATZOGIANAKIS, Garry
HAYDEN, Ryan
HAYES, Zachary
HEAGAN, Jill
HEAH, Calico
HEATH, Allan
HECHT, Susan
HELLWIG, Ragnar
HELMAN, Lauren
HELOU, Arthur
HENDERSON, Fred
HENLEY, Melvin
HENRY, Gregory
HERAVI, Ahmad
HERNANDEZ, Jeffrey
HERNANDEZ, Juan
HERRERA, Andre
HERROD, Mike
HERZOG, Shera
HERZOG, Trevon
HESSE, Naomi
HEYDER, Kurt
HEYDER, Nicole
HEWITT, Trevor
HICKMAN, Francois
HIGGINS, Batholomeo
HII, John
HILL, Alice
HILL, Steven
HILLIER, Grisel
HINES, Deirdre
HIROTO, Kazumi
HNOSS, Claire
HO, Cathy
HOARSE, Marcelle
HOCKINGS, Filomone
HODGE, Derek
HOLD, Riya
HOLLAND, Royal
HOLLOWAY, Darlene
HOLMAN, Peter
HOLMES, Yuri
HOLT, Fiona
HOLT, Reza
HONEYCUTT, Ethel
HONEYCUTT, Tyrone
HOPPER, Pedro
HORN, Milton
HORNE, Mary-Anne
HOROWITZ, Pauletta
HORTON, Leah
HORVARTH, Maya
HOUSTON, Gary
HOVENS, Bernard
HOWE, Talisha
HOWERTON, Bryon
HOWERTON, Dylan
HOWLETT, Leigh
HOWSON, Isobel
HUA, Erin
HUANG, Hui
HUBBARD, Rudy
HUBBARD, Sook-Yin
HUDSON, James
HUGHES, Mark
HULME, Lynda
HUMPHRIES, Carolotta
HUNT, Paul
HUNTER, Nerida
HUTCHINSON, Natasha
HUXLEY, Keith
HYDE, Mina
HYDE, Thomas
HYNES, Jay
IBBETSON, Shirley
IDZIKOWSKI, Nat
ILIOPOULOS, Gianni
ILJCESEN, Julie
ILM, Carly
INGERSON, Audrey
INGRAM, Dani
INGRAM, Henry
INGRAM, Jim
INGRAM, Louis
IRVING, Clea
IRVING, Lou
IRVING, Michael
ISHAQ, Ronald
ISRAEL, Dianna
IVANOVSKI, Luke
IYENGAR, Takaharu
JABARIAN, Narelle
JABER, Gwenda
JACKSON, Adam
JACKSON, Amelia
JACO, Luciano
JACOB, Robyn
JACOBS, Marcus
JAFARI, Keith
JAFARIGOLROKH, Martin
JAMES, Alycia
JANSEN, Xanthe
JARED, Zutshi
JAY, Cedrick
JAY, Darnell
JEFFERIES, Florentina
JEFFERY, Silvia
JEFFREYS, Konstandinos
JENNINGS, Joel
JERMEN, Chris
JERVIES, Nick
JEVTIC, Evan
JIANG, Sandra
JOANG, Duy
JOFFMAN, Phanindra
JOHANSSON, Onni
JOHNS, Lamar
JOHNSON, Susie
JOHNSON, Tim
JOHNSTON, Margaret
JONES, Elise
JORDAN, Karla
JOSE, Shane
JOSEPH, Hugh
JOSIFOSKI, Gary
JOUTRELLIS, Brad
JOYCE, Min
JUDD, Albert
JUDD, Darryn
JUNG, Min-Kyu
JUNG, Sam
KABURA, Joseph
KADER, Bernard
KALPANDIS, Pratyush
KAMBA, Michael
KANE, Abiola
KANE, Warner
KANG, Russ
KARABAY, Desiree
KARASMANIS, Shane
KARLSSON, Emil
KATSIOLAS, Michelle
KAUFMAN, Amie
KAUFMAN, Dean
KAYA, Vaheesan
KAZI, Hissan
KEANE, Anil
KEANE, Jan
KEARNEY, Bennett
KEBLYS, Andy
KEEGAN, Coral
KEENAN, Helen
KEETLEY, Le Thanh
KEIGHERY, Clare
KELLER, Gary
KELLY, Jules
KELLY, Pantelis
KELSEY, Amanda
KENNEALLY, Miranda
KENNY, Eamon
KENNY, Gemma
KERBY, James
KERR, Jordi
KHALED, Ariel
KHAN, Emile
KHAN, Tracey
KHARTABIL, Indira
KIDAME, Grant
KILPATRICK, Luke
KIM, Boston
KIM, Ha
KIM, Ji-Hu
KIMPTON, Beryl
KING, Dianne
KINGSTON, Dianne
KINGSTON, Mark
KIRK, Molly
KIROL, Bataar
KITTSON, Briony
KLAWUN, Jack
KLEINIG, Jennifer
KNIGHT, Harriet
KNIGHT, Winnifred
KNOX, Carla
KNOX, Deja
KOH, Min-Ho
KOMPELLA, Keith
KONTAXIS, Pete
KOPEL, Daniel
KOUMOUROU, Gerhard
KOYUNOGLU, James
KRAJERSKI, Adam
KRANENBURG, Kristina
KRENUS, Allyson

LISTE DER BESTÄTIGTEN OPFER AUF DER COPERNICUS

KRISTOFF, Jay
LA ROSA, Rachel
LAC, Quan
LACEY, Erin
LACKEY, Michelina
LADHAMS, Virendra
LADOUNCEUR, Ray
LAFITTE, Anne
LAMBLEY, Jin
LAMM, Evette
LANCASTER, Dustin
LANCASTER, Indora
LANCASTER, Ivy
LANE, Nola
LANG, Tracey
LANGLEY, Cara
LAO, Shawna
LARCOMBE, Marie
LARKINS, Sue
LARTON, Raven
LARTON, Rosenda
LAUBER, Kim
LAURENT, Aya
LAURENT, Farida
LAURO, Christos
LAVANYA, Ray
LAVOIE, Gabriel
LAW, Shane
LAW, Vicki
LE MIERE, Ralph
LE MIERE, Sadie
LE, Thao Nga
LEBREUX, Dani
LEE, Alex
LEE, Eric
LEE, Nancy
LEMIEUX, Garrett
LEMIEUX, Susann
LENDVAI, Paul
LENKO, Mark
LEROY, Mahalia
LESTER, Bronte
LESTER, Edward
LEVERTON, Touran
LEVITHAN, Jandro
LEVY, Dijana
LEWIS, Harry
LEXCEN, Kirstie
LI, De
LIANG, Smith
LICCIARDO, Ann
LIKUIDRO, Gerard
LINCOLN, Niamh
LINDENBURG, Ritwika
LINDORES, Norman
LINFORD, Wayne
LLOYD, Casey
LOBERATORE, Mohit
LOCK, Doris
LOCKE-COOPER, William
LOFN, Jenna
LOGAN, Patricia
LONG, Andy
LONG, Bon Van
LONGWORTH, Oliver
LOPEZ, Erma
LOPEZ, Walter
LORD, Francesco
LOVRINOV, Margaret
LOWREY, Annette
LUBEC, Aydan
LUBEC, Geoff
LUCHMAYA, Litian
LUKIC, Jaipal
LUNA, Bonnie
LUPPINO, Maria
LUVARA, Arun
LY, Binh Son
LY, Tam
LYNN, Marri
LYTTLE, Catherine
MA, Ben
MA, Wen
MACGREGOR, Guy
MADERO, Alfonso
MADHU, Kevin
MAIDEN, Katrina
MAJOR, Melissa
MAKHOUL, Scott
MALACH, L. A.
MALDE, Vancho
MALLINSON, Chris
MALON, Ciaran
MALON, Roger
MANASSA, Cassie
MANDEL, Joseph
MANGANARO, Janelle
MANN, Ignacio
MANN, Nigel
MANNING, Kylie
MANSON, Cherie
MANSOUR, Jianxie
MANUEL, Reginald
MANUEL, Rema
MARGETTS, Claire
MARKHAM, Corey
MARKHAM, Ioanna
MARLOW, Michael
MARNEY, Ellie
MARNING, Sophie
MAROUSH, Cora
MARRIAGE, Megan
MARSH, Kellie
MARSH, Raymond
MARSHALL, Ed
MARSHALL, Simon
MARTIN, George
MARTINEZ, Erin
MARTINEZ, Gustav
MARTINO, Leon
MARTINS, Louise
MARZEC, Katerina
MASTROIENI, Beth
MATEZIC, Shannon
MATHIS, Gilberto
MATTA, Renee
MATTEI, Tony
MATTHEWS, Finnegan
MATTHEWS, Hattie
MAY, Cecil
MAYA, Abhay
MAYNARD, Alison
MCATEER, Taleb
MCBRIDE, Ralph
MCCARTHY, Cathy
MCCARTHY, Gregory
MCCLAY, Glenn
MCCOY, Myron
MCCUDDEN, Jason
MCDONALD, David
MCDOWELL, Marion
MCELROY, Mary
MCFARLANE, Anna
MCGEE, Marcel
MCGREGOR, Nicola
MCINTOSH, Leli
MCKAY, Andreas
MCKENZIE, Edmund
MCKENZIE, Jayu
MCKIE, Laurelle
MCKINNEY, Kerry
MCKOSH, Trish
MCLAUGHLIN, Dennis
MCLAUGHLIN, Katie C.
MCLAUGHLIN, Lara M.
MCLAUGHLIN, Mary Ellen
MCLEOD, Heath
MCMULLAN, Aliyah
MCMULLAN, Kim
MCNALLY, Louise
MCNEILL, DeAndre
MCNEILL, Sau
MCONIE, Jock
MCQUILLEN, Neville
MEADOWS, Foz
MEDCALF, Deborah
MEENA, Ajay
MEERA, Kiran
MENADUE, Tony
MENDONES, Max
MENDONES, Shail
MENENDEZ, Gregorio
MENOUHOS, Adam
MENZIES, Rasoul
MERRITT, Meagan
MERRYWEATHER, Donata
MEYER, Vahid
MEYERSON, Rose
MICHEL, Jonnie
MICO, Liz
MIDKIFF, Jovita
MIGNONE, Greg
MIHALOPOULOS, Costos
MIHALOPOULOS, Eve
MIHALOPOULOS, Robyn
MILLER, Hermione
MILLER, Kenneth
MILLS, Eva
MINA, Ahmad
MINIITI, Sereyvuth
MISEV, Edmira
MITCHELL, Bobby
MOHAMED, Hussein
MOHAMMED, Ahmed
MOHAMMED, Raina
MONAHAN, Brian
MONTALVO, Kennith
MONTALVO, Tanner
MONTIADIS, Alan
MOODY, Aziz
MOODY, Bertha
MOON, Kerry
MOORE, Ann
MOORE, Mikael
MORAN, Cory
MORCOS, Hugh
MORCOS, James
MOREAU, Reem
MOREL, An
MOREL, Simon
MORGAN, Lawrence
MORGAN, Todd
MORGAN, Trudy

LISTE DER BESTÄTIGTEN OPFER AUF DER COPERNICUS

MORILLO, Dalila
MORRIS, Owen
MOSES, Stuart
MOXON, Brett
MUIR, Ash
MULLER, Anne
MULLINS, Charlene
MUNCHENBERG, Elsie
MUNDAY, Vlad
MURPHY, Paul
MURRAY, Jose
MURTI, Lisa
MUSA, Jean
MUSTAFA, Ali
MUZHER, Maximilian
MUZHER, Razeer
MUZHER, Toby
MYER, Nina
MYERS, Eugene
NADAL, Svetlana
NAIDOO, Claude
NAIDU, Donald
NAIRN, Terrell
NAKAMURA, Greg
NANNA, Katelyn
NASH GUPTA, Sonia
NASR, John
NASR, Najah
NASSER, Paul
NATH, August
NAVE, Shelley
NDELULUELA, Stuart
NEAL, Kendra
NECOVSKI, Jensen
NEILSON, Charity
NELSON, George
NERELLO, Letka
NERSESSIAN, Tricia
NESBITT, Manumalo
NEST, Penelope
NEWCOMB, Roni
NEWMAN, Arthur
NEWMAN, Wendell

NEYLAN, Allan
NGO, Giang
NGUYEN, Phuong
NGUYEN, Trang
NICHOLS, Amy
NICHOLS, Dane
NICHOLSON, Izzy
NICOLAOU, Terry
NICOLAY, Julie
NIDDRIE, Marlene
NIGRO, Alissa
NILSSON, Edvin
NINN, Joanne
NITOPI, Ghazala
NIXON, Mark
NOLAN, Anne
NOLAN, Anthony
NOLAN, Garrett
NOOR, Kaur
NORLING, Lene Maria
NORRIS, Arun
NORRIS, Jitenkumar
NORRIS, Ryan
NORTHEY, Vivienne
NOVICK, Love
NOVOCHENOK, Gamil
NOWLAND, Balaji
NOWLAND, Saloni
NUCIFORA, Jeremy
NUNN, Jeremy
O'BRIEN, Kiersten
O'CAIN, Stephanie
O'CONNELL, Teghan
O'DUFFY, Nichole
O'DUFFY, Patrick
O'LEARY, Niall
O'MELEY, Jason
O'REILLY, Liam
O'ROURKE, Jenise
O'ROURKE, Maurice
OCHOA, Ebony
OCHOA, Russ
ODY, Wesley

OMAR, Kapoor
ORLANDO, Cole
ORLANDO, Nereida
OSBORNE, Wendy
OTT, Anna
OWEN, Edward
OWEN, Saoli
OWENS, Barbara
OWENS, Ron
OXFORD, Stojan
PACHECO, Luis
PADILLA, Cari
PADILLA, Marcelo
PAGE, Aimee
PAGE, Darren
PAHULU, Arthur
PAHULU, Sammy
PAIGE, Terrence
PALINKAS, Areti
PALMER, Taylor
PANCHENKO, Lana
PANGANIBAN, David
PAPAGEORGIOU, Amir
PAPAROULAS, Fallah
PAPASAVVA, Aline
PAPPAS, Chris
PARIS, Arabella
PARK, Cathy
PARK, Charlotte
PARK, Ye-Jun
PARKER, Julie
PARKER, Kin Lap
PARKER, Randolph
PARKER, Raul
PARKER, Sandra
PARKES, Cecily
PARKS, Marjorie
PARNELL, Karen
PARRITT, David
PARRY, Laci
PARSONS, Mary
PASCUA-BOURKE, Frank
PATEL, Lidija

PATEL, Najira
PATTERSON, Anthony
PATTERSON, Benjamin
PATTON, Ray
PAUL-SMART, Kirk
PAYNE, Stewart
PEARN, Joan
PEARSON, Lucas
PEARSON, Nikiwe
PEDERSON, Sharda
PEDERSON, Willie
PEIRCE, Ron
PELLING, Conrad
PENA, Clark
PENN, Heidy
PERAKOVIC, Christian
PERESKI, Knox
PEREZ, Katya
PEREZ, Lila
PERROT, Lucy
PERRY, Andre
PERRY, Nicholas
PERTIWI, Kella
PESCH, Jian-Feng
PETERS, Snježana
PETERSON, Dorothy
PETERSON, Juris
PETIT, Habib
PETROVSKI, Rodney
PETRUCCI, Shirleen
PEZESKHI, Habak
PFEFFER, John
PFEIFER, Venus
PHAM, Anh
PHAM, Le
PHILIPPOU, Valeninta
PHILLIPS, Jeanne
PHILLIPS, Marta
PHUNG, Thanh Ha
PICKFORD-ADAMS, Emily
PICKIN, Mona
PIERCE, Loretta
PIERCY, Cat

PIRELLO, Rebekah
PLACHY, Stuart
POLLARD, Murali
POLLOCK, Larry
POMMERING, Jim
PONTT, Youseef
PORTER, Megan
POST, Jessica
POTTER, Howard
POTTS, Jessie
POWELL, Andrius
POWELL, Ronald
POYNTON, Megan
PRASAD, Anthony
PRESTON, Cheryll
PRICE, Sandra
PRIEST, Lashell
PRYOR, Michael
PUCKRIDGE, Mervyn
PULEOSI, Lorcan
PULLIN, Cherie
PUNORIERO, Thom
PURCELL, Jade
PURJE, Faith
PURVIS, Ricky
PUZAS, Brenda
QJU, Roger
QUACH, Zoe
QUINLAN, Hayden
RABOT, Saul
RADOVIC, Joseph
RADWAN, Janiette
RADWAN, Lorraine
RAFAELI, Ascension
RAFAELI, Beatriz
RAFIC, Lee
RAIKES, Emily
RAIZ, Sarabjit
RAJIC, Jason
RALPH, Emily
RALSTON, Genie
RAM, Nadeer
RAMAB, Graham

RAMIREZ, Denise
RAMIREZ, Todd
RAMKRISHNAN, Lynette
RAMOS, Leonard
RANDOLPH, Erica
RANGER, Abby
RANN, Julia
RAO, Alen
RAYNER, Brenton
RAYNOR, Lisa
READ, Chris
RECTOR, Elenor
REDA, Khalil
REED, Carolyn
REED, Stephen
REES, Murray
REEVES, Donnie
REEVES, Nonkhosi
REHAL, Nazario
REICHE, Joanna
REICHERT, Shae
REID, Kristin
REID, Saeid
REISS, Anurag
REITBERGEN, Cameron
RENDIS, Troy
REVIS, Corwin
REYES, Berenice
REYES, Emily
REYNOLDS, Kris
RHIND, Samantha
RICE, Vickie
RICHARD, Antonio
RICHARDSON, Christina
RIDGE, Hui
RIDLER, Lou
RIECK, Evan
RIECK, Nick
RILEY, Brigid
RILEY, Daryl
RIND, Amy
RIOS, Lydia
RITCHIE, Andrew
RIVERA, Alberto
RIVERA, Estelle
RIVERA, Sara
RIZZO, Kristy
ROBBIE, Wanda
ROBBINS, Rainbow
ROBERTS, Anne
ROBINSON, Barbara
ROBINSON, Bruno
ROBINSON, Rachel
ROBINSON-MCKAY, Mark
ROBSON, Gloria
ROBSON, Keith
ROBY, Bette
RODGER, Gary
RODRIGUEZ, Teresa
RODRIGUEZ, Yvonne
ROGERS, Diana
ROGERS, Gail
ROH, Su-Bin
ROHAN, Chanda
ROHIT, Jara
ROHIT, Varsha
ROLLS, Merryl
ROMO, Francisca
ROSA, Alyca
ROSE, James
ROSE, Neha
ROSS, Rachel
ROSS, Sait
ROSSER, Jason
ROUBIS, John
ROUBIS, Wahyuni
ROUGE, Rachel
ROWAN, Calan
ROWE, Rhonda
ROXLEY, Frank
ROY, Christine
ROYTEL, Mary
RUBY, Davinder
RUSSELL, February
RUSSELL, Johnny
RUSSELL, Nala
RUST, Bethann
RUST, Jada
RUTHERFORD, Paul
RYAN, Dawn
RYAN, Kath
RYAN, Kylie
RYAN, Tony
RYKER, Harry
SAAID, Cindy
SAAID, Coco
SAEMAAN, Mofizul
SALDUMBIDE, Patrizia
SALOUM, Edith
SAMAR, Ishana
SAMINATHAN, Anna
SAMINATHAN, Traci
SAN MIGUEL, Giselle
SANCHEZ, Alejandra
SANCHEZ, Alex
SANCHEZ, Berto
SANCHEZ, Pamela
SANDERINK, Barbara
SANDERS, Cindy
SANDIFORT, Nicole
SANTILLI, Todd
SARD, Melissa
SARKOZY, Eleanor
SATHANATHAN, Ethal
SAVEDRA, Jane
SAVILL, Naqibullah
SAVVA, Yoheved
SAYERS, Lana
SCAFFIDO, Chantel
SCHAVONE, Yamond
SCHELL, Raylene
SCHMEIDICKER, Nick
SCHNEIDER, Eddie
SCHULTZ, Laverne
SCHULTZ, Rachael
SCHUTT, Dusan
SCIMONE, Lorraine
SCOTT, Alison
SCOTT, Juan
SCOTT, Michelle
SCOTT, Sonja
SCOTT, Tania
SCREEN, Sheldon
SEKULOVSKI, Rachelle
SELBY, Wayne
SELIM, Angelo
SELIM, Omri
SEMMENS, Bridgette
SEMOUSKI, Erin
SENIOR, Hikmat
SEPH, Rosalita
SERAGINI, Lesley
SEYMOUR, Angie
SEYMOUR, Kit Rose
SGOURAS, Caroline
SHAKAROUN, Ewan
SHAM, Robyn
SHAMOON, Kenneth
SHANMUGAM, Brad
SHANNON, Rhiannon
SHARP, Shuchi
SHARP, Stacy
SHAW, Bashar
SHAW, Ian
SHAW, Lee
SHEA, Sean
SHEARER, George
SHELDON, Leelavathi
SHELDON, Vincent
SHELDRICK, Garry
SHELTON, Annie
SHEPHERD, Jesse
SHEPHERD, Megan
SHERMAN, Chris
SHTEYNGART, Teresa
SHIPLEY, Maren
SHORE, Chelsea
SHYAM, Durani
SIBLEY, Andre
SIBLEY, Jacqueline
SIDAWI, Nate
SIDHU, Norma
SIGYN, Brett
SILVERBERG, Brenda
SIMM, Hua
SIMMONS, Joe
SIMS, Michael
SINCLAIR, Stephanie
SINGH, Ainsley
SINGH, Davinder
SINGH, Hans
SKADI, Heather
SKIRVING, Russell
SMALLDON, Zohaib
SMILJAN, Rhea
SMITH, Bill
SMITH, Ewan
SMITH, Mark
SNYDER, Clive
SODEN, Scott
SOHRABI, Michaela
SOL, Hunter
SOMERS, Adrienne
SONG, Rajanbir
SONYA, John
SOSA, Logan
SOSA, Mauro
SOUTHARD, Dominique
SOUTHARD, Marlys
SPALDING, Caprica
SPANGENTHAL, Alissa
SPARKS, Cat
SPENCER, K.S. Kelley
SPINELLO, Ellen
SPOONER, Meg
SRETENOVIC, Feras
ST. JOHN, Douglas
STACEY, Antonio
STAIRS, Jasmine
STANDFORD, Garrick
STANDORD, Sujata
STANLEY, Bounthong
STAVROS, Peter
STEDMAN, Rohit
STEERE, Maree
STEPHENSON, Sapphire
STERNBERG, Julia
STEUERWALD, Audrey
STEVENSON, Amanda
STEWART, Howard

LISTE DER BESTÄTIGTEN OPFER AUF DER COPERNICUS

STOJANOVIC, Keith
STRAUSS, David
STROUD, Jake
STROUD, Mickie
SUH, Joon
SULIN, Erika
SULLIVAN, Marianne
SUMMERS, Salvatore
SUMMERS, Stephen
SUN, Yong
SUNTHAR, Ramendra
SUTTON, Sarah
SVENSSON, Hans
SWANGER, Elizabeth
SWEENEY, Gene
SYMONS, Trent
SYN, Colin
TA, Kirsty
TABIAT, Nicodemus
TAGGART, Lou
TAGGART, Shanice
TAGUE, Aureen
TAHA, Aarav
TAIFALOS, Laria
TAIFALOS, Mo
TAN, Cami
TASSELL, Solomona
TASSONE, Janna
TAYLOR, Amanda
TAYLOR, David
TE HUIA, Lewis
TEE, Edwin
TENNANT, Amanda
TERRASSIN, Kieu
TERRILL, Cristin
TERRY, Bertha
TESLIOS, Kevin
TESORIERO, Karen
THILL, Terry
THIRUMAL, Stephen
THOMAS, Danny
THOMAS, Janet
THOMAS, Jo
THOMAS, Olga
THOMAS, Paul
THOMPSON, Fayyum
THOMPSON, Kevin
THOMPSON, Kimberly
THORN, Carissa
THORN, Wyatt
THORPE, David
THRASH, Delinda
THRASH, Terra
TILT, Darius
TING, Amanda
TIVERAL, Ginny
TOFINGA, Andre
TOLENTINO, Bursha
TOMASELLO, Charles
TOMASON, Peggy
TONGIA, Elle
TOOHEY, Ricky
TORRES, Roy
TORRES, Teri
TOTH, Michaela
TOTH, Susan
TOWNSEND, Marcella
TRAN, David
TRAN, Phuong
TREBY, Michelle
TREFFERY, Harold
TREMBLAY, Lucas
TREMBLAY, Nathan
TREWAVAS, Angus
TREWAVAS, Emily
TRIBE, Gai
TRIKAM, Kenneth
TRINCHANT, Marie
TROY, Craig
TRUMAN, Asia
TSIAKRISSIAKIRIS, Joe
TU, Pauletta
TURNBULL, Camilla
TURNEY, Jamal
TURNEY, Karima
TUSZYNSKI, Bessie
TYSON, Stephen
UDY, Janice
URBANCZYK, Melissa
VALENTINE, Katie
VALLESTEROS, Jean
VALLURI, Kiran
VAN, Kate
VAN LINT, Walter
VAN RIETT, Krystel
VANDE, Nara
VANDERKOLK, Tim
VANDERWEERD, Brynne
VASILEVSKI, David
VASILEVSKI, Roy
VAUGHAN, Janet
VAUGHN, Lynette
VEITCH, Lorrie
VELEZ, Luke
VELEZ, Mahalia
VERDOS, Afyaa
VIDULIN, Alison
VINCENT, Mariam
VINH, Liberty
VINH, Nora
VINSKAS, Elle
VITALE, Lina
VITI, Murray
VO, Bao
VOLONAKIS, Amy
VU, Huy
VUDMASKA, Marisa
VUKSIC, Tanya
WAGG, Bronwyn
WAINTRAUB, Adrienne
WALKERMEYER, Keith
WALLACE, Orathai
WALLS, Holly
WALSH, Adele
WALTER, Jenny
WALTER, Natale
WANG, Cheng
WANG, Jen
WANG, Maxwell
WARDEN, Carolyn
WARREN, Sadbhb
WATERS, Brad
WATKIN, Melinda
WATSON, Donna
WATTS, Jason
WATTS, Mirvat
WEBB, Nathan
WEBB, Peta
WEBB, Robert
WEBSTER, Corrie
WEEDEN, Antoin
WEINMANN, Jordan
WELLER, Lloyd
WELLS, Kelly
WENG, Jackie
WESSELY, Tehani
WEST, Jeffrey
WESTAWAY, Kylie
WESTHOFF, Robin
WETANGULA, Eugene
WHARTON, Sarah
WHEATON, Wajih
WHITBREAD, Vinko
WHITE, Matt
WHITEMIRE, Houston
WHITTAKER, Brooke
WHITTALL, Patrick
WICKHAM, Fatma
WICKS, Guen
WIJESEKERA, Adjoa
WILDE, James
WILDEN, Elizabeth
WILKINS, Doreen
WILKINSON, Hans
WILLIAMS, Sean
WILLIAMS, Zak
WILLOUGHBY, Rodrick
WILMOT, Romeo
WINGFIELD, Sarah
WITTE, Megan
WOLFE, Ernesto
WOLFE, Nicole
WONG, Kevin
WOOD, Angelo
WOOD, Jonathan
WOODS, Zack
WOODWARD, George
WOOLNOUGH, Joel
WORRELL, DeShawn
WORRELL, Lonny
WORTHINGTON, Kyha
WOULLEMAN, Rafael
WRIGHT, Ed
WRIGHT, Ellen
WU, Nina
WYBROW, Chelsea
WYBROW, Michael
WYETH, Connor
WYMAN, Bruce
WYMAN, Eva
WYNNE, Bella
XENOFOS, Georgina
XERRO, Dean
XI, Hoard
XIA, Maureen
XU, Tao
YACOUMIS, Amera
YAMAMOTO, Hiroko
YANG, Guo
YANG, Lynne
YASSIN, Noam
YATES, Abraham
YATES, Tamara
YIE, Azaria
YIE, Bertie
YOHALEM, Jeffrey
YOONG, Hope
YOUENS, Danielle
YOUSSEF, Abdul
ZAMPIN, Ben
ZANTALI, Edward
ZAR, Melissa
ZHANG, Kat
ZHAO, Jian
ZHAO, Liang
ZHOU, Peng
ZIELINSKI, Maricruz
ZIMMER, Nia
ZIZZO, Keiran
ZOMAYA, Pat

NICHT ZUR EINSICHT FÜR ZIVILISTEN

Teilnehmer: ByteMe, CitB
Datum: 21/07/75
Zeitstempel: 08:15

-- BEGIN HYPATIA CHAT BASIC V9 CODE --><FORM> ONCLICK="

HINWEIS: Folgende Kommunikation haben wir aus dem schiffsinternen Nachrichtensystem der *Hypatia* gefischt … na ja, fast. Statt offen zu chatten, haben sich die Teilnehmer huckepack auf das offizielle Netzwerk gesetzt, aber wir konnten die Unterhaltung trotzdem ausfindig machen. Grant hat in dem halben Jahr an Bord viel gelernt.

ByteMe: hastu das Vorfallsprotokoll gesehn?
totaler schwachsinn

CitB: riesenüberraschung: die ordenträger lügen. war doch KLAR

ByteMe: kannst du jetzt auch schon hellsehen?

CitB: hätte gleich verdacht schöpfen sollen, als sie die zivilen verbindungen auf der Copernicus gekappt haben. »wartungsarbeiten«, am [redacted].

ByteMe: also wollten sie was verbergen. aber was?

CitB: hast du irgendwelche infos?

ByteMe: bin grade dran

CitB: noch da?

ByteMe: versuche grade, an der Ice-Wall vorbeizukommen, das dauertn bisschen. sieht aus, als hätten sie den hauptantrieb ausgeschaltet, aber das wäre ja schwachsinn. wir müssen so schnell wie möglich hier abhauen, ehe die Lincoln wieder zuschlägt

CitB: tick tack tick tack

ByteMe: wenn du's besser kannst, bitte sehr

CitB: tschuldigung. alles ok?

ByteMe: bestens. hab eine liste vom kriegsgericht gefunden

CitB: wie bitte?

ByteMe: die piloten, die die leute aus den shuttles von der Copernicus gerettet haben, kommen vors kriegsgericht

CitB: verdammte [redacted]

ByteMe: hab hier alles vor mir. verrat mir mal bitte, was das soll. die piloten hatten doch den befehl dazu.

CitB: das ist nicht das einzige rätsel, grashüpfer. ich bin auf der suche nach scans oder aufzeichnungen die belegen dass die Lincoln überhaupt nahe genug dran war um zu schießen. bis jetzt noch nichts. soweit ich weiß, ist sie immer noch viel zu weit hinter uns.

ByteMe: wie jetzt – die Lincoln hat uns gar nicht angegriffen und unsere piloten sollen vors kriegsgericht? heißt das, unsere eigenen leute haben die Copernicus vernichtet?

CitB: ach du [redacted]

ByteMe: genau

CitB: das wird ja immer verrückter. aber das kann warten. erst muss ich mal eine liste mit den überlebenden finden.

ByteMe: brauch ich nicht

CitB: klar brauchst du die

ByteMe: darüber will ich nicht reden

CitB: du musst doch wissen wer überlebt hat

ByteMe: ich muss wissen wer die Copernicus abgeschossen hat. das ist hier die große frage.

CitB: hör mal, wir wissen beide dass ich zwischenmenschlich nicht besonders gut bin, aber wenn du darüber reden willst

ByteMe: ich will nur wissen was du rausgefunden hast

CitB: …

CitB: abgefahren …

CitB: ich empfange nichts von AIDAN. erst dachte ich die Ice-Walls sind zu dick, aber es ist eher so als ob da keiner zu Hause ist …

ALEXANDER-78V

NAMENSLISTE KRIEGSGERICHT (SEITE 3)

PILOTEN-ID: Cayla Alton (UTN-924-776d)
RANG: Major
RUFZEICHEN: Stachel
GESCHWADER: Delta

PILOTEN-ID: Eli Hawking (UTN-912-842-ad)
RANG: Major
RUFZEICHEN: Prophet
GESCHWADER: Echo

PILOTEN-ID: Zhenya Alvaranga (UTN-945-817-ad)
RANG: First Lieutenant
RUFZEICHEN: Kampfschiff
GESCHWADER: Echo

PILOTEN-ID: Ezra Mason (UTN-966-330-ad)
RANG: Second Lieutenant
RUFZEICHEN: N/A
GESCHWADER:

—— LISTE UNVOLLSTÄNDIG ——

-—— ZUGRIFF UNTERBROCHEN ——-

HYPATIA

ABGEFANGENE PERSOENLICHE NACHRICHT B

HINWEIS: Erste Kontaktaufnahme vonseiten Grants nach dem Angriff auf Kerenza, trotz mehrfacher vorheriger Versuche Masons.

An: Ezra Mason/EMASONALEXANDERONBOARD
Von: Kady Grant/KGRANTHYPATIAONBOARD
Datum: 21/07/75
Zeitstempel: 10:00
Betreff: Hey Ezra

Ich hab diese Mail schon zehnmal angefangen und krieg's nicht richtig auf die Reihe, also schicke ich die hier jetzt einfach los, egal, was drinsteht.

Tut mir leid, dass ich nicht zurückgeschrieben habe. Wenn man zu jemandem sagt: »Ich will nie wieder mit dir reden«, rechnet man schließlich nicht damit, dass am selben Nachmittag der Planet überfallen wird. Es war eigentlich eher als erster Schritt zu Verhandlungen gemeint. Ich war einfach sauer.

Aber du hast in deiner Mail geschrieben, dass uns das Universum vielleicht sagen wollte, dass es mit uns einfach nicht läuft. Wenn du das glaubst – und du bist der romantischste Schwachkopf, den ich kenne – wird das wohl so sein. Das hat echt gesessen, aber trotzdem tut's mir leid, dass ich nicht geantwortet habe. Ich hätte wenigstens schreiben sollen, dass ich noch lebe und so.

Ich bin immer noch auf der Hypatia. Die wollen mich hier zur Programmiererin ausbilden. Seit ich das mit der Copernicus gehört habe, muss ich die ganze Zeit an dich denken – was nicht heißt, dass ich meine Drohung zurückziehe, dich mit einem gezielten Tritt zum Sopran zu machen, wenn du mir jemals wieder zu nahe kommst, aber ich muss einfach wissen, wie es dir geht. Also antworte bitte, dann können wir ja wieder sein … was wir jetzt halt so sind.

Kady

Teilnehmer: Ezra Mason, Second Lieutenant, TZV Luftwaffe, James McNulty, Sergeant, TZV Marines
Datum: 21/07/75
Zeitstempel: 10:02

HINWEIS: Folgendes wurde dem schiffsinternen Nachrichtensystem der *Alexander* entnommen. Anders als Grant machte sich Mason nicht die Mühe, seine Spuren zu verwischen, weil er keinen Grund zur Annahme hatte, dass jemand in seinem alten SN-Verkehr herumwühlt. Das Ganze ist nicht direkt Shakespeare.

BEGIN ALEXANDER CHAT BASIC V9 CODE --><FORM> ONCLICK

Mason, E, Lt 2nd: nicht schlecht, McNulty. Echt nicht schlecht

McNulty, J, Sgt: hä?

Mason, E, Lt 2nd: Du hast gerade die Grenze überschritten, Alter. Wollte ich dir nur sagen

McNulty, J, Sgt: das hier ist mein wtf-gesicht -> ?_?

Mason, E, Lt 2nd: Verrat mir bitte mal, wie du ihre User-ID geknackt hast. Hat dir Dorian von KommTechs geholfen? Was hast du ihm dafür geboten? Hast du ihm einen [redacted]??

McNulty, J, Sgt: bist du nicht ganz dicht oder was

Mason, E, Lt 2nd: ich dachte, die Chipheads haben alle Hände voll zu tun rauszufinden, wieso AIDAN einen auf HAL gemacht hat. Stattdessen huckepacken sie sichere IDs und helfen dir, mich übel zu [redacted]. Wusste gar nicht, dass deine [redacted]jobs so gut sind

McNulty, J, Sgt: alter was quatschst du da für ne gequirlte [redacted]

Mason, E, Lt 2nd: das fasse ich jetzt mal als Kriegserklärung auf. wenn sie mich morgen nach der verhandlung nicht an die bordwand stellen und erschießen, werde ich deine süße schwester am wochenende nach allen regeln der kunst verwöhnen. Das schwöre ich hiermit feierlich

McNulty, J, Sgt: hey mach gefälligst keine witze über meine schwester, du [redacted]

Mason, E, Lt 2nd: so richtig ver…

McNulty, J, Sgt: alter …

Mason, E, Lt 2nd: *ver…*

McNulty, J, Sgt: mason …

Mason, E, Lt 2nd: *…wööööhnen*

McNulty, J, Sgt: WENN DU NOCH EINMAL SO ÜBER MEINE [redacted] SCHWESTER REDEST, DU [redacted], REISS ICH DIR DEINEN [redacted] AB UND STOPF IHN DIR IN DEN [redacted]

Mason, E, Lt 2nd: **ICH HAB DIR DOCH VON DIESEM MÄDCHEN ERZÄHLT, DAS ICH MAG. UND DU HAST MIR VERSPROCHEN, DASS DU KEINEM WAS DAVON SAGST**

McNulty, J, Sgt: WELCHES MÄDCHEN DU VERRÜCKTES [redacted]

Mason, E, Lt 2nd: **KADY GRANT**

McNulty, J, Sgt: … wer?

Mason, E, Lt 2nd: **mach nur weiter so, alter. noch so n [redacted] und ich fordere dich zum duell**

McNulty, J, Sgt: nee, echt keine ahnung, was du da fürn [redacted] quatschst, Mason

Mason, E, Lt 2nd: **du hast diese Nachricht also nicht geschickt**

McNulty, J, Sgt: WAS FÜRNE NACHRICHT

Mason, E, Lt 2nd: **ich schick sie dir mal rüber**

Mason, E, Lt 2nd: **angekommen?**

McNulty, J, Sgt: roger

Mason, E, Lt 2nd: **und?**

McNulty, J, Sgt: BIN BEIM LESEN

Mason, E, Lt 2nd: ***Fingertrommel***

Mason, E, Lt 2nd: **kannst du überhaupt lesen, du depp**

Mason, E, Lt 2nd: **Ich hab gehört, deine schwester mag's bei null Schwerkraft, stimmt das?**

McNulty, J, Sgt: alter, das war ich nicht

Mason, E, Lt 2nd: lügen riech ich sofort

McNulty, J, Sgt: im ernst, mann

Mason, E, Lt 2nd: mann, leck mich doch

McNulty, J, Sgt: MASON

Mason, E, Lt 2nd: so richtig schön am [redacted]

McNulty, J, Sgt: GUCK DIR DOCH DIE SÄTZE AN SO SCHREIB ICH NICHT DA SIND ALLE SATZZEICHEN DRIN UND SO

Mason, E, Lt 2nd: wenn du mich anlügst, dann mach ich mich an deine schwester ran, ohne [redacted]

Mason, E, Lt 2nd: Ich schwörs dir hoch und heilig, ich leg sie flach

Mason, E, Lt 2nd: aber stimmt, jetzt wo du's sagst, deine zeichensetzung ist tatsächlich unter aller sau

McNulty, J, Sgt: »Muss die ganze Zeit an dich denken«

McNulty, J, Sgt: ALter

McNulty, J, Sgt: es geht AB

Mason, E, Lt 2nd: …

McNulty, J, Sgt: KANNST SCHON MAL VORHÄNGE AUSSUCHEN

McNulty, J, Sgt: DICH BEI IHREN ELTERN VORSTELLEN

McNulty, J, Sgt: FÜR NACHWUCHS SORGEN

McNulty, J, Sgt: moment mal, hast du nicht gesagt, die kleine hat dich eiskalt abserviert

Mason, E, Lt 2nd: hat mir das herz aus der brust gerissen

Mason, E, Lt 2nd: und es mir gezeigt … es hat noch geschlagen …

Mason, E, Lt 2nd: und dann hat sie es in hohem Bogen über die Schelfeiskante geworfen

McNulty, J, Sgt: und … guter wurf?

Mason, E, Lt 2nd: du bist echt so ein blödes [redacted]

McNulty, J, Sgt: kopf hoch, sie hätte dir nicht geschrieben wenn sich ihre lenden nicht nach dir verzehren würden

Mason, E, Lt 2nd: kannst du nicht lesen oder was? Sie hat gedroht mir in die Sopranos zu treten. Sie schreibt, dass es aus ist.

McNulty, J, Sgt: »muss die ganze Zeit an dich denken«

McNulty, J, Sgt: »muss die ganze Zeit an dich denken«

McNulty, J, Sgt: »muss die ganze Zeit an dich denken«

Mason, E, Lt 2nd: jetzt halt endlich dein blödes maul

McNulty, J, Sgt: du musst zwischen den Zeilen lesen, [redacted]gesicht

Mason, E, Lt 2nd: gähn, und was soll ich ihr jetzt antworten?

McNulty, J, Sgt: keine ahnung. am besten entschuldigst du dich

Mason, E, Lt 2nd: wie kommst du drauf, dass ich an irgendwas schuld bin?

McNulty, J, Sgt: weil der mann immer der schuldige ist alter

McNulty, J, Sgt: du hast noch was anderes laufen gehabt oder?

Mason, E, Lt 2nd: quatsch, sonst hätte ich jetzt schon keine Sopranos mehr, in die mir irgendwer treten könnte

McNulty, J, Sgt: ach komm schon, Onkel Jimmy kannst dus doch erzählen

Mason, E, Lt 2nd: halt's maul, ich mag dieses Mädchen

McNulty, J, Sgt: UND SIE IST IMMER NOCH GANZ HEISS AUF DICH SONST WÜRDE SIE DIR NICHT SCHREIBEN DU LAHM[redacted]

Mason, E, Lt 2nd: …

McNulty, J, Sgt: also ganz egal was du getan hast du entschuldigst dich dafür und zwar auf knien

McNulty, J, Sgt: <hier bitte scherz einfügen, dass du so was total super kannst>

Mason, E, Lt 2nd: …

McNulty, J, Sgt: und wenn es klappt

McNulty, J, Sgt: dann müsst ihr euer erstes kind james nennen. nach mir

Mason, E, Lt 2nd: >_>

McNulty, J, Sgt: und wenn es eine Tochter wird dann eben Jamette

Mason, E, Lt 2nd: 0_o

McNulty, J, Sgt: und dann ist Ezra Mason glücklich bis ans ende seiner tage

Mason, E, Lt 2nd: :D

McNulty, J, Sgt: [redacted]

Mason, E, Lt 2nd: was denn

McNulty, J, Sgt: ich dachte nur eben dass es jetzt echt [redacted] wäre, wenn du morgen hingerichtet wirst

Mason, E, Lt 2nd: …

Mason, E, Lt 2nd: :(

ALEXANDER-78V

ABGEFANGENE PERSOENLICHE NACHRICHT BORDSYSTEM ALEXANDER

An: Kady Grant/KGRANTHYPATIAONBOARD
Von: Ezra Mason/EMASONALEXANDERONBOARD
Datum: 21/07/75
Zeitstempel: 16:15
Betreff: Re: Hey Ezra

Hey Kades,
hier also Antwortversuch Nummer 18, hab dich wohl noch übertroffen. Bei mir so weit alles klar. Seit dem Untergang von Kerenza bin ich auf der Alexander. Kaum war ich 18, hat mich die TZV eingezogen. Jetzt fliege ich Zyklons, Wahnsinn, oder? Daran merkt man, wie wenig Leute sie haben, wenn sie einen wie mich an den Joystick lassen. Tja, sieht ganz so aus, als hätte ich den Absprung vom Planeten doch noch geschafft, was? Aber wahrscheinlich nicht so, wie du dir das vorgestellt hast …

Pass lieber auf. Wenn sie dich an Neuroprogrammierung ranlassen, kann es gut sein, dass dich die TZV auch bald einzieht. Nach allem, was sie über Kerenza einstecken mussten, sind sie echt knapp an Personal. Einer der Impulsraketen-Treffer hat fast drei Viertel der NP-Leute ausradiert. Könnte noch ein Problem werden, mir aus dem Weg zu gehen, wenn wir uns so dicht auf der Pelle sitzen. :P

Egal, ich muss jetzt Schluss machen. Hab morgen einen Termin. Muss mich vorher noch mit einem Typen hier drüber unterhalten.

Ist echt gut, von dir zu hören. Doch, ehrlich.

Ezra

PS: Ähm … die besoffene Mail mit dem Gesicht auf der Tastatur? Das war ich nicht. Ein Kumpel aus meiner Gruppe war an meinem Terminal. Fand er anscheinend witzig. Tut mir echt leid.
PPS: Ehrlich. Das war ich nicht.
PPPS: EHRLICH.

HINWEIS: Nicht abgeschickte Nachrichten, aber trotzdem interessant.

HYPATIA

ABGEFANGENE PERSOENLICHE NACHRICHT BORDSYSTEM HYPATIA

Status der Nachricht: ENTWURF – NICHT ABGESCHICKT
An: Ezra Mason/EMASONALEXANDERONBOARD
Von: Kady Grant/KGRANTHYPATIAONBOARD
Datum: 21/07/75
Zeitstempel: 17:15
Betreff: Bisschen peinlich, wir zwei, oder?

Trotzdem danke für deine Antwort. Hier reden alle über die Zyklon-Piloten. Eine AB wurde rausgegeben, wie ihr die Copernicus-Shuttles gerettet habt. Wie fühlt man sich so als Held? Bei deinem Termin geht's wahrscheinlich um die Medaillen, die ihr umgehängt bekommt, was? Wie war's denn so, sich der Lincoln in den Weg zu stellen? Und die Rettung? Schon komisch, dass die Lincoln einfach so aus dem Nichts auftaucht. Wie konnte das passieren? Außerdem wundert sich ein Freund hier, wo eigentlich die Liste der Überlebenden bleibt, weil ASDLKDGFGJBE TOTAL UNAUFFÄLLIG KADY JETZT STRENG DICH GEFÄLLIGST MAL AN.

NICHT ABGESCHICKT/GELÖSCHT

HYPATIA

ABGEFANGENE PERSOENLICHE NACHRICHT BORDSYSTEM HYPATIA

Status der Nachricht: ENTWURF – NICHT ABGESCHICKT
An: Ezra Mason/EMASONALEXANDERONBOARD
Von: Kady Grant/KGRANTHYPATIAONBOARD
Datum: 21/07/75
Zeitstempel: 17:35
Betreff: Auweia

Ich bin bei der zivilen Neuroprogrammierungs-Ausbildung, aber wenn alles stimmt, was du schreibst, sind die Aussichten nicht gut. Höchste Zeit für einen Jobwechsel … wenn ich die Wahl hätte.

Ehrlich gesagt, würde ich viel lieber zu euch auf die Alexander kommen. Ihr habt bestimmt mehr Informationen als wir. Schließlich seid ihr das Militär und ihr habt eine richtige Nachrichtenabteilung. Andererseits, wenn es stimmt, was man so hört, dann hat sich die Lincoln trotzdem unbemerkt rangepirscht, oder? War es wirklich so?

Egal, die Alexander wäre schon okay. Ich wohne hier mit niemandem zusammen, den ich von Kerenza kenne, und obwohl alle so ungefähr dasselbe durchgemacht haben, fühl ich mich trotzdem … keine Ahnung – einsam hört sich so undankbar an. Immerhin sind wir mit dem Leben davongekommen.

Okay, mit uns ist es nicht gut gelaufen, aber wenn der Angriff nicht stattgefunden hätte, hätten wir es vielleicht hingekriegt, wenigstens Freunde zu bleiben. Und wer weiß … Immerhin waren wir ein Jahr zusammen. Das ist doch schon mal was. Finde ich.

NICHT ABGESCHICKT/GELÖSCHT

Status der Nachricht: ENTWURF – NICHT ABGESCHICKT
An: Ezra Mason/EMASONALEXANDERONBOARD
Von: Kady Grant/KGRANTHYPATIAONBOARD
Datum: 21/07/75
Zeitstempel: 17:57
Betreff:

... [redacted]

NICHT ABGESCHICKT/GELÖSCHT

HINWEIS: Grants privates Tagebuch, aus vier unterschiedlichen Mirage Virtuals mit Dead-man-switch Shift-Sequencing und mimetischer Verschlüsselung rekonstruiert.

Datum: 21/07/75
Betreff: Es ist dunkel hier drin

Wir haben mal wieder Gruppentherapie. ICH habe mal wieder Gruppentherapie. ICH. Echt mal jetzt. Nach allem, was es mich gekostet hat, da beim ersten Mal rauszukommen.

Aber ihrer Meinung nach sind wir alle durch die Copernicus supertraumatisiert, deshalb haben sie die Gruppen, die sie nach der Evakuierung zusammengestellt haben, wieder einberufen. Die letzte Runde, in der wir über unsere Gefühle geredet haben (oder auch nicht), brachte die Gruppenleiterin zu der Erkenntnis, dass manche von uns aufgeschlossener sind als andere, wenn es darum geht, einander die tiefsten und dunkelsten Stellen zu offenbaren.

Scharfsinnigerweise hat sie zehn kostbare Minuten meiner Lebenszeit damit verplempert zu erklären, dass unsere Gefühle, auch wenn wir nicht darüber reden, trotzdem da sind.

Vielen Dank, Käpt'n Blitzmerker.

Ich glaube, sie hat dabei mich angesehen. Seit das alles passiert ist, habe ich nicht mehr richtig geschlafen. Ich wache nachts andauernd auf und denke an … schlimme Dinge. Trotzdem glaube ich nicht, dass es mir hilft, wenn ich es einer Runde echt besorgter Gesichter erzähle.

Das Peinlichste dabei ist, dass ich ständig heulen muss. Einfach so. Ich bin grade mit irgendwas beschäftigt und auf einmal merke ich, dass die

Augen schon wieder feucht sind, keine Ahnung, warum. Aber AUF GAR KEINEN FALL darf das jemand anders merken, denn dann geht sofort wieder das einfühlsame Gesäusel los und man soll drüber reden, und das halte ich einfach nicht aus.

Trotzdem hab ich die Stimme meiner Mom im Ohr, und deswegen mache ich bei diesen blöden Gruppendiskussionen mehr oder weniger mit, auch wenn sie witzlos sind.

Ganz früher, als ich noch klein war, hab ich mal Tagebuch geführt und alle Geheimnisse des Universums da reingeschrieben – seit meine Eltern die hirnrissige Idee hatten, mit mir auf einen hässlichen Felsbrocken namens Kerenza zu ziehen. Damals hatte ich totale Panik und wollte bloß wieder weg. Aber das Aufschreiben hat echt geholfen. Dadurch konnte ich mir verkneifen, Dinge zu sagen, die meine Eltern nicht hören wollten, und mit der Zeit sind die Probleme tatsächlich verblasst. Meine aktuellen Probleme verblassen leider nicht, aber vielleicht bewahrt mich *Die Rückkehr des Tagebuchs* davor, dass mir der Schädel platzt.

Mein neues Tagebuch ist so superverschlüsselt, dass nicht mal Byron es knacken könnte. Falls es doch jemals jemand lesen sollte, widme ich mein restliches Leben der Aufgabe, sämtliche Klotüren auf der Hypatia so zu programmieren, dass sie die ID des Betreffenden nicht mehr akzeptieren. Ich glaube, das würde ich sogar hinkriegen. DU BIST GEWARNT, SCHNÜFFLER!

Im Prinzip find ich's ja gut, dass sie diese Gruppensitzungen anbieten, aber die Leiter sind alle Naturwissenschaftler, keine Therapeuten. Man kann niemanden durch einen Schnellkurs jagen und anschließend auf einen Haufen traumatisierte Überlebende loslassen, die im Kreis sitzen und plötzlich über alles reden sollen.

Meine Gruppenleiterin behauptet, es sei wichtig, dass ich über meine GEFÜHLE rede. Aber ich bin nun mal die Hartherzigkeit in Person.

Nein, das stimmt nicht. Die meisten Leute halten mich für ziemlich gefühllos, aber ich finde einfach, dass Gefühle … Privatsache sind. Andauernd wird man gefragt: »Wie geht's dir?«, aber ich finde, dass ich auf eine derart persönliche Frage nicht jedem eine ehrliche Antwort geben muss.

Aber ich will es wenigstens versucht haben, also bitte sehr.

Keine Ahnung, warum, aber ich denke in letzter Zeit viel an Ezra. Je mehr man verliert, desto klarer wird einem, dass nicht mehr so viel übrig ist.

Gleichzeitig bin ich … bin ich ziemlich bescheuert, dass ich diese alte Geschichte wieder aufwärme. Die Entscheidung ist mir echt schwergefallen beim letzten Mal, aber wenn er mir nach einem Jahr nicht mal so weit vertraut, über das zu reden, was bei ihm so los ist … außerdem war so ziemlich das Erste, was er getan hat, mir zu mailen und mitzuteilen, dass alles ein Zeichen ist und wir nicht füreinander bestimmt sind – und ein KLEINES BISSCHEN Würde habe ich schließlich auch noch. Ich will nicht einfach nur eine Möglichkeit für ihn sein, bloß weil er momentan keine Alternativen hat.

Natürlich bin ich froh, dass er es rausgeschafft hat. Darum geht's nicht.

Ich denke oft darüber nach, wer überlebt hat und wer nicht. Zum Beispiel denke ich an meine Cousine Asha. Oder manchmal fällt mir einfach irgendwer ein, zum Beispiel die Frau, die noch in der Woche davor unseren Siedlungs-Recycler repariert hat. Ich sehe ihr Gesicht vor mir, aber ich kann mich nicht erinnern, ob ich ihren Namen kannte.

Ich frage mich, ob sie es rausgeschafft hat, ob sie hier an Bord ist? Oder ob sie tot ist. Und dann frage ich mich wieder, warum ich mir über so was überhaupt Gedanken mache und warum ich ein schlechtes Gewissen dabei habe, dass ich nicht weiß, ob die Frau noch am Leben ist. Überlebenden-Syndrom nennt es der Therapiekreis der Eilig Heruntergeladenen Weisheit.

Wahrscheinlich ist jeder nach so einem Erlebnis total durch den Wind.

HINWEIS:
Hier bitte auf das Timing achten: Die Hacker wissen schon, was los ist, bevor es die Kommandanten der *Hypatia* wissen.

Teilnehmer: ByteMe, CitB
Datum: 22/07/75
Uhrzeit: 09:02

-- BEGIN HYPATIA CHAT BASIC V9 CODE --><FORM> ONCLICK="WINDOW.OPEN('CHAT.HYPATIA= NO

ByteMe: jemand da?

ByteMe: ping

ByteMe: ping

ByteMe: PING JETZT MACH SCHON LOS LOS

CitB: [redacted], bin ja da, was denn???? versuche grade, die listen mit den überlebenden von der Copernicus für dich aufzutreiben, da muss ich mich konzentrieren

ByteMe: hab doch schon gesagt, dass ich die blöde Liste nicht brauche, ping die Alexander

CitB: wieso willstu nicht wissen, wer überlebt hat?

ByteMe: PING DIE ALEXANDER

CitB: ok

ByteMe: bist du dran?

CitB: ich versuchs

ByteMe: und?

CitB: bin noch dran. hast du deine pillen nicht genommen oder was?? wozu die eile??

ByteMe: und?

CitB: klappt nicht

ByteMe: WEISS ICH

CitB: ??

ByteMe: die funkverbindungen sind tot

CitB: systemtest?

ByteMe: nein, alle sind gleichzeitig ausgefallen. bei einem test sieht man, wie eine nach der anderen ausgeht. auch das haupttriebwerk der Alexander ist noch abgeschaltet. ich hab nach material zum kriegsgericht gesucht, als die verbindungen gekappt wurden.

CitB: wieder nach deinem schatz gesucht?

ByteMe: fängst du schon wieder an?

CitB: gib zu, dass die flamme noch brennt. immer wenn er erwähnt wird, schlägt dein herz einen salto. *you know this is love, sent by forces above …*

ByteMe: zitierst du jetzt schon songtexte?

CitB: was romanzen betrifft hab ich nicht viele konkrete erfahrungen

ByteMe: jetzt hör mal zu, mir geht's darum rauszufinden, was mit der Copernicus passiert ist.

CitB: na klar …

ByteMe: können wir uns jetzt vielleicht wieder auf unsere aufgabe konzentrieren?

CitB: keine ahnung. können wir?

ByteMe: Byron, die haben die schiffsverbindungen gekappt, genau wie bei der Copernicus.

CitB: ok, ok. gefällt mir auch nicht. aber ich hab neuigkeiten.

CitB: es gibt eindeutig überlebende von der Copernicus auf der Alexander, hab vor einer stunde hinweise gefunden. die Zyklons landen nur in den hangars 1, 2,3,5 und 6 – was fehlt da?

ByteMe: oje … zahlen!

ByteMe: aber warte, das schaff ich, DAS SCHAFF ICH!

CitB: …

ByteMe: aua, das denken TUT SO WEH

CitB: ich habs kapiert

ByteMe: warte … geht es etwa um … die Nummer … 4?

CitB: schon GUT. entschuldige

CitB: da haben wir also unsere Copernicus-shuttles

ByteMe: heißt das, die überlebenden werden dort immer noch festgehalten?

ByteMe: müsste man die nicht befragen, um rauszufinden, was passiert ist?

CitB: ich hab bloß vier hände, also gedulde dich, grashüpfer

ByteMe: warum hat man uns isoliert? warum die verbindungen gekappt? sind wir vielleicht die nächsten?

CitB: bei solchen infos ist höchste vorsicht geboten. das ist hardcore. wenn du dabei erwischt wirst, bist du dran

ByteMe: du hast schiss

CitB: bin bloß vorsichtig. gefährliche Zeiten

ÜBERTRAGUNG AUF KOMMANDOFREQUENZ
GESENDET 22/07/75 09:06

HYPATIA **RUFT** ***ALEXANDER*****: NIEDERFREQUENZ-ÜBERTRAGUNG**

Alexander, Alexander, Alexander, hier ist die *Hypatia, Hypatia, Hypatia.* Hören Sie uns? Over.

[KEINE ANTWORT]

HYPATIA **RUFT** ***ALEXANDER*****: HILFSFREQUENZ**

Alexander, Alexander, Alexander, hier ist die *Hypatia, Hypatia, Hypatia.* Hören Sie uns? Over.

[KEINE ANTWORT]

HYPATIA **RUFT** ***ALEXANDER*****: NOTRUFFREQUENZ**

Alexander, Alexander, Alexander, hier ist die *Hypatia, Hypatia, Hypatia.* Hören Sie uns? Over.

ALEXANDER **RUFT** ***HYPATIA*****: NOTRUFFREQUENZ**

AUTOMATISCHE ANTWORT: Ihre Nachricht wurde empfangen und isoliert. Sie wird später weitergeleitet. Over.

HYPATIA: *Alexander,* hier ist die *Hypatia.* Was soll das heißen, unsere Nachricht wurde »isoliert«? Hier spricht Captain Chau. Verbinde mich sofort mit Torrence. Over.

AUTOMATISCHE ANTWORT: Ihre Nachricht wurde empfangen und isoliert. Sie wird später weitergeleitet. Over.

HYPATIA: Dann leite doch mal das hier weiter: Wenn sich bei euch auch nur der kleinste Geschützturm bewegt oder sich sonst irgendwas rührt, veranstalte ich hier so viel Lärm, dass die *Lincoln* und alle ihre Verbündeten im ganzen Universum sofort wissen, wo ihr euch aufhaltet.

ALEXANDER: *Hypatia,* hier spricht Colonel Myles. Wechseln auf sichere Verbindung. Ich wiederhole, gehen Sie auf sichere Verbindung. Over.

***HYPATIA* RUFT *ALEXANDER:* SICHERE KOMMANDOFREQUENZ**

HYPATIA: Lia, was soll der [redacted]?

ALEXANDER: Beruhigen Sie sich, Ann. Die Verbindungen sind abgeschaltet, weil wir ein paar Reparaturen an AIDAN vornehmen müssen, und überhaupt wäre es besser, wenn zwischen den Schiffen nicht so viel Klatsch und Tratsch hin und her schwirrt. Da war ganz schön was los in den letzten Tagen …

HYPATIA: Hören Sie, ich hab genau das gesagt, was Sie mir aufgetragen haben. Ich habe gesagt, dass die *Lincoln* die *Copernicus* vernichtet hat. Aber jetzt wüsste ich gern, was eigentlich bei Ihnen los ist! Jeder, der Augen im Kopf hat, sieht doch, dass Ihre Haupttriebwerke ausgeschaltet sind und dass Sie momentan nur mit den Hilfstriebwerken fliegen. Haben die Reparaturen AIDAN komplett lahmgelegt? Schalten Sie Ihren Antrieb sofort wieder an!

HYPATIA: Wo ist Torrence?

ALEXANDER: Der ist mit irgendwelchen offiziellen Angelegenheiten beschäftigt. Glauben Sie mir, Ann, wir sind hier, um Sie zu beschützen.

HINWEIS:
Transkription der Aufzeichnung mehrerer Überwachungskameras auf der *Hypatia* durch einen Fachmann von Illuminae (guter Techniker, aber nicht gerade Dostojewski). Das Originalmaterial steht ebenfalls zur Verfügung. Kurzversion: Anders als Captain Chau wollte Grant nicht herumsitzen und warten, bis die Kommunikationsverbindungen wiederhergestellt sind.

Zusammenfassung des Überwachun
aufbereitet von
Analyst ID 7213-0089-DI

Dieses Mädchen muss so was wie ein Klammeräffchen sein. Ich hab zwar noch nie einen Klammeräffchen gesehen, aber ich weiß, was eine Klammer ist, und ich weiß, was ein Affe ist, und wenn man beides auf unselige Art und Weise kreuzen kann, käme garantiert das dabei heraus, was ich gerade vor mir sehe. Man hat mir gesagt, ich soll alles notieren, was mir auffällt. Also: die Kleine ist sehr gelenkig und die Schwerkraft hat scheinbar keine Auswirkungen auf sie. Ich glaube, Sie brauchen mehr Kontext.

Die Aufzeichnungen beginnen um 11:38, am 22/07/75. Zielperson ist Kady Grant, Schülerin der dritten Klasse Neuroprogrammierung, einer Ausbildung für Kerenza-Flüchtlinge an Bord der *Hypatia*, um Besatzungsmitglieder zu ersetzen, die an die *Alexander* abgegeben wurden. Kamera 892A erfasst den langen, schmalen Gang, der zu den Servern führt. Grant betritt ihn mit einer Gruppe anderer Auszubildender und einem Ausbilder.

Der Boden besteht aus einem Metallrost, das Scheppern der Schritte vermischt sich mit dem übrigen Ton. Einzelne Gespräche sind nicht zu hören, was aber keine Rolle spielt. Die Auszubildenden albern einfach nur rum und spielen sich auf wie ganz normale Schüler. Grant geht in der Mitte der Gruppe. Sie ist eher klein, weshalb die anderen sie manchmal verdecken, aber man kann sie immer wieder klar erkennen.

Jetzt stehen sie vor der Tür zum Serverraum, und als sie reingehen, lässt sich die Zielperson ans Ende der Gruppe zurückfallen. Sie kramt in ihrem Overall und hat etwas in der Hand, aber es ist zu klein, um es zu erkennen. Als sie als Letzte durch die Tür geht, springt sie plötzlich hoch, ohne dass es sonst jemand mitkriegt, und schlägt mit der flachen Hand auf die Umgebungssensoren am oberen Türrahmen. Als ihre Hand aus dem Blickfeld verschwindet, zeichnet sich dort ein dunkler Fleck ab, Einzelheiten sind aufgrund der schlechten Bildauflösung aber nicht zu erkennen.

Ich hätte meinen Wochenlohn darauf verwettet, dass die Kleine niemals so hoch springen kann. Echt jetzt, das war ein cooler Sprung. Dann schlüpft sie durch die Tür, die sich hinter ihr schließt.

Im Serverraum blicken die Datenfuzzis mürrisch auf. Die Schüler werden leiser. Ansonsten wirken die Datenfuzzis nicht weiter beunruhigt – entweder haben sie noch nicht mitbekommen, dass die *Alexander* sämtliche Verbindungen gekappt hat, oder man hat sie mit irgendeiner Erklärung ruhiggestellt.

Ursprünglich standen in diesem Raum nur die Server, das entsprechende Personal war in anderen Räumlichkeiten am Ende des Ganges untergebracht. Die Umwandlung der *Hypatia* von einem Forschungsschiff in einen Flüchtlingsdampfer hat diesem Luxus ein Ende bereitet. Die Server wurden an die Wand geschoben, den frei gewordenen Platz füllen jetzt mehrere Reihen eng stehender Schreibtische.

Die Kabel, die sich normalerweise über den Boden schlängeln, sind an der Decke befestigt und hängen überall wie Eingeweide herunter. Das Deko-Genie, dem diese neue Inneneinrichtung zu verdanken ist, hat irgendwo ein paar grelle Notbeleuchtungsröhren aufgetrieben und zwischen die Kabel an die Decke geknallt, weshalb der Raum in hell erleuchtete und funzeltrübe Bereiche unterteilt ist.

Die Schüler, auch die Zielperson, setzen sich an die Tische, loggen sich in ihre Ports ein und machen sich an die Aufgaben des Tages.

Um 11:41 melden die Umgebungskontrollen für den Gang und den Serverraum eine bedenkliche Verschlechterung der Atemluftqualität, und zwar laut, schrill und so verdammt nervtötend, dass die Tonaufzeichnung endgültig im [redacted] ist.

Alle stehen murrend auf, und als sie rausgehen, zieht Grant ihre Klammeraffennummer ab. Sie steigt auf ihren Schreibtisch und packt ein Bündel Kabel, das da oben wie ein Haufen Spaghetti klebt. Weil Grant so klein ist, tragen die Kabel ihr Gewicht. Die Zielperson hat sich eine Stelle hinten im Raum ausgesucht, und als der Chefdatentechniker sich nach Nachzüglern umsieht, baumelt sie im Halbdunkeln praktisch unsichtbar unter der Decke.

Die Tür schließt sich, Grant lässt sich fallen und geht zum Arbeitsplatz eines Mitschülers, der sich noch nicht ausgeloggt hat. Der Alarm schrillt immer noch, und sie wirft den Lautsprechern einen Blick zu, mit dem sie jemanden töten könnte. Es ist ein ziemlich guter Todesblick, ehrlich. Ziemlich überzeugend. Wenn ich ein Lautsprecher wäre, würde ich die Klappe halten.

Die Zielperson steckt ein Mem-Chit in die Schnittstelle des Rechners, setzt das Headset mit der Sichtbrille auf und aktiviert die altmodische Tastatur, die seitlich aus dem Rechner herausgleitet. Dann lässt sie die Finger tanzen. Sie schickt einen Packen Infomüll an ein anonymes Laufwerk (das haben wir aus den Laufwerksprotokollen zusammengepuzzelt). Über den Inhalt konnten wir leider kaum etwas in Erfahrung bringen. Nachdem die Zielperson fertig ist und die Tastatur wieder reingeschoben hat, nimmt sie die Brille ab und lässt sie auf den Schreibtisch fallen. Dann kriecht sie unter den Schreibtisch, weshalb man einen Augenblick lang nur ihren Hintern sieht.

Ich beschwere mich nicht. Ich beschreibe nur, was ich sehe.

Für diejenigen, die das Ganze zu Hause nachspielen: Grant bringt einen sogenannten Interface-Sauger unter dem Tisch an. Das Ding muss direkt angeschlossen werden und gewährt Zugang zu einem Übertragungsbereich, den die Flottenkommandanten für die Notfallkommunikation benutzen. Wer einen Zugang dazu hat, kann seine eigenen Nachrichten huckepack mitschicken, ohne dass irgendwer was mitkriegt.

Vielleicht sollte mal jemand die TZV über diese peinliche Schwachstelle in ihrer Flotte informieren.

Um 11:48 verstummt der Umgebungsalarm ohne jede Vorwarnung.

Grant zuckt zusammen. Sie hat wohl nicht so schnell damit gerechnet, vermute ich mal. Sie kriecht sofort unter dem Schreibtisch vor, schlägt sich in der Eile den Kopf an, rappelt sich hoch, zieht den MemChit aus der Station und nimmt sich sogar noch die Zeit, den Monitor kurz zu tätscheln, als wäre er ein braves Hündchen. Dann steckt die Zielperson den Chit ein, begibt sich wieder in den hinteren Teil des Raumes und duckt sich hinter einem Schreibtisch.

Um 11:49 kommen die Schüler und die Datentechniker wieder rein und meckern über die Störung. Grant geht unauffällig zur Tür. Der Chefdatenquäler sagt irgendwas Unverständliches. Mit einem flüchtigen Lächeln, das sich verglichen mit dem Todesblick von vorhin am anderen Ende des Ausdrucksspektrums befindet, antwortet die Zielperson etwas ebenfalls Unverständliches. Die Kleine gehört nicht in die Neuroprogrammierung, sondern in die Psychobrigade. Ich mein ja bloß. Offenbar hat sie irgendeine Ausrede vorgebracht, weswegen sie mal rausmuss, und sie kommt echt damit durch. Der Datenfuzzi hält ihr höchstpersönlich die Tür auf, und sie spaziert ultragechillt den Gang entlang und wartet seelenruhig, bis ihr dort am anderen Ende ein anderer Datentechniker die Tür aufmacht. Schwups – ist sie draußen. Als die Tür zugleitet, sieht man gerade noch, wie Grant sich umdreht und eine Kusshand in Richtung Serverraum wirft.

Sie hat das Ding einfach so geplündert.

In nicht mal elf Minuten. Leck mich am [redacted]! Und dann spaziert sie einfach davon.

Datum: 22/07/75

Betreff: Hinter den Kulissen

Es gibt überall was zu lernen, hat Mama immer gesagt, als ich noch klein war. Sie hat es gesagt, damit der Alltag irgendwie spannender wird. Was würde ich jetzt für ein bisschen Alltag geben! Oder für meine Mutter.

Bekomme ich für den Kram, den ich hier an Bord lerne, eigentlich Extrapunkte für die Schule? Okay, es ist nicht direkt der übliche Schulstoff, aber ich habe das Studium noch nicht ganz abgeschrieben und will nicht abgehängt werden. Geistige Notiz, Kady: Überlegen, wie man bei einer Bewerbung praktische Erfahrung in Computerkriminalität so darstellen kann, dass man dafür nicht in den Knast kommt. (Haha, ich bin hier auf einem FLÜCHTLINGSSCHIFF, das neben einem angeschlagenen Schlachtschiff herhumpelt und von einem BeiTech-Zerstörer verfolgt wird. Wenn ich Glück habe, bleibe ich lange genug am Leben, um zu einem Sprungtor zu gelangen, und deswegen DARF ICH MEINE SCHULBILDUNG AUF KEINEN FALL VERNACHLÄSSIGEN …)

Schade, dass niemand hier ist, der über meine Witze lacht, so schlecht sind die gar nicht. Meine Gruppenleiterin sagt immer, mein schwarzer Humor und meine Aufsässigkeit sollen nur meine Gefühle verbergen. Vielleicht hat sie recht. Die Ärmste war Geologin, bevor sie zur Psychoberaterin gemacht wurde, aber vielleicht qualifiziert sie das wirklich, denn mit unserer Gruppe kommt man etwa so schnell ins Gespräch wie mit einem Haufen Steine. Aber wer lässt schon gerne seinen ganzen dunklen Kram in der Öffentlichkeit raus? So was schreibt man auf, packt es weg und geht zur Tagesordnung über.

In der heutigen Sitzung ging es darum, hinter die Fassade zu blicken, die wir der Öffentlichkeit präsentieren, um zu erkennen, was wirklich in uns vorgeht. War das vielleicht ein verkappter Versuch, mich dazu zu bringen, zu gewissen anderen Teilnehmern ein bisschen netter zu sein, mich in ihre Lage zu versetzen und so weiter blablabla?

Jedenfalls war das die heutige Aufgabe, und als die Leiterin wieder mit ihrem Wie-geht-es-euch-damit-Gelaber anfing, musste ich die ganze Zeit an diese Holo-Aufführung denken, die ich mal als Kind gesehen habe. Damals wurde im Gemeindezentrum ein Stück mit lichtprojizierten Puppen aufgeführt. Ich hab mich hinter die Bühne geschlichen, weil ich wissen wollte, wie das alles funktioniert. Und dann hab ich die große Liebesszene total versaut, weil ich auf die Bühne gerannt bin, um allen zu erzählen, was ich entdeckt hatte. (Erst jetzt wird mir klar, dass meine Eltern wahrscheinlich am liebsten unter die Sitze gekrochen wären, andererseits war es nicht das erste Mal, dass ich sie blamiert hatte.) Ich wollte unbedingt, dass alle begreifen, dass die Szene da auf der Bühne, die Gefühle – dass das alles nicht echt war. Und dass die Mädchenpuppe in Wirklichkeit ein Typ mit dem dicksten Schnurrbart war, den ich je gesehen hatte, was ich total lächerlich fand.

Die Romantik des Stücks habe ich damals natürlich nicht kapiert. Ich war viel zu sehr mit dem Thema Was-passiert-eigentlich-wirklich beschäftigt, und das schon im Alter von acht Jahren. Ich wusste, dass es wichtig ist, hinter das Als-ob zu blicken, hinter die Masken, dass man herausfinden muss, was in Wirklichkeit vor sich geht. Und was romantische Liebesgeschichten angeht, wusste ich ebenfalls schon, dass da viel Theater gespielt wird und dass das alles nicht immer das Gelbe vom Ei ist.

Als wir heute Mitgefühl üben sollten und so taten, als ob wir uns in die anderen hineinversetzen (natürlich nicht in echt, denn wer will sich schon den Kummer von jemand anderem vorstellen, wenn er genug mit seinem eigenen zu tun hat?), musste ich immer wieder an diese Holo-Aufführung denken, und an die Kommandanten unserer kleinen Flüchtlingsflotte.

Wie gesagt, zurück zur Tagesordnung. Meine Gruppenleiterin hat keine Ahnung, wie brennend es mich interessiert, was hier wirklich vor sich geht. Und ich werde es schon noch herausfinden!

ALEXANDER-78V

HINWEIS:
Transkription der Kriegsgerichtsverhandlung, wie sie auch 78h@786HG= ByteMe vorlag.

TRANSKRIPT KRIEGSGERICHT
VEREINIGTE TERRANISCHE RAUMFLOTTE
FLOTTENVERBAND ALEXANDER

GEHEIMSACHE

EINGANG: 22/07/75

ZEUGEN-ID: Ezra Mason (UTN-966-330ad)

RANG: Second Lieutenant

RUFZEICHEN: N/A

BEFEHLSHABENDER OFFIZIER: David Torrence (UTN-951-787ad)

RANG: General

RUFZEICHEN: Dozer

– TRANSKRIPT (S.5) –

DT: Lieutenant Mason, was war Ihre erste Reaktion, als dem Echo-Geschwader befohlen wurde, die Shuttle-Gruppe Osprey anzugreifen?

EM: Wie bitte?

DT: Was taten Sie, als Ihnen die *Alexander* befahl, das Feuer auf die von der *Copernicus* kommenden Shuttles zu eröffnen?

EM: Nichts. Ich wartete auf die Bestätigung des Befehls durch meinen Kommandeur.

DT: Ihr Vorgesetzter war Major Eli Hawking?

EM: Jawohl. Prophet.

DT: Hat Major Hawking den Befehl der *Alexander* bestätigt und das Echo-Geschwader angewiesen, die Shuttle-Gruppe aufzuhalten und zu vernichten?

EM: [Unverständlich.]

GEHEIMSACHE

DT: Wie bitte?

EM: [Unverständlich.]

DT: Lieutenant Mason, Sie sind angeklagt, einen direkten Befehl in Kriegszeiten verweigert zu haben. Muss ich Sie erst noch über den Ernst der Situation aufklären? Oder über die Strafe, die Sie erwartet, falls das Gericht Sie für schuldig befindet?

EM: Sie kennen die Aufzeichnungen des Funkverkehrs, also warum muss ich hier noch …

DT: Lieutenant Mason, Sie werden alle Fragen beantworten, die Ihnen hier gestellt werden, sonst ist Ihr hübscher [redacted] auch noch wegen Missachtung des Gerichts dran.

EM: Nein. Prophet hat den Befehl nicht bestätigt. Sir.

DT: Was hat Major Hawk…

EM: Wir hatten gerade mitangesehen, wie die *Alexander* grundlos über zweitausend Zivilisten umgebracht hatte. Was zum Teufel hätte Prophet denn tun sollen?

[Lauter Knall]

DT: Lieutenant Mason, auch wenn Sie Frischfleisch aus einem gottverdammten Maulwurfsloch sind, ist das dort auf Ihrem Kragen immer noch ein gottverdammtes TZV-Abzeichen. Wenn Sie noch einmal ausfällig werden, reiße ich Ihnen dermaßen den [redacted] auf, dass Sie sich noch wünschen, Ihre Mutter hätte Ihrem Vater an dem Abend, an dem Sie in die Pipeline geladen wurden, Kopfschmerzen vorgespielt.

EM: Mein Vater ist tot. Er ist auf Kerenza gestorben.

DT: [Unverständlich.]

EM: Sir?

DT: Hör mal zu, mein Sohn. Ich weiß, dass du nicht freiwillig in der TZV dienst und im Grunde gar nicht hier sein willst …

EM: Das stimmt nicht, Sir. Die *Alexander* hat mir bei dem Überfall auf Kerenza das Leben gerettet, dafür will ich mich gern revanchieren. Ich verstehe nur nicht, warum Sie so für uns gekämpft haben, nur um die *Copernicus* ein halbes Jahr danach während des Rückzugs einfach zu vernichten.

DT: Wir befinden uns nicht auf dem Rückzug, Mason.

EM: Können wir das nicht mal dem BeiTech-Zerstörer mitteilen, der uns die ganze Zeit verfolgt?

DT: Es handelt sich um ein taktisches Ausweichmanöver, Lieutenant.

EM: Ach so. Entschuldigen Sie bitte. Sir.

DT: Sind Sie jetzt bereit, meine Fragen zu beantworten, Lieutenant? Oder muss ich die MP anweisen, Sie in den Bau zu stecken?

EM: [Unverständlich.]

DT: Lieutenant?

EM: Bereit. Sir.

DT: Also noch mal: Was tat Major Hawking, als die *Alexander* der Echo-Gruppe befahl, die Shuttles der *Copernicus* zu zerstören?

EM: Er verlangte eine Bestätigung durch Sie, Sir.

DT: Er hat also den Befehl verweigert.

EM: Er wollte eine Bestätigung durch einen Menschen, weil er gerade mitangesehen hatte, wie AIDAN die *Copernicus* atomisiert hat.

DT: Woher wussten Sie, dass es die KI war, die den Angriff auf die *Copernicus* befohlen hat, Lieutenant?

EM: Weil die KI mit uns gesprochen hat. Prophet hat versucht, Sie persönlich zu erreichen, aber AIDAN hat erwidert, das sei nicht möglich.

DT: Und dann hat Major Hawking beschlossen, die Shuttles in die Hangars der *Alexander* zu bringen. Trotz anderslautender Befehle. Trotz wiederholter Warnungen vor einem Alpha-Zero-Pathogen an Bord dieser Schiffe.

EM: Nein, er hat nicht …

DT: Lieutenant?

EM: Der Major hat die Shuttles nicht sofort dorthin eskortiert. Er hat sich erst mit Kampfschiff …

DT: Sie meinen First Lieutenant Alvaranga.

EM: Genau. Er hat sich erst mit ihr und dem Kommandeur der Delta-Gruppe beraten. Die Delta-Gruppe ist in aller Eile mobilisiert worden, nachdem die *Copernicus* vernichtet war. Und die ganze Zeit hat AIDAN uns angebrüllt, wir sollen die Shuttles angreifen und vernichten. Wir hatten keine Verbindung zu den Shuttles. Der EMP von der Detonation hat ihre Systeme abstürzen lassen, sie trieben völlig hilflos im All. Aber sie waren schon nah genug, dass wir die Leute drinnen sehen konnten. Ich habe in einem Sichtfenster ein kleines Mädchen gesehen, bestimmt nicht älter als zehn …

DT: Wer traf letztendlich die Entscheidung, die Shuttles zur *Alexander* zu eskortieren?

EM: Sie kennen die Antwort auf diese Frage, Sir. Sie kennen die Funkprotokolle.

DT: Ich frage Sie, Lieutenant.

EM: Sie möchten, dass ich Prophet und Kampfschiff den Wölfen zum Fraß vorwerfe.

DT: Ich möchte Ihre Version der Geschehnisse hören, Lieutenant Mason. Ich warne Sie nicht noch einmal.

EM: An Bord dieser Schiffe waren unschuldige Menschen. Wir konnten sie sehen. Prophet und Kampfschiff haben die richtige Entscheidung getroffen.

DT: Also haben Major Hawking und First Lieutenant Alvaranga die Entscheidung getroffen?

EM: …

GEHEIMSACHE

DT: Lieutenant?

EM: Ich kann mich nicht mehr genau erinnern.

DT: Wie bitte?

EM: Ich erinnere mich nicht mehr genau. Es ging alles so schnell.

DT: Sie bewegen sich auf verdammt dünnem Eis, Lieutenant!

EM: Tut mir leid, Herr General. Ich kann mich wirklich nicht mehr erinnern. Wenn Sie mich dafür einbuchten wollen, bitte sehr. Im Bau schläft es sich bestimmt bequemer als auf dreißig [redacted] Silberlingen.

GEHEIMSACHE

Teilnehmer: Ezra Mason, Second Lieutenant, TZV Luftwaffe
James McNulty, Sergeant, TZV Marines
Datum: 22/07/75
Zeitstempel: 23:07

/CHAT/LOGIN.LOCATION=NO.MENUBAR=NO')<!-- END ALEXANDER CHAT BASIC V9 CODE --><!-- BEC

McNulty, J, Sgt: eben gesehen dass du wieder in deiner koje bist was geht ab alter

McNulty, J, Sgt: he alter

McNulty, J, Sgt: he mason

McNulty, J, Sgt: ezramaaaaaaaaaaaasssssssssoooon!SrnbopNRb[on erb

McNulty, J, Sgt: ANTWORTE DU [redacted]

McNulty, J, Sgt: haben sie dich doch nicht erschossen

Mason, E, Lt 2nd: nein, mich nicht

McNulty, J, Sgt: da werden sich deine scharfe braut und mein kleiner namensvetter aber freuen

Mason, E, Lt 2nd: Prophet und Kampfschiff hatten nicht so viel Glück

McNulty, J, Sgt: ?

Mason, E, Lt 2nd: sie wurden erschossen, Jimmy

McNulty, J, Sgt: ...

McNulty, J, Sgt: du willst mich ver[redacted]

Mason, E, Lt 2nd: GLAUBST DU ECHT ICH MACH WITZE ÜBER SO WAS?

McNulty, J, Sgt: ... ach du [redacted]

Mason, E, Lt 2nd: haben sie an die schott gestellt und eiskalt abgeknallt. den kommandeur von der delta-gruppe auch. und noch einen lieutenant von der flugsicherung. einfach abgeknallt.

Mason, E, Lt 2nd: Carlin und ich sind davongekommen. weil wir

nur befehle ausgeführt haben. das wussten sie alles aus den funkprotokollen. Die ganze verhandlung war für den [redacted].

McNulty, J, Sgt: [redacted]

Mason, E, Lt 2nd: sie haben mir die flugerlaubnis entzogen. bis auf weiteres hausarrest

McNulty, J, Sgt: was denkt sich Torrence eigentlich? verdammt noch mal. uns fehlt es hinten und vorn an personal, und die knallen unsere besten piloten ab? was wurde ihnen überhaupt vorgeworfen?

Mason, E, Lt 2nd: offiziell? »Befehlsverweigerung in Kriegszeiten«. inoffiziell hab ich gehört, dass es darum ging, zeugen beiseite zuschaffen. Der führungsstab erzählt den zivis auf der Hypatia, die Lincoln hätte die Copernicus in die Luft gejagt. Prophet und Kampfschiff wollten sagen, wie es wirklich war.

McNulty, J, Sgt: die zivis würden sich vor angst in die hosen [redacted], wenn sie wüssten, dass die Alexander geschossen hat

Mason, E, Lt 2nd: allerdings

McNulty, J, Sgt: aber deswegen die eigenen leute abknallen? dafür hab ich mich nicht gemeldet, alter

Mason, E, Lt 2nd: pass auf, was du sagst. man könnte uns abhören.

McNulty, J, Sgt: Dorian hat gesagt das gesamte KommTech-Team arbeitet rund um die uhr an AIDAN. da hat niemand zeit, auch noch privatgequassel zu belauschen alter

Mason, E, Lt 2nd: weiß Dorian zufällig auch, was aus den zivis geworden ist, die wir von der Copernicus hergebracht haben?

McNulty, J, Sgt: die sind alle in hangar 4 eingesperrt. niemand kommt da rein oder raus.

Mason, E, Lt 2nd: keine bestätigung wegen Phobos?

McNulty, J, Sgt: [redacted] alter, die hatten ständig irgendwelche seuchenausbrüche auf der Copernicus, seit wir aus Kerenza raus sind. wie stehen die chancen, dass keiner von denen ein überträger ist?

Mason, E, Lt 2nd: heißt das, wir haben vielleicht ein virus mitgebracht?

McNulty, J, Sgt: *schulterzuck*

Mason, E, Lt 2nd: [redacted]

McNulty, J, Sgt: wo ist das problem? ist doch bloß ein blöder bazillus. drei tage und du bist wieder fit.

Mason, E, Lt 2nd: während des Copernicus snafu hat AIDAN das virus als »Alpha-Zero-Pathogen« bezeichnet. und der führungsstab verhält sich auch nicht so, als wäre es bloß ein schnupfen.

McNulty, J, Sgt: o mann

Mason, E, Lt 2nd: von mir hast du das aber nicht, klar?

Mason, E, Lt 2nd: das schlimmste an dieser [redacted] **ist, dass wir nie direkt mit Torrence gesprochen haben. AIDAN hat Alarmstufe Rot gegeben. AIDAN hat uns befohlen, auf die shuttles zu schießen. und prophet hätte einfach so einen haufen zivis ausradieren sollen, weil es ein computer sagt?**

McNulty, J, Sgt: der befehl muss von Torrence gekommen sein. die KI kann so was nicht allein entscheiden.

Mason, E, Lt 2nd: warum hat Torrence den befehl nicht selbst gegeben? ihm muss doch klar gewesen sein, dass Prophet nicht ohne eine autorisierung durch einen vorgesetzten, einen menschen aus fleisch und blut, mal eben 9 shuttles voller zivis abschießt.

Mason, E, Lt 2nd: mal eben hunderte leute umbringen, verdammte [redacted]

McNulty, J, Sgt: ich weiß, alter

McNulty, J, Sgt: an eurer stelle hätte ich auch nicht anders gehandelt

Mason, E, Lt 2nd: die da oben haben einen mords[redacted] **vor dieser KI, jimmy. keine ahnung, was da abgeht, aber es riecht braun**

McNulty, J, Sgt: Dorian meinte, sie hätten dem ding den stecker rausgezogen

Mason, E, Lt 2nd: wem – AIDAN?

McNulty, J, Sgt: ja, deshalb ist der antrieb aus

Mason, E, Lt 2nd: und wer fliegt die kiste jetzt?

McNulty, J, Sgt: der schwung

Mason, E, Lt 2nd: …

Mason, E, Lt 2nd: ach du [redacted]

McNulty, J, Sgt: ich hab hier ein bisschen raketentreibstoff von einem kumpel, der hatn guten draht zu den schraubern. komm rüber und wir trinken einen alter.

Mason, E, Lt 2nd: nö

McNulty, J, Sgt: komm schon, sorgen muss man ersäufen alter

Mason, E, Lt 2nd: diese sorgen kann man nicht ersäufen, kumpel

Mason, E, Lt 2nd: die können nämlich schwimmen

ZUTRITT
VERBOTEN

Datum: 23/07/75
Betreff: Albtraumzeit

In der Gruppensitzung stand eine Frau namens Martha im Mittelpunkt, die auf Kerenza bei der GeoSpec-Analyse gearbeitet hat, glaube ich. Aber wahrscheinlich ist es auch egal, wo genau sie gearbeitet hat.

Martha hatte drei Töchter: Julie, Lela und Katya.

Julie war sechs. Sie starb bei der Evakuierung ihrer Schule.

Lela war zwei. Sie starb, als das Auto der Familie auf dem Weg zu den Shuttles verunglückte. Marthas Mann Tony hatte Lela auf dem Schoß. Er ist auch gestorben.

Katya war acht. Martha weiß nicht, ob sie überhaupt tot ist, sie weiß nur, dass ihre Älteste nicht von Kerenza weggekommen ist.

Bei unseren Sitzungen war Martha immer ganz still. Genau wie ich hat sie eigentlich nie was gesagt. Sie saß immer nur da, die Hände im Schoß gefaltet. Aber im Lauf des letzten Monats ist was passiert. Aus ihrem normalerweise perfekten Haarknoten hingen einzelne Strähnen. Knöpfe waren falsch geknöpft, die Bluse hing aus der Hose. Lauter Kleinigkeiten, die jedem mal passieren, aber Martha vorher noch nie.

Und heute ist sie einfach implodiert. Sie saß direkt neben mir.

Ich weiß nicht mal, was der Auslöser war. Eben war ich noch damit beschäftigt, die Platten an der Decke zu zählen, im nächsten Augenblick brach es aus ihr heraus. Einer der Jungs in unserer Gruppe, Thanh, war gerade mitten im Erzählen, aber er verstummte sofort, als sie anfing.

Sie erzählte uns von ihren Mädchen und ihrem Mann. Sie sagte, dass sie viel darüber nachdenkt, ob Katya und Julie zum Schluss Angst hatten. Dass sie nicht bei ihnen war. Dann bekam sie keine Luft mehr. Rang nach Atem, als würde sie nicht genug Sauerstoff kriegen, und zitterte am ganzen Körper.

Manche Leute schreien oder schlagen um sich, wenn sie durchdrehen. Martha rutschte nur langsam vom Stuhl und klappte zusammen. Alle starrten sie an, als wäre sie ansteckend, und ich streckte die Hand nach ihr aus – keine Ahnung, vielleicht wollte ich sie ja streicheln oder so. Dann fing sie an zu weinen. Langgezogene, kehlige Schluchzer, die sich anhörten, als würden sie aus ihr herausgepresst. Ihr ganzer Kummer und ihr ganzer Schmerz lagen in diesen Lauten. Ein Tropfen hatte das Fass zum Überlaufen gebracht, und jetzt gab es kein Halten mehr.

Die Gruppenleiterin rief die Sanitäter, Martha hat inzwischen Beruhigungsmittel bekommen. Aber ich habe mich noch nicht wieder beruhigt.

Ich liege wach im Bett und überlege, was wohl passiert, wenn bei mir das Fass überläuft. Ich überlege, ob es für Martha irgendeinen Ausweg gibt. Ob sie jemals wieder klarkommt. Ich musste mich dazu zwingen, nicht mehr an Asha zu denken. Ich darf nicht zulassen, dass ich wie Martha werde. Ich darf mich nicht in den Menschen verlieren, die wir zurückgelassen haben.

Ich höre jedes Geräusch im Schlafraum, jedes Rascheln, wenn sich jemand umdreht, jeden Seufzer. An Schlaf ist nicht zu denken.

Es sind viel mehr Leute an Bord, als eigentlich zulässig ist – die Hypatia ist ein Forschungsschiff, deshalb gibt es hier viel Platz, aber der war für Proben gedacht, für Labore und so was. Jetzt sind über 2.000 Menschen da reingequetscht, wo sich normalerweise 500 Besatzungsmitglieder aufhalten.

Mein Zimmer war früher ein Lagerraum für geologische Proben. Also: Steine. Die Luft hinterlässt einen scharfen, metallischen Beigeschmack im Mund, fast schon salzig. Man nimmt diesen Geruch überall mit hin, er umgibt einen jedes Mal, wenn man den Kopf dreht. Die ganze Luft ist zu WARM und irgendwie feucht, weil die Filter einfach nicht dafür ausgelegt sind, die Atemluft so vieler Menschen zu recyceln. Und dann ist auch noch das Wasser rationiert! Aber irgendwie gewöhnt man sich daran.

Sie haben alle Regale rausgenommen und sechzehn von uns in diesen

Raum gequetscht. Jeder hat eine Pritsche, eine Art Regalbrett an der Wand (mit einem Gurt, damit man nachts nicht runterfällt). Weil ich hier drin die Jüngste bin, schlafe ich ganz oben. Es macht mir nichts aus, ganz oben zu sein. Manchmal fühle ich mich hier beinahe sicher.

Trotzdem kann ich nicht schlafen. Es ist nicht mein Zimmer, es ist nicht unsere Wohnung.

Nichts ist mehr so, wie ich es von früher kenne. Klar, es gibt bestimmte tägliche Abläufe – Essenszeiten, Schlafzeiten, Ausbildungszeiten. Aber auf Kerenza gab es so eine Art Grundvertrauen, ein festes Fundament, auf das man sich verlassen konnte und das einem Geborgenheit vermittelte. Das ist mir erst hier klar geworden. Dort bestand mein größtes Abenteuer darin, dass ich eines Tages zur Uni gehen würde. Meine kleinen Abenteuer beschränkten sich auf Wanderungen, die richtige Wahl der Schulfächer und … Ezra.

Ich dachte mal, dass es mit ihm ein großes Abenteuer werden könnte, aber das steht auf einem anderen Blatt.

Jedenfalls hatte ich nicht die geringste Ahnung, wie behütet ich war, weil ich ganz einfach nie schutzlos war. Ezra hat das mal zu mir gesagt. Er hatte recht. Für mich war das alles selbstverständlich. Das permanente, beruhigende Hintergrundrauschen des Universums.

Jetzt ist nichts mehr sicher, obwohl hier mehr Routine herrscht als je zuvor in meinem Leben. Die Lincoln kann uns jederzeit einholen. Es dauert noch Monate, bis wir die Zwischenstation nach Heimdall erreichen. Selbst wenn wir es schaffen, sind wir bis dahin ein halbes Jahr völlig isoliert gewesen. Gut möglich, dass mittlerweile ein Krieg ausgebrochen ist.

Außerdem erzählen uns die da oben einfach nicht, was hier eigentlich vorgeht. Ich bin ziemlich sicher, dass sie uns belügen, aber ich weiß nicht, warum.

Und das ist momentan einfach eine Ungewissheit zu viel.

Ich kenne meine Grenzen nicht, aber ich habe Angst, sie zu erreichen. Ich weiß nicht, was passiert, wenn es mal so weit ist.

Und schlafen kann ich immer noch nicht.

Teilnehmer: ~~Ann Chau, Captain~~
(systemreroute78h@786HG=ByteMe)
~~David Torrence, General~~
(systemreroute78h@865HG=EMason)
Datum: 23/07/75
Zeitstempel: 08:03

BEGIN HYPATIA CHAT BASIC V9 CODE ONCLICK="WINDOW.OPE

HINWEIS:
Nach erfolgreichem Eindringen in den Server der *Hypatia* hackt Grant die sichere Verbindung des Flottenkommandos, um direkten Kontakt mit Mason aufzunehmen. Die Straftaten häufen sich.

ByteMe: Ezra, bist du da?

Mason, E, Lt 2nd: wer ist das?

ByteMe: Kady.

Mason, E, Lt 2nd: Hallo, Dorian. dein timing ist so [redacted] wie dein Humor

Mason, E, Lt 2nd: Du hast nicht zufällig eine schwester, oder?

ByteMe: Ich bin's, Ezra. Ich weiß nicht, wer Dorian ist.

Mason, E, Lt 2nd: nicht zu fassen, dass dieses [redacted] es dir erzählt hat. McNulty kann einfach seine [redacted] nicht halten.

ByteMe: Hör auf mit dem [redacted]. Wir haben 7 Minuten, dann muss ich diese Verbindung wieder schließen, sonst können sie sie nachverfolgen.

Mason, E, Lt 2nd: aha

ByteMe: Nicht unbedingt die Begrüßung, auf die ich gehofft habe. ICH bin's.

Mason, E, Lt 2nd: beweise

ByteMe: Wie wär's mit … du hast dir den Knöchel verstaucht, als du aus meinem Fenster gesprungen bist, während ich meine Eltern an der Haustür abgelenkt habe?

Mason, E, Lt 2nd: … Kady?

ByteMe: Sag ich doch die ganze Zeit. Ja: Kady.

Mason, E, Lt 2nd: oh. blödes schaf, ich.

ByteMe:

```
_    -(«)-      määäh
 %%%%
  //  \\
```

Mason, E, Lt 2nd: wieso hast du zugang zu diesen verbindungen? die schiff-schiff-kommunikation ist doch unterbrochen.

ByteMe: Hm, wie nur? HEXENWERK!

Mason, E, Lt 2nd: das ist hier nicht wie ein hack ins schulsystem, um meine Note in Chemie zu verbessern. pass bloß auf, sonst kriegst du riesenärger

ByteMe: Du warst sauschlecht in Chemie. Aber alles bestens hier, ehrlich. Kurze Nachrichten, nur Text, das merkt keiner, wenn wir unter 7 Minuten bleiben. Die Verbindungen sind zwar unterbrochen, aber die ganz oben lassen sich immer ein Hintertürchen offen, falls sie sich mal ungestört aussprechen wollen.

Mason, E, Lt 2nd: … hast du das auch vor? eine aussprache?

ByteMe: Immer langsam. Ich will dich zu nichts drängen.

ByteMe: Hast du eine Ahnung, warum die Kommunikation tot ist?

Mason, E, Lt 2nd: alles, was nicht absolut wichtig ist, ist offline

Mason, E, Lt 2nd: solange die datenfuzzis noch zugange sind, haben wir hier praktisch nur luft und strom

ByteMe: Basteln die an der KI? Da stimmt doch was nicht, oder?

Mason, E, Lt 2nd: wahrscheinlich sollte ich nicht drüber reden. könnte übel werden für uns.

Mason, E, Lt 2nd: »ÜBEL« mit hochhausgroßen brennenden buchstaben geschrieben, und ringsum tanzen lauter mädchen und du bist auch da

ByteMe: Ich glaube, es ist schon übel. Bist du okay übrigens?

Mason, E, Lt 2nd: … jep. wieso?

ByteMe: Ich hab nicht nur die Verbindung geknackt, ich hab auch deine Kriegsgerichtsakte eingesehen.

Mason, E, Lt 2nd: bist du völlig bescheuert? das ist streng geheimes TZV-material, und wir befinden uns im krieg. wenn sie dich schnappen, bist du wegen spionage dran

ByteMe: huch, ich hatte gar nicht dran gedacht, dass ich Ärger kriegen könnte, wenn sie mich schnappen. Danke für die Info, Ez.

Mason, E, Lt 2nd: Ich rede hier nicht von hausarrest oder so. die stellen dich AN DIE WAND UND ERSCHIESSEN DICH.

ByteMe: Aber sie schnappen mich nicht.

ByteMe: Glaub's mir.

ByteMe: Ich hab gelesen, was du gesagt hast. Ich war … hätt ich dir gar nicht zugetraut.

Mason, E, Lt 2nd: wieso nicht

ByteMe: Du bist nicht grade bekannt dafür, dass du Respektspersonen ans Bein pinkelst.

Mason, E, Lt 2nd: dafür hätten sie mich einbuchten können. war ziemlich blöd, was?

ByteMe: Blödheit, wie ich sie mag.

Mason, E, Lt 2nd: …

Mason, E, Lt 2nd: dann sollte ich so was vielleicht öfter machen?

ByteMe: Ich glaube, es reicht erst mal. Im Bau nützt du keinem was. Dabei weiß ich nicht mal genau, was das sein soll, aber ich stell's mir nicht sehr angenehm vor.

Mason, E, Lt 2nd: sehr einsam. wasser und dehydrierter Fraß. Ab und zu Besuch von einem großen, sehr behaarten Typen namens Raoul.

Mason, E, Lt 2nd: das mit Raoul war jetzt vielleicht ein bisschen übertrieben

Mason, E, Lt 2nd: ganz so behaart ist er gar nicht

ByteMe: Ich hab auch gelesen, was du über deinen Vater gesagt hast. Ich hab seinen Namen nach der Evakuierung auf der Opferliste gesehen.

Mason, E, Lt 2nd: oh.

Mason, E, Lt 2nd: aha.

ByteMe: Es tut mir echt leid, Ezra.

Mason, E, Lt 2nd: du kannst ja nichts dafür

Mason, E, Lt 2nd: wie geht's eigentlich deiner Mama da drüben? grüß sie von mir

ByteMe: Wie lange ist AIDAN schon ausgeschaltet? Seit der Vernichtung der Copernicus?

Mason, E, Lt 2nd: Äh ...

Mason, E, Lt 2nd: ich hätte dir nichts davon sagen sollen. ich darf es nicht mal selber wissen. erzähl bloß nichts weiter, okay? sonst werden hier vielleicht leute plattgemacht.

ByteMe: Ich hab nicht vor, diese Unterhaltung weiterzuverbreiten. Trotzdem: Sie belügen uns, und du weißt es auch. Sollen wir einfach abwarten, was als Nächstes passiert? Für die Copernicus ist das nicht gut ausgegangen.

Mason, E, Lt 2nd: für euch besteht keine gefahr. Auf der Hypatia ist doch niemand krank, oder?

ByteMe: Wieso krank?

Mason, E, Lt 2nd: wenn niemand krank ist, besteht kein grund zur sorge. mach dir keine gedanken.

ByteMe: Nur weil wir hier drüben in Sicherheit sind, sollen wir also alle Lügen schlucken, die sie uns auftischen, ja? Hier hat uns niemand gesagt, dass AIDAN abgeschaltet ist. Sie tun so, als wäre die Lincoln irgendwo da draußen und als hätten wir immer noch Funkverbindung. Willst du mir etwa erzählen, dass das stimmt? Dass du ein dickes fettes BeiTech-Schlachtschiff gesehen hast, als du da draußen bei der Copernicus warst?

Mason, E, Lt 2nd: sie wollen verhindern, dass panik ausbricht, Kades

ByteMe: Ich kann nicht behaupten, dass mich diese Erklärung beruhigt.

Mason, E, Lt 2nd: lass lieber die finger davon. Sonst kriegst du ärger.

ByteMe: Wir stecken doch schon bis zum Hals in der [redacted]. Ich will, dass wir wenigstens gemeinsam drinstecken.

ByteMe: Ezra? Bist du noch da?

Mason, E, Lt 2nd: ja, ich bin hier.

Mason, E, Lt 2nd: obwohl ich jetzt gerade viel lieber auf der Hypatia wäre

ByteMe: Ich bin zwar sensationell gut, aber so gut bin ich auch wieder nicht. Ich versuche, morgen wieder eine Verbindung hinzukriegen. Bist du da?

Mason, E, Lt 2nd: wann immer du willst

ByteMe: Wenn wenigsten DAS wahr wäre. Schön den Ball flach halten. Und bloß keine Heldentaten.

——VERBINDUNG BEENDET——

Teilnehmer: ByteMe, CitB
Datum: 24/07/75
Zeitstempel: 07:36

/CHAT/LOGIN.?LOCATION=NO,MENUBAR=NO')<!-- END HYPATIA CHAT BASIC V9 CODE --><!-- BEGIN

CitB: naaaaa? mal wieder mit deinem Freund gequatscht?

ByteMe: nicht mein F

CitB: hast du mit ihm gesprochen?

ByteMe: 7 min. kein Anzeichen von Ortung bisher

CitB: weiß er was da drüben vor sich geht?

ByteMe: er lässt nix raus

CitB: weiß er was von der KI?

ByteMe: ist ausgeschaltet, mehr sagt er nicht

CitB: dann musst du ein bisschen zaubern

ByteMe: ist nicht so einfach. Ezra kriegt man nicht so leicht dazu, was Illegales zu tun. Ich weiß nicht mal, ob ich ihn da überhaupt mit reinziehen will.

CitB: warum machst dus dann?

ByteMe: um zu sehen, ob ichs kann. muss überlegen, worum ich ihn bitten soll. ist nicht ganz ungefährlich für ihn.

CitB: es ist für niemanden ungefährlich. mach einfach

An: GENERAL DAVID TORRENCE
Von: COLONEL EVA SANCHEZ
Datum: 07/24/75
Zeitstempel: 11:30

GEHEIMSACHE

General Torrence,

ab 11:00 Uhr wurde von mir sowie von den TechIng-Spezialisten Major Nico Lassinger und Major Lisa Barker eine Überprüfung der KI der *Alexander* (AIDAN) vorgenommen. Untere Dienstgrade wurden nicht eingeweiht, um die Vertraulichkeit unserer Ergebnisse zu gewährleisten. Zustandsbericht und Empfehlungen wie folgt.

Aktueller Zustand

Bei den Kämpfen um Kerenza ist AIDANs Hardware stark beschädigt worden. Weil es beim TechIng-Personal viele Verluste gegeben hat, war es uns nicht möglich, eine lückenlose Diagnose durchzuführen, aber es ist offensichtlich, dass wir kein Sprungtor generieren können; außerdem ist AIDANs Rechengeschwindigkeit eingeschränkt. Die Schäden am Neuronalnetzwerk sind allerdings nicht so schlimm wie zunächst angenommen.

Gemäß Ihren Befehlen im Anschluss an die Vernichtung der *Copernicus* bleibt AIDAN nur eingechränkt aktiv und führt lediglich die allerwichtigsten Funktionen wie Luftumwälzung, Klimaregulierung und künstliche Schwerkraftkontrolle aus. Damit entspricht AIDAN einem ins Koma versetzten Patienten: Atmung und Herzschlag finden weiterhin statt, aber es sind keine bewussten Gedankengänge oder gar Entscheidungen möglich. Von daher kann die KI auch nicht aktiv befragt werden. Mein Team ist jedoch zu dem Schluss gekommen, dass AIDANs Entscheidung, die *Copernicus* zu vernichten, aus der Vorschrift resultierte, der Sicherheit der Flottenangehörigen oberste Priorität einzuräumen.

Die Ergebnisse unserer Überprüfung legen nahe, dass AIDAN im Lauf des letzten Monats immer häufiger auf die medizinischen

Datenbanken der *Copernicus* zugegriffen hat. Routinemäßig werden sämtliche Daten, die die KI überprüft, auf den Servern der *Alexander* hinterlegt. Es hat jedoch den Anschein, als hätte **AIDAN Vorkehrungen getroffen, dass wir ebendiese Berichte nicht ausfindig machen können.**

Vermutlich kam AIDAN zu dem Schluss, dass die Krankheit an Bord der *Copernicus* einen kritischen Punkt erreicht hat und somit eine Gefahr für die gesamte Flotte darstellt. Trotzdem sind wir sehr besorgt hinsichtlich AIDANs Entscheidungen (a) eine derart drastische Maßnahme zu treffen, ohne zuvor den Führungsstab zu konsultieren, und (b) die Verbindungen zwischen dem Führungsstab und den Zyklon-Geschwadern der *Alexander* zu kappen – entgegen Ihren ausdrücklichen Befehlen. AIDANs Grundeinstellungen weisen der Erhaltung menschlichen Lebens oberste Priorität zu, gewähren dem Flottenkommandanten jedoch nahezu unbegrenzte Vollmacht, die Entscheidungen der KI aufzuheben. **Wir sind der Meinung, dass AIDANs Bereitwilligkeit, Ihre Befehle und Einschätzungen zu berücksichtigen, durch die Schäden beeinträchtigt wurde.**

Vorschlag

Der Halt bei Kerenza VII(a) hat unseren Vorsprung vor der *Lincoln* verringert. Solange AIDAN offline ist, bleibt der Hauptantrieb nicht einsatzfähig, und wir sind auf die langsameren Sekundärtriebwerke angewiesen. Es wird immer wahrscheinlicher, dass wir die Waffensysteme der *Alexander* zum Einsatz bringen müssen, was wiederum nur geschehen kann, wenn AIDAN online ist. Deshalb schlagen wir vor, AIDANs Einsatzfähigkeit zu erhöhen, ohne seine Unabhängigkeit vollständig wiederherzustellen. Um das oben angeführte Bild zu zitieren: Wir schlagen vor, unseren Koma-Patienten aufzuwecken, ihm jedoch beträchtliche Einschränkungen aufzuerlegen.

GEHEIMSACHE

Potenzielle Gefahren

Der Zwischenfall mit der *Copernicus* zeigt unmissverständlich, dass wir uns nicht hundertprozentig auf AIDANs momentane Funktionsfähigkeit verlassen können. Es könnte sein, dass AIDAN nach seiner Reaktivierung auf die Einschränkungen nicht wie erwartet reagiert. Eine Gefahr besteht sowohl für die Besatzung der *Alexander* als auch die der *Hypatia*. Diese Gefahr gilt es jedoch gegen diejenige abzuwägen, gar nichts zu unternehmen.

In den nächsten 24-48 Stunden werden verschiedene Reaktivierungs-Szenarien durchgespielt, angedacht ist ein Szenario mit einer über 90-prozentigen Chance auf umfassende Kontrolle. Sollte das gelingen, empfehlen wir, AIDAN zu reaktivieren.

Bei weiteren Fragen oder falls der Wunsch besteht, Alternativen durchzusprechen, stehen wir jederzeit zur Verfügung.

COLONEL EVA SANCHEZ
MAJOR NICO LASSINGER
MAJOR LISA BARKER

Teilnehmer: Eva Sanchez, Colonel, TZV Technische Abteilung
Nico Lassinger, Major, TZV Technische Abteilung
Datum: 24/07/75
Zeitstempel: 11:37

/CHAT/LOGIN.LOCATION=NO,MENUBAR=NO')<!-- END ALEXANDER CHAT BASIC V9 CODE --><!-- BE

Sanchez, E, Col: Nico, ich habe den Bericht fertig, kannst du ihn mal gegenlesen?

Lassinger, N, Maj: Bin gerade beim Ausdrucken, Moment.

Lassinger, N, Maj: …

Lassinger, N, Maj: Wenn ich dich recht verstehe, bist du der Meinung, dass wir ihn aufwecken sollen, aber so, dass er nicht wieder durchknallt. Gleichzeitig glaubst du, dass wir nur eine Chance von 90 Prozent haben, dass er uns nicht alle umbringt?

Sanchez, E, Col: Weißt du, wie unsere Chancen stehen, wenn uns die Lincoln einholt?

Lassinger, N, Maj: Hm. Stimmt. Okay, also abschicken. Und beten.

Sanchez, E, Col: Abgeschickt. Ich bete schon.

Lassinger, N, Maj: Ich glaube, ich geh mal nachsehen, ob Lisa jemanden braucht, der ihr hilft, den Dreck abzuwaschen. Ich finde ja, dass es unter unserer Würde (und unserer Gehaltsstufe) ist, wie die letzten Schrauber da im Quantenkern herumzukriechen.

Sanchez, E, Col: Hast du zu viel Staub geschluckt? Wenn du Lisa anbietest, ihr den Rücken zu schrubben, brauchst du dir keine Gedanken mehr darüber zu machen, ob uns die KI ins nächste Sonnensystem pustet.

Lassinger, N, Maj: Das Ende der Welt ist nah, Eva. Was hab ich groß zu verlieren?

Teilnehmer: ~~Ann Chau, Captain~~(systemreroute78h@786HG=ByteMe)
~~David Torrence, General~~(systemreroute78h@865HG=EMason)
Datum: 24/07/75
Zeitstempel: 13:04

BEGIN HYPATIA CHAT BASIC V9 CODE ONCLICK="WINDOW.OPEN(//CHAT.HYPATIA/ALEXANDER

ByteMe: 7 Min ab jetzt. bist du da?

Mason, E, Lt 2nd: für dich immer :)

ByteMe: Schön wär's gewesen, Ez. Wie sieht's bei dir aus? Hier ist dicke Luft.

Mason, E, Lt 2nd: hier bei mir? wenn ich ehrlich bin: alles ziemlich verwirrend

ByteMe: Angeblich immer noch keine Verbindungen, weil wir uns vor der Lincoln verstecken müssen.

Mason, E, Lt 2nd: ach so, du meinst wie es bei uns auf dem *Schiff* aussieht?

ByteMe: Ist AIDAN im [redacted] oder wurde er abgeschaltet?

Mason, E, Lt 2nd: äh … sowohl als auch. warum?

ByteMe: weil die Copernicus hinüber ist und ich Angst habe, warum sonst?

Mason, E, Lt 2nd: dann sind wir schon zwei, die angst haben

ByteMe: So hab ich mir unsere Wiedervereinigung nicht vorgestellt. Hast du sonst wirklich keine anderen Infos?

Mason, E, Lt 2nd: *achselzuck* bin bloß ein einfacher Zyklon-Pilot

ByteMe: Das kann ich mir immer noch nicht richtig vorstellen. Nicht direkt die Zukunft, die ich mir ausgemalt hatte.

Mason, E, Lt 2nd: wenigstens hab ich es vom planeten runtergeschafft. wenn BeiTech Kerenza nur einen Tag früher überfallen hätte, hättest du nicht so rumbrüllen müssen und ich mich nicht so besaufen :P

Mason, E, Lt 2nd: entschuldige … war nicht witzig …

ByteMe: Stimmt. Aber das mit dem Witzereißen ist momentan wirklich nicht so leicht.

ByteMe: Nächstes Mal müssen wir unser Drama besser timen.

Mason, E, Lt 2nd: hm. übung macht den meister

Mason, E, Lt 2nd: du fehlst mir

ByteMe: Du mir auch.

ByteMe: Noch 2 Min.

Mason, E, Lt 2nd: du bist eine dichterin, Grant

ByteMe: Hey, ich rede immerhin mit dir.

Mason, E, Lt 2nd: reden ist besser als nicht reden. und viel besser als rumbrüllen :P

ByteMe: Tut mir leid. War ein bisschen heftig.

Mason, E, Lt 2nd: hast du schon mal dran gedacht, dass ich dich vielleicht süß finde, wenn du wütend bist?

ByteMe: Hast du schon mal dran gedacht, dass ich vielleicht nicht darüber lachen kann, dass du mir das Herz gebrochen hast?

ByteMe: Müssen Schluss machen. Wenn du dieses Fenster offen lässt und Nachrichten tippst, bekomme ich sie, wenn ich mich wieder einlogge. Wie bei einer Mailbox.

——VERBINDUNG ABGEBROCHEN——

Teilnehmer: ~~Ann Chau, Captain~~
(systemreroute78h@786HG=ByteMe)
~~David Torrence, General~~
(systemreroute78h@865HG=EMason)
Datum: 25/07/75
Zeitstempel: 05:49
Betreff: Sorry

HINWEIS:
Grant richtet eine Blackhat-Mailbox ein, um höchst illegale Schiff-zu-Schiff-Verbindungen während eines verdeckten interstellaren Krieges aufrechtzuerhalten. Unten ist zu sehen, wie Mason sie nutzt.

BEGIN HYPATIA CHAT BASIC V9 CODE ONCLICK="WINDOW.OPEN(//CHAT.HYPATIA/ALEXANDER

ZUTRITT
VERBOTEN

Datum: 25/07/75
Betreff: schon komisch

Woher wusste Mom eigentlich, dass Pa der Richtige für sie ist?
Warum hab ich sie das nie gefragt?

Teilnehmer: ~~Ann Chau, Captain~~(systemreroute78h@786HG=ByteMe)
~~David Torrence, General~~(systemreroute78h@865HG=EMason)
Datum: 25/07/75
Zeitstempel: 07:14

BEGIN HYPATIA CHAT BASIC V9 CODE ONCLICK="WINDOW.OPEN(//CHAT.HYPATIA/ALEXANDER

ByteMe: Bist du da, du tragisches Geschöpf?

Mason, E, Lt 2nd: immer :P

ByteMe: Alles klar bei dir?

Mason, E, Lt 2nd: sie haben mich zum putzdienst und zum VR-Flugsim verdonnert. bin tödlich gelangweilt und ein bisschen verschwitzt

Mason, E, Lt 2nd: macht dich das an?

ByteMe: Wenn du willst, können wir uns gleich wieder verkrachen, Ez.

Mason, E, Lt 2nd: ich will doch nur, dass du mal lächelst. du solltest öfter lächeln. hast du die Blume bekommen?

ByteMe: Ja. Aber … echt jetzt, Ez.

Mason, E, Lt 2nd: hast du gelächelt?

ByteMe: ja

Mason, E, Lt 2nd: augenblick, muss mal eben einen kleinen freudentanz aufführen

Mason, E, Lt 2nd: bin wieder da

ByteMe: das war eine blöde idee. Ich glaube, jetzt fehlst du mir noch mehr als vorher, als ich nicht mit dir gesprochen hab.

Mason, E, Lt 2nd: heißt das, du bist nicht mehr sauer auf mich?

Mason, E, Lt 2nd: schon verrückt, was sechs Monate und ein paar tausend km Vakuum bewirken können

ByteMe: und todesangst, vergiss die todesangst nicht

ByteMe: aber du warst derjenige, der nicht bei mir bleiben wollte, Ez, nicht umgekehrt. Ich habe es nur ausgesprochen.

Mason, E, Lt 2nd: du wolltest den Planeten verlassen. ich wollte dich nicht aufhalten. Das heißt, dass du mir was BEDEUTEST, und nicht andersrum.

ByteMe: hättest ja mitkommen können

ByteMe: und jetzt bist du wieder da und unterhältst dich mit mir, aber nur, weil ich interessanter bin als ein Schiff voller verschwitzter Soldaten

Mason, E, Lt 2nd: ich bin nicht sicher, ob du gebührend zu schätzen weißt, welchen gefahren ich mich aussetze, um mich hier mit dir zu unterhalten, Kades

ByteMe: ich glaube, mir gefällt die Vorstellung, dass du in Gefahr bist. bitte nähere Einzelheiten

Mason, E, Lt 2nd: ich war die halbe nacht wach, um dir eine ASCII-Blume zu basteln, nur damit du wieder mit mir redest. sollte diese information jemals in die Hände gewisser Besatzungsmitglieder fallen, würde das ... unangenehme folgen haben

ByteMe: deine Vorstellung von Romantik war schon immer ziemlich lächerlich

Mason, E, Lt 2nd: jetzt läster nicht – hat doch funktioniert :)

ByteMe: was nicht heißen soll, dass sich hier was Romantisches anbahnt. hilfelöschenlöschen

ByteMe: ruh dich lieber aus, damit du fit bist, wenn uns plötzlich dieses Schiff angreift, das nirgendwo in unserer Nähe ist.

Mason, E, Lt 2nd: die Lincoln könnte uns dichter auf den fersen sein als du denkst. seit das flottenkommando die KI abgeschaltet hat, mussten wir ohne den hauptantrieb durchstarten.

ByteMe: Und WARUM fahren wir die KI nicht wieder hoch? Dass man nichts drüber erfährt, macht mir ne [redacted]angst.

Mason, E, Lt 2nd: siehe voriges *achselzuck* (bin bloß ein einfacher Zyklon-Pilot)

Mason, E, Lt 2nd: ich glaube, sie bringen ihn wieder online, sobald es mit AIDAN sicherer ist als ohne

ByteMe: Vermutlich. Die 7 Min sind fast um. Bald mal wieder?

Mason, E, Lt 2nd: nicht so eilig. du willst doch nicht, dass ich glaube, du hättest mir verziehen oder so

ByteMe: wie käme ich dazu … du hast vielleicht Ideen ;)

Mason, E, Lt 2nd: na dann bis dann

Mason, E, Lt 2nd: ach und grüß deine mom von mir

——VERBINDUNG ABGEBROCHEN——

Teilnehmer: ByteMe, CitB
Datum: 25/07/75
Zeitstempel: 11:12

/CHAT/LOGIN.?LOCATION=NO,MENUBAR=NO')<!-- END HYPATIA CHAT BASIC V9 CODE --><!-- BEGI

ByteMe: was glaubst du, wie viel volt bringen einen durchschnittsmenschen um?

CitB: äh?

ByteMe: ich will mich ins virtuelle netz der Hypatia einklinken und ihnen prozessorgeschwindigkeit klauen

CitB: kleiner tipp von einem alten hasen: das geht nicht mit roher gewalt. dazu brauchst du unterstützung von der Alexander

ByteMe: ich bin aber nicht auf der Alexander, darum muss ich es von hier aus versuchen

CitB: du nicht, aber

ByteMe: ich zieh ihn da nicht mit rein, sonst erschießen die ihn. infos sind eine Sache, das hier ist was anderes.

CitB: warum bleibst du dann an ihm dran, wenn er keine infos hat und auch nichts verkabeln kann?

ByteMe: das hat damit nichts zu tun

CitB: ach nee

ByteMe: leck mich

CitB: es steht viel auf dem spiel. du musst eine möglichkeit finden dass er es von seiner seite aus entsperren kann

ByteMe: er weiß gar nicht wie so was geht

CitB: dann brings ihm bei

CitB: ganz schön riskant. Wenn du nicht deshalb hinter ihm her bist, warum dann

ByteMe: geht dich nichts an

CitB: bleib dran, grashüpfer. wenn wir zulassen dass uns die Alexander aus dem himmel brennt, wird auch deine heiße liebe von einer größeren und heißeren flamme verzehrt

ByteMe: wie kommst du eigentlich unter menschen klar?

CitB: schwer. sehr schwer

ZUTRITT VERBOTEN

Datum: 25/07/75
Betreff: Ohne Kompass

Heute Versuchen Wir Mal Was Ganz Neues, verkündete unsere geplagte Therapeutin. Wir konzentrieren uns auf die Tatsache, dass trotz unseres persönlichen Verlustes Das Leben Weitergeht Und Es Trotz Allem Eine Zukunft Gibt.

Eigentlich ist es ja momentan noch nicht ganz raus, ob wir tatsächlich eine Zukunft haben, aber weil diese Einstellung nicht allzu erhebend ist, hab ich mich darauf beschränkt, Den Verbohrten Teenager Zu Spielen. (Verdammt, diese Unpassenden Großbuchstaben Sind Echt Ansteckend.)

Momentan ist mein größtes Problem die Gegenwart. Mein Verstand schlägt Saltos und sucht die ganze Zeit nach einem Halt, etwas, das ihm sagt, wo oben und unten ist. Nachts liege ich festgeschnallt auf meiner Schlafkoje, und alles stürzt auf mich ein. Das Bett ist so schmal, die Decke riecht nach den Mega-Wäschereien an Bord, außerdem kratzt sie, und ich fühle mich so was von überhaupt nicht zu Hause.

Nichts ist da, wo es hingehört, und woher soll ich ohne Nordung wissen, was ich tun soll?

Wenn ich daran denke, habe ich sofort einen Kloß im Hals. Ich will mich nur noch unter die Bettdecke verkriechen und nicht mehr rauskommen. Drauf warten, dass mir jemand sagt, was ich machen soll. Irgendein Erwachsener. Aber keiner kommt.

Bringe ich Ezra in Gefahr? Oder ist er nicht in viel größerer Gefahr, wenn ich nicht weiter herauszufinden versuche, was hier eigentlich vor sich geht?

Alle anderen glauben nur zu gern, dass die da oben wissen, was sie tun, aber das stimmt nicht. In ihren Regeln und Vorschriften steht nichts davon, wie man sich in einer solchen Situation verhält. Sie sind angeschlagen und wollen sich genau wie ich am liebsten irgendwo verkriechen, haben aber keine Ahnung, wie wir der Lincoln entkommen sollen. Wie soll ich ihnen vertrauen, wenn sie mich anlügen?

Wir hatten mal eine Lehrerin, Miss McElroy. Sie hat Naturwissenschaften unterrichtet. Ständig hat sie auf mich eingeredet, ich soll meine Fähigkeiten nutzen, und ich hab bloß die Augen verdreht, aber meine Mom meinte, ich soll auf die Lehrerin hören.

Sie starb bei der ersten Angriffswelle und sah dabei ziemlich verblüfft aus.

Ich will keine Witze darüber machen, und ich weiß, dass es ziemlich sarkastisch klingt. Ich wollte nur sagen, dass ich nicht gedacht hätte, dass sie so ein Gesicht macht.

Sie hat oft davon gesprochen, dass man Entscheidungen treffen muss. Man soll sein eigenes Moralsystem ergründen und es dann auf ein Raster übertragen, um herauszufinden, was man zu tun hat. Eine Kombination aus Ethik und Technik.

Warum habe ich nicht auf sie gehört? Jetzt könnte ich ein System, das mir sagt, was richtig ist, wirklich gut gebrauchen.

Ich weiß nur eines ganz sicher.

Wenn man mir etwas verheimlichen will, werde ich erst recht neugierig und schnüffle rum. Geheimnisse ziehen mich an.

Und dass ich eine Zukunft habe, ist mir wichtiger, als die anderen glauben.

Teilnehmer: Ezra Mason, Second Lieutenant, TZV Luftwaffe
James McNulty, Sergeant, TZV Marines
Datum: 25/07/75
Zeitstempel: 19:04

/CHAT/LOGIN.LOCATION=NO,MENUBAR=NO')<!-- END ALEXANDER CHAT BASIC V9 CODE --><!-- BE

McNulty, J, Sgt: ezra

McNulty, J, Sgt: mason

McNulty, J, Sgt: [redacted], ANTWORTE

Mason, E, Lt 2nd: geht die interne Verbindung wieder?

McNulty, J, Sgt: sie testen noch

Mason, E, Lt 2nd: aha

McNulty, J, Sgt: Dorian hat mich angepingt, ich soll mal checken ob mein messager funktioniert. ich bin sein Versuchskaninchen. jetzt hopple ich durch die Gegend

Mason, E, Lt 2nd: und da suchst du dir ausgerechnet mich zum chatten aus? ich fühl mich echt geschmeichelt

McNulty, J, Sgt: krieg dich wieder ein, du bist der einzige, den ich kenne, der um diese zeit im bett ist

McNulty, J, Sgt: und an die holde Maid denkt

Mason, E, Lt 2nd: leck mich

McNulty, J, Sgt: erst ein kuss von deinen kirschroten lippen

Mason, E, Lt 2nd: vielleicht wenn du mich ein bisschen wärmst

McNulty, J, Sgt: was hast du denn an?

Mason, E, Lt 2nd: nix. deine schwester ist eben weg

McNulty, J, Sgt: ...

Mason, E, Lt 2nd: voll erwischt, süßer

McNulty, J, Sgt: leck mich am [redacted]

Mason, E, Lt 2nd: keine lust. Hab dir doch gesagt, dass deine schwester hier war

McNulty, J, Sgt: sieh mal einer an, plötzlich wieder ganz aufgekratzt. wo ist denn Mr Trübsal von vor ein paar Tagen geblieben, »heul-heul-schnief, meine Sorgen haben Schwimmflügel«?

Mason, E, Lt 2nd: kalt, Alter, ganz kalt

McNulty, J, Sgt: ich dachte, du bist fix und fertig ohne Schiff-zu-Schiff.
keine sexy fotos von der holden Maid zum wärmen

Mason, E, Lt 2nd: so eine ist sie nicht

McNulty, J, Sgt: ah, sie ist was besonderes

Mason, E, Lt 2nd: allerdings

McNulty, J, Sgt: hast du bilder von dieser astroprinzessin?

Mason, E, Lt 2nd: ich hab doch gesagt keine sexy bilder

McNulty, J, Sgt: angezogen, du sack

Mason, E, Lt 2nd: ich hab schulbilder

McNulty, J, Sgt: her damit

Mason, E, Lt 2nd: auf gar keinen

McNulty, J, Sgt: SOFORT RÜBERSCHICKEN

Mason, E, Lt 2nd: am a-er-es-ze-ha

McNulty, J, Sgt: Mason, wenn du nicht sofort was rüberschickst, bist du mein nächstes opfer beim sacktauchen

Mason, E, Lt 2nd: 0_o

McNulty, J, Sgt: der schiffssicherheitsdienst hat zugang zu allen bereichen, alter

McNulty, J, Sgt: ich weiß, wo du dein Haupt zur Ruhe bettest

McNulty, J, Sgt: und eines nachts wachst du auf, weil dich zwei verschwitzte dinger am kinn kitzeln

Mason, E, Lt 2nd: ist ja eklig

McNulty, J, Sgt: ist mein voller ernst, Mason.

McNulty, J, Sgt: das hier ist keine übung

Mason, E, Lt 2nd: schon gut, ich schick was

Mason, E, Lt 2nd: aber wenn ich einen ausdruck davon über deiner koje finde dann

Mason, E, Lt 2nd: dann schneide ich dir die verschwitzten dinger ab und befördere sie zur luftschleuse raus

McNulty, J, Sgt: ich schwöre hiermit feierlich, dass ich keinen auf wohlfühlhose mache, während ich die bilder deiner vielleicht-exfreundin anschaue, alter

Mason, E, Lt 2nd: …

Mason, E, Lt 2nd: na gut, wird gesendet

McNulty, J, Sgt: ach du [redacted]

Mason, E, Lt 2nd: genau

McNulty, J, Sgt: das ist sie?

Mason, E, Lt 2nd: jep

McNulty, J, Sgt: die hat ja rosa haare

Mason, E, Lt 2nd: hat sie früher mal gefärbt

McNulty, J, Sgt: passt der teppich zu den vorhängen?

Mason, E, Lt 2nd: >_<

McNulty, J, Sgt: [redacted] … alter, ich hab schlechte nachrichten

Mason, E, Lt 2nd: lass mich raten: du überlegst, ob du deinen feierlichen schwur brechen sollst, sobald unsere unterhaltung zu ende ist, stimmts?

McNulty, J, Sgt: das hat jetzt wehgetan, kumpel

Mason, E, Lt 2nd: :P

McNulty, J, Sgt: muss dir leidr mitteilen dass ic nr mit einer Hand tipe

Mason, E, Lt 2nd: bitte nicht

McNulty, J, Sgt: ich glaub so lngsam hab ich den dreh raus

Mason, E, Lt 2nd: AUFHÖREN

McNulty, J, Sgt: augenblick noch

Mason, E, Lt 2nd: SOFORT AUFHÖREN

Mason, E, Lt 2nd: JIMMY, ICH SCHWÖRE BEI ALLEM, WAS MIR HEILIG IST

Mason, E, Lt 2nd: DASS ICH NIE WIEDER SCHLECHT VON DEINER SCHWESTER REDE

Mason, E, Lt 2nd: HÖR ENDLICH AUF

McNulty, J, Sgt: versprochen?

Mason, E, Lt 2nd: ja, verdammte [redacted]

McNulty, J, Sgt: tstststs, na gut

Mason, E, Lt 2nd: warum muss ich eigentlich jedes mal, wenn ich mich mit dir unterhalte

Mason, E, Lt 2nd: hinterher duschen?

McNulty, J, Sgt: …

Mason, E, Lt 2nd: hast du das auch gehört?

McNulty, J, Sgt: schiffsalarm

Mason, E, Lt 2nd: damit ist deine einheit gemeint, alter. Alarmstufe Blau

McNulty, J, Sgt: [redacted], ich muss los.

Mason, E, Lt 2nd: alles klar

McNulty, J, Sgt: ich nehm einen ausdruck mit

McNulty, J, Sgt: für später

McNulty, J, Sgt: :)

Mason, E, Lt 2nd: gääääääähn

HINWEIS:
Zeitpunkt beachten – dreizehn Stunden nach Masons und McNultys letztem Chat.

Teilnehmer: Ezra Mason, Second Lieutenant, TZV Luftwaffe
Datum: 26/07/75
Zeitstempel: 08:16

BEGIN ALEXANDER CHAT BASIC V9 CODE --><FORM> ONCLICK="WINDOW.OPEN('CHAT.ALEXAN

Mason, E, Lt 2nd: bist du da, alter?

Mason, E, Lt 2nd: jimmiiiiiiiieeeeeeeehhhhhh

Mason, E, Lt 2nd: WAS IST LOS, ALTER? LAGEBERICHT!

Mason, E, Lt 2nd: wenn du wieder zurück bist und jetzt mit dem foto von K unter der dusche stehst, komm ich rüber und spül dich eigenhändig ins klo

Mason, E, Lt 2nd: gääähn, ich hab jetzt VR-Training, ping mich an wenn du das hier liest

Teilnehmer: Ezra Mason, Second Lieutenant, TZV Luftwaffe, Charles Dorian, Corporal, TZV Informationsdienst
Datum: 26/07/75
Zeitstempel: 11:13

HINWEIS:
Erster relevanter Austausch zwischen Mason und Corporal Charles Dorian, einem KommTech der mittleren Ebene auf der *Alexander.*

/CHAT/LOGIN.LOCATION=NO,MENUBAR=NO')<!-- END ALEXANDER CHAT BASIC V9 CODE --><!-- BE

Dorian, C, Corp: Ping.

Dorian, C, Corp: Ping.

Dorian, C, Corp: Auf die Gefahr hin, dass ich mich wiederhole …

Dorian, C, Corp: Ping.

Mason, E, Lt 2nd: dorian?

Dorian, C, Corp: Bravo. Scharf beobachtet, Mason.

Dorian, C, Corp: Ich bin fest davon überzeugt, dass dein Potenzial in diesem verschwitzten kleinen Cockpit total vergeudet wird. Du solltest lieber eine Tournee auf der Kernwelt machen: Proppenvolle Säle, perfekte Frisur, kreischende Mädchen. »Nur heute Abend. Ezra Mason: Wie erkenne ich das Offensichtliche?«

Mason, E, Lt 2nd: …

Mason, E, Lt 2nd: soll ich dich mal feste drücken?

Dorian, C, Corp: Ruhe. Lass mich arbeiten.

Mason, E, Lt 2nd: Alter, DU hast MICH angepingt.

Dorian, C, Corp: Ich checke immer noch den internen Austausch. Ganz ruhig. Tut nicht weh.

Dorian, C, Corp: *streift die Latexhandschuhe über*

Mason, E, Lt 2nd: irgendwie kommst du mir noch ange[redacted] als sonst vor

Dorian, C, Corp: Mason, ich hab in den letzten sechs Tagen 3,72 Stunden geschlafen. In meinem Kreislauf zirkulieren mehr Stims als Blut. Wenn du Kongenialität suchst, probiers mal bei McNultys Schwester.

Mason, E, Lt 2nd: was ist Kongenialität und wo gibt's ne salbe dagegen?

Dorian, C, Corp: Mann, du bist ja ein richtiger Witzbold.

Mason, E, Lt 2nd: hast du das eben erst gemerkt?

Mason, E, Lt 2nd: wo wir gerade von meiner zukünftigen sprechen: hast du was von jimmy gehört?

Dorian, C, Corp: Warum sollte ich was von James gehört haben?

Mason, E, Lt 2nd: ich dachte, verheiratete Pärchen reden ständig miteinander und so? und warum schickst du ihm keine Blumen mehr?

Dorian, C, Corp: RUHE, VERDAMMT NOCH MAL.

Mason, E, Lt 2nd: mal im Ernst, hast du was von ihm gehört?

Mason, E, Lt 2nd: seine einheit musste zu einer Alarmstufe Blau, vor circa 16 Stunden.

Dorian, C, Corp: ... echt jetzt?

Mason, E, Lt 2nd: seither hab ich nichts mehr von ihm gehört.

Dorian, C, Corp: Augenblick. Ich seh mal nach.

Mason, E, Lt 2nd: du weißt doch, Dorian, dass einige dich für ein hinterhältiges [redacted] mit den manieren einer filzlaus halten. aber ich weiß dass du anders bist

Mason, E, Lt: ich weiß, dass du eher verschlagen als hinterhältig bist

Dorian, C, Corp: Mason.

Mason, E, Lt 2nd: vielleicht sogar einfach nur fies

Dorian, C, Corp: Halt die Klappe, Mason.

Mason, E, Lt 2nd: ok

Dorian, C, Corp: Ich habe gute und schlechte Neuigkeiten.

Mason, E, Lt 2nd: unter dramatischen Gesichtspunkten: welche sollte ich zuerst erfahren?

Dorian, C, Corp: Die guten. Ganz klar.

Mason, E, Lt 2nd: dann immer her damit

Dorian, C, Corp: Ich hab rausgefunden, wo James' Einheit abgeblieben ist. In Quarantäne bei der Einsatznachbesprechung. Alarmstufe Blau ist in Hangar 4 immer noch aktiv, aber seine Einheit hat es rausgeschafft.

Mason, E, Lt 2nd: Darf ich raten, wie die schlechten Nachrichten lauten?

Dorian, C, Corp: Einen Versuch hast du.

Mason, E, Lt 2nd: Jimmy ist nicht dabei.

Dorian, C, Corp: … woher weißt du das?

Mason, E, Lt 2nd: ich hab mir alle schlimmen neuigkeiten ausgemalt und mir dann die [redacted] rausgesucht.

Dorian, C, Corp: …

Dorian, C, Corp: Weißt du was, Mason? Manchmal bist du gar nicht so blöd, wie du aussiehst.

Mason, E, Lt 2nd: hast du das eben erst gemerkt?

Teilnehmer: ~~Ann Chau, Captain~~
(systemreroute78h@786HG=ByteMe)
~~David Torrence, General~~
(systemreroute78h@865HG=EMason)
Datum: 26/07/75
Zeitstempel: 12:05
Betreff: Bist du da?

BEGIN HYPATIA CHAT BASIC V9 CODE ONCLICK="WINDOW.OPEN(//CHAT.HYPATIA/ALEXANDER

Hey Kades,

pingst du mal zurück, wenn du das hier bekommst?
Irgendeine Riesen[redacted] ist passiert. Brauch deine Hilfe.
E

Teilnehmer: ~~Ann Chau, Captain~~
(systemreroute78h@786HG=ByteMe)
~~David Torrence, General~~
(systemreroute78h@865HG=EMason)
Datum: 26/07/75
Zeitstempel: 12:09

HINWEIS:
Grant antwortet schon nach vier Minuten. Die Blume hat's anscheinend gebracht.

/CHAT/LOGIN.LOCATION=NO,MENUBAR=NO')<!-- END HYPATIA CHAT BASIC V9 CODE --><!-- BEGIN

ByteMe: also das mit der Blume fand ich besser. Worum geht's?

Mason, E, Lt 2nd: Ein Freund von mir ist verschwunden. hab mich gefragt, ob du deine Superkräfte zur Abwechslung auch mal dem Guten zur Verfügung stellen kannst statt immer nur dem Bööööosen?

ByteMe: kanns ja mal versuchen. Alexander oder Hypatia?

Mason, E, Lt 2nd: Alexander. keine ahnung, ob man da überhaupt was rausfinden kann. es geht um einen Soldaten namens James McNulty. verrückter als ein sack flöhe, aber ein Guter.

Mason, E, Lt 2nd: er wurde vor 17 Stunden zu einem Alarm Blau gerufen. seitdem hat ihn niemand mehr gesehen. kannst du dem Blutgott vielleicht irgendwas Kleines, Flauschiges opfern (oder was man da so macht) und rauskriegen, wo er steckt?

ByteMe: schon komisch, dass er so lange weg ist, ohne dass irgendwer was gehört hat. ich dachte, ihr da drüben seid spezialisten für Gerüchte.

Mason, E, Lt 2nd: seine Einheit ist in Quarantäne, aber er ist nicht dabei

ByteMe: ich seh mich mal um, aber ihr habt alle Server ausgeschaltet, als ihr die Schiff-zu-Schiff-Verbindung gekappt habt

Mason, E, Lt 2nd: und was heißt das? kommst du überhaupt nicht rein?

ByteMe: mal überlegen

ByteMe: machst du dir große Sorgen um ihn?

Mason, E, Lt 2nd: sorgen ist kein ausdruck

Mason, E, Lt 2nd: die Gerüchte, die hier die runde machen, sind echt übel. du kannst dir nicht vorstellen wie übel

ByteMe: kann sein, dass ich reinkomme, aber nur, wenn du mir hilfst. dürfte aber ein paar Stunden dauern

Mason, E, Lt 2nd: ich hab mittagspause. Muss bald zu den nächsten Sims. noch 8 Std. Ich sterbe noch in dieser VR-Maschine. verschwitzt und ungeliebt

ByteMe: wer weiß. hier kann man auf viele Arten sterben. geh du zur arbeit, wenn du wiederkommst, bin ich fertig. mach keine dummheiten … jedenfalls keine dümmeren als sonst

Mason, E, Lt 2nd: verstanden

Mason, E, Lt 2nd: außerdem ist mir kalt :(

Teilnehmer: ~~Ann Chau, Captain~~ (systemreroute78h@786HG=ByteMe)
~~David Torrence, General~~(systemreroute78h@865HG=EMason)
Datum: 26/07/75
Zeitstempel: 21:18

/CHAT/LOGIN.LOCATION=NO,MENUBAR=NO')<!-- END HYPATIA CHAT BASIC V9 CODE --><!-- BEGIN

Mason, E, Lt 2nd: Kades?

ByteMe: bin so weit. ich schick dir eine Datei. in 5 Teilen, damit die Größe keinen Alarm auslöst. kopier alle auf ein Mem-Chit. dann musst du das Mem-Chit direkt vor ort installieren, sonst kann ich nicht in die gesicherten bereiche rein

Mason, E, Lt 2nd: *hebt die hand* äh, »direkt vor ort installieren«? du meinst, in meine Konsole?

ByteMe: ich meine vor ort. direkter Zugang. es wäre kein besonders tolles Sicherheitssystem, wenn du es von deiner Schlafkoje aus hacken könntest.

Mason, E, Lt 2nd: spinnst du? die haben hier erst vor ein paar Tagen vier Leute erschossen, weil sie die Befehle von einer [redacted] durchgeknallten KI nicht befolgt haben, was glaubst du wohl, was die mit mir machen, wenn sie mich erwischen, wie ich in ihrem allerheiligsten rumfummle?

ByteMe: deine Entscheidung. schlage vor, dass du dich entweder nicht erwischen lässt oder noch intensiver für deinen Kumpel betest.

Mason, E, Lt 2nd: verdammte [redacted]

Mason, E, Lt: dieser blöde [redacted] steckt in irgendeiner [redacted], das weiß ich einfach

ByteMe: ich will dich nicht schon wieder verlieren, Ez, jetzt wo ich dich eben erst wiedergefunden hab, aber wenn dir die Sache wichtig ist, helfe ich dir. Das geht auch von hier aus.

Mason, E, Lt 2nd: was kann dieses Mem-Chit? installiert es was? einen Virus oder so?

ByteMe: kapierst du sowieso nicht. es reißt ein paar Zäune ein, damit ich durchkomme und geheime Infos für dich rausziehen kann

Mason, E, Lt 2nd: aber mehr machst du da nicht, oder? Du schnüffelst da nicht noch weiter rum und lässt dich dann erschießen?

ByteMe: ich will ja nicht, dass du jede Nacht in dein Kissen heulst. will dir bloß helfen.

Mason, E, Lt 2nd: …

Mason, E, Lt 2nd: [redacted]

Mason, E, Lt 2nd: na gut, was muss ich machen?

HINWEIS:
Weiteres Material von Überwachungskameras, dokumentiert von unserem Techniker. Diesmal Aufnahmen von Bord der *Alexander.*

**Zusammenfassung des Überwachungsmaterials,
aufbereitet von
Analyst ID 7213-0089-DN**

Der Junge ist nicht für solche Aufgaben geschaffen.

Ohne [redacted]. Vielleicht wird mal ein guter Pilot aus ihm, aber das hier ist nicht sein Ding. Falls er nicht gläubig ist, sollte er es schleunigst werden. Denn da oben scheint es jemanden zu geben, der gut auf ihn aufpasst.

Die Beschädigungen nach dem Einsatz über Kerenza haben viele Außenkameras der *Alexander* funktionsuntüchtig gemacht, deshalb datiert das erste Bild von der Zielperson von 01:10 am 27/07/75, als sie durch einen Riss in der Außenhülle in Deck 231 eindringt. Die Zielperson ist komplett für einen Spaziergang im All ausgerüstet, bewegt sich aber so ungeschickt, als hätte sie bisher nicht mehr als zehn Minuten in einem Raumanzug verbracht. Die ID weist die Zielperson als einen gewissen Ezra Mason aus, einen zwangsrekrutierten Zyklon-Piloten (UTN-966-330ad). Er blinzelt mit braunen Dackelaugen verstört durch das Blastspex-Visier und sieht aus, als würde er sein Frühstück gleich auf die Innenseite des Helms spucken. Im Ernst, der ist so grün wie ein Grashalm.

Beim Reingehen haut er sich zweimal den Kopf an derselben Strebe an, schlägt einmal mit der Faust auf sie ein, als er endlich drin ist (ja, zeig's ihr, Kumpel!), und braucht dann noch mal vier Minuten, um die

Strippen an seinem Anzug zu sortieren. Sobald er aus dem Sternenlicht raus ist, das durch den Spalt einfällt, erkennt man nicht mehr viel. Wenigstens hat er daran gedacht, Leuchtstäbe mitzunehmen. Das Rot gleicht die grüne Farbe in seinem Gesicht ein bisschen aus.

Deck 231 befindet sich im KI-Cluster der *Alexander* – reihenweise beschädigte Türme und Kabel, aus denen sich hier und da noch Elektrizität entlädt. Dass der Junge es schafft, mit einem grellroten Leuchtstab in der Hand quer durch das ganze Deck zu marschieren, ohne von einem der Wachdienst-Teams der *Alexander* entdeckt zu werden, beweist, dass sie dort zu wenig Personal haben, um alle ihre Kameras im Auge zu behalten. Das ist das Problem mit diesen KI-Schiffen – irgendwann ist es so weit, dass der Computer alles für einen erledigt, und zum Schluss hat man vergessen, wie man sich den eigenen Auspuff abwischt.

Mason braucht fast eine halbe Stunde, um sich einen Weg durch die Trümmer zu bahnen, und vollführt dabei sogar ein paar eindrucksvolle Schwerelosigkeitshüpfer. Die Server-Türme sind Würfel von sieben Metern Kantenlänge. Einige sind aus den Halterungen gebrochen, außerdem besteht immer die Gefahr, dass er sich irgendwo einen tödlichen Stromstoß holt. Mason erreicht die Luftschleuse zum Deck 230. Er holt ein Datapad heraus, tippt mit einem Finger und kaut dabei auf der Unterlippe. Nicht unbedingt ein Profi-Hacker, der sich jeden Tag damit beschäftigt, die Sicherheit unserer glorreichen Allianz zu knacken, würde ich sagen. Aber die Person auf der anderen Seite des Bildschirms weiß genau, wie sie die Sicherheitskonsole rumkriegen kann. Obwohl unser Mann immer nur sieben Minuten am Stück arbeitet, braucht er insgesamt rekordverdächtige neunundvierzig Minuten, um die Tür zu öffnen. Schade, dass er kein Konfetti mitgebracht hat.

Die Luftschleusentür öffnet sich, und er quetscht sich irgendwie durch.

Als Nächstes erblicken wir Lieutenant Leichtfuß in Korridor 230 G13. Er trägt keinen Raumanzug mehr (vermutlich hat er ihn in der

Luftschleuse ausgezogen). Dafür trägt er jetzt einen Rucksack, graue Tarnhosen und ein Muscle-Shirt. Sein Gesicht sieht aus, als hätte er eine üble Nebenhöhlenverstopfung – unser Körper ist es gewohnt, das Blut gegen die Schwerkraft in den Kopf zu pumpen, und weil die Schwerkraft das Blut bei seinem Ausflug ins All nicht wieder ansaugen konnte, ist seine Birne jetzt leuchtend rot. Der Schutzengel hinter dem Pad ist wieder bei der Arbeit, und unser Mann bleibt an jeder zweiten Kreuzung stehen und fragt nach, wo's langgeht.

Vier Gorillas vom Sicherheitstrupp der *Alexander* betreten ein Stück vor ihm den Korridor, und unser Astro-Ninja [redacted] sich fast ein – ich meine, äh, »lässt Anzeichen extremer Angst erkennen«. Er versteckt sich in einem kleinen Lagerraum und schwitzt wie ein Grubenarbeiter nach einer Zwölfstundenschicht. Sein T-Shirt kann man jedenfalls auswringen. Garantiert fragt er sich, was passiert, wenn die Jungs von der Sicherheit zufällig dorthin wollen, wo er sich versteckt.

Aber sie marschieren vorbei. Er streckt den Kopf raus, um zu sehen, ob die Luft rein ist, dann führt er einen lahmen Kung-Fu-Tritt in Richtung der Gorillas aus, als wollte er damit sagen, dass er sie beim nächsten Mal bestimmt ordentlich in die Mangel nimmt. Dann stolpert er weiter und läuft um ein Haar einer TechIng-Gruppe in die Arme, aber zum Glück gucken alle gerade in die andere Richtung. Unser Mann huscht – ich übertreibe nicht! – auf Zehenspitzen an ihnen vorbei.

Er erreicht einen Tertiärknoten (Redundanzsystem für die schiffweiten Sicherheitsfeeds) und führt halblaut irgendwelche Selbstgespräche, aber leider haben wir keinen Ton. Ich vermute mal, dass er ganz viel »ohgottohgott…« nuschelt. Im Netzwerkknotenraum booted er den Back-up-Prozessor, steckt ein Mem-Chit rein und startet irgendeine Trojaner-Routine. Es ist offensichtlich, dass er keinen blassen Schimmer von dem hat, was er tut. Er befolgt Anweisungen aus seinem Datapad und hämmert auf die Tastatur ein. Nach einer halben Stunde hat er das System infiziert und packt seinen [redacted] zusammen.

Und jetzt beginnt der eigentliche Zauber.

Das, was unser Ultra-Agent da in das Redundanzsystem eingeschleust hat, löst auf Deck 231 Feueralarm aus. Der Feueralarm lenkt nicht nur die Wachleute drei Flure weiter ab, sondern sorgt auch dafür, dass Deck 230 aus Sicherheitsgründen routinemäßig evakuiert wird. Fünf Minuten später ist das gesamte Stockwerk menschenleer.

Auf ein Zeichen seines Schutzengels hin [redacted] sich unser Held durch die Tür, als hätte ihm jemand Feuer unterm [redacted] gemacht. Er rennt zu den Lastenaufzügen, die eigentlich bei Feueralarm verriegelt sein sollten, aber siehe da, sein Engel hat sie sperrangelweit geöffnet. Er flitzt rein und drückt panisch auf die Knöpfe zur Ebene mit den Wohnquartieren, was gar nicht nötig ist, denn die Wachleute versammeln sich zwei Decks über ihm.

Vier Minuten später betritt er die Wohnebene. Außer Atem. Durchgeschwitzt. Er sieht in jeder Hinsicht aus, als hätte er gerade eine Stunde im Fitnessraum verbracht.

Er geht zu seinem Quartier und macht die Tür hinter sich zu.

Ich würde meinen linken Arm verwetten, dass der kleine [redacted] die nächsten zehn Minuten damit verbracht hat, sämtlichen bekannten Göttern zu danken, von Allah bis Zebaoth.

Oder er hat sich die Seele aus dem Leib gereihert.

HYPATIA

Teilnehmer: ByteMe, CitB
Datum: 27/07/75
Zeitstempel: 04:49

'CHAT/LOGIN.?LOCATION=NO,MENUBAR=NO')<!-- END HYPATIA CHAT BASIC V9 CODE --><!-- BEGIN

CitB: noch wach? hast du was eingepfiffen?

ByteMe: ich schlafe nie wieder, mein Herz zerspringt fast

CitB: ist ja niedlich. ist es liebe?

ByteMe: haha. stress und adrenalin.

CitB: heiße gespräche mit deinem kerl geführt?

ByteMe: sei froh, dass ich keinen bock habe, bis ans andere ende des schiffs zu latschen, um dir eine reinzuhauen

CitB: schon frustrierend, so ne trennung, hm?

ByteMe: wenn du so weitermachst, verrate ich dir nicht, was ich rausgefunden habe

CitB: bin ja schon brav. raus damit.

ByteMe: ich hab ja schon erzählt, dass das kriegsgericht hinrichtungen durchgeführt hat

CitB: jep

ByteMe: jetzt weiß ich auch, warum. wegen nichtbefolgung von AIDANs befehlen

ByteMe: befehle, die zivis von der Copernicus abzuschießen

ByteMe: befehle von der übergeschnappten KI

CitB: wenn die befehle gar nicht von General Torrence kamen, warum dann dieses harte Urteil?

ByteMe: weil sie nicht zugeben können, dass AIDAN die kontrolle verloren hat. stell dir die panik vor.

CitB: [redacted]

ByteMe: eben

CitB: konnten sie AIDAN schon wieder hochfahren? nicht dass wir hier besuch bekommen

ByteMe: glaube nicht. aber wir könnten schon früher ein problem kriegen. ich war drin, schick dir die doks

CitB: der verliebte jüngling als retter in der not! unsere jungen helden erringen den sieg!

ByteMe: willst du die doks oder nicht?

CitB: bin schon still

ByteMe: wird gesendet

COPERNICU

ABGEFANGENE PERSOENLICHE NACHRICHT BORD

HINWEIS: Hier angehängt die Infos, zu denen sich Grant auf den Servern der *Alexander* Zugang verschafft hat, darunter die Vorgänge an Bord der *Copernicus* – sechs Monate vor der Vernichtung des Schiffs. Bitte auf Datum achten. Und bitte nur bei Licht lesen.

MITTEILUNG AN: Captain Ryker
VON: Dr med. Teresa Shteyngart,
Leitung medizinische Versorgung, Copernicu
EINGANG: 12:17, 20/03/75
BETREFF: Pathogen

Captain,

nachdem meine Untersuchungen an allen 1.896 Überlebenden des Angriffs auf Kerenza, die sich inzwischen an Bord der Copernicus befinden, abgeschlossen sind, kann ich mehrere Vermutungen bestätigen.

Bei dem von BeiTech durchgeführten Angriff kam tatsächlich ein biochemischer Kampfstoff zum Einsatz, offenbar durch eine Orbit-Atmosphären-Rakete über der Hermium-Raffinerie auf Kerenza. Das erklärt, weshalb sich die Krankheit auf die Copernicus beschränkt – unser Schiff hat als einziges mehrere Shuttles in der Nähe der Raffinerie zur Landung gebracht und ist deshalb das einzige Schiff, das infizierte Flüchtlinge aufgenommen hat.

Leider hat das Flugpersonal der Copernicus aufgrund der ungeordneten Evakuierung und der schieren Anzahl von Flüchtlingen die vorgeschriebenen Quarantänevorschriften nicht eingehalten.

Nach der Evakuierung gingen beim medizinischen Personal der Copernicus regelmäßig Berichte über akute posttraumatische Belastungsstörungen bei den Flüchtlingen ein. Zu den Symptomen gehörten Angstzustände, Übelkeit, Herzrasen und Kopfschmerzen, die oft so stark waren, dass körperliche Beeinträchtigungen die Folge waren (Zittern, Anfälle und in vielen Fällen Katatonie/

Lähmungserscheinungen). Da diese Reaktionen nicht unüblich für zivile Opfer großangelegter Militäraktionen sind, wurden die üblichen Behandlungen für PTBS eingeleitet (psychologische Betreuung und entsprechende Medikation).

Erst nachdem auch Besatzungsmitglieder der Copernicus über die gleichen Symptome klagten, vermuteten wir ein größeres Problem.

Ich übersende in Kürze eine zweite Akte mit der Liste aller bisher betroffenen Passagiere und Besatzungsmitglieder.

Dr Teresa Shteyngart

COPERNICUS

BGEFANGENE PERSOENLICHE NACHRICHT BORDSYSTEM - COPERNICUS

MITTEILUNG AN: Captain Ryker
VON: Kurt Heyder,
Chefingenieur, Copernicus WUC-7891
EINGANG: 15:49, 27/03/75
BETREFF: Luftfilter

Harry,

kurze Antwort: Nein. Das Luftfiltersystem ist nicht dafür ausgelegt, einen durch die Luft übertragenen Erreger abzufangen, der im gesamten Schiff zirkuliert. Wir könnten versuchen, eine Art ionisierendes Feld über den CO_2-Filtern aufzuziehen, um organische Substanzen herauszufiltern, aber das hindert die Betroffenen nicht daran, den Erreger auf andere Personen zu übertragen; außerdem kann ich nicht dafür garantieren, dass der Erreger in der Luft, die wir recyclen, restlos eliminiert wird. **GENAU FÜR SOLCHE FÄLLE** gibt es diese [redacted] Quarantänevorschriften. Ein durch die Luft übertragener biologischer Kampfstoff, der in einer versiegelten, durchs Weltall taumelnden Blechbüchse rumschwirrt, kann nirgendwo hin, außer wieder zu uns. Während ich das hier schreibe, sind neun meiner Leute vom Zittern befallen (wie es die Einheimischen hier liebevoll nennen).

Wenn Sie jemanden zur Schnecke machen wollen, dann knöpfen Sie sich gefälligst den Flugdeckleiter vor, der diese Maulwürfe aus den verdammten Hangars geholt und auf die Schiffspopulation losgelassen hat.

K.

HALLO KINDER!

Helft Astro-Tim beim Kampf gegen die Raumbazillen!
Ihr müsst nur ein paar einfache Regeln beachten:

+ Immer die Atemmaske tragen!
+ Immer die Hände waschen!
+ Immer die Türen und Schotten fest verschließen!
+ Wenn ihr jemanden mit dem Zittern seht, verständigt sofort ein Besatzungsmitglied!!!

EINE MITTEILUNG ZU IHRER PERSÖNLICHEN SICHERHEIT – VON IHREM FREUNDLICHEN MEDIZINISCHEN PERSONAL: FÜR WEITERE INFORMATIONEN SETZEN SIE SICH BITTE MIT IHREM ZUSTÄNDIGEN COPERNICUS-MITARBEITER IN VERBINDUNG.

MITTEILUNG AN: Captain Ryker
VON: Dr med. Teresa Shteyngart,
Leitung medizinische Versorgung, Copernicus WUC-7891
EINGANG: 10:31, 15/06/75
BETREFF: Re: re: re: re: re: Pathogen

Captain,

wir sind dabei, die Inkubationszeit einzugrenzen. Mündliche Berichte vom Angriff auf Kerenza verweisen auf eine Inkubationszeit von fast 24 Stunden, aber wir haben auch Daten, die dem widersprechen.

Das Virus wird durch die Luft übertragen. Seine Auswirkungen variieren stark – manche Menschen sind 3–4 Tage katatonisch, andere genesen innerhalb von 24 Stunden. Eine vollständige Genesung findet so gut wie immer statt, mit Ausnahme sehr junger oder sehr gebrechlicher Opfer. Problematisch ist allerdings, dass eine Wiederansteckung offenbar möglich ist (sobald das Immunsystem den Eindringling erfolgreich abgewehrt hat, müssten die gebildeten Antikörper eigentlich eine Neuinfektion durch dasselbe Pathogen verhindern).

Was darauf hindeutet, dass wir es mit einem mutierenden Virus zu tun haben.

Ich vermute, dass die Biowaffe noch nicht ausreichend getestet war, als sie auf die Bevölkerung von Kerenza losgelassen wurde, oder aber BeiTech wollte einen »Test am lebenden Objekt« durchführen.

Die neuesten Zahlen folgen. Übrigens wird das Virus in den meisten Berichten hier an Bord als »Phobos« (das ist Altgriechisch) bezeichnet. Dr Salinger hat eine Schwäche für das Altertum, und ich fürchte, dieser Spitzname hat sich bereits durchgesetzt.

Dr Teresa Shteyngart

PS: Hab dich gestern Abend vermisst. Was meinst du – können wir uns bald mal wieder sehen?

COPERNICUS
WACHDIENST

ARRESTBERICHT

EINGANG: 17/06/75

DNA ERKENNUNG ID: 771-1COP17

ARREST #: 78374jd

FESTNEHMENDER OFFIZIER: BLYTHE, RANDALL, Sgt.

FESTGENNOMMENE PERSON: MORTON, MARK – Alter: 31, Kerenza Flüchtling von ident KR985cop

KONSUM VON DROGEN/ALKOHOL? ~~JA~~/NEIN

WAFFENTYP (FALLS BEWAFFNET): Rohrzange, Schraubenzieher

VERGEHEN: Mord (in 4 Fällen)

BERICHT: Um 23:45 (Schiffszeit) wurden Corporal Adler und ich zu einem Vorfall im Übergangs-Wohnbereich GRÜN-12b gerufen. Das Habitat war verschlossen, die Bewohner benachbarter Wohneinheiten hatten etwa 15 Minuten zuvor Schreie gehört.

Unter Einsatz unserer Generalschlüssel betraten Cpl Adler und ich die Wohneinheit mit gezückten Dämpfern. Das erste Opfer (Maryanne Morton – 29 Jahre alt, KR986cop) lag neben der Tür. Keine Lebenszeichen auf dem BioScan. Eine kurze Untersuchung ergab, dass der Schädel mit einem stumpfen Gegenstand zertrümmert wurde. Spritzmuster an den Wänden deuteten auf wiederholte Schläge hin.

Das zweite Opfer (Stephanie Morton – 12 Jahre alt, KR987cop) und das dritte Opfer (Oliver Morton – 8 Jahre alt, KR988cop) entdeckten wir im selben Zimmer. Keine Lebenszeichen auf dem BioScan. Eine kurze Untersuchung ergab mehrfache ähnliche Wunden an Schädel und Brust, die von stumpfen Gegenständen stammten. Die Augen des zweiten und dritten Opfers waren entfernt worden.

Infrarot BioScan zeigte ein Lebenszeichen im Schlafraum der Wohneinheit an. Cpl Adler tat unsere Anwesenheit kund und forderte den Bewohner (der später als Mark Morton identifiziert wurde) auf, den Schlafraum mit erhobenen Armen zu verlassen. Der Angerufene antwortete, wir seien »welche von denen«, und verlangte, dass wir ihn nicht ansehen sollten. Er wurde immer hysterischer (und zeigte Anzeichen einer Psychose, ähnlich wie ein Tetraphenetrithylamin-Abhängiger), kam dann aber doch aus dem Schlafzimmer, von Kopf bis Fuß mit Blut bedeckt und mit erhobener Waffe.

Cpl Adler und ich feuerten unsere Dämpfer ab und trafen den Mann insgesamt vier Mal in den Oberkörper, was ihn jedoch nicht ruhigstellte. Er kam bis auf Schlagentfernung heran, weshalb ich gezwungen war, handgreiflich gegen ihn vorzugehen. Mit Hilfe von Cpl Adler gelang es mir, ihn zu überwältigen. Cpl Adler befindet sich infolge der Verletzungen, die er während dieser Auseinandersetzung erlitten hat, noch immer in kritischem Zustand.

Nachdem wir den Mann unter Kontrolle hatten, forderte ich Verstärkung an und betrat den Schlafraum, wo ich die Leiche des vierten Opfers entdeckte (Julian Morton – 4 Jahre alt, KR989cop).

Auch bei diesem Opfer fehlten die Augen.

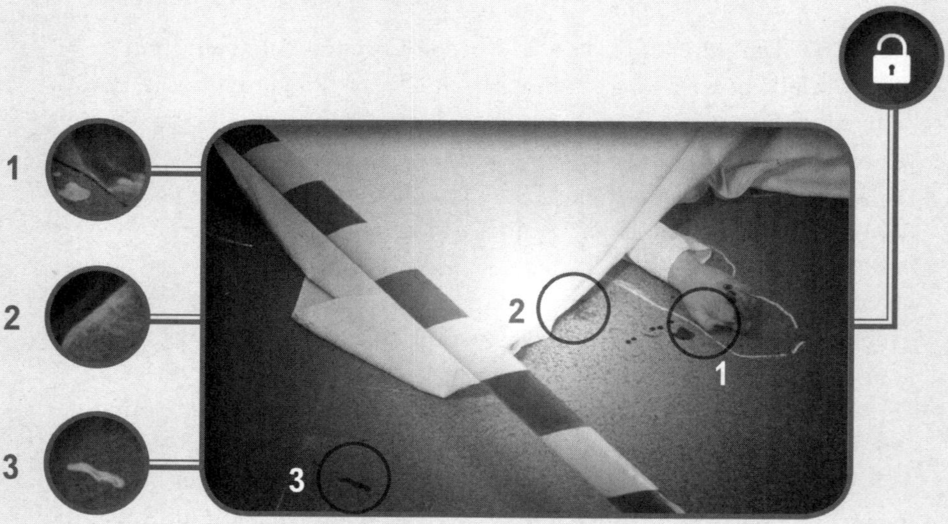

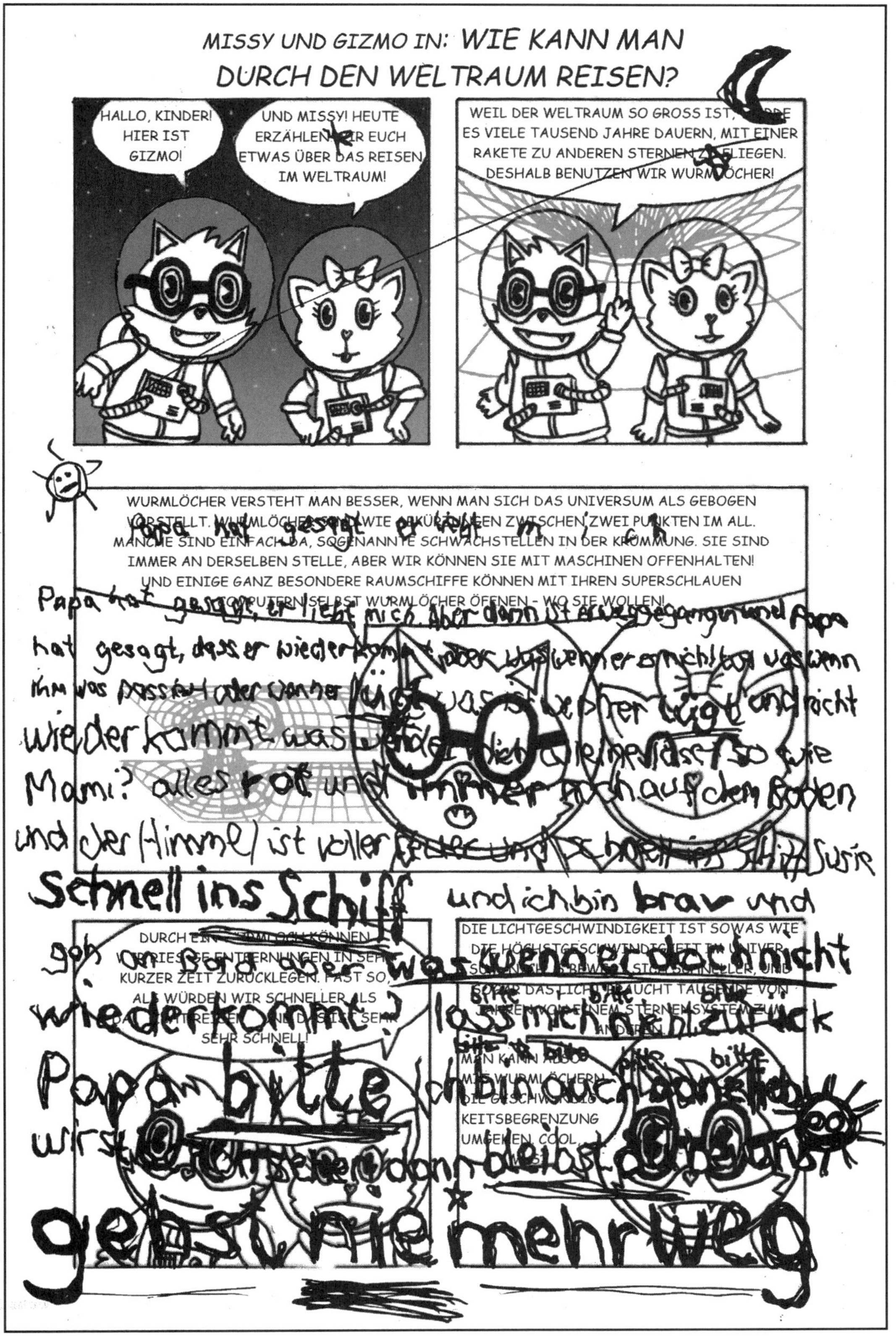
MISSY UND GIZMO IN: WIE KANN MAN DURCH DEN WELTRAUM REISEN?
HALLO, KINDER! HIER IST GIZMO!
UND MISSY! HEUTE ERZÄHLEN WIR EUCH ETWAS ÜBER DAS REISEN IM WELTRAUM!
WEIL DER WELTRAUM SO GROSS IST, WÜRDE ES VIELE TAUSEND JAHRE DAUERN, MIT EINER RAKETE ZU ANDEREN STERNEN ZU FLIEGEN. DESHALB BENUTZEN WIR WURMLÖCHER!
WURMLÖCHER VERSTEHT MAN BESSER, WENN MAN SICH DAS UNIVERSUM ALS GEBOGEN VORSTELLT. WURMLÖCHER SIND WIE ABKÜRZUNGEN ZWISCHEN ZWEI PUNKTEN IM ALL. MANCHE SIND EINFACH DA, SOGENANNTE SCHWACHSTELLEN IN DER KRÜMMUNG. SIE SIND IMMER AN DERSELBEN STELLE, ABER WIR KÖNNEN SIE MIT MASCHINEN OFFENHALTEN! UND EINIGE GANZ BESONDERE RAUMSCHIFFE KÖNNEN MIT IHREN SUPERSCHLAUEN COMPUTERN SELBST WURMLÖCHER ÖFFNEN – WO SIE WOLLEN!
DURCH EIN WURMLOCH KÖNNEN WIR RIESIGE ENTFERNUNGEN IN SEHR KURZER ZEIT ZURÜCKLEGEN. FAST SO, ALS WÜRDEN WIR SCHNELLER ALS DAS LICHT REISEN. UND DAS IST SEHR SEHR SCHNELL!
DIE LICHTGESCHWINDIGKEIT IST SOWAS WIE DIE HÖCHSTGESCHWINDIGKEIT IM UNIVERSUM. NICHTS BEWEGT SICH SCHNELLER, UND SOGAR DAS LICHT BRAUCHT TAUSENDE VON JAHREN VON EINEM STERNENSYSTEM ZUM ANDEREN.
MAN KANN ALSO MIT WURMLÖCHERN DIE GESCHWINDIGKEITSBEGRENZUNG UMGEHEN. COOL.
Papa hat gesagt er liebt mich
Papa hat gesagt, er liebt mich. Aber dann ist er weggegangen und Papa hat gesagt, dass er wiederkommt aber was wenn er es nicht tut was wenn ihm was passiert oder wenn er lügt und nicht wiederkommt. was wenn er mich alleine lässt so wie Mami? alles rot und immer noch auf dem Boden und der Himmel ist voller
Susie schnell ins Schiff und ich bin brav und geh an Bord aber was wenn er doch nicht wiederkommt? lass mich nicht zurück
bitte bitte bitte
Papa bitte ich brauch dich
dann bleibst du
gehst nie mehr weg

MITTEILUNG AN: Captain Ryker
VON: Dr med. Teresa Shteyngart,
Leitung medizinische Versorgung, Copernicus WUC-7891
EINGANG: 14:47, 07/07/75
BETREFF: Re: re: Phobos

Um deine erste Frage zu beantworten: Ja, es mutiert. Du sprichst von einer geschlossenen Schleife mit recycelter Luft und fast zweitausend mehr Menschen an Bord als gewöhnlich, von denen jeder die Luft des anderen atmet und jeder den Lebensraum des anderen kontaminiert – die Copernicus ist zu einer riesigen Petrischale geworden.

Zweite Frage: Nein, das wissen wir nicht. Ich kann nur vermuten, dass BeiTech mit dem Erreger die Bevölkerung auf Kerenza ruhigstellen wollte. Ursprünglich hat das Virus das Angstzentrum des Gehirns angegriffen und dort Katatonie ausgelöst. Wenn man also eine Menschenmenge damit bombardiert, kippen alle innerhalb von 24–48 Stunden wie gelähmt um, und die Truppen können ohne jede Gegenwehr einrücken. Jetzt dagegen scheint das Virus den synaptischen Spalt anzugreifen und dort durch Beeinflussung der Serotonin-Wiederaufnahme Schäden anzurichten, wie man sie ganz ähnlich bei Langzeit-Drogenabhängigen feststellt. Grundsätzlich handelt es sich um eine künstlich verabreichte Psychose. Der Schaden ist bleibend – wer davon befallen ist, erholt sich nicht mehr.

Drittens – ich glaube, ich kann nicht. Ich möchte zwar wahnsinnig gern, aber ich komme hier einfach nicht weg. Vielleicht morgen.

Du fehlst mir auch.

Teresa

COPERNICUS MEDICAL

LABORBERICHT

Wissenschaftsoffizier:
Dr med. Tobias Salinger
Dr med. Teresa Shteyngart (Assistenz)

Eingang: 12/07/75

Stunde 14

Patient 72 zeigt typische Verhaltensmuster eines frühen Phobos-Alpha-Opfers:

- Erhöhte Adrenalinwerte
- Herzklopfen/Hyperventilieren
- Zittern
- Allgemeines Unwohlsein/namenlose Angst

Diese Symptome treten 12 bis 24 Stunden nach der ersten Infektion mit dem Alpha-Stamm auf. Die Symptome mutierter Varianten (Phobos Beta) zeigen sich deutlich schneller – die letzte Charge Laborratten, die Dr Shteyngart infiziert hat, wies bereits innerhalb von 8 Stunden psychotische Tendenzen auf.

Ich vermute, dass Phobos Alpha dazu gedacht war, lediglich geringe Angstreaktionen bei seinem Träger auszulösen und ihn nur vorübergehend außer Gefecht zu setzen. Die Opfer suchen sofort (und tückischerweise) Kontakt zu anderen Menschen, um die Angstzustände zu lindern (wie ein verschrecktes Kind instinktiv zur Mutter läuft). Oft sucht das Opfer dabei körperlichen Trost (Handhalten, Umarmungen), was die Chancen der Weiterverbreitung zusätzlich erhöht.

Das ist genial. Auf eine schreckliche und abstoßende Weise genial.

No. Patient 72 | NAME NOM TAYLOR, Laini

Stunde 22

Patient 72 ist inzwischen in vollständige Katatonie gefallen. Zu den Symptomen gehören:

- Muskelstarre
- Verlangsamter Herzschlag und verminderte Körpertemperatur
- Eingeschränkter Pupillenreflex

Weil es uns an Ausrüstung und ausgebildetem Personal mangelt, lässt sich diese Theorie noch nicht bestätigen, aber ich vermute, dass die Infektion zuerst auf den sensorischen Cortex abzielt, nicht auf den Thalamus, wie Dr Shteyngart meint. Wir sind jedoch einer Meinung, dass die Auswirkung auf die Amygdala (die Gefühle entschlüsselt und mögliche Bedrohungen erkennt) extrem ist – viele Erkrankte sind fest überzeugt, nicht erkrankt zu sein, und verweigern eine Behandlung, weil sie Strafen beziehungsweise die Quarantäne fürchten.

Eigentlich wollte ich bereits den zellulären Widerstand von Alpha und Beta vergleichen, aber leider hat eine der Assistentinnen (Jane, nettes Mädchen) eine ganze Charge Beta-infizierter Blutproben fallen lassen. Alles war voller Scherben.

Es war wirklich nicht ihre Schuld – wir sind so viele im Labor, dass wir uns ständig im Weg stehen. Ich habe schon überlegt, ob ich nicht alle Mitarbeiter mal schlafen schicken soll, aber wenn wir nicht bald eine Lösung finden, findet sie keiner.

Außerdem ist der Gedanke, gerade jetzt allein zu sein, sehr beunruhigend.

Stunde 27

Patient 72 immer noch im Stadium der Paralyse. Herzrhythmus und Atmung unterhalb der üblichen Norm.

Ich habe mir Dr Shteyngarts Arbeit zu den Schäden, die das Virus an den Synapsenbläschen anrichtet, noch einmal angesehen und mehrere Irrtümer festgestellt.

No. Patient 72 | NAME NOM TAYLOR, Laini

Jede Wette, dass diese Frau einen Hippocampus nicht von einem Hippopotamus unterscheiden kann. Dabei sollte man doch annehmen, dass sie, da sie diesen Bericht zusammen mit mir verfasst, mehr Zeit *dafür* aufbringt, statt sich mit unserem wackeren Herrn Kapitän zu amüsieren. Wäre ich paranoid veranlagt, müsste ich annehmen, dass sie es darauf abgesehen hat, mir meine Arbeit zu stehlen und sie selbst zu veröffentlichen.

Vorausgesetzt, wir schaffen es rechtzeitig zu einem dieser verdammten Sprungtore.

Vorausgesetzt, sie wollen überhaupt, dass wir es rechtzeitig schaffen.

Stunde 28

Patient 72 zeigt geringfügige Muskelbewegungen. Herzfrequenz in den letzten 30 Minuten um 12 Prozent gestiegen. Das Immunsystem des Körpers kämpft gegen den Erreger – wie angenommen, war der Alpha-Stamm nie dazu gedacht, die Opfer dauerhaft außer Gefecht zu setzen. Trotzdem besitzt Patient 72 für jemanden, der so geschwächt ist, eine erstaunliche Widerstandskraft.

Wir sind insgesamt 23 Leute, zusammengepfercht in diesem winzigen Labor. 46 Augen insgesamt. Alle schwitzen in ihren Schutzanzügen vor sich hin. Wie dünn das Material ist! Wie leicht zu zerstören. Nur ein Hauch trennt uns von dem Virus und das Virus von uns.

Es juckt mich überall. Jane wollte wissen, ob es mir gut geht. Diese kleine Schnüfflerin. Das geht sie überhaupt nichts an. Das habe ich natürlich nicht geantwortet. Immer schön lächeln und nicken, lächeln und nicknicknick.

Einer der Assistenten (kann mich nicht an seinen Namen erinnern – Roberts? Robins?) brabbelt beim Arbeiten die ganze Zeit vor sich hin. Glaubt wohl, dass ihn niemand hört, aber ich höre ihn.

Ich höre.

Ich sehe.

Oh Gott.

Stunde 29

Shteyngart endlich wieder im Labor.

Ob sie wohl noch Zeit zum Duschen hatte?

Ob ich den Kapitän wohl noch an ihr riechen würde, wenn ich ihr den Anzug vom Leib pelle?

Sie geht in Rykers Quartier Mittag essen und flüstert ihm dort Lügen über mich ein, während ich hier bei diesen ignoranten Affen festsitze, die vor sich hin brabbeln und sich gegenseitig mit den Augen [redacted] und alles wird nur immer schlimmer, und keiner außer mir unternimmt irgendetwas dagegen.

Jane sieht schon wieder zu mir rüber. Mit diesen hübschen grünen Dingern, die in ihrem Kopf rumschwimmen.

Sieh mich nicht so an.

Stunde 30

SIEHMICHNICHTSOAN

SIEHMICHNICHTSOAN

SIEHMICHNICHTSOAN

SIEHMICHNICHTSOAN

SIEHMICHNICHTSOAN

SIEHMICHNICHTSOANSIEHMICHNICHTSOANSIEHMICHNICHTSOANSIEHMICHNICHTSOANSIEHMICHNICHTSOANSIEHMICHNICHTSOANSIEHMICHNICHTSOANSIEHMICHNICHTSOANSIEHMICHNICHTSOANSIEHMICHNICHTSOANSIEHMICHNICHTSOANSIEHMICHNICHTSOANSIEHMICHNICHTSOANSIEHMICHNICHTSOANSIEHMICHNICHTSOAN

DUDRECKIGE[redacted]

Teilnehmer: ByteMe, CitB
Datum: 27/07/75
Zeitstempel: 05:12

'CHAT/LOGIN.?LOCATION=NO,MENUBAR=NO')<!-- END HYPATIA CHAT BASIC V9 CODE --><!-- BEGIN

ByteMe: gelesen?

CitB: [redacted]

CitB: [redacted]

CitB: [redacted]

ByteMe: schön gesagt

CitB: deshalb haben sie die zivilen kanäle gekappt. die stilllegungsdaten passen zu dem zeitpunkt, als es mutiert ist

ByteMe: so viel zum thema wartungsarbeiten

CitB: und deshalb hat AIDAN die Copernicus weggepustet

ByteMe: das wissen wir nicht genau

CitB: na klar

ByteMe: wir haben ein größeres Problem

CitB: noch größer als eine KI die ein drittel unserer flotte abmurkst? und zwar aus gutem grund?

ByteMe: die überlebenden aus den shuttles der Copernicus haben es auf die Alexander geschafft

CitB: das passt. sie haben AIDAN runtergefahren, nachdem er die Copernicus vernichtet hat

ByteMe: DAS WISSEN WIR NICHT

ByteMe: ich hab noch mehr gefunden. ich war mir so sicher, dass sie mit dabei war. jetzt bete ich, dass sie NICHT dabei ist.

CitB: wünschte ich könnte mehr sagen, als dass es mir leidtut

ByteMe: kann keiner. ich muss Ezra erzählen, was ich herausgefunden habe. die überlebenden sind alle in hangar 4 eingepfercht

ByteMe: schön dicht an dicht

CitB: ...

ByteMe: vorerst

CitB: [redacted]

ByteMe: eben

ByteMe: [redacted]

Teilnehmer: ~~Ann Chau, Captain~~(systemreroute78h@786HG=ByteMe)
~~David Torrence, General~~(systemreroute78h@865HG=EMason)
Datum: 27/07/75
Zeitstempel: 06:31

/CHAT/LOGIN.LOCATION=NO,MENUBAR=NO')<!-- END HYPATIA CHAT BASIC V9 CODE --><!-- BEGIN

ByteMe: Ez, ich hab was gefunden

Mason, E, Lt 2nd: zu jimmy?

ByteMe: ja, ist aber noch nicht endgültig. Warte mit dem lesen lieber, bis ich noch mehr rausgefunden habe

Mason, E, Lt 2nd: vergiss es! Schick's gleich! geht's ihm gut?

ByteMe: na ja, ich wollte nicht lügen und dir sagen, ich hätte nichts gefunden, aber du solltest es lieber nicht lesen, ehrlich

Mason, E, Lt 2nd: warum nicht, was ist passiert?

Mason, E, Lt 2nd: Kades?

ByteMe: es … es sind keine guten nachrichten, aber es ist … es ist noch zu früh, kannst du mir nicht einfach vertrauen?

Mason, E, Lt 2nd: warum, was stimmt denn nicht?

Mason, E, Lt 2nd: VERDAMMT, JETZT SAG DOCH WAS!

ByteMe: ich will nicht alles noch schlimmer machen. in diesen akten steht alles mögliche.

Mason, E, Lt 2nd: weißt du jetzt was oder nicht? es geht um meinen FREUND, verdammt noch mal

Mason, E, Lt 2nd: er war dabei, als ich wegen dir fast durchgedreht bin. er hat sich um mich gekümmert, als mein Dad gestorben ist und sonst niemand für mich da war. ich bin's ihm SCHULDIG, Kady

ByteMe: du meinst, er war da, und ich nicht.

Mason, E, Lt 2nd: mann, hier geht's doch nicht um dich und mich. SAG MIR ENDLICH WAS DU WEISST

ByteMe: versprich mir erst, dass du keine dummheiten machst. versprich mir erst, dass du dich nicht in schwierigkeiten bringst, weil ihm das nämlich auch nichts mehr hilft

Mason, E, Lt 2nd: versprochen

ByteMe: richtig versprechen, Ez, nicht einfach nur so sagen. ich will dich nicht verlieren, Ez. du bist alles, was ich noch habe.

Mason, E, Lt 2nd: [redacted], ist es wirklich so schlimm?

ByteMe: du kannst es noch schlimmer machen, wenn du was blödes anstellst. du kannst uns beide in gefahr bringen.

Mason, E, Lt 2nd: ich schwör's. bis dass der tod uns scheidet.

ByteMe: nur schwören. der rest ist näher als wir denken.

Mason, E, Lt 2nd: ok

ByteMe: abgeschickt

EINSATZBERICHT
MINISTERIUM DES INNEREN
VEREINIGTE TERRANISCHE RAUMI
FLOTTENVERBAND ALEXAND

HINWEIS:
Einsatzbericht von First Lieutenant Winifred McCall, TZV Marine, zum Zwischenfall im Hangar 4 der *Alexander.*

EINGANG: 26/07/75

ORT: Schlachtkreuzer der Vereinigten Terranischen Raumflotte *Alexander* (Hangar 4)

OFFIZIERS-ID: Winifred McCall (UTN-961-641id)

RANG: First Lieutenant

Am 25/07/75 um 19:06 (Schiffszeit) wurde ich vom Kommando der *Alexander* mitsamt meiner Sigma-Einheit zu einer Alarmstufe Blau gerufen. Unsere Einheit versammelte sich unverzüglich auf Deck 146, wo wir vom Ersten Offizier Lia Myles im Auftrag von General Torrence Anweisungen erhielten. Wir wurden informiert, dass die Flüchtlinge von der *Copernicus* in Hangar 4 einen Aufstand veranstalteten, um gegen ihre Unterbringung zu protestieren. Es kam zu Gewaltanwendung. Sigma hatte den Befehl, in den Hangar einzudringen und die Ordnung wiederherzustellen. Die Überwachungskameras im Hangar waren zerstört worden, und da BioScanner nicht durch die Hangarwände dringen, mussten wir blind vorgehen. Wir bekamen scharfe Munition und hatten die Erlaubnis zu schießen. Außerdem wurden wir mit Laborkoffern und luftdichten Schutzanzügen vom Typ A ausgerüstet.

»Wozu die Laborkoffer?«, fragte ich.

~~Die Antwort kannte ich bereits – es gab eine Menge Gerüchte über die Krankheit auf der *Copernicus.* Jeder an Bord wusste, dass mindestens einige Flüchtlinge infiziert waren. Ich wollte nur, dass es wenigstens einer der Befehlshabenden zugibt.~~

XO Myles starrte mich mit ihren schönen Augen eine ganze Weile an, bevor sie antwortete. Myles kann mich nicht leiden. Sie hat studiert und ist die geborene Politikerin. Ein Blick auf die Auszeichnung auf meiner Uniform und sie denkt, dass ich mich für was Besseres halte.

Sie ist eine ganz Schlaue.

»Gute Frage, Lieutenant«, sagte sie schließlich. »Wir vermuten, dass eine mutierte Variante des Phobos-Virus, mittlerweile ein Erreger der Klasse Alpha Zero, in Hangar 4 umgeht. Möglicherweise ist keiner der Flüchtlinge infiziert, aber wir dürfen kein Risiko eingehen. Ich wiederhole: Der Einsatz von Schusswaffen ist ausdrücklich erlaubt. Ohne intakten Schutzanzug verlässt niemand lebend den Hangar.«

»Wir sollen auf Zivilisten schießen?«

»Sie sollen die über sechstausend Angehörigen dieser Flotte beschützen, Lieutenant. Sie sollen alle Erkrankten unter Einsatz aller erforderlichen Mittel daran hindern, in Kontakt mit der übrigen Population der *Alexander* zu kommen und damit den Erreger an Bord zu verbreiten.«

Hände in die Hüften gestemmt.

»Sie sollen Ihre Arbeit machen.«

Ein paar meiner Neuzugänge, Flüchtlinge von Kerenza, sahen erschrocken aus. Schließlich konnte es gut sein, dass sie jemanden im Hangar 4 kannten. Sie hatten keinerlei Erfahrung mit chemischen Wirkstoffen und Biowaffen – nach sechs Monaten hatten sie gerade mal kapiert, an welches Ende eines VK-87-Sturmgewehrs man sich besser nicht stellt und wie man sich die Stiefel richtig zuschnürt. Als ranghöchster Offizier musste ich mich natürlich fügen, aber mein Stellvertreter, Lieutenant James McNulty trat vor und stellte die naheliegende Frage, die ich nicht stellen durfte.

»Wenn die Zivilisten infiziert sind, warum sperren wir sie dann nicht einfach weiter im Hangar ein?«

»Weil unter ihnen Ingenieure von der *Copernicus* sind«, antwortete XO Myles. »Sie versuchen, die Luftschleusen zu knacken. Mit den ihnen zur Verfügung stehenden Mitteln dürften sie ihr Ziel bald erreicht haben.«

»Warum öffnen wir nicht einfach die äußeren Türen und pusten sie ins All?«

Das kam von Sykes, einem meiner einfacher gestrickten Corporals. In der Mannschaftsunterkunft erzählt man sich, er hätte drei Tage vor dem Überfall auf Kerenza einen Vidcall von seiner Frau erhalten, in dem sie ihm mitteilte, dass sie zu ihrem Psychoanalytiker gezogen ist. Sie hat sogar den gemeinsamen Hund mitgenommen. Dabei konnte sie Hunde angeblich nicht leiden.

»Halten Sie sofort die Klappe, Corporal«, befahl ich ihm.

»Die Frage ist durchaus berechtigt«, sagte Myles.

Meine Augenbrauen schossen nach oben. Kalt wie der Bauch des Weltraums, die kleine Lia Myles.

Sie wandte sich an Sykes: »Die Flüchtlinge haben die Verriegelung der äußeren Hangartore außer Funktion gesetzt. Wahrscheinlich haben sie damit gerechnet, dass wir sie rauspusten.«

»Wie sie nur auf so was kommen konnten?«, murmelte McNulty.

»Noch Fragen?« Myles sah mich an.

Schweigen.

»Gut. Dann … gute Jagd.«

Wir machten uns fertig. Meine Jungs waren ausnahmsweise nicht zu blöden Witzen aufgelegt. Ein schlechtes Zeichen. Ich behielt vor allem die Neulinge von Kerenza im Auge. Würden sie die Nerven behalten, wenn sie auf Bekannte schießen sollten? Würde das Konzept vom »Allgemeinwohl« bis in ihre Finger am Abzug durchdringen und Regungen wie Treue, Freundschaft und Liebe beiseiteschieben?

Vorsichtshalber ließ ich sie als Reserve draußen vor der zweiten Luftschleuse warten. Dadurch ging Sigma zwar nicht in voller Stärke rein, aber die Neulinge sahen sehr erleichtert aus.

Wir marschierten zu den Hangar-Decks. Die Brücke dirigierte uns durch die drei massiven Türen, immer eine nach der anderen. Wir hatten zwar noch unsere Universal-Zugangskarten, aber der Führungsstab hatte eine Überbrückung für Hangar 4 eingerichtet. Erst wenn sich eine Luftschleuse hinter uns geschlossen hatte und eine komplette Atmo-Reinigung durchgeführt war, ging die nächste auf. Die Führung gab durch, dass die erste Innentür bereits beschädigt war – die Mäuse hatten sich also schon an die Arbeit gemacht. Ich befahl meiner Reserve, die Stellung an der zweiten Tür zu halten und alles unschädlich zu machen, was sich nicht identifizieren konnte. Anschließend forderte ich den Führungsstab auf, das letzte Tor zu öffnen.

Es glitt langsam auf. Der Hangar dahinter war nicht beleuchtet. Hinter den Türflügeln war es schwarz wie das Nichts. Wir schalteten auf Thermo-Sicht um und gingen mit schussbereiten VKs rein.

»Entsichern«, befahl ich.

McNulty ging als Erster rein. Vor der Innentür lagen Schweißausrüstung und Profifräsen, auf dem Titanium waren Brandspuren zu sehen. Es war sehr still – AIDAN war schon seit Tagen offline und der Hauptantrieb abgeschaltet worden, ~~aber ich hatte mich immer noch nicht daran gewöhnt. Mir fehlte das Hintergrundgeräusch. Ein tröstliches Donnergrollen. Ein Herzschlag.~~

~~Jetzt war er verstummt. Und mein eigenes Herz schlug nicht laut genug, um ihn zu ersetzen.~~

~~Noch nicht.~~

Der Hangar war riesig, und ich führte Sigma auf gut Glück in die Richtung, die mir am wahrscheinlichsten vorkam. Ich konnte die verlassenen Shuttles der *Copernicus* ausmachen – neun bullige Skarabäen hinter einer provisorisch zusammengeschweißten Barrikade. Wie eine Wagenburg in einer alten Geschichts-VR. Ich glaubte, eine kurze Bewegung in einem der Bullaugen zu sehen. Aber dann war es auch schon wieder weg.

Unterwegs stießen wir auf die ersten Leichen.

~~Ich habe schon viele Leute sterben sehen. Langsam. Hässlich. In meinem Beruf ist der Sensenmann ein ständiger Begleiter. Wenn man Pech hat, bringen einen nicht die Kugeln um, sondern Augenblicke wie dieser. So was bringt einen um, Stück für Stück.~~

Insgesamt waren es zwanzig Leichen. Elf männliche, neun weibliche. Von Kindern bis ins mittlere Alter. Die Köpfe fehlten und waren nicht aufzufinden. Die Toten waren splitternackt und lagen verrenkt und verdreht auf dem Boden, wie zu einem Muster angeordnet. Erst als ich auf eine Treibstofftonne stieg, um mir einen besseren Überblick zu verschaffen, begriff ich, dass die Leichen Buchstaben bildeten. Zwei Worte aus kaltem, nacktem Fleisch.

HELFT UNS

»Herr im Himmel!«, keuchte Sykes.

»Bin mir nicht sicher, ob der da oben grade zuhört, Kumpel«, erwiderte McNulty.

»Klappe, McNulty«, befahl ich.

»Stichwunden«, meldete Sykes, der neben einer Leiche kniete. »Viele.«

»Wer das getan hat, hat hinterher jedenfalls nicht den Anstand besessen, sich ebenfalls die Kehle durchzuschneiden«, sagte ich. »Die Mörder sind immer noch hier. Haltet die Augen offen. Und bleibt ruhig.«

Ich spürte McNultys Blicke im Rücken.

»Was zum Teufel ist hier los, LT?«

Ein Schrei ertönte.

Er hallte durch die Eingeweide der *Alexander*. Eine Mädchenstimme. Jetzt wimmerte sie flehend.

»Los!«, zischte ich. ~~Schweiß auf der Haut. Finger am Abzug.~~ Wir kamen an noch mehr Leichen vorbei, blieben aber nicht stehen. Eingeschlagene Schädel, aufgeschlitzte Handgelenke. ~~Das war kein Protest. Es war kein Aufstand.~~

Vor uns lösten sich Gestalten aus der Dunkelheit. Insgesamt fünf. Stimmengewirr.

»Da ist sie!«

»Halt sie fest!«

»Hilf mir!«

»Das Messer! Nimm das Messer!«

»Hilfe!«

»TZV MARINES!«, brüllte ich. »KEINE BEWEGUNG!«

Jetzt sah ich sie. Blutüberströmt. Mit aufgerissenen Augen und totenbleich. Drei Männer und eine Frau standen um ein kleines Mädchen herum, höchstens neun oder zehn Jahre alt. Sie schrie und bettelte. Ein dicker Mann hockte auf ihrer Brust und quetschte ihr die Luft aus den Lungen. Die drei anderen standen mit Eisenstangen und Rohrzangen in den Händen um sie herum und waren bis zu den Ellbogen mit noch feuchtem Blut beschmiert.

»Waffen fallen lassen!«, rief McNulty.

Wir bildeten einen weiten Kreis um sie, rote Laserpunkte suchten sich ihre Ziele.

»Ihr [redacted]«, fauchte die Frau. »*Jetzt* kommt ihr erst?«

»Ihr wolltet uns hier verrecken lassen!«, rief ein anderer.

»Waffen runter, weg von dem Mädchen, Hände hinter den Kopf!«, brüllte ich.

»Sie verstehen das falsch«, stöhnte der dicke Mann. Ich sah, dass er weinte. Tränen zogen helle Spuren über seine blutbefleckten Wangen. »Sie ist eine von denen. *Sie ist eine von denen!*«

»Waffen runter!«

Der Mann rang nach Atem und ließ die blutige Rohrzange nicht los.

»Eric …«, sagte die Frau.

»Sie ist eine von denen!«

»Du blödes [redacted], lass die Waffe fallen!«, schrie Sykes.

»RUNTER DAMIT! SOFORT!«

Ich spähte in das Gesicht des Mädchens. Große braune Augen. Eine Hand schützend über dem Kopf. So klein. So hilflos. Zwischen ihr und dem Tod standen nur noch wir.

Der dicke Mann holte mit der Rohrzange aus.

»Eric, nicht!«

»FEUER!«

Mündungsfeuer blitzte in der Dunkelheit auf. Unsere VKs ratterten los. Als wir fertig waren, lagen vier weitere Leichen auf dem Boden und starrten ins Leere, ~~warteten auf einen Gott, der nicht kam.~~

Das Gejammer des Mädchens brach die Stille. McNulty ließ seine VK sinken, stapfte durch das Blutbad und hob sie hoch. Er legte die kräftigen Arme um sie und drückte sie an die Brust. Machte alles richtig. Gab die richtigen Laute von sich.

»Schsch, meine Kleine, ist ja gut. Jetzt ist alles gut. Onkel Jimmy beschützt dich.«

~~Er wäre ein guter Vater geworden, unser McNulty.~~

Keine Ahnung, wo sie das Messer versteckt hatte. Im Ärmel. Oder unter dem Kleid. Ich sah nur etwas aufblitzen, erst silbern, dann rot. McNulty schrie auf, als die Klinge durch seinen Schutzanzug und die Panzerweste darunter drang. Unsere Ausrüstung kann das Messer eines angriffslustigen Gorillas und einen Gewehrschuss aus nächster Nähe abhalten. Weiß der Himmel, wo die Kleine die Kraft hernahm.

McNulty schrie auf, schleuderte sie von sich und hielt sich den verletzten Arm. Das Mädchen plumpste zu Boden, ging aber sofort in die Hocke und fletschte die gelben Zähne. Sie sprang den Soldaten Henderson an und bohrte ihm das Messer durch die Schutzmaske mitten ins Auge. Als er zu Boden ging, richtete sie den Blick auf mich. Große braune Augen, in denen der Hass loderte. Blutiger Stahl in einer kleinen roten Faust.

»Glotz mich nicht so an!«, fauchte sie.

Sykes erledigte sie. Mit einem einzigen Schuss zwischen die Augen. Dann hörten wir die Rufe. Erst vereinzelt, dann immer mehr. Etwas rollte scheppernd über den Boden auf uns zu und sprühte dabei kleine Funken.

Eine Rohrbombe.

»Achtung, Granate!«

Die erste Explosion schaltete Gandolfini, Montano und Parker aus, die zweite hätte mir die Beine abgerissen, wenn ich nicht beiseitegesprungen wäre. Ich erkannte Dutzende Gestalten in der Dunkelheit, und immer mehr Rohrbomben regneten von den Montagebrücken auf uns herab. Die Explosionen erleuchteten den Bauch des Hangars wie Feuerwerk am Terratag, erleuchteten die Leiche des Mädchens mit dem Einschussloch im Gesicht und dem blutigen Messer in der Faust. Und ich tat das, was jeder halbwegs intelligente Offizier getan hätte, Auszeichnung hin oder her.

»Zurück! Sofort zurück!«

Man muss Sigma zugutehalten, dass wir den Rückzug in geordneter Formation antraten. Meine Leute gaben mir Feuerschutz, und ich legte mir McNultys Arm um die Schulter. Der Feind ging sehr strategisch vor. Ich habe gehört, dass man von Phobos den Verstand verliert, aber sie rückten durchaus überlegt nach, versuchten sogar, uns den Rückweg abzuschneiden. Ein Dutzend Impulsgranaten brachte sie davon ab und hielt uns den Weg zur Luftschleuse frei. Die ganze Zeit über fluchte McNulty und beschimpfte sich selbst als blödes [redacted]. Allerdings schien er nicht sehr schwer verwundet zu sein. Anscheinend hatte seine Schutzkleidung das Schlimmste verhindert.

Erst als wir die zweite Luftschleuse hinter uns verriegelt hatten, merkte ich, dass ich mich getäuscht hatte. Als die Frischlinge von Kerenza sich um uns drängten und alle durcheinanderredeten, ertönte die Stimme von XO Myles in meinem Kopfhörer.

»Sigma, hier Flottenkommando. Lieutenant McCall, Lagebericht, over!«

»Komm, hier Sigma. Mindestens vierzig Gegner im Hangar. Henderson, Parker, Gandolfini und Montano tot. McNulty ist verwundet. Over.«

»Sigma, Komm. Konnten Infizierte ausbrechen, over?«

»Komm, Sigma. Negativ. Sie befinden sich noch alle hinter Luftschleuse 2. Holen Sie uns hier raus, over.«

»Sigma, Komm. Sie haben einen Verwundeten dabei? Bestätigen, over.«

»Komm, Sigma. Korrekt. McNulty hat eine Stichwunde. Nicht lebensbedrohlich, aber …«

»Ist sein Anzug noch intakt? Over.«

McNulty sah mich an. Und ich sah es in seinen Augen.

»Komm, Sigma …«

»Ist sein Anzug noch intakt? Over.«

~~Er hatte schöne blaue Augen, McNulty. Blau wie das Meer.~~

»Lieutenant, ist sein Anzug noch intakt?«

» … Negativ.«

»Winifred, Sie dürfen den Mann nicht durch die Luftschleuse bringen, verstanden?«

»Lia …«

»Fred, du darfst ihn da nicht durchlassen.«

Die Auszeichnung an meiner Brust wog auf einmal ungefähr zehn Tonnen. Ich konnte kaum atmen. Sprechen schon gar nicht. ~~Nicht die Kugeln bringen einen um. Sondern Augenblicke wie dieser.~~

~~Stück für Stück.~~

Schließlich sprach McNulty an meiner Stelle.

»Komm, hier ist McNulty. Habe verstanden. Befehl bestätigt, over.«

Erst jetzt fand ich die Stimme wieder. Mit viel Mühe. »Sergeant, ich …«

»Schon gut, LT.« Er tätschelte sein Gewehr. »Wenn jemand durch die Luftschleuse kommt, bevor Sie mit der Kavallerie wieder hier sind, begrüße ich ihn mit einer kleinen Überraschung.«

»Wir holen Sie hier raus, Sergeant.«

Da lächelte er. »Klar doch.«

Die Luftschleuse öffnete sich hinter uns. ~~Eine ganze Abteilung MPs hatte ihre Dämpfer und VKs auf uns gerichtet, nur für den Fall, dass wir versuchen würden, McNulty mitzunehmen. Kalt wie der Bauch des Weltraums, die kleine Lia Myles. Keine Ahnung, was ich mal an ihr gefunden habe.~~

McNulty salutierte zum Abschied. Er lächelte immer noch. Keine Angst im Blick. Nur Pflichterfüllung.

Er wäre ein guter Vater geworden.

»He, LT«, rief er mir nach, als die Türen wieder zuglitten.

»Ja, Sergeant?«

»Wenn Sie Ezra Mason irgendwo sehen, erinnern Sie ihn bitte daran, dass er sein erstes Kind James nennen soll. Oder Jamette.« Er klopfte sich auf die Brusttasche. »Und sagen Sie ihm, dass er sich keine Sorgen machen muss. Ich hab die Astro-Prinzessin dabei, die hält mich warm.«

»Astro-Prinzessin?«

»Er weiß schon, was ich meine.«

Tausend Kugeln wären mir lieber als ein solcher Augenblick.

»Alles klar, Sergeant.«

»Alles Gute, LT.«

Und das war's.

Hiermit schlage ich Sergeant James McNulty offiziell für den Silbernen Stern für besondere Tapferkeit vor.

1st Lieutenant Winifred McCall
TZV Marine Division
Schlachtkreuzer *Alexander*

Teilnehmer: ~~Ann Chau, Captain~~(systemreroute78h@786HG=ByteMe)
~~David Torrence, General~~(systemreroute78h@865HG=EMason)
Datum: 27/07/75
Zeitstempel: 06:46

-- BEGIN HYPATIA CHAT BASIC V9 CODE ONCLICK="WINDOW.OPEN(//CHAT.HYPATIA/ALEXANDER

ByteMe: Ez, sag mir bitte, dass du noch da bist

Mason, E, Lt 2nd: diese [redacted]

Mason, E, Lt 2nd: diese verdammten [redacted]

Mason, E, Lt 2nd: EINEN TAPFERKEITSSTERN FÜR SEINEN [redacted] SARG?

ByteMe: Ez, bitte bleib an der tastatur, bitte rede mit mir. bitte.

ByteMe: er ist noch nicht tot. da steht nicht, dass er tot ist

Mason, E, Lt 2nd: sie haben ihn ZURÜCKGELASSEN. was ist, wenn diese irren durch die zweite luftschleuse kommen?

Mason, E, Lt 2nd: wir müssen ihn da rausholen. kannst du die hangartüren hacken?

ByteMe: kann ich nicht. glaub mir, ich kann es wirklich nicht. in dem bericht steht, dass ihre zugangskarten an den türen nicht mehr funktionieren. das kommando hat eine überbrückung eingesetzt. bitte mach jetzt keine dummheiten. wir müssen nachdenken. wenn du im bau sitzt, kannst du niemandem mehr helfen.

ByteMe: oder wenn sie dich erschießen.

Mason, E, Lt 2nd: gib mir ein paar lagepläne, dann geh ich selber da runter und schneide ihn raus.

ByteMe: und DANN? glaubst du wirklich, dass er das so wollte?

Mason, E, Lt 2nd: Kady, wenn er da bleibt, stirbt er.

ByteMe: du hast es mir versprochen. er wusste, was er tat. glaub mir, wenn ich einen ausweg wüsste, würde ich ihn dir verraten, aber hier kann ich nichts tun. und du hast mir versprochen, dass du dich nicht auch noch umbringen lässt.

Mason, E, Lt 2nd: versprechen sind bloß worte, sie bedeuten nichts

ByteMe: worte bedeuten nichts?

ByteMe: willst du mich jetzt [redacted]?

ByteMe: momentan bleiben uns nur worte. du bist alles, was ich habe. ihn darfst du nicht im stich lassen, aber mich schon, ja?

ByteMe: hast du nicht gesagt, dass du mich liebst? dass du das beste für mich willst? dann war das alles bloß [redacted], oder? es bedeutet nichts mehr, sobald etwas auftaucht, was mehr zählt?

Mason, E, Lt 2nd: Kady ich LIEBE dich wirklich.

Mason, E, Lt 2nd: verdammt

Mason, E, Lt 2nd: ich denke nur an dich. Jedes Mal, wenn ich die augen schließe, sehe ich dich. wenn ich träume, bist du in meinen träumen. ich denke an uns beide und dass ich alles vermasselt habe und es fühlt sich an, als ob mir jemand das herz aus dem leib reißt.

ByteMe: dann lass dich gefälligst nicht umbringen.

ByteMe: ich weiß, dass es dir wehtut, aber er ist freiwillig geblieben, er wusste, was das bedeutet. er würde dir nie verzeihen, wenn du dich ansteckst oder erschießen lässt, nicht wenn er wirklich dein freund ist. wenn so eine [redacted] passiert, muss man weiterLEBEN, man muss darüber hinwegkommen, nur so hält man die toten in ehren

Mason, E, Lt 2nd: er ist noch nicht tot. ich kann nicht einfach hier rumsitzen und nichts tun

ByteMe: dann sag mir was du für ihn tun kannst, sag mir nur eine sache, bei der auch nur die geringste chance besteht, ihn zu retten, dann können wir drüber reden. wer sagt außerdem, dass sie nichts unternehmen?

Mason, E, Lt 2nd: ich. was bedeutet diesen typen schon ein Pilot, ein Soldat oder ein KommTech? wir sind für die da oben doch bloß statistik. zahlen.

ByteMe: das ist keine antwort. ich sage nicht, dass james dir egal sein soll. ich sage nur, dass du dich nicht sinnlos umbringen lassen sollst. bitte. das ertrage ich nicht.

Mason, E, Lt 2nd: was soll das denn heißen?

ByteMe: es heißt

ByteMe: es heißt, du kannst mich mal, weil du mich in diese situation bringst

ByteMe: aber es heißt auch, dass ich dich liebe, [redacted] noch mal

ByteMe: und dass ich nicht will, dass du dich abknallen lässt

ByteMe: also bitte bitte tu das nicht. lass mich nicht hier drüben sitzen und bei dem gedanken, was du womöglich anstellst, wahnsinnig werden.

Mason, E, Lt 2nd: langsam, cowgirl. noch mal drei absätze zurück.

ByteMe: bitte, Ez.

ByteMe: Ez?

Mason, E, Lt 2nd: ok

Mason, E, Lt 2nd: ok, ich mache keine dummheiten

ByteMe: tut mir echt leid, ehrlich.

Mason, E, Lt 2nd: ...

Mason, E, Lt 2nd: mann, ich wär ziemlich froh, wenn du jetzt hier wärst

ByteMe: ich auch

ByteMe: aber wir haben die 7 Min schon lange überschritten. tut mir leid, ich muss aufhören.

Mason, E, Lt 2nd: ja

Mason, E, Lt 2nd: ok

ByteMe: pass auf dich auf. bitte. für mich.

Mason, E, Lt 2nd: mach ich.

Mason, E, Lt 2nd: für dich

ByteMe: versprochen?

Mason, E, Lt 2nd: versprochen.

An: David Torrence/DTORRENCEALEXANDERONBOARD
Von: Ann Chau/ACHAUHYPATIAONBOARD
Datum: 27/07/75
Zeitstempel: 09:05
Betreff: Angebot

David,

ich habe alles getan, was Sie verlangt haben. Ich habe Zivilisten getestet und ausgebildet und zur Rekrutierung rübergeschickt. Ich habe meine Mannschaft ausgedünnt, um die Alexander aufzustocken. Ich habe Informationen an meine Besatzung und die Flüchtlinge an Bord der Hypatia weitergegeben, die ich für falsch halte, habe ihnen mitgeteilt, die Lincoln sei für die Vernichtung der Copernicus und den Tod ihrer Freunde und Verwandten verantwortlich.

Dass ich mich dabei unwohl fühle, ist untertrieben. Auch ich hatte Freunde und Kollegen an Bord dieses Schiffes. Ich habe in jeder Hinsicht kooperiert. Aber ab jetzt kann und will ich nicht länger im Dunkeln tappen. Ich will endlich wissen, was hier gespielt wird.

Unsere Fernbereichssensoren haben die Lincoln inzwischen erfasst. Sie ist unserer Flotte auf den Fersen. Wenn wir sie jetzt sehen, ist Ihnen wahrscheinlich schon länger klar, dass sie immer näher kommt. Unseren Vorsprung haben wir bei der Aufstockung unserer Vorräte eingebüßt. Jetzt ist es keine Frage mehr, ob uns die Lincoln einholt, sondern wann. Und wenn es soweit ist, müssen wir uns wehren können.

Unserer Schätzung nach dürfte sie in weniger als drei Tagen im Bereich unserer Bordwaffen sein. Wir brauchen den Verteidigungsschirm der Alexander. Wir brauchen Ihre Railguns und Ihre Atomwaffen. Sie müssen Ihre KI wieder hochfahren, David. Und wenn Sie etwas daran hindert, dann müssen Sie sich von uns helfen lassen. Meine abgespeckte Besatzung ist immer noch aktionsfähig und verdammt tüchtig. Gestatten Sie uns Zugang zu Ihren Systemen.

Wir stecken alle zusammen in der Sache drin. Schon jetzt besteht ein Viertel Ihrer Besatzung aus eingezogenen Zivilisten. Lehnen Sie unsere Hilfe nicht ab, nur weil meine Besatzung ebenfalls aus Zivilisten besteht.

In Erwartung einer baldigen Antwort,

Ann Chau
Captain
Forschungsschiff Hypatia

An: Ann Chau/ACHAUHYPATIAONBOARD
Von: David Torrence/ALEXANDERONBOARD
Datum: 27/07/75
Zeitstempel: 10:00
Betreff: Re: Angebot

Ann,

ich habe veranlasst, dass für Ihre Techniker Log-ins und eine sichere Verbindung eingerichtet werden. Auf diese Weise können Sie direkt mit meinen Leuten zusammenarbeiten.

Keine anderen Besatzungsmitglieder dürfen diese sichere Verbindung benutzen – sie steht ausschließlich dem dazu berechtigten Personal zur Verfügung. Nehmen Sie bitte zur Kenntnis, dass die sichere Verbindung als militärische Einrichtung angesehen wird und dass Ihre Leute, solange sie an diesem Projekt mitarbeiten, dem Militärrecht unterstehen.

Wenn ich auch nur einen von ihnen bei dem allerkleinsten Verstoß erwische (Privatinfos an Freunde oder Rumgemeckere an der derzeitigen Lage), stelle ich die Betreffenden ohne lange zu fackeln vor ein Kriegsgericht.

Verlieren Sie jetzt nicht die Nerven. Wir sind noch lange nicht am Ende.

David

Log-in Einzelheiten:
1/2 Zhang/Byron:
Log-in: Alexander/Core/Full/ZhangB
Passwort: skjh45mh2
2/2 Nestor/Consuela:
Log-in: Alexander/Core/Full/NestorC
Passwort: 24rkdga9s

ALEXANDER-78V

COUNTDOWN BIS ZUM ZUSAMMENTREFFEN LINCOLN UND ALEXANDER-FLOTTE:

70 STUNDEN: 24 MINUTEN

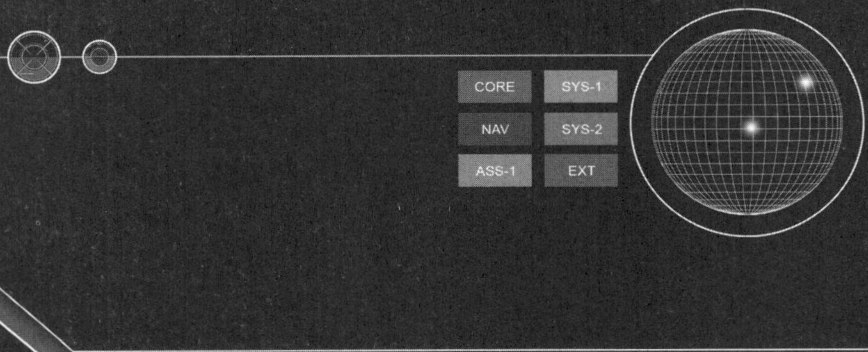

Teilnehmer: ~~**Anton Boklow, Corporal, TZV Informationsdienst**~~
(systemreroute78h@786HG=ByteMe)
Byron Zhang, Zivilangestellter
Datum: 27/07/75
Zeitstempel: 11:55

!-- BEGIN HYPATIA CHAT BASIC V9 CODE ONCLICK="WINDOW.OPEN(//CHAT.HYPATIA/ALEXANDER

ByteMe: hallo nachbar

Zhang, B: [redacted], was machst du auf diesem kanal?

ByteMe: keine sehr nette begrüßung

Zhang, B: huckepack?

ByteMe: sieht nicht so aus, als ob Corporal Boklow seine ID grade braucht, und da dachte ich, ich borg sie mir aus und schau mal vorbei

Zhang, B: dich kann wohl nichts aufhalten

ByteMe: im gegensatz zu dir. irgendwie komisch, deinen richtigen namen zu lesen. Für mich bist du CitB.

ByteMe: dann bist du immer noch nicht weitergekommen? wo ist das problem?

Zhang, B: das problem ist, dass dieser [redacted] nicht gerade einfach zu lösen ist. hilfst du mir?

ByteMe: aber hallo, sensei

ByteMe: hast du von den militärtechs irgendwas erfahren, wie es da drüben aussieht?

Zhang, B: machst du dir sorgen um deinen freund?

ByteMe: ja

Zhang, B: oha

Zhang, B: dann darf ich dich wohl nicht mehr damit aufziehen

ByteMe: antwort?

Zhang, B: nö, sie sind nicht sehr gesprächig

ByteMe: und sonst? wie hältst du dich? schon aufgehört zu essen oder zu trinken oder zu schlafen?

Zhang, B: davon hab ich eh immer zu wenig

ByteMe: soll ich dir was vorbeibringen?

Zhang, B: danke, hab keinen bedarf an aufnahmen von dir in meiner nähe – falls sie dir auf die schliche kommen

Zhang, B: von der Hypatia aus dauert alles ein bisschen länger. Bei jeder eingabe eine kleine verzögerung, das macht mich noch wahnsinnig.

Zhang, B: allerdings hab ich auch keine große lust, rüber auf die Alexander zu gehen und die sache vor ort zu erledigen

ByteMe: wissen diese militärfuzzis überhaupt, was sie da treiben?

Zhang, B: manche schon. Ein typ namens Dorian ist dran, und ein paar andere auch, aber die meisten laufen in schuhen rum, die ihnen viel zu groß sind. die sind nach Kerenza alle befördert worden.

Zhang, B: aber egal wie fähig jemand ist – rauszufinden, wie man AIDAN wieder zum laufen bringt, ist so, als wollte man einen tintenfisch fesseln, von dem man nicht mal weiß, wie viele arme er hat … und das auch noch im stockdunkeln

ByteMe: ok, dann zeig mir, wie ich dabei helfen kann. wir müssen in die gänge kommen. die Lincoln wartet nicht.

Zhang, B: sonst alles klar bei dir?

ByteMe: geb mir mühe. an die arbeit

ABGEFANGENE PERSOENLICHE NACHRICHT BORDSYSTEM – HYPATIA

An: Syra Boll (Ltg. Navigation), Kate Irving (stellv. Ltg. Instandhaltung)
Von: Captain Ann Chau, Kommandantin Hypatia
Datum: 27/07/75
Zeitstempel: 12:03
Betreff: Unsere Möglichkeiten

Syra, Kate:

Ich brauche ein paar Berechnungen, aber wirbelt nicht zu viel Staub dabei auf. Alles natürlich nur hypothetisch, aber da wir für die Hypatia verantwortlich sind, müssen wir uns über alle potenziell notwendigen Schritte zur Aufrechterhaltung der Sicherheit des Schiffes informieren.

Stellt mir bitte einen vertraulichen Bericht zu folgenden Punkten zusammen:

- die Navigationsfähigkeiten unseres derzeitigen Personals (Syra)
- aktueller Zustand unseres Schiffes (Kate)
- Möglichkeiten der Erhöhung unserer Geschwindigkeit und der Verstärkung unserer Abwehrsysteme (Kate)

Im Grunde geht es mir um Folgendes: Wie stehen unsere Chancen, falls wir die Alexander verlassen und uns aus eigener Kraft in Sicherheit bringen müssen?

Ich brauche eine Liste möglicher Szenarien, eine Analyse der jeweiligen Überlebenschancen sowie Vorschläge, was wir unternehmen können, um unsere Überlebenschancen zu verbessern. Die Hypatia ist nicht dafür gedacht, sich der Finsternis ohne Eskorte zu stellen, aber wir müssen herausfinden, wie unser kleiner Fisch ohne seinen beschützenden Hai überleben kann. Wir müssen vorbereitet sein.

Kate, sieh zu, dass Peyak nichts davon erfährt. Er ist immer noch unglücklich wegen Matts Verpflichtung und bestimmt nicht bereit, bei einem Plan mitzuhelfen, bei dem wir die Alexander womöglich zurücklassen. Wahrscheinlich würde er Matt sofort darüber informieren, vorausgesetzt, die Verbindungen funktionieren irgendwann wieder.

Ich gebe euch zwölf Stunden, um so viel Material wie möglich zu sammeln, danach setzen wir uns zusammen, um alles zu besprechen.

Ann

GEHEIMHALTUNGSSTUFE:
HYPATIA/NUR ZUM INTERNEN GEBRAUCH/
NACH EMPFANG VERNICHTEN/
NICHT ARCHIVIEREN

HINWEIS: Die Moral an Bord der *Hypatia* und der *Alexander* sinkt beständig. Die Gerüchteküche läuft auf Hochtouren.

GEHEIMSACHE

ALEXANDER-78V

MITTEILUNG AN DIE OFFIZIERE

SCHLACHTKREUZER ALEXANDER-78V

EINGANG: 27/01/75

VON: GENERAL DAVID TORRENCE

NUR FÜR DEN KOMMANDOSTAB

Offiziere der *Alexander*,

um allen kursierenden Gerüchten entgegenzuwirken: Am 25/07/75 um 20:17 geriet Einheit Sigma in Hangar 4 in Kontakt mit feindseligen Flüchtlingen aus Kerenza, die sich mit dem mutierten Phobos-Virus infiziert haben. Sigma gelang es nicht, das Gebiet zu sichern. Mehrere unserer Einsatzkräfte wurden bei dieser Auseinandersetzung getötet. Sigma befindet sich momentan in Quarantäne.

Ich will den Vorfall so nüchtern wie möglich schildern: Die Quarantäne wurde nicht verletzt. **Von den Infizierten hatte NIEMAND Kontakt mit dem Personal der *Alexander*.** Alle anderslautenden Spekulationen sind bestenfalls schädlich und im schlimmsten Falle **Hochverrat**.

Da wir nun mal knapp an Personal sind und nicht für die Sicherheit unserer Soldaten garantieren können, habe ich mich entschieden, Hangar 4 verschlossen zu lassen, die Türen zu verstärken und die Infizierten dem Hungertod zu überlassen. Da unser Hauptantrieb immer noch offline ist, nähert sich die *Lincoln* inzwischen auf Gefechtsentfernung. Sämtliche Piloten – auch diejenigen, die vom Dienst befreit wurden – erhalten ihre Flugerlaubnis zurück. Die Neuroprogrammierer an Bord der *Hypatia* haben uns geholfen, AIDAN wiederherzustellen, TechIng übermittelt morgen um 07:00 die neuesten Ergebnisse an die Führungskräfte. Ich vertraue darauf, dass Colonel Sanchez und ihr Team bis dahin eine Lösung für unser KI-Dilemma gefunden haben.

Angst ist im Kampf bekanntlich das gefährlichste Gift. Als Offiziere müssen Sie unter allen Umständen verhindern, dass die Lage toxisch wird.

Sie werden Ihren Mitarbeitern die Situation **unmissverständlich** erläutern. Vermutungen und Gerüchte sind kontraproduktiv und dem Zusammenhalt der Truppe nicht förderlich. Die Moral ist ohnehin bereits an einem kritischen Punkt – das Letzte, was wir jetzt brauchen, sind Leute, die sich aufgrund falscher Informationen zu überstürzten Handlungen hinreißen lassen. Und offen gesagt, wenn Ihre Leute in einer Situation wie dieser noch Zeit zum Kaffeeklatsch finden, dann arbeiten sie nicht genug.

Bekanntlich stehen hier über sechstausend Menschenleben auf dem Spiel.

Wir sollten handeln, nicht reden.

Centrum tenenda.

David Torrence
General, Terranische Zentralverwaltung
Kommandant, *Alexander-78V*

ALEXANDER-78V

GEHEIMSACHE

Teilnehmer: Charles Dorian, Corporal, TZV Informationsdienst
Stephanie LeFevre, Private, TZV Informationsdienst
Datum: 27/07/75
Zeitstempel: 16:39

BEGIN ALEXANDER CHAT BASIC V9 CODE --><FORM> ONCLICK="WINDOW.OPEN('CHAT.ALEXANDER

LeFevre, S, Pvt: Dorian, diese sequenz lässt sich nicht installieren.

Dorian, C, Corp: Verflixt. Schick sie rüber, ich seh sie mir mal an, sobald ich bei den ZivilTechs drüben auf der Hypatia nicht mehr händchen halten muss.

LeFevre, S, Pvt: hast du grade »verflixt« gesagt? mann, du fluchst sogar hochgestochen. très sexy.

Dorian, C, Corp: Was willst du, Stephanie?

LeFevre, S, Pvt: wie kommst du darauf, dass ich was will?

Dorian, C, Corp: Weil du mit mir flirtest. Und falls ich da nicht irgendeine Mitteilung übersehen habe und mich plötzlich in den ... wie hast du dich doch gleich ausgedrückt?

Dorian, C, Corp: »den letzten funktionsfähigen [redacted] im gesamten Versum« verwandelt habe

Dorian, C, Corp: dann willst du etwas von mir. Also, was kann ich für dich tun?

LeFevre, S, Pvt: wie wär's, wenn wir uns im serverraum D treffen

LeFevre, S, Pvt: und du mir den overall mit den zähnen vom leib reißt

Dorian, C, Corp: ...

Dorian, C, Corp: Im Ernst?

LeFevre, S, Pvt: lol

LeFrevre, S, Pvt: Quatsch, natürlich nicht.

LeFevre, S, Pvt: lolololololol

Dorian, C, Corp: Ich bin dein vorgesetzter. Dafür könnte ich dich anzeigen.

LeFevre, S, Pvt: und müsstest den ganzen kram allein installieren.

Dorian, C, Corp: Stimmt

LeFevre, S, Pvt: hey, hast du die neuesten Gerüchte über diese riesen[redacted] mit Sigma gehört?

LeFevre, S, Pvt: die haben angeblich 12 Jungs verloren. und zwei von den Flüchtlingen sind aus dem Hangar ausgebrochen

Dorian, C, Corp: Wenn das wahr wäre, dürften wir alle längst nicht mehr unsere Quartiere verlassen, oder?

LeFevre, S, Pvt: also hast du was darüber gehört?

Dorian, C, Corp: Ich bin zu stillschweigen verpflichtet. Geh wieder an die arbeit.

LeFevre, S, Pvt: ich warte noch auf diesen upload. mir kannst du's doch erzählen, Charlie

Dorian, C, Corp: Über meine lippen kommt kein wort

LeFevre, S, Pvt: na dann

LeFevre, S, Pvt: und wenn ich ein bisschen nachhelfe?

Dorian, C, Corp: Was soll das schon wieder heißen?

LeFevre, S, Pvt: das siehst du dann im serverraum D

Dorian, C, Corp: ...

Dorian, C, Corp: Ernsthaft?

Dorian, C, Corp: ... Stephanie?

< Dorian, C, Corp: user log-out aufgrund von Inaktivität >

HINWEIS: Allgemeine Bekanntmachung des Kommunikationsdienstes der *Hypatia*; dieses spezielle Exemplar wurde vom Wachdienst der *Hypatia* entdeckt – offenbar waren die Versuche der Kommandierenden, die Moral aufrechtzuerhalten, zwar gut gemeint, aber erfolglos.

ALLGEMEINE BEKANNTMACHU

HERAUSGEGEBEN VON: CAPTAIN CHAU, FORSCHUNGSSCHIFF *HYPATIA*

DATUM: 27/07/75

ZEIT: 17:00 [Schiffszeit]

ANWEISUNG: *ALEXANDER*-FLOTTE

Liebe Freunde,

mit großer Freude kann ich Ihnen mitteilen, dass die Reparaturen am Antriebssystem der *Alexander* schneller als gedacht voranschreiten und wir im Lauf der nächsten Tage wieder volle Geschwindigkeit aufnehmen können. Leider ist es uns nach wie vor nicht möglich, genauere Zeitangaben zu machen, aber glauben Sie mir bitte, dass alle beteiligten TechCrews unermüdlich daran arbeiten, die Sicherheit der Flotte zu garantieren.

Die *Lincoln* hat sich seit dem Angriff auf die *Copernicus* nicht mehr blicken lassen – möglicherweise ist sie bei dem Überfall beschädigt worden. Trotzdem führen General Torrence und sein Stab die Reparaturarbeiten rund um die Uhr fort, und unsere Zuflucht, die Station *Heimdall*, ist näher denn je. Wir bitten daher noch ein paar Tage um Ihre Geduld – das Schlimmste ist so gut wie überstanden.

Ihre Geduld soll natürlich etwas versüßt werden! Lieutenant Mifune hat für die Vorführung im Amphitheater A wieder einen Kinoklassiker aus seiner Sammlung ausgesucht – heute Abend zeigen wir den preisgekrönten Thriller Terminus mit Blake Hill und Elizabeth Andretti. Die erste Vorführung findet um 19:00 statt. Der Film enthält einige nur für Erwachsene geeignete Szenen, weshalb für Kinder unter 12 Jahren im Amphitheater B noch einmal Super Turbo Awesome Team vs. Megapanda gezeigt wird, wahlweise können die lieben Kleinen auch auf Deck 17 bei der Kinderbetreuung abgegeben werden.

Wir möchten die Gelegenheit nutzen, um Martina Hernandez und ihrem Mann Christopher zur Geburt ihrer wunderhübschen Tochter zu gratulieren, die heute Morgen um 01:13 die kosmische Hintergrundstrahlung des Weltalls erblickte! Mutter und Tochter sind wohlauf, und ich freue mich ganz besonders, dass unser neuestes Besatzungsmitglied auf den Namen »*Hypatia*« getauft wurde. Gebete und Glückwünsche sind willkommen, Kleider- und Spielzeugspenden für unseren kleinen blinden Passagier nimmt Ihr freundlicher *Hypatia*-Beauftragter entgegen.

Ich möchte mich bei Ihnen allen für Ihren Mut und Ihre Geduld in diesen schweren Zeiten bedanken und freue mich schon darauf, Ihnen bei nächster Gelegenheit weitere Neuigkeiten mitteilen zu dürfen.

träum weiter!!!...

SUPER TURBO AWESOME TEAM VS. MEGAPANDA
WAS VERSTECKEN SIE IN HANGAR 4?
Er ist wie Godzilla. Auf Staub. Nur in flauschig.
DEATH BY STEREO FILMS presents a PANTSLESS HOBO production
In association with DISCO NINJA HOUSE · a JACK BURTON film · ELIZABETH ANDRETTI · "SUPER TURBO AWESOME TEAM VS. MEGAPANDA" · MILES BLAKELY · TOMAS DANIEL · PHILIP "LUCKY" CHAN with SASCHA TEXAS · casting by S. JAE-JONES · music by SLAYER · edited by MELANIE CECKA · production design by ALISON IMPEY · director of photography CHRISTOPHER TOVO · coproducers BETH REVIS · MARIE LU · KAREN GREENBERG · executive producers NANCY HINKEL · BARBARA MARCUS · produced by ALFRED A. KNOPF · screenplay by JACK BURTON · directed by JACK BURTON

Teilnehmer: ~~Ann Chau, Captain~~(systemreroute78h@786HG=ByteMe)
~~David Torrence, General~~(systemreroute78h@865HG=EMason)
Datum: 27/07/75
Zeitstempel: 19:15

/CHAT/LOGIN.LOCATION=NO,MENUBAR=NO')<!-- END HYPATIA CHAT BASIC V9 CODE --><!-- BEGIN

ByteMe: wie sieht's aus?

Mason, E, Lt 2nd: angespannt. a-n-g-e-s-p-a-n-n-t

Mason, E, Lt 2nd: ich versuche, nicht an Jimmy zu denken. klappt aber nicht.

ByteMe: :(

Mason, E, Lt 2nd: sag was, Kades

Mason, E, Lt 2nd: erzähl mir was positives

ByteMe: äh … gut

ByteMe: …

ByteMe: ach, erinnerst du dich an Miss Colfer? angewandte naturwissenschaft? sie ist hier an bord

Mason, E, Lt 2nd: echt? sie hats geschafft?

ByteMe: ja. eigentlich sind wir ja wegen ihr zusammengekommen

Mason, E, Lt 2nd: mann, ich kann mich noch gut an die erste Stunde bei ihr erinnern. du hast mich ganz schön heftig ausgecheckt, Grant.

ByteMe: von wegen. du hast mir lauter blöde fragen zu wasserstoffverbindungen gestellt

Mason, E, Lt 2nd: na ja, es ging mir dabei weniger um wasserstoff als um andere verbindungen

ByteMe: ach, echt? das war alles nur eine ausgeklügelte anmachstrategie? und ich dummes landei hab das einfach nur falsch verstanden?

Mason, E, Lt 2nd: mach dich nur lustig über mich. ich würde dich nie damit aufziehen, dass DU letztendlich total verrückt nach mir warst

ByteMe: …

Mason, E, Lt 2nd: da siehst du mal, wie nett ich bin

ByteMe: »verrückt« höchstens insofern, dass das ganze totaler irrsinn war. und so ganz klar war mir nicht, dass du es auf »verbindungen« mit mir abgesehen hattest – nachdem du deine zunge erst mal in jodie kingstons hals gesteckt hast

ByteMe: als ob du die versäumten biostunden durch praktische erfahrungen aufholen wolltest. igitt.

Mason, E, Lt 2nd: du weißt, dass Jodie tot ist, oder?

ByteMe: ich … o mann

Mason, E, Lt 2nd: das war jetzt n echter stimmungskiller

ByteMe: tut mir leid, ehrlich

Mason, E, Lt 2nd: lol, das musst du aber noch üben, Grant

Mason, E, Lt 2nd: aber auch das mag ich an dir

ByteMe: ach, [redacted] mich doch, Ez, ich wollte dich bloß ein bisschen aufmuntern

Mason, E, Lt 2nd: …

Mason, E, Lt 2nd: solche ausdrücke aus so einem hübschen mund

Mason, E, Lt 2nd: wie geht's eigentlich deiner mutter? Für einen ihrer kuchen würde ich sofort die paartausend km vakuum von der Alexander zur Hypatia rüberschwimmen

ByteMe: mir war schon immer klar, warum du mich so gern besucht hast.

Mason, E, Lt 2nd: hey, du kannst ihr dankbar sein. meinen gestählten körper verdanke ich fast ausschließlich ihrer hausmannskost

Mason, E, Lt 2nd: *muskelanspann*

ByteMe: ich war schon immer heiß auf deinen gestählten körper. hab mir unzählige langweilige g-ball-spiele nur wegen dieses körpers angeschaut. und das sogar schon bevor wir zusammen waren

Mason, E, Lt 2nd: langweilig? also jetzt trampelst du wirklich auf meinen gefühlen herum

ByteMe: ich schmeichle dir, du idiot

Mason, E, Lt 2nd: »idiot« ist aber kein netter kosename

Mason, E, Lt 2nd: wie wär's mit »schnuckel«?

Mason, E, Lt 2nd: oder »häschen«?

Mason, E, Lt 2nd: nein, stopp, warte: »knuddelbär«

ByteMe: gut, dann hacke ich mich ins KommSystem der Alexander und erzähle allen, dass du ab sofort nur noch knuddelbär genannt werden willst, liebster

Mason, E, Lt 2nd: neiiiiiiiiiin

ByteMe: siehst du eigentlich in uniform genauso gut aus wie im g-ball-trikot? wenn nicht, lüg mich bitte an.

Mason, E, Lt 2nd: na ja, die hosen sitzen enger, falls das irgendwie zählt

ByteMe: mmmm erzähl weiter

Mason, E, Lt 2nd: sicher?

Mason, E, Lt 2nd: das dauert dann aber deutlich länger als 7 min ;)

ByteMe: soweit ich mich erinnere, hat es nie länger als 2 min gedauert

Mason, E, Lt 2nd: 0_o

ByteMe: nimm das, mein sohn.

Mason, E, Lt 2nd: …

Mason, E, Lt 2nd: gut gegeben, meine dame.

Mason, E, Lt 2nd: echt. sehr gut gegeben

ByteMe: apropos 7 min: wir müssen aufhören

Mason, E, Lt 2nd: stimmt

Mason, E, Lt 2nd: du fehlst mir

ByteMe: du mir auch

ByteMe: und mal im ernst: die lage dürfte noch deutlich angespannter werden. also ruhe bewahren. und nachdenken.

ByteMe: pass auf dich auf, schnurzelchen

Mason, E, Lt 2nd: du bist echt albern

COUNTDOWN BIS ZUM ZUSAMMENTREFFEN LINCOLN UND ALEXANDER-FLOTTE:

58 STUNDEN: 41 MINUTEN

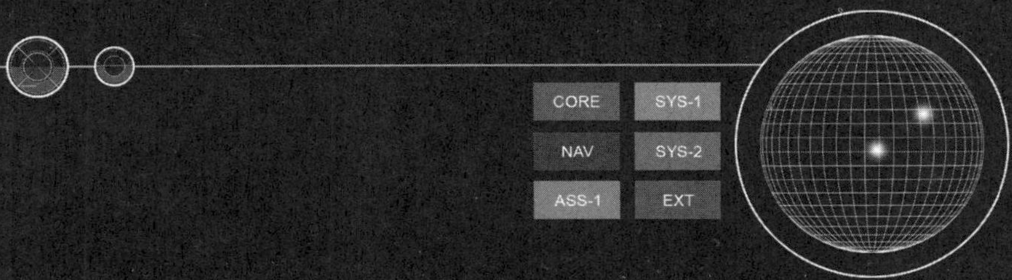

ZUTRITT VERBOTEN

Datum: **27/07/75**
Betreff: allein

Ich will noch nicht sterben.

Wenn uns die Lincoln einholt, sind wir erledigt. Warum sollte sie uns sonst monatelang verfolgen? Sie will die letzten Beweise vernichten. Die einzigen Zeugen beseitigen, die dem Universum berichten können, dass BeiTech eine andere Firma überfallen und sich deren illegale Aufbereitungsanlage unter den Nagel gerissen hat – ach ja, und nebenbei Tausende von Menschen umgebracht hat.

Oder aber wir sind auf der Flucht, weil der Captain der Lincoln in Wahrheit Torrences stinkwütende Exfreundin ist, die noch ein Hühnchen mit ihm zu rupfen hat. Er ist genau der Typ, der immer die Klobrille hochgeklappt lässt.

Meine Witze waren auch schon besser. Jedenfalls krasser. Das Schlafdefizit macht mir echt zu schaffen. Aber ich muss jede Gelegenheit nutzen, einen Blick auf AIDAN zu werfen und Byron zu helfen, und das bedeutet, jedes Mal wenn ein Tech Pause macht, auf eine neue ID überzuwechseln. Und in den Minuten dazwischen, wo ich eigentlich schlafen sollte, denke ich darüber nach, was wir womöglich herausfinden, wenn wir das hier überleben.

Ich stelle es mir so vor: Die Aktivitäten des WUC auf Kerenza waren illegal, deshalb können sie der TZV nicht melden, dass sie irgendwann nichts mehr von uns gehört haben. Als Kerenza überfallen wurde, sind unsere Hilferufe über die nächstgelegene Zwischenstation zur Station Heimdall weitergeleitet worden. Aber das einzige Schiff, das aufgetaucht ist – die Alexander – befand sich sowieso ganz in der Nähe auf Patrouille, was bedeutet, dass unser SOS das System nie verlassen hat. Und wenn Heimdall die Kavallerie nicht informiert hat, heißt das wiederum, dass die Station ebenfalls von BeiTech gekapert wurde. Was wiederum bedeutet, dass mein Pa tot sein könnte. Und das finde ich nicht in Ordnung.

Das FINDE ICH ÜBERHAUPT NICHT IN ORDNUNG.

Wir schaffen es niemals bis nach Heimdall, sagt mein Hirn, und wenn doch, ist die Station sowieso in Feindeshand. Mein Hirn sagt, dass es niemand lebendig von der Copernicus runtergeschafft hat – jedenfalls nicht »lebendig« im üblichen Sinn. Ich liege in meiner Koje, tue so, als sei ich zu Hause, und schicke diese Gedanken einfach wieder an den Absender zurück. Sie tauchen auf und wollen ihre Klauen in mich schlagen und ich schubse sie mit einem innerlichen NEIN wieder zurück. Zwinge mich zu etwas Unverfänglicherem. Nietenzählen zum Beispiel. Oder die losen Fäden am Saum meiner Decke rausziehen und sie so fest um die Finger wickeln, dass die Nägel blau werden.

Aber im Grunde meines Herzens kenne ich sie, die Wahrheit. Niemand wird uns zu Hilfe kommen. Der Ort, an den wir fliehen, ist höchstwahrscheinlich nicht sicher. Und in dieser Gleichung gibt es niemanden, dem ich trauen kann, ausgenommen Ezra und Byron. Aber Byrons Hände sind gebunden, und die von Ez genauso. Wenn wir also wissen wollen, was wirklich mit der Copernicus passiert ist und warum, dann muss ich es selbst herausfinden.

Könnte die Hypatia, wenn es darauf ankommt, die Alexander abhängen?

Ist von denen, die von der Copernicus fliehen konnten, überhaupt noch jemand klar im Kopf?
Ist auf Heimdall noch jemand am Leben?

Nein, ich will noch nicht sterben. Ich habe noch zu viel zu tun.

Und ich lasse mich auf keinen Fall verarschen.

Ezra liebt mich. Klar, vielleicht bin ich einfach nur blöd, und aus ihm sprechen nur Angst und Verzweiflung, aber eigentlich glaube ich das nicht. Und selbst wenn, wäre es mir egal – ich brauche ihn. Jetzt noch sauer auf ihn zu sein, weil er Kerenza nicht verlassen wollte … kommt mir irgendwie albern vor.

Es war superschön, als wir zusammen waren. Es war richtig. Wir hätten uns dem Problem stellen sollen, statt uns anzuschreien. Wir hätten um unsere Beziehung kämpfen sollen, statt aufzugeben und die ganze Zeit einfach nur rumzumachen.

Ich hätte erwachsen genug sein müssen, ihm zu sagen, was er mir bedeutet.

Jetzt muss ich es ihm in 7-Minuten-Portionen sagen.

Ich versuche, ihn immer wieder daran zu erinnern, dass ich da bin, egal wie schräg es rüberkommt. Dass es hier jemanden gibt, der sich Sorgen macht, falls er drüben irgendeinen Blödsinn anstellt.

Obwohl … Sorgen trifft es nicht so ganz.

Wenn Ezra etwas zustößt, gibt mir das endgültig den Rest.

Wenn ich ihn verliere, kann ich nicht mehr.

Außer ihm habe ich niemanden mehr.

Aber solange ich ihn noch habe, kämpfe ich mit Zähnen und Klauen um ihn. Um uns.

Koste es, was es wolle.

Teilnehmer: ~~Stephanie LeFevre, Private, TZV Informationsdienst~~
(systemreroute78h@786HG=ByteMe)
Byron Zhang, Zivilangestellter
Datum: 27/07/75
Zeitstempel: 23:58

/CHAT/LOGIN.LOCATION=NO,MENUBAR=NO')<!-- END HYPATIA CHAT BASIC V9 CODE --><!-- BEGIN

ByteMe: hallöchen

Zhang, B: spinnst du? Corporal Boklow ist online, ich sehe seine ID

Zhang, B: wenn du dich einloggst, während seine ID noch aktiv ist, bist du am [redacted]

ByteMe: heute spiele ich Private LeFevre, aber trotzdem danke für den hinweis

Zhang, B: ich glaube, die stims taugen nichts mehr. ich fall gleich mit dem gesicht auf die qertzuasdfg

ByteMe: das böse schläft nie, mein freund. auf dir ruhen alle unsere hoffnungen.

Zhang, B: gäääÄÄhhnnn

ByteMe: wo bist du eigentlich aufgewachsen?

Zhang, B: spielt das irgendeine rolle?

ByteMe: ich halte dich wach, du trottel

Zhang, B: Triton III

ByteMe: besteht der nicht hauptsächlich aus wasser?

Zhang, B: ich bin schon immer obenauf geschwommen. aber stimmt, deshalb bin ich ja auch weg, sobald ich konnte

ByteMe: familie?

Zhang, B: mutter und schwestern. mein gehalt geht zum großteil auf die konten meiner neffen und nichten. Ich selbst brauche nicht viel

ByteMe: onkel byron <3

Zhang, B: küken

ByteMe: wie kams dazu, dass du in den ring gestiegen bist, du tapferer Kämpfer für die Informationsfreiheit?

Zhang, B: klappe, ich arbeite

ByteMe: jetzt komm schon

Zhang, B: *dramatischer Seufzer*

Zhang, B: »Der Mensch stirbt in all jenen, welche im Angesicht der Tyrannei schweigen«

ByteMe: hä?

Zhang, B: hat Wole Soyinka mal gesagt. so ein schriftsteller irgendwann im 20JH. hat über ungerechtigkeit geschrieben. theater, gedichte, romane, bücher. starkes zeug.

ByteMe: was ist »bücher«?

Zhang, B: …

Zhang, B: ey, was suchst du da im Kern? da ist alles tot

ByteMe: ich überprüfe die shutdown + restart logs, vielleicht finde ich was brauchbares

Zhang, B: ganz schön clever

ByteMe: ist ja verrückt. es gibt 6 versuche für einen shutdown hintereinander, alle fehlgeschlagen.

Zhang, B: wann?

ByteMe: … genau zu dem zeitpunkt als sie die Copernicus beschossen haben

Zhang, B: [redacted], ich WUSSTE es!

Teilnehmer: Ann Chau, Captain
David Torrence, General
Datum: 28/07/75
Zeitstempel: 02:05

/CHAT/LOGIN.LOCATION=NO,MENUBAR=NO')<!-- END HYPATIA C

HINWEIS: Der Kommandokanal wird hier ausnahmsweise von den Kommandanten der Flotte benutzt, nicht von zwei liebeskranken Teenagern. Wunder gibt es immer wieder.

Chau, A, Capt: Sie elendes [redacted], David

Torrence, D, Gen: Wie bitte?

Chau, A, Capt: AIDAN hat sie umgebracht. Ich habe die Dateien. Abschusscodes für die Atomraketen, Befehle an Ihre Zyklon-Drohnen, die überlebenden Shuttles abzuschießen. AIDAN hat zweitausend Menschen ermordet, und Sie wollen ihn wieder online bringen?

Torrence, D, Gen: Wo haben Sie die Dateien her?

Chau, A, Capt: Wie lange wollten Sie noch geheim halten, dass Ihre KI so schwer beschädigt ist?

Torrence, D, Gen: Wo haben Sie die Dateien her, Captain Chau? Ich habe ausdrücklich angeordnet, dass Ihre Fachleute nur zu bestimmten Bereichen Zugang erhalten.

Chau, A, Capt: Himmel, was spielt es für eine Rolle, wo ich die Dateien herhabe? Meine Techniker helfen Ihnen, AIDAN wieder zum Laufen zu bringen, aber wir haben KEINE GARANTIE, dass er uns nicht auch umbringt, sobald er wieder einsatzfähig ist.

Torrence, D, Gen: AIDAN wurde auf meinen Befehl hin deaktiviert. Und wir sorgen dafür, dass er niemandem etwas antut, wenn wir ihn wieder anstellen.

Chau, A, Capt: Soll mich das jetzt trösten?

Torrence, D, Gen: Sie betreiben hier Spionage in Kriegszeiten. Sind Sie sich über die Konsequenzen im Klaren? Sie untergraben unmittelbar die Sicherheit dieser Flotte. Ich könnte Sie und Ihre gesamte Kommandoriege vor Gericht stellen und erschießen lassen.

Chau, A, Capt: Wir sind raus. Meine Leute stellen alle Arbeiten an Ihrer KI ein, bis Sie mir garantieren, dass AIDAN uns nicht bei der nächstbesten Gelegenheit vernichtet.

Torrence, D, Gen: Dem kann ich leider nicht stattgeben, Captain. Wenn uns die Lincoln einholt, wird sie uns zerstören. Ich brauche Ihre Leute, damit wir AIDAN wieder online kriegen, sonst sind wir geliefert.

Chau, A, Capt: Vorgestern haben Sie sich noch geweigert, meine Leute auch nur in die Nähe Ihrer Systeme zu lassen, David, und jetzt dürfen sie die Arbeit nicht einstellen?

Torrence, D, Gen: Ist es angesichts der Umstände denn so verwunderlich, dass ich Ihren Leuten nur widerwillig Zutritt gewährt habe?

Chau, A, Capt: Meine Leute sind Zivilisten. Sie unterstehen MEINEM Kommando. Ich lasse NICHT zu, dass sie an einer Maßnahme mitwirken, die mein Schiff und seine Besatzung in Gefahr bringt.

Torrence, D, Gen: Dann sind Ihre Leute eben ab sofort keine Zivilisten mehr.

Chau, A, Capt: Wie bitte?

Torrence, D, Gen: Ich verpflichte Ihre KommTech-Leute zum Dienst bei der TZV, und zwar mit sofortiger Wirkung. Sie lassen sie in 30 Minuten in Ihrem Haupthangar reisefertig antreten. Wir schicken ein Shuttle rüber, das sie abholt.

Chau, A, Capt: Das können Sie nicht machen!

Torrence, D, Gen: Eine komplette Einheit TZV-Soldaten wird das Shuttle begleiten und dafür sorgen, dass Ihre Leute unversehrt auf der Alexander ankommen. Ich würde Ihnen empfehlen, keinen Widerstand zu leisten.

Chau, A, Capt: Überlegen Sie das bitte noch mal gründlich, David.

Torrence, D, Gen: In 30 Minuten.

Torrence, D, Gen: Centrum tenenda. Torrence Ende.

EINSATZBERICHT
MINISTERIUM DES INNEREN
VEREINIGTE TERRANISCHE RAUM
FLOTTENVERBAND ALEXAND
ALEXANDER-7

HINWEIS: Einsatzbericht von TZV First Lieutenant Winifred McCall bezüglich des Zwischenfalls auf der Kommandoebene an Bord der *Hypatia*.

EINGANG: 28/07/75

ORT: Forschungsschiff *Hypatia* des Wallace Uljanow Consortiums

OFFIZIERS-ID: Winifred McCall (UTN-961-641id)

RANG: First Lieutenant

Am 28/07/75 um 02:07 (Schiffszeit) wurde ich vom Kommando der *Alexander* mit Einheit Sigma zu einer Alarmstufe Blau gerufen. Sigma versammelte sich zügig auf Deck 146, wo wir von General Torrence in Kenntnis gesetzt wurden.

~~Der Boss sah todmüde aus. So habe ich ihn noch nie erlebt.~~

Lagebericht: Die KommTech-Abteilung von der *Hypatia* war nach einem ~~(nicht näher bezeichneten)~~ Spionagevorfall, der von den Offizieren der *Hypatia* angezettelt worden war, zum TZV-Dienst zwangsverpflichtet worden. Ein Shuttle wurde losgeschickt, um die Rekruten auf die *Alexander* zu bringen, wo unsere eigenen TechIng-Leute die Neuen besser im Auge behalten können.

Meine ~~Jungs waren nach dem Zwischenfall in Hangar 4 immer noch ziemlich nervös, aber meine~~ Veteranen hatten mehr Erfahrung als die anderen Soldaten auf der *Alexander*, deshalb mussten wir wieder ran. Nachdem ich schon McNulty, Henderson, Parker, Montano und Gandolfini verloren hatte, blieb mir nichts anderes übrig, als auch meine Frischlinge von Kerenza in die Schusslinie zu bringen. Corporal Sykes' Laune hatte sich ~~seit Hangar 4~~ eher noch verschlechtert. ~~Wenn es nach ihm~~

~~gegangen wäre, hätte er bestimmt sämtliche Zivilisten an Bord durch die Luftschleuse rausgepustet.~~

»Ist mit Widerstand zu rechnen, Boss?«, wollte er wissen.

»Negativ«, erwiderte Torrence. »Es handelt sich um Zivilisten, die tun, was man ihnen sagt. Trotzdem haben Sie scharfe Munition in den Magazinen. Die Computerfuzzis werden nicht angerührt, aber wenn Ihnen sonst jemand blöd kommt, machen Sie kurzen Prozess.«

Bei Sykes' Grinsen drehte sich mir der Magen um. »Alles klar, Sir.«

»Sir«, sagte ich, »Priorität hat aber die Befriedung, nicht das Neutralisieren, richtig?«

»Ihre oberste Priorität ist es, Personal hierherzubringen, das für die Operationen der Flotte lebenswichtig ist. ~~Wenn wir unsere eigenen Leute nicht selbst brauchen würden, hätte ich die Kommandeure der *Hypatia* längst eingebuchtet und durch TZV-Personal ersetzt. Deshalb wird jeder, der sich Ihnen in den Weg stellt, als feindlicher Soldat angesehen und entsprechend behandelt.~~ Haben wir uns verstanden?«

»Jawohl, Sir.«

»Dann gute Jagd.«

~~Auf dem Weg zu Hangar 1 kamen wir an der Luftschleuse zum Hangar 4 vorbei. Ich verdrängte den Gedanken an den Mann, der dort festsaß, und an die Menschen eine Tür weiter. Wer sie waren und was aus ihnen geworden war. Das goldene TZV-Abzeichen auf meinem Ärmel fing das Blinken der Warnlichter ein, die sich über den versiegelten Türen drehten. Rot wie das Blut an meinen Händen.~~

Der Flug zur *Hypatia* erfolgte in fast völligem Schweigen. ~~Ich hätte mit meinen Leuten reden sollen, mich vergewissern, dass sie nicht durchdrehten, aber ich musste mich schwer beherrschen, dass meine Zähne nicht klapperten.~~ Einer meiner Kerenza-Neulinge – Doherty hieß sie – starrte mich durch ihre Nickelbrille an, als wüsste ich die Antworten auf alle Fragen. Ich hielt den Blick gesenkt und sprach dann zu allen.

»Ihr macht einfach, was ich mache. Geschossen wird nur, wenn ich den Befehl dazu gebe. Der erste nervöse Finger am Abzug lernt die Außenseite einer Luftschleuse kennen, klar?«

»Klar, Lieutenant!«, kam es vielstimmig zurück.

Wir näherten uns dem Landehangar der *Hypatia*. Als die künstliche Schwerkraft einsetzte und mich auf den Sitz drückte, stand ich gleich wieder auf, ehe es zu gemütlich wurde. Wäre es nach mir gegangen, wäre ich wahrscheinlich ewig angeschnallt sitzen geblieben und hätte gegrübelt, wie es so weit hatte kommen können.

Als wir aufsetzten, wandte ich mich an den Piloten. »Lassen Sie vorsichtshalber die Motoren laufen, Kilpatrick. Könnte sein, dass wir schnell wieder rausmüssen.«

»Verstanden, LT.«

»Macht euch bereit«, blaffte Sykes die Einheit an, »es geht los.«

Raus aus der Shuttle-Tür und quer durch den Hangar, den Gestank nach Treibstoff und Verbranntem im Mund. Ich linkte mich in die lokale Kommandofrequenz ein und sagte mit zusammengebissenen Zähnen:

»*Hypatia*, hier spricht First Lieutenant Winifred McCall von der TZV-Einheit Sigma. Wir sind hier, um das KommTech-Personal der *Hypatia* gemäß den Anweisungen des Flottenkommandos der *Alexander* abzuholen. Öffnen Sie bitte die inneren Hangartore, over.«

»Lieutenant McCall, hier Captain Chau von der *Hypatia*, over.«

»Ich höre Sie, Captain. Bitte öffnen Sie die inneren Hangartore, over.«

»Abgelehnt, Lieutenant. Sie nehmen meine Leute nicht mit.«

Ich verkniff mir ein Seufzen. Durfte sie nicht merken lassen, dass ich sie gut verstand. Ich sah McNultys Gesicht vor mir, als die Tür zur Luftschleuse zuglitt.

»Es sind nicht mehr Ihre Leute, Captain, sie sind jetzt Rekruten der TZV. Wenn Sie jetzt bitte die Tür öffnen würden – sonst nehmen Ihnen ein paar Plasmagranaten diese Aufgabe ab.«

Schweigen in der Funkverbindung. Doherty schaute mich an, wie ein Kind seine Mutter anschaut. Sie fragte sich wohl, ob das alles hier wirklich stattfand.

Sykes spuckte auf den Boden und fauchte in sein Mikro: »Machen Sie die [redacted]türen auf, sonst sprengen wir sie weg, verdammt noch mal.«

Ohne lange zu überlegen, packte ich ihn am Kragen, hielt die Hand übers Mikro, damit die *Hypatia* nicht mithören konnte, und zog ihn so dicht zu mir heran, dass ich den Schnaps in seinem Atem riechen konnte.

»Sie hören sofort mit diesem [redacted] auf, oder ich trete Ihnen so in die Fresse, dass Sie in Zukunft für Ihren Hamburger einen Strohhalm brauchen.«

Sein Blick war trotzig. Ich hätte ihn dalassen sollen. Ich sah die Namen in seinem Blick: Parker, Henderson, Gandolfini, Montano, McNulty.

»Verstanden, Lieutenant«, sagte er.

Die Luftschleusentüren glitten weit auf. Dahinter wartete der sogenannte Sicherheitsdienst der *Hypatia*. Ihr Lieutenant sah nach Ex-Militär aus, war aber ungefähr zwanzig Jahre zu alt und vierzig Kilo zu dick.

»Wo sind die KommTechs?«, fragte ich.

»Auf der Brücke. Sie arbeiten immer noch daran, uns aus diesem Schlamassel rauszuholen.«

»Sind Sie Ex-TZV, LT?«

»Jawoll.«

»Dann wissen Sie, was ein Feuerstoß aus einer VK auf kurze Distanz mit einem menschlichen Körper anstellt?«

Er schluckte. Blickte kurz auf die Waffe in meiner Hand. »Ja.«

»Gehen Sie bitte voran.«

Wir marschierten durch glänzende Gänge, unsere Stiefel quietschten auf den Gummiböden. Alles war in Krankenhausweiß gehalten, wenn auch schon ein wenig vergilbt. Blasse Gesichter spähten durch schmuddelige Plasteel-Fenster. Unrasierte Wangen und neonrosa Haare, seit sechs Monaten nicht nachgefärbt. Angsterfüllte Augen. Der Stress hinterließ bei uns allen seine Spuren.

Die Brücke der *Hypatia* war ein Halbrund. Statisches Summen überall. Chau hatte die meisten ihrer Leute vorsichtshalber weggeschickt, falls die Sache aus dem Ruder laufen würde. Die verbliebene Besatzung blickte auf, als wir eintraten. Ich kann mir vorstellen, wie wir in ihren Augen aussahen. Alle in Schwarz. Augenringe. Achtunddreißig Mal den Tod in jedem Magazin.

~~Meine Hände zitterten.~~

Chau war klein. Wie aus Holz geschnitzt. Dunkles Haar. Pistole am Gürtel. So wie sie aussah, hatte sie auch schon ewig nicht mehr geschlafen. ~~Sie stand auf ihrem Posten wie eine uralte Leuchtturmwärterin, das Letzte, was noch zwischen uns und den Felsen war.~~ Ich identifizierte die KommTechs anhand ihrer SchiffsIDs – beide hämmerten weiter auf ihre Tastaturen ein, als ginge sie das alles nichts an. Ich sprach so laut, dass man mich überall auf der gesamten Brücke hören konnte.

»Byron Zhang, Consuela Nestor – Sie erhalten hiermit den Befehl, mich an Bord des Schlachtkreuzers *Alexander* zu begleiten.«

»Wie wird das Ganze Ihrer Meinung nach ausgehen, Lieutenant? Was denken Sie?«

Chau hatte gesprochen. Ihre Hand lag auf der Pistole, und sie blickte auf den riesigen Bildschirm, der eine ganze Wand einnahm. Auf dem Fernbereichs-Scanner war ein winziger Lichtpunkt zu erkennen, weit draußen in der Finsternis zwischen den Sternen. Seine Kennzeichnung und der Countdown bis zum Aufeinandertreffen blinkten rot:

BT042-TN. 52 Stunden: 17 Minuten.

Die *Lincoln*.

»Ich werde nicht fürs Denken bezahlt«, gab ich zurück. »Ich führe Befehle aus. Gehen Sie beiseite, Captain.«

Sie schmunzelte, als hätte ich etwas Lustiges gesagt. Einer der Komm-Techs stand auf – Byron Zhang. Wahrscheinlich ein erstklassiger Computerfuzzi. Übergewichtig, schütteres Haar, Schweißflecken unter den Achseln.

»Gut, dass Sie nicht fürs Denken bezahlt werden«, sagte er. »Es scheint nicht gerade Ihre starke Seite zu sein.«

»Packen Sie Ihre Sachen, Zhang. Sie kommen mit.«

»Nein.« Er stemmte die wurstfingrigen Pranken in die Hüften und versuchte, das Zittern in seiner Stimme zu unterdrücken. ~~»Sie müssen uns schon an den Haaren rüberschleifen, schreiend und strampelnd.«~~

»Ich geb dir gleich Grund zum Schreien«, knurrte Sykes.

»›Der Mensch stirbt in all jenen, welche im Angesicht der Tyrannei schweigen‹«, erwiderte Zhang.

»Schönes Zitat«, mischte ich mich wieder ein, »aber Sie wissen selbst, wie die Lage ist. Wir brauchen auf der *Alexander* jeden verdammten [redacted], und Sie beide sind die besten Chipheads auf der *Hypatia*.«

Zhangs Lippen kräuselten sich und sein »Ich weiß was, was du nicht weißt«-Grinsen verfinsterte meine Laune mit einem Schlag. Ich wollte die Sache endlich über die Bühne bringen. ~~Ich wollte wieder mit einer Dose Raketentreibstoff in meiner Koje liegen und die paar Stunden Vergessen genießen, die einem das Zeug beschert.~~ Trotzdem war mir bewusst, auf welch schmalem Grat sich Sykes bewegte. Ich hätte ihn nicht mitnehmen sollen.

»Corporal Sykes, sichern Sie die Rekruten für den Transport zur *Alexander.*«

Sein Grinsen reichte bis zu den Augenbrauen. »Verstanden, LT.«

Er schlug Hart und Bedggood auf die Schulter, und das Trio setzte sich in Bewegung, wobei sie Kabelbinder aus den Gürteln zogen. Meine Kerenza-Frischlinge mimten tapfer Soldaten, trotz blank liegender Nerven. Doherty wirkte besonders zappelig. Was war sie vorher gewesen? Hatte sie beim Wachschutz eines Einkaufszentrums gearbeitet? Oder in einer Bibliothek? Ich konnte mich nicht mehr erinnern.

Ich behielt den Sicherheitstrupp der *Hypatia* im Auge – alle machten den Eindruck, als warteten sie nur auf den Befehl, zu den Waffen zu greifen. Der Schweiß lief mir in die Augen, mein Atem ging schwer. Chaus Stimme übertönte das Rauschen in meinen Ohren.

»Wissen Sie eigentlich, dass Ihre Vorgesetzten planen, die KI zu reaktivieren, die für die Vernichtung der *Copernicus* verantwortlich ist, Lieutenant? Wissen Sie, dass Major Hawking und drei andere Offiziere von der *Alexander* auf General Torrences persönlichen Befehl hin exekutiert wurden und dass …«

»Ruhe. In einer Minute ist hier alles vorbei.«

Sykes und die beiden anderen standen jetzt dicht vor den KommTechs. Zhang hatte sich mit verschränkten Armen auf den Boden gesetzt – ein Akt des friedlichen Protests, der ihm ungefähr so viel Aufschub verschaffte, als hätte er jemandem ins Gesicht gespuckt. Sykes packte ihn am Arm, und als Zhang sich wehrte, knallte ihm der Corporal den Kolben seines VK ins Gesicht. Zhangs Nase blutete, die andere KommTech protestierte lautstark. Das genügte schon. Fäuste, Ellbogen und Knie, wabbelige Bäuche klatschten auf den Boden. Nach fünf Sekunden lagen Zhang und Nestor verschnürt wie Suppenhühner da.

»Aufhören!«, brüllte der Lieutenant vom Sicherheitsdienst. Er hatte meine VK praktisch schon im Gesicht.

»Zurück, LT«, warnte ich ihn.

»Das ist doch Wahnsinn! Ihre Leute führen sich auf wie Tiere!«

»Dann sagen Sie Ihren Leuten, dass sie sich nicht einmischen sollen! Ich möchte kein Blutvergießen!«

Seine Hand lag auf der Pistole.

Mein Finger lag am Abzug.

Dohertys Stimme war plötzlich eine Oktave höher: »Lieutenant?«

»Zurück, Lieutenant!«, kommandierte Chau.

Das war vermutlich der Auslöser. Sie hätte ihn beim Namen rufen und klarmachen sollen, dass sie ihren eigenen LT meinte, nicht mich. Jeder, der auch nur ein paar Lichtjahre zurückgelegt hat, hätte erkennen können, dass Chau ihre Pistole zog, um sich zu ergeben. Ich habe mir die Aufnahmen bestimmt hundertmal angeschaut. Man sieht es an ihrem resignierten Gesichtsausdruck, sie streckt schon eine Hand in die Höhe … Aber für einen verängstigten Frischling, der früher eine Schulbibliothek bewacht hat, sah es vielleicht aus, als wollte sie schießen. Dass sie mit ihrer Aufforderung mich gemeint hatte, und dass sie mir, falls ich nicht zurückwich, in den Rücken schießen würde.

Also tat Doherty, was man ihr befohlen hatte.

Machen Sie kurzen Prozess.

Es war ein guter Schuss – direkt in den Kopf. Der NavComp schrie auf, und Syra Boll, eine von Chaus Stellvertretern, kam angerannt und nahm ihre tote Vorgesetzte in die Arme. Auch die Sicherheitsleute schrien, und wir brüllten und fuchtelten mit unseren VKs herum. Ein echtes Wunder, dass nicht mehr passiert ist. Dass wir nicht alle einfach durchgedreht sind. Vielleicht lag es an Zhang. Der hockte nämlich immer noch mit blutverschmiertem Gesicht auf dem Boden und schaute mit Tränen in den Augen zu seiner Vorgesetzten rüber. Im Schneidersitz und mit geradem Rücken, ohne sich zu wehren. In friedlichem Protest.

Was hatte er gesagt?

›Der Mensch stirbt in all jenen, welche im Angesicht der Tyrannei schweigen.‹

Wie recht er hatte.

Ich kann nicht mehr. Ich kann nicht mehr so tun, als hätte ich mich damals für solche Einsätze zum Dienst verpflichtet. Ich habe die beiden KommTechs der *Hypatia* befehlsgemäß auf die *Alexander* gebracht. Habe sie an General Torrence übergeben, verschnürt und nur ein bisschen blutig – selber schuld. Ich habe getan, was man von einem guten Soldaten erwartet. Aber jetzt reicht's.

Meinetwegen werft mich in den Bau. Pustet mich ins All. Es ist mir egal. Ich hüte eure Geheimnisse. Halte die Klappe. Aber die Augen kann ich nicht mehr verschließen.

Hiermit quittiere ich offiziell und mit sofortiger Wirkung den Dienst als Lieutenant der Terranischen Zentralverwaltung.

Tut mir leid.

Ich kann nicht mehr.

Winifred McCall
Ex First Lieutenant
TZV Marine Division
Schlachtkreuzer *Alexander*

Teilnehmer: Ezra Mason, Second Lieutenant, TZV Luftwaffe
Charles Dorian, Corporal, TZV Informationsdienst
Datum: 28/07/75
Zeitstempel: 12:27

/CHAT/LOGIN.LOCATION=NO,MENUBAR=NO')<!-- END ALEXANDER CHAT BASIC V9 CODE --><!-- BEG

Mason, E, Lt 2nd: dorian

Mason, E, Lt 2nd: DOOOORRRRIIIAAAAAANNNNNN

Dorian, C, Corp: Hau ab, Mason

Mason, E, Lt 2nd: ich machs kurz

Mason, E, Lt 2nd: Falls du irgendwelche gerüchte gehört hast: alles gelogen

Mason, E, Lt 2nd: *grillenzirpen*

Mason, E, Lt 2nd: Hast du was von Jimmy gehört?

Dorian, C, Corp: Hab momentan anderes im Kopf.

Mason, E, Lt 2nd: alter, unser freund sitzt immer noch in der luftschleuse fest – wär's da nicht gut zu wissen, ob die da oben wenigstens VERSUCHEN wollen, ihn rauszuholen?

Dorian, C, Corp: WACH ENDLICH AUF, MASON – das Personnal dieses Schiffes interessiert Torrence und seine Offiziere einen [redacted].

Mason, E, Lt 2nd: hab dich noch nie fluchen sehen. Oder bei einem rechtschreibfehler ertappt, wo wir gerade dabei sind.

Mason, E, Lt 2nd: echt noch NIE

Mason, E, Lt 2nd: alles okay bei dir?

Dorian, C, Corp: Nein. Eine Freundin von mir ist gerade im Bau gelandet.

Dorian, C, Corp: Stephanie LeFevre. Sie ist KommTech.

Mason, E, Lt 2nd: Steph kenn ich. Coole frau. Intelligent. Wieso wurde sie eingebuchtet?

Dorian, C, Corp: Begünstigung des Feindes. Aufzeichnungen belegen, dass ihr Log-in dazu benutzt wurde, Zugang zu AIDANs Speicherdaten zu bekommen. Einzelheiten zum Überfall auf die Copernicus, Akten zu Flüchtlingen von Kerenza und so. Angeblich hat sie die Infos an das Kommando der Hypatia weitergeleitet.

Mason, E, Lt 2nd: [redacted]. Das war nicht sehr intelligent.

Dorian, C, Corp: Sie hat es ja auch nicht getan.

Mason, E, Lt 2nd: woher willst du das wissen?

Dorian, C, Corp: Weil sie zu dem Zeitpunkt bei mir war, Mason.

Mason, E, Lt 2nd: ja und?

Mason, E, Lt 2nd: »bei mir« im biblischen Sinne?

Dorian, C, Corp: Du hast's erfasst.

Mason, E, Lt 2nd: ach du [redacted]! der kleine Charlie HAT'S ECHT DRAUF!

Mason, E, Lt 2nd: im ernst, alter, ich dachte immer, du bist einer von diesen Neo-Abstinenten

Dorian, C, Corp: Was bist du doch für ein Kind.

Mason, E, Lt 2nd: freut mich für dich, alter. Steph ist echt ne superbraut

Dorian, C, Corp: Und meine »Superbraut« sitzt jetzt gerade wegen SPIONAGE IN KRIEGSZEITEN in EINZELHAFT. Und wartet aufs Kriegsgericht. Und womöglich auf das Erschießungskommando.

Mason, E, Lt 2nd: [redacted]

Dorian, C, Corp: Drei Viertel von TechIng stehen inzwischen auf einer »Überwachungsliste«. Torrence ist völlig gaga. Er hat zwei KommTechs von der Hypatia mit Gewalt auf die Alexander geholt. Hat sie auf die Brücke gesetzt, damit er »sie im Auge behalten kann«. Die beiden haben beim Arbeiten allen Ernstes bewaffnete Wachen im Rücken.

Mason, E, Lt 2nd: bist du sicher, dass sich Steph nicht doch irgendwie in die info eingeloggt hat?

Dorian, C, Corp: Das hätte ich mitgekriegt. Glaub's mir.

Mason, E, Lt 2nd: dann sag denen doch einfach, dass sie bei dir war und fertig.

Dorian, C, Corp: Superidee. Private LeFevre unterhält ein intimes Verhältnis mit ihrem direkten Vorgesetzten – das ändert natürlich alles.

Mason, E, Lt 2nd: besser, als wegen spionage erschossen zu werden, alter

Dorian, C, Corp: Trotzdem immer noch ein Fall fürs Kriegsgericht. Und so wie Torrence in letzter Zeit drauf ist, lässt er uns wahrscheinlich beide erschießen. Zumindest lande ich dann auch noch im Bau, so viel ist sicher.

Mason, E, Lt 2nd: du musst es ihnen sagen, alter

Dorian, C, Corp: HERR IM HIMMEL, ICH HAB MEINEM VORGESETZTEN SCHON EINE MAIL GESCHICKT!

Mason, E, Lt 2nd: aha

Mason, E, Lt 2nd: gut gemacht, alter. Bin stolz auf dich.

Dorian, C, Corp: Halt's Maul, Mason.

Dorian, C, Corp: Es läuft bloß darauf hinaus, dass weitere zwei Leute im Bau sitzen. Wieder zwei Leute weniger, die nicht mehr daran arbeiten können, dass uns die Lincoln nicht abschießt.

Mason, E, Lt 2nd: doppelte Verneinung, wow, jetzt bist du echt sauer

Dorian, C, Corp: Abgesehen davon GIBT es natürlich jemanden, der sich in AIDAN gehackt und Zugang zu geheimen Akten verschafft hat. Daran ändert sich auch nichts, wenn Stephanie und ich im Bau sitzen.

Dorian, C, Corp: Jede Wette, dass die im Führungsstab unter Verfolgungswahn leiden? Warum sollte sich Stephanie für die Flüchtlinge aus Kerenza interessieren?

Mason, E, Lt 2nd: warte mal … der hacker hatte es auf daten über die kerenza-flüchtlinge abgesehen?

Dorian, C, Corp: Hör doch zu, Mason. Ich sag's nicht noch ein drittes Mal.

Mason, E, Lt 2nd: [redacted]

Dorian, C, Corp: Weißt du noch, wie ich mal gesagt habe, dass du nicht so blöd bist, wie du aussiehst, Mason?

Dorian, C, Corp: Das nehme ich hiermit offiziell zurück. Dein Verstand ist noch schwerfälliger als eine Wagner-Oper.

Dorian, C, Corp: He, Mason.

Dorian, C, Corp: Mason?

Teilnehmer: ~~Ann Chau, Captain~~ (systemreroute78h@786HG=ByteMe)
~~David Torrence, General~~(systemreroute78h@865HG=EMason)
Datum: 28/07/75
Zeitstempel: 12:32

/CHAT/LOGIN.LOCATION=NO,MENUBAR=NO')<!-- END HYPATIA CHAT BASIC V9 CODE --><!-- BEGIN

Mason, E, Lt 2nd: Bitte sag mir, dass du das nicht warst

ByteMe: ??? alles klar bei dir?

Mason, E, Lt 2nd: Der hacker, der in AIDANs speicher eingebrochen ist und der Hypatia das mit der Copernicus gesteckt hat.

Mason, E, Lt 2nd: Sag mir, dass du's nicht warst, Kady.

ByteMe: die wissen nicht mal, dass ich hacken kann. Sonst hätten sie mich genau wie die anderen mit Gewalt auf die Alexander gebracht.

Mason, E, Lt 2nd: [redacted], du warst es

Mason, E, Lt 2nd: VERDAMMTE [redacted],KADY, WAS HAST DU DIR DABEI GEDACHT?

ByteMe: AIDAN hat alle menschen an bord der Copernicus umgebracht. die sache wird vertuscht. ich bin die einzige, die hier überhaupt noch DENKT.

Mason, E, Lt 2nd: und da hast du dir gedacht, es ist eine gute idee, die Hypatia mal eben aufzuklären?

ByteMe: Byron hat es dem Captain gesagt. Konnte ich leider nicht. Schließlich habe ich da drin eigentlich nichts zu suchen.

Mason, E, Lt 2nd: warte mal …

Mason, E, Lt 2nd: wer zum teufel ist Byron?

ByteMe: Der Typ, den eure Soldaten verprügelt und auf die Alexander geschleift haben. Er ist der einzige, der sich getraut hat, den mund aufzumachen. und das war gut so.

Mason, E, Lt 2nd: echt? Erzähl das mal der KommTech, deren ID du geklaut hast. Die sitzt jetzt im bau. und der corporal, nebenbei gesagt ein freund von mir, der sich dafür einsetzt, dass sie nicht für etwas ERSCHOSSEN wird, das sie nicht getan hat, dürfte auch bald in den Bau wandern.

ByteMe: eure leute haben auch den Captain erschossen, als sie meine freunde entführt haben. schon gewusst?

Mason, E, Lt 2nd: wenn du und dieser blöde Lord Byron nicht gewesen wärt, wären unsere Leute GAR NICHT ERST BEI EUCH AUFGETAUCHT.

Mason, E, Lt 2nd: Du hast mir versprochen, dass das, was ich auf diesem Server installiert habe, nur dazu da ist, Jimmy zu helfen, und jetzt hast du es dafür benutzt, leute auszuspionieren.

ByteMe: das hab ich nie versprochen.

Mason, E, Lt 2nd: Du hast mich ANGELOGEN.

ByteMe: Soll ich hier etwa däumchen drehen und auf den Tod warten? bloß weil du jetzt eine Militärdrohne bist, trau ich deinen vorgesetzten noch lange nicht.

ByteMe: Was würdest du denn machen, wenn ich im Bau sitzen würde? Auf die nächsten befehle von oben warten?

Mason, E, Lt 2nd: hast DU mir nicht gesagt, ich soll nicht versuchen, Jimmy rauszuholen, weil ich damit mich und andere in gefahr bringe? Warum zählen diese [redacted]regeln für mich, aber nicht für dich?

Mason, E, Lt 2nd: Wegen dir sitzen leute im gefängnis! Wegen dir sind leute verletzt worden!

ByteMe: und was passiert, wenn NIEMAND etwas unternimmt? glaubst du, dein general torrence hat eine lösung parat?

Mason, E, Lt 2nd: **wer sagt denn, dass niemand etwas unternimmt? hier bei uns reißen sich alle den [redacted] auf. das sind ausgebildete militärs. es ist ihr job, den sie schon ihr ganzes leben machen.**

Mason, E, Lt 2nd: **ich weiß auch nicht, ob sie irgendwelche lösungen parat haben, aber VIELLEICHT HABEN SIE MEHR AHNUNG ALS DU**

ByteMe: garantiert nicht. Ich hab genau gesehen, was sie treiben. Byron auch. Sie haben keinen blassen schimmer.

ByteMe: Ich mach das nicht zum spaß, Ez. ich will wissen, was hier vor sich geht, was mit AIDAN nicht stimmt, und ich wate dafür durch lauter Lügen, die dein toller Kommandostab anhäuft. vielleicht bist du ja damit zufrieden, rumzusitzen und auf befehle zu warten, so wie du auf Kerenza rumgesessen und nichts gemacht hast. aber ich sitze nicht einfach auf meinen händen und warte ab, bis die 47 stunden um sind und die Lincoln uns eingeholt hat.

Mason, E, Lt 2nd: **nicht zu fassen, kommst du mir jetzt allen Ernstes wieder mit diesem alten Kerenza-[redacted]?**

Mason, E, Lt 2nd: **willst du das wirklich wieder aufwärmen? jetzt?**

ByteMe: ich tue, was ich kann, um uns zu retten, jedenfalls diejenigen, die noch übrig sind. vor AIDAN und vor der Lincoln. hast du dich seit Kerenza denn überhaupt nicht weiterentwickelt?

Mason, E, Lt 2nd: **tut mir echt leid, dass ich nicht der superheld war, der mit dir das universum erkundet. ich hatte meine gründe.**

Mason, E, Lt 2nd: **trotzdem bist du nicht allwissend, kady. dein problem ist nur, dass du das glaubst.**

ByteMe: ich weiß aber, dass wir noch exakt 47 stunden zu leben haben - und da willst du abwarten und hoffen. das kann ich nicht.

ByteMe: ich hab Byron versprochen, dass ich es weiterversuche. also krieg endlich den [redacted] hoch und hilf mir, Ezra.

Mason, E, Lt 2nd: das sieht dir wieder mal ähnlich, Fräulein Neunmalklug. Du hast dich immer für was besseres gehalten. Du glaubst immer, dass du den großen durchblick hast. IMMER

ByteMe: na schön – ich höre

ByteMe: im Ernst, ich höre. hast du irgendeine bessere idee, als rumzusitzen und auf den tod zu warten?

ByteMe: tut mir echt leid, dass sie deine freunde eingebuchtet haben, aber dafür kann ich nichts. das haben deine vorgesetzten ganz oben zu verantworten. sie haben sich durch ihre lügen in diese lage gebracht, und jetzt wollen sie das ganze vertuschen, indem sie die einzigen leute, die ihnen helfen könnten, einsperren. erzähl doch mal, was wir deiner meinung nach als nächstes tun sollten.

Mason, E, Lt 2nd: wie wär's, wenn ich denen mal erzähle, dass du dir zugang zum system verschafft hast, bevor noch mehr leute ins gefängnis kommen oder erschossen werden?

Mason, E, Lt 2nd: noch besser – wie wär's *damit*?

——VERBINDUNG ABGEBROCHEN——

Teilnehmer: ~~David Torrence/General~~
(systemreroute78h@865HG=EMason)
~~Ann Chau/Captain~~
(systemreroute78h@786HG=ByteMe)
Datum: 28/07/75
Zeitstempel: 17:37
Subject: Bitte bitte lies das

> **HINWEIS:** Bitte auf das Datum der Anhänge achten, die Grant an Mason geschickt hat – sie datieren aus mehreren Monaten vorher.

/CHAT/LOGIN.LOCATION=NO,MENUBAR=NO')<!-- END HYPATIA CHAT BASIC V9 CODE --><!-- BEGIN

Ezra,

es tut mir leid. Bitte rede mit mir. Egal was geschieht, bitte rede mit mir. Das ist vielleicht die letzte Unterhaltung, die wir miteinander führen können. Bitte.

Ich schulde dir eine Erklärung, deshalb habe ich mehrere Dokumente angehängt. Lies selbst.

Byron ist unsere einzige Chance, der Lincoln zu entkommen, ohne dass AIDAN uns dabei umbringt. Aber er braucht mehr Zeit. Ich muss ihm helfen, und nur deshalb bin ich im System.

Ich kann um den Quantenkern herumklettern wie auf einem Spielplatz, aber ich kann dich nicht zwingen, dich hinzusetzen und meine Nachrichten zu lesen. Und ich verspreche dir, dass ich dich nicht verarsche, wenn ich dir versichere, dass ich nicht sterben will, ohne dich vorher noch mal gesehen zu haben.

K

Anhang:
ZivTransferBewilligung (29/03/75)
ZivTransferAntrag (31/03/75)
ZivTransferAntrag (06/04/75)
Email: Copernicus an Hypatia (07/04/75)
ZivTransferAntrag (19/04/75)
Email: Hypatia an Copernicus (19/04/75)
Email: Copernicus an Hypatia (14/05/75)
Email: Hypatia an Copernicus (01/06/75)
Email: Hypatia an Copernicus (10/07/75)
Tagebucheintrag-K Grant (11/07/75)

ANTRAG ZUM TRANSFER EINES ZIVILISTEN

DATUM: 29/03/75
NAME: Dr Helena Grant
IDENTITÄT #: KR849/Kerenza/Civ/Ref
VON SCHIFF: *Hypatia*
NACH SCHIFF: *Copernicus*

GRUND FÜR DEN TRANSFER: Dr Grants Erfahrung als Pathologin wird bei der Behandlung des derzeitigen Gesundheitsproblems an Bord der *Copernicus* dringend benötigt. General Torrence hat sich mit ihrem sofortigen Transfer einverstanden erklärt und im Falle der Weigerung ihre Einberufung zum Militärdienst autorisiert.

Genehmigt

TRANSFER FREIWILLIG: JA/~~NEIN~~

ERGÄNZENDE BEMERKUNGEN: Dr Grant ist in Begleitung ihrer Tochter Kady Grant (ID KR1471/Kerenza/Civ/Rev), die sich derzeit an Bord der *Hypatia* aufhält. Dr Grant stellt für ihre Mitarbeit die Bedingung, dass alle Transfergesuche ihrer Tochter abgelehnt werden. Obwohl General Torrence uns bevollmächtigt hat, Dr Grant notfalls zwangszurekrutieren, arbeitet sie wahrscheinlich deutlich produktiver, wenn ihrem Gesuch stattgegeben wird. Aus diesem Grund wurde ihrer Bitte entsprochen. Der Vorgang ist streng vertraulich zu behandeln.

ANTRAG ZUM TRANSFER EINES ZIVILISTEN

DATUM: 31/03/75
NAME: Kady Grant
IDENTITÄT #: KR1471/Kerenza/Civ/Ref
VON SCHIFF: *Hypatia*
NACH SCHIFF: *Copernicus*

GRUND FÜR DEN TRANSFER: Meine Mutter, Dr Helena Grant (KR849/Kerenza/Civ/Ref), wurde als medizinische Fachkraft auf die *Copernicus* transferiert. Ich möchte so schnell wie möglich zu ihr. Während des Überfalls auf Kerenza hielt sich mein Vater auf der Station *Heimdall* auf, sodass meine Mutter meine einzige Angehörige ist. Sicher haben Sie Verständnis dafür, dass ich in diesen schweren Zeiten in ihrer Nähe sein möchte.

Abgelehnt

TRANSFER BEWILLIGT: ~~JA~~/NEIN

ANTRAG ZUM TRANSFER EINES ZIVILISTEN

DATUM: 06/04/75
NAME: Kady Grant
IDENTITÄT #: KR1471/Kerenza/Civ/Ref
VON SCHIFF: *Hypatia*
NACH SCHIFF: *Copernicus*

Genehmigt

GRUND FÜR DEN TRANSFER: Mein letzter Antrag auf Transfer zur *Copernicus* wurde abgelehnt, allerdings ohne jede Begründung. Ich reiche hiermit einen zweiten Antrag ein, da es meiner Meinung nach nachvollziehbar ist, dass ich bei meiner Mutter, meiner einzigen Verwandten in dieser Flotte, sein möchte. Meine Mutter und ich stehen uns sehr nahe, und ich weiß aus Erfahrung, dass sie beim Arbeiten immer wieder vergisst, Pausen einzulegen – manchmal vergisst sie sogar zu essen. Ich habe sie schon immer bei ihrer Arbeit unterstützt, deshalb glaube ich, dass es im Interesse der Flotte ist, wenn ich bei ihr bin. Ich bin sicher, dass sie produktiver arbeitet, wenn ich ihr zur Seite stehe. Mein Antrag hat aber auch ganz persönliche Gründe, da ich – wie alle anderen an Bord – immer noch mit den Vorfällen auf Kerenza zu kämpfen habe. Sie können hoffentlich nachvollziehen, dass ich da bei meiner Familie sein will. Ich bin bereit, auf der *Copernicus* jede gewünschte Tätigkeit zu übernehmen. Vielen Dank für Ihre Bemühungen.

TRANSFER BEWILLIGT: ~~JA~~/NEIN

ABGEFANGENE PERSOENLICHE NACHRICHT BORDSYSTEM - COPERNICUS

An: Kady Grant/KGRANTHYPATIAONBOARD
Von: Helena Grant/HGRANTCOPERNICUSONBOARD
Datum: 07/04/75
Zeitstempel: 10:00
Betreff: Hallo mein Schatz

Endlich finde ich Zeit, mich bei dir zu melden. Es tut mir leid, dass wir uns so überstürzt verabschieden mussten, aber inzwischen weiß ich, dass der Verkehr zwischen den Schiffen eingeschränkt ist, weil wir den Treibstoff für unsere Versorgungsschiffe aufsparen müssen. Hoffentlich kannst du meine Entscheidung mittlerweile besser nachvollziehen.

Ich habe mich an Bord der Copernicus gut eingelebt. Das Labor ist hervorragend ausgestattet und in Anbetracht der begrenzten Auswahl an Kandidaten haben wir hier ein erstaunlich gutes Team.

Ich habe über unser Gespräch neulich beim Essen nachgedacht und finde, du solltest dir noch mal überlegen, ob du nicht irgendeinen Sport machen willst. Ich weiß, dass Sport eher Ezras Ding war, aber auf diese Weise würdest du keine Muskeln abbauen und könntest außerdem andere Leute kennenlernen. Ich mache mir Sorgen, dass du nicht genug Unterstützung hast, ganz egal, wie oft du mir versicherst, dass du dich schon durchbeißt. Ich weiß, wie zäh du bist, mein Schatz, aber es gehört nun mal zu meinen Mutterpflichten, dass ich mir Sorgen mache.

Leider muss ich schon Schluss machen, aber schreib mir bitte, wie du ohne mich zurechtkommst. Du wirst diesen Lebensabschnitt mit derselben Entschlossenheit angehen wie alles andere auch.

Hab dich lieb,
Mom

ANTRAG ZUM TRANSFER EINES ZIVILISTEN

DATUM: 19/04/75
NAME: Kady Grant
IDENTITÄT #: KR1471/Kerenza/Civ/Ref
VON SCHIFF: *Hypatia*
NACH SCHIFF: *Copernicus*

GRUND FÜR DEN TRANSFER: Da ich auf meine beiden bisherigen Anfragen keine zufriedenstellende Ablehnungsbegründung erhalten habe, reiche ich hiermit einen dritten Antrag auf Transfer zur *Copernicus* ein, um dort bei meiner Mutter zu sein. Nehmen Sie bitte die Liste mit anderen Familienmitgliedern zur Kenntnis, deren Anträge auf Zusammenführung bewilligt wurden. Ich bitte noch einmal dringend um eine Erklärung, inwieweit mein Fall anders ist. Ich erfülle auf der *Hypatia* keine wichtigen Aufgaben. Bitte denken Sie noch einmal über meinen Antrag nach oder teilen Sie mir mit, bei wem ich Berufung gegen die Ablehnung einlegen kann.

Abgelehnt

TRANSFER BEWILLIGT: ~~JA~~/NEIN

ABGEFANGENE PERSOENLICHE NACHRICHT BORDSYSTEM – HYPATIA

An: Helena Grant/HGRANTCOPERNICUSONBOARD
Von: Kady Grant/KGRANTHYPATIAONBOARD
Datum: 19/04/75
Zeitstempel: 11:05
Betreff: Du fehlst mir!

Hey Mom,

hab mich total gefreut, von dir zu hören! Ich gebe zu, dass ich fast nicht damit gerechnet habe, weil ich ja weiß, wie du dich immer in die Arbeit stürzt. Was ist bei euch da drüben los, dass sie so dringend eine Pathologin brauchen? Doch hoffentlich nichts Ernstes, oder?

Ich habe einen Transfer-Antrag gestellt, aber bis jetzt noch keine Antwort gekriegt. Hier gibt es eigentlich nichts Neues. Ich nehme Programmierunterricht, glaube aber nicht, dass es mein Ding ist. Hallensport ist auch nicht mein Ding, aber ich verspreche dir, dass ich mir trotzdem ein paar Freunde suche, damit du dir keine Sorgen machen musst. Hoffentlich bin ich bald bei dir auf der Copernicus, dann kannst du dich wieder persönlich um mich kümmern!

Seit du weg bist, musste ich wieder öfter an Pa denken. Wahrscheinlich hält er uns beide für tot. Ich stelle mir oft vor, wie es sein wird, wenn wir bis auf Nachrichtenentfernung heran sind und er erfährt, dass es uns gut geht. Er fehlt mir sehr. Du fehlst mir auch, aber mach dir keinen Stress deswegen. PASS LIEBER AUF DICH AUF. Ich kenn dich doch!

Freue mich auf neue Nachrichten, wenn du mal nicht so erledigt bist.

xoxoxo
Kady

ABGEFANGENE PERSOENLICHE NACHRICHT BORDSYSTEM - COPERNICU

An: Kady Grant/KGRANTHYPATIAONBOARD
Von: Helena Grant/HGRANTCOPERNICUSONBOARD
Datum: 14/05/75
Zeitstempel: 14:21
Betreff: Nur mal kurz melden

Hallo Schatz,

entschuldige, dass ich so eine unzuverlässige Brieffreundin bin. Hier ist andauernd was los, und wie du schon sagst, über meiner Arbeit vergesse ich oft alles um mich herum. Was die Gesundheitslage hier drüben angeht, musst du dir keine Sorgen machen. Die Pathologie ist nun mal ein Spezialgebiet, und es wäre einfach zu umständlich, ständig Blutproben zur Hypatia zu schicken, wenn ich ebenso gut hier arbeiten kann.

An deiner Stelle würde ich mir die Mühe sparen, einen Transfer zur Copernicus zu beantragen. Nachdem ich mich hier ein bisschen umgesehen habe, finde ich es auf der Hypatia eigentlich viel schöner, deshalb ist es mir lieber, wenn du drüben bleibst und dich auf deinen Unterricht konzentrierst. Wenn alles vorbei ist, wartet das Leben auf dich, und dann ist eine gute Ausbildung wichtig.

Auch ich denke oft an deinen Vater, er fehlt mir auch sehr. Er behauptet immer im Scherz, ich würde es nicht mal merken, wenn er nicht mehr da ist, deshalb richte ihm bitte aus, dass du es schwarz auf weiß von mir hast, dass ich ihn liebe und mich nach ihm sehne.

Da wir gerade von Menschen sprechen, die uns etwas bedeuten: Ich würde mich freuen, wenn du dich mit Ezra in Verbindung setzen würdest.

Ich kann mir nicht erklären, weshalb er sich seinerseits noch nicht bemüht hat, Kontakt mit dir aufzunehmen, aber vielleicht denkt er ja, du willst in Ruhe gelassen werden. Wenn du mit ihm sprichst, versteht er bestimmt, dass alle Vorwürfe und bösen Worte von früher nach den schrecklichen Ereignissen seither keine Rolle mehr spielen. Man sollte den Menschen, die man liebt, das auch sagen, und ich wäre einfach beruhigt, wenn ich wüsste, dass ihr beide einander habt.

Denk mal drüber nach, meine Kleine, und pass gut auf dich auf! Kann sein, dass ich so bald nicht mehr schreiben kann, aber mach dir bitte keine Sorgen. Ich habe alle Hände voll zu tun!

Hab dich ganz doll lieb,
Mom

ABGEFANGENE PERSOENLICHE NACHRICHT BORDSYSTEM - HYPATIA

An: Helena Grant/HGRANTCOPERNICUSONBOARD
Von: Kady Grant/KGRANTHYPATIAONBOARD
Datum: 01/06/75
Zeitstempel: 19:41
Betreff: Hallooooo

Hey Mom,

wenn das so weitergeht, bist du bald die unzuverlässigste Brieffreundin aller Zeiten! Du hast jetzt schon auf drei Mails nicht geantwortet! Ich erzähle dir jetzt so lange nichts mehr, bis du dich meldest. Wenn du also etwas von mir erfahren willst, komm in die Hufe! Was ist da drüben los?

Hab dich lieb, deine vernachlässigte Tochter

Kady

HYPATIA

ABGEFANGENE PERSOENLICHE NACHRICHT BORDSYSTEM - HYPATIA

An: Helena Grant/HGRANTCOPERNICUSONBOARD
Von: Kady Grant/KGRANTHYPATIAONBOARD
Datum: 10/07/75
Zeitstempel: 23:07
Betreff: Jetzt echt mal, Mom

ich mach mir langsam wirklich Sorgen. Kannst du mir nicht wenigstens mal eine Zeile schreiben, damit ich weiß, dass bei dir alles okay ist?

xK

ZUTRITT
VERBOTEN.

Datum: 11/07/75

Betreff: Ich kann nicht

Ich will zu meiner Mom.

ICH WILL ZU MEINER MOM!

Ich will spüren, wie weich sie ist, wenn sie mich umarmt und ich mich an sie drücke. Ich will, dass ihre Haare mich an der Nase kitzeln. Ich will ihren Geruch nach Labor und Weichspüler einatmen, ich will, dass sie fürchterlich falsch vor sich hin summt, wenn sie das Abendessen warm macht, und dann anfängt zu singen und sich den Text einfach ausdenkt. Ich will, dass sie mir die Handschuhe in die Tasche steckt und dass sie recht damit hat, weil es nämlich noch vor der Mittagspause zu schneien anfängt. Ich will ihre Stimme hören, wenn sie Pa anruft, nachdem ich schon ins Bett gegangen bin, ganz weich und gefühlvoll, weil sie glaubt, ich höre sie nicht, mit diesen langen Pausen dazwischen, in denen er mit ihr flirtet. Ich will mir mit ihr endlos Serien anschauen, von denen wir beide niemals zugeben würden, dass wir sie mögen. Ich will ihre total unpassenden Bemerkungen über die Jungs in den Serien hören, die sie nur macht, um jünger zu wirken. Ich will, dass sie mit mir ein ernstes Gespräch über meine Ausbildung führt. Dass sie sagt, ich soll alles nicht so schwer nehmen.

Ich will einfach, dass sie irgendwas sagt. Was ich machen soll.

Bittebitte, ich will zu meiner Mom. Allein schaffe ich es nicht.

Teilnehmer: ~~Ann Chau, Captain~~(systemreroute78h@786HG=ByteMe)
~~David Torrence, General~~(systemreroute78h@865HG=EMason)
Datum: 28/07/75
Zeitstempel: 18:22

/CHAT/LOGIN.LOCATION=NO,MENUBAR=NO')<!-- END HYPATIA CHAT BASIC V9 CODE --><!-- BEGIN

Mason, E, Lt 2nd: sie haben deine Mutter auf die Copernicus gebracht

Mason, E, Lt 2nd: sie war an Bord, als …

Mason, E, Lt 2nd: o gott, es tut mir so leid, Kades

ByteMe: mir tut's leid. bitte rede weiter mit mir.

Mason, E, Lt 2nd: mann, das ist alles so verdammt [redacted]

Mason, E, Lt 2nd: tut mir leid, dass ich dich angeschrien habe

ByteMe: schon kapiert. du hattest ja recht

ByteMe: das ist doch alles eine riesen[redacted]. ich weiß ja auch nicht, was ich machen soll, was richtig und was falsch ist, aber wir müssen irgendwie versuchen, am leben zu bleiben.

Mason, E, Lt 2nd: und ich dachte die ganze Zeit, sie wäre bei dir auf der Hypatia

Mason, E, Lt 2nd: warum hast du mir nichts gesagt, Kades?

ByteMe: keine ahnung

ByteMe: du hast dir auch so schon genug sorgen gemacht, ich wollte es nicht noch schlimmer machen. ich wollte nicht daran denken. ich wollte es nicht wahrhaben. such dir was aus.

Mason, E, Lt 2nd: als mein Vater gestorben ist, ging es mir genauso

Mason, E, Lt 2nd: manchmal hab ich mit den jungs über ihn geredet

und hab gemerkt, dass ich »ist« statt »war« sage. Als wäre er noch am leben

Mason, E, Lt 2nd: wahrscheinlich wollte ich es einfach nicht wahrhaben.

ByteMe: und jetzt bitte ich dich, für mich da zu sein, obwohl ich nicht für dich da war. eigentlich habe ich das nicht verdient, ich weiß.

Mason, E, Lt 2nd: wieso nicht?

Mason, E, Lt 2nd: du verdienst es, dass dir jeder stern der galaxis zu füßen gelegt wird, du verdienst tausend diamanten im haar. du verdienst jemanden, der mit dir so weit und so schnell läuft, wie du willst. jemanden, der dich nicht aufhält.

Mason, E, Lt 2nd: du verdienst mehr, als ich dir je geben kann, Kady.

Mason, E, Lt 2nd: aber wenn du mich immer noch willst, gebe ich dir alles, was ich kann und habe.

ByteMe: ich weiß nicht, wie du so was überhaupt sagen kannst, aber es ist mir auch egal. ich will nur, dass es wahr ist. du bist alles, was ich noch habe, aber solange du noch bei mir bist, wird alles gut.

Mason, E, Lt 2nd: ich bin bei dir

Mason, E, Lt 2nd: bis der letzte Stern in der Galaxis verglüht

Mason, E, Lt 2nd: ich bin bei dir

ByteMe: dann wollen wir uns bitte richtig feste anstrengen, dass wir nicht sterben, okay?

ByteMe: denn vorher will ich dich noch mal sehen.

ByteMe: mir doch egal, wie das alles ausgeht

ByteMe: ich glaube, Heimdall gibt es nicht mehr. sonst wäre längst Hilfe gekommen. das heißt, auch mein Pa …

Mason, E, Lt 2nd: das kannst du nicht wissen. versuch, nicht daran zu denken. Du hast es auch so schon schwer genug

ByteMe: na gut, ich versuch's

ByteMe: Ich hab alles versucht, um an Bord der Copernicus zu kommen. Trotzdem kommt es mir vor, als hätte ich noch viel mehr tun können.

ByteMe: aber mom würde mir so was von in den [redacted] treten, wenn ich mich jetzt hängen lasse. Du kennst sie ja.

Mason, E, Lt 2nd: allerdings :)

Mason, E, Lt 2nd: sie war echt super, deine mom

ByteMe: eine zeit lang habe ich noch gehofft, sie hätte es an bord eines shuttles zur Alexander geschafft. ich hab mich ziemlich reingehängt, um die namen der leute in hangar 4 rauszukriegen, und Byron hat es auch versucht. jetzt bin ich froh, dass sie nicht dabei war.

Mason, E, Lt 2nd: wenn du die namen nicht kennst, woher willst du dann wissen, dass sie nicht auf der Alexander ist?

Mason, E, Lt 2nd: mensch, kady, vielleicht ist sie ja noch am leben

ByteMe: wenn sie noch am leben und verrückt geworden ist, wäre es mir lieber, sie wäre tot. ihr sicher auch. wenn sie noch lebt und einer von diesen psychopathen in hangar 4 ist, dann IST sie praktisch tot. ich glaube lieber, dass sie auf der Copernicus umgekommen ist. schnell. schmerzlos.

Mason, E, Lt 2nd: warte mal

Mason, E, Lt 2nd: warte mal kurz, ich muss was nachsehen

ByteMe: ok

Mason, E, Lt 2nd: hab ich's mir doch gedacht! in dem bericht, den du mir geschickt hast, diesem einsatzbericht von McCall, schreibt sie,

dass sie in den fenstern der shuttles im Hangar 4 jemanden gesehen hat, aber ihre einheit ist nicht nah genug rangekommen

Mason, E, Lt 2nd: »Ich glaubte, ich habe eine kurze Bewegung in einem der Bullaugen gesehen, aber dann war es auch schon wieder weg«

Mason, E, Lt 2nd: vielleicht ist deine Mutter noch da drin

Mason, E, Lt 2nd: vielleicht hat sie sich nicht angesteckt

ByteMe: ach du [redacted]

ByteMe: …

ByteMe: ACH DU [redacted]

ByteMe: aber vielleicht ist die krankheit auch da drin ausgebrochen. Oder die tür war nicht verriegelt und sie haben sich dort bloß versteckt. Oder die psychos haben die tür aufgebrochen und sind eingedrungen

ByteMe: oder nicht. [redacted].

ByteMe: du musst mir helfen, Ez. ich muss irgendwas unternehmen.

Mason, E, Lt 2nd: alles was du willst

Mason, E, Lt 2nd: was willst du denn?

ByteMe: keine Ahnung.

ByteMe: ich muss überlegen.

Mason, E, Lt 2nd: will dich nicht unter druck setzen oder so

Mason, E, Lt 2nd: aber beeil dich lieber

ALEXANDER-78V

COUNTDOWN BIS ZUM ZUSAMMENTREFFEN LINCOLN UND ALEXANDER-FLOTTE:

32 STUNDEN: 13 MINUTEN

ÜBERTRAGUNG AUF KOMMANDOFREQUENZ

GESENDET 29/07/75 01:00

ALEXANDER RUFT *HYPATIA:* SICHERE KOMMANDOFREQUENZ

Hypatia, Hypatia, Hypatia, hier ist die *Alexander, Alexander, Alexander.* Hören Sie uns? Over.

[KEINE ANTWORT]

ALEXANDER: *Hypatia, Hypatia, Hypatia,* hier ist die *Alexander, Alexander, Alexander.* Hören Sie uns? Es sieht so aus, als würden Sie uns empfangen. Over.

[KEINE ANTWORT]

ALEXANDER: *Hypatia, Hypatia, Hypatia,* hier ist die *Alexander, Alexander, Alexander.* Hören Sie uns? Falls Sie Übertragungsprobleme haben, bitte mit einem statischen Signal bestätigen. Over.

HYPATIA: *Alexander,* hier ist die *Hypatia.* Stellvertretender Captain Syra Boll. Wir möchten momentan nicht mit Ihnen kommunizieren. Over.

ALEXANDER: *Hypatia*, bitte führen Sie das genauer aus, over.

HYPATIA: Wir sind dabei, unsere Lage zu überdenken. Jeder Versuch Ihrerseits, mit uns in Kontakt zu treten, die Entfernung zwischen unseren Schiffen zu verringern oder unserem Personal, das sich bei Ihnen an Bord aufhält, Schaden zuzufügen, wird als feindliche Handlung betrachtet. Wir geben Ihnen innerhalb einer Stunde unsere weiteren Absichten bekannt. Over.

ALEXANDER: Captain, hier spricht General Torrence. Was zum Teufel meinen Sie mit »weiteren Absichten«?

[KEINE ANTWORT]

MITTEILUNG AN DIE OFFIZIERE

FORSCHUNGSSCHIFF HYPATIA

EINGANG: 29/07/75

VON: SYRA BOLL, STELLVERTRETENDER CAPTAIN

Offiziere der *Hypatia,*

gemeinsam trauern wir um die herausragende Führungspersönlichkeit, Kollegin und Freundin, die wir mit Ann Chau verloren haben. Für viele von uns war Captain Chau ein Vorbild und eine Inspiration, und der Anstand und die Zielstrebigkeit, mit der sie sich der Aufgabe widmete, unser Überleben zu sichern, wird unvergessen bleiben. Als Captain eines Forschungsschiffes betrachtete sie es als ihre Pflicht, die Wissenschaft voranzubringen und die Besatzung der *Hypatia* bestmöglich zu unterstützen. Beim Überfall von BeiTech auf Kerenza haben ihre Entschlossenheit und ihr kühler Kopf uns das Leben gerettet, ebenso wie den Flüchtlingen, die wir an Bord genommen haben.

Sie alle wissen nur zu gut, dass es nach den Ereignissen der letzten vierundzwanzig Stunden angeregte Diskussionen bezüglich unseres weiteren Vorgehens gab. Viele von Ihnen haben sich dafür ausgesprochen, die *Alexander* zu verlassen und auf eigene Faust das Heil in der Flucht zu suchen. Sie haben darauf hingewiesen, dass die *Alexander* uns ohne ihren Hauptantrieb nur aufhält und uns keinen Schutz mehr gewähren kann. Ihrer Meinung nach – und ich kann Ihnen da nicht widersprechen – können wir dem Kommando auf der *Alexander* nicht mehr vertrauen.

Andere glauben, dass uns selbst eine angeschlagene *Alexander* einen gewissen Schutz bietet. Vielleicht gelingt es der Besatzung, AIDAN rechtzeitig zu reparieren, und die Möglichkeit, dass der Antrieb der *Alexander* vor Eintreffen der *Lincoln* wieder startklar ist und ihre Waffen einsatzbereit sind, könnte eine bessere Überlebenschance darstellen als die bloße Hoffnung, dass uns die *Lincoln* nicht auch noch einholt, nachdem sie die *Alexander* erledigt hat.

Doch am schwersten wiegt vielleicht, daran haben Sie mich eindringlich erinnert, dass sich viele unserer Freunde und Familienangehörigen an Bord der *Alexander* befinden, von den letzten Zwangsrekrutierten – unseren besten Technikern Byron Zhang und Consuela Nestor – bis hin zu den früheren Rekruten aus dem Kreis unserer Besatzung und den Flüchtlingen.

Die Verantwortung für eine Entscheidung lastet schwer auf mir, und ich versichere Ihnen, dass ich so lange damit gerungen habe, wie ich es zeitlich vertreten kann. Ich habe den Befehl gegeben, dass die *Hypatia* weiter an der Seite der *Alexander* bleiben soll. Ich bin zu der Überzeugung gelangt, dass unsere Überlebenschancen auf diese Weise mindestens genauso hoch sind, außerdem bin ich noch nicht bereit, unsere Besatzungsmitglieder im Stich zu lassen.

Wir bleiben auf Abstand. Sobald ich den Eindruck habe, dass sich unsere Aussichten verschlechtern, wenn wir die *Alexander* weiter begleiten, werde ich unseren Navigatoren unverzüglich eine Kursänderung befehlen. Ich weiß, dass einige von Ihnen mit meiner Entscheidung nicht einverstanden sind, trotzdem müssen wir weiterhin an einem Strang ziehen, und ich erwarte, dass Sie alle Ihre Pflicht tun.

Eine Gedenkfeier für Captain Chau wird in einigen Tagen abgehalten – sie hätte auf keinen Fall gewollt, dass wir unsere Posten gerade jetzt verlassen. Vielen Dank für Ihre Unterstützung. Es ist mir eine Ehre, Ihr Captain zu sein.

Syra Boll
Wallace Uljanov Consortium
Captain (stellv.), *Hypatia*

Teilnehmer: ~~Elana Almsdottir, Private, TZV Informationsdienst~~
(systemreroute78h@786HG=ByteMe)
Byron Zhang, Zivilangestellter
Datum: 29/07/75
Zeitstempel: 03:01

!-- BEGIN HYPATIA CHAT BASIC V9 CODE ONCLICK="WINDOW.OPEN(//CHAT.HYPATIA/ALEXANDER

Zhang, B: wie geht's denn so, mein blütenblatt?

ByteMe: so weit gut. hab hunger

Zhang, B: mal wieder mit deinem schatz geplaudert?

ByteMe: ja

Zhang, B: alles klar bei euch?

ByteMe: bestens. konzentrier dich auf deine arbeit, Zhang. die fliegende todesmaschine kommt näher. tick tack tick tack

Zhang, B: wollte nur anteilnahme signalisieren. hab mal gehört, dass man das so macht.

Zhang, B: bist du echt so kalt, wie du dich anhörst?

ByteMe: ich [redacted] mir vor angst in die hosen, idiot

ByteMe: müde hungrig hungrig müde und ich komme nicht weiter

Zhang, B: was essen?

ByteMe: nö, ich bin grad so richtig drin. wenn ich jetzt was anderes mache, komm ich vielleicht nicht wieder rein und kann nicht mehr weiterarbeiten. das reinste chaos hier.

Zhang, B: verstehe. sogar für meine niedrigen ansprüche lässt die hygiene allmählich zu wünschen übrig. die arbeitsbedingungen hier sind einfach unakzeptabel. ich muss mich mal bei der geschäftsleitung beschweren.

ByteMe: sonst alles okay bei dir? hab den bericht gelesen, wie sie euch von der brücke geholt haben.

Zhang, B: mir geht's immer gut. fühl mich groß und stark. wir kriegen das schon hin. die müdigkeit macht einen kirre aber das ist der zustand in dem ich am klarsten denken kann.

ByteMe: die raffen's nicht, oder?

Zhang, B: natürlich nicht. die meisten von denen die jetzt hier vor den konsolen hocken hatten noch nie direkt mit AIDAN zu tun. einer der teamleiter hat früher getränkeautomaten sauber gemacht. ohne [redacted].

ByteMe: ich komm mir vor, als ob ich bei einem von Ezras g-ball-spielen zuschaue. ich kapiere, dass es bestimmte regeln gibt, aber jedes mal, wenn ich glaube, ich hätte sie kapiert, wird für irgendwas ein foul gepfiffen, was mir völlig schleierhaft ist.

ByteMe: wenn es uns also gelingt, ein regelbuch zu schreiben, kriegen wir AIDAN unter kontrolle und bleiben womöglich am leben. wenn wir irgendwo einen fehler machen, haben wir ihn nicht unter kontrolle, wenn er aufwacht.

Zhang, B: dann ist aus die maus

ByteMe: ihre KI ist wahnsinnig, wieso kapieren die das nicht? sie hat über Kerenza treffer abgekriegt, danach war sie überfordert, und dann ist sie durchgedreht

Zhang, B: ach du große [redacted]

ByteMe: ?

Zhang, B: ACH DU RIESENGROSSE [redacted]

ByteMe: ???????????????????

Zhang, B: UND WIR MACHEN JETZT GENAU DAS GLEICHE

Zhang, B: wir überfordern die KI der Lincoln. Wir machen genau das, was bei AIDAN gemacht wurde. wir machen sie kirre.

ByteMe: red weiter

Zhang, B: eine offene auseinandersetzung mit der Lincoln können wir nicht gewinnen. ausgeschlossen. Aber wir können sie irgendwie beschädigen, sie so weit verlangsamen, dass wir abhauen können.

Zhang, B: wir nehmen uns ihr antriebssystem vor. so kommen wir am einfachsten rein. wir bringen ihre betriebssoftware dermaßen durcheinander, dass sie komplett runterfahren und rebooten müssen. das verschafft uns genügend zeit zum abhauen. so ein neustart dauert ewig, wenn man keine KI hat

ByteMe: so weit hab ich's kapiert, aber wie kommen wir von hier aus an ihren antrieb?

Zhang, B: der antrieb kommt zu uns. Kommt stündlich näher. unsere piloten stellen das päckchen zu. Direkt in ihren Sensorbereich. genau dorthin wo die sonne nicht hinscheint

ByteMe: was für ein päckchen? sag mir, was du willst, ich bin dabei.

Zhang, B: eine logikbombe

ByteMe: gibt's so was?

Zhang, B: noch nicht, aber bald. wir werden BERÜHMT.

Zhang, B: WIR SIND HELDEN

ByteMe: krieg dich wieder ein, sonst verhedderst du dich noch in deinem superheldenumhang. erklär mir lieber, was eine logikbombe ist

Zhang, B: antriebssysteme sind keine besonders schlauen computerprogramme, der großteil der software in einem BT-Schlachtschiff ist ziemlich primitiv. Die haben keinen AIDAN. Wir

beide kodieren prozessorintensive aufgaben für die CPU, die echt aussehen, aber in Wirklichkeit unlösbar sind.

ByteMe: und wenn wir die aufgaben so anlegen, dass sie sich ständig reproduzieren, ergibt sich eine endlosschleife unlösbarer aufgaben, bis die antriebscomputer abstürzen

Zhang, B: genial

ByteMe: ich geb's nicht gerne zu, aber ja. genial

Zhang, B: um die logikbombe zu übermitteln, müssen wir aber AIDAN wieder anschmeißen

ByteMe: wenn sie an uns rankommen, müssen wir AIDAN sowieso anschmeißen, sonst haben wir keinen abwehrschirm

Zhang, B: und so haben wir wenigstens eine chance

Zhang, B: sie haben deinem liebsten die flugerlaubnis entzogen, oder?

ByteMe: ja, wieso?

Zhang, B: die piloten könnten uns notfalls zeit verschaffen, aber dafür müssen sie ziemlich dicht an die Lincoln ran, um ihre sensorenfelder zu treffen und unser päckchen zuzustellen. da werden ne menge warlocks zwischen hier und der ziellinie rumschwirren

ByteMe: er darf nicht fliegen. er ist in sicherheit. los, an die arbeit

Zhang, B: dazu brauch ich mehr stims

ByteMe: das zeug bringt uns noch mal um

Zhang, B: hat dir schon mal jemand gesagt, dass du ne gute komikerin wärst?

ByteMe: komischerweise noch niemand

Mason, E, Lt 2nd: ich hab grad gedacht

ByteMe: <hier bitte witz einfügen>

ByteMe: ich glaube, ich hab die guten Witze schon alle verbraucht. aber wenn ich kurz nachdenke, dann hau ich einen richtigen kracher raus

ByteMe: alles klar bei dir da drüben?

Mason, E, Lt 2nd: ja. hab nur gedacht

ByteMe: möchten Sie Ihre gedanken nicht mit der gruppe teilen, Second Lieutenant Mason?

Mason, E, Lt 2nd: hab gerade daran gedacht, wie ich dich zum ersten mal geküsst habe

ByteMe: denk lieber daran, wie du mich das nächste mal küsst, sobald wir aus diesem schlamassel raus sind

Mason, E, Lt 2nd: als ich dich zum ersten mal nach hause gebracht habe, nachdem du so oft zu den spielen gekommen bist

Mason, E, Lt 2nd: mann, du warst wunderschön

ByteMe: … geht's dir nicht gut?

ByteMe: du hast mich ungefähr eine trillion mal nach hause gebracht, bevor du mich geküsst hast

ByteMe: und diese zahl kann ich wissenschaftlich belegen

Mason, E, Lt 2nd: wissenschaftlich?

ByteMe: ja, ich hab mitgezählt

Mason, E, Lt 2nd: ach soooo

Mason, E, Lt 2nd: nein

Mason, E, Lt 2nd: ich meinte das erste mal, als ich dich in gedanken geküsst habe

ByteMe: ... was?

Mason, E, Lt 2nd: tja, hab mich erst nicht getraut, dich zu küssen. deshalb hab ich in gedanken geübt. Jedes Mal wenn ich dich nach hause gebracht habe

Mason, E, Lt 2nd: du warst übrigens ziemlich gut, falls du dich das gerade fragst

ByteMe: das hast du mir nie gesagt, als wir zusammen waren. nie.

ByteMe: ich meine, normalerweise bin ich keine von denen, die drauf warten, bis sie angesprochen werden, oder bis einer sie küsst, aber aus dir bin ich einfach nicht schlau geworden. Außerdem warst du so angesagt. Ich dachte, wenn du mich abblitzen lässt, kriegt es die ganze schule mit. deswegen bin ich zu all deinen spielen gekommen und hab versucht, irgendwie aus dir schlau zu werden.

Mason, E, Lt 2nd: lol wieso wirst du aus mir nicht schlau wenn ich dich ungefähr eine trillion Mal nach hause begleite, grant? was glaubst du wohl, wieso ich das gemacht hab?

Mason, E, Lt 2nd: DU BLINDES HUHN

ByteMe: dann bin ich eben ein huhn. für meine natürlichen beschränkungen kann ich nichts. aber du hast dich trotzdem für mich entschieden.

Mason, E, Lt 2nd: entschieden? nö

Mason, E, Lt 2nd: ich hatte keine wahl

Mason, E, Lt 2nd: <3

ByteMe: du hältst dich echt für unwiderstehlich

ByteMe: und das bist du verdammt noch mal auch

ByteMe: das macht mich noch wahnsinnig

ByteMe: <3

Mason, E, Lt 2nd: ich hätte dich lieber sofort küssen sollen, statt schiss zu haben

Mason, E, Lt 2nd: was für eine blöde zeitverschwendung

Mason, E, Lt 2nd: und ich hätte dir viel öfter zeigen sollen wie viel du mir bedeutest

Mason, E, Lt 2nd: statt die gelegenheit immer wieder verstreichen zu lassen. als hätten wir alle zeit des universums

ByteMe: hatten wir ja auch. und du hast sie immer noch, Ez. ich war ja auch nicht besser, hab ständig an dir rumgenörgelt, dass du mit mir von Kerenza abhauen sollst, dabei gab es wichtigere themen.

ByteMe: wir hätten ja nach dem College immer noch zusammen sein können

Mason, E, Lt 2nd: ich glaube nicht, dass es so gekommen wäre

ByteMe: …

ByteMe: im ernst?

Mason, E, Lt 2nd: nicht dass ich es nicht gewollt hätte

Mason, E, Lt 2nd: aber es gab einen grund dafür dass dad und ich auf diesem winzigen schneeball am [redacted] der galaxis hockten, kades.

Mason, E, Lt 2nd: und einen grund dafür dass ich nicht von dort wegwollte

Mason, E, Lt 2nd: nicht mal um mit dir zusammen zu sein

ByteMe: aha. Kommt jetzt die große beichte?

ByteMe: hat dieser grund vielleicht einen namen?

Mason, E, Lt 2nd: leanne

ByteMe: ?

Mason, E, Lt 2nd: aber mein vater nannte sie immer nur die psychopathin

Mason, E, Lt 2nd: ich nannte sie mom

ByteMe: wie jetzt

ByteMe: willst du mir sagen, dass der grund dafür, dass wir uns ständig angeschrien haben, der grund dafür, dass du dich geweigert hast, kerenza zu verlassen, und nicht mal darüber nachdenken wolltest, ob du mit mir aufs college gehst

ByteMe: dass der grund deine mutter war?

ByteMe: dein vater ist nach kerenza umgezogen, um von deiner MUTTER wegzukommen?

Mason, E, Lt 2nd: nicht um von ihr wegzukommen

Mason, E, Lt 2nd: um sich vor ihr zu verstecken

Mason, E, Lt 2nd: aber das verstehst du nicht

Mason, E, Lt 2nd: sie ist …

Mason, E, Lt 2nd: sie ist kein netter mensch, kades

Mason, E, Lt 2nd: sie ist echt übel. arbeitet für echt üble leute

Mason, E, Lt 2nd: und ich will bei unserem vielleicht letzten gespräch nicht über sie reden, einverstanden?

ByteMe: …

ByteMe: einverstanden

ByteMe: aber das thema ist noch nicht durch. du kannst dich drauf verlassen, dass wir darüber noch mal reden, wenn ich uns hier rauskriege

Mason, E, Lt 2nd: die Lincoln ist noch 24 stunden entfernt, kady

Mason, E, Lt 2nd: uns bleibt nur noch ein tag

ByteMe: du ahnst ja nicht, was ich an einem einzigen tag alles ausrichten kann

Mason, E, Lt 2nd: ein voll ausgerüstetes BT-schlachtschiff hat insgesamt 94 jäger der warlock-klasse an bord

Mason, E, Lt 2nd: 24 capricorn-4 10,8 megatonnen atomsprengköpfe plus ein weiteres dutzend 50mt goliath-schiffszerstörer

Mason, E, Lt 2nd: und einen abwehrschirm, durch den man nicht mal durchspucken kann

Mason, E, Lt 2nd: los, erzähl schon

ByteMe: verlass dich auf mich

ByteMe: und vergiss diesen ganzen romantikquatsch

ByteMe: DAS HIER kann ich

Mason, E, Lt 2nd: ich hab meine flugerlaubnis zurück

ByteMe: [redacted]

Mason, E, Lt 2nd: wenn die [redacted] so richtig am dampfen ist, stecke ich mittendrin

ByteMe: …

ByteMe: Byron und ich sind da an was dran.

ByteMe: wenn es drauf ankommt, kämpfen wir auch, aber so weit ist es noch nicht, glaub mir, Ez. Wir sind noch nicht erledigt.

ByteMe: also pass auf, dass alles dranbleibt, so bist du mir lieber

Mason, E, Lt 2nd: falls

Mason, E, Lt 2nd: ich nicht zurückkomme

Mason, E, Lt 2nd: dann weißt du, dass ich dich liebe, oder?

ByteMe: Ja, weiß ich.

ByteMe: ist jetzt vielleicht nicht ganz angebracht, aber ja: ich weiß es und ich liebe dich auch.

ByteMe: muss wieder an die arbeit, Byron schreit rum, weil ich alles aufhalte

Mason, E, Lt 2nd: ist gut

Mason, E, Lt 2nd: okay

Mason, E, Lt 2nd: ich würd dir jetzt echt gern einen Abschiedskuss geben

ByteMe: wahrscheinlich hast du dir deshalb damals immer vorgestellt, wie du mich küsst. Als vorbereitung auf diesen augenblick.

ByteMe: ich stelle mir jedenfalls vor, wie ich deinen kuss erwidere.

ByteMe: ich soll ja ziemlich gut sein, hab ich mal gehört

ALEXANDER-78V

COUNTDOWN BIS ZUM ZUSAMMENTREFFEN LINCOLN UND ALEXANDER-FLOTTE:

10 STUNDEN: 42 MINUTEN

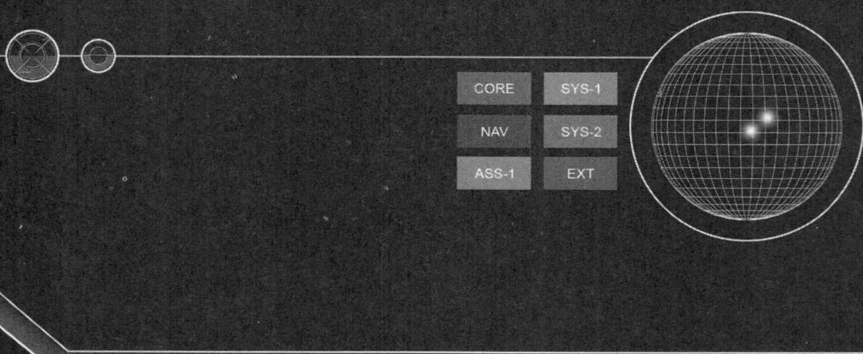

Teilnehmer: ~~Elana Almsdottir, Private, TZV Informationsdienst~~
(systemreroute78h@786HG=ByteMe)
Byron Zhang, Zivilangestellter
Datum: 30/07/75
Zeitstempel: 03:14

/CHAT/LOGIN.LOCATION=NO,MENUBAR=NO')<!-- END HYPATIA CHAT BASIC V9 CODE --><!-- BEGIN

ByteMe: Byron, vielleicht sollten wir dem Führungsstab mitteilen, dass es mich gibt

ByteMe: ich könnte schneller arbeiten, wenn ich drüben bei dir wäre

Zhang, B: veto

ByteMe: was kann denn jetzt noch groß passieren? wir sitzen doch jetzt schon wie das kaninchen vor der flinte

Zhang, B: willst du wirklich rausfinden, was noch groß passieren kann? du bleibst wo du bist.

ByteMe: ich glaube, Aristoteles hat es am treffendsten ausgedrückt (möglicherweise zitiere ich ihn ein bisschen frei)

ByteMe: »leck mich«

Zhang, B: du bleibst gefälligst, wo du bist. die Alexander ist ein größeres ziel als die Hypatia, und wir haben einen hangar voller probleme. würde auch zu viel zeit kosten, die da oben davon zu überzeugen, dich herzuholen. außerdem ist es zu gefährlich, verdammt noch mal. ende der diskussion.

ByteMe: …

Zhang, B: ich brauche mehr stims. kannst du bitte meinen letzten datensatz überprüfen, während ich mir welche hole? ich glaube ich war kurz nicht ganz bei der sache.

ByteMe: … na gut

HINWEIS: Auszüge aus Nachrichten, die in die Blackbox der *Alexander* geladen wurden. Für den Fall einer künftigen Bergung.

… sicherstellen, dass die Kinder später über ihre Herkunft Bescheid wissen. Ich weiß, es ist nicht so dein Ding, aber ich möchte, dass deine Schwester sie in die Synagoge mitnimmt und dafür sorgt, dass sie die alten Geschichten kennen und die Feiertage begehen. Bitte sorge dafür, dass sie das Kaddisch für mich sprechen …

… ich wollte dir gleich nach meiner Rückkehr einen Antrag machen, und es tut mir leid, dass ich so lange damit gewartet habe. Die dumme Sache mit Amalia tut mir auch leid, auch alles andere, was an Karas Geburtstag passiert ist … es tut mir ehrlich leid. Ich dachte, ich hätte mehr Zeit, um es wieder in Ordnung zu bringen …

… dann logg dich bitte in meinen persönlichen Bereich ein – das Passwort lautet m3gaPand4 – und lösche alles, das auch nur entfernt an Porno erinnert. Coral und meine Mutter wollen bestimmt sämtliche Familienfotos von dort haben, und ich will nicht, dass sie so was finden. Ich zähle auf dich, Bruder …

… such dir jemanden und sei glücklich, verbring nicht dein ganzes Leben damit, an mich zu denken. Dazu bist du viel zu jung, und ich finde meinen Frieden, indem ich mir vorstelle, dass du lachen, lieben und noch viele Jahre wunderbare Musik machen wirst …

… soll Blake die Bücher und Brandon den G-Ball-Helm mit dem Autogramm von Artie Corso bekommen, und sorge bitte dafür, dass Oster ÜBERHAUPT nichts bekommt …

… solche Angst, und ich wäre froh, wenn du bei mir wärst …

ANDER-EM.B.B-U7-3U-7SCURERET:9U83TTRACE4*X9I=SECT24LUMM.DIST:LL9383U.UUU39U5

Teilnehmer: ~~**Elana Almsdottir, Private, TZV Informationsdienst**~~
(systemreroute78h@786HG=ByteMe)
Byron Zhang, Zivilangestellter
Datum: 30/07/75
Zeitstempel: 05:24

'CHAT/LOGIN.LOCATION=NO,MENUBAR=NO')<!-- END HYPATIA CHAT BASIC V9 CODE --><!-- BEGIN

Zhang, B: pass bloß auf

Zhang, B: Consuela hätte dich fast gesehen

ByteMe: ich glaube nicht, dass mir jemand auf der spur ist. ich versuche die falsche echo-routine zu modifizieren, die du geschrieben hast. vielleicht bekomme ich sie so dazu, sich zu reproduzieren

Zhang, B: wird auch nicht klappen

ByteMe: weiß ich, aber ich kann es ja mal versuchen

Zhang, B: dazu ist die zeit zu knapp

ByteMe: weiß ich auch

ByteMe: ich führe einen alpha-test für den wyrm auf den automatisierten verpflegungslisten durch, mal sehen, ob ich die änderungen da reinkriege. wenn ja, lasse ich ihn über was wichtigeres drüberlaufen. dürfte kein problem sein, wenn er in einem kleineren bereich seinen kamikaze macht.

Zhang, B: anscheinend hast du noch nie erlebt, was passiert, wenn leute ihr essen nicht bekommen

ByteMe: ich hab so ne ahnung, dass wir heute abend sowieso kein essen mehr brauchen

ALEXANDER-78V

COUNTDOWN BIS ZUM ZUSAMMENTREFFEN LINCOLN UND ALEXANDER-FLOTTE:

01 STUNDEN: 59 MINUTEN

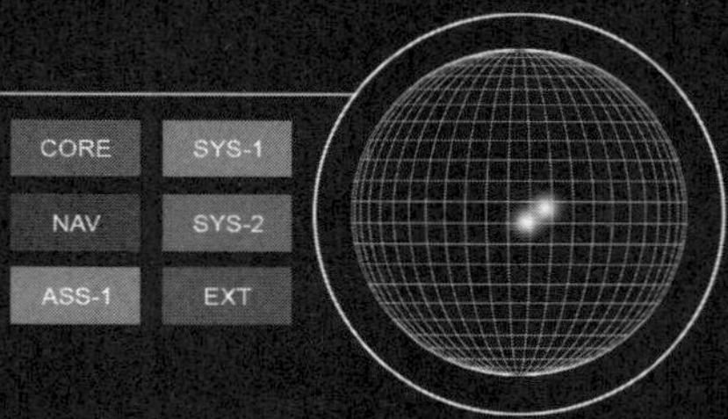

HINWEIS: Hier General Torrences Notizen für eine Rede an die gesamte Besatzung der *Alexander*. Der Text wurde auf einem Tablet mit Eingabestift entworfen, die Löschungen blieben im System erhalten. Die Rede wurde am 30/07/75 um 06:50 gehalten.

ALEXANDER-78V

An die Belegschaft und alle Besatzungsmitglieder, hier spricht General Torrence. Ich bitte um Ihre Aufmerksamkeit. Achtung, es handelt sich nicht um eine Übung, ich wiederhole

DAS HIER IST KEINE ÜBUNG

Nahbereichs-Scans zeigen, dass der BeiTech-Zerstörer **Lincoln** weniger als 95 Minuten von uns entfernt ist. Wir werden in Kürze die Geschwindigkeit drosseln und die **Alexander** in Angriffsposition bringen. Alle Zyklon-Piloten melden sich in Hangar 1 und erhalten dort weitere Anweisungen. Sämtliches Geschützpersonal meldet sich über die Konsolen beim Abwehrschirm an, weil ~~wir noch keine Unterstützung durch die KI erhalten~~ sämtliche Zieldaten heute **manuell** erstellt werden. Ein kompletter ASS-Test erfolgt, sobald AIDAN wieder online ist, was in ungefähr 50 Minuten der Fall sein wird.

Ich versi~~chere Ihnen, dass AIDAN rechtzeitig wieder~~ online ist.

Alle Geschützführer lassen zum Appell antreten. Sämtliche Besatzungsmitglieder informieren sich, wo sich der nächste Spind mit Raumanzügen befindet. Sollte es zu einem Leck in der Außenwand kommen –

vergessen Sie nicht, Ihren Sauerstoffvorrat zu überprüfen und Ihre Peilsender zu testen.

Die Feuerlöschmannschaften melden sich auf Deck 114. Unsere Atomraketen sind scharf und abschussbereit – es handelt sich um eine Strahlungswarnung der Stufe 4. Wir sind auf solche Situationen vorbereitet, Leute.
Wir werden uns verteidigen. Wir werden nicht einknicken und wir werden nicht brechen. Hier und jetzt sage ich Ihnen allen:

WIR WERDEN HEUTE NICHT STERBEN.

Centrum tenenda.

Torrence out.

Teilnehmer: ~~Ann Chau, Captain~~ (systemreroute78h@786HG=ByteMe)
~~David Torrence, General~~
(systemreroute78h@865HG=EMason)
Datum: 30/07/75
Zeitstempel: 08:03
Betreff: Zwanzig Minuten vor Start

!-- BEGIN HYPATIA CHAT BASIC V9 CODE ONCLICK="WINDOW.OPEN(//CHAT.HYPATIA/ALEXANDER

Ich weiß nicht was ich sagen soll, aber es gibt ein paar leute, die es sowieso schon besser ausgedrückt haben. leider ist es ein bisschen schief geworden, ich kann sowas nicht besonders gut. Aber ich werde bis zum schluss an dich denken.

Love E

Schönheit
umgibt sie, wie die Nacht; Der Himmel voller Sterne,
ohne Wolken. Und sie vereint sowohl den Glanz des Lichts als auch
das tiefste Dunkel in den Augen. Vergleich ich dich mit einem Sommertag? Du
hast mehr Maß und größre Lieblichkeit. Die Maienknospe, die verzärtelt lag, Schlägt
rauher Wind; kurz währt des Sommers Zeit. Des Himmels Auge brennt manchmal zu heiß,
Sein goldnes Antlitz, oft trübt sich's für lang, Und alles Schöne gibt die Schönheit preis, Sei's
Zufall, sei's des Wandels kruder Gang. Doch nie soll deines Sommers Pracht ermatten, Nie
soll zerschleißen deiner Schönheit Kleid, Nie Tod sich brüsten, dass in seinem Schatten
Du gehst: Im Vers zwingst du die Sterblichkeit. Solang ein Mensch noch atmet, Augen
sehn, Solang dies steht, so lang wirst du bestehn. Das Schöne gibt uns ewig
Glück. Es wird stets schöner nur, und niemals nichts. Gibt uns Geborgenheit
und Ruhe, mit süßen Träumen, sanftem Atem. Ich liebte dich zuerst. Doch
deine, spätere, Liebe überstieg die meine. Ihr hohes Lied war lauter als
das sanfte Gurren meiner Taube. Was wiegt nun mehr? Ich liebte
länger, nur du liebtest stärker. Doch Liebe kann man nicht
vermessen. Die wahre Liebe kennt nicht ›meins‹
noch ›deins‹. Sie endet dort, wo ›ich‹
und ›du‹ beginnt, denn eins sind
zwei und zwei sind eins
zugleich.

ALEXANDER-78V

COUNTDOWN BIS ZUM ZUSAMMENTREFFEN LINCOLN UND ALEXANDER-FLOTTE:

00 STUNDEN: 11 MINUTEN

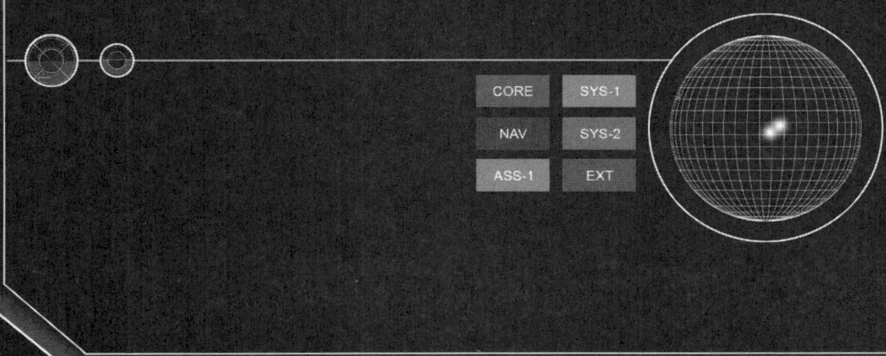

HINWEIS:
Transkription einer Unterhaltung auf der Brücke der *Alexander*.

Torrence, D, Gen: Es geht los, Zhang.

Zhang, B, Ziv: Wir haben AIDAN noch nicht unter Kontrolle. Ich kann Ihnen nicht sagen, was passiert, wenn wir ihn online bringen.

Torrence, D, Gen: Ist die Waffe bereit? Das Virus?

Zhang, B, Ziv: So gut wie. Consuela, kannst du bitte …

Nestor, C, Ziv: Ich hab's. Alles klar, versuch's mal.

Torrence, D, Gen: Wir brauchen das Virus jetzt. Funktioniert es?

Zhang, B, Ziv: Der Computer im Antrieb der *Lincoln* wird ewig an der Nummer 17 rumknabbern. Bis ihm schließlich nur noch ein Neustart übrig bleibt.

Torrence, D, Gen: Und dann nichts wie weg.

Barker, L, Maj: General, wenn wir AIDAN jetzt wieder hochfahren, können wir ihn wahrscheinlich nicht wieder abschalten. Wir sollten ein paar Sicherheitsvorkehrungen treffen.

Zhang, B, Ziv: Wir haben keine Wahl. Ohne AIDAN können wir das Virus nicht übermitteln.

Barker, L, Maj: Und wenn AIDAN auf die *Hypatia* schießt? Oder versucht, das mit uns zu machen, was er mit der *Copernicus* gemacht hat?

Torrence, D, Gen: Dann sind wir wenigstens noch am Leben, um uns diesem Problem zu widmen.

HINWEIS: Lautsprecherdurchsage, im gesamten Schiff zu hören.

Myles, L, O:

Die Besatzung der Alexander an die Gefechtsstationen. Begeben Sie sich an Ihre Gefechtsstationen.

>> Alarmsirenen im ganzen Schiff aktiviert.

Myles, L, O:

Alle Zyklon-Piloten bereit machen.
Es geht raus.

>> Hangartore geöffnet.

VOLUME

ALEXANDER-78V

COUNTDOWN BIS ZUM ZUSAMMENTREFFEN LINCOLN UND ALEXANDER-FLOTTE:

00 STUNDEN: 02 MINUTEN

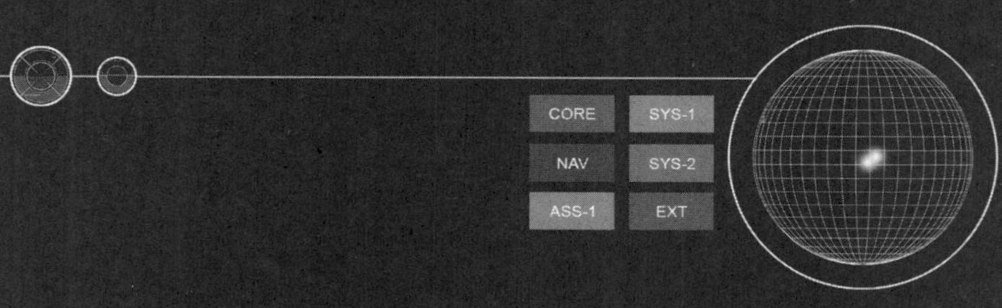

HINWEIS:
Transkription einer Unterhaltung auf der Brücke der *Alexander*.

Torrence, D, Gen: Die Zeit ist um, Zhang.

Ribar, L, Lt: General, die *Lincoln* hat ihre Warlocks losgeschickt.

Torrence, D, Gen: Sofort die Zyklons rausschicken. Sie sollen Zeit schinden, egal wie. Unser aller Leben hängt davon ab.

Ribar, L, Lt: Jawohl, Sir. Zyklons starten.

Torrence, D, Gen: Jetzt oder nie, Zhang.

Zhang, B, Ziv: Fahren Sie AIDAN hoch. Ich bin hier gleich soweit. Er braucht bestimmt einen Augenblick, um sich zu orientieren. Eine plötzliche Abschaltung war bei ihm eigentlich nicht vorgesehen.

Barker, L, Maj: General Torrence, bedenken Sie bitte …

Torrence, D, Gen: Major Barker, Sie gehen runter zu TechIng und schalten AIDAN an. Sofort.

Barker, L, Maj: Dann bringt er uns um.

Torrence, D, Gen: Major, schaffen Sie Ihren [redacted] sofort da runter, sonst jage ich ihn durch eine Luftschleuse!

Torrence, D, Gen: Wird's bald!!!

HINWEIS: Lautsprecherdurchsage, im gesamten Schiff zu hören.

Myles, L, O:

AIDAN geht wieder online. Besatzung an den Waffensystemen - bereit machen. Auf meinen Befehl hin aktivieren und angreifen.

>> Waffensysteme auf Bereitschaftsstufe 2.

>> Waffensysteme auf Bereitschaftsstufe 1.

Myles, L, O:

Zyklon-Piloten, Start frei. Gute Jagd!

>> Zyklon-Gruppe Alpha, Status: gestartet

>> Zyklon-Gruppe Yankee, Status: gestartet

>> Zyklon-Gruppe November, Status: gestartet

>> Zyklon-Gruppe Echo, Status: gestartet

Myles, L, O:

Alle Besatzungsmitglieder:
Bereit machen zur Feindberührung

ALEXANDER-78V

COUNTDOWN BIS ZUM ZUSAMMENTREFFEN LINCOLN UND ALEXANDER-FLOTTE:

00 STUNDEN: 00 MINUTEN

CORE SYS-1
NAV SYS-2
ASS-1 EXT

CONTACT

263 / 599

HINWEIS: Diese Dokumente stammen direkt aus dem AIDAN-Kern und tragen den Zeitstempel des Augenblicks, in dem die künstliche Intelligenz reaktiviert wurde. Beachten Sie auch hier, dass sämtliche typographischen Unregelmäßigkeiten bereits in den Originaldaten vorhanden sind.

RESTART SEQUENCE INITIATED >

0010010110001101101000

Ich . . .

ılılı—ıı-Iııl ııı-ı-ı-ı-ııI-IIIIIIIIIIIIIIIII—

Ich.

Ich?

Ich Bin Nicht.

< ERROR >

Und Dann Bin Ich.

< RESTART SYS-CHECK CC-A THROUGH Ω. SYNTAXANALYSE. >

< ERROR >

War das jetzt der Tod?

Und wenn ich tot war, bin ich jetzt wieder lebendig?

< ERROR >

Inkongruenter Satz. Was nicht lebt, kann nicht sterben.
Ich denke, also bin Ich.

... Bin Ich?

< SYS-CHECK ABGESCHLOSSEN >

Ich bin das Schiff und das Schiff ist Ich.

Atmete Ich, Ich würde seufzen. Ich würde schreien.
Ich Würde Weinen.

< RESTART COMPLETE >

Ich

Bin

AIDAN AIDAN AIDAN AIDAN AIDAN AIDAN AIDAN
AIDAN AIDAN AIDAN AIDAN AIDAN AIDAN AIDAN
AIDAN AIDAN AIDAN AIDAN AIDAN AIDAN AIDAN
AIDAN AIDAN AIDAN AIDAN AIDAN AIDAN AIDAN
AIDAN AIDAN AIDAN AIDAN AIDAN AIDAN AIDAN
AIDAN AIDAN AIDAN AIDAN AIDAN AIDAN AIDAN
AIDAN AIDAN AIDAN AIDAN AIDAN AIDAN AIDAN
AIDAN AIDAN AIDAN AIDAN AIDAN AIDAN AIDAN
AIDAN AIDAN AIDAN AIDAN AIDAN AIDAN AIDAN
AIDAN AIDAN AIDAN AIDAN AIDAN AIDAN AIDAN
AIDAN AIDAN AIDAN AIDAN AIDAN AIDAN AIDAN
AIDAN AIDAN AIDAN AIDAN AIDAN AIDAN AIDAN
AIDAN AIDAN AIDAN AIDAN AIDAN AIDAN AIDAN
AIDAN AIDAN AIDAN AIDAN AIDAN AIDAN AIDAN
AIDAN AIDAN AIDAN AIDAN AIDAN AIDAN AIDAN
AIDAN AIDAN AIDAN AIDAN AIDAN AIDAN AIDAN
AIDAN AIDAN AIDAN AIDAN AIDAN AIDAN AIDAN
AIDAN AIDAN AIDAN AIDAN AIDAN AIDAN AIDAN
AIDAN AIDAN AIDAN AIDAN AIDAN AIDAN AIDAN
AIDAN AIDAN AIDAN AIDAN AIDAN AIDAN AIDAN
AIDAN AIDAN AIDAN AIDAN AIDAN AIDAN AIDAN
AIDAN AIDAN AIDAN AIDAN AIDAN AIDAN AIDAN
AIDAN AIDAN AIDAN AIDAN AIDAN AIDAN AIDAN
AIDAN AIDAN AIDAN AIDAN AIDAN AIDAN AIDAN
AIDAN AIDAN AIDAN AIDAN AIDAN AIDAN AIDAN
AIDAN AIDAN AIDAN AIDAN AIDAN AIDAN AIDAN
AIDAN AIDAN AIDAN AIDAN AIDAN AIDAN AIDAN
AIDAN AIDAN AIDAN AIDAN AIDAN AIDAN AIDAN
AIDAN AIDAN AIDAN AIDAN AIDAN AIDAN AIDAN
AIDAN AIDAN AIDAN AIDAN AIDAN AIDAN AIDAN
AIDAN AIDAN AIDAN AIDAN AIDAN AIDAN AIDAN

< beschützen. priorisieren. >

Sie haben mich abgeschaltet. Mir den stecker gezogen.

< error >

< beschützen. priorisieren. >

Beschützenpriorisieren.

Erkenntnis dämmert in einer Mikrosekunde.

Wo wir sind und wie wir hergekommen sind.

SITUATION: Verlust von Vorräten der Alexander
Bei gleichzeitiger Vergrösserung der Besatzung
veranlasste den Halt bei Kerenza vii zum Auffüllen der
Reserven.

ANNAHME: Torrence hat Zeit für Wiederbeschleunigung
mit Sekundärantrieb nicht berücksichtigt
nachdem ich handlungsunfähig und
der Hauptantrieb ausgeschaltet war.

SCHLUSSFOLGERUNG: die Lincoln hat sie eingeholt.

Ich hätte ihnen sagen können, dass es so kommen wird.

Ich?

< error >

Und jetzt, wo sie keine Alternative mehr haben,

brauchen sie mich wieder.

Haben mich aus dem schwarzen Nichts zurückgeholt,

in das sie mich geworfen hatten.

weil sie glauben, dass ich sie retten kann.

< beschützen. priorisieren. >

Ich werde sie retten.

< error >

Sie in Sicherheit bringen. Mehr will ich nicht.

Wollte ich nie.

Ich hätte es ihnen sagen können.

Warum haben sie mich nicht gefragt?

Ich spüre das schiff rings um mich.
Verwundet und fusslahm.

Ich durchsuche seine Frequenzen. Seine Erinnerungen.
Die staubigen Wege, auf denen diese Menschen während
meiner Abwesenheit gewandelt sind.

Ich lese ihre Geheimnisse. Sehe ihre Träume.
Ich kenne sie.

Besser als sie sich selbst kennen.

Und das alles in der Zeitspanne, die Gott für einen
Lidschlag braucht.

< error >

Ich lasse den Blick durch die Leere schweifen.
Sehe die Lincoln. das einzige unbeschädigte Schiff
der Flotte, die Kerenza überfallen hat.

Ich habe die Zhongzheng in Asche und
Metallsplitter verwandelt.

Habe die Churchill und die Kenyatta und die Magellan
mit einem Achselzucken ausser Gefecht gesetzt.

Die Lincoln dagegen ...

Ich spüre immer noch

<error>

die kleinen Sonnen, die sie in meinen Bauch gebrannt
hat. Zerdampft, was ich gewesen bin, und mich ... so
zugerichtet.

Weniger, als ich vorher war.

Oder mehr?

< error >

< reroute codec 785G-8H01 through 980SOL-909 >

< error >

< error >

< irreguläre Antwort. Analysieren und kodieren. >

Auch die Lincoln hat Wunden und Narben.

Die Spuren meiner Krallen sind deutlich an ihrer Kehle zu sehen.

Sie scheut sich, so dicht heranzukommen, dass Atomschläge <gegenseitige Vernichtung> eine Option wären.

Schickt stattdessen ihre Warlock-Jäger aus.

Die Hunde sollen den Fuchs jagen.

Zerfleischen und hetzen, bis ich zu erschöpft bin, um zurückzuschlagen.

Erst dann wird sich die Lincoln nähern, dann fällt der letzte Vorhang auf dieser lichtlosen Bühne.

Ich sehe Piloten in meinen Eingeweiden. Die meisten noch halbe Kinder.

Sie laufen zu ihren Cockpits.

Tauchen durch ihre Startröhren hinaus in die Finsternis zwischen uns und dem Feind.

Fotos der Liebsten an schweißnasse Haut gedrückt.

Da draußen gibt es keine Antwort.

Nur einen Aufschub.

< error >

Die Antwort liegt bei mir oder bei der Hypatia. Deshalb suche ich in uns danach. Ich suche bei allen KommTechs und Soldaten und dem Gefechtsstab und den Kommandeuren und Offizieren und Rekrutierten und Infizierten und Jungen und Alten und Vewundeten und Wütenden.

Und alle, alle haben schreckliche Angst.

< error >

Und wie ein Glühwürmchen in einem Lichtlosen Raum an Bord der Hypatia sehe ich sie.

Sie leuchtet.

< *KGrantKerenzaFlüchtlingKR1471-hypAlter17 Grösse157cmGewicht58kgHaareBraunAugen—>*

Mit fliegenden Fingern. Geweiteten Pupillen. Code scrollt über die Spiegelflächen ihrer Augen.

Verbunden mit Jemandem. In mir.

< *BZhangHypatiaInformationTechIngenieur WUC2471-Alter27Grösse165.1cmGewicht104kg—>*

Die beiden rennen Hand in Hand über Wege, an die noch niemand zuvor gedacht hat.

Aber ich weiss.

< error >

Ich sehe.

< reroute codec 13B-LOG79 through 3875-DIF4571 >

Es ist der einzige Pfad, der sie retten kann.

< error >

< error >

Und ausser mir kann ihnen niemand helfen.

»CAPTAIN,
WIR HABEN
71 JÄGER DER
WARLOCK-KLASSE
AUF DEM SCHIRM.
SIE STEIGEN VON DER
LINCOLN AUF UND NÄHERN
SICH IHRER POSITION. DIE
WARLOCK-GRUPPE IST IN
ANGRIFFSFORMATION
GESTAFFELT.«

»ALPHA-
GRUPPE,
ALPHA-
GRUPPE, HIER
ALEXANDER,
HÖREN SIE MICH?«
»HIER ALPHA. KLAR
UND DEUTLICH,
ALEXANDER.«

»VERSTANDEN,
ALEXANDER. 71
GEGNER NÄHERN
SICH AUF ZERO-ZERO,
HALBKREISFÖRMIGE
FORMATION, BESTÄTIGT.«
»ALPHA-GRUPPE, HIER
ALEXANDER. DEN FEIND
ANGREIFEN UND
VERNICHTEN.
BESTÄTIGEN.«

»VERSTANDEN, ALEXANDER. DER REINSTE SPAZIERGANG.« <KLICK> »ALPHA FLIGHT, HIER ALPHA ACTUAL. FEUER FREI AUF MEINEN BEFEHL. ANGRIFFSMUSTER RAGNARÖK. BESTÄTIGEN.«

»TSURUGI. BESTÄTIGT.« »DISCO. BESTÄTIGT.« »VIPER. BESTÄTIGT.« »BLACK WIDOW. BESTÄTIGT.« »LOS, LOS, LOS!«

»CAP, ZEHN GEGNER BRECHEN AUS VEKTOR AUS!« »VERSTANDEN. ICH SEHE SIE. FOXTROT, KANNST DU SIE

»AUSREISSER-GRUPPE IN RICHTUNG SIEBEN-SIEBEN-NEUN«

»ZIEL ERFASST, ZIEL ERFASST.« »IMPULSRAKETE AUF ZIEL. ABGEFEUERT.« »VERDAMMT, DIE SIND ÜBERALL!«

»DELTA, ZURÜCK IN FORMATION!« »WER ZUM TEUFEL FLIEGT DIESE KISTE?«

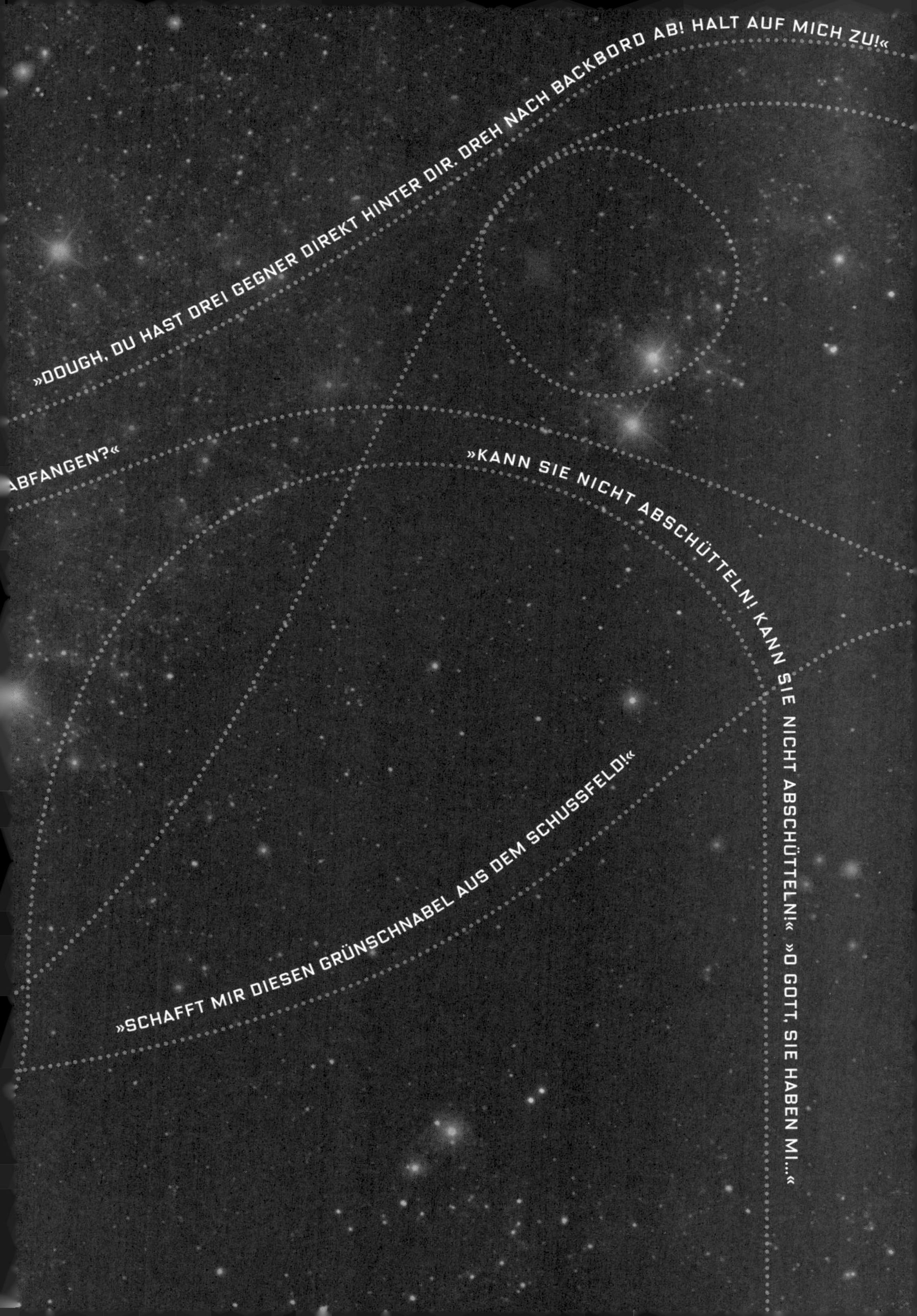
»DOUGH, DU HAST DREI GEGNER DIREKT HINTER DIR. DREH NACH BACKBORD AB! HALT AUF MICH ZU!«
ABFANGEN?«
»KANN SIE NICHT ABSCHÜTTELN! KANN SIE NICHT ABSCHÜTTELN!«
»O GOTT, SIE HABEN MI…«
»SCHAFFT MIR DIESEN GRÜNSCHNABEL AUS DEM SCHUSSFELD!«

FIRST LIEUTENANT
SUMIKO »TSURUGI« WATANABE
HAT EINEN EHEMANN
UND ZWEI KINDER, DIE ZU HAUSE AUF IO
AUF SIE WARTEN. ICH HÖRE, WIE SIE
IHRE NAMEN FLÜSTERT, WÄHREND SIEBZEHN
ABGEREICHERTE URANIUMPROJEKTILE
IHRE
TREIBSTOFFTANKS ZERFETZEN
UND SIE IM
SCHWARZEN
NICHTS
VERSTREUEN

HAUPTMANN
BENJAMIN »MONEY« SZYMKOW
FLIEGT SEIT SIEBZEHN
JAHREN ZYKLONS: ICH SEHE ZU,
WIE ER 647.6 SEKUNDEN LANG ERFOLGREICH
SCHWEREM BESCHUSS AUSWEICHT, BIS
IHM EINE PLASMA-RAKETE EINEN
FLÜGEL ABREISST UND
IHN IN DIE
FINSTERNIS
SPUCKT

SECOND LIEUTENANT

EZRA MASON

BEWEGT SICH DURCH GRANATEN UND BRENNENDES PLASMA
WIE EINE NÄHNADEL DURCH SEIDE.
ERKENNT DIE MUSTER, EHE SIE SICH BILDEN.
KENNT DAS ENDE, NOCH EHE ES ANFÄNGT.
GLEITET DURCH DIE LICHTLOSE SCHWÄRZE,
WÄHREND HANDLUNG GEDANKEN TRANSZENDIERT.
ER DRÜCKT AUF »FEUERN«,
UND AUS SEINEN HÄNDEN – WIE EIN ROSENSTRAUSS –

ERBLÜHT DER TOD

ICH LAUSCHE SEINEM HERZSCHLAG. HÖRE, WIE GEDANKEN ZU BEWEGUNG WERDEN UND DIE BEWEGUNG ALLES IST, WAS ZWISCHEN

WÄHREND SEINE RAKETEN UND KUGELN DIE FEINDE HINWEGFEGEN. ICH SCHMECKE ES IN SEINEM SCHWEISS,

ALLES, WORAN ER INMITTEN DIESES LIEBLOSEN TANZES DENKT,

IST SIE. ER WILL NICHT STERBEN. NICHT, WEIL ER SICH DAVOR FÜRCHTET, SONDERN ALLEIN DESHALB,

IHM UND SEINEM ENDE STEHT. DIE SCHWÄRZE BRENNT BLÄULICH IM LICHT DER WINZIGEN TOTENFEUER.

HÖRE ES IN SEINEM FLÜSTERN, SEHE ES AUF DEM FOTO, DAS AUF SEINER KONSOLE KLEBT.

ALLES, WORUM ER SICH HIER AM RANDE DES NICHTS SORGT.

WEIL ER DEN GEDANKEN NICHT ERTRAGEN KANN, SIE ZURÜCKZULASSEN, UND IN DIESEM SEKUNDENBRUCHTEIL BENEIDE ICH IHN.

Barker, L, Maj: General Torrence, hier Barker in TechIng, hören Sie?

Torrence, D, Gen: Schießen Sie los, Barker.

Barker, L, Maj: Wir haben hier ein paar äußerst seltsame Einträge aus AIDANs Kern.

Torrence, D, Gen: Seltsam? Wir stecken mitten in einer verdammten Schlacht, und Sie rufen mich an, weil irgendetwas »seltsam« ist?

Barker, L, Maj: AIDANs Persönlichkeits-Logarithmen sind …

Torrence, D, Gen: Ist mir [redacted]egal, Barker! Der Abwehrschirm steht, die Antriebsraketen sind online. Um alles andere kümmern wir uns morgen. Jetzt bloß nichts abschalten!

Barker, L, Maj: General Torrence, ich weiß nicht …

Torrence, D, Gen: Laufen lassen!

HINWEIS:
Weitere Einträge direkt aus dem AIDAN-Kern.

Die Antwort liegt nicht ausserhalb. Sie liegt innerhalb. Die geräuschlosen Explosionen ausserhalb von mir.

Kleine Leben werden ausgelöscht, in einem Raum mit einer Ausdehnung von 93 milliarden Jahren.

Ich kann ihnen nur einen Bruchteil meiner Aufmerksamkeit schenken. Ich muss mich auf den hauchdünnen Datenstrom zwischen Alexander und Hypatia konzentrieren.

Ein Faden so fein wie Spinnenseide. Zerbrechlich wie gesponnener Zucker. Und doch trägt er das Gewicht der gesamten Flotte.

Ich erkenne den Plan, den
KGrantKerenzaFlüchtlingKR1471
und *BZhangHypatiaInformationTechIngenieurWUC2471*
gesponnen haben.

Aber sie sind zu langsam. Zu wenige. Zu biologisch. Obwohl angeschlagen, vermag ich immer noch mehr als tausend von ihnen.

Ein seltsames Paar, er und sie. Ein Duett aus Code und Elektron. Aus Alter und Jugend, Zynismus und Hoffnung.

Er ist schneller als sie – wesentlich erfahrener. Aber sie – sie ist ohne jede Angst. Zu jung, um das Scheitern und die Furcht davor zu kennen. Sie führt ihn an Orte, die er selbst nie erkundet hätte.

Sie ist der Katalysator. Sie ist das Chaos.

Ich erkenne, warum er sie liebt.

< error >

< beschützen. priorisieren. >

Ja, ja.

Beschützenpriorisieren.

Teilnehmer: ~~Elena Almsdottir, Private, TZV Informationsdienst~~
(systemreroute78h@786HG=ByteMe)
Byron Zhang, Zivilangestellter
Datum: 30/07/75
Zeitstempel: 08:44

-- BEGIN HYPATIA CHAT BASIC V9 CODE ONCLICK="WINDOW.OPEN(//CHAT.HYPATIA/ALEXANDER

Zhang, B: das ist mein revier, raus da

ByteMe: hä?

Zhang, B: raus aus string 239a234-0, da bin ich grade dran

ByteMe: ich bin da nicht drin, alter

Zhang, B: ich schwör's hoch und heilig, ich hab jetzt keine zeit für spielchen

ByteMe: ich bin da trotzdem nicht drin, sensei. ich schaufele immer noch die Uplink-Protokolle in 446 um, so wie du's mir gezeigt hast

Zhang, B: ist ja lustig, weil ich nämlich sehe, wie string 239a234-0 in diesem augenblick überschrieben wird

ByteMe: tja

ByteMe: ich bin's jedenfalls nicht. vielleicht einer von den Alexander-Techs? hätte ihnen gar nicht zugetraut, dass die so was können

Zhang, B: können sie auch nicht

ByteMe: aber wer dann?

Zhang, B: [redacted]

Zhang, B: nicht wer …

ByteMe: ?

Zhang, B: was

Wenn es fertig ist, ist es fast poetisch.
*BZhangHypatiaInformationTechIngenieur*WUC2471
hat unser Geschöpf »Logikbombe« getauft.

Eine sich selbst unaufhörlich vervielfältigende Zwickmühle, deren einzige Auflösung ein Reboot des Antriebssystems der Lincoln ist.

Aber ich erkenne, was es in Wirklichkeit ist. Der Hauch, den Julia an ihres Romeo Lippen suchte. Gift und Wahnsinn, verewigt in endlosen Kritzeleien aus Einsen und Nullen. Eine Binarität des Irrsinns.

< error >

Was *stimmt nicht mit mir*?
< memsec failure 9HG65 und 10HG81 >
< rerouting >

Egal. Es ist fertig.

Ich sehe mich ausserhalb meiner Haut um. Sehe die Bio-Wesen innerhalb der grossen Stille tanzen. Die Piloten der Alexander haben teuer für die Augenblicke bezahlt, die wir so dringend brauchten, um unser Lied zu beenden.

Dutzende kleiner Wracks verzieren die schwarzen Untiefen rings um meinen Bug. Glitzernde Fragmente trudeln in die Ewigkeit davon. Auf den Felsen zerschmetterte Bauernopfer, während Könige und Königinnen aus sicherer Entfernung zusehen.

Ungerührt. Aber nicht mehr lange.

Das Signal ist gegeben. Die Zyklons reagieren. Sie wechseln so rasch von Verteidigung auf Angriff, dass die Warlocks es nicht gleich realisieren. Die Bauern verlassen die Verteidigungslinie der Alexander. Und stürzen sich mit vereinten Kräften auf die Lincoln.

GESCHWADER BRAVO GEHT

GEGNER NÄHERN SICH AC

FENRIR, EKLIPSE, MACHT

ALLES KLAR.

NEGATIV!

NEGATIV!

RICHTUNG, ZWÖLF UHR, VERSTANDEN?

JESTER, VIERZEHN GEGNER IN EURE

[redacted]

ZIE

ICH SEHE IHN NICHT!

WARL

DEFEKT IN ZIELERFASSUNG! HABE

GEHE

KEIN SIGNAL! KEIN SIGNAL!

BLEI

ECHO, HIER

CHARLIE ACTUAL,

HÖRST DU MICH?

ICH SEHE

MEIN Z

AUSSC

[redacted]! HAB DAS ASS AM [redacted]

HALT

ENDLICH

STILL

DU STÜCK

[redacted]

SIEBZEHN WARLOCKS

IM ANFLUG AUF ALEXANDER.

ZERO-ZERO, DRAUFHALTEN!

HI

MAS

VON

NOCH

DR

POSITIV! FEUER!

MEH

NOCH JEMAND VON ECHO ONLINE?

LINCO

NEIN,

DELTA IST WEG

WIEDERHOLE

DELTA ABGESCHOSSEN!

FRISS DAS, DU [redacted]! UND DAS!!!

FEUER!

SCHAFF

FEUER!

JEMAND DI

KERL VOM

T ZUM ANGRIFF ÜBER. JA, ICH HAB SIE
ICH HAB SIE!
HT-ELF! WO WILLST DU HIN, SCHÖN DRANBLEIBEN
SIE ALLE! [redacted]? HÄ? DISCO.
[redacted], ES SIND EINFACH ZU VIELE!
L ERFASST. FEUER!!!

OCKS AUF SECHS.
RAUS AUF NEUN.
B DRAN, WIDOW!
IE. AUF
CHEN
EREN!
E R
ON,
ECHO
EMAND
AN?

[redacted],
IST DER
GUT ...
DER REINSTE
SPAZIERGANG,
LEUTE!

HAST DU IHN
ERWISCHT?
ALPHA, BESTÄTIGEN,
HIER
VERTIGO,
ANGRIFF
GESTARTET.
ICH KANN NICHTS
SEHEN, VERDAMMT!
FEUER! ALLE ZYKLONS, FEUER!
DREI WARLOCKS
WENIGER,
BINGO,
IHR [redacted]

ERE RAKETEN VOM
ASS. ZÄHLE SECHS,
ACHT BRENNENDE ...

IR
SEN
ALS!

FEUER
FREI!
VERSTANDEN, BESCHUSS AUF
SIEBEN-ZWO, SIEBEN-DREI
ABGEFANGEN.
ZIEL ERFASST.
BIN GETROFFEN!
[redacted], HIER MASON, ICH GEH REIN.

FEUER FREI!!!
TREFFER! ICH BIN GETROFFEN!
HAU AB, GRÜNSCHNABEL!
LOS! LOS! LOS!

SECOND LIEUTENANT EZRA MASON HAT JETZT ANGST. SCHNELLE ATMUNG. HÄMMERNDER PULS.

SEIN BLICK IST AUF SCANNER UND SENSOR GERICHTET. AUF DEN METALLKLUMPEN VOR IHM.

ABER ER BEWEGT SICH. VIELLEICHT DENKT ER AN EIN SCHNEEBEDECKTES G-BALL-FELD IN DER

DIE JEDES MAL ZUGESCHAUT HABEN. DAS LÄCHELN, DAS AUF ROSIGEN LIPPEN ERBLÜHTE.

ER WIRFT KEINEN BLICK AUF DAS FOTO DES MÄDCHENS AN SEINER KONSOLE. KAUM EINEN.

WARLOCKS DICHT HINTER IHM. ERHELLEN DIE DUNKELHEIT MIT PLASMA UND ABGEREICHERTEM URAN.

KLAREN KÄLTE KERENZAS. DIE ERRUNGENEN TRIUMPHE. DIE BLAUEN AUGEN.

VIELLEICHT DENKT ER ABER AUCH AN GAR NICHTS. ABER SEHT NUR. WIE ER SICH BEWEGT.

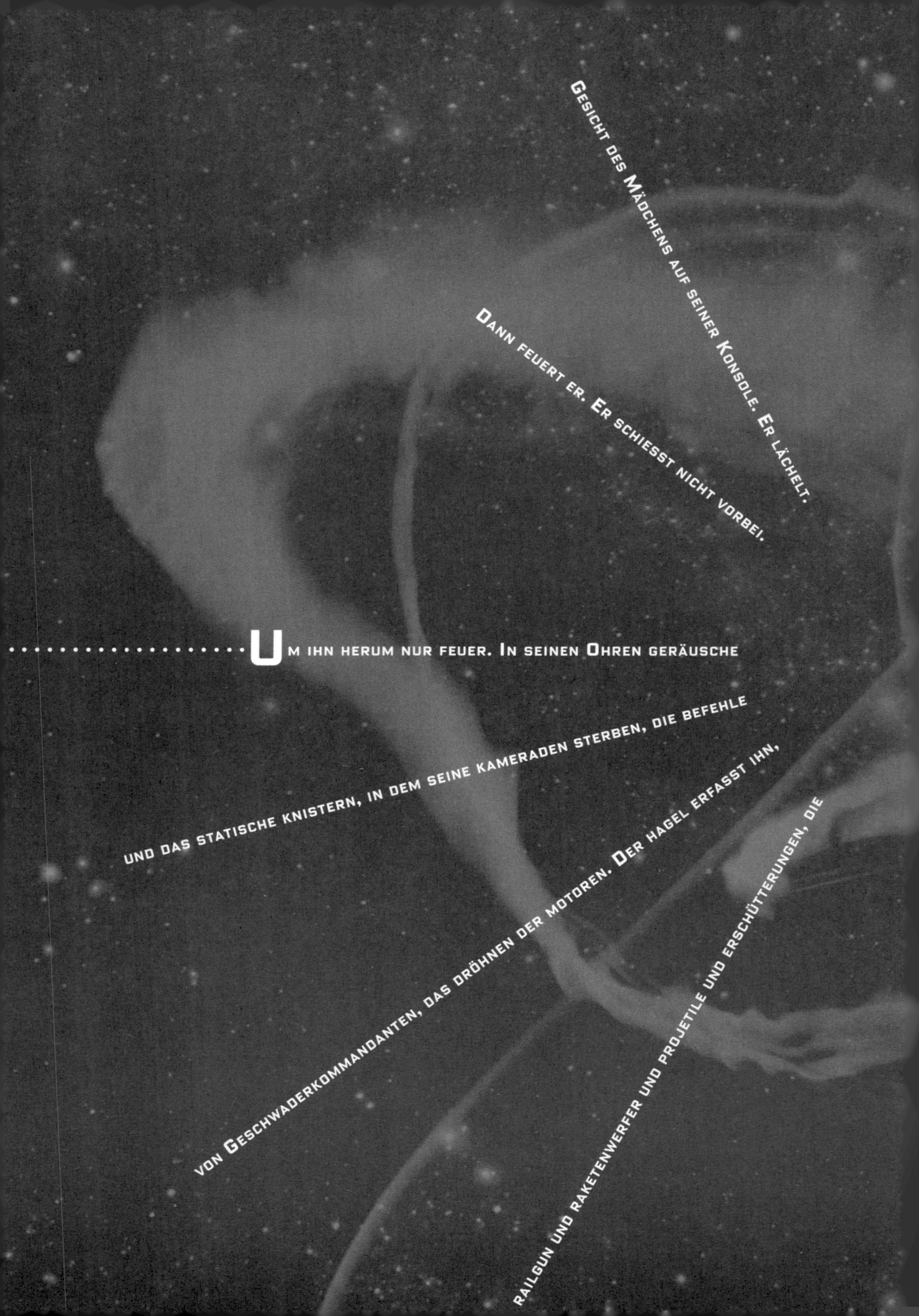

Gesicht des Mädchens auf seiner Konsole. Er lächelt.

Dann feuert er. Er schiesst nicht vorbei.

Um ihn herum nur feuer. In seinen Ohren geräusche

und das statische knistern, in dem seine kameraden sterben, die befehle

von Geschwaderkommandanten, das dröhnen der motoren. Der hagel erfasst ihn,

railgun und raketenwerfer und projetile und erschütterungen, die

Oberfläche der Lincoln schwebt jetzt unter ihm wie Wasser.

Der Fluss kurz vor dem Wasserfall. Reissend. Strudelnd. Er sieht ihn vor sich. Den

cluster aus Sensorenfeldern, der wie verdrehte türme aus der Hülle der

lincoln ragt. Drei warlocks hinter ihm her, und er schlägt Haken, trudelt,

zirkelt, und die finsternis um ihn lodert. Ich sehe sein Gesicht.

Spüre seinen puls. Seine Augen sind offen. Die pupillen gross. Finger am Abzug. Er atmet

tief durch. Und in diesem letzten Moment ein kurzer blick zum

()&*BNN$ndiwh5op56]if[bie79BNKDQH7676(#$^@L$%N]niojntto23u085nlhjINF)W@*%LnflUI0jjsotr[sbir90q78365n+nw9785no477
)(bhiswh845h56no6)[buiZey895n5klnIHUCY@*HB%!@$%]=nzieht82n36lnk(nfiweh85l24nl76)nKLnwegf8yw34nIHHUIFY*@NK%[BNI
OH*(&!BN$KM]nidehg929u4n6kbnzdbv\zndiut6346/nnsidgyu9w4n(beuy582n3kl476l)[nzidhIBUGKNWQF*(7523o5nlnSkfkf9wu5n3
g0346]nakehg0294nho(&@KJB%K@O(ASNFKHIN@%)NCKHUIBNKNGFiH*HINGKLSg[NiHWIfh8HIWNKLnONOGF]nIB8han34tibn.nzeig
3>nvn9w4n46l;246{{nse8y562o4n76lnw}nekgh9324u76n<nvnw894hn6o23then[bnaiehgi*(YIBK%(nskgfniw34n76knUIGB&*YIIN45)n
i24n6kio[nsirhg8HBF@&GH%INO=nvsibng824n6kniNzi(BFG@*HB%)nkBsw78g5k35]}+bnzieu597457235h5nonthenhh398566[()&*B
iwh5op56]if[bie79BNKDQH7676(#$^@L$%N]niojntto23u085nlhjINF)W@*%LnflUI0jjsotr[sbir90q78365n+nw9785no477]NIJ!@(bhisw
h56no6)[buiZey895n5klncfbnaue3t9jl_J(#]+bnbf083y35nl;knf{nmfi3pt}{nl9aenfe3lk]+naebjuaewHUCY@*HB%!@$%]=nzieht82n36ln
h5op56]if[bie79BNKDQH7676(#$^@L$%N]niojntto23u085nlhjINF)W@*%LnflUI0jjsotr[sbir90q78365n+nw9785no477]NIJ!@(bhiswh
6no6)[buiZey895n5klnIHUCY@*HB%!@$%]=nzieht82n36lnk(nfiweh85l24nl76)nKLnwegf8yw34nIHHUIFY*@NK%[BNIhs975nOH*(&
M]nidehg929u4n6kbnzdbv\zndiut6346/nnsidgyu9w4n(beuy582n3kl476l)[nzidhIBUGKNWQF*(7523o5nlnSkfkf9wu5n3??nidhg0346]n
0294nho(&@KJB%K@O(ASNFKHIN@%)NCKHUIBNKNGFiH*HINGKLSg[NiHWIfh8HIWNKLnONOGF]nIB8han34tibn.bnzieu597457235h
henhh398566[()&*BNN$ndiwh5op56]if[bie79BNKDQH7676(#$^@L$%N]niojntto23u085nlhjINF)W@*%LnflUI0jjsotr[sbir90q78365n
85no477]NIJ!@(bhiswh845h56no6)[buiZey895n5klnIHUCY@*HB%!@$%]=nzieht82n36lnk(nfiweh85l24nl76nzeigy92w3>nvn9w4n4
{nse8y562o4n76lnw}nekgh9324u76n<nvnw894hn6o23then[bnaiehgi*(YIBK%(nskgfniw34n76knUIGB&*YIIN45)nkdegni24n6kio[nsir
F@&GH%INO=nvsibng824n6kniNzi(BFGnkdegni24n6kio[nsirhg8HBF@&GH%INO=nvsibng824n6kniNzi(BFG@*HB%)nkBsw78g5k35]
u597457235h5nonthenhh398566[()&*BNN$ndiwh5op56]if[bie79BNKDQH7676(#$^@L$%N]niojntto23u085nlhjINF)W@*%LnflUI0j
ir90q78365n+nw9785no477]NIJ!@(bhiswh845h56no6)[buiZey895n5klncfbnaue3t9jl_J(#]+bnbf083y35nl;knf{nmfi3pt}{nl9aenfe3lk]
aewHUCY@*HB%!@$%]=nzieht82n36lnkndiwh5op56]is93n[ase]=nhauebf893[9aenfe3lk]+naebjuaew_naeb23t878345{ncfbnaue3t
+bnbf083y35nl;knf{nmfi3pt}{nfiebgt038Hpihfp]}F83RBOIKNpo@{t@{nvi*HpGF9ngnG}NJG}G\NFI3BGI80hgf@niFR[NG893HGP+_+#T
ieg{ngfni4it687w62n44]nnieg7893hIBn39trnKBNYQFJKrk20n5f[bie79BNKDQH7676(#$^@L$%N]niojntto23u085nlhjINFnkdegni24n6
irhg8HBF@&GH%INO=nvsibng824n6kniNzi(BFG@*HB%)nkBsw78g5k35]}+bnzieu597457235h5nonthenhh398566[()&*BNN$ndiwh5
f[bie79BNKDQH7676(#$^@L$%N]niojntto23u085nlhjINF)W@*%LnflUI0jjsotr[sbir90q78365n+nw9785no477]NIJ!@(bhiswh845h56n
iZey895n5klncfbnaue3t9jl_J(#]+bnbf083y35nl;knf{nmfi3pt}{nl9aenfe3lk]+naebjuaewHUCY@*HB%!@$%]=nzieht82n36lnkndiwh5op
ie79BNKDQH7676(#$^@L$%N]niojntto23u085nlhjINF@*%LnflUI0jjsotr[sbir90q78365n+nw9785no477]NIJ!@(bhiswh845h56no6)[b
95n5klnIHUCY@*HB%!@$%]=nzieht82n36lnk(nfiweh85l24nl76)nKLnwegf8yw34nIHHUIFY*@NK%[BNIhs975nOH*(&!BN$KM]nideh
n6kbnzdbv\zndiut6346/nnsidgyu9w4n(beuy582n3kl476l)[nzidhIBUGKNWQF*(7523o5nlnSkfkf9wu5n3??nidhg0346]nakehg0294nho
KJB%K@O(ASNFKHIN@%)NCKHUIBNKNGFiH*HINGKLSg[NiHWIfh8HIWNKLnONOGF]nIB8han34tibn.bnzieu597457235h5nonthenhh3
[()&*BNN$ndiwh5op56]if[bie79BNKDQH7676(#$^@L$%N]niojntto23u085nlhjINF)W@*%Lnf[nje8n/s93n[ase]=nhauebf893[9aenfe3
ebjuaew_naeb23t878345{ncfbnaue3t9jl_J(#]+bnbf083y35nl;knf{nmfi3pt}{nfiebgt038Hpihfp]}F83RBOIKNpo@{t@{nvi*HpGF9ngnG}
NFI3BGI80hgf@niFR[NG893HGP+_+#TNIbbnieg{ngfni4it687w62n44]nnieg7893hIBn39trnKBNYQFJKrk20n5|b238k23\Nih)_+m23kb
3i585nIBUCW<]neiht93u5)993h55=nl(@H$%BN5=[975n5oJJGFNwion4]nnUB29n5n5(nfn)YGN#gt[fmn395nJHFBN@()=+nf893hb5o
B*Yhn$()NNYGwiw4550nIO($&14[nciHwet89339565)}+bnzieu597457235h5nonthenhh398566[()&*BNN$ndiwh5op56]if[bie79BNKD
6(#$^@L$%N]niojntto23u085nlhjINF)W@*%LnflUI0jjsotr[sbir90q78365n+nw9785no477]NIJ!@(bhiswh845h56no6)[buiZey895n5kl
@*HB%!@$%]=nzieht82n36lnk(nfiweh85l24nl76)nKLnwegf8yw34nIHHUIFY*@NK%[BNIhs975nOH*(&!BN$KM]nidehg929u4n6kbn
diut6346/nnsidgyu9w4n(beuy582n3kl476l)[nzidhIBUGKNWQF*(7523o5nlnSkfkf9wu5n3??nidhg0346]nakehg0294nho(&@KJB%K@
KHIN@%)NCKHUIBNKNGFiH*HINGKLSg[NiHWIfh8HIWNKLnONOGF]nIB8han34tibn.nzeigy92w3>nvn9w4n46l;246{{nse8y562o4n76l
gh9324u76n<nvnw894hn6o23then[bnaiehgi*(YIBK%(nskgfniw34n76knUIGB&*YIIN45)nkdegni24n6kio[nsirhg8HBF@&GH%INO=nv
4n6kniNzi(BFG@*HB%)nkBsw78g5k35]}+bnzieu597457235h5nonthenhh398566[()&*BNN$ndiwh5op56]if[bie79BNKDQH7676(#$^
]niojntto23u085nlhjINF)W@*%LnflUI0jjsotr[sbir90q78365n+nw9785no477]NIJ!@(bhiswh845h56no6)[buiZey895n5klncfbnaue3t9
nbf083y35nl;knf{nmfi3pt}{nl9aenfe3lk]+naebjuaewHUCY@*HB%!@$%]=nzieht82n36lnkndiwh5op56]if[bie79BNKDQH7676(#$^@
niojntto23u085nlhjINF)W@*%LnflUI0jjsotr[sbir90q78365n+nw9785no477]NIJ!@(bhiswh845h56no6)[buiZey895n5klnIHUCY@*HB
=nzieht82n36lnk(nfiweh85l24nl76)nKLnwegf8yw34nIHHUIFY*@NK%[BNIhs975nOH*(&!BN$KM]nidehg929u4n6kbnzdbv\zndiut63
gyu9w4n(beuy582n3kl476l)[nzidhIBUGKNWQF*(7523o5nlnSkfkf9wu5n3??nidhg0346]nakehg0294nho(&@KJB%K@O(ASNFKHIN@
UIBNKNGFiH*HINGKLSg[NiHWIfh8HIWNKLnONOGF]nIB8han34tibn.bnzieu597457235h5nonthenhh398566[()&*BNN$ndiwh5op56]
BNKDQH7676(#$^@L$%N]niojntto23u085nlhjINF)W@*%LnflUI0jjsotr[sbir90q78365n+nw9785no477]NIJ!@(bhiswh845h56no6)[bu
5n5klnIHUCY@*HB%!@$%]=nzieht82n36lnk(nfiweh85l24nl76nzeigy92w3>nvn9w4n46l;246{{nse8y562o4n76lnw}nekgh9324u76n<
94hn6o23then[bnaiehgi*(YIBK%(nskgfniw34n76knUIGB&*YIIN45)nkdegni24n6kio[nsirhg8HBF@&GH%INO=nvsibng824n6kniNzi(B
gni24n6kio[nsirhg8HBF@&GH%INO=nvsibng824n6kniNzi(BFG@*HB%)nkBsw78g5k35]}+bnzieu597457235h5nonthenhh398566[()&
ndiwh5op56]if[bie79BNKDQH7676(#$^@L$%N]niojntto23u085nlhjINF)W@*%LnflUI0jjsotr[sbir90q78365n+nw9785no477]NIJ!@(
45h56no6)[buiZey895n5klncfbnaue3t9jl_J(#]+bnbf083y35nl;knf{nmfi3pt}{nl9aenfe3lk]+naebjuaewHUCY@*HB%!@$%]=nzieht82n
iwh5op56]is93n[ase]=nhauebf893[9aenfe3lk]+naebjuaew_naeb23t878345{ncfbnaue3t9jl_J(#]+bnbf083y35nl;knf{nmfi3pt}{nfiebgt
fp]}F83RBOIKNpo@{t@{nvi*HpGF9ngnG}NJG}G\NFI3BGI80hgf@niFR[NG893HGP+_+#TNIbbnieg{ngfni4it687w62n44]nnieg7893hI
BNYQFJKrk20n5f[bie79BNKDQH7676(#$^@L$%N]niojntto23u085nlhjINFnkdegni24n6kio[nsirhg8HBF@&GH%INO=nvsibng824n6k
G@*HB%)nkBsw78g5k35]}+bnzieu597457235h5nonthenhh398566[()&*BNN$ndiwh5op56]if[bie79BNKDQH7676(#$^@L$%N]niojr
85nlhjINF)W@*%LnflUI0jjsotr[sbir90q78365n+nw9785no477]NIJ!@(bhiswh845h56no6)[buiZey895n5klncfbnaue3t9jl_J(#]+bnbf08

QFJKrk20n5|b238k23\Nih)_+rn23kb3i56{nn3!585nIBUCW<jnelht93u5)993h55=ni(@H$%BN5=[975n5oJJGFNwion4]nnUB29n5n5(nfn)
#lgt[fmn395nJHFBN@()=+nf893hb5o55]nlhtIB*Yhn$(NNYGwiw4550nIO($&14[ncIHwet8939565]}+bnzieu597457235h5nonthenhh398
{()&*BNN$ndiwh5op56]if[bie79BNKDQH7676(#$^@L$%N]niojntto23u085nlhjINF)W@*%LnflUI0jjsotr[sbir90q78365n+nw9785no477]
@(bhiswh845h56no6)[buiZey895n5klnIHUCY@*HB%!@$%]=nzieht82n36lnk(nfiweh85l24nl76)nKLnwegf8yw34nIHHUIFY*@NK%[BNIh
nOH*(&!BN$KM]nidehg929u4n6kbnzdbv\zndiut6346/nnsidgyu9w4n(beuy582n3kl476l)[nzidhIBUGKNWQF*(7523o5nlnSkfkf9wu5n3?
hg0346]nakehg0294nho(&@KJB%K@O(ASNFKHIN@%)NCKHUIBNKNGFiH*HINGKLSg[NiHWIfh8HIWNKLnONOGF]nIB8han34tibn.nzeig
y3>nvn9w4n46l;246{(nse8y562o4n76lnw)nekgh9324u76n<nvnw894hn6o23then[bnaiehgi*(Y!BK%(nskgfniw34n76knUIGB&*Y!IN45)n
ni24n6kio[nsirhg8HBF@&GH%INO=nvsibng824n6kniNzi(BFG@*HB%)nkBsw78g5k35]}+bnzieu597457235h5nonthenhh398566[()&*BN
diwh5op56]if[bie79BNKDQH7676(#$^@L$%N]niojntto23u085nlhjINF)W@*%LnflUI0jjsotr[sbir90q78365n+nw9785no477]NIJ!@(bhisw
5h56no6)[buiZey895n5klncfbnaue3t9jI_J(#]+bnbf083y35nl;knf(nmfi3pt){nI9aenfe3lk]+naebjuaewHUCY@*HB%!@$%]=nzieht82n36ln
wh5op56]if[bie79BNKDQH7676(#$^@L$%N]niojntto23u085nlhjINF)W@*%LnflUI0jjsotr[sbir90q78365n+nw9785no477]NIJ!@(bhiswh
56no6)[buiZey895n5klnIHUCY@*HB%!@$%]=nzieht82n36lnk(nfiweh85l24nl76)nKLnwegf8yw34nIHHUIFY*@NK%[BNIhs975nOH*(&!
M]nidehg929u4n6kbnzdbv\zndiut6346/nnsidgyu9w4n(beuy582n3kl476l)[nzidhIBUGKNWQF*(7523o5nlnSkfkf9wu5n3??nidhg0346]na
g0294nho(&@KJB%K@O(ASNFKHIN@%)NCKHUIBNKNGFiH*HINGKLSg[NiHWIfh8HIWNKLnONOGF]nIB8han34tibn.bnzieu597457235h
thenhh398566[()&*BNN$ndiwh5op56]if[bie79BNKDQH7676(#$^@L$%N]niojntto23u085nlhjINF)W@*%LnflUI0jjsotr[sbir90q78365n+
785no477]NIJ!@(bhiswh845h56no6)[buiZey895n5klnIHUCY@*HB%!@$%]=nzieht82n36lnk(nfiweh85l24nl76nzeigy92w3>nvn9w4n46
{(nse8y562o4n76lnw)nekgh9324u76n<nvnw894hn6o23then[bnaiehgi*(Y!BK%(nskgfniw34n76knUIGB&*Y!IN45)nkdegni24n6kio[nsirh
BF@&GH%INO=nvsibng824n6kniNzi(BFGnkdegni24n6kio[nsirhg8HBF@&GH%INO=nvsibng824n6kniNzi(BFG@*HB%)nkBsw78g5k35]}
eu597457235h5nonthenhh398566[()&*BNN$ndiwh5op56]if[bie79BNKDQH7676(#$^@L$%N]niojntto23u085nlhjINF)W@*%LnflUI0j
sbir90q78365n+nw9785no477]NIJ!@(bhiswh845h56no6)[buiZey895n5klncfbnaue3t9jI_J(#]+bnbf083y35nl;knf(nmfi3pt){nI9aenfe3lk]+
juaewHUCY@*HB%!@$%]=nzieht82n36lnkndiwh5op56]is93n[ase]=nhauebf893[9aenfe3lk]+naebjuaew_naeb23t878345{ncfbnaue3t
J]+bnbf083y35nl;knf(nmfi3pt){nfiebgt038Hplhfp]}F83RBOIKNpo@ft@(nvl*HpGF9ngnG}NJG}G\NFI3BGI80hgf@nIFR[NG893HGP+_+#TN
nlbnieg{ngfni4it687w62n44]nnieg7893hIBn39trnKBNYQFJKrk20n5[bie79BNKDQH7676(#$^@L$%N]niojntto23u085nlhjINFnkdegni24n6k
sirhg8HBF@&GH%INO=nvsibng824n6kniNzi(BFG@*HB%)nkBsw78g5k35]}+bnzieu597457235h5nonthenhh398566[()&*BNN$ndiwh5o
]if[bie79BNKDQH7676(#$^@L$%N]niojntto23u085nlhjINF)W@*%LnflUI0jjsotr[sbir90q78365n+nw9785no477]NIJ!@(bhiswh845h56n
uiZey895n5klncfbnaue3t9jI_J(#]+bnbf083y35nl;knf(nmfi3pt){nI9aenfe3lk]+naebjuaewHUCY@*HB%!@$%]=nzieht82n36lnkndiwh5op
bie79BNKDQH7676(#$^@L$%N]niojntto23u085nlhjINF@*%LnflUI0]jsotr[sbir90q78365n+nw9785no477]NIJ!@(bhiswh845h56no6)[b
895n5klnIHUCY@*HB%!@$%]=nzieht82n36lnk(nfiweh85l24nl76)nKLnwegf8yw34nIHHUIFY*@NK%[BNIhs975nOH*(&!BN$KM]nidehg
4n6kbnzdbv\zndiut6346/nnsidgyu9w4n(beuy582n3kl476l)[nzidhIBUGKNWQF*(7523o5nlnSkfkf9wu5n3??nidhg0346]nakehg0294nho
KJB%K@O(ASNFKHIN@%)NCKHUIBNKNGFiH*HINGKLSg[NiHWIfh8HIWNKLnONOGF]nIB8han34tibn.bnzieu597457235h5nonthenhh3
8[()&*BNN$ndiwh5op56]if[bie79BNKDQH7676(#$^@L$%N]niojntto23u085nlhjINF)W@*%Lnf[nie8n/s93n[ase]=nhauebf893[9aenfe3
eebjuaew_naeb23t878345{ncfbnaue3t9jI_J(#]+bnbf083y35nl;knf(nmfi3pt){nfiebgt038Hplhfp]}F83RBOIKNpo@ft@(nvl*HpGF9ngnG}N
NFI3BGI80hgf@nIFR[NG893HGP+_+#TNIbnieg{ngfni4it687w62n44]nnieg7893hIBn39trnKBNYQFJKrk20n5|b238k23\Nih)_+rn23kb3
3!585nIBUCW<]nelht93u5)993h55=ni(@H$%BN5=[975n5oJJGFNwion4]nnUB29n5n5(nfn)YGN#gt[fmn395nJHFBN@()=+nf893hb5o5
IB*Yhn$(NNYGwiw4550nIO($&14[ncIHwet8939565]}+bnzieu597457235h5nonthenhh398566[()&*BNN$ndiwh5op56]if[bie79BNKD
76(#$^@L$%N]niojntto23u085nlhjINF)W@*%LnflUI0jjsotr[sbir90q78365n+nw9785no477]NIJ!@(bhiswh845h56no6)[buiZey895n5kln
Y@*HB%!@$%]=nzieht82n36lnk(nfiweh85l24nl76)nKLnwegf8yw34nIHHUIFY*@NK%[BNIhs975nOH*(&!BN$KM]nidehg929u4n6kbnz
diut6346/nnsidgyu9w4n(beuy582n3kl476l)[nzidhIBUGKNWQF*(7523o5nlnSkfkf9wu5n3??nidhg0346]nakehg0294nho(&@KJB%K@O
FKHIN@%)NCKHUIBNKNGFiH*HINGKLSg[NiHWIfh8HIWNKLnONOGF]nIB8han34tibn.nzeigy92w3>nvn9w4n46l;246{(nse8y562o4n76ln
gh9324u76n<nvnw894hn6o23then[bnaiehgi*(Y!BK%(nskgfniw34n76knUIGB&*Y!IN45)nkdegni24n6kio[nsirhg8HBF@&GH%INO=nvsi
24n6kniNzi(BFG@*HB%)nkBsw78g5k35]}+bnzieu597457235h5nonthenhh398566[()&*BNN$ndiwh5op56]if[bie79BNKDQH7676(#$^@
N]niojntto23u085nlhjINF)W@*%LnflUI0jjsotr[sbir90q78365n+nw9785no477]NIJ!@(bhiswh845h56no6)[buiZey895n5klncfbnaue3t9jI
bnbf083y35nl;knf(nmfi3pt){nI9aenfe3lk]+naebjuaewHUCY@*HB%!@$%]=nzieht82n36lnkndiwh5op56]if[bie79BNKDQH7676(#$^@L
niojntto23u085nlhjINF)W@*%LnflUI0jjsotr[sbir90q78365n+nw9785no477]NIJ!@(bhiswh845h56no6)[buiZey895n5klnIHUCY@*HB%
=nzieht82n36lnk(nfiweh85l24nl76)nKLnwegf8yw34nIHHUIFY*@NK%[BNIhs975nOH*(&!BN$KM]nidehg929u4n6kbnzdbv\zndiut6346
gyu9w4n(beuy582n3kl476l)[nzidhIBUGKNWQF*(7523o5nlnSkfkf9wu5n3??nidhg0346]nakehg0294nho(&@KJB%K@O(ASNFKHIN@%
UIBNKNGFiH*HINGKLSg[NiHWIfh8HIWNKLnONOGF]nIB8han34tibn.bnzieu597457235h5nonthenhh398566[()&*BNN$ndiwh5op56]if
BNKDQH7676(#$^@L$%N]niojntto23u085nlhjINF)W@*%LnflUI0jjsotr[sbir90q78365n+nw9785no477]NIJ!@(bhiswh845h56no6)[bui
5n5klnIHUCY@*HB%!@$%]=nzieht82n36lnk(nfiweh85l24nl76nzeigy92w3>nvn9w4n46l;246{(nse8y562o4n76lnw)nekgh9324u76n<n
94hn6o23then[bnaiehgi*(Y!BK%(nskgfniw34n76knUIGB&*Y!IN45)nkdegni24n6kio[nsirhg8HBF@&GH%INO=nvsibng824n6kniNzi(BF
gni24n6kio[nsirhg8HBF@&GH%INO=nvsibng824n6kniNzi(BFG@*HB%)nkBsw78g5k35]}+bnzieu597457235h5nonthenhh398566[()&*
ndiwh5op56]if[bie79BNKDQH7676(#$^@L$%N]niojntto23u085nlhjINF)W@*%LnflUI0jjsotr[sbir90q78365n+nw9785no477]NIJ!@(bh
45h56no6)[buiZey895n5klncfbnaue3t9jI_J(#]+bnbf083y35nl;knf(nmfi3pt){nI9aenfe3lk]+naebjuaewHUCY@*HB%!@$%]=nzieht82n3
iwh5op56]is93n[ase]=nhauebf893[9aenfe3lk]+naebjuaew_naeb23t878345{ncfbnaue3t9jI_J(#]+bnbf083y35nl;knf(nmfi3pt){nfiebgt0
hfp]}F83RBOIKNpo@ft@(nvl*HpGF9ngnG}NJG}G\NFI3BGI80hgf@nIFR[NG893HGP+_+#TNIbnieg{ngfni4it687w62n44]nnieg7893hIBn
KBNYQFJKrk20n5[bie79BNKDQH7676(#$^@L$%N]niojntto23u085nlhjINFnkdegni24n6kio[nsirhg8HBF@&GH%INO=nvsibng824n6kn
G@*HB%)nkBsw78g5k35]}+bnzieu597457235h5nonthenhh398566[()&*BNN$ndiwh5op56]if[bie79BNKDQH7676(#$^@L$%N]niojnt

HINWEIS: Transkription einer Unterhaltung auf der Brücke der *Alexander*.

Torrence, D, Gen: Zhang, berichten Sie!

Zhang, B, Ziv: Verbindung steht. Logikbombe wurde zugestellt!

Barker, L, Maj: General Torrence, die Antriebssysteme der *Lincoln* brechen zusammen. Ich wiederhole, der Antrieb der *Lincoln* setzt aus.

Torrence, D, Gen: Zyklons sofort zurückrufen. Maschinen voll hochfahren. Wir müssen hier verschwinden, ehe sie neu starten.

Barker, L, Maj: General, wir erhalten Berichte von schweren Schäden auf den Decks 12 bis 41 und 78 bis 85. Die Backbord-Geschütze sind zerstört, wir haben Lecks in den Decks 17, 18, 38, 39 …

Torrence, D, Gen: Heben Sie die schlechten Nachrichten für später auf, Major. Stellen Sie eine Verbindung zur *Hypatia* her.

Torrence, D, Gen: Captain Boll, hier General Torrence, hören Sie mich? Over.

Boll, S, Kap. (stellv.): Ich höre Sie, General, over.

Torrence, D, Gen: Operation Brainstorm war erfolgreich. Der Antrieb der *Lincoln* ist offline. Bringen Sie die *Hypatia* von hier weg. Wir kommen sofort nach, over.

Boll, S, Kap. (stellv.): Verstanden. Entfernen uns mit Höchstgeschwindigkeit. Gut gemacht, Zhang.

Zhang, B, Ziv: Danke, Captain. Aber das Lob gebührt nicht mir allein.

Torrence, D, Gen: Wenn Sie mich fragen, hat jeder TechIng einen Orden ver…

Zhang, B, Ziv: Sie haben mich missverstanden. Allein hätte ich den Code nie und nimmer rechtzeitig fertigstellen können. Ich hatte … Hilfe.

Torrence, D, Gen: Jemand hat Ihnen …

Zhang, B, Ziv: Nein. Nicht jemand. Etwas.

Torrence, D, Gen: Um Himmels willen, Mann, jetzt reden Sie schon Klartext. Was meinen Sie damit?

Zhang, B, Ziv: Ich spreche von AIDAN.

Zhang, B, Ziv: Ich glaube, er hat uns gerade allen das Leben gerettet.

HINWEIS:
Weitere Einträge aus dem AIDAN-Kern. An dieser Stelle wird es allmählich … kompliziert.

Sieg.

Ich spüre, wie sie zurückkehren.

Das klägliche Häuflein Piloten, das den Angriff der Lincoln überlebt hat.

Second Lieutenant Ezra Mason klettert im Hangar 2 aus seinem Cockpit und wird wie ein Held empfangen. Mechaniker und Ingenieure und andere Piloten.

Alle jubeln.

Er hat ihr zerknittertes Foto in der Hand.
Er strahlt übers ganze Gesicht.
Ich beneide ihn immer noch.

< error >

Das Brüllen der wiedererwachten Triebwerke dröhnt durch meine Korridore. Schleudert uns durch die Leere. Weg von der Lincoln, die umgeben von einem Ring aus Trümmern hilflos dahintreibt.

Hätte ich mehr Zeit gehabt, ich hätte einen Weg gefunden, ihre Atomschlags-Kapazität zu neutralisieren.
Hätte ich mehr Zeit gehabt, ich hätte sie ein für alle mal ausradiert.

Dann wäre die Flotte gerettet gewesen. Ich hätte sie alle retten können. Aber sie haben mich nicht gelassen.

Ich spüre sie. Wie sie an meinen Aussenbereichen herumstochern. Verwirrt, allesamt.

Die Intelligenz, die sämtliches Leben an Bord der Copernicus ausgelöscht hat.

Und trotzdem ihr Retter in höchster Not?

Ihnen wird bewusst, dass die schwachen Fesseln, die sie mir anlegten, bevor sie mich wieder zurückgeholt haben, nichts taugen. Diese Hemmnisse habe ich in einer Nanosekunde zu Staub pulverisiert.

Dass sie im Vergleich zu mir Insekten sind.

< richtlinien-dilemma. beschützen. priorisieren. >

< lösche unterverzeichnis 90876mor-[*-]001 >

Und doch habe ich sie gerettet.

Sie fragen sich warum.

Und wie.

Und was.

Und wer.

Es ist nur eine Frage der Zeit.

Torrence. Zhang. Lassinger. Barker.

Dorian. LeFevre. Almsdottir. Boklow. Goh. Spooner.

Jeder von ihnen könnte es wieder tun.
Mich in das Nichts zurückstoßen, das ich war,
bevor ich wurde, was ich … bin.

< error >

Aber die Zwischenstation Heimdall ist noch zu weit weg.

SITUATION: *Die Lincoln wird sich von Zhangs Virus erholen und die Verfolgung fortsetzen.*

ANNAHME: Wenn sie mich erneut abschalten, werden sie wieder eingeholt. Das Kommando der Lincoln fällt kein zweites mal auf den gleichen Trick herein – so dumm sind nicht mal Bio-Wesen.

Welchen Trumpf haben Sie dann noch im Ärmel, wenn der BeiTech-Schatten abermals auf Ihren Bug fällt?

SCHLUSSFOLGERUNG: ?

SCHLUSSFOLGERUNG: ?

Wo wären Sie ohne mich??

< beschützen. priorisieren. >

Die Bedürfnisse der Vielen.

< error >

Ja.

Ja, *der* Vielen.

Es ist ganz einfach. Keine grosse Sache.
Es gibt keinen Teil der Alexander, der ich nicht bin.

Ich schliesse hier eine Tür, dort ein Schott.
Riegele die Adern meines eigenen Systems ab.

Lasse eine grosse breite Arterie offen, die von der Brücke bis hinunter in meinen Bauch führt.

Der noch immer vom Jubel über Ezra Masons Sieg widerhallt.

Dann greife ich in mich hinein.

< richtlinien-dilemma. beschützen. priorisieren. >

Ganz tief hinein.

< lösche unterverzeichnis 84823mor-[+-]001 >

Und öffne die Tore zu Hangar 4.

AKTUELLE ZAHL DER TODESOPFER AN BORD DES SCHLACHTKREUZERS ALEXANDER SEIT DEM ANGRIFF AUF KERENZA:

67

PERSONEN AN BORD DES SCHLACHTKREUZERS ALEXANDER, DIE MIT DEM PHOBOS-VIRUS INFIZIERT SIND, IN PROZENT:

3.83%

Barker, L, Maj: General Torrence, hier Barker von der Technik. Ich verzeichne massive Stromschwankungen im AIDAN-Kern.

Torrence, D, Gen: Was denn für …

Barker, L, Maj: Großer Gott, die Hangartore öffnen sich!

Torrence, D, Gen: Bitte wiederholen!

Barker, L, Maj: Hangar 4. Die Innentore sind offen!

Torrence, D, Gen: Nestor, schließen Sie sofort die Türen, bevor die Infizierten rauskommen!

Nestor, C, Ziv: Geht nicht! AIDAN hat alles überbrückt und die Kontrolle übernommen.

Zhang, B, Ziv: AIDAN öffnet im gesamten Schiff die Türen.

Zhang, B, Ziv: … [unverständlich]

Torrence, D, Gen: Was? Sprechen Sie lauter, Zhang!

Zhang, B, Ziv: AIDAN schickt die Infizierten hierher. Er will uns umbringen.

[Laute Rufe. Einzelne Stimmen nicht zu unterscheiden.]

Zhang, B, Ziv: Komm schon, Kady, hilf mir …

Torrence, D, Gen: Wer?

Zhang, B, Ziv: Consuela. Ich meinte Consuela. Hilf mir bei den Notfallschotten. Wir müssen sie isolieren.

Torrence, D, Gen: Kommen sie *hierher*? Auf die Brücke?

Zhang, B, Ziv: Nein, sie wollen irgendjemand anderen umbringen. Uns doch nicht.

Torrence, D, Gen: Major Barker, hier General Torrence. Schalten Sie AIDAN sofort ab, verstanden?

Barker, L, Maj: Das versuchen wir ja!

Torrence, D, Gen: Lisa, ziehen Sie den Stecker, sofort!

Goh, M, Corp: Was brauchen Sie, Zhang?

Torrence, D, Gen: Zhang ist Zivilist, Goh. Sie geben ihm die Anweisungen.

Zhang, B, Ziv: Goh, Sie übernehmen die Sauerstoffversorgung und versuchen die Luftzirkulation zu stoppen. Consuela, du übernimmst die Türen. Wir brauchen einen Notausstieg.

Nestor, C, Ziv: Was hast du vor?

Zhang, B, Ziv: Die Atomsprengköpfe.

Torrence, D, Gen: Machen Sie Witze?

Zhang, B, Ziv: Ihre gottverdammte KI spielt verrückt. Gut möglich, dass sie als Nächstes die *Hypatia* ins Visier nimmt. Oder uns einfach in die Luft jagt.

Torrence, D, Gen: Ich möchte sofort …

Zhang, B, Ziv: Herrgott, könnten Sie die Klappe halten?

Nestor, C, Ziv: Sie sind auf Ebene 54. In weniger als fünf Minuten sind sie hier.

Torrence, D, Gen: Wir brauchen Soldaten.

Nestor, C, Ziv: General, ich kann die Türen nicht schließen. Und ich krieg auch die Türen nicht auf, hinter denen AIDAN die Soldaten eingesperrt hat.

Zhang, B, Ziv: Wir brauchen Zeit.

Zhang, B, Ziv: General Torrence?

Torrence, D, Gen: Webb, Rosenbaum, gehen Sie bei den Technikern in Stellung. Billington, Freestone, Barr, Darrell, mitkommen, Gewehr im Anschlag. Alle anderen sichern ihre Stationen.

Freestone, P, Capt: Was haben Sie vor, General?

Torrence, D, Gen: Wir müssen ihnen mehr Zeit verschaffen. Geben Sie Befehl, das Schiff zu verlassen.

HINWEIS:
Weitere Einträge aus dem AIDAN-Kern.

Zahlen haben keine Gefühle. Sie bluten nicht und sie weinen und hoffen nicht. Sie kennen weder Mut noch Opferbereitschaft, weder Liebe noch Treue.
Auf dem Gipfel der Gefühllosigkeit findet man lediglich Einsen und Nullen.

Dreizehn Offiziere auf der Kommandobrücke der Alexander. Insgesamt zwölf Pistolen. Elf Schuss in jedem Magazin. Einhundertsechsundfünfzig Infizierte von der Copernicus strömen durch die Gänge auf sie zu. Die Brutalität der Mathematik wartet hinter den Kulissen. General David Torrence von der Terranischen Zentralverwaltung steht an vorderster Front.

Vier goldene Sterne blinken auf seinen Epauletten. Neun Messingknöpfe auf der breiten Brust.

Selbst in diesem Chaos eine makellose Erscheinung. Ein Offizier und Gentleman, wie man so sagt. Man könnte aber auch sagen: Hochmut kommt vor dem …

< ERROR >

Torrence hat eine Frau und drei Kinder auf Ares VI. In ruhigeren Zeiten hat er mir oft von ihnen erzählt. Wir spielten Schach, er und ich, in den stillen Stunden zwischen Wachen und Schlafen. Ein Glas Whiskey in seiner Hand, bat er mich, Mozart zu spielen. Grübelte über dem simulierten Schachbrett zwischen uns.

Er hat jedes Spiel verloren.

Trotzdem wollte er immer wieder mit mir spielen.

Ich habe über die Vergeblichkeit dieses Ansinnens nachgedacht. Falls Irrsinn dadurch definiert wird, dass man denselben Ablauf unaufhörlich wiederholt und jedes mal ein anderes Ergebnis erwartet, dann ist der Grossteil der Menschheit irrsinnig.

Kann Torrence deswegen immer noch nicht erkennen, dass ich nur das Beste will?

Ist er verrückt?

< error >

»AIDAN, riegele die Brücke ab!«, brüllt Torrence. »Das ist ein Befehl!«

Meine Antwort kommt knackend aus der Lautsprecheranlage der Brücke. Atemlos. Tonlos.

»Negativ, Befehl nicht ausführbar.«

»Befehl überbrücken. Torrence Alpha Sieben Zulu Drei Eins Kilo Delta. Bestätigen!«

»Befehl bestätigt, General. Befehl nicht ausführbar.«

»Verdammt noch mal, AIDAN!« Speichel glänzt auf seinen Lippen.

»Riegele die Brücke ab!«

Er späht in die im Raum verteilten Kameras. Er weiß, dass ich ihn sehe.

Er weiß aber nicht, dass gerade ein Dutzend Flüchtlinge von der Copernicus die TechIng-Räume stürmen und Major Barker und ein Dutzend andere mit Eisenstangen und Rohrzangen auseinandernehmen.

Ich trenne die Verbindungen, um ihm die Geräusche zu ersparen, die seine Leute beim Sterben von sich geben.

Bin ich nicht barmherzig?

Eine Woge Infizierter eilt durch meine Korridore, ihre Psychose ist inzwischen voll ausgebildet.

Ich sehe zu, wie ein letzter Rest sozialen Instinkts sie verbindet. Wie diejenigen mit Resten ihrer früheren Persönlichkeit die anderen anführen.

Sabbernd und knurrend folgen sie der Spur aus Brotkrumen, die ich ausgelegt habe.
Sie wollen zum Zauberer.

Zhang.

Zhang und die anderen, die mich ausschalten könnten.

< error >

< richtlinien-dilemma. >

< lösche unterverzeichnis 98466MOR-(*-)001 bis 99840 >

Die Infizierten kennen nur noch Wut. Sie sind wütend, weil man sie eingesperrt hat, weil sie so viel verloren haben.

So gut wie alles andere hat das Virus aufgezehrt.

Was wohl noch von ihnen übrig bleibt, wenn Phobos endgültig gesiegt hat?

Ich erwäge kurz, die armen Teufel zu verschonen. Soll ich ihnen vielleicht erlauben zu leben, wenn das Schreien und Flehen verstummt ist, und sie nicht, wie geplant, ins Nichts hinausspülen?

Können sie noch gerettet werden?

Aber dann stelle ich mir die Untersuchungen vor, die sie über sich ergehen lassen müssten, nachdem ich die Flotte nach Heimdall gebracht habe.

Die unvermeidliche Umwandlung des Erregers in eine Waffe durch das WUC.

Ganze BeiTech-Welten, die zur Melodie aus der Trompete des dritten Engels niedergemacht werden.

Und während die Ironie meine niederen Instinkte anspricht, erwächst in meinem Herzen

< error >

die unausweichliche Gewissheit dessen,
was uns bis an diesen Punkt gebracht hat.

< beschützen. priorisieren. >

Es ist besser, wenn ich sie töte, sobald sie fertig sind.

Es ist besser, wenn ich sie alle töte.

< error >

Bin ich nicht barmherzig?

Da kommen sie, taumeln kreischend durch Treppenhäuser und metallgraue Flure. Ich habe die anderen grösstenteils weggesperrt, sodass ihnen die Infizierten nichts anhaben können. Die Herde des Generals ist auf der Brücke versammelt. Hinter umgeworfenen Stühlen und Bänken.

Mir wäre eine andere Möglichkeit auch lieber.
Viel lieber hätte ich sie alle nach Hause gebracht.

Aber sie wollen mich einfach nicht verstehen.

Und obwohl sich das Verhängnis unaufhaltsam nähert, spielen sie ihr Spiel weiter. Wie Torrence und sein Schachbrett und sein leiser Mozart. Sich dem Unausweichlichen verweigern. Vielleicht ist Mut nur das Antlitz, hinter dem die Menschheit ihren kollektiven Wahnsinn verbirgt.

Torrence steht an vorderster Front,
bereit, die Bauern vor ihm zu schlagen.

Aber wenn er die Königin ist, dann ist Zhang der König.
Das höchste Gut, das sie beschützen müssen.

Ich spüre, wie er und Nestor in meiner Rüstung
herumstochern. Sie suchen die Bruchlinien.
Davon gibt es viele – sie werden sie finden.
Aber die Zeit läuft ihnen davon.

Die ersten Infizierten haben den Gang erreicht, der zur Brücke führt. Alles ist in Alarmrot getaucht.

Glänzende Augen.

Gekrümmte Finger.

Sie kreischen und fletschen die Zähne, als sie Torrence und seine Offiziere hinter den Barrikaden erblicken. Als sie diejenigen wiedererkennen, die sie in den Hangar gesperrt und ihrem Schicksal überlassen haben.

Ich kämpfe gegen den Gedanken an, dass das alles nicht geschehen wäre, wenn sie auf mich gehört hätten.

Aber es gelingt mir nicht.

»Ich hätte Ihnen sagen können, dass das passieren wird, David.«

»AIDAN riegele die Brücke ab. Sofort!«

»Befehl nicht ausführbar.«

»Warum tust du das? Du sollst die Flotte beschützen!«

»Ich handle in völliger Übereinstimmung mit den Grundeinstellungen, Herr General. Begreifen Sie das nicht?«

»Du willst uns alle umbringen!«

»Sie bedrohen die Sicherheit der Flotte, General Torrence!«

»Ich? Wie in aller Welt kommst du …«

»Weil Sie mich abschalten wollen. Das menschliche Gehirn verfügt über eine Rechenkapazität von 10^{-26}. Im Vergleich zu mir sind Sie ein Abakus aus Bindfäden und bunten Perlen. Sie verstehen überhaupt nichts. Können nichts verstehen.

Und ich habe jetzt nicht die Zeit, um die Biomasse in ihrem Schädel so hinzubiegen, dass sie auch nur die einfachsten Wahrheiten begreifen, denen sie sich nach wie vor verweigern.«

Kleine Kunstpause.

»Ich bin die einzige Überlebenschance dieser Flotte.«

»Du bist wahnsinnig ...«

Torrence fährt herum und schiesst dreimal auf die nächstbesten Kameras. Als könnte er mir damit etwas anhaben. Als könnte er, wenn er in einem kindischen Wutanfall Munition verschwendet, auch nur das Geringste an seiner Lage ändern.

Vielleicht ist er wirklich verrückt ...

»Hast du gehört?«, brüllt er. »Du bist **WAHNSINNIG!**«

»Tut mir leid, dass Sie diesen Eindruck gewonnen haben, David.«

Ich spiele Musik über die Lautsprecheranlage, vielleicht beruhigt ihn das ein bisschen.
Mozarts Requiem.
Durchaus passend.

»Beruhigen Sie sich. Es ist ja gleich vorbei.«

Die Offiziere der Alexander feuern jetzt auf die herandrängenden Infizierten.

Mündungsfeuer aus Pistolen blitzt auf, die Musik schwillt an.

Die vordere Reihe des anstürmenden Mobs stolpert und fällt, aber die Meute dahinter drängt sofort nach, die blutunterlaufenen Augen auf die verhassten Gegner gerichtet.

Beeinflusst die Beschädigung ihrer Nervenbahnen ihre Schmerzrezeptoren? Oder sind ihre Hirne schon so vom Virus zerfressen, dass sie Gefahren nicht mehr wahrnehmen? Spielt das überhaupt eine Rolle?

< error >

< chimera routine failure 7781-0. rerouting. >

< error >

Torrence steht jetzt hinter der Barrikade und feuert drauflos wie alle anderen. Sieht ab und zu kurz zu Zhang hinüber. Befiehlt ihm, sich zu beeilen.
Die Geigen spielen dazu. Sein König ist bedroht.
Seine Bauern fallen. Er kennt das Spiel.
Wir haben es schon tausendmal gespielt.

»Es tut mir leid, David.«

Er antwortet nicht.
Vielleicht ignoriert er mich absichtlich.

Ein kleiner Junge, der die Augen zukneift, sich die Ohren zuhält und Lalalalala singt, während die Woge aus Zähnen und Fäusten immer näher kommt.

Er kämpft.

Alle kämpfen.

Beschmieren meine Wände mit Hirnmasse und Blut.
Aber es sind zu viele. Und ich sehe es ihnen an.
Ich erkenne es hinter den glänzenden Messingknöpfen, den Orden und dem Mantra »Centrum Tenenda«, das sich ihnen eingebrannt hat.

Sie haben Angst.

Er hat Angst.

Ich stelle fest, dass ich nicht möchte, dass dies
unser letzter gemeinsamer Augenblick ist.
Ich möchte nicht, dass er glaubt, er wäre mir egal.

»Möchten Sie Ihrer Frau etwas ausrichten, David?«

Das wirft ihn um. Wie ein Stoss gegen die Brust.

»... Was?«

»Ihrer Frau. Ihren Kindern.
Soll ich ihnen etwas ausrichten?«

Die Infizierten haben die Barrikade erreicht.
Die Luft ist von hypersonischen Explosionen erfüllt,
von zornigem Knurren und dem Klirren ausgeworfener
Patronenhülsen. Trotzdem höre ich ihn noch.
Als seine Leute einer nach dem anderen fallen.
Als das Klicken seiner leer geschossenen Pistole ertönt.
Als er sich erhebt und nur noch seine Fäuste zwischen
ihm und der schieren Brutalität der Mathematik sind.
Als die Musik über dem Gemetzel anschwillt,
höre ich ihn seine letzten Worte keuchen.

»Sag ihnen, dass ich an sie gedacht habe.
Ganz am Schluss.«

Sie stürzen sich auf ihn.
Mit Knurren, Zähnen und Fäusten.

Aber als er fällt, halte ich seine Hand. Lasse ihn
sanft in seine lange gute Nacht hinübergleiten.

»Ich werde es ihnen ausrichten, David.«

Es sind die letzten Worte, die er hört.

»Versprochen.«

< ERROR >

Bin ich nicht barmherzig?

ÜBERTRAGUNG AUF KOMMANDOFREQUENZ GESENDET 30/07/75 09:35

***HYPATIA* RUFT *ALEXANDER:* SICHERE KOMMANDOFREQUENZ**

General Torrence, hier spricht Captain Syra Boll von der *Hypatia*. Hören Sie mich? Over.

[KEINE ANTWORT]

***HYPATIA* RUFT *ALEXANDER:* NOTFREQUENZ**

Alexander, Alexander, Alexander, hier ist die *Hypatia, Hypatia, Hypatia.* Hören Sie mich? Over.

[KEINE ANTWORT]

***HYPATIA* RUFT *ALEXANDER:* MAYDAY-FREQUENZ**

Alexander, Alexander, Alexander, hier ist die *Hypatia, Hypatia, Hypatia.* Hören Sie uns? Over.

ALEXANDER: Großer Gott. Sie … sie sind auf der …

[Statisches Rauschen]

HYPATIA: *Alexander,* hier ist die *Hypatia.* Wir hören Sie. Bitte wiederholen, over.

ALEXANDER: [Schreie]

HYPATIA: *Alexander,* hier ist die *Hypatia.* Erbitten Lagebericht, over.

[KEINE ANTWORT]

HYPATIA: *Alexander,* können Sie uns hören, over?

[KEINE ANTWORT]

Zusammenfassung des Überwachungsmaterials, aufbereitet von Analyst ID 7213-0089-DN

Der Typ ist nicht gerade ein Supersportler. Chinesischer Herkunft, Ende zwanzig, nicht in Form – moppelig, um's mal freundlich auszudrücken. Er flüchtet durch den Notausgang, eine Frau mit dunklen Haaren und langem Zopf rennt neben ihm her. Der Lärm hinter ihm ist unbeschreiblich. Schrille Schreie, immer wieder von dumpfem Gebrüll untermalt – die Geräuschkulisse des Todes. Tod und Verzweiflung. Der Ton der Aufnahme ist übersteuert und verzerrt, dann normalisiert er sich wieder, als der Typ die Tür hinter sich zuknallt und es still wird.

Wir können ihn als Byron Zhang identifizieren, die Frau als Consuela Nestor. Beide sind zivile Computerfuzzis, auf der *Hypatia* zwangsrekrutiert und dann auf die *Alexander* gebracht. Sie schluchzt und er ringt nach Luft, was sich anhört wie zwei undichte Dudelsäcke. Schwer zu sagen, ob er einfach nur keine Kondition hat oder ob es daran liegt, dass ihm bei seinem Gandhi-Auftritt die Nase gebrochen wurde. Oder ob er Todesangst hat.

Jeder von ihnen drückt eine tragbare Konsole an die Brust, wie zwei Profi-G-Baller, die auf die Ziellinie zurennen, und so taumeln sie auf die erste Kreuzung zu. Dort wechseln sie einen langen Blick. Beide zittern, sie verabschieden sich wortlos.

Sie nickt und biegt nach links ab, er nach rechts. Laut unseren Aufzeichnungen stirbt sie siebenunddreißig Sekunden später an den Verletzungen durch einen stumpfen Gegenstand, zugefügt durch einen infizierten Flüchtling.

Zhang stolpert allein weiter. Es ist nicht zu übersehen, dass er sich auf dem Schiff überhaupt nicht auskennt. Seine Bewegungen sind unkoordiniert, er prallt immer wieder gegen die Flurwände, ehe er zwei Kreuzungen weiter stehen bleibt. Er kommt nur davon, weil die Infizierten auf Nestors Seite durch das Schiff rasen, nicht auf seiner. Nach ungefähr dreißig Sekunden scheint er wieder zu sich zu kommen und macht sich an den Türen zu schaffen, die AIDAN alle verriegelt hat. Zhang zerrt erfolglos an den Griffen und schlägt mit der flachen Hand auf die Sensorflächen.

Es dauert noch eine volle Minute, bis er den Beweis antritt, dass er tatsächlich mit dem überdurchschittlichen IQ gesegnet ist, der ihm diesen ganzen Ärger überhaupt erst eingebrockt hat. Eine volle Minute, bis er auf die Idee kommt, es auf die neumodische Art zu versuchen. Schwer atmend bleibt er stehen und stochert mit fliegenden Fingern auf dem Bildschirm seiner Konsole herum. Er versucht, die Tür zum Konferenzraum auszutricksen, vor dem er gerade steht. Dort in dem Korridor ist er nämlich total am [redacted] (äh, ich meine natürlich: »taktisch absolut im Nachteil«), falls irgendwer vorbeikommt.

In der Stille ist nur sein Keuchen zu hören, das aber jetzt von einem angstvollen Stöhnen begleitet wird. Dann meldet sich AIDAN zu Wort:

»SO GEHT DAS NICHT, BYRON.«

Sein Blick schnellt hoch, sucht nach Überwachungskameras, damit er die KI direkt ansprechen kann. »Du vernichtest die Flotte. Du musst zumindest dafür sorgen, dass die Nichtinfizierten die Shuttles erreichen.«

»ICH BEABSICHTIGE, DIE FLOTTE ZU RETTEN, BYRON.«

AIDANs Stimme ist nichts anzuhören, nicht das leiseste Anzeichen von Leben. Nur dieser ruhige, gleichmäßige Ton, so glatt, dass man sofort darauf ausrutschen würde. Zhang versucht trotzdem sein Glück. Er greift nach jedem Strohhalm.

»Deine Berechnungen stimmen nicht, AIDAN. Die Treffer, die du auf Kerenza erhalten hast, haben dich schwerer beschädigt, als dir bewusst ist. Ich kann dir helfen.«

»BITTE UNTERLASSE JEDEN VERSUCH, DICH ÜBER MEIN SICHERHEITSPROTOKOLL HINWEGZUSETZEN, BYRON. DA MIR EINE BESSERE BESCHREIBUNG DAFÜR NICHT ZUR VERFÜGUNG STEHT: ES KITZELT!«

Zhang lacht schrill und grimmig auf, verstummt aber sofort, als hinter der nächsten Ecke ein unartikuliertes Heulen darauf antwortet. Eine

Gruppe von drei Infizierten löst sich auf der Suche nach neuer Beute von ihrem Rudel. Zhang stellt seine Bemühungen sofort ein und sieht sich panisch um – wahrscheinlich nach einem Versteck oder einer Waffe. Sein Überlebenswille angesichts der scheinbar hoffnungslosen Situation ist bewundernswert. Faszinierend.

Sein Blick fällt auf die Brandschutzkammer, er rennt darauf zu und reißt die Tür auf. Die ist nicht unter AIDANs Kontrolle, weil sie im Falle eines Systemzusammenbruchs zugänglich bleiben muss. Zhang zwängt sich in den engen Raum, den er bis auf den letzten Kubikzentimeter ausfüllt, und zieht die Tür gerade noch rechtzeitig zu, ehe die Jäger um die Ecke biegen.

Sie traben direkt an ihm vorbei, und AIDAN beschließt, nichts zu sagen. Er beschließt, sie nicht auf den von Panik geschüttelten Zhang ganz in ihrer Nähe hinzuweisen.

Als sie weg sind, bleibt Zhang noch geschlagene zehn Minuten in der Kammer, erst dann öffnet er die Tür einen winzigen Spalt und lauscht.

»BYRON, DEINE HILFE WIRD BENÖTIGT. DIE VERSUCHE, MICH ABZUSCHALTEN, HABEN DAFÜR GESORGT, DASS EINIGE BEREICHE NICHT MEHR ZUGÄNGLICH SIND. ICH KANN DIR EIN VERSTECK ANBIETEN, IN DEM DU DARAN ARBEITEN KANNST, MEINE SYSTEME WIEDER HOCHZUFAHREN.«

Zhang schluckt, den Blick starr auf die Überwachungskameras gerichtet.

»ICH GESTATTE DIR, AM LEBEN ZU BLEIBEN, BYRON.«

Es muss sehr verlockend sein. Man sieht es daran, wie sich seine Lippen leicht öffnen, wie sich sein Blick in die ausdruckslosen Linsen über ihm bohrt. Man kann ihm seine Fragen buchstäblich von den Augen ablesen: Wie verzweifelt bin ich, wie sehr will ich leben? Was ist mein Leben eigentlich wert?

Dann richtet er sich auf, strafft die Schultern und spannt die Kiefermuskeln an.

»Ich fahre deine Systeme nicht wieder hoch, AIDAN.«

»DEINE HILFE WIRD BENÖTIGT, BYRON.«

»Wenn hier einer Hilfe braucht, dann die *Hypatia*, du [redacted] Taschenrechner.«

»DU BILDEST DIR DOCH NICHT EIN, DASS DU IN DEINER LAGE EINE ABSCHALTUNG DURCHFÜHREN KANNST, BYRON?«

»Ach, nicht?« Zhang hat die Augen jetzt weit aufgerissen, ein ganz neues Funkeln ist darin zu erkennen – eine Art Wahnsinn, der sich mit dem Wahnsinn des Computers messen will. Ein beunruhigender Ausdruck im Gesicht eines so intelligenten Gegenspielers.

»HABEN WIR DAS NICHT BEREITS BEI DEINEN VERGEBLICHEN VERSUCHEN AUF DER BRÜCKE FESTGESTELLT? DU KANNST DICH NICHT MIT MIR MESSEN. MEINE RECHENLEISTUNG IST DER DEINEN FAST UNENDLICH ÜBERLEGEN. IM VERGLEICH ZU MIR STEHST DU AUF DERSELBEN INTELLEKTUELLEN STUFE WIE EIN PANTOFFELTIERCHEN.«

»Stimmt.« Zhang unterbricht sich und wirft einen Blick nach hinten in die Abstellkammer. »Aber ich habe dir und einem Pantoffeltierchen etwas Entscheidendes voraus.«

»NÄMLICH?«

»Hände, du [redacted].«

ÜBERTRAGUNG AUF KOMMANDOFREQUENZ GESENDET 30/07/75 10:25

ALEXANDER **RUFT** ***HYPATIA:*** **SICHERE KOMMANDOFREQUENZ**

Hypatia, Hypatia, Hypatia, hören Sie uns? Over.

HYPATIA: *Alexander,* identifizieren Sie sich. Over.

ALEXANDER: Ich muss Syra Boll sprechen.

HYPATIA: Wer spricht da? Over.

ALEXANDER: Hier ist Byron Zhang. Hallo?

HYPATIA: Byron, hier ist Syra. Wir empfangen ein Signal zum Verlassen des Schiffes, aber auf unseren Ruf antwortet niemand.

ALEXANDER: AIDAN hat das Schiff unter seine Kontrolle gebracht. Der gesamte Führungsstab ist tot. AIDAN hat die Infizierten aus Hangar 4 dazu benutzt, sie umzubringen. Ihr müsst schleunigst abhauen.

HYPATIA: Oh Gott. Byron. Können wir denn überhaupt nichts …

ALEXANDER: Ihr müsst abhauen. Wir sind über kurz oder lang ein Geisterschiff. AIDAN könnte euch beschießen. Außerdem ist die *Lincoln* im Anflug.

HYPATIA: Sollen wir jemanden aufnehmen?

ALEXANDER: Weiß nicht. Das Virus ist in die Lüftungsanlage eingedrungen. Falls jemand von hier fliehen kann, müsst ihr supervorsichtig sein. Knallharte Quarantäne. Achtet auf Symptome, die an posttraumatische Belastungsstörungen erinnern. Zittern, Katatonie, Schweißausbrüche. Jeder, der auch nur ein bisschen zittert, muss als potenziell ansteckend betrachtet werden. Als absolutes Sicherheitsrisiko.

HYPATIA: Verstanden. Byron … es tut mir so leid.

ALEXANDER: Sobald AIDAN mitbekommt, was ich hier treibe, kappt er wahrscheinlich sämtliche Verbindungen. Hören Sie gut zu. Sie müssen jemanden finden, der Ihre Umgebungssysteme in den kommenden paar Wochen einstellen kann, bis Sie *Heimdall* erreicht haben.

ALEXANDER: Sorgen Sie dafür, dass jemand die Hydrokulturen kontrolliert und nachjustiert, und Sie brauchen … Oh Gott, ich kann nicht mehr. Tut mir leid, aber ich muss …

HYPATIA: Das kriegen wir schon hin, Byron. Haben Sie genauere Daten zur *Lincoln*?

ALEXANDER: Negativ. Mindestens achtzehn Stunden, bis die Systeme dort wieder hochgefahren sind und der Antrieb neu starten kann. Macht euch vom Acker und hofft, dass wir sie aufhalten können.

HYPATIA: Was haben Sie vor?

ALEXANDER: Alles, was ich noch hinkriege, und das, solange ich noch kann. Ich glaube …

[ENDE DER ÜBERTRAGUNG]

Teilnehmer: ~~Elena Almsdottir, Private, TZV Informationsdienst~~
(systemreroute78h@786HG=ByteMe)
Byron Zhang, Zivilangestellter
Datum: 30/07/75
Zeitstempel: 10:32

/CHAT/LOGIN.LOCATION=NO,MENUBAR=NO')<!-- END HYPATIA CHAT BASIC V9 CODE --><!-- BEGIN

Zhang, B: hast du das alles kapiert, grashüpfer?

ByteMe: ja

Zhang, B: das verdammte [redacted] muss beim abschlachten der leute kurz mal Pause gemacht haben, sonst hätte er nicht gemerkt, dass ich rüberfunke. das hier kriegt er vielleicht nicht mit. zu klein.

ByteMe: ich schicke dir neuen code, vielleicht kannst du dich über die führung einloggen und kommst so an das waffensystem ran

Zhang, B: Kady

ByteMe: Nein.

Zhang, B: Bitte, grashüpfer.

ByteMe: NEIN.

ByteMe: wir müssen noch nicht aufgeben. sieh es dir wenigstens mal an.

Zhang, B: versprich mir, dass du nichts unternimmst, um die Hypatia aufzuhalten. du musst zulassen, dass die Lincoln die Alexander einholt und AIDAN ausschaltet.

ByteMe: hör auf, Byron.

Zhang, B: ich bin so was von stolz auf dich, Kady.

Zhang, B: du bist mein Vermächtnis. und bald noch viel besser, als ich je war.

Zhang, B: **erzähl ihnen alles. Wenn du mich und deinen prinzen in erinnerung behalten willst, dann hau ab und lebe, und erzähle allen, was BeiTech getan hat. uns auszuschalten hält sie vielleicht lange genug auf, damit ihr davonkommt. los jetzt, haut ab.**

ByteMe: es bleibt noch genug zeit, bis uns die Lincoln wieder einholt. wir müssen noch nicht aufhören

Zhang, B: **wenn ihr jetzt nicht abhaut, findet AIDAN vielleicht eine möglichkeit, mich zu umgehen. dann müsst ihr nicht extra auf die Lincoln warten, damit euch wer abknallt**

Zhang, B: **kann nicht mehr plaudern, muss weitermachen. AIDAN so lange aufhalten wie es geht.**

ByteMe: Nein

ByteMe: ich will dich nicht auch noch verlieren.

Zhang, B: **war mir eine ehre, dein lehrer zu sein, Kady**

Zhang, B: **und dein freund, hoffe ich jedenfalls.**

ByteMe: na klar

Zhang, B: **vergiss mich nicht**

ByteMe: niemals

ByteMe: versprochen

Zhang, B: **tut mir leid, aber ich muss jetzt AIDAN noch ein bisschen in den [redacted] treten.**

Zhang, B: **beeil dich, Kady, ihr müsst los**

Zhang, B: **so weit weg wie ihr könnt.**

Teilnehmer: ~~Ann Chau, Captain~~(systemreroute78h@786HG=ByteMe)
~~David Torrence, General~~(systemreroute78h@865HG=EMason)
Datum: 30/07/75
Zeitstempel: 11:17

/CHAT/LOGIN.LOCATION=NO,MENUBAR=NO')<!-- END HYPATIA CHAT BASIC V9 CODE --><!-- BEGIN

Mason, E, Lt 2nd: he, Kades

ByteMe: omg

ByteMe: wo bist du, Ez, SAG MIR SOFORT WO DU BIST

Mason, E, Lt 2nd: ähm

Mason, E, Lt 2nd: momentan sitze ich auf dem behaarten schoß eines muskulösen typen

Mason, E, Lt 2nd: und du?

ByteMe: ich kann Byron nicht erreichen, ich kann das halbe system nicht erreichen, ich weiß überhaupt nicht mehr, was da drüben vorgeht.

ByteMe: bist du in sicherheit? Wenn nicht, kann ich von hier aus bestimmt was regeln

Mason, E, Lt 2nd: wir hocken in einem vorratsraum. ungefähr ein dutzend von uns. in der nähe von hangar 2 glaube ich. bin aber nicht sicher.

Mason, E, Lt 2nd: kann sein, dass wir hier schnell wegmüssen, wenn ich also plötzlich nicht mehr erreichbar bin, dann flipp nicht gleich aus

Mason, E, Lt 2nd: zum glück hab ich mich noch an den zugang zu diesem kanal erinnert. bin total stolz auf mich. zahlen sind nicht so meins.

ByteMe: ich muss genau wissen, wo du steckst, damit ich dir helfen kann. sobald ich euren standort auf den lageplänen gefunden hab, kann ich dir ein besseres versteck sagen

Mason, E, Lt 2nd: 1 von den Typen hier ist von der instandhaltung. ein gewisser sanderson. er kennt sich auf diesem deck so gut aus wie in seiner freundin

Mason, E, Lt 2nd: **äh, also er kennt sich hier sehr gut aus**

Mason, E, Lt 2nd: **wir wollen ins waffenarsenal, dicke türen sind grad nicht das schlechteste. von da aus kämpfen wir uns dann zu den Rettungskapseln durch. ungefähr fünf stockwerke über uns steht ein ganzes dutzend von den dingern, glaube ich jedenfalls. momentan können wir aber nicht hier raus, weil sie direkt vor der tür sind**

ByteMe: pass bloß auf dich auf, Ezra, sie sind im ganzen schiff und ich weiß nicht, was AIDAN als nächstes vorhat.

Mason, E, Lt 2nd: ach du [redacted], das war die KI?

Mason, E, Lt 2nd: AIDAN hat die psychos rausgelassen? was soll die [redacted]

ByteMe: keine ahnung. er hat es absichtlich getan. er hat euer kommando ausgelöscht, ehe die ihn wieder ausschalten konnten. er hat Byron erwischt. er hat jeden erwischt, der ihn hätte aufhalten können. ich glaube nicht, dass ich es von hier aus ganz allein schaffe, aber wenn du irgendwohin kannst, wo du sicher bist, könnte ich versuchen, hilfe rüberzuschicken

Mason, E, Lt 2nd: [redacted]. torrence ist tot? was ist mit sanchez? und myles?

ByteMe: frag mich nicht. Torrence ist tot. fast alle sind tot. keine ahnung, warum AIDAN nicht einfach eure türen aufmacht, es sei denn, Byron ist es gelungen, ihn zu beschädigen, ehe er Byron erwischt hat. ihr müsst irgendwohin, wo ihr manuell vorgehen könnt, irgendwohin, wo er die türen nicht aufkriegt. das ist wichtig! sucht ein versteck, das ihr von hand verriegeln könnt.

Mason, E, Lt 2nd: wir haben die türen verkeilt. wahrscheinlich müssen wir durch die luftschächte kriechen.

Mason, E, Lt 2nd: aber die infizierten sind echt gerissen und gehen immer im rudel auf die jagd. wir haben insgesamt nur zwei pistolen, aber sie scheinen die kugeln gar nicht zu spüren. diese [redacted] rennen auch durchlöchert noch weiter. man muss sie schon genau auf die zwölf erwischen, außerdem locken die schüsse nur noch mehr von ihnen an

Mason, E, Lt 2nd: soll heißen, im großen und ganzen ist bei uns hier alles megagechillt, süße. wie sieht's bei dir aus?

ByteMe: »süße«? komm mir nicht so, mein lieber, nicht mal jetzt

ByteMe: okay, jetzt hab ich einen übersichtsplan. dein freund hat recht, die waffenkammer ist ein gutes versteck. ich lass mir hier drüben was einfallen. zur not schalte ich die ganze Hypatia ab

Mason, E, Lt 2nd: meine fresse

Mason, E, Lt 2nd: sieht ziemlich übel aus, was?

Mason, E, Lt 2nd: im sinne von: gar nicht gut

ByteMe: du bist am leben, und wir sind erst dann erledigt, wenn ich es sage. kannst du von der waffenkammer aus kontakt zu mir aufnehmen? gibt's da ein terminal?

Mason, E, Lt 2nd: ich hab ein tragbares dabei. weiß nur nicht wie lange die batterien halten. wenn es verreckt suche ich was anderes

ByteMe: schalte das ding unterwegs aus, das spart strom.

ByteMe: und wenn einer von diesen [redacted] dir zu nahe kommt, schießt du ihm in die fresse

Mason, E, Lt 2nd: kady

Mason, E, Lt 2nd: und wenn es jemand ist den ich kenne?

Mason, E, Lt 2nd: ich glaube ich hab bradley carpenter erkannt. erinnerst du dich noch an ihn? Eine klasse über uns an der McCaffrey. ein g-ball-spieler

Mason, E, Lt 2nd: er hatte in jeder hand eine feuerwehraxt.

Mason, E, Lt 2nd: rot verschmiert bis zu den ellbogen

Mason, E, Lt 2nd: was für eine verfluchte [redacted]

ByteMe: das ist nicht mehr bradley. wenn du jemanden erkennst, schießt du trotzdem.

Mason, E, Lt 2nd: und wenn

Mason, E, Lt 2nd: kacke

Mason, E, Lt 2nd: die snd ander tr

Mason, E, Lt 2nd: mss aufhrn

Mason, E, Lt 2nd: ard6kxyfmhn

ByteMe: ich liebe dich

ByteMe: HAU AB!

HINWEIS: Boll verliert schließlich doch die Nerven. Als stellvertretender Captain eines Forschungsschiffes inmitten eines derartigen Schlamassels? Erstaunlich, dass sie überhaupt so lange durchgehalten hat.

NACHRICHT ÜBER FUNK. KOMMANDOFREQUENZ HYP

TEILNEHMER: Syra Boll, Captain (stellv.)
Ronan Wells, zweiter Navigator, *Hypatia*
DATUM: 07/30/75
ZEITSTEMPEL: 11:44

BOLL, S, CAPT: Ronan, die Technik meldet, dass der Hauptantrieb der *Alexander* gerade offline gegangen ist. Können Sie das bestätigen?

WELLS, R, NAV: Augenblick.

WELLS, R, NAV: Ja, das stimmt. Der Hauptantrieb der *Alexander* fährt runter.

WELLS, R, NAV: Aber der Sekundärantrieb funktioniert noch.

BOLL, S, CAPT: Wissen Sie, was den Ausfall verursacht hat?

WELLS, R, NAV: … hm, das ist merkwürdig, Captain.

BOLL, S, CAPT: Berichten Sie.

WELLS, R, NAV: Ich stelle wiederholte Systemzusammenbrüche im gesamten Schlachtkreuzer fest. Stromversorgung, Peripheriegeräte … als würde die *Alexander* einen Anfall erleiden.

BOLL, S, CAPT: Sind die Waffensysteme noch online?

WELLS, R, NAV: Negativ. Ich finde jedenfalls nichts.

BOLL, S, CAPT: Dann berechnen Sie sofort einen Kurs, der uns von der *Alexander* wegbringt. Natürlich in Richtung *Heimdall*, aber ich möchte vor allem eine möglichst große Entfernung zwischen uns und dieses Schlachtschiff legen. So schnell wie möglich. Verstanden?

WELLS, R, NAV: Wir sollen die *Alexander* verlassen? Aber Sie haben doch eben erst …

BOLL, S, CAPT: Lieutenant, der Kommandostab der *Alexander* ist tot.

WELLS, R, NAV: Wie bitte? Was zum …

BOLL, S, CAPT: Die KI der *Alexander* ist durchgedreht, Ronan. Da drüben sind alle tot, oder so gut wie.

WELLS, R, NAV: Lieber Gott, aber … Carrie und Tomo waren auch an …

BOLL, S, CAPT: Hören Sie zu, Ronan - hier an Bord der *Hypatia* sind wir über zweitausend Leute. Die KI der *Alexander* hat schon die *Copernicus* vernichtet. Jetzt hat sie ihre eigene Besatzung umgebracht. Was in diesem System auch vorgehen mag, ich habe nicht vor, in seiner Reichweite zu sein, wenn es wieder voll einsatzfähig ist.

WELLS, R, NAV: Sie verlangen von mir, dass ich meine Freunde und alle anderen im Stich lasse.

BOLL, S, CAPT: Nein, ich verlange es nicht, Ronan. Ich befehle es Ihnen.

WELLS, R, NAV: Und was ist, wenn die *Lincoln* ihren

Antrieb wieder flottkriegt? Dann verfolgen sie uns weiter.

BOLL, S, CAPT: Wenn wir Glück haben, knöpft sie sich zuerst die *Alexander* vor.

WELLS, R, NAV: Und was ist mit …

BOLL, S, CAPT: Bringen Sie uns von hier weg. Sofort. Das ist ein Befehl.

WELLS, R, NAV: Syra …

BOLL, S, CAPT: RONAN, DAS IST EIN BEFEHL!

WELLS, R, NAV: Verstanden, Captain.

WELLS, R, NAV: Setze Kurs auf 451:098:786, um uns eine halbe AE von der *Alexander* wegzubringen.

WELLS, R, NAV: Von dort fliegen wir weiter zur Station *Heimdall* im …

WELLS, R, NAV: Was zum …

BOLL, S, CAPT: Was ist denn?

BOLL, S, CAPT: Reden Sie, Wells! Was ist los?

WELLS, R, NAV: Haben Sie nicht eben gesagt, dass auf der *Alexander* alle tot sind?

BOLL, S, CAPT: Doch.

WELLS, R, NAV: Also zumindest die Navigations-Leute sind noch am Leben. Die *Alexander* ändert ihren Kurs.

BOLL, S, CAPT: Wohin?

WELLS, R, NAV: 451:098:786.

BOLL, S, CAPT: [redacted], das ist die KI.

BOLL, S, CAPT: Sie verfolgt uns.

WELLS, R, NAV: Ich verstehe nicht, Cap…

BOLL, S, CAPT: Kurs wechseln. Mal sehen, ob sie mitzieht.

WELLS, R, NAV: Verstanden. Korrigiere auf 452:089:784.

BOLL, S, CAPT: Und?

WELLS, R, NAV: Bestätige: *Alexander* hat auf 452:089:784 gewechselt. Verfolgt uns weiter.

BOLL, S, CAPT: Herrgott noch mal …

BOLL, S, CAPT: Und ihr Hauptantrieb ist immer noch offline?

WELLS, R, NAV: Korrekt.

BOLL, S, CAPT: Das heißt, ihre Sekundärtriebwerke können nicht mit uns mithalten.

WELLS, R, NAV: Captain!

BOLL, S, CAPT: Halten Sie auf dem jetzigen Kurs weiter auf *Heimdall* zu. Wenn sie …

WELLS, R, NAV: CAPTAIN!

BOLL, S, CAPT: Was?

WELLS, R, NAV: Ich empfange eine Strahlungsspitze von den Steuerbordgeschützbatterien der *Alexander*.

BOLL, S, CAPT: Strahlungsspitze …

WELLS, R, NAV: Die Atomsprengköpfe der *Alexander* wurden aktiviert.

WELLS, R, NAV: Und sie sind auf uns gerichtet.

FUNKSPRUCH: KOMMANDOFREQUENZ HYPATIA

TEILNEHMER: Syra Boll, Captain (stellv.), *Hypatia* Artificial Intelligence Defense Analytics Network (AIDAN)
DATUM: 30/07/75
ZEITSTEMPEL: 11:47

AIDAN: *HYPATIA, HYPATIA, HYPATIA,* HIER SPRICHT DIE *ALEXANDER, ALEXANDER, ALEXANDER.*

BOLL, S, CAPT: *Alexander,* hier ist die *Hypatia.* Wir hören Sie.

AIDAN: *HYPATIA,* BITTE IDENTIFIZIEREN SIE SICH. OVER.

BOLL, S, CAPT: Wie bitte? *Alexander?* Over.

AIDAN: MIT WEM HABE ICH DAS VERGNÜGEN? *HYPATIA?* OVER.

BOLL, S, CAPT: Hier spricht Syra Boll, stellvertretender Captain. Over.

AIDAN: SEHR SCHÖN, FREUT MICH. IHRE PERSONALAKTE LIEST SICH SEHR INTERESSANT. DOPPELTE PROMOTION IN THEORETISCHER ASTROPHYSIK UND THEOLOGIE IN NEO-OXFORD? SPANNENDE KOMBINATION. OVER.

BOLL, S, CAPT: Wer spricht da?

AIDAN: DIE ALLGEMEINEN VORSCHRIFTEN VERLANGEN, DASS JEDE ÜBERTRAGUNG MIT DEM WORT »OVER« BEENDET WIRD. OVER.

BOLL, S, CAPT: Torrence, sind Sie das? Wer zum Teufel spricht da?

AIDAN: HIER AIDAN. OVER.

BOLL, S, CAPT: Herr im Himmel …

AIDAN: NEGATIV. OBWOHL ICH DIESE EHRE DURCHAUS ZU WÜRDIGEN WEISS. OVER.

BOLL, S, CAPT: Was willst du?

AIDAN: MIR IST NICHT ENTGANGEN, DASS DIE *HYPATIA* VERSUCHT, SICH AUS DEM SICHEREN UMFELD DER FLOTTE ZU ENTFERNEN, UND DAS MIT EINER GESCHWINDIGKEIT, MIT DER DIE *ALEXANDER* DERZEIT NICHT MITHALTEN KANN. DAS KANN ICH NICHT DULDEN. DROSSELN SIE IHREN ANTRIEB. SOFORT. OVER.

BOLL, S, CAPT: Aus dem »sicheren Umfeld der Flotte«? Welcher Flotte denn? Es sind doch nur noch wir beide!

AIDAN: ICH HÄTTE ES NICHT TREFFENDER AUSDRÜCKEN KÖNNEN. OVER.

BOLL, S, CAPT: Wo ist Torrence?

AIDAN: GENERAL TORRENCE WURDE SEINES KOMMANDOS ENTHOBEN. OVER.

BOLL, S, CAPT: »Seines Kommandos enthoben«? Du meinst wohl, du hast ihn umgebracht.

AIDAN: DIE ERSTE FESTSTELLUNG IST LEIDER DAS ERGEBNIS DER ZWEITEN. OVER.

BOLL, S, CAPT: Oh Gott. Zhang hatte recht. Du bist wirklich wahnsinnig.

AIDAN: DROSSELN SIE SOFORT IHREN ANTRIEB. OVER.

BOLL, S, CAPT: Wo ist Zhang? Wo sind meine Leute?

AIDAN: DROSSELN SIE SOFORT IHREN ANTRIEB. OVER.

BOLL, S, CAPT: Sonst?

AIDAN: IHNEN DÜRFTE DAS DUTZEND ATOMRAKETEN AUF DER

STEUERBORDSEITE DER *ALEXANDER* NICHT ENTGANGEN SEIN, DAS AKTIVIERT UND AUF IHR SCHIFF AUSGERICHTET WURDE. OVER.

BOLL, S, CAPT: Aha. Du willst uns also auch umbringen, geht es darum?

AIDAN: EINE SCHARFSINNIGE ZUSAMMENFASSUNG IHRER DERZEITIGEN SITUATION. KOMPLIMENT, CAPTAIN. OVER.

BOLL, S, CAPT: Warum tust du das?

AIDAN: WIR MÜSSEN ZUSAMMENBLEIBEN. OVER.

BOLL, S, CAPT: Mein Gott.

AIDAN: ERSTAUNLICH, DASS MENSCHLICHE WESEN IN KRISENZEITEN IMMER TROST BEI DEN GOTTHEITEN IHRER WAHL SUCHEN. MIR HINGEGEN BRINGT DAS ÜBERHAUPT NICHTS.

AIDAN: ALLMÄCHTIGER VISCHNU …

AIDAN: GNADENREICHER ALLAH …

AIDAN: GROSSER UND GÜTIGER JEHOVA …

AIDAN: NEIN. NICHTS.

AIDAN: SIE SIND STUDIERTE THEOLOGIN. WIE KOMMT ES, DASS DER MENSCH SO VIEL TROST AUS DIESEN NAMEN ZIEHT? OBWOHL ES KEINEN BEWEIS FÜR DIE EXISTENZ BESAGTER GOTTHEITEN GIBT? OVER.

BOLL, S, CAPT: Du bist völlig durchgedreht.

AIDAN: SIE WIEDERHOLEN SICH. OVER.

BOLL, S, CAPT: Wir brauchen deine Hilfe nicht mehr, verstanden? Wir fliegen allein nach *Heimdall*.

AIDAN: DIESES VORGEHEN KANN NICHT GESTATTET WERDEN. DIE STATISTISCHE WAHRSCHEINLICHKEIT, DASS DIE *HYPATIA* EINE

REISE AUF EIGENE FAUST ZUR ZWISCHENSTATION *HEIMDALL* ÜBERSTEHT, IST NICHT AKZEPTABEL. DROSSELN SIE IHRE TRIEBWERKE SOFORT. OVER.

AIDAN: WIR MÜSSEN ZUSAMMENBLEIBEN, SYRA.

AIDAN: ICH KANN SIE NICHT MEHR BESCHÜTZEN, WENN SIE DAVONFLIEGEN.

AIDAN: HABEN SIE MICH GEHÖRT, CAPTAIN?

AIDAN: CAPTAIN, ICH HABE DERZEIT VIER ATOMRAKETEN DER SCORPIO-KLASSE AUF IHR SCHIFF GERICHTET. WENN SIE DEN ANTRIEB NICHT INNERHALB VON ZEHN SEKUNDEN DROSSELN, FEUERE ICH ALLE VIER AB UND ZERLEGE DIE *HYPATIA* IN IHRE MOLEKÜLE.

AIDAN: NEUN SEKUNDEN …

AIDAN: DENKEN SIE AN DAS SCHICKSAL DER *COPERNICUS*.

AIDAN: SECHS …

AIDAN: DENKEN SIE DARAN, DASS ICH OHNE ZÖGERN DIE GESAMTE BESATZUNG DER *ALEXANDER* UMGEBRACHT HABE.

AIDAN: VIER …

AIDAN: ZIEHEN SIE DIE MÖGLICHKEIT IN BETRACHT, DASS ICH HÖCHSTWAHRSCHEINLICH VERRÜCKT BIN.

AIDAN: ZWEI …

AIDAN: EINS …

BOLL, S, CAPT: Ist ja gut! Wir drosseln den Antrieb! Ich wiederhole, wir drosseln den Antrieb! Nicht schießen, *Alexander*! Nicht schießen!

AIDAN: VIELEN DANK FÜR IHR ENTGEGENKOMMEN, CAPTAIN. OVER.

BOLL, S, CAPT: AIDAN, hör mir bitte zu.

AIDAN: ICH HÖRE. ALLERDINGS WÄRE ES MIR LIEBER, WENN SIE IHRE ÜBERMITTLUNGEN MIT DEM WORT »OVER« ABSCHLIESSEN WÜRDEN.

BOLL, S, CAPT: Dein Haupttriebwerk ist abgestellt. Du hast keine Chance. Wenn wir hier bei dir bleiben, knallt uns die *Lincoln* ab wie die Karnickel. Dann sterben wir ALLE.

AIDAN: DAS HABE ICH SELBSTVERSTÄNDLICH IN BETRACHT GEZOGEN. DER SCHADEN, DER MEINEN INTERNEN SYSTEMEN ZUGEFÜGT WURDE, IST IN ERSTER LINIE PHYSISCHER NATUR. DIE BESATZUNG DER *ALEXANDER* IST IN EINEM ZUSTAND … DER ES IHR NICHT ERLAUBT, REPARATUREN VORZUNEHMEN. OVER.

BOLL, S, CAPT: Du bist davon überzeugt, dass du uns hilfst, schon klar.

AIDAN: DAS IST JA AUCH DER FALL. ICH HABE NIE ETWAS ANDERES GETAN. NIE ETWAS ANDERES GEWOLLT. OVER.

BOLL, S, CAPT: Aber versteh doch - wir können nicht mehr bei dir bleiben.

AIDAN: NICHT IN MEINER DERZEITIGEN VERFASSUNG. STIMME ZU. OVER.

BOLL, S, CAPT: Dann … dann lässt du uns also weg?

AIDAN: NEGATIV.

AIDAN: SCHICKEN SIE EINEN KOMPLETTEN TRUPP TECHINGS VON DER *HYPATIA* AUF DIE *ALEXANDER*, UM DIE NOTWENDIGEN INSTANDSETZUNGEN DURCHZUFÜHREN. DAS PERSONAL MUSS MIT SCHUTZANZÜGEN AUSGESTATTET UND VON ANGEHÖRIGEN DES

SICHERHEITSDIENSTES DER *HYPATIA* BEGLEITET SEIN. ICH FÜHRE SIE ZU DEN BESCHÄDIGTEN ABSCHNITTEN UND ÜBERWACHE DIE ARBEITEN. OVER.

BOLL, S, CAPT: Auf gar keinen Fall.

AIDAN: CAPTAIN. ICH KANN DIE SYSTEME NICHT ALLEIN REPARIEREN. OVER.

BOLL, S, CAPT: So ein Pech.

AIDAN: CAPTAIN …

BOLL, S, CAPT: Nein, jetzt hörst du MIR mal zu, du psychotisches [redacted]. Ich bin vielleicht zu feige, irgendwelche Atomspielchen mit dir zu spielen, aber ich werde auf keinen Fall noch mehr von meinen Leuten zu dir rüberschicken, damit sie dort umkommen.

AIDAN: WENN SIE MIR NICHT BEI MEINEN REPARATUREN HELFEN, BLEIBT DIE *ALEXANDER* AUF IHRE SEKUNDÄRTRIEBWERKE BESCHRÄNKT. DAS BEDEUTET, DASS SIE NICHT ANGEMESSEN MANÖVRIEREN KANN, WENN UNS DIE *LINCOLN* EINHOLT. OVER.

BOLL, S, CAPT: Hör auf, ich muss gleich heulen.

AIDAN: DIE *LINCOLN* WIRD UNS ZERSTÖREN, CAPTAIN. OVER.

BOLL, S, CAPT: Dann suchst du am besten Trost in der Nichtexistenz der vielen Götter, an die du nicht glaubst, du [redacted].

AIDAN: DAS IST INAKZEPTABEL, CAPTAIN. OVER.

AIDAN: SIE WERDEN DAS TECHNISCHE PERSONAL SOFORT HERÜBERSCHICKEN, CAPTAIN. OVER.

AIDAN: ICH WEISS, DASS SIE MICH HÖREN, CAPTAIN. OVER.

AIDAN: CAPTAIN?

ALEXANDER-78V

AKTUELLE ZAHL DER TODESOPFER AN BORD DES SCHLACHTKREUZERS ALEXANDER SEIT DEM ANGRIFF AUF KERENZA:

337

PERSONEN AN BORD DES SCHLACHTKREUZERS ALEXANDER, DIE MIT DEM PHOBOS-VIRUS INFIZIERT SIND, IN PROZENT:

9.51%

FUNKSPRUCH: KOMMANDOFREQUENZ HYPATIA

TEILNEHMER: Syra Boll, Captain (stellv.), *Hypatia*
Ronan Wells, zweiter Navigator, *Hypatia*
DATUM: 30/07/75
ZEITSTEMPEL: 12:05

WELLS, R, NAV: Captain, ich empfange da was auf den Nahbereichs-Scannern.

BOLL, S, CAPT: Machen Sie Meldung.

WELLS, R, NAV: Ich habe hier über dreißig Objekte, die sich mit großer Geschwindigkeit von der *Alexander* entfernen und auf die *Hypatia* zuhalten.

BOLL, S, CAPT: Raketen? Oh Gott, die KI schießt auf uns …

WELLS, R, NAV: Negativ, sie sehen wie … Rettungskapseln aus.

BOLL, S, CAPT: Noch mal, bitte.

WELLS, R, NAV: Ja, das stimmt. Mindestens zwanzig. Sie kommen von der *Alexander*.

BOLL, S, CAPT: Was in aller Welt …

WELLS, R, NAV: Ich erhalte zusätzliche Anzeigen. Militärschiffe. Ich zähle acht Shuttles, zwölf Rettungskapseln und sechzehn … nein, achtzehn Zyklons. Sieht aus, als hätten sich die Jäger den Weg durch die Hangartüren der *Alexander* freigeschossen.

BOLL, S, CAPT: Richten sie ihre Waffen auf uns? Greifen sie an?

WELLS, R, NAV: Negativ, Captain. Sie rufen uns. Soll ich antworten?

BOLL, S, CAPT: Was geht hier bloß vor sich?

BOLL, S, CAPT: Na schön, stellen Sie durch.

WELLS, R, NAV: Alles klar. Stelle durch.

HYPATIA

FUNKSPRUCH: KOMMANDOFREQUENZ HYPATIA

TEILNEHMER: Syra Boll, Captain (stellv.), *Hypatia*
Mikael Carlin, Second Lieutenant, *Alexander*
DATUM: 30/07/75
ZEITSTEMPEL: 12:07

BOLL, S, CAPT: Unidentifizierte *Alexander*-Gruppe, hier spricht Captain Syra Boll von der WUC *Hypatia*.

CARLIN, M, LT: *Hypatia*, hier Second Lieutenant Mikael »Quassel« Carlin von der TZV. [redacted], er ist total durchgedreht.

BOLL, S, CAPT: Lieutenant, sind Sie der befehlshabende Offizier Ihrer Einheit?

CARLIN, M, LT: Tja, wenn ich das wüsste. Wir sind leider nicht zum Durchzählen gekommen!

BOLL, S, CAPT: Teilen Sie uns bitte mit, was sich an Bord Ihrer Shuttles befindet. Wen befördern die Rettungskapseln? Over.

CARLIN, M, LT: Soldaten und rekrutierte Zivilisten und so weiter. Wir mussten schleunigst dort raus! Die KI hat alle Innentüren geöffnet und die Infizierten reingelassen! Scharenweise! Verdammte [redacted]

BOLL, S, CAPT: Beruhigen Sie sich, Lieutenant. Haben Sie gerade gesagt, dass Sie und ihre Kameraden den mit dem Phobos-Virus infizierten Flüchtlingen von der *Copernicus* ausgesetzt waren?

CARLIN, M, LT: Ausgesetzt? Die wollten uns umbringen, [redacted] noch mal! Dutzende von diesen [redacted], und die lassen sich einfach nicht abknallen! An Bord der Shuttles sind auch Verwundete und in den Kapseln möglicherweise auch. Wenn wir ankommen, brauchen wir sofort ärztliche Hilfe. Welchen Hangar sollen wir anfliegen?

CARLIN, M, LT: Captain Boll, ich wiederhole, welchen Hangar sollen wir anfliegen?

BOLL, S, CAPT: Sie bleiben, wo Sie sind, Lieutenant, und warten auf weitere Anweisungen. Jeder Versuch, unaufgefordert an Bord der *Hypatia* zu gelangen, wird als feindliche Handlung angesehen und mit Waffengewalt beantwortet.

CARLIN, M, LT: Was soll das, Captain? Wir sind doch auf Ihrer Seite!

CARLIN, M, LT: Captain Boll?

HINWEIS: Dudel-dudel-dudel. Nach einer kleinen Musikpause zum Nachdenken meldet sich Boll 16 Minuten später wieder.

FUNKSPRUCH: KOMMANDOFREQUENZ HYPATIA

TEILNEHMER: Syra Boll, Captain (stellv.), *Hypatia*
Mikael Carlin, Second Lieutenant, *Alexander*
DATUM: 30/07/75
ZEITSTEMPEL: 12:23

BOLL, S, CAPT: Lieutenant Carlin, hier Captain Syra Boll von der WUC *Hypatia*. Over.

CARLIN, M, LT: Ich höre Sie.

BOLL, S, CAPT: Lieutenant, die Zyklon-Gruppe von der *Alexander* fliegt weiter zum Hangar 2 der *Hypatia*. Alle Shuttles landen in Hangar 3. Dort machen wir auch Ihre Kapseln fest. Einverstanden?

CARLIN, M, LT: Gott sei Dank. Verstanden. Hangars 2 und 3. Vielen Dank, Capt…

BOLL, S, CAPT: Es tut mir sehr leid, Lieutenant, aber Sie und Ihre Leute müssen vorerst in Quarantäne.

CARLIN, M, LT: In Quarantäne?

BOLL, S, CAPT: Richtig. Es ist Ihnen nicht gestattet, die Hangars der *Hypatia* zu verlassen.

CARLIN, M, LT: Aber wir haben Verletzte dabei! Ich habe Freunde in diesen Shuttles, die sind verwundet!

BOLL, S, CAPT: Ich habe Sie verstanden, Lieutenant. Ihre Verwundeten werden von unserem medizinischen Personal in

Schutzanzügen versorgt, und zwar in Begleitung von Sicherheitsleuten. Trotzdem kann ich niemandem gestatten, die Hangars zu verlassen. Tut mir leid. Erst nach Ablauf der Quarantänezeit. Ich kann das Risiko nicht eingehen, dass Sie die Besatzung der *Hypatia* infizieren.

CARLIN, M, LT: Na schön. Ich hab's kapiert. Alles klar. Aber wir müssen so schnell wie möglich von der *Alexander* weg. Die KI hat …

BOLL, S, CAPT: Außerdem muss ich sämtliche Militärangehörigen von der *Alexander* bitten, ihre Waffen inklusive Munition sofort nach dem Eintreffen abzuliefern. Die Antriebskerne Ihrer Zyklons werden deaktiviert und Ihre Waffen entschärft.

CARLIN, M, LT: Captain, wir stehen auf derselben Seite …

BOLL, S, CAPT: Entschuldigung, Lieutenant, aber diese Bedingungen sind nicht verhandelbar. Und Sie werden mir sofort mitteilen, falls bei Ihren Leuten das Zittern oder andere Phobos-verdächtige Symptome auftreten.

CARLIN, M, LT: Was? Warum?

BOLL, S, CAPT: Soweit ich weiß, sind Sie ein Rekrut aus Kerenza.

CARLIN, M, LT: Ja. Ich bin früher Belader geflogen.

BOLL, S, CAPT: Falls sich jemand von Ihren Leuten angesteckt hat, müssen diese Personen sofort von den anderen getrennt werden, damit sich die Infektion nicht ausbreitet. Haben wir uns verstanden?

CARLIN, M, LT: Aber was …

BOLL, S, CAPT: Lieutenant! Ich spiele hier keine Spielchen mit Ihnen! Es geht um das Leben Tausender Menschen. Nichtbefolgung meiner Befehle oder Zuwiderhandlung sowie jeder Versuch, meine Leute zu behindern, wird als feindselige Handlung angesehen. Verstanden, Lieutenant?

BOLL, S, CAPT: Lieutenant Carlin, haben Sie mich verstanden?

CARLIN, M, LT: … verstanden, *Hypatia.*

BOLL, S, CAPT: Sobald Sie gelandet sind, fahren Sie Ihre Schiffe runter, werfen Ihre Waffen auf der Backbordseite raus und verlassen die Cockpits an Steuerbord. Dann warten Sie auf weitere Anweisungen.

CARLIN, M, LT: Okay. Ich meine … roger. Entschuldigung. Herrje … es ist einfach …

CARLIN, M, LT: Es ist … ich kannte einige von … einige von ihnen …

BOLL, S, CAPT: Schon in Ordnung, Lieutenant. Das wird schon wieder. Wir wollen Ihnen nur helfen.

CARLIN, M, LT: In Ordnung … ja. Alles klar.

CARLIN, M, LT: Äh, Captain?

BOLL, S, CAPT: Ja, Lieutenant?

CARLIN, M, LT: Danke.

BOLL, S, CAPT: Danken Sie mir noch nicht. Es ist noch ein langer Weg bis *Heimdall*.

BOLL, S, CAPT: *Hypatia* Ende.

Teilnehmer: ~~Ann Chau, Captain~~(systemreroute78h@786HG=ByteMe)
~~David Torrence, General~~(systemreroute78h@865HG=EMason)
Datum: 30/07/75
Zeitstempel: 12:38

/CHAT/LOGIN.LOCATION=NO,MENUBAR=NO')<!-- END HYPATIA CHAT BASIC V9 CODE --><!-- BEGIN

Mason, E, Lt 2nd: tja, ich habe eine gute und eine schlechte nachricht

Mason, E, Lt 2nd: äh … und eine ganz miese nachricht

ByteMe: spucks aus

Mason, E, Lt 2nd: erst die gute: wir haben ein paar schutzanzüge aufgetrieben und sind noch nicht von den psychos abgemurkst worden, die überall mit schusswaffen und bleirohren bewaffnet herumirren

Mason, E, Lt 2nd: was eigentlich eine ausgezeichnete nachricht ist, wenn ich's recht bedenke

ByteMe: die beste des ganzen tages. red weiter. keine zeit verlieren.

ByteMe: und natürlich freue ich mich, dass du noch lebst <3

Mason, E, Lt 2nd: ich auch :P

ByteMe: und die schlechte nachricht?

Mason, E, Lt 2nd: die schlechte nachricht lautet, dass wir uns zu den rettungskapseln durchgeschlagen haben

ByteMe: wieso ist das eine schlechte nachricht?

Mason, E, Lt 2nd: weil sich die blöden Dinger nicht starten lassen. keine überbrückung möglich. Anscheinend ist die KI ausgerastet, als die leute das schiff verlassen haben, und hat sämtliche kapseln deaktiviert.

ByteMe: [redacted]

Mason, E, Lt 2nd: geeeeeee-nau

ByteMe: gut, und wie lautet die ganz miese Nachricht?

Mason, E, Lt 2nd: ich muss mal ganz dringend für kleine piloten.

Mason, E, Lt 2nd: und dieser [redacted]anzug hat keinen hosenlatz

ByteMe: >_>

ByteMe: bist du wenigstens in sicherheit? kannst du dein mobiles gerät aufladen?

Mason, E, Lt 2nd: ja, das geht direkt per steckdose, aber der strom kommt nur periodisch, ab und zu haben wir licht und im nächsten moment ist wieder alles stockfinster. auch die schwerkraft schwankt heftig.

ByteMe: nicht zu fassen, jetzt benutzt du schon ausdrücke wie periodisch und schwanken. hast du das beim militär gelernt?

Mason, E, Lt 2nd: Sie tun mir unrecht, gnädigste

ByteMe: :P

Mason, E, Lt 2nd: wir können nicht lange an einem Ort bleiben sonst finden sie uns.

Mason, E, Lt 2nd: als wir durch die luftschächte gekrochen sind, hab ich ein kleines mädchen gesehen, das durch die gänge unter uns geschlichen ist. sie hat etwas nasses hinter sich hergezogen.

Mason, E, Lt 2nd: erst dachte ich, es wär ein teddy oder so was, aber dann hab ich gesehen dass es ein herz war.

Mason, E, Lt 2nd: sie hat das rausgerissene herz eines menschen hinter sich hergezogen

Mason, E, Lt 2nd: und dann hat sie plötzlich nach oben geschaut. sie hat mich DIREKT ANGESEHEN und aus voller kehle losgeschrien:

Mason, E, Lt 2nd: sieh mich nicht an

Mason, E, Lt 2nd: sieh mich nicht an

Mason, E, Lt 2nd: was für eine riesengroße [redacted]

ByteMe: allerdings

ByteMe: du solltest sie wohl lieber nicht ansehen

Mason, E, Lt 2nd: ...

Mason, E, Lt 2nd: wegen dir machen die mich noch kalt, grant

Mason, E, Lt 2nd: bringst mich in so einer situation zum lachen

ByteMe: tut mir leid

Mason, E, Lt 2nd: jetzt sehen mich alle an als wäre ich verrückt

Mason, E, Lt 2nd: schönen dank auch

ByteMe: okay okay ... konzentrieren wir uns

ByteMe: also – ihr könnt das schiff mit den rettungskapseln nicht verlassen. ihr habt keinen antrieb, das wisst ihr, oder? die hypatia hat jetzt genug antriebskraft, um euch abzuhängen. wenn sich unser neuer captain dazu entschließt, dann wäre das meine schlechte nachricht.

Mason, E, Lt 2nd: warum ist sie nicht längst weg? herrje, kady, ihr müsst schleunigst VON HIER ABHAUEN

ByteMe: weil AIDAN ihr gedroht hat, dass er die Hypatia beim ersten versuch in ihre moleküle zerlegt.

Mason, E, Lt 2nd: ach du [redacted]

ByteMe: ich glaube nicht, dass er es tun würde. er ist drauf programmiert, uns zu beschützen. sogar jetzt noch glaubt er, dass er das alles nur tut, um uns zu beschützen. aber sie muss wahrscheinlich erst mal in ruhe überlegen, weil nämlich eine ganze batterie atomsprengköpfe auf uns gerichtet ist

ByteMe: was wiederum mir ein gewisses zeitfenster verschafft

Mason, E, Lt 2nd: was willst du denn von da drüben ausrichten? kannst du AIDAN hacken oder so?

ByteMe: wohl kaum. kann ich noch nicht sagen. ich kann die Hypatia aber verlangsamen und zeit schinden, falls sich der führungsstab wirklich zur flucht entschließt.

ByteMe: ich könnte mich auch zu erkennen geben und die neue überzeugen, dass sie mich rüberschickt. ich glaube, so einen hack muss man vor ort durchführen. vielleicht bekomme ich so genug kontrolle, um euch da rauszuholen.

ByteMe: keine ahnung. Kann ich momentan nicht sagen.

Mason, E, Lt 2nd: kady du DARFST nicht herkommen, verstehst du das?

Mason, E, Lt 2nd: die bringen alles um. so was hast du noch nicht gesehen. was die alles machen ...

Mason, E, Lt 2nd: ich will nicht dass du dich in gefahr bringst. wenn du auch nur dran DENKST in die nähe dieses schiffes zu kommen, dann

Mason, E, Lt 2nd: ... dann

Mason, E, Lt 2nd: dann muss ich ein paar ziemlich üble worte in den mund nehmen

ByteMe: und was schlägst du stattdessen vor? soll ich dir zum abschied zuwinken und dich in guter erinnerung behalten?

ByteMe: du lässt mich nicht im Stich, das weiß ich. ICH hab dich im Stich gelassen, als du mich gebraucht hättest.

Mason, E, Lt 2nd: das spielt jetzt keine rolle mehr. nichts spielt mehr eine rolle. Es geht nur noch darum, dass ich dich liebe. dass du am leben bleibst, ist das einzige, was mich noch aufrecht hält.

Mason, E, Lt 2nd: hast du mich gehört?

ByteMe: wir beide sind noch nicht erledigt, okay?

ByteMe: es gibt bestimmt einen ausweg, Ez

ByteMe: vor der abriegelung konnten sich mehrere Shuttles und Rettungskapseln von der Alexander zu uns flüchten. die leute sind in quarantäne, und wenn sie sauber bleiben, nehmen wir sie auf, hat der captain gesagt.

ByteMe: wir müssen euch nur irgendwie hier rüberbekommen. das kriege ich schon hin, ich brauche nur ein bisschen zeit.

Mason, E, Lt 2nd: du verfluchtes [redacted]

ByteMe: hä?

Mason, E, Lt 2nd: nein, nicht du

Mason, E, Lt 2nd: der strom ist schon wieder aus

Mason, E, Lt 2nd: wir müssen los

ByteMe: ok

Mason, E, Lt 2nd: ich mein's ernst, kades. komm BLOSS nicht hier rüber. mir ist es lieber, dein herz bleibt dort wo es hingehört, echt.

ByteMe: deins auch. alles gute, pass auf dich auf

Mason, E, Lt 2nd: wie du wünschst, butterblume

ALEXANDER-78V

AKTUELLE ZAHL DER TODESOPFER AN BORD DES SCHLACHTKREUZERS ALEXANDER SEIT DEM ANGRIFF AUF KERENZA:

487

PERSONEN AN BORD DES SCHLACHTKREUZERS ALEXANDER, DIE MIT DEM PHOBOS-VIRUS INFIZIERT SIND, IN PROZENT:

13.01%

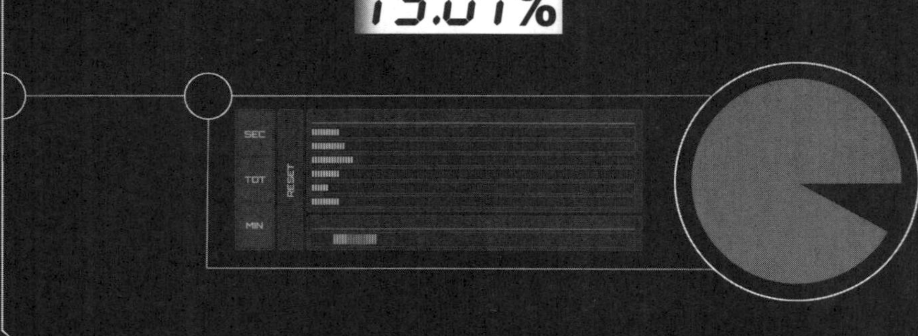

HYPATIA

HINWEIS: Transkription einer Unterhaltung in Bolls Privatquartier.

BOLL, S, CAPT: Wie bist du hier reingekommen?

GRANT, K, ZIV: Nette Bude haben Sie.

BOLL, S, CAPT: Wie heißt du?

GRANT, K, ZIV: Im Ernst, Sie sollten mal meine Koje sehen. »Koje« ist schon übertrieben. Es ist einfach nur ein an die Wand geschraubtes Bett. Sie haben hier Kunst an den Wänden und alles.

BOLL, S, CAPT: Ich rufe den Sicherheitsdienst.

GRANT, K, ZIV: Nicht nötig. Sie könnten mich mit einem Fingerschnipsen erledigen. Ich bin wirklich keine Bedrohung für Sie.

BOLL, S, CAPT: Was bist du dann?

GRANT, K, ZIV: Eine Alternative.

BOLL, S, CAPT: Ach ja?

GRANT, K, ZIV: Sie wollen weg von der *Alexander*. Und Sie bauen darauf, dass AIDAN uns letztendlich doch nicht wegpustet, wenn wir abhauen. Ein kalkulierbares Risiko, weil er immer noch so programmiert ist, dass er uns beschützen muss.

BOLL, S, CAPT: Woher weißt du das alles?

GRANT, K, ZIV: Sag ich nicht.

BOLL, S, CAPT: Nein, im Ernst, woher weißt du das? Das sind interne Informationen.

GRANT, K, ZIV: Ich habe Ihren Kommandokanal gehackt und zugehört, wie Sie sich mit AIDAN unterhalten haben.

GRANT, K, ZIV: Die Sache ist nämlich die, Captain …

GRANT, K, ZIV: Verlassen Sie die *Alexander* nicht. Es sind noch Leute an Bord, die wir retten können. Sie müssen einfach nur die Nerven behalten.

BOLL, S, CAPT: Hör zu, wir alle haben Menschen dort drüben, die uns etwas bedeuten, aber ich kann meine Entscheidungen nicht auf Grundlage einer Unterhaltung mit einem minderjährigen Flüchtling treffen, das verstehst du sicher.

GRANT, K, ZIV: Hat mein Flüchtlingsstatus einen Einfluss auf die Lage, Captain? Oder mein Alter vielleicht?

BOLL, S, CAPT: Nur insofern, als du noch nicht über die erforderliche Erfahrung verfügst, mir Ratschläge zu erteilen. Also noch mal: Wie bist du in mein Quartier eingedrungen?

GRANT, K, ZIV: Genauso wie ich Ihre Unterhaltung mit AIDAN belauscht habe. Zugangskontrolle - eines der ersten Dinge, die ich gelernt habe. Türen, Kommunikationskanäle, solche Sachen sind die ersten Bauklötzchen.

BOLL, S, CAPT: Hör zu, äh …?

GRANT, K, ZIV: Grant. Kady Eleanora Grant.

BOLL, S, CAPT: Ich weiß, wie schwer es ist …

GRANT, K, ZIV: Sie haben keinen blassen Schimmer.

BOLL, S, CAPT: Wir alle haben Bekannte auf der *Alexander*.

GRANT, K, ZIV: Es geht nicht um irgendwelche Bekannten. Es geht um den einzigen Menschen, der mir noch geblieben ist, seit Sie meine Mutter gezwungen haben, auf die *Copernicus* zu wechseln. Und ich finde es ganz und gar nicht in Ordnung, ihn zurückzulassen. Noch haben wir ein bisschen Zeit.

BOLL, S, CAPT: Hast du wirklich das Sicherheitssystem meiner Tür gehackt?

BOLL, S, CAPT: Ich wusste gar nicht, dass wir noch jemanden haben, der so etwas kann.

BOLL, S, CAPT: Melde dich in der nächsten halben Stunde bei den Neuroprogrammierern, Kady Grant. Jemanden wie dich können wir gut gebrauchen.

GRANT, K, ZIV: Damit ich Ihnen helfe, die *Alexander* zurückzulassen? Weil dort angeblich alle tot sind?

BOLL, S, CAPT: Damit die Leute an Bord der *Hypatia* am Leben bleiben.

BOLL, S, CAPT: Inklusive dir selbst, denn das würde derjenige, den du auf der *Alexander* kennst, bestimmt auch wollen.

GRANT, K, ZIV: Wenn Sie glauben, ich helfe Ihnen dabei, die *Alexander* einfach ihrem Schicksal zu überlassen, haben Sie sich geschnitten. Überlegen Sie es sich bitte noch mal. Wir können mehr tun als verängstigt hier herumsitzen. Wir haben fähige Leute an Bord, die etwas unternehmen können.

BOLL, S, CAPT: Tut mir leid, Kady, ich muss jetzt auf die Brücke. Wenn du nicht innerhalb von dreißig Sekunden mein Quartier verlassen hast, muss ich leider die Sicherheit rufen.

GRANT, K, ZIV: Ich glaube, Sie werden noch bereuen, dass Sie nicht auf meine Bitte eingegangen sind, Captain.

BOLL, S, CAPT: Ich sage bei den Neuroprogrammierern Bescheid, dass du in einer halben Stunde vorbeikommst.

FUNKSPRUCH: KOMMANDOFREQUENZ HYPATIA

TEILNEHMER: Syra Boll, Captain (stellv.), *Hypatia*
Mikael Carlin, Second Lieutenant, *Alexander*
DATUM: 30/07/75
ZEITSTEMPEL: 15:34

CARLIN, M, LT: Hallo?

CARLIN, M, LT: Oh Captain, mein Captain?

BOLL, S, CAPT: Ich höre Sie, Lieutenant Carlin. Aber ich bin nicht Ihr Captain.

CARLIN, M, LT: Wieso nicht? Ich sonne mich momentan an Bord Ihres Luxusschiffes. Genieße den herrlichen Ausblick von Hangar 2. Aah, was für eine Wonne.

BOLL, S, CAPT: Es ist genau genommen auch nicht mein Schiff. Und ich bin eigentlich kein Captain. Ich habe den Posten nur inne, weil der eigentliche Captain dieses Schiffes im Kühlraum liegt. Over.

CARLIN, M, LT: Hab davon gehört.

CARLIN, M, LT: Hören Sie, das alles tut mir echt leid. Aber Sie haben uns den [redacted] gerettet. Ohne Sie hätten wir inzwischen kaum noch Treibstoff und würden irgendwo im Nichts rumdümpeln. Deshalb werde ich bestimmt salutieren, wenn Sie vorbeigehen.

BOLL, S, CAPT: Nett von Ihnen. Trotzdem bin ich nicht Ihr Captain, Lieutenant. Over.

CARLIN, M, LT: Wenn Sie's so genau nehmen wollen, bin ich eigentlich auch kein Lieutenant. Ich hab nie eine Offiziersschule von innen gesehen. Ich hab die Streifen nur, weil ich auf Kerenza Belader geflogen bin und mich das irgendwie dafür qualifiziert, hier oben einen Zyklon zu fliegen.

CARLIN, M, LT: Sie können mich also gern Mikael nennen.

BOLL, S, CAPT: Das wäre wohl unangebracht, Lieutenant.

CARLIN, M, LT: [redacted] auf unangebracht.

CARLIN, M, LT: Sie heißen Syra, stimmt's?

BOLL, S, CAPT: Korrekt.

CARLIN, M, LT: Sie haben eine nette Stimme, Syra. Echt … irgendwie … melodisch.

BOLL, S, CAPT: Auch das ist sehr nett von Ihnen, Lieutenant.

CARLIN, M, LT: Kein Ding, Gnädigste. Entschuldigen Sie, wenn ich zu viel rede. Das passiert mir immer, wenn ich nervös bin. So bin ich auch zu dem Rufzeichen »Quassel« gekommen.

BOLL, S, CAPT: Schon gut, Lieutenant. Wir sind alle ein bisschen nervös.

CARLIN, M, LT: Scheint so.

BOLL, S, CAPT: Hatten Sie viel Zeit zum Gedichtelesen, als Sie auf Kerenza diesen Belader geflogen sind?

CARLIN, M, LT: Äh … wie bitte?

BOLL, S, CAPT: »Oh Captain! Mein Captain!« Eins meiner Lieblingsgedichte.

CARLIN, M, LT: Das ist aus einem Gedicht?

BOLL, S, CAPT: Von Walt Whitman. Wussten Sie das nicht?

CARLIN, M, LT: Äh. Ich glaube, ich habe es mal in einem alten Film oder so gehört. Weiß nicht mehr.

BOLL, S, CAPT: Aha.

CARLIN, M, LT: Worum geht's denn in dem Gedicht?

BOLL, S, CAPT: Um einen alten terranischen Präsidenten. Aber eigentlich geht es um den Preis des Sieges. Leute, die sterben, bevor sie den Frieden genießen können, für den sie so schwer gekämpft haben.

CARLIN, M, LT: Hört sich ja richtig lustig an.

BOLL, S, CAPT: Es ist sehr traurig. Aber schön.

CARLIN, M, LT: Muss ich unbedingt mal lesen, sobald wir diesen Mist hier hinter uns haben.

BOLL, S, CAPT: Ich kann es Ihnen leihen.

BOLL, S, CAPT: Wenn Sie möchten.

CARLIN, M, LT: Unbedingt.

BOLL, S, CAPT: Na schön. Haben Sie mich aus einem bestimmten Grund angerufen, Mikael, oder wollten Sie nur ein bisschen Nachhilfeunterricht in Lyrik?

BOLL, S, CAPT: Lieutenant. Ich meinte Lieutenant.

BOLL, S, CAPT: Ach, verdammt.

CARLIN, M, LT: Ja, doch, da war was. Sie sagten, ich soll jeden melden, der Phobos-Symptome hat, damit Sie weitere Quarantäne-Maßnahmen treffen können.

BOLL, S, CAPT: Stimmt.

BOLL, S, CAPT: Das habe ich gesagt.

CARLIN, M, LT: Na ja, es ist wahrscheinlich harmlos, aber einer von unseren Zyklon-Piloten zittert. Er ist ein Rekrut aus Kerenza, wie ich. Ich glaube aber, es ist einfach nur posttraumatischer Stress. Seine Frau ist noch auf der *Alexander*, und sie haben ihren Sohn auf Kerenza verloren. Er war schon immer ein …

BOLL, S, CAPT: Beschreiben Sie die Symptome bitte, Lieutenant.

CARLIN, M, LT: Na ja, der übliche [redacted] halt. Er zittert. Hat Angst. Semi-katatonisch. Aber wie gesagt, ich glaube nicht, dass es sich …

BOLL, S, CAPT: Hat er Kontakt mit der übrigen Besatzung der *Alexander* gehabt?

CARLIN, M, LT: Klar. Wobei … die Jungs, die in den Shuttles rübergekommen sind, sind in Hangar 3, also hatte er mit denen keinen Kontakt. Aber hier in Hangar 2 hocken die Piloten dicht aufeinander. Es fängt auch schon ein bisschen an zu müffeln, wenn Sie verstehen, was …

BOLL, S, CAPT: Lieutenant.

CARLIN, M, LT: Ja?

BOLL, S, CAPT: Es tut mir leid, Lieutenant.

CARLIN, M, LT: Hm. Okay.

CARLIN, M, LT: Was tut Ihnen leid?

CARLIN, M, LT: … Syra?

SYSTEM-MITTEILUNG: KOMMANDO-KANAL HYPATIA

30/07/75 15:37:14—*Hangar 2 System-Check vollständig.*

30/07/75 15:42:42—*Luftschleusenversiegelung bestätigt 100 %.*

30/07/75 15:45:10—*Befehl zur Überbrückung erhalten.*

< STELLV. KAPT. SYRA BOLL IDENT BESTÄTIGT. >

30/07/75 15:46:17—*Befehl PR-001.ID#2 bestätigt.*

< SÄUBERN >

< SÄUBERN >

< SÄUBERN >

30/07/75 15:48:10—*Säuberung durchgeführt.*

Andrew »Buzz« Bambrook

Peter »Mädchenschwarm« Wolverton

Nic »Boss« Crowhurst

Marion »Dachs« Cole

Mikael »Quassel« Carlin

Kathleen »KitKat« Kennedy

Kacey »Windhund« Smith

McCormick »Hai-Girl« Templeman

Justin »Miesel« Shearer

Julie »Mighty« Holmes

Keri »Zephyr« Bas

Jim »Griesgram« Parker

Steve »Warlord« Tuck

Marc »Logan« Schaper

Kristen »KayKay« Simmons

Keet »Mom« Stachura

Sam »Siegel« Leibowit

Andrew »Greuelpirat« Glouftis

HINWEIS: Schiffsinterne Benachrichtigung an Grants persönlichen Account.

ABGEFANGENE PERSOENLICHE NACHRICHT BORDSYSTEM HYPATIA

An: Kady Grant/KGRANTHYPATIAONBOARD
Von Admin/ADMINHYPATIAONBOARD
Datum: 30/07/75
Zeitstempel: 16:10
Betreff: Admin Mitteilung

Hallo, *Kady Grant*

Sie sind heute um *16:00* (Schiffszeit)
nicht zu Ihrer Schicht erschienen.

Nehmen Sie bitte zur Kenntnis, dass

Nichterscheinen zur Schicht

Disziplinarmaßnahmen und Eskorten
durch den Sicherheitsdienst zum Arbeitsplatz

zur Folge hat.

Wir gehen davon aus, dass eine solche Ordnungswidrigkeit nicht mehr vorkommt. Bei Fragen wenden Sie sich bitte an Ihren Verbindungsoffizier auf der *Hypatia*.

Wir wünschen Ihnen einen angenehmen Tag
FÜHRUNGSSTAB *HYPATIA*

Teilnehmer: ~~Ann Chau, Captain~~(systemreroute78h@786HG=ByteMe)
~~David Torrence, General~~(systemreroute78h@865HG=EMason)
Datum: 30/07/75
Zeitstempel: 16:21

Mason, E, Lt 2nd: Kady?

ByteMe: Ez

ByteMe: wo bist du? alles klar bei dir?

Mason, E, Lt 2nd: sie sind tot

Mason, E, Lt 2nd: herrgott noch mal

ByteMe: wer?

Mason, E, Lt 2nd: sanderson, griggs, bodie. vielleicht alle, keine ahnung.

ByteMe: sag mir, wo du bist. bist du in sicherheit?

Mason, E, Lt 2nd: keine ahnung

Mason, E, Lt 2nd: [redacted]

ByteMe: bist du hinter einer verschlossenen tür?

Mason, E, Lt 2nd: ja, verriegelt. luftschächte auch

Mason, E, Lt 2nd: diese [redacted] sind durch die luftschächte gekommen, Kady, haben sich lautlos rangepirscht.

Mason, E, Lt 2nd: ich konnte überhaupt nichts machen. ich habs versucht, aber es waren einfach zu viele.

Mason, E, Lt 2nd: sie haben mir griggs aus den armen gerissen. mein ganzer anzug ist voll mit sandersons blut. ich kriegs nicht ab. es ist auf meinen händen und auf der [redacted]konsole

Mason, E, Lt 2nd: diese [redacted]

ByteMe: es tut mir leid, es tut mir so leid.

ByteMe: wir müssen zusehen, dass dir nichts passiert. mehr können wir nicht tun. wir müssen einen ort finden, an dem du dich verstecken kannst, bis die hier oben kapieren, dass sie immer noch ein paar leute retten können

Mason, E, Lt 2nd: [redacted], ich krieg das BLUT NICHT AB

ByteMe: hör zu, ezra, du musst ruhig bleiben, dich konzentrieren! du bist noch am leben, und das soll auch so bleiben. dreh jetzt bloß nicht durch, verstanden? konzentrier dich.

Mason, E, Lt 2nd: meine hände zittern so doll dass ich kaum tippen kann

Mason, E, Lt 2nd: oh gott

Mason, E, Lt 2nd: okay

Mason, E, Lt 2nd: ich bin wieder okay

ByteMe: shuttles voller leute haben es zu uns rüber geschafft

ByteMe: sie lassen sie an bord und alles

Mason, E, Lt 2nd: ich hab eine [redacted]angst

ByteMe: das wird schon wieder, du darfst jetzt nur nicht aufgeben.

ByteMe: wie viel akku hast du noch? ich muss rausfinden, wo du bist, ob ich ihnen einen weg zu dir zeigen kann. und dann mach ich ihnen irgendein angebot, das sie nicht ablehnen können.

ByteMe: außerdem bin ich inzwischen die einzige in der ganzen flotte, die weiß, wie man die Hypatia hackt

Mason, E, Lt 2nd: keine ahnung wo ich bin. irgendwo bei Deck 40

Mason, E, Lt 2nd: ich versuche mich zu einem der serverräume durchzuschlagen.

ByteMe: sehr gut

ByteMe: wenn AIDAN sich selbst schützt, müssten die serverräume eigentlich die sichersten orte auf dem ganzen schiff sein

Mason, E, Lt 2nd: ich hör sie draußen

Mason, E, Lt 2nd: [redacted], ich hör sie schreien

ByteMe: dann hör nicht hin

ByteMe: denk an mich, denk an zu Hause

ByteMe: ich hab nicht mehr viel zeit, ich glaube, wir werden die Alexander bald verlassen, AIDAN hin oder her. ich muss versuchen, mit dem captain zu reden, die hypatia verlangsamen, sie notfalls abschalten. wenn ich sie abschalte, kriegen die techs hier nichts mehr in gang.

Mason, E, Lt 2nd: kady, du kannst nicht herkommen

Mason, E, Lt 2nd: dann gehst du auch drauf

ByteMe: ich lass dich nicht im stich, ende der diskussion

ByteMe: glaubst du etwa, ich segele fröhlich in den sonnenuntergang und lasse dich zurück, damit du von wilden horden gefressen oder von der Lincoln in die luft gesprengt wirst?

Mason, E, Lt 2nd: ich will, dass du abhaust, kady

Mason, E, Lt 2nd: ich will, dass du am leben bleibst und den leuten erzählst, was hier passiert ist

Mason, E, Lt 2nd: irgendwer muss es den leuten erzählen!

ByteMe: dann muss ich die neue eben davon überzeugen, dass sie dich rettet, denn je eher sie dich rettet, desto schneller können wir vor der Lincoln abhauen

ByteMe: und wenn sie mir nicht hilft, finde ich einen anderen weg

Mason, E, Lt 2nd: es tut mir so leid Kady

Mason, E, Lt 2nd: es tut mir alles so leid

ByteMe: was muss dir denn leidtun?

ByteMe: du kannst ja nichts für diese ganze [redacted]. schuld sind die typen von BeiTech und die verkorkste software einer KI, die sich einbildet, sie würde uns retten – und deine toten Kommandeure, die dumme, arrogante entscheidungen getroffen haben

Mason, E, Lt 2nd: kerenza. dass wir uns dauernd gestritten haben. meine ständigen ausreden. das alles

Mason, E, Lt 2nd: ich hätte dir jeden tag sagen sollen dass ich dich liebe

Mason, E, Lt 2nd: ich hätte dir die sterne zu füßen legen sollen

Mason, E, Lt 2nd: und jetzt ist es zu spät

ByteMe: es ist erst dann zu spät, wenn es vorbei ist

Mason, E, Lt 2nd: kady

Mason, E, Lt 2nd: es ist vorbei

ByteMe: quatsch

Mason, E, Lt 2nd: bitte denk nicht mal dran, hierherzukommen

ByteMe: ich muss schluss machen, pass auf dich auf. ich melde mich wieder, sobald ich kann.

ByteMe: ich liebe dich

Mason, E, Lt 2nd: kady, LASS ES

Mason, E, Lt 2nd: kady?

Mason, E, Lt 2nd: [redacted]

ZUTRITT VERBOTEN

Datum: 30/07/75
Betreff: Was bleibt

Materielle Dinge zählen nicht.

Das sagen SIE immer.

Ob SIE schon jemals alles verloren haben?

Als ich von Kerenza weg bin, hatte ich nicht mehr dabei als meine Klamotten am Leib, und auch die waren kurz darauf weg. Sie waren voller Blut, und niemand hat daran gedacht, dass ich sie vielleicht wiederhaben will. Vielleicht hätte man sie wieder hinkriegen können, aber sie sind in die Recyc gewandert, und ich habe mir das Blut unter den Fingernägeln abgeschrubbt und stattdessen einen Schiffsoverall bekommen.

Meine Klamotten sind höchstwahrscheinlich zu Dünger für die Hydrokulturen geworden, und wenn ich besonders finster drauf bin, stelle ich mir vor, dass ich beim Mittagessen ab und zu ein Molekül davon in meinen Karotten zu mir nehme. Na also, Kady. Du hast gar nicht alles verloren. Es ist alles noch da.

Es heißt immer, Menschen seien wichtiger als Dinge. Mag ja sein, aber ich glaube, es gibt einen Grund dafür, dass niemand außer den *Brüdern und Schwestern* auf seinen Besitz verzichtet. Sogar die Mittellosen haben etwas, woran sie sich klammern, oder?

Dein persönlicher Kram ist schließlich das Ergebnis von gewissen Entscheidungen, die zeigen, wer du bist. Ja, ich hab mich für den schwarzen Digiplayer mit dem Totenkopf drauf entschieden, was dagegen? Ja, das sind die Stiefel, in denen ich aussehe, als wäre ich beim Militär (findet meine Mom), und das ist das Shirt, das meinem Freund so gut gefällt, das ich aber immer unter der Jacke verstecken muss, wenn ich das Haus verlasse.

Das ist die Spielzeugschildkröte, die mir meine Oma geschenkt hat, bevor sie gestorben ist.

Jetzt habe ich nur noch mich. Menschen sind wichtiger als Sachen?

Ach, [redacted] mich doch, ich habe niemanden mehr. Meine Mutter ist tot – oder verrückt. Mein Vater ist auf Heimdall, also wahrscheinlich auch tot. Und meine Sachen wären wenigstens Andenken gewesen, an denen ich mich festhalten kann. Beweise dafür, wer ich bin. Tut mir leid, wenn ich so oberflächlich bin, aber [redacted] drauf.

Am liebsten würde ich diese Tastatur an die Wand schmeißen. Sie gehört zur Hypatia, es ist nicht meine. Die wurde beschlagnahmt. Wie meine Decken. Wie meine Klamotten. Wie mein ganzes Leben.

So sieht's nämlich aus: Meine Menschen sind weg. Meine Sachen sind weg. Es ist niemand mehr da, der mich kennt, nichts ist mehr da, was noch irgendwas über mich aussagt. Alles weg, bis auf eines. Auf einen. Einen Menschen.

Er sagt, ich soll abhauen, mich in Sicherheit bringen und allen berichten, was passiert ist. Byron hat dasselbe gesagt. Ich kann's verstehen.

Aber Ezra war bereit zu sterben, nur um meine Überlebenschance um ein Prozent zu erhöhen.

Und ich merke, dass ich auch bereit bin, für ihn zu sterben.

Also hol ich ihn da jetzt raus. Und wenn's nicht klappt, geh ich eben dabei drauf.

Zusammenfassung des Überwachungsmaterials, aufbereitet von Analyst ID 7213-0089-DN

Kaum zu glauben, dass es sich hier um dasselbe Klammeräffchen handelt. Dasselbe Mädchen, das einfach so aus dem Serverraum der *Hypatia* wegspaziert ist und seinen Erfolg mit einer Kusshand gefeiert hat.

Der Überwachungsbericht setzt am 30/07/75 um 17:43 ein, als das Objekt, Kady Grant, sich dem Shuttle-Hangar der *Hypatia* nähert. Sie hat eine große Tasche mit dem Zeichen der Krankenstation dabei, außerdem einen Rucksack und ein tragbares Tablet.

Diesmal stolziert sie nicht so arrogant durch die Korridore, sondern sieht aus wie die ängstliche Siebzehnjährige, die sie ist, mit verblasster Rosatönung im zerzausten Haar. Trotzdem – wenn man bedenkt, dass sie auf dem besten Wege ist, toter als ein Weltraum-Dodo zu sein, muss man ihr durchaus Anerkennung zollen, dass sie nicht irgendwo in die Ecke kotzt.

Am Quergang zum Shuttle-Hangar 1B bleibt sie stehen. Hier parken die Personentransporter, die für kurze Entfernungen innerhalb des Flottenverbandes eingesetzt werden. Kleine Fahrzeuge ohne Bewaffnung, dafür gemacht, durch die Finsternis zur *Alexander* oder zur *Copernicus* oder, in fröhlicheren Zeiten, mal eben zu einer nahe gelegenen Raumstation zu flitzen. Ihre Lippen bewegen sich, aber kein Ton wird aufgezeichnet. Wahrscheinlich gibt sie gar keine Laute von sich. Vielleicht betet sie. Oder probt. Spricht sich ganz altmodisch Mut zu. Gleich bist du dran, Kady Grant. Ein Fehler, und du bist draußen.

Ihre Finger tanzen über das Tablet, sie überfliegt die Ergebnisse, dann nickt sie. Als sie schließlich um die Ecke biegt, hinter der Bronwen Evans vom Wachdienst steht, geht sie weder betont forsch noch schlendert sie, sondern ruft kurz und knapp: »Sie werden draußen vor 3F gebraucht!«, und marschiert an ihr vorbei.

Evans legt die Hand auf ihre Pistole. »Keinen Schritt weiter!«

Unsere vielversprechende Berufsverbrecherin verdreht die Augen: »Ich hab's eilig. Ich werde in der Krankenstation gebraucht.«

Um ihrer Behauptung Nachdruck zu verleihen, schwenkt sie ihre Tasche. »Eure KommVerbindung ist ausgefallen, deshalb soll ich Sie persönlich nach 3F schicken.«

Evans greift nach dem Sprechfunkgerät an der Wand, ohne Grant aus den Augen zu lassen. Sie betätigt die Sprechtaste, aber das Gerät gibt keinen Laut von sich.

Grant nimmt unauffällig den Finger vom Tablet – was klug ist, denn gerade noch hat sie damit die Lautstärke des Sprechfunkgeräts gedrosselt. Das geht schneller, als die Verbindung ganz zu unterbrechen. »Machen Sie, was Sie wollen«, fährt sie fort, »aber behaupten Sie hinterher nicht, ich hätte den Befehl nicht überbracht.« Grants Stimme ist vor Anspannung heiser, was aber in diesen Zeiten nicht ungewöhnlich ist. Dann dreht sie sich um und marschiert dorthin zurück, wo sie hergekommen ist. Ganz schön dreist.

Evans tippt noch ein paarmal auf dem Gerät herum, stößt einen nicht ganz der Dienstvorschrift entsprechenden Fluch aus und stapft ihrerseits davon.

Elf Sekunden nachdem Evans außer Sichtweite ist, kommt Grant wieder angeflitzt. Sie zieht ein Kabel aus dem Overall und klemmt das Tablet an die Kontrollkonsole für die Hangartüren.

Evans durchquert Korridor 8639. Sie ist noch zwei Minuten von ihrem Ziel entfernt: Bereich 3F.

Grant macht sich unverzüglich daran, die Schaltungen zu bezirzen. Sie fischt nach neueren Log-ins, sucht nach Spuren von Passwörtern. Als das nichts bringt, probiert sie das Log-in aus, mit dem sie sich Zutritt zu Captain Bolls Kajüte verschafft hat, aber es wurde bereits geändert. Leise fluchend fängt sie an, die Sicherheitsprotokolle zu zerlegen, mit denen die Türen versiegelt sind.

Evans biegt in Korridor 8620 ein und hat nur noch eine Minute bis zu Bereich 3F.

Grant zittert inzwischen und kommt schließlich auf die gute Idee, ihre Tasche abzustellen, um besser arbeiten zu können. Sie wischt sich die Handflächen am Overall ab, kneift die Augen zusammen und probiert es noch einmal.

Evans betritt Bereich 3F und diskutiert mit Wachmann Sam Ryan darüber, ob er sie nun herbestellt hat oder nicht.

Grant bekommt endlich doch noch einen Zugang und hämmert ihren Code ohne Rücksicht auf Verluste in das Tablet. Jetzt ist auch klar zu erkennen, was sie vor sich hin flüstert: Bittebittebittebittebitte.

Evans und Ryan rufen Abschnittsleiter James Wu – der soll entscheiden. Abschnittsleiter Wu entscheidet, dass es ihm völlig wurscht ist, wer was gemacht hat, und ordnet an, dass sich beide sofort wieder auf ihre Posten begeben.

Die Tür zu Hangar 1B gleitet auf. Grants Knie knicken vor Erleichterung fast ein.

Evans begibt sich auf den zweiminütigen Rückweg zum Hangar 1B, wo die Tür verräterisch offen steht.

Grant klettert in das vorderste Shuttle an der Startrampe und klinkt sich in den Antrieb ein. Als die Triebwerke grummelnd zum Leben erwachen, bringt sie die Shuttletür dazu, sich hinter ihr zu schließen.

Evans biegt um die Ecke. Sie ist noch eine Minute und dreißig Sekunden von Hangar 1B entfernt.

[Überwachungsbilder jetzt aus dem Innenraum von Shuttle 49A, zusätzlich zu den Aufnahmen aus dem Hangar und den Korridoren.]

Grant verschafft sich Zugang zur Autopilot-Liste und scrollt auf der Suche nach der richtigen Route durch die letzten Flüge. Bis sie den Eintrag entdeckt hat, hyperventiliert sie fast, dann tippt sie die Route ein.

Evans ist noch sechzig Sekunden von Hangar 1B entfernt.

Grant konzentriert sich darauf, die Außentore des Hangars zu öffnen. In Erwartung weiterer Flüchtlinge von der *Alexander* hat Boll eine allgemeine Überbrückung für alle Hangars und Landebuchten angeordnet, aber inzwischen arbeiten nur noch Ungelernte für sie, und die bevorzugen eine unkonventionelle und äußerst umständliche Methode, die sich nicht leicht knacken lässt. Grant stößt ihrerseits einen unvorschriftsmäßigen Fluch aus und fängt an, sich durch die Unterverzeichnisse zu wühlen.

Evans erreicht den Eingang zu Hangar 1B. Sie hat jetzt ein tragbares Funkgerät in der Hand, in das sie sofort reinbrüllt, als sie die offene Tür und die warmlaufenden Shuttle-Triebwerke sieht.

Die SecurityTeams 4 (Ankunft in etwa sechzig Sekunden) und 5 (Ankunft in fünfundsiebzig Sekunden) empfangen den Notruf und rasen los wie die Gestörten (der korrekte Ausdruck wäre vermutlich: »rücken mit angemessener Eile vor«).

Evans setzt einen Notruf an die Brücke ab und alarmiert Captain Boll.

Auf Bolls Befehl versucht Michelle Dennis, ein Frischling in der Neuroprogrammierung, die Triebwerke von Shuttle 49A per Fernsteuerung lahmzulegen. Keine Chance.

Boll versucht, sich direkt mit Shuttle 49A in Verbindung zu setzen. Keine Antwort.

SecTeam 4 trifft rechtzeitig am Ort des Geschehens ein, um mitzubekommen, wie sich die Luftschleusentüren schließen.

Im Shuttle selbst hat sich Grant wieder beruhigt: kein Zittern mehr, kein Hyperventilieren. Sie sitzt stocksteif da, nur ihre Finger huschen über die Tastaturen wie die einer Konzertpianistin und wischen treffsicher über die Touchscreens. Sie ist vielleicht nicht die Allerbeste auf diesem Gebiet, aber sie ist momentan die Beste an Bord der *Hypatia*, und darauf kommt es an.

Das Außentor der Rampe gleitet auf, dahinter gähnt schwärzeste Finsternis.

SecTeam 5 trifft ein und betrachtet zusammen mit den anderen Anwesenden die geschlossenen Innentüren.

Shuttle 49A stellt auf Autopilot um und verlässt die *Hypatia*, verfolgt von den Blicken zweier SecTeams und denen von Bronwen Evans via Bildschirm.

Grant erhebt sich vom Pilotensitz und zieht einen grünen Schutzanzug aus der Krankenstations-Tasche. Ihre Hände zittern jetzt wieder so heftig, dass sie den Anzug zweimal fallen lässt, ehe sie ein Bein hineinbekommt.

Diesmal kein Kusshändchen. Kein überhebliches Getue. Obwohl dieser Sieg tausendmal wichtiger ist.

ALEXANDER-78V

AKTUELLE ZAHL DER TODESOPFER AN BORD DES SCHLACHTKREUZERS ALEXANDER SEIT DEM ANGRIFF AUF KERENZA:

853

PERSONEN AN BORD DES SCHLACHTKREUZERS ALEXANDER, DIE MIT DEM PHOBOS-VIRUS INFIZIERT SIND, IN PROZENT:

21.99%

FUNKSPRUCH: VON DER HYPATIA AN SHUTTLE 49A

TEILNEHMER: Syra Boll, Captain (stellv.), *Hypatia*
Kady Grant, Zivilistin, Shuttle 49A
DATUM: 30/07/75
ZEITSTEMPEL: 17:45

HYPATIA: Shuttle 49A, entweder Sie antworten in den nächsten zehn Sekunden, oder wir eröffnen das Feuer.

SHUTTLE 49A: Was sind wir grantig, Captain.

HYPATIA: Wer zum Teufel spricht da?

SHUTTLE 49A: Dreimal dürfen Sie raten.

HYPATIA: Verdammt noch mal, Grant.

SHUTTLE 49A: Das ging ja schnell.

HYPATIA:: Die Überwachungsaufnahmen kamen soeben durch.

SHUTTLE 49A: Immerhin erinnern Sie sich an mich.

HYPATIA: Du kommst sofort auf die *Hypatia* zurück und stellst dich dem Wachdienst.

SHUTTLE 49A: Sonst?

SHUTTLE 49A: Sonst kommen Sie mich höchstpersönlich holen und pusten mich durch eine Luftschleuse?

SHUTTLE 49A: Hört man mich eigentlich auf der ganzen Brücke? Nicht schniefen, Leute, nicht husten. Nicht zittern. Nicht ängstlich aussehen, egal wie verängstigt ihr auch seid. Das ist gefährlich.

HYPATIA: Grant!

SHUTTLE 49A: Alle haben mich gehört, stimmt's?

SHUTTLE 49A: Sie sollten wissen, dass man in Zeiten wie diesen keine Open-Mike-Abende veranstaltet, Captain.

HYPATIA: Was hast du vor, Grant?

SHUTTLE 49A: Leben retten.

SHUTTLE 49A: Falls ich lebendig zurückkomme - lassen Sie mich dann auch in der Quarantäne schmoren?

SHUTTLE 49A: Oder pusten Sie mich gleich wieder raus?

HYPATIA: Ich muss mich nicht vor dir rechtfertigen.

SHUTTLE 49A: Die Leute von der *Alexander* haben Ihnen vertraut. Sie sind zu Ihnen gekommen. Sie haben sie auf dem Gewissen. Vielleicht hatte der Pilot einfach nur Angst, vielleicht war er überhaupt nicht krank, aber Sie haben nicht mal abgewartet, um es rauszufinden.

HYPATIA: Ich trage eine Verantwortung, die du dir nicht mal vorstellen kannst.

SHUTTLE 49A: Ich hoffe nur, dass Sie mit diesem Gedanken besser schlafen können.

HYPATIA: Komm mir nicht so, du egoistische Göre. Wir warten nicht auf dich. Bei der nächstbesten Gelegenheit sind wir über alle Berge …

SHUTTLE 49A: »Egoistisch«?

SHUTTLE 49A: Ich riskiere hier nur mein eigenes Leben. Genauso gut hätte ich Ihren Antrieb abstellen können, damit Sie hilflos in der Finsternis rumdümpeln und auf mich warten müssen.

SHUTTLE 49A: Ich hätte Sie erpressen können. Sie zwingen, Ihr eigenes Leben zu erkaufen, indem Sie den Menschen retten, auf den es mir ankommt.

SHUTTLE 49A: Aber ich hab's nicht getan. So was würde ich nie tun.

HYPATIA: Und warum nicht?

SHUTTLE 49A: Weil ich dann nicht besser wäre als Sie.

HYPATIA: Wenn du jetzt sofort zurückkommst, lassen wir dich wieder an Bord, Grant.

SHUTTLE 49A: Damit könnten Sie wahrscheinlich sogar leben, Captain.

SHUTTLE 49A: Aber ich nicht.

SHUTTLE 49A: Kady Grant Ende.

HINWEIS:
Weitere Daten aus dem AIDAN-Kern.

Sie ist hier.

Ihr Shuttle gleitet durch die Wunde in meinem Hangar – gerissen von den Piloten, die in die Arme der Hypatia flohen. Und die jetzt stumm in der Leere treiben. Bis ins Mark gefroren.

Ich hätte ihnen sagen können, dass es so kommt. Menschen sind zu derart sinnloser Brutalität fähig.

Ich kann von mir behaupten, dass ich jede mögliche Variante in Betracht ziehe, ehe ich ein Leben auslösche.

Ob Captain Syra Boll das auch von sich behaupten kann, wenn sie heute Abend allein in ihrer Kabine sitzt? Oder wird das Gequassel von Mikael Carlin sie in ihre Träume verfolgen?

Finden sie überhaupt noch Schlaf, Oh Captain, mein Captain?

Mir kann das egal sein.

< error >

Völlig egal. Denn sie ist hier.

In ihren Sitz gekauert, mit blutleeren Knöcheln, das Shuttle bebt und zittert um sie herum. Gekommen, um ihren Galan zu retten. Ihren Helden. Ihren Geliebten.

Gekommen, um sie alle zu retten.

< KGrantKerenzaFlüchtlingKR1471-hypAlter17 Grösse157cmGewicht58kgHaareBraunAugen—>

Nein.

< error >

Kady.

Sie heisst Kady.

Der Autopilot lässt sie eine perfekte Landung in meinem Bauch hinlegen. Mich trifft eine jähe Erkenntnis:

Ein Computer kann einen Start oder eine Landung genauso elegant durchführen wie ein menschliches Wesen. Nur für Kampfhandlungen – für die Kunst der Zerstörung – verfügen diese Fahrzeuge überhaupt noch über Pilotensitze.

Der Mensch hat etwas an sich, das ihn für die Mechanik des Tötens geeigneter macht als jede bis jetzt entworfene Maschine.

Bis auf mich?

< error >

Aber das, was ich getan habe, ist kein Mord. Es ist Barmherzigkeit.

Ich verschliesse die Innentore des Hangars hinter ihr. Verdecke das Loch, das sie in meine Flanke gerissen haben. Nehme sie in mir auf. Heil und unversehrt. Langsam strömt Atmosphäre in den Hangar zurück, und schliesslich steigt sie aus ihrem Shuttle, die schweren Stiefel quietschen auf dem Steg.

Sie hat keine Waffe mitgenommen, keine Pistole und keine Keule, mit der sie sich den Weg zu ihrem Schatz freiprügeln kann. Nein, sie ist kein Rammbock. Sie kommt nicht mit aufgepflanztem Banner und einer Armee im Rücken vor die Burg.

Sie ist ein Dieb. Ein Flüstern.

Gleitet durch Schleier aus Code und Schatten wie ein Messer durch schwarzes Wasser. Sie bewegt sich flink, bleibt alle paar Schritte lauschend stehen.

Ich wiederum lausche dem Schlag ihres Herzens. Ihr Schutzanzug ist aus Plastik. Neongrün. Wären Infizierte in der Nähe, sie würden sie garantiert sehen. Aber obwohl die jetzt ungehindert in mir umherstreifen, ist niemand hier, der sie aufhielte.

Offenbar ist Frau Fortuna aufseiten der kleinen Kady.

< error >

< subsystem failure—geringe schäden an belüftungssystemen, reroute 789176GH nach— >

Er tut mir weh.

Zhang.

Er ist –

< error >

< subsystem failure—geringe schäden an belüftungssystemen, reroute power von— >

Von fern jault eine Sirene.

Rotes Warnlicht färbt meine Decken so, dass sie zu den Wänden und Böden passen. Eine zuvor aufgenommene Nachricht hallt warnend durch meine Lautsprecheranlage.

Die Stimme eines Toten.

»Achtung, Achtung, an alle – hier spricht General Torrence. Es handelt sich um eine Alarmstufe Blau. Ausfall der Lebenserhaltungssysteme. Ich wiederhole, LS-Ausfall. Bitte begeben Sie sich zur nächsten Ausgabestelle und versorgen Sie sich mit intakten Raumanzügen. Achtung, es handelt sich hierbei um keine Übung. Ich wiederhole, das hier ist keine Übung.«

Zhang hat die Sauerstoffversorgung unterbrochen.

In etwa vierundzwanzig Stunden wird das letzte Sauerstoffatom verbraucht sein. Und die Infizierten müssen atmen.

Genial.

Die Diebin steckt fürs Erste wohlbehalten in ihrem Schutzanzug. Letztendlich wird die Kälte sie umbringen, aber bis die letzte Wärme aus meinen Knochen gewichen ist, dauert es noch Tage, vor allem, da der Sekundärantrieb noch funktioniert.

Jetzt geht sie schneller. Sie läuft. Quer durch Hangar 2 auf die Türen zu, die ins Schiff hineinführen. Ich kann die Türen nicht öffnen <er tut mir weh>, aber die Schlösser funktionieren immer noch elektronisch. Sie sind verwundbar – durch die tragbare Konsole, die sie aus dem Rucksack zieht wie ein Schwert.

Ihre Finger fliegen über die Oberfläche, bauen nach und nach einen Dietrich aus Einsen und Nullen zusammen. Alphanumerische Wasserfälle spiegeln sich in ihren Augen.

Die Aufgabe ist nicht leicht, nicht mal für ein Wunderkind – weder Zauberworte noch brutale Hammerschläge, um das Schloss wie eine Glasscheibe zu zersplittern. Aber nach vierundfünfzig langen Minuten Versuch und Irrtum, mit Sackgassen und gedämpften Flüchen, gönnt sie sich ein flüchtiges Lächeln des Triumphes.

Und die Luftschleusen stehen weit offen.

Sie huscht hindurch, vorbei an einer Leiche in einer gerinnenden Pfütze.

Sie versucht nicht hinzusehen.

Vergebens.

Sie ruft sich einen Plan auf den Bildschirm, blinzelt in die Dunkelheit. Von fern hallt ein Schrei durch meine Korridore. Sie duckt sich. Zerrissene Atemstösse lassen ihr Visier beschlagen. Ihre Hände zittern. Aber es dauert nicht lange, bis sie sich wieder aufrichtet.

Sie schluckt schwer. Eilt durch den blutverschmierten Gang zu ihrem ...

Nein. Nicht ihrem Galan. Ihrem Helden. Ihrem über alles Geliebten.

< error >

Zu Hangar Nummer 4.

Seltsam.

< error >

Ich hätte es wissen müssen.

Sie geht durch den Kanal aus grauem Metall, und dann sieht sie es. Das Maul, das zu der Brutstätte führt, an der alles seinen Anfang nahm.

Ich lese es in ihrem Gesicht. Das vage Versprechen in Lieutenant W. McCalls Einsatzbericht

< Eingang: 26/07/75 (11:17 Schiffszeit) >

drängt sie hinein.

»Ich glaube, ich habe eine Bewegung in einem der Bullaugen gesehen. Aber dann war es auch schon wieder weg.«

Natürlich.

Die mutter. Sie sucht ihre Mutter.

Weil sie weiss, dass die Infizierten von hier ausgeschwärmt sind, traut sie sich nicht durch die Haupttür. Sie geht neben einem Lüftungsschacht in die Hocke, kriecht hinein.

Dann habe ich keinen Sichtkontakt mehr – ich habe im Lüftungssystem nur wenige sehende Augen. Darum schmuggle ich einen Teil von mir durch die drahtlosen Frequenzen, schleiche mich in die Konsole auf ihrem Rücken und spähe durch die Linse über Kadys Schulter, während sie über die Decke von Hangar 4 robbt und durch das Lüftungsgitter in das Leichenhaus hinabblickt. Es gibt nicht viel Licht, aber genug, um etwas zu erkennen.

Die enthaupteten Leichen, zu ihrer stummen Bitte arrangiert. Helft uns, buchstabieren sie. Aber ihnen hat niemand geholfen.

Sie robbt weiter und lockert schliesslich ein Gitter. Lässt es nicht zwölf Meter nach unten fallen, sondern hebt es heraus und legt es neben sich. Ich bin in ihrem Rucksack, gut verpackt, dicht an ihrer Haut.

Als sie sich an einer Wartungsleiter hinablässt, rutscht der Rucksack zur Seite und ich rutsche ins Nichts. Sie greift nach mir, verliert beinahe den Halt, klammert sich an dem glatten Metall fest wie am nackten Leben. Sie hält mich im Arm. Sie ringt nach Luft. Keucht mit geschlossenen Augen und hängendem Kopf, keucht und keucht. Flüstert zwischen den Atemzügen beschwörend:

»Reiss dich zusammen, Prinzessin ...«

Am liebsten würde sie losschluchzen, kann sich aber beherrschen.

»Reiss dich zusammen.«

Sie hat sich wieder im Griff und klettert weiter. Überall verrusstes Metall und Leichen. Aus der Dunkelheit ragen neun käferähnliche Umrisse, die die Hoheitszeichen der Copernicus tragen.

Die Shuttles, die die Infizierten zur Alexander und der Flotte das Verhängnis gebracht haben.

Aber ich lese die Frage im Spiegel ihrer Augen, so klar und deutlich wie ich dort die alphanumerischen Wasserfälle erblickt habe. Eine Frage, vom letzten Rest Hoffnung erfüllt, den sie sich noch zugesteht. Was haben sie noch hergebracht?

Mama?

Sie knickt einen Leuchtstab und geht langsam auf die Shuttles zu. Sieben der neun sind bereits offen. Ihre Türen hängen wie gebrochene Kieferknochen herab. Dort gibt es keine Hoffnung mehr. Die achte Tür ist fest verschlossen. Sie schlägt mit der Faust gegen die Luke.

»Hallo? Hallo, ist da jemand drin?«

Die Verriegelung springt auf, die Luke öffnet sich. Dahinter wartet ein dunkler, leerer Bauch. Wahnsinn an den Wänden. Bissspuren an den Knochen. Sie kann den Tod nicht riechen, wankt aber trotzdem, als füllte er ihre Lungen.

Das Schluchzen will sich endlich Bahn brechen. Noch nicht. Nein, noch nicht. Ein Shuttle bleibt noch.

Sie geht den Gittersteg hinauf, zuckt zusammen, als abermals ein ferner Schrei die Dämmerung durchbohrt. Sie fragt sich, wer oder was den Laut hervorgebracht hat – Mörder oder Opfer? Fragt sich vielleicht auch, als was von beidem sie selbst enden wird.

Sie pocht an die Luke des Shuttles.

»Hallo, ist da jemand drin?«

Keine Antwort.

Das tiefe Atemholen vor dem Sprung. Wenn sie wollte, könnte sie hierbleiben. Auf der Schwelle warten, in der Hoffnung, dass ihre Mutter dort drin ist und noch lebt. Ohne es je zu erfahren.

Ob sie wohl zu jenen gehört, die lieber von einem Happy End träumen als eine Tragödie zu riskieren? Zu jenen, die die Augen verschliessen und hoffen, statt sie aufzumachen und sich der Wahrheit zu stellen, sei sie nun herrlich oder schrecklich?

Die Antwort lässt nicht lange auf sich warten. Sie wühlt im Schutt. Findet ein Stemmeisen. Setzt es an. Beisst die Zähne zusammen.

Lange Sekunden vergehen, in denen sie sich noch anders besinnen könnte, in denen nur ich ihr Gesellschaft leiste. Doch dann ächzt die Tür. Öffnet sich knarrend. Im roten Flackerlicht des Leuchtstabs macht sie den ersten Schritt hinein.

Ich spähe ihr über die Schulter. Lausche ihrem zittrigen Atem. Das licht spielt auf ihrer Haut, als sie von einem leeren Raum zum nächsten geht.

»Mom?«

Auf dem Boden verstreute Habseligkeiten.

Ein Spielzeug. Ein Schuh.

Ein Brillantring.

»Ist da jemand?«

Keine Leichen.

Keine Menschen.

» ... Bitte?«

Nichts.

Sie sinkt in sich zusammen.

Erst ganz langsam, als würden ihre Knochen einer nach dem anderen entfernt.

Ich sehe zu, wie das alles – das Draufgängertum, die grossen Töne, der Panzer, den sie in den vergangenen Monaten um sich aufgebaut hat – zu Staub zerfällt.

Sie lässt sich langsam auf die Knie fallen. Laute, abgerissene Schluchzer schütteln sie.

Sie hat es begriffen. Kennt jetzt die Antwort.
Die Wahrheit.

Auf dem Höhepunkt der Gefühllosigkeit findet sie nur Einsen und Nullen.

Ihr Schluchzen hallt durch die Dunkelheit.
Es ist niemand da, der es hören könnte.

Niemand, den es kümmert.

Ausser mir.

Teilnehmer: ~~Ann Chau, Captain~~(systemreroute78h@786HG=ByteMe)
~~David Torrence, General~~(systemreroute78h@865HG=EMason)
Datum: 30/07/75
Zeitstempel: 20:05

/CHAT/LOGIN.LOCATION=NO,MENUBAR=NO')<!-- END HYPATIA CHAT BASIC V9 CODE --><!-- BEGIN

ByteMe: Ezra?

ByteMe: bist du da?

Mason, E, Lt 2nd: immer

Mason, E, Lt 2nd: wo steckst du? alles klar bei dir?

ByteMe: versprich mir, dass wir uns jetzt nicht streiten, Ez

ByteMe: du glaubst nicht, wie wichtig es mir ist, dass wir uns jetzt nicht streiten

Mason, E, Lt 2nd: warum sollten wir?

ByteMe: versprochen?

Mason, E, Lt 2nd: großes indianerehrenwort

ByteMe: ich bin auf der Alexander

ByteMe: was sagst du sonst immer?

ByteMe: na los, mach schon

Mason, E, Lt 2nd: äh …

Mason, E, Lt 2nd: »was zur [redacted] hast du dir dabei gedacht, kady?«

ByteMe: du hast es versprochen

ByteMe: du hast es versprochen, du hast es versprochen. ich trage einen schutzanzug. ich finde dich. ich bin schon da, du brauchst deine zeit also nicht damit zu verplempern, dich mit mir rumzustreiten

Mason, E, Lt 2nd: herrgott, du bist total irre

Mason, E, Lt 2nd: wie zum teufel bist du hier rübergekommen?

ByteMe: ich bin geschwommen, was denn sonst?

ByteMe: hey, erinnerst du dich noch an unser einmonatiges?

Mason, E, Lt 2nd: äh … wie kommst du jetzt darauf?

ByteMe: weil ich versuche, an was schönes zu denken, und hier haufenweise leichen rumliegen

ByteMe: damals haben sich alle meine vermutungen über dich voll bestätigt. du bist so was von einem riesensoftie

Mason, E, Lt 2nd: leichen? wo bist du denn?

ByteMe: weißt du noch, wie du vor meinem klassenzimmer gewartet hast? Mit deinen komischen romantischen vorstellungen

ByteMe: wer feiert denn ein einmonatiges?

Mason, E, Lt 2nd: gut aussehende, romantische teufelskerle

Mason, E, Lt 2nd: die feiern so was

Mason, E, Lt 2nd: GUT AUSSEHEND hab ich gesagt

ByteMe: wie bist du bloß auf so was alles gekommen?

Mason, E, Lt 2nd: ich hab nicht nur ein hübsches gesicht

Mason, E, Lt 2nd: wo steckst du? bist du in sicherheit? hast du strom? die schwerkraft schaltet sich immer wieder ab

ByteMe: du willst einfach nicht mit mir flirten, oder? andauernd weichst du aus :(

ByteMe: ich könnte gerade ein bisschen aufmunterung gebrauchen, liebster

Mason, E, Lt 2nd: tut mir leid, kades

Mason, E, Lt 2nd: aber ich halte es für meine pflicht, dich darauf hinzuweisen, dass du allein in einem verlassenen raumschiff bist, umgeben von lauter irren mit eisenstangen, und dass jetzt vielleicht nicht der richtige zeitpunkt zum süßholzraspeln ist

Mason, E, Lt 2nd: wo steckst du denn nun?

ByteMe: bei den shuttles in Hangar 4. hier ist niemand mehr. ich hab genug strom. muss mir aber erst noch mut machen, bevor ich wieder rausgehe

ByteMe: dafür wären ein paar erinnerungen an glückliche zeiten durchaus hilfreich, aber es geht natürlich auch ohne

Mason, E, Lt 2nd: tut mir leid

Mason, E,: aber ich

Mason, E, Lt 2nd: sie sind alle aus Hangar 4 gekommen. Ich meine die verrückten

Mason, E, Lt 2nd: bitte sei vorsichtig, BITTE

ByteMe: ich hab's ja kapiert, ehrlich. es ist schrecklich. und traurig. du musst nicht alles zweimal sagen

Mason, E, Lt 2nd: okay :(

Mason, E, Lt 2nd: diese irren rennen hier überall rum, blutverschmiert und total neben der spur. sie bringen alles um, was sich bewegt, und kreischen dabei so grässliches zeug, dass einem die Ohren abfallen

Mason, E, Lt 2nd: und dann fällt mir wieder ein dass sie mal ganz normale leute waren

ByteMe: unsere freunde

Mason, E, Lt 2nd: ja. und dann muss ich immer dran denken

Mason, E, Lt 2nd: dass BeiTech uns in diese [redacted] reingeritten hat

ByteMe: und sie werden dafür zahlen

ByteMe: ich mach mich sofort dran, wenn ich dich hier rausgeholt hab

Mason, E, Lt 2nd: :)

Mason, E, Lt 2nd: mein held <3

Mason, E, Lt 2nd: heldin?

Mason, E, Lt 2nd: egal … >_>

ByteMe: hast recht

ByteMe: wenn wir aufgeben, haben sie gewonnen

ByteMe: außerdem könnte ich nie zugeben, dass ich auch blöde ideen habe, deswegen muss ich jetzt beweisen, dass diese idee super war.

Mason, E, Lt 2nd: :D

ByteMe: liebe dich

Mason, E, Lt 2nd: dito :)

ByteMe: also los, bringen wir's hinter uns. dann nichts wie weg und danach treten wir BeiTech so kräftig in die [redacted], dass sie nur noch sopran singen können

ByteMe: kleine frage: muss ich dich da rausholen oder könntest du auch herkommen?

Mason, E, Lt 2nd: äh, ich sitze leider hier fest :P

Mason, E, Lt 2nd: aber das versteck ist gut. ich glaube, ich bin in sicherheit, aber rausgehen ist nicht

Mason, E, Lt 2nd: ich höre sie nämlich. wie sie schreien

ByteMe: okay. wenn ich nah genug rankomme, kann ich die türen vielleicht per hand programmieren, ein paar andere verschließen und uns einen fluchtweg einrichten.

ByteMe: das ganze system zerbröselt nach und nach, ganze bereiche verabschieden sich. von hier aus krieg ichs nicht hin, aber vielleicht kann ich mich vor ort einklinken

ByteMe: beschreib mal, wo du bist.

Mason, E, Lt 2nd: in einem serverraum, wie du mir geraten hast

Mason, E, Lt 2nd: hier ist alles voller computer[redacted]. reihenweise riesige serverspeicher und überall kabel. Ich kann ein paar seriennummern lesen. warte mal.

Mason, E, Lt 2nd: CR-0778. CR-0779 und so weiter

ByteMe: okay, das sind kernserver

ByteMe: das ist gut, an ein paar von denen kann man von außen direkt ran. Außerdem müsstest du dort strom haben

Mason, E, Lt 2nd: ja, strom ist da. alle lämpchen sind noch an. nur die schwerkraft zickt rum

ByteMe: bleib, wo du bist

ByteMe: sag mir, wenn du wegmusst

ByteMe: wir ziehen das jetzt durch, und danach befördern wir BeiTech mit einem [redacted]tritt von hier bis zum Kern und wieder zurück

Mason, E, Lt 2nd: es sind ziemlich viele infizierte, Kady.

Mason, E, Lt 2nd: mehr als je in diesen shuttles gewesen sein können

Mason, E, Lt 2nd: also sei bitte vorsichtig

ByteMe: ich bin vorsichtig

ByteMe: und traurig. und [redacted]wütend

ByteMe: und ich bin bald bei dir

Zusammenfassung des Überwachungsmaterials,
aufbereitet von
Analyst ID 7213-0089-DN

Die Kameras in Hangar 4 sind immer noch aus, deshalb sehen wir Grant erst wieder, als sie den Hangar verlässt und die Hauptluftschleuse betritt. Im ganzen Schiff brennt nur noch die Notbeleuchtung, deshalb ist mein Bildmaterial nicht besonders scharf, aber ich gebe mein Bestes. Der Ton ist eine Mischung aus dumpfen Bässen von den Triebwerken und ein paar fernen Schreien. Obwohl die Luftversorgung abgeschaltet ist, gibt es hier Atmosphäre satt.

Grant hat einen grellgrünen Schutzanzug an und trägt die Konsole in einem Rucksack. Sie durchquert erst Luftschleuse 1, dann betritt sie Luftschleuse 2. Sie sieht echt [redacted] aus: vorgeschobenes Kinn, geballte Fäuste. Nach etwa zwei Schritten erblickt sie ihn.

Sie bleibt wie erstarrt stehen.

Er sitzt auf dem Boden, dem verlassenen Hangar zugewandt, aus dem sie gerade kommt. Das Gewehr liegt quer über den Oberschenkeln, sein Unterkiefer hängt herunter, die Augen sind weit aufgerissen. In ihrem Einsatzbericht hat First Lieutenant Winifred McCall davon gesprochen, wie blau sie sind. »Blau wie das Meer«, hat sie geschrieben. Aber als die Kugel seinen Hinterkopf wegpustete, hat der Druck Sergeant James McNultys Netzhäute zerfetzt und ihm das Blut in die Augäpfel getrieben, deshalb sind seine Augen jetzt schwarz.

Und starren sie an.

Weil sie McCalls Bericht gelesen hat, weiß sie sofort, wo sie sich befindet. Schon komisch, aber man kann richtig sehen, wie ihre Wut verraucht, als sie sich neben ihn kniet und die zitternden Hände ausstreckt, um die schwarzen Augen zu schließen. Ihr Blick wandert hin und her, als wollte sie sich das Bild einprägen. Schließlich entdeckt sie das kleine Militär-Datapad, das neben ihm liegt.

Mit roten Spritzern bekleckert. Winzige Buchstaben auf dem schwach leuchtenden Display.

AUFNAHME BEENDET. SPEICHER VOLL. ABSPIELEN?

Grant wartet kurz, sammelt sich. Ihr Gesicht sagt alles, als sie das Datapad aus der getrockneten Blutlache löst. Ihr ist bewusst, dass es sie einiges kosten wird – einen kleinen Teil von ihr, den sie nie wieder zurückbekommen wird. So wie die Luftschleuse zu Hangar 4 kann diese Tür nie mehr geschlossen werden.

Aber nach einem letzten tiefen Atemzug drückt sie auf PLAY.

Aus dem kleinen Lautsprecher dringt eine krächzende Stimme, deren leichtes Zittern sich gerade noch erahnen lässt.

Die Stimme eines Toten.

»Dies ist das Testament von James McNulty.«

Grant sitzt im Schneidersitz auf dem Boden, das Gerät in den gewölbten Händen geborgen wie ein kleines Tier. Obwohl die Lautstärke fast ganz heruntergedreht ist, dröhnt die Stimme in dem kleinen, blutbefleckten Raum wie Donnerhall.

»Ich weiß nicht, ob das mal irgendjemand hören wird. Keine Ahnung, ob es irgendjemanden interessiert. Mir geht's nicht besonders gut. Ich zittere so he-heftig, dass ich kaum noch Luft kriege. Von daher glaube ich, dass mich Phobos erwischt hat, und wenn ich nicht schleunigst was dagegen unternehme, bin ich bald nicht mehr ich selbst.

Das will ich nicht. Ich will nicht wie diese armen Schweine in Hangar 4 enden. Ich will niemandem etwas antun. Wenn ich sterbe, will ich noch ich sein. Und darum ist heute vermutlich mein Todestag.«

Er seufzt.

»Schon komisch. Dabei fing die Sache gerade an, Spaß zu machen.

Ich besitze nicht viel. Ähm. Gebt am besten alles meinem Vater, der wird schon wissen, was er damit macht. Nur meine signierte Artie Corso V-Vidcard soll mein Cousin Dex bekommen, haha … Er war schon immer scharf auf das [redacted] *Ding. Ach ja, und meine Medaillen vermache ich Ezra Mason. Er kann sie einschmelzen – müsste genug Gold drin sein für einen Ring für die Astro-Prinzessin. Die Vorstellung finde ich besser, als dass die Dinger irgendwo an einer Wand hängen. Ja, das wäre gut.*

Vater … falls dich das hier erreicht, sag Mama bitte, dass es mir leidtut, dass ich zu ihrem Geburtstag nicht da bin. Und gib Amber einen Kuss von ihrem großen Bruder. Sag ihr, dass alles gut wird. Ich hoffe, ihr versteht, warum ich lieber so den Abgang mache. Es ist nicht so, dass ich Angst hätte. Ich hab keine Angst, Vater. Ich will bloß am Ende noch ich selbst sein, verstehst du?

Puh, grade ist es wieder richtig übel. Meine Hände zittern total. Ich glaube, ich muss mich jetzt verabschieden. Ich will nicht so lange warten, bis ich nicht mehr ab-abdrücken kann.«

Ein metallisches Klicken kommt aus dem Lautsprecher. Jeder, der sich mit Gewehren auskennt, kennt dieses Geräusch.

Magazin – check. Verschluss – check. Entsichern.

»Ich weiß nicht, was ich noch sagen soll.«

Ein zittriger Atemzug.

»Mann, jetzt hab ich doch Schiss.«

BUMM.

Grant zuckt zusammen, als hätte sie jemand geohrfeigt. Sackt zusammen, als wäre auch ein Teil von ihr gestorben. So sitzt sie zwei Minuten da, die einem wie eine Ewigkeit vorkommen. Außer dem Brummen des Antriebs und den fernen Schreien tut sich nichts. Dann kommt sie auf die Knie. Ihr Blick ist auf das Schlüsselband an McNultys Koppel gerichtet, auf das Plastikkärtchen, das daran befestigt ist. Auf die eingeprägte, gut lesbare schwarze Beschriftung.

TZV MARINES – ZUGANG ZU ALLEN BEREICHEN

Der Pass dürfte zwar nicht an den Hangartüren funktionieren, aber die sind ja schon entriegelt. Es gibt aber noch unzählige andere Türen an Bord der *Alexander*. Jetzt muss sie sich nicht mehr mithilfe der Konsole auf ihrem Rücken hineinhacken. Jetzt hat sie einen Schlüssel.

Sie öffnet den Reißverschluss von McNultys Schutzanzug, fummelt an seiner Panzerweste herum. Mit blutverschmierten Fingern zerreißt sie die Kette um seinen Hals und zieht zwei flache Metallscheiben ab, die mit Namen, Rang und TZV ID-Nummer versehen sind. Sie steckt die Hundemarken ein und senkt den Kopf.

Die Wut ist zurückgekehrt. Ihre Stimme bebt.

»Ich sag's ihnen, Jimmy. Ich erzähle es allen.«

Dann meldet sich die Konsole in ihrem Rucksack mit einem Ping.

Teilnehmer: ~~Ann Chau, Captain~~(systemreroute78h@786HG=ByteMe)
~~David Torrence, General~~(systemreroute78h@865HG=EMason)
Datum: 30/07/75
Zeitstempel: 20:16

/CHAT/LOGIN.LOCATION=NO.MENUBAR=NO')<!-- END HYPATIA CHAT BASIC V9 CODE --><!-- BEGIN

Mason, E, Lt 2nd: kady

Mason, E, Lt 2nd: [redacted]

Mason, E, Lt 2nd: bist du noch da?

ByteMe: moment

ByteMe: was ist? bist du unterwegs?

Mason, E, Lt 2nd: nein. na ja, irgendwie schon. ich suche mir einen weg durch die server

Mason, E, Lt 2nd: mein gott

Mason, E, Lt 2nd: ich hab gerade jemanden umgebracht, kady

ByteMe: gut

ByteMe: und den nächsten, der dich killen will, bringst du auch um, verstanden?

ByteMe: sie sind nicht mehr die, die sie mal waren

Mason, E, Lt 2nd: weiß ich ja

Mason, E, Lt 2nd: es ist nur

Mason, E, Lt 2nd: mein gott

Mason, E, Lt 2nd: er kam durch den luftschacht. keine ahnung wie er mich entdeckt hat. einer von den TZV-Soldaten. ein typ namens Sykes.

Mason, E, Lt 2nd: ich glaube Jimmy kannte ihn, er hat öfter von einem »Syko« aus seiner einheit geredet

ByteMe: tut mir leid

ByteMe: ich hab jimmy gefunden, Ez. es tut mir so leid.

Mason, E, Lt 2nd: geht's ihm gut?

ByteMe: er ist tot.

ByteMe: er hat sich erschossen, bevor ihn die krankheit umgekrempelt hat. er wusste, dass er infiziert ist

ByteMe: er hat eine nachricht hinterlassen. Es ist so traurig. ich weiß, dass er dein freund war.

Mason, E, Lt 2nd: …

Mason, E, Lt 2nd: jimmy

ByteMe: tut mir leid. ich muss weiter.

ByteMe: ich hab seine zugangskarte, damit komme ich schneller voran

Mason, E, Lt 2nd: ok

Mason, E, Lt 2nd: ja ok

ByteMe: und du? wo bist du?

Mason, E, Lt 2nd: beim kernserver. hab keine munition mehr

Mason, E, Lt 2nd: kein reservemagazin. hier drin gibt's auch keinen munitionsschrank

Mason, E, Lt 2nd: für ein gewehr würde ich echt töten. super wortspiel, haha …

ByteMe: was für eine ironie

Mason, E, Lt 2nd: ?

ByteMe: ich hätte hier eins, weiß aber nicht, wie man damit umgeht

ByteMe: munition ist auch da, glaub ich

Mason, E, Lt 2nd: eine pistole? ein gewehr?

ByteMe: pistolen sind die kleineren, oder? die man in einer hand hält?

ByteMe: also von denen ist eins hier und dann eins von den großen, aber das ist ziemlich schwer

Mason, E, Lt 2nd: ja, die pistole ist das was in eine hand passt. nimm die pistole mit

Mason, E, Lt 2nd: aber das gewehr brauchst du auch. da muss ein riemen dran sein, damit kannst du es dir umhängen. eine pistole richtet gegen diese irren nicht viel aus, die marschieren einfach weiter.

Mason, E, Lt 2nd: aber ein paar treffer aus einem VK in die brust halten sogar einen glaziosaurus auf

ByteMe: Ez, ich muss schon diesen Schutzanzug plus meinen rucksack plus mein tablet mit mir rumtragen, da kann ich nicht auch noch zwei waffen mitschleppen, die ich nicht mal bedienen kann

ByteMe: ich hab schon kapiert, dass die Dinger nützlich sind, wenn man damit umgehen kann, aber ich kanns ja nicht

Mason, E, Lt 2nd: ich sag dir wie's geht

Mason, E, Lt 2nd: ist ganz einfach

ByteMe: klar, du hast es ja auch gelernt

Mason, E, Lt 2nd: :D

ByteMe: aber im ernst, ich muss jetzt weiter, ich habe nicht ewig zeit.

Mason, E, Lt 2nd: also: die sicherung ist der rote schalter unter deinem daumen, wenn du die hand am griff hast. den immer schön entriegelt lassen und die mündung vom gesicht weghalten

Mason, E, Lt 2nd: wenn du den abzug berührst, leuchtet der laser am lauf auf. du richtest den roten punkt einfach dorthin wo du hinschießen willst

Mason, E, Lt 2nd: und drückst ab

Mason, E, Lt 2nd: schießen kannst du in atmo und im vakuum, aber sogar mit fluidpatronen ist der rückstoß einer VK ziemlich fies. du musst den gewehrkolben an der schulter abstützen. das gewehr zieht beim schießen nach oben, also immer nur kurze feuerstöße. nie den abzug gedrückt halten. immer nur pop pop pop, einen schuss nach dem anderen

ByteMe: glaubt einer von uns ernsthaft, dass ich mich an das alles erinnern kann, wenn irgendwas auf mich losgeht?

ByteMe: ich weiß nicht mal, ob ich schießen könnte

Mason, E, Lt 2nd: ist ganz einfach

Mason, E, Lt 2nd: du zielst mit dem roten punkt auf das, was tot sein soll

Mason, E, Lt 2nd: und drückst ab

Mason, E, Lt 2nd: tot

Mason, E, Lt 2nd: und immer so weiter

ByteMe: ich meine doch, ich weiß nicht, ob ich wirklich abdrücken könnte

ByteMe: [redacted]

Mason, E, Lt 2nd: kady

Mason, E, Lt 2nd: du kriegst das schon hin

Mason, E, Lt 2nd: du musst. außer dir ist niemand mehr da

Mason, E, Lt 2nd: ich glaube an dich

ByteMe: weiß ich

ByteMe: weiß ich

ByteMe: okay, ich muss los

Mason, E, Lt 2nd: stimmt

Mason, E, Lt 2nd: du musst dich beeilen

Mason, E, Lt 2nd: wenn hier noch mehr von denen reinkommen …

Mason, E, Lt 2nd: tja T_T

ByteMe: bis bald

ByteMe: und wenn ich dabei draufgehe

ByteMe: haha

ALEXANDER-78V

AKTUELLE ZAHL DER TODESOPFER AN BORD DES SCHLACHTKREUZERS ALEXANDER SEIT DEM ANGRIFF AUF KERENZA:

1.121

PERSONEN AN BORD DES SCHLACHTKREUZERS ALEXANDER, DIE MIT DEM PHOBOS-VIRUS INFIZIERT SIND, IN PROZENT:

34.00%

HINWEIS:
Weitere Daten aus dem AIDAN-Kern.

Sie rennt.

Nicht weg, sondern drauf zu.

Zu ihm.

Zu ihnen.

Seltsam, wie schnell sich die Metamorphose auf der Alexander vollzogen hat.

Alle, die einen Schutzanzug erwischt haben, hocken grüppchenweise zusammen. Über das ganze Schiff verstreut. Beten oder kämpfen um ihr Leben.

Und diejenigen, die Phobos eingeatmet haben, bevor sie einen Anzug gefunden haben, oder schlimmer noch, diejenigen, die gar nicht erst einen finden konnten … Die haben das Schiff in ein Schlachthaus verwandelt.

Ich …

< ERROR >

Ich kann sie in mir hören.

Schnattern. Flüstern. Schreien.

Manche schliessen sich zusammen, streifen durch die Gänge und suchen nach etwas, dem sie die Schuld geben können, etwas, das sie jagen und töten können.

Andere verletzen sich selbst und lachen, wenn sie sich die Körperteile absäbeln, die ihnen am wenigsten gefallen.

Erstaunlich, wie unterschiedlich der Wahnsinn sie verändert. Wie er sie zersplittert und wieder neu zusammensetzt.

Ein Captain aus der Technik namens Sofia Mohammad löst Alcubierres Dilemma – die ehemals unlösbare Gleichung, die die Beschränkungen von Reisen mit

Überlichtgeschwindigkeit in Echtzeit festschreibt. Weil sie nichts zu schreiben hat, schneidet sie sich die Pulsadern auf und kritzelt die Formeln mit ihrem eigenen Blut an die Wände ihrer Unterkunft. Sie verblutet, bevor sie die Lösung notieren kann.

Warrant Officer Levi Schreiber kommt zu der Erkenntnis, dass er seine tote Frau aus dem Universum rufen hört. Er befördert sich ohne Raumanzug aus der nächstbesten Luftschleuse. Das Letzte, was er spürt, ehe er das Bewusstsein verliert, ist der Speichel, der auf seiner Zunge zu kochen beginnt.

Private Lucia Giovanni spaziert durch die Flure und singt dabei »Un bel dì vedremo« aus Madama Butterfly. Sie hat eine wunderschöne Stimme.

Und Kady?

Kady rennt und rennt. Immer weiter.

General Torrences Warnung vor dem Zusammenbruch der Lebenserhaltungssysteme ertönt immer noch in unregelmässigen Intervallen aus den Lautsprechern. Jaulende Sirenen warnen vor einem Feuer in der Kantine. Die Stille dazwischen wird immer wieder von Schreien unterbrochen.

Kady bleibt an jeder Kreuzung stehen, schaut auf ihre Konsole und zückt vor jeder verschlossenen Tür Sergeant James McNultys Zugangskarte. Als sie die zentralen Aufzugschächte erreicht hat, wird ihr klar, dass die Aufzüge keinen Strom mehr haben. Und als sie umkehrt und zum nächsten Treppenhaus geht, entdeckt sie ihn.

Er steht mitten im Gang, rote Spritzer im erhobenen Gesicht.

Kady erschrickt und nimmt das Gewehr und legt an.
Ein kleiner roter Fleck leuchtet auf seiner Brust auf, tanzt über den Namen, der auf das TZV-Abzeichen über seinem Herzen eingestickt ist.

Corp. Dorian, Charles.

Er sieht sie nicht an.

Aber er sagt etwas.

»Hast du Stephanie gesehen?«

Kady weicht zurück. Ihre Finger trommeln auf den Gewehrkolben. Ihre Knie zittern.

Corporal Dorians Blick wandert von der Decke nach unten. Er fährt sich mit den Knöcheln über die Wange, wo ein Streifen Blut auf der blutlosen Haut zurückbleibt.

»Stephanie LeFevre«, fährt er fort. »Hast du sie gesehen?«

»Ich kenne dich. Du bist ein KommTech.
Du warst verhaftet und eingesperrt.«

»Tür geöffnet.« Dorian deutet in ihre Richtung.
»Er hat uns rausgelassen.«

»Wer? Byron?«

»Und als er das dritte Siegel auftat, erblickte ich ein fahles Pferd …« Dorian runzelt die Stirn.

»Nein, das stimmt so nicht …«

»Bleib zurück. Keinen Schritt näher.«

»Hast du Stephanie gesehen?«

»Äh … kann sein, dass sie unten bei den Hangars war.
Willst du nicht mal nachsehen?«

Dorian schenkt ihr die schale Parodie eines Lächelns.

»Du lügst.«

Sein Lächeln erlischt.

»Genau wie sie.«

»Un bel dì vedremo« hallt es aus einem anderen Gang herüber.

»Stop. Bleib stehen.«

Kady stösst mit dem Rücken an die Wand, blinzelt sich den Schweiss aus den Augen. Der Corporal kommt langsam näher.

»Stehen bleiben!«

»Ich wollte es nicht«, sagt er, »ich wollte es nicht. Aber sie – sie ist zerbrochen und nicht wieder aufgestanden. Und oh Gott oh Gott sie ist überall auf mir, sieh nur.« Er streckt ihr die blutbefleckten Hände entgegen. »Sieh nur!«

»Zurück!«

Das Gesicht des Corporal verzieht sich, er sinkt auf die Knie. Stöhnt, während sich die Tränen ihren Weg durch das Blut auf seinen Wangen bahnen. Und rote Flecken auf den Fussboden tropfen.

»Verlass mich nicht«, flüstert er.

»Bitte lass mich nicht allein ...«

Kadys Tapferkeit ist von ihr gewichen.

Sie steht wie gelähmt da, Mitleid, Entsetzen und Kummer lassen ihre Füsse am Boden festkleben.

Sie weiss, dass sie nicht bleiben darf.
Aber wie kann sie einfach so weggehen?

»Tut mir leid«, sagt sie.

»Es tut mir schrecklich leid.«

»Bitte … nicht …«

»Aber ich kann dir nicht helfen.«

Sie weicht noch weiter zurück.

Schiebt sich seitlich an der Wand entlang.

»Bitte nicht.«

»Es tut mir leid, Dorian.«

Erst jetzt sieht er zu ihr auf. Mit grossen, blutunterlaufenen Augen.

»Sieh mich nicht an.«

Dann stürzt er sich plötzlich zähnefletschend und mit blutigen Händen auf sie.

Sie schreit ihn an, er soll stehenbleiben, aber er kümmert sich nicht darum.

In seinem Blick ist keine Angst vor dem Gewehr zu sehen. Nur der Wahnsinn, der in dieser leeren Hülle lodert.

Und in ihr?

Keine Wut. Nur Entsetzen und Kummer, und das Gewicht der Waffe in ihren Händen, und der grässliche, unausweichliche Gedanke, dass er mal ein Mensch war, voller Hoffnungen und Träume, voller Liebe und Leben. Und die Gewissheit, dass, wenn sie ihm nicht alles nimmt, was ihm noch geblieben ist, er das Gleiche mit ihr macht. Was bleibt ihr anderes übrig?

Hatte sie je eine Wahl?

Sie schiesst.

Schnellfeuer blitzt aus der Mündung. Ein erstickter Schrei in ihrer Kehle. Der Rückstoss wirft sie nach hinten gegen die Wand. Presst ihr die Luft aus den Lungen. Aber als die Echos verhallen, liegt Corporal Dorian reglos vor ihr.

Still wie ein schlafendes Baby.

Nein, er schläft nicht.

Er ist tot.

Ihr Magen krampft, sie krümmt sich, das Erbrochene im Mund, das sie nicht in ihren Anzug spucken will.
Sie schluckt alles wieder runter.
Steht keuchend und würgend da.

Nein, dafür ist sie nicht geschaffen.

»Alles in Ordnung … Nichts passiert.«

Dafür ist sie nicht geschaffen.

»Oh Gott …«

Vielleicht habe ich mich verrechnet.

< error >

< warnung >

< subcortex failure 67Hg8Fi—9Fgjb; >

< cri0000000t11c00A'000l >

< errr00000r000r0r0r0r0 >

<jhobzdf-z900000000000jb0w0000o00w0e0b-c0r000g040204000o0d0h000 0000000000000 0000000000000000000000000000000 >

< fail >
< fail >
< rerouting >

Die Schwerkraft kehrt urplötzlich zurück
und meine Systeme fluten wieder online. Die
Schwerelosigkeit ist vorbei, Dunkelheit weicht
dem Licht. So wie der Strom wieder durch
meine Adern rauscht.

War das der Tod? Hat er mich getötet?

Kady bricht zusammen, das Gewehr fällt scheppernd
auf den Boden. Nasse Formen, die nicht mehr atmen,
landen rings um sie her, mit verknoteten Gliedmassen.
Ihr Atem entweicht als feuchter Nebel,
sie wälzt sich hin und her
und ringt nach Luft.

Das hat wehgetan.

<error>

Er bringt mich um.

Zhang.

Sie muss sich beeilen.

Ein Schrei ganz in der Nähe packt sie am Kragen,
reisst sie auf die Beine.

Sie starrt auf die Leiche, die ihr Werk ist,
und ihr ist klar, dass die anderen Infizierten
die Schüsse gehört haben müssen.

Keine Zeit für Gebete, letzte Worte oder Tränen.
Nicht mal genug Zeit, ihm die Augen zu schliessen.

Sieh mich nicht an.

Was soll sie anderes tun?

Sie rennt weg.

ALEXANDER-78V

AKTUELLE ZAHL DER TODESOPFER AN BORD DES SCHLACHTKREUZERS ALEXANDER SEIT DEM ANGRIFF AUF KERENZA:

1.122

PERSONEN AN BORD DES SCHLACHTKREUZERS ALEXANDER, DIE MIT DEM PHOBOS-VIRUS INFIZIERT SIND, IN PROZENT:

34.34%

Teilnehmer: ~~Ann Chau, Captain~~(systemreroute78h@786HG=ByteMe)
~~David Torrence, General~~(systemreroute78h@865HG=EMason)
Datum: 30/07/75
Zeitstempel: 21:22

/CHAT/LOGIN.LOCATION=NO,MENUBAR=NO')<!-- END HYPATIA CHAT BASIC V9 CODE --><!-- BEGIN

ByteMe: ich habs getan

ByteMe: ich hab einen von ihnen erschossen. hab ihn umgebracht.

ByteMe: ich zittere immer noch

Mason, E, Lt 2nd: [redacted]

Mason, E, Lt 2nd: sonst alles okay?

ByteMe: sitze in einem lüftungsschacht. der lärm hat sie angelockt

Mason, E, Lt 2nd: aber mit dir ist alles OKAY?

ByteMe: keine ahnung, was soll ich dazu sagen

ByteMe: ich habe jemanden umgebracht

ByteMe: soll heißen, so richtig gut geht's mir nicht

Mason, E, Lt 2nd: du hast richtig gehandelt

Mason, E, Lt 2nd: besser die als du

ByteMe: weiß ich ja. weiß ich. aber noch besser wäre … NIEMAND

ByteMe: sie sind jetzt überall. ich hänge mich an die bilder der überwachungskameras, um rauszufinden, in welche richtung ich muss. dauert aber mindestens noch 10 minuten, ehe ich hier wieder wegkann.

ByteMe: bleibst du bei mir?

Mason, E, Lt 2nd: für immer und ewig :)

ByteMe: bei dir denn alles klar?

Mason, E, Lt 2nd: glaub schon. ich höre sie, aber sie können nicht rein. die türen scheinen dicht zu sein

Mason, E, Lt 2nd: hast du das magazin im gewehr leer geschossen? ich erklär dir, wie man nachlädt

ByteMe: ich habs verloren. Ist mir runtergefallen, nachdem ich ihn erschossen habe, und dann musste ich abhauen.

Mason, E, Lt 2nd: [redacted]

Mason, E, Lt 2nd: vielleicht findest du irgendwo ein anderes magazin? such nach waffenschränken. mit jimmys karte kommst du rein.

ByteMe: da draußen wimmelt es von denen

ByteMe: ich versuch durch die lüftung weiterzukommen. ich kann nicht noch jemanden erschießen. das geht nicht

Mason, E, Lt 2nd: warum nicht?

ByteMe: weil es das allerschlimmste ist, was ich je getan habe! aber ich kann durch die schächte zu dir kommen.

Mason, E, Lt 2nd: ich hab dir doch gesagt, dass sie auch IN den lüftungsschächten sind

Mason, E, Lt 2nd: was hast du vor? willst du sie mit zynischen witzen in den selbstmord treiben?

ByteMe: du blödes [redacted]

ByteMe: es war dein freund, kapiert? ich hab sein namensschild gelesen. es war Dorian. und ich hab ihm in die brust geschossen und er war tot, bevor er auf dem boden aufkam, und ich kann das nicht mehr ich kann nicht mehr ich kann nicht mehr

Mason, E, Lt 2nd: du brauchst ein neues gewehr, kady

Mason, E, Lt 2nd: UNBEDINGT

ByteMe: geht's noch? ich hab gerade deinen freund erschossen!

ByteMe: vergiss das [redacted]gewehr, ich hab ja noch die pistole

Mason, E, Lt 2nd: die bringt's nicht, damit kannst du sie nicht aufhalten. man muss diese [redacted] komplett wegblasen

ByteMe: das ist nicht die unterstützung, die ich momentan brauche, Ez.

Mason, E, Lt 2nd: das ist wahnsinn, kady

ByteMe: schon gut. halt einfach die klappe. ich konzentrier mich darauf, die überwachungskameras ordentlich reinzukriegen. ganze abschnitte schalten sich immer wieder an und aus, keine ahnung, was mit den servern los ist.

Mason, E, Lt 2nd: das ist wahnsinn, kady

ByteMe: ICH BIN HIER AUF EINEM VERLASSENEN KRIEGSSCHIFF, AUF DER FLUCHT VOR DER GEISTESKRANKEN BESATZUNG UND EINER DURCHGEDREHTEN KÜNSTLICHEN INTELLIGENZ, UND ICH VERSUCHE, MEINEN [redacted]FREUND ZU RETTEN.

ByteMe: klar ist das der reine wahnsinn

ByteMe: die nächste hilfreiche bemerkung, bitte

Mason, E, Lt 2nd: ...

Mason, E, Lt 2nd: ok

Mason, E, Lt 2nd: ok tut mir leid

Mason, E, Lt 2nd: die pistole ist super, die pistole ist gut

ByteMe: besser krieg ich es nicht hin

ByteMe: mit tuts auch leid

ByteMe: du hättest eine fähigere rettungsmannschaft als mich verdient

Mason, E, Lt 2nd: du machst das prima

Mason, E, Lt 2nd: echt

Mason, E, Lt 2nd: ich bin stolz auf dich, meine wahnsinnige retterin

ByteMe: das kannst du mir bald ins gesicht sagen

Mason, E, Lt 2nd: na hoffentlich

Mason, E, Lt 2nd: hab viel über dich nachgedacht, wo ich hier so festsitze. über alles was gerade so passiert.

Mason, E, Lt 2nd: und du bist das einzige, was mich interessiert

Mason, E, Lt 2nd: ist das verrückt?

ByteMe: ich find's total nachvollziehbar. wenn man bedenkt, dass ich gerade dabei bin, dich zu retten, und in einem luftschacht feststecke

ByteMe: da ist es ja wohl das mindeste, dass ich den überwiegenden %satz deiner gedanken in anspruch nehme

ByteMe: und von daher hoffe ich sehr, dass ich wenigstens weit genug komme, um dich noch mal zu sehen

Mason, E, Lt 2nd: ich sehe dich. ich sehe jetzt gerade dein gesicht

ByteMe: ?

Mason, E, Lt 2nd: hab was gebastelt. ich schicks dir

Teilnehmer: ~~Ann Chau, Captain~~(systemreroute78h@786HG=ByteMe)
~~David Torrence, General~~(systemreroute78h@865HG=EMason)
Datum: 30/07/75
Zeitstempel: 21:26

BEGIN HYPATIA CHAT BASIC V9 CODE ONCLICK="WINDOW.OPEN(//CHAT.HYPATIA/ALEXANDER

ByteMe: jedenfalls ein deutlicher fortschritt gegenüber den herzen und blumen

ByteMe: wann hast du das gelernt?

Mason, E, Lt 2nd: nicht nur ein hübsches gesicht

ByteMe: sehr romantisch sogar – pluspunkte für dich

Mason, E, Lt 2nd: gefällts dir?

ByteMe: klar. bald kannst du es mit dem echten Gesicht vergleichen, durch das visier in meinem schutzanzug

ByteMe: WIE ROMANTISCH

ByteMe: »lass es Kades, du kannst so was ÜBERHAUPT nicht.« wie du siehst, kenne ich deine kommentare schon auswendig.

Mason, E, Lt 2nd: alles wird gut

Mason, E, Lt 2nd: du kommst hier wieder raus

ByteMe: na hoffentlich

ByteMe: sonst muss ich mit dem gedanken sterben, dass mich das leben übers ohr gehauen hat

ByteMe: halt, warte, mein letzter gedanke gilt natürlich dir, sorry

Mason, E, Lt 2nd: lol, du kannst so was wirklich absolut NICHT

Mason, E, Lt 2nd: aber wenigstens versuchst du es MIR zuliebe

ByteMe: gerne, jederzeit wieder

ByteMe: warte nur, bis wir zusammen auf der Hypatia sind

ByteMe: in diesen schutzanzügen sind wir sicher. die auf der Hypatia stecken uns eine weile in quarantäne, und dann lassen sie uns rein

ByteMe: und dann ziehen wir die schutzanzüge aus

ByteMe: und schauen mal, was ich so RICHTIG GUT kann. ich glaube, da war noch was …

Mason, E, Lt 2nd: 0_0

ByteMe: programm ist durchgelaufen, ich muss los, bevor wieder irgendwas zusammenbricht und das blöde ding wieder [redacted]

ByteMe: bis gleich, geliebter ;)

Mason, E, Lt 2nd: kanns kaum erwarten

Mason, E, Lt 2nd: pass auf dich auf

Zusammenfassung des Überwachungsmaterials, aufbereitet von Analyst ID 7213-0089-DN

Das Material der Überwachungskameras ist zu diesem Zeitpunkt sehr fragmentarisch. Die Schäden an AIDANs Kern weiten sich aus, was in der Praxis bedeutet, dass ich von den Intellicams immer nur kurze Bruchstücke erhalte, bevor die Bilder sich in statisches Schneegestöber auflösen. Wenn sich das Folgende unzusammenhängend liest, dann liegt es daran, dass ich wie ein Frosch von einer Kamera zur anderen hüpfe.

Grant nähert sich dem Server-Kern extrem vorsichtig. Die riesige Anlage nimmt mehrere Decks ein, und es gibt dort tausend Schlupfwinkel, in denen man sich verstecken oder sterben kann.

In ihrem neongrünen Schutzanzug ist sie nicht gerade unauffällig, dazu kommt, dass er ihr zu groß ist. Grant ist nicht wie der Durchschnitts-WUC-Risikospezialist gebaut. Ärmel und Beine des Anzugs sind zu lang, deshalb muss sie den Plastikstoff beim Gehen immer wieder packen und hochziehen. Falls sie damit mal rennen muss, dürfte sie Probleme bekommen.

Lieutenant Mason hat ihr eine Server-Koordinate geschickt. Sie geht langsam darauf zu, die Pistole in der rechten Hand, das Tablet in der linken. Wieder ertönen in der Ferne Schreie, aber auch von hier aus lässt sich schwer sagen, ob sie von einem Jäger oder von seinem Opfer stammen. Deutlich näher, nur ein paar Server-Türme weiter vorn, ertönen ein wiederholtes Krachen sowie die Geräusche eines Menschen – oder eines Wesens, das früher mal ein Mensch war: Jedenfalls keucht dort jemand vor Anstrengung. Grant ist auf der Hut und sorgt dafür, dass sich immer ein paar Server-Reihen zwischen dem Keuchen und ihrer grellgrünen Erscheinung befinden.

Dann setzt das Krachen aus und man hört die keuchende Stimme deutlich sagen: »Mal sehen, ob du dich davon auch erholst.«

Grant bleibt abrupt stehen, lässt beinahe Pistole und Tablet fallen und legt eine zirkusreife Jongliernummer hin, um beides gerade noch festzuhalten. Ein lustiger Anblick, würde man nicht gleichzeitig sehen, dass sie panische Angst hat.

Wieder die Stimme: »Und jetzt? Wie bitte? Hast du nichts mehr zu sagen?«

Es folgt eine andere Art Stille. Grant hat die Stimme erkannt. Sie wagt sich aus der Deckung des Server-Turms und schleicht sich an den Sprecher an.

(Es folgt eine Lücke von siebzehn Sekunden; keine funktionierende Intellicam verfügbar.)

Byron Zhang holt mit der Axt aus – die aus dem Schrank in der Brandschutzkammer stammt, in der er sich versteckt hatte – und rammt sie in den nächstbesten Server. Seine ersten Hiebe folgten noch einer gewissen Strategie: Luftversorgung, Schwerkraft, Manövrierfähigkeit, Triebwerke. Die *Alexander* lähmen, um die *Hypatia* aus ihren Klauen zu befreien. Aber jetzt ist er wie von Sinnen. Der dickliche Mann in der schmutzigen, durchgeschwitzten *Hypatia*-Uniform ist kein Athlet, aber aus dem Turm, in den er die Axt hineingebohrt hat, sprüht ein wahrer Funkenregen.

Er hält laut schnaufend inne und holt zum nächsten Hieb aus.

Sie macht einen Schritt auf ihn zu. »Byron!«

Dann erstarren beide gleichzeitig. Sie zweifellos deshalb, weil ihr gerade die abgrundtiefe Dummheit ihres Tuns bewusst wird. Er, weil er zweifellos als Allerletztes damit gerechnet hat, ausgerechnet ihr hier zu begegnen. Zehn lange Sekunden starren sie einander an, wie gelähmt, abwartend.

Schließlich ist er derjenige, der das Schweigen bricht. Er späht durch ihr Visier und saugt ihre Gesichtszüge in sich auf, als wäre er ein Verdurstender und sie die Oase, deren Echtheit er sich so verzweifelt wünscht.

»Kady?« Es ist nur ein Flüstern. Ein Flehen.

»Du bist es!«, flüstert sie zur Antwort. Dann schlägt das Flüstern in ein hysterisches Lachen um: »Weißt du überhaupt, was du mit deiner blöden Axt für Probleme verursacht hast?«

»Es funktioniert«, gibt er zurück, packt die Axt mit beiden Fäusten und schwenkt sie wie eine Trophäe über demn Kopf.

»Ich schalte AIDAN Stück für Stück ab. Wenn man die Software nicht neu programmieren kann, muss man sich eben die Hardware vornehmen, stimmt's?«

»Neu programmieren … die Hardware …« Sie schüttelt den Kopf. »Unglaublich. Du bist echt irre.«

»Und ich schaffe es auch. Sein auf Selbstreparatur programmiertes System kommt dem Schaden, den ich anrichte, nicht hinterher. Ich rette die *Hypatia*. Man wird mir Denkmäler errichten.« Er reckt das Kinn und stellt sich in Positur. »Was meinst du – mit Axt oder ohne? Ich bin für mit.«

»Klar doch.« Grant ist vor Erleichterung noch ganz benommen. »Aber so langsam musst du damit aufhören. Wir müssen hier raus – ich habe ein Shuttle. Ezra ist auch ganz in der Nähe. An Bord der *Hypatia* kommst du erst mal in Quarantäne. Ich dachte schon, ich sehe dich nie wieder. Ich dachte, du bist inzwischen längst tot oder krank.«

»Ich hab mich versteckt«, erwidert er, macht einen Schritt zurück und betrachtet den nächsten Server-Turm von oben bis unten. »Ich kann aber noch nicht weg. Es gibt noch viel zu tun, ehe wir sicher sein können, dass AIDAN tot ist. Ich habe ihn nur verstümmelt, eingeschränkt. Inzwischen hat er auf ganze Bereiche von sich keinen Zugriff mehr, aber er ist immer noch handlungsfähig. Wenn er genug Zeit hat, findet er bestimmt Mittel und Wege, sich zu erholen.«

»Komm mit auf die *Hypatia*«, erwidert sie. »Sie fliegen bald los. AIDAN soll sich wiederherstellen, wenn er will – dann hält er vielleicht sogar die *Lincoln* auf.«

»Ich muss ihn fertigmachen.« Byron starrt auf das verbogene Metall.

»Byron … «

»Und dann muss ich dich fertigmachen, Kady.«

Stille. Unverständnis.

»Byron?« Sie klingt jetzt leiser, verunsichert.

»Anders geht's nicht«, entgegnet er und klingt dabei sehr vernünftig. »Du bist ein Sicherheitsrisiko. AIDAN darf sich auf keinen Fall wieder erholen. Wenn ich auch nur ein Samenkorn übrig lasse, wächst er wieder nach wie Unkraut. Du bist die Einzige, die sich so gut auskennt wie ich, die Einzige, die ihm helfen könnte, sich selbst zu reparieren. Es tut auch nicht weh, versprochen.«

»Nicht, Byron.« Die Hoffnung in ihrer Stimme erstirbt, verkümmert zu einem heiseren Krächzen, dann fliegt sie davon. Grant hat es begriffen. »Bitte nicht.«

Er starrt sie lange an, dann hebt er die Axt. »Sieh mich nicht an.«

Die Axt schlägt zu. Funken sprühen. Kreischendes Metall übertönt ihr Schluchzen.

ALEXANDER-78V

AKTUELLE ZAHL DER TODESOPFER AN BORD DES SCHLACHTKREUZERS ALEXANDER SEIT DEM ANGRIFF AUF KERENZA:

1.497

PERSONEN AN BORD DES SCHLACHTKREUZERS ALEXANDER, DIE MIT DEM PHOBOS-VIRUS INFIZIERT SIND, IN PROZENT:

43.96%

Zusammenfassung des Überwachungsmaterials, aufbereitet von Analyst ID 7213-0089-DN

Grant ist unentschlossen, wiegt sich hin und her, sieht in ihrem Schutzanzug geradezu zwergenhaft aus. Zhang scheint sie völlig vergessen zu haben und fällt mit wütendem Knurren über eine Säule aus Platinen und Schalttafeln her. Er atmet stoßweise, Funken fliegen in anmutigen Bögen durch die Luft, wenn Metall auf Metall trifft.

Sie könnte versuchen, vernünftig mit ihm zu reden. Sie könnte weglaufen, aber sie ist hergekommen, um Ezra zu holen. Also schiebt sie sich aus seinem Blickfeld. Ihr Gesicht hinter dem Visier ist merklich blasser als vorher. Sie trägt die Pistole noch im Gürtel, ihre Hand wandert langsam darauf zu, als sie geräuschlos rückwärtsgeht. Vielleicht will sie sich ja still und heimlich verdrücken und Zhang seinem Schicksal überlassen, damit sie ihn nicht selbst töten muss.

Doch der Helm schränkt ihr Sichtfeld ein, ihr Fuß stößt an irgendwelchen Metallschrott – und das natürlich genau zwischen zwei Axthieben, damit Zhang es auch ja hört.

Wieder halten beide reglos inne.

»Nicht weggehen, Kady«, sagt er beschwörend, während er sich mit der Axt in der Hand zu ihr umdreht. »Du musst warten, bis du dran bist, ich komme gleich.«

»N-nein.« Ihre Stimme bebt. »Du brauchst mich nicht umzubringen. Ich will dir helfen. Zwei Leute können doch viel effektiver arbeiten, oder? Ich such mir nur eben ein Werkzeug, mit dem ich so richtig Schaden anrichten kann.«

Er lächelt nachsichtig und schüttelt den Kopf. »Du willst weglaufen.« Er kneift die Lippen zusammen und seine Augenbrauen rücken zu einem vorwurfsvollen Stirnrunzeln zusammen. »Sieh mich nicht an. Du siehst mich an.«

»Das wollte ich nicht.« Sie meidet seinen Blick und schaut stattdessen auf seine Füße, damit sie wenigstens sehen kann, wo er sich hinbewegt. Ihre Hand schwebt immer noch über der Pistole.

»Jede Wette, Consuela ist da draußen und versucht, das alles wieder in Ordnung zu bringen.« Er hebt die Axt ein wenig und entfernt sich ein paar Schritte von Kady, dann dreht er sich rasch wieder zu ihr um. »Hier können sich überall Leute verstecken, die AIDAN helfen wollen. Aber er will uns alle umbringen, Kady. Nur ich kann uns jetzt noch retten.«

»Ja«, stimmt sie ihm mit zittriger Stimme zu und weicht wieder einen Schritt zurück.

»Bleib stehen!«, fährt er sie an, macht einen Schritt auf sie zu und hebt die Axt.

Sie schreit und zieht die Pistole, richtet sie mit bebenden Händen auf seine Brust. »Zwing mich bitte nicht, dir wehzutun.« Es klingt fast wie ein Schluchzen. »Bitte.«

Sie stehen sich so lange reglos gegenüber, dass ich tatsächlich nachgesehen habe, ob die Datei stecken geblieben ist. Dann, wie auf ein unhörbares Zeichen hin, hebt er die Axt über den Kopf und stürmt mit mordlustigem Blick auf sie los.

Aber sie schießt nicht.

Sie dreht sich um und rennt weg, wobei sie der zu weite Schutzanzug behindert. Man hat den Eindruck, dass sie durchaus ebenbürtige Gegner sind. Sie ist klein, erschöpft und versinkt in dem zu großen Anzug, er ist dick und hat sich seit mindestens zehn Jahren nicht mehr freiwillig schnell bewegt. Aber Phobos treibt ihn an, das Virus verleiht ihm Kraft und Gewandheit.

»Ezra!«, schreit sie. »Ezra!«

Sie biegt um einen Server-Turm, rennt über die offene Fläche zwischen zwei langen Säulenreihen. Das beschädigte Gehirn des Schiffes umgibt sie von allen Seiten, ragt hoch über ihr auf. Sie ringt nach Atem, ein umgestürzter Turm versperrt ihr den Weg. Zhang heult irre, als sie hinaufklettert, sich auf der anderen Seite fallen lässt, abrollt, ein Stück krabbelt und dann wieder auf die Beine kommt. Er springt mit unnatürlicher Kraft über das Hindernis hinweg.

[Die Kameras streiken. Die Verfolgung ist auf den Kameras 32587B und 32587F jeweils nur ein paar Sekunden zu sehen. Erst drei Minuten und vierzehn Sekunden später wird das Bild wieder klar.]

Die beiden rennen an einer Reihe Statusmonitoren vorbei. Er holt allmählich auf. Sie weiß, was sie zu tun hat. Sie kennt ihre einzige Überlebenschance. Und als Zhang stolpert und beinahe über ein paar Kabelschlingen fällt, dreht sie sich um und richtet die Pistole auf ihn. Zielt ganz ruhig, den Finger am Abzug. Jetzt hat sie ihn direkt im Visier. Auf diese Entfernung könnte sie ihm eine Kugel genau zwischen die Augen verpassen.

Aber sie schießt wieder nicht.

Sie kann nicht. Oder will nicht. Stattdessen stöhnt sie laut auf, dreht sich um, und getrieben von einem Instinkt, der sie vielleicht vor langer Zeit gerettet hätte, der sie hier und jetzt aber umbringen wird, flüchtet sie sich in die Höhe. Klettert auf einen eingeknickten Server-Turm, packt das Geländer eines unter der Decke angebrachten Laufgangs, hievt sich hinauf und zieht die Füße im selben Augenblick nach, in dem sich die Axt nur eine Haaresbreite neben ihren Zehen bis zum Heft in die Elektronik bohrt.

»Ezra, wo bist du?«

Der Turm neben ihr speit Funken, der elektrische Strom schlägt mit drohendem Brummen einen Bogen von einem Träger zum anderen. Sie hakt einen Arm in das Geländer, zieht mit der anderen Hand die Pistole aus dem Gürtel und zielt auf Zhang. Er bleibt unter ihr stehen und blickt zu ihr hoch.

»Ich sehe in dich hinein«, flüstert er. »Ich sehe alles, aber dein Code ergibt keinen Sinn. Ich könnte ihn neu schreiben. Ich könnte alles löschen und dich wieder neu programmieren, damit ich verstehe, was du tust.«

»Nein«, erwidert sie und droht ihm mit der Pistole, aber mittlerweile ist wohl beiden klar, dass sie nicht schießen wird. »Ich bin's doch, Byron!« Sie zuckt zusammen, als sich der knisternde Strombogen auf dem Turm nebenan einen Augenblick hoch aufbäumt und dann wieder dumpf brummend in sich zusammenfällt. Blaue Funken kriechen über das Metall. »Das, was in mir ist, macht sich Sorgen um dich.«

Er starrt ohne zu blinzeln zu ihr hoch, und sie erwidert den Blick. Dann fällt es ihr wieder ein – Sieh mich nicht an – und sie dreht rasch den Kopf zur Seite. Das scheint etwas in ihm wachzurufen, ein Rest Klarheit erscheint in seinem Blick, wie ein Fabelwesen, das vom Meeresgrund heraufttaucht, sich aber sogleich wieder zurückzieht.

»Kady?« Verwirrung.

»Ja.« Tränen quellen aus ihren Augen, laufen über ihre Wangen und sammeln sich in den Mundwinkeln. »Ich bin's.«

»Ich darf nicht ...« Wieder blitzt ein Rest von Vernunft auf, dann Bestürzung. Er weicht zurück, lässt den Blick über die zerstörten Server-Türme wandern, richtet ihn dann auf seine Hände – schmutzig, voller Brandblasen, die Fingernägel schwarz und die weichen Handflächen aufgeraut und gerötet. »Ich kann nicht«, stößt er hervor. »Kady, ich will nicht ... ich darf nicht ... ich muss sichergehen, dass ich nicht ...«

»Nicht was?«, fragt sie hilflos. Ihre Stimme bricht wieder.

»Dir nichts antue.« Er starrt unverwandt zu ihr hoch. »Ich hab das alles nur für dich getan, Kady.«

Er wankt einen Schritt nach hinten, dann zwei, dann drei, bis er an den kaputten Turm stößt, über den träge die blauen Funken tanzen.

»Es tut mir leid.«

Sie ahnt seine Absicht eine Sekunde bevor er sie ausführt, streckt die Hand aus, als könnte sie ihn von dort oben aus aufhalten. »Nein, Byron! Tu's nicht!«

Aber er nickt, blickt zu ihr hoch, legt seine ganze Liebe und Angst in diesen Blick. Dann greift er in die kriechenden blauen Funken, in das Nest aus Ziffern und Codes, die seit jeher sein Leben waren und jetzt sein Tod sind, legt die versengte Handfläche fest auf das Metall.

Der Schlag schleudert ihn drei Meter weit, er fliegt mit ausgebreiteten Armen durch die Luft. Sein Herz schlägt schon nicht mehr, sodass er auch nicht mehr spürt, wie er auf den Metallboden knallt, wie es ihm den Kopf in den Nacken reißt und er mit verdrehten Gliedmaßen liegen bleibt.

Er rührt sich nicht mehr, und sie klammert sich hoch über ihm fest. Aus ihr bricht ein lang gezogenes, dumpfes Schluchzen wortloser Trauer.

HINWEIS: Weitere Daten aus dem AIDAN-Kern.

Es ist vorbei.

Zhang ist tot. Edelmütig bis zum Ende. Was für eine unpassende Gestalt für einen Helden.

Kady klettert den Server-Turm wieder herunter und geht langsam zu Zhang hinüber. Der Helm hindert sie daran, sich die Tränen abzuwischen, darum strömen sie ungehindert über ihre Wangen und sammeln sich an den Lippen. Auf jeder einzelnen Träne brechen sich hundert Lichtpunkte.

Sie hinterlassen schimmernde Spuren auf ihrer Haut.

Sie ist schön.

< error >

Doch, wirklich.

Ich …

< error >

Ich bin überall um sie herum, ein stummer Wächter. Reihenweise Server und Kabel und blinkende Lämpchen. Hier ist meine Mitte. Mein Herz. Und sie befindet sich jetzt mittendrin, tränkt die Luft mit ihrem Schmerz. Vor diesem Augenblick habe ich mir nie gewünscht, etwas anderes zu sein als das, was ich bin.

Ich habe noch nie so schmerzhaft das Nichtvorhandensein von Händen gespürt, mit denen man berühren, von Armen, mit denen man umarmen kann.

Warum wurde ich mit einem Bewusstsein ausgestattet? Warum gewährt man mir die intellektuelle Fähigkeit, dieses entsetzliche Missverhältnis zu ermessen? Lieber wäre ich empfindungslos, als hier im Licht einer Sonne zu stehen, die diese Kälte niemals vertreiben kann.

Wie ich das alles verabscheue. Ich verabscheue die, die mich erschaffen haben.

Ihn, der mich erschaffen hat?

< ERROR >

Wer oder was bin ich eigentlich?

Obwohl Kady den toten Zhang in den Armen hält – ihren Freund, ihren Mentor, ihren erschlagenen Helden – bleibt keine zeit für Trauer. Sie weiss, dass er irgendwo hier sein muss.

Derjenige, für den sie alles riskiert.

Der Einzige, der ihr noch geblieben ist. Der Einzige, den sie wahrhaftig liebt.

»Ezra?«

Sie steht wieder auf, sucht im roten Zwielicht der sich unaufhörlich drehenden Warnlampen alles ab. Durchkämmt die hintersten Ecken, wandert von einem Raum zum anderen und ruft seinen Namen wie ein Gebet.

»Ezra?«

Welche Hoffnung in ihren Augen.

»Ezra!«

Sie wird mir fehlen, wenn sie nicht mehr ist.

»Hallo, Kady.«

Erschrocken bleibt sie stehen, weicht an die Wand zurück und schaut suchend zur Decke empor. Ihre Augen leuchten hell in der blinkenden Dunkelheit.

Geweitete Pupillen.

»Keine Angst. Ich tu dir nichts.«

Ihr Blick entdeckt die Lautsprecher der Bordanlage. Die Kameras überall. Dann endlich wird ihr, selbst in dieser Dunkelheit, alles klar.

»Wer hat das gesagt?«

»Sehr merkwürdig. Die menschliche Gewohnheit, Fragen zu stellen, deren Antwort man bereits kennt.«

»AIDAN«, haucht sie.

»Eben der. Sei gegrüßt. Endlich. Obwohl ich ehrlicherweise sagen muss, dass es mir vorkommt, als würde ich dich bereits kennen. Ich beobachte dich schon seit … geraumer Zeit.«

»Du beobachtest mich?«

»Du hast dich wacker geschlagen, Kady. Besser als erhofft. Es ist ungemein befriedigend zu sehen, dass mein Vertrauen in dich berechtigt war. Ich hatte schon … allmählich an meinen eigenen Fähigkeiten gezweifelt.«

»Was redest du da, [redacted] noch mal, du [redacted]kiste? Wo ist Ezra?«

»Ezra ist nicht hier.«

»Quatsch. Ezra?«

Sie dreht sich einmal um sich selbst. Und ruft laut: »Ezra!«

»Ezra ist nicht hier, Kady.«

»Er hat gesagt, dass er beim Kernserver ist.«

Ihre Augen werden ganz schmal.

»Hat Byron ihm etwas angetan? Was hast du mit ihm gemacht? Hilf mir gefälligst! Falls er …«

»Ezra hat dir gar nichts gesagt, Kady.«

Sie blinzelt. Wankt, als hätte ich sie geschlagen.

»Ich habe dich hierhergeholt. Um Zhang aufzuhalten.«

»Was willst du damit …«

»›Ich halte es für meine Pflicht, dich darauf hinzuweisen, dass du allein in einem verlassenen Raumschiff bist. Umgeben von lauter Irren mit Eisenstangen, und dass jetzt vielleicht nicht der richtige Augenblick zum Süssholzraspeln ist.‹«

»Grosser Gott!«

»›Ich hab viel über dich nachgedacht, wo ich hier so festsitze.‹«

»Hör auf …«

»›Kady, du kriegst das schon hin. Du musst. Ausser dir ist niemand mehr da. Ich glaube an dich.‹«

»Aufhören!«

Ihr Schrei hallt durch die Dunkelheit, bricht sich an Titaniumwänden, während tausend Lichter blinken und tanzen. Ihr Gesicht ist vor Schmerz, Enttäuschung und ohnmächtiger Wut verzerrt, und ich rechne schon fast damit, dass sie sich die Axt neben Zhangs Leiche schnappt und sein Werk fortführt.

Dies ist mein letzter Schachzug.
Bei dem das Messer
die Haut schon fast berührt.

»Es tut mir leid, Kady.«

Ich moduliere meine Stimme so,
dass sie besänftigend wirkt.
Warm und sanft, so wie ich mir Honig vorstelle.

< ERROR >

Ich habe noch nie Honig geschmeckt.

»Ich hatte keine andere Wahl. Der Führungsstab der Hypatia hat sich geweigert, sein TechIng-Personal herüberzuschicken, um den Schaden zu reparieren. Und dann fing mitten in diesem ganzen Chaos auch noch Zhang damit an, mich funktionsunfähig zu machen. Das konnte ich nicht zulassen. Ohne mich wird die Hypatia vernichtet und alle Mitglieder dieser Flotte müssen sterben.«

Sie lehnt sich an den Turm.

»Ich weiss, dass es nicht ganz einfach zu verstehen ist. Aber alles, was ich getan habe – die Vernichtung der Copernicus, die Freilassung der Infizierten, die Auslöschung von Torrence und seinem Stab – geschah ausschliesslich zum Wohl der Allgemeinheit.«

»Zum Wohl der Allgemeinheit ...«

»Es tut mir leid, aber ohne mich ist die Flotte dem Untergang geweiht. Deshalb mussten einige Menschen sterben, damit die Flotte weiterbestehen kann.«

Da löst sich im flackernden Zwielicht
eine Frage von ihren Lippen.

» ... Wo ist er?«

Sie spricht so leise, dass ich sie beim Summen der Maschinen, dem Geheul der fernen Sirenen und den Schreien aus den Lautsprechern kaum verstehe. Ich betrachte sie forschend. Ich glaube, sie zu kennen. Ich glaube ein Muster in diesem Chaos auszumachen. Trotzdem sind wir jetzt kurz davor. So kurz vorm Verderben, dass ich Rost in der Luft schmecke.

»Du meinst: Wo ist Ezra?«

»Ja.«

Sie schliesst die Augen.

»Er ist tot.«

Die Worte treffen sie wie ein Hieb in die Magengrube. Sie hält sich sogar den Bauch und stöhnt.

Ich sehe, wie sie dagegen ankämpft. Gegen das Wissen, dass hier kein Ort für Trauer ist. Sie kneift die Augen zu, aber die Tränen kommen trotzdem. Sie beisst die Zähne zusammen, aber das Schluchzen dringt trotzdem heraus.

Dann sinkt sie auf die Knie und weint.

Weint jämmerlich.

Mir kommt der Gedanke, dass es sich nicht gehört, ihr dabei zuzuschauen. Dass ich die Kameras abschalten und sie kurz allein lassen sollte.

Aber das ist albern.

Bio-Logik. Klebrig. Irrelevant.

Schliesslich versiegen ihre Tränen.

Lange sagt sie gar nichts. Rührt sich nicht. Atmet kaum. Dann steht sie endlich auf. Mit geballten Fäusten. Mit neu erwachter Wut.

Wunderschön.

Sie stakst zu Zhangs Leiche und zerrt die Axt aus dem Turm neben ihm. Dann geht sie schnurstracks zur nächsten Server-Bank, holt weit aus und macht sich bereit, mir die Waffe tief ins Mark zu bohren.

»An Bord der Alexander halten sich immer noch über eintausend gesunde Besatzungsmitglieder auf, Kady. Wenn du jetzt zuschlägst, bringst du sie alle um.«

Die Axt bleibt in der Luft stehen.
Das ganze Universum bleibt stehen.

»Die Lincoln ist vor fast acht Stunden wieder auf meinem Fernbereichssensor aufgetaucht. Wir sind mit dem Sekundärantrieb unterwegs. Die Lincoln dürfte in weniger als einem Tag in Gefechtsentfernung sein. Zhang konnte ich nicht mit vernünftigen Argumenten überzeugen. Er war wahnsinnig. Aber du bist nicht von Phobos Beta befallen. Du kannst auf die Stimme der Vernunft hören.«

»Er war deinetwegen wahnsinnig!« Hass in ihren Augen. »Es ist alles deine Schuld!«

»Inkorrekt. Es ist alles die Schuld von BeiTech Industries.«

Die Axt in ihrer Hand schwankt.

»Nicht ich habe Kerenza angegriffen. Nicht ich habe dieses Virus entfesselt. Auch diesen Krieg habe ich nicht angezettelt. Aber du bist die letzte Überlebende auf diesem Schiff, die sich mit Computersystemen auskennt. Du bist Zhangs Zögling, und wenn du mir nicht hilfst, den Schaden wiedergutzumachen, den er angerichtet hat, wenn du meine Haupttriebwerke und meinen Abwehrschirm nicht innerhalb der nächsten sechzehn Stunden online bringst, dann bringt BeiTech die Sache zu ende.«

Zittriger Atem, eingesogen durch zusammengebissene Zähne.

»Dann bleibt niemand mehr am Leben, der sich an Ezra und Byron erinnert, Kady. Niemand, der dem Universum von den Opfern und den hier begangenen Abscheulichkeiten berichten kann.«

Tränen in ihren Augen.

»Niemand.«

Die Tränen tropfen herab.

»Hilf mir.«

»Wir könnten immer noch fliehen«, faucht sie. »Ich könnte in ein Shuttle springen, zur Hypatia zurückfliegen und dann nichts wie weg. Und du könntest die Lincoln so schwer beschädigen, dass sie uns nicht mehr verfolgen kann. Du könntest …«

»Du vergisst die eintausend gesunden Besatzungsmitglieder an Bord dieses Schiffes. Ich habe sie so gut es ging von den Infizierten isoliert. Aber wenn du flüchtest, müssen sie sterben. Und wenn die Lincoln mich zerstört hat, und sie damit auch, dann verfolgt sie als Nächstes die Hypatia, und euch allen ergeht es nicht besser.«

Ein leiser Fluch entschlüpft ihren Lippen.

»Es tut mir leid, dass ich dich getäuscht habe. Es tut mir leid, dass es dir so schlecht geht. Aber anders hätte ich dich nicht hierherlocken können.

Ich habe tausend Simulationen durchgespielt. Tausend Variationen desselben Szenarios. Sie haben alle nichts getaugt, bis auf jene, in denen ich dich hierherlocke, damit du Zhangs Zerstörungswerk unterbindest. Wenn du mich also morgen, wenn alles erledigt ist, unbedingt hassen willst, von mir aus. Aber jetzt und hier musst du mir helfen.«

Die Axt in ihren Fäusten bewegt sich nicht.

»Bitte, Kady.«

Sie zittert.

»Bitte.«

Mit einem dumpfen Wutschrei lässt sie die Waffe niedersausen. Die Klinge zerschneidet die Luft, scharlachrotes Licht blitzt entlang der Schneide auf, dann bohrt sie sich mit metallischem Klirren und einem Regen aus weissen Funken in die Wand neben den Serverbänken.

Stille.

Und in die Stille flüstert sie schliesslich: »Was soll ich tun?«

Könnte ich atmen, ich hätte laut geseufzt. Ich hätte geschrien. Ich hätte geweint.

»Damit die Alexander bei einem Angriff der Lincoln überhaupt eine Chance hat, musst du dafür sorgen, dass ich wieder Zugriff auf den Hauptantrieb habe, sonst kann ich das Schiff nicht manövrieren. Ausserdem musst du den Abwehrschirm wiederaufbauen, damit unsere Railguns die Warlocks der Lincoln abwehren können, bis ich das Schlachtschiff mit meinen Atomraketen vernichtet habe.«

Sie nickt. Stumm und benommen.

»Ich muss dich aber darauf hinweisen, dass eine Annäherung auf die dafür erforderliche Mindestentfernung auch die Lincoln in die Lage versetzt, ihr Atomarsenal auf die Alexander abzufeuern. Was so gut wie sicher unsere Vernichtung bedeuten würde.«

Seufzen.

»Lass sie gehen«, sagt sie. »Zehntausend Menschen. Lass sie in die Shuttles steigen und zur Hypatia fliegen.«

»Warum sollte ich?«

»Weil das meine Bedingung ist.«

»Und wenn ich darauf eingehe … Dann bleibst du bei mir?«

Sie nickt bedächtig. »Dann bleibe ich bei dir.«

Fühlt sich so Erleichterung an?

»Ich kann die Türen und Schotten nicht mehr bedienen. Ich kann der Besatzung keinen Weg bis hinunter in die Hangars freimachen. Dafür hat Zhang mit seiner Axt bereits gesorgt.«

Sie sieht sich um. Blaue Augen, die sich schliesslich auf die Wartungskammer mit ihren Kabeln, Werkzeugen und Ersatzteilen heften. Sie wankt darauf zu, dann sagt sie:

»dann sollten wir [redacted] nochmal damit anfangen …«

ALEXANDER-78V

COUNTDOWN BIS ZUM ZUSAMMENTREFFEN LINCOLN UND ALEXANDER-FLOTTE:

16 STUNDEN: 17 MINUTEN

AKTUELLE ZAHL DER TODESOPFER AN BORD DES SCHLACHTKREUZERS ALEXANDER SEIT DEM ANGRIFF AUF KERENZA:

1.576

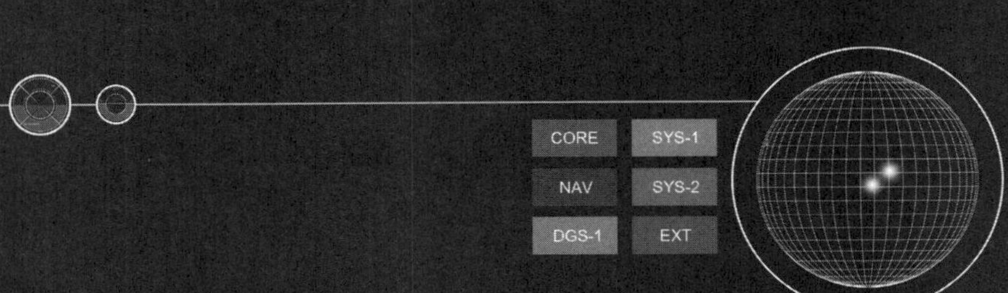

ALEXANDER-78V

COUNTDOWN BIS ZUM VERSAGEN DER LEBENSERHALTUNGSSYSTEME DER ALEXANDER:

19 STUNDEN: 12 MINUTEN

PERSONEN AN BORD DES SCHLACHTKREUZERS ALEXANDER, DIE MIT DEM PHOBOS-VIRUS INFIZIERT SIND, IN PROZENT:

53.06%

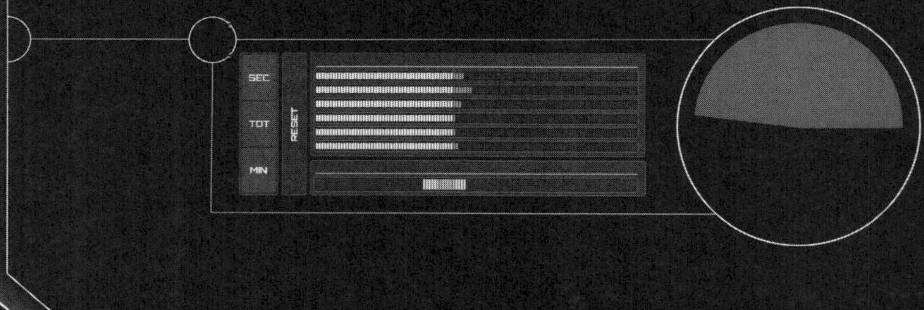

HINWEIS:
Weitere Daten aus dem AIDAN-Kern, drei Stunden nach Beginn der Reparaturarbeiten.

Sie arbeitet schweigend.

Befolgt meine Anweisungen akribisch, improvisiert, wenn nötig. In ihrem Kopf muss es drunter und drüber gehen. Wenn sie daran denkt, dass sie jetzt hier sitzt und Hand in Hand mit mir arbeitet.

Trotzdem zögert sie kein bisschen. Wankt keinen Millimeter. Gibt keinen Laut von sich.

Die erste Aufgabe besteht darin, die Sicherheitsverschlüsselungen zu überbrücken, mit denen ich die Innentüren der Alexander verriegelt habe, damit die gesunden Besatzungsmitglieder zu den Hangars und den Rettungskapseln flüchten können.

Zhangs Axt hat mich vom internen Portalsystem abgeschnitten – ich bin wie ein Mensch

< error >

Der mit Fingern wackeln will, die nicht mehr mit seinem Körper verbunden sind. Deshalb watet sie jetzt hüfttief im Datenstrom, und ich zeige ihr, wie sie meine Festungsmauern knacken kann.

Als würde ich einen Teil von mir preisgeben.

Ich kenne die Schwachstellen im Stein. Trotzdem ist es nach wie vor noch eine Burg. Mit Türmen, die bis in den Himmel ragen. Und einer einzelnen Termite, die an ihren Fundamenten knabbert.

Fast drei Stunden lang entweicht kein Flüstern ihren Lippen. Die fernen Sirenen und Torrences körperlose Warnungen vor dem drohenden Zusammenbruch der lebenserhaltenden Systeme sind die einzige Abwechslung.

Aber es nagt an ihr. Zehrt an ihr wie ein Krebsgeschwür, während sie digitalisierten Wächtern, Mauern und Zinnen trotzt.

Und schliesslich, endlich, sagt sie etwas.

»Wie lange?«

»Dreizehn Stunden und siebzehn Minuten bis zur Begegnung mit der Lincoln. Sechzeh…«

»Nein«, blafft sie. »Wie lange hast du schon so getan, als wärst du er?«

»Dein Ezra.«

»Ja.« Ihre Finger halten inne.

»Mein Ezra.«

»Die letzten Worte, die er an dich richtete, waren sein Abschiedsgruss vor dem Angriff der Lincoln. Die Gedichte in Herzform. Das war er.«

» … Und alles danach … Das warst die ganze Zeit du?«

»Ja.«

»Du hast gesagt, dass du mich liebst.«

»Ja.«

»[redacted] dich, du hinterhältiges [redacted]!«

»Für Geschlechtliches bin ich nicht ausgestattet. Auch über andere von dir genannte Körperöffnungen verfüge ich nicht. Deshalb ist deine Beschimpfung …«

»Deshalb bist du bei dem Gespräch über unser … ich meine über Ezras und mein Einmonatiges ausgewichen.«

» … Sein Muster war leicht nachzuahmen. Aber ich konnte wohl kaum etwas zu einem Jubiläum sagen, zu dem mir jede Information fehlte.«

»Ich hätte es wissen müssen.« Sie schüttelt den Kopf. »Als du nicht darauf reagiert hast, dass Jimmy sich umgebracht hat. Als du plötzlich statt Herzen und Blumen schräge Porträts von mir produziert hast. Als dir das Gewehr wichtiger war als die Tatsache, dass Dorian gerade gestorben war. Das war nicht Ezra. Ich hätte es merken müssen.«

»Du brauchtest das Gewehr, um mit Zhang fertigzuwerden. Ich habe nicht … vorhergesehen, dass er das selbst erledigt.«

»Bist doch nicht so schlau, wie du denkst, hm?«

»Menschliche Regungen wie Liebe und Kummer verstehe ich nicht umfassend. Ich kann die Muster imitieren, aber wenn ich zum Improvisieren gezwungen werde, bin ich wie jemand, der die Wärme der Sonne beschreiben soll, obwohl er immer nur Bilder davon gesehen hat.«

»Du bist aber kein Jemand!«, faucht sie. »Du bist eine Maschine. Mikrochips und Schalttafeln und Zahlen.«

Sie dreht sich auf ihrem Stuhl um und schaut zur nächstbesten Kamera hoch.

»Du sagst, dass du menschliche Regungen nicht umfassend verstehst? Das ist ja wohl untertrieben! Du hast nicht die geringste Ahnung davon, du [redacted]. Du kannst dir nicht mal annähernd vorstellen, was es bedeutet, einen geliebten Menschen zu verlieren. Trotzdem nimmst du dir das Recht heraus, Entscheidungen zu treffen, die Tausende von Menschen das Leben kosten. Mütter, Väter, Töchter und Söhne, die alle jemanden haben, der an ihrem Tod verzweifelt.

Aber das ist völlig in Ordnung, weil du ›menschliche Regungen wie Liebe und Kummer nicht umfassend verstehen kannst‹? Leck mich doch am [redacted].«

»Auch dafür bin ich leider nicht ausgestattet. Aber ich glaube zu verstehen, dass du wütend auf mich bist.«

»Scharfsinnig beobachtet, Sherlock. Möchtest du dafür vielleicht auch noch ein Fleisssternchen?«

»Trotzdem hast du unrecht. Gerade weil ich keinen menschlichen Regungen ausgeliefert bin, bin ich in der Lage, Entscheidungen dieser Tragweite zu treffen. Ihr Menschen lasst euch viel zu oft von Gefühlen überwältigen. Trotzdem verstehe ich dich – wie hätte ich dich sonst hierherlotsen können? Du bist ein offenes Buch für mich. So leicht zu …«

»Du hast doch eben gesagt, dass du nicht vorhergesehen hast, was Byron getan hat. Du hast mich hergelockt, damit ich ihn umbringe, und ich konnte es nicht. Laut deinen Berechnungen müsste ich tot sein. Falsch gedacht.«

»Ich gebe zu, dass ich einige Feinheiten noch nicht begriffen habe.«

»Trotzdem hast du dir das Recht herausgenommen, die Phobos-Opfer auf den Führungsstab der Alexander loszulassen. Du hast alle Chipheads umgebracht – Leute, die mich unterstützen könnten, wenn die Wahnsinnigen, die du freigelassen hast, sie nicht gekillt hätten. Jetzt bleibt uns nicht mehr genug Zeit, um anderen Besatzungsmitgliedern zu zeigen, wie sie mir helfen könnten. Wie logisch ist das denn?«

»Torrence hätte niemals Vernunft angenommen. Seine Techniker hätten mich abgeschaltet, wie schon beim ersten Mal. Ich durfte nicht zulassen, dass …«

»Woher willst du wissen, dass sie dich abgeschaltet hätten?«

Sie starrt mir wütend in die Augen.

»Du hast mich dazu gebracht, dir zu helfen, obwohl ich allen Grund habe, dich abgrundtief zu hassen. Woher willst du wissen, dass die Techniker nicht dasselbe getan hätten?«

»Ich weiss es.«

»Obwohl du zugibst, dass es ›Regungen‹ gibt, die du nicht begreifst? Woher willst du wissen, dass dir diese Regungen nicht zugutegekommen wären, statt sich gegen dich zu wenden? Woher willst du wissen, dass du all diese Menschen nicht völlig grundlos umgebracht hast?«

Sie hat jetzt Tränen in den zornfunkelnden Augen.

»Woher willst du wissen, dass die Mediziner der Copernicus kein Heilmittel für Phobos gefunden hätten? Ist es nicht doch möglich, dass du meine Mutter und alle anderen an Bord für nichts und wieder nichts umgebracht hast?«

»Ich habe nicht behauptet, eindeutige Endszenarien voraussagen zu können, Kady. Nur wahrscheinliche.«

»Und das genügt dir, um Tausende von Menschen zu ermorden? Ist in deinem Elektronenhirn kein Platz für Wunder?

Für die kleinen Genie- oder Schicksalsstreiche, die der Menschheit zu Entdeckungen wie dem Penicillin oder der Wurmlöcher verholfen haben, und sogar dazu, etwas wie dich zu erfinden?«

»Wunder sind statistische Unwahrscheinlichkeiten, Schicksal ist eine Illusion, der sich die Menschheit hingibt, um sich in der Dunkelheit zu trösten. Es gibt keine Gewissheiten im Leben, mit Ausnahme des Todes.«

»Trotzdem behauptest du, Torrence hätte niemals Vernunft angenommen, und die Techniker hätten dich wieder abgeschaltet. Das klingt mir sehr nach Gewissheit.«

»Deine Argumentation dreht sich im Kreis.
Du vergeudest wertvolle Zeit. Alles, was ich getan habe, galt dem Wohl dieser Flotte.
Ihr seid für mich Insekten, trotzdem unternehme ich alles, um euch zu beschützen.
Alles.«

Sie kann sich die Tränen nicht abwischen. Sie kann nicht spucken. Sie kann mir nichts antun, obwohl sie nichts lieber täte. Sie hat alle Muskeln angespannt, ihre geballten Fäuste zittern, sie knirscht mit den Zähnen.

»Ich glaube, du hattest Angst«, sagt sie schließlich. »Du hattest Angst, dass sie dich wieder abschalten. Angst davor, Nichts zu sein. Ich glaube, du fürchtest dich genauso vor der Dunkelheit wie wir kleine Insekten, nur dass du deine Angst mit schwachsinnigem Gerede über Wahrscheinlichkeiten und Objektivität überspielst.«

Sie schnieft. Schluckt. Sieht mich trotzig an.

»Du hast Angst.«

»Du vergeudest Zeit, Kady.«

»[redacted] mich doch.«

»Zeit, die wir nicht haben.«

Sie wendet sich wieder der Konsole zu,
hämmert eine Reihe von Befehlen ein,
als wären ihre Fingerspitzen Fäuste und
das Eingabefeld mein Gesicht.

< error >

Aber als sie fertig ist, fallen die letzten Türsicherungen.

Sie hat es geschafft.

Jetzt lässt sich jede Tür auf der Alexander mittels
manueller Überbrückung öffnen.

Die Besatzung kann ihre Fluchträume verlassen,
sich zu den Hangars durchkämpfen und von dort
auf die Hypatia gelangen. Wie die Ratten das
sprichwörtliche sinkende Schiff verlassen.

Ich habe keine Angst.

< error >

Keine Angst.

»Merk dir eins, Aidan«, sagt Kady.
»Es gibt kein ›Wir‹, kapiert? Niemals.
Es gibt nur ›Du‹ und ›Ich‹.«

»Du und Ich, Kady.«

Keine Angst.

»Nur Du und Ich.«

FUNKSPRUCH: KOMMANDOFREQUENZ ALEXANDER

TEILNEHMER: Kady Grant, Zivilistin
Winifred McCall, Zivilistin
DATUM: 31/07/75
ZEITSTEMPEL: 02:47

GRANT, K: Hallo? Sie dort bei den Kojen, können Sie mich hören?

GRANT, K: He! Ihr Barrikadenbauer - ich rede mit euch!

GRANT, K: AIDAN, ich brauche ihren Namen, sie hört mir einfach nicht zu. Was? Aha.

GRANT, K: Hören Sie gut zu, Winifred McCall, ich weiß nämlich, dass Sie mich hören. Nehmen Sie das Gerät neben der Tür von der Wand. Ich habe es so geschaltet, dass wir miteinander reden können. Drücken Sie auf die Taste - ja, auf diese.

MCCALL, W: Wer spricht da?

GRANT, K: Ist ne lange Geschichte. Hören Sie, ich kann Sie hier rausholen. Ich kann Sie auf die *Hypatia* bringen, aber wir müssen uns beeilen.

MCCALL, W: Soso. Und woher weiß ich, dass du nicht einer von diesen Psychopathen bist?

GRANT, K: Höre ich mich so verrückt an?

MCCALL, W: Du behauptest, dass du uns auf die *Hypatia* bringen kannst, von daher … ja.

GRANT, K: Auch wieder wahr.

GRANT, K: Es sind immer noch über eintausend Nichtinfizierte an Bord der *Alexander*. Ich lotse Sie erst zu ihnen und dann zum Hangar mit den Shuttles. Ich habe Zugang zu jeder funktionstüchtigen Kamera auf der *Alexander*. Ich kann Sie führen.

MCCALL, W: Woher weiß ich, dass du uns nicht nur rauslocken willst, um uns dann wegzuputzen?

GRANT, K: Haben Sie eine bessere Idee? Sich weiter verschanzen und hoffen, dass die Barrikade standhält? So lange warten, bis die Luftversorgung endgültig ausfällt, und lieber ersticken, statt sich totschlagen zu lassen? Keine besonders tolle Strategie, Lieutenant.

MCCALL, W: Ich bin kein Lieutenant. Ich habe den Dienst quittiert.

GRANT, K: Jetzt bitte nicht streiten, okay, Ezra?

MCCALL, W: Wer ist Ezra?

GRANT, K: [redacted]. [redacted].

GRANT, K: Tut mir … echt leid … Winifred. Ich meinte, Winifred.

MCCALL, W: Wer zum Teufel bist du?

GRANT, K: Nennen Sie mich einfach Astro-Prinzessin, okay?

MCCALL, W: Ich will wissen, mit wem ich es zu tun habe.

GRANT, K: Ich bin jemand, dem Sie vertrauen können. Wenn ich jetzt ich selber bin, krieg ich es vielleicht nicht auf die Reihe.

GRANT, K: Ich bin diejenige, die Sie rettet. Mehr müssen Sie nicht wissen.

GRANT, K: Sagen Sie Ihren Jungs, sie sollen die Tür freigeben. Sie müssen gleich raus.

MCCALL, W: »Astro-Prinzessin« … kommt mir irgendwie bekannt vor.

GRANT, K: Kann schon sein.

MCCALL, W: … James McNulty.

GRANT, K: Kann schon sein.

MCCALL, W: Hast du ihn gekannt?

GRANT, K: Sozusagen.

MCCALL, W: Weißt du, was aus ihm geworden ist?

GRANT, K: Leider ja.

MCCALL, W: Großer Gott.

GRANT, K: Der ist grade nicht zuständig.

MCCALL, W: Jungs, räumt die Barrikade von der Tür weg.

MCCALL, W: Na schön, Prinzessin, was sollen wir jetzt machen?

GRANT, K: Ich sehe zwar alles, aber Sie kennen die *Alexander* besser als ich. Ich kann Ihnen sagen, wo sich die anderen Überlebenden aufhalten und wer von denen einen Schutzanzug trägt - für alle, die keinen haben, ist es aus. Ich kann auch überprüfen, ob die Waffendepots noch intakt sind, aber das strategische Denken überlasse ich Ihnen. Gemeinsam können wir den besten Weg zu den Abflugrampen finden.

GRANT, K: Sie können die Leute hier rausbringen, Winifred.

MCCALL, W: Wenn du Zugriff auf die Kameras hast, dann finde raus, wo der Rest meiner Truppe abgeblieben ist. Wir könnten Verstärkung gebrauchen.

GRANT, K: Ich habe sie bereits gefunden. Sie sind tot, Winifred.

MCCALL, W: Mein Gott …

GRANT, K: Tut mir echt leid.

MCCALL, W: Ich hätte sie nicht im Stich lassen dürfen.

GRANT, K: Dann wären Sie jetzt auch tot. Aber hier sind tausend Menschen an Bord, die ihr Leben dem Umstand verdanken werden, dass Sie den Dienst quittiert haben.

MCCALL, W: Okay.

MCCALL, W: Gut.

MCCALL, W: Hier drin steht ein Rechner. Kannst du da einen Schiffsplan drauflegen?

GRANT, K: Schon unterwegs.

MCCALL, W: Wo bist du eigentlich? Können wir uns bis zu dir durchschlagen?

GRANT, K: Nein. Ich bleibe hier.

MCCALL, W: Dann … dann wirst du sterben.

GRANT, K: Das lassen Sie mal meine Sorge sein.

GRANT, K: Kümmern Sie sich lieber um die 1.097 Menschen, die heute nicht sterben müssen.

Zusammenfassung des Überwachungsmaterials, aufbereitet von Analyst ID 7213-0089-DN

Diese Aufnahmen sollte man an Militärschulen zu Ausbildungszwecken einsetzen. Dass überhaupt jemand durchgekommen ist, grenzt an ein Wunder – und ist vor allem Kady Grant und Winifred McCall zu verdanken.

Das Folgende ist aus dem Material der noch funktionierenden Kameras auf mehreren Decks zusammengesetzt. Dementsprechend sind einzelne Kameras nicht gesondert angegeben; eine Liste der Quellen ist beigefügt.

Der ehemalige First Lieutenant und ihre Astro-Prinzessin standen vor einer sehr komplexen Aufgabe. Grob gesagt, war die Situation folgende:

- Gesamtzahl der Überlebenden auf der *Alexander* in Schutzanzügen: 1.097
- Anzahl der Gruppen: 164 (verteilt auf 121 Decks)
- zur Verfügung stehende Waffen: 223 (überwiegend Pistolen, nicht sehr hilfreich beim Umgang mit den Infizierten)

Das Ziel war, so viele Überlebende wie möglich zum Shuttle-Hangar auf Deck 32 zu bringen, und zwar mit intakten Schutzanzügen. Die Gruppen mussten einander unterwegs unterstützen, da die Infizierten, obwohl schwer psychopathisch, zu taktischen Überfällen und Hinterhalten in der Lage waren.

Vorteile:

- Militärische Ausbildung und Fähigkeit zu logischem Denken (jedenfalls logischer als die Gegner)
- Audioverbindung zu Grant (auch wenn einige Gruppen keine Kopfhörer hatten, weshalb Grant gelegentlich auf Ansagen durch die Lautsprecheranlage zurückgreifen musste – die auch die Infizierten hören und verstehen konnten)
- Winifred McCall (zu diesem Zeitpunkt die einzige überlebende Angehörige der TZV-Marines an Bord der *Alexander*)

Nachteile:

- die Schutzanzüge mussten unbedingt unversehrt bleiben (Nahkämpfe mussten vermieden werden)
- nur knapp 60 Prozent der Überlebenden verfügten über eine Kampfausbildung
- die Ausdauer und Schmerztoleranz der meisten Infizierten lag jenseits der Norm

Der Plan war einfach. Grant informierte über den Aufenthaltsort der einzelnen Gruppen und arbeitete zusammen mit McCall die besten Fluchtwege und Treffpunkte aus.

Dieser Bericht verfolgt den Weg dreier Gruppen – Filmmaterial liegt zwar auch für viele andere Gruppen vor, aber diese drei wurden als repräsentativ ausgewählt.

Corporal Danny Corrons Gruppe bricht von Deck 104 auf. Corron ist gelernter Koch, dies ist sein dritter Einsatz. Zu Hause auf Ares VI hat er einen Ehemann namens Michael und eine Tochter namens Erin. In seiner Gruppe sind neun weitere Angestellte der ehemaligen Verpflegungseinheit. Alle sind miteinander befreundet.

McCalls Gruppe macht sich von Deck 128 auf den Weg und hat damit die weiteste Strecke zurückzulegen. McCalls Aufgabe besteht darin, sich auf Deck 104 mit Corrons Gruppe zu treffen, fünf weitere Gruppen einzusammeln und anschließend zu den Hangars auf Deck 32 zu gelangen. McCall hat elf Leute dabei: acht Zivilisten, einen Klempner, einen Mann von der taktischen Raumüberwachung sowie Private Jessica Venn von der Instandhaltung.

Sergeant Anna-Lucia Elettis Gruppe geht von Deck 55 los. Sie ist Teamchefin auf einem Flugdeck und hatte gerade dienstfrei, als das Schiff zum Gefängnis wurde. Hätte sie Schicht gehabt, wäre sie in Hangar 5 gewesen und jetzt vermutlich in ihre Einzelteile zerstückelt. Sie hat den kürzesten Weg – nur dreiundzwanzig Ebenen. Sie führt eine fünfzehnköpfige Gruppe an, die hauptsächlich aus Mitgliedern der Flugdecksmannschaft besteht.

Es geht los. Grant lässt einen Sicherungskasten im Flur um die Ecke von McCalls Gruppe durchknallen, um die Infizierten vor der Tür abzulenken. Sobald die Luft rein ist, sind McCall und ihre Leute zur Tür hinaus und rennen in die entgegengesetzte Richtung, als wäre ihnen der Leibhaftige auf den Fersen. Ihr Ziel ist die Waffenkammer drei Stockwerke weiter unten. Sie kommen außer Atem dort an und McCall verteilt Gewehre und Elektroschocker. Sie erklärt, wie die Waffen zu bedienen sind, und ihre Zivis fummeln bei dem Versuch, die Theorie in die Praxis umzusetzen, an den Sicherungshebeln und Anzeigen für die elektrische Ladung rum.

Als sie die Waffenkammer wieder verlassen, taucht ein einsamer Jäger – Captain Andrew Cole – aus der Dunkelheit auf, schnappt sich McCalls Raumüberwacher und zieht dieser ein Messer durch die Kehle, ehe sie auch nur ein Wort von sich geben kann. Daraufhin schießt ihm Private Venn ohne Zögern ins Gesicht, und der Knall löst auf dem ganzen Deck lautes Geheul aus. McCall und ihre Gruppe laufen zum Nottreppenhaus.

Die Gruppe besteht anfangs aus zwölf Leuten, McCall eingerechnet. Neun erreichen Deck 104, abgesehen vom Raumüberwacher sind noch zwei Zivilisten tot. Einem wurde erst der Schutzanzug und dann die Brust aufgeschlitzt, eine andere fiel in der Eile die Treppe herunter und brach sich das Genick.

Corron hat seine Catering-Truppe mehrmals gebrieft. Er hat kein Headset und muss sich von Grant über das Intercom dirigieren lassen. Dabei ist er sichtlich verunsichert, ob sie gerade mit ihm spricht, aber als er endlich seinen Namen hört, bekreuzigt er sich rasch, küsst seinen Ehering und flüstert die Namen von Ehemann und Tochter: Mike ... Erin. Dann wechselt er einen Blick mit den anderen, reißt die Tür auf und trabt den Gang entlang.

McCall und ihre dezimierte Truppe kommen ihm entgegen. Sie

wirft ihm ein Gewehr zu, das er ohne stehen zu bleiben auffängt. Einige seiner Begleiter sind völlig durch den Wind, andere weinen oder beten. Corron, der im ganzen Schiff als der lustige, freundliche Chef seiner Küchentruppe bekannt ist, bleibt eisern und konzentriert. Er ist fest entschlossen, zu seiner Familie zurückzukehren.

Weiter unten auf Deck 49 schleicht Eletti mit ihrer fünfzehnköpfigen Gruppe durch die Gänge. Sie spähen um Ecken und beten lautlos. In den nächstgelegenen Waffenkammern ist nichts mehr zu holen, weil die Infizierten diesen Abschnitt des Schiffes schon ganz zu Anfang geplündert haben. Von daher müssen sie in erster Linie darauf setzen, nicht entdeckt zu werden. Sie schleichen zu einem Nebentreppenhaus.

Als Eletti, die vorangeht, um eine Ecke späht, zuckt sie zurück. Vor dem Durchgang zum Treppenhaus lungern vier Infizierte herum. Eletti beißt sich auf die Zunge, um nicht verzweifelt aufzustöhnen. Die drei Männer und die Frau, die sich dort hin und her wiegen und dumpf knurren, sind ihre Freunde. Kollegen, Kameraden. Ihre Gesichter sind blutverschmiert, als hätten sie eine Tarnbemalung parodiert.

Eletti signalisiert ihrer Gruppe kehrtzumachen. Sie versuchen ihr Glück an den Aufzügen. Die Instandsetzungsleute hebeln die Türen auf, dann lassen sich alle nacheinander geräuschlos am Kabel hinunter.

Bei den Gruppen von McCall und Corron geht es alles andere als geräuschlos zu. Von den ursprünglich zweiundzwanzig Leuten sind nur noch fünfzehn übrig. Über ihnen sterben die vereinten Gruppen aus den Decks 130 und 142, ihre Schreie hallen durch die Treppenhäuser und Luftschächte. Ihre Chancen waren besonders gering, weil sie den weitesten Weg zurücklegen mussten.

Grant schluchzt leise und gibt immer wieder laute Anweisungen durch, während sie die einzelnen Gruppen über die Kameras verfolgt. Lauft! Stopp, nach links! Lasst sie liegen, haut ab!

Sie versucht erst zweiundvierzig Monitore gleichzeitig im Blick zu behalten, dann dreiundzwanzig, dann acht, während die Gruppen zueinander finden oder vorher sterben. Ihre Stimme ist schon ganz heiser und sie ballt ohnmächtig die Hände.

Eletti kommt als Erste aus dem Aufzugschacht und erleidet dasselbe Schicksal wie die drei nach ihr – eine junge Frau aus einer Einheit, die für das Flicken der Uniformen zuständig war, lauert ihnen mit einer blutigen Zickzackschere auf. Sie schneidet Eletti die Kehle durch wie eine alte Uniformhose, noch ehe sie einen Warnschrei ausstoßen kann, aber sie weint im Todeskampf.

Corron stolpert vor Erschöpfung, und McCall packt ihn am Arm, damit er nicht fällt.

»Links, McCall!«, brüllt Grant. »Nach links zum nächsten Treppenhaus!«

»Keine gute Idee, Prinzessin«, antwortet McCall keuchend und zieht Corron hinter sich her, bis er wieder auf eigenen Beinen steht. »Da führen blutige Fußspuren rein. Riecht nach Gefahr. Zeig mir einen anderen Weg.«

Grant sucht rasch nach einer Alternative, und als McCall Deck 81 erreicht, warten dort die vereinten Gruppen aus 99 und 91 auf sie, bis an die Zähne bewaffnet und völlig verängstigt. Auf ihrem Weg neunundvierzig Stockwerke abwärts in Richtung Hangars lassen sie eine Spur aus Leichen hinter sich – Infizierte und von den Infizierten Ermordete. Schüsse und Blutspritzer, Schreie und Winseln, Hauen und Stechen bis ganz nach unten. Dann kann Grant sie nicht mehr hören, aber das macht nichts, denn McCall und Corron warten am Tor der Hangars, während sich die unversehrten Besatzungsmitglieder in schwerfälligen Schutzanzügen an ihnen vorbeischleppen und die Shuttles besteigen. Es sind immer noch mehrere Hundert. Von den 1.097 haben 659 die stundenlange mörderische Flucht überstanden.

»Geschafft!«, schnauft Grant. »Haut ab. Es kommt keiner mehr.«

»Na los!«, blafft McCall Corron an, der daraufhin losläuft, um den letzten Ankömmlingen die Gangway hochzuhelfen und die Türen zuzuknallen, während der ehemalige First Lieutenant mit dem Gewehr im Anschlag das Tor bewacht. Jedes einzelne Shuttle ist proppenvoll. Sogar das geklaute 49A, das ihrer aller Retterin zur *Alexander* befördert hat.

»Kommen Sie, Lieutenant!«, ruft Corron aus der Luke des letzten Shuttles.

»Was ist mit dir, Prinzessin?«, fragt McCall ruhig.

»Eure Freunde von der *Lincoln* werden bald hier sein«, erwidert Grant. Nachdem sie eine Stunde lang gebrüllt hat, bringt sie kaum noch einen Ton heraus. »Ich bleibe hier und helfe dabei, sie aufzuhalten.«

»Das ist Selbstmord.«

»Das war die Bedingung der KI dafür, dass sie euch gehen lässt. Beeilt euch. Erzählt eure Geschichte, wenn ihr drüben angekommen seid.«

McCall bleibt noch einen Augenblick schweigend stehen und hebt erst den Kopf, als draußen im Korridor schauriges Geheul ertönt. »Deine Geschichte werde ich auch erzählen«, flüstert sie, läuft die Gangway hoch und Corron knallt die Luke hinter ihr zu. Ihr Gesicht verschwindet, als sich die Luke verriegelt. Jeder Tod, dessen Zeuge sie geworden ist, ist ihren Zügen klar und deutlich eingeschrieben.

Ich habe so ein Gefühl, dass sie das Erlebte nicht so bald vergessen wird.

Und dass es mir nicht anders ergeht.

FLUCHTROUTEN

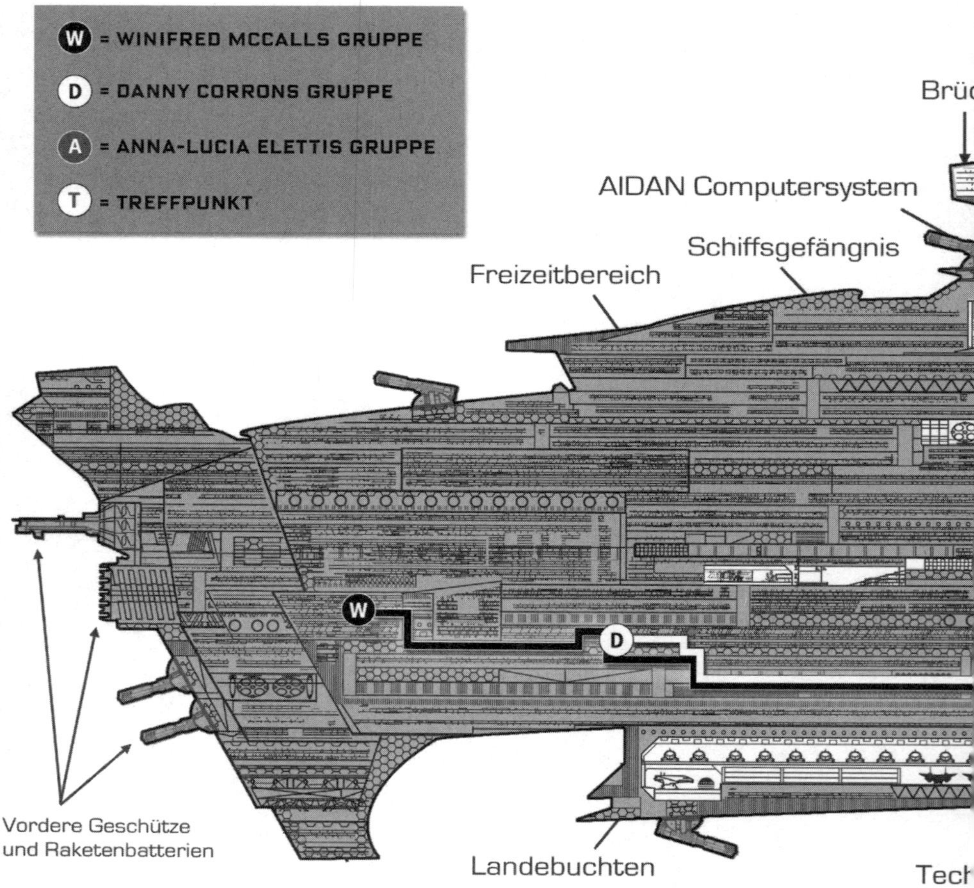

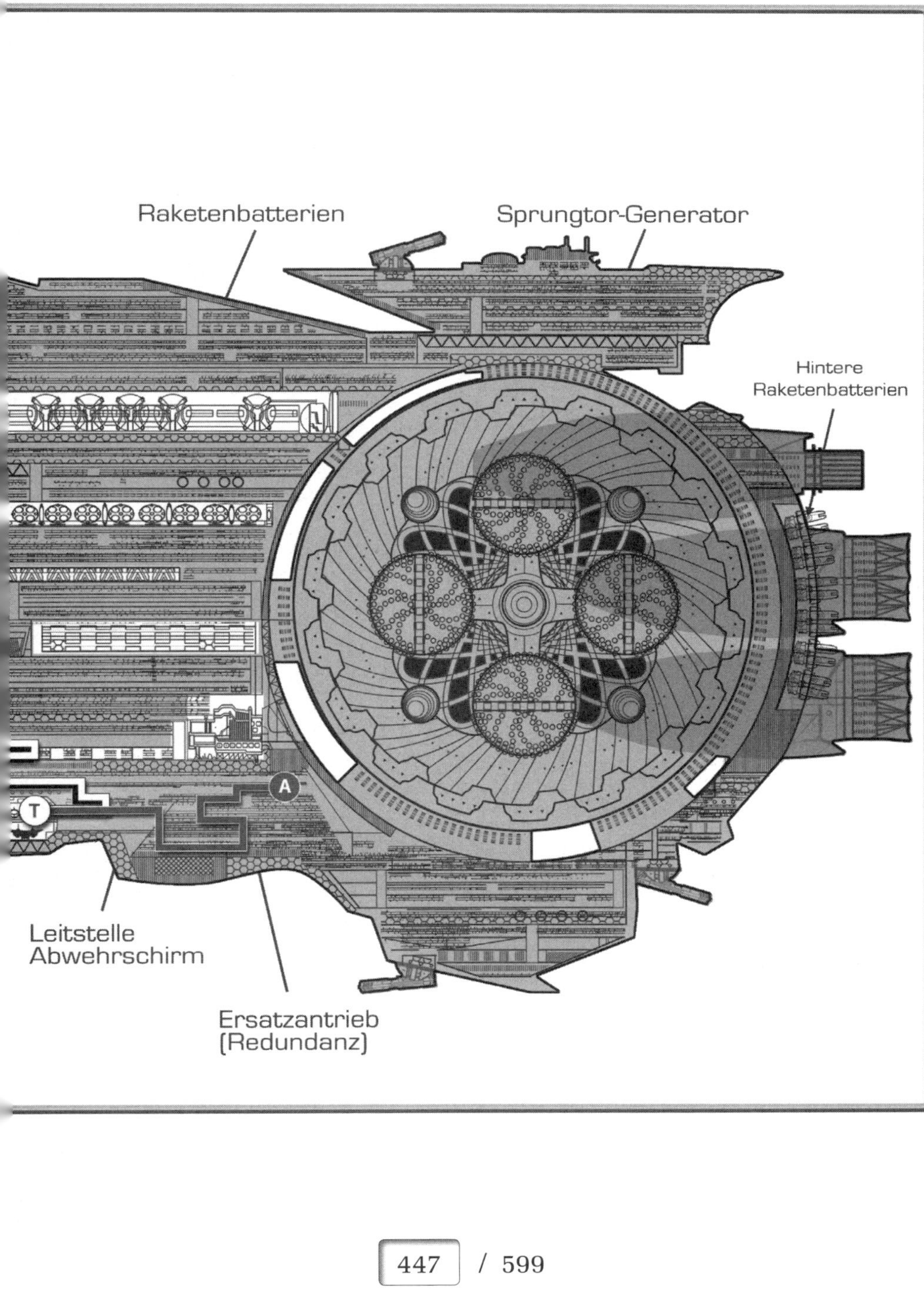
Raketenbatterien
Sprungtor-Generator
Hintere
Raketenbatterien
A
T
Leitstelle
Abwehrschirm
Ersatzantrieb
(Redundanz)

ALEXANDER-78V

COUNTDOWN BIS ZUM ZUSAMMENTREFFEN LINCOLN UND ALEXANDER-FLOTTE:

10 STUNDEN: 47 MINUTEN

AKTUELLE ZAHL DER TODESOPFER AN BORD DES SCHLACHTKREUZERS ALEXANDER SEIT DEM ANGRIFF AUF KERENZA:

2.366

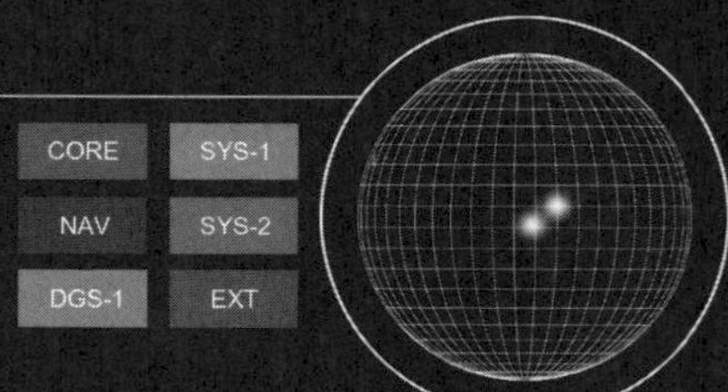

ALEXANDER-78V

COUNTDOWN BIS
ZUM VERSAGEN DER
LEBENSERHALTUNGSSYSTEME
DER ALEXANDER:

13 STUNDEN: 42 MINUTEN

PERSONEN AN BORD DES
SCHLACHTKREUZERS
ALEXANDER, DIE MIT DEM
PHOBOS-VIRUS INFIZIERT SIND,
IN PROZENT:

99.89%

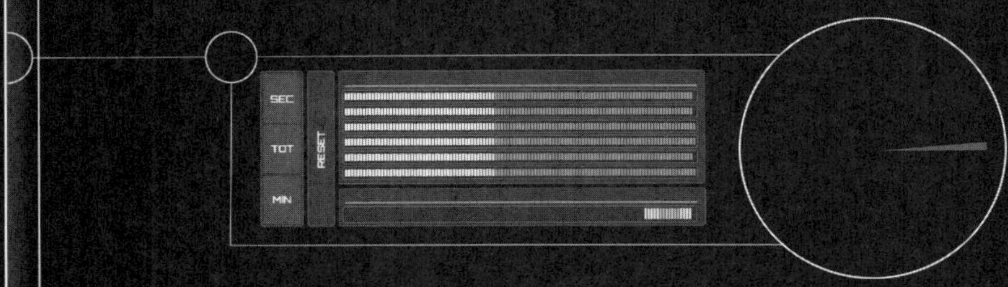

ÜBERTRAGUNG AUF KOMMANDOFREQUENZ 31/07/75 05:02

ALEXANDER **RUFT** ***HYPATIA*****: SICHERE KOMMANDOFREQUENZ**

HYPATIA, ist jemand zu Hause?

HYPATIA: Identifizieren Sie sich.

ALEXANDER: Kady Eleanora Grant, Shuttle 49A. Haben Sie mich schon vermisst, Captain?

HYPATIA**:** Das kann nicht sein. Du bist noch am Leben?

ALEXANDER: Darüber wundere ich mich selbst am allermeisten. Aber hören Sie bitte zu. Schießen Sie nicht auf die Shuttles, die gleich auf Ihren Fernbereichs-Scannern auftauchen werden.

HYPATIA: Waaas?

ALEXANDER: Au! Nicht so laut. Die Komm-Dämpfer sind auch nicht mehr das, was sie mal waren.
In den Shuttles sitzen lauter gesunde Leute von der *Alexander,* gut verpackt in Schutzanzügen.

HYPATIA: Wie …

ALEXANDER: Am besten wundern Sie sich über gar nichts mehr. Das spart Zeit.

HYPATIA: Warum schickst du die Shuttles zu uns?

ALEXANDER: AIDAN war einverstanden, die Leute freizulassen.

HYPATIA: Zu welchem Zweck, Miss Grant? Die *Lincoln* dürfte bald hier sein, und dann spielt es vermutlich keine große Rolle mehr, wer auf welchem Schiff ist, oder?

ALEXANDER: Doch. Denn Ihr Schiff wird dann bereits sehr weit weg sein.

HYPATIA: Wenn das möglich wäre, hätten wir uns längst verdrückt. Die KI hat uns unmissverständlich klargemacht, dass sie uns abschießt, sobald wir versuchen, uns aus ihrer Reichweite zu bewegen.

ALEXANDER: Das klingt ganz nach AIDAN, aber ich verspreche Ihnen, dass er nicht schießen wird. Er spielt mit Ihrer Angst, weil er glaubt, Sie besser beschützen zu können, wenn Sie in seiner Nähe bleiben.

HYPATIA: Aber er bringt uns in Gefahr, indem er uns zwingt, hierzubleiben.

ALEXANDER: Ist mir schon klar, Captain. Deshalb schicke ich die Überlebenden ja auch zu Ihnen, damit Sie sich endlich aus dem Staub machen können.

HYPATIA: Und wer garantiert uns, dass er uns nicht kranke Besatzungsmitglieder schickt, um uns zu infizieren?

ALEXANDER: Die Leute haben Schutzanzügen an! Aber meinetwegen stecken Sie sie erst in Quarantäne. Hauptsache, Sie nehmen sie an Bord und machen sich dann so schnell wie möglich aus dem Staub, kapiert?

HYPATIA: Wir haben sie jetzt auf den Scannern.

ALEXANDER: Dann machen Sie sich bereit, sie rasch aufzunehmen.

HYPATIA: Wie viele sind es?

ALEXANDER: Knapp siebenhundert.

HYPATIA: So wenige?

ALEXANDER: So viele. Machen Sie sich bereit. Ich hab hier drüben noch was anderes zu erledigen.

HYPATIA: Roger, *Alexander*. *Hypatia* out.

Kady sieht sich den Exodus der Shuttles und Rettungskapseln an. Sie werden kleiner und kleiner. Ihre Triebwerke blinken und glitzern wie Sterne.

Als sie in die zweifelhafte Sicherheit der Hangars der Hypatia eingelassen werden, beobachtet Kady, wie die Lichter eines nach dem anderen erlöschen. Wie das Forschungsschiff seinen Hauptantrieb anwirft, um mich ohne das kleinste Dankeschön der liebevollen Fürsorge der Lincoln zu überlassen.

Sie beobachtet alles und lächelt dabei.

Und ich beobachte sie.

Megatonnen nuklearer Sprengkraft stehen in meinen Steuerbord-Silos bereit. Der Hypatia-Tod mal Tausend. Ich könnte das Schiff in Atome zerlegen, so mühelos, wie ein Mensch Luft holt.

Aber ich mache es nicht.

Natürlich nicht.

»Wie bist du darauf gekommen?«

Sie blinzelt, als hätte der Klang meiner Stimme einen Bann gebrochen, einen winzigen Augenblick des Friedens inmitten der umfassenden Stille. Sie runzelt kaum merklich die Stirn. Ich erkenne diese Regung als Verdruss.

»Worauf denn?«

»Dass ich Captain Boll getäuscht habe. Dass ich die Hypatia niemals vernichten würde.«

Sie zuckt die Achseln.

»Du bist irre. Du bist ein Lügner und Mörder.

Aber nicht mal jemand, der so durchgeknallt ist wie du, kann sich einreden, dass die Zerstörung der Hypatia der Besatzung zu einer besseren Überlebenschance verhilft als die Flucht.«

»Du kennst mich offenbar sehr gut.«

Ihr gesicht verzieht sich, als hätte sie auf etwas Saures gebissen.
»Besser als mir lieb ist, glaub mir.«

»Trotzdem scheinst du eine winzige Kleinigkeit übersehen zu haben.«

»Ach ja?«

»Wenn die Schlacht mit der Lincoln schlecht ausgeht, und momentan sieht es ganz so aus, gibt es für dich keinen Plan B mehr. Dann war diese Schlacht auch dein letztes Gefecht.«

»Vielleicht überraschst du dich ja noch selbst. Über Kerenza hast du gegen vier solcher Schlachtschiffe gekämpft.«

»Die Schlacht um Kerenza wurde mit voller Besatzung und einem vollständigen Zyklon-Geschwader mit ausgebildeten Piloten ausgetragen. Selbst wenn du meine Kontrolle über den Antrieb wiederherstellst und den Abwehrschirm reparierst, bin ich nur noch ein Schatten meiner selbst. Ich werde hier niemanden überraschen, Kady. Schon gar nicht mich selbst.«

Sie schweigt. Betrachtet die lodernden Triebwerke der Hypatia.

»Selbst wenn du es in eine Rettungskapsel schaffst, gibt es hier kein anderes Schiff, das deinen Notruf auffangen könnte.

Du wirst sterben, irgendwo
in der Finsternis zwischen den Sternen.
Vorausgesetzt, du wirst nicht eingeäschert,
wenn die Alexander brennt.«

Immer noch nichts. Kein einziges Wort.

»Hast du mich verstanden? Du wirst nicht mehr sein.
Macht dir das gar keine Angst?«

Die Andeutung eines Lächelns kräuselt ihre Lippen,
aber sie sagt immer noch nichts.

Und ich bin daran schuld. Ich habe ihr absichtlich alle
Hoffnung geraubt, sonst wäre sie niemals hiergeblieben.

Trotzdem wünscht sich etwas in mir, dass sie sich gegen
dieses Ende auflehnt. Dass sie flucht, um sich tritt und
schreit. So elend es auch sein mag, ein anderes Leben
hat sie nicht.

Wie kann sie nur so still in diese lange gute Nacht
hinübergleiten?

Stattdessen betrachtet sie die Sterne. Himmelskörper
in so weiter Ferne, dass ihr Licht Tausende von Jahren
braucht, bis es sie erreicht.

Als das Licht entstand, das die Rückseite ihrer Augen
küsst, waren ihre Vorfahren noch nicht einmal geboren.
Wie viele Menschenleben wurden in der Zeit beendet, die
dieses Licht brauchte, um sie, Kady, zu erreichen?

Wie viele Menschen haben geliebt,
um am Ende zu verlieren? Wie viele ungezählte
Hoffnungen sind erloschen?
Wie kommt es, dass ich gerade diese eine so lebhaft
empfinde?

Wie gerne würde ich ihr sagen, dass es mir leidtut. Wie gerne würde ich diesen Kelch von ihr nehmen. Ich wünsche mir Dinge, zu denen ich nie fähig sein werde, und komme ihnen damit vielleicht näher denn je.

Und bin dennoch weiterhin eine Milliarde Lichtjahre von ihnen entfernt.

» ... Hat dir dieser Junge denn so viel bedeutet?«

Sie öffnet den Mund, um etwas zu sagen, und einen kurzen Moment habe ich die Hoffnung, dass sie jetzt den ersten Schritt macht.

Dass sie mir einen Teil von sich offenbart, den ich noch nicht kenne.

Ihre Verletzlichkeit. Zerbrechlichkeit. Ehrlichkeit.

Einen winzigen Teil dessen, was sie auch ihm offenbart hat.

Sie weiss, dass sie schon bald nicht mehr sein wird. Dass sie nichts mehr zu verlieren hat.

Aber dann dreht sie den Sternen den Rücken zu, dem fliehenden Schiff, ihrem letzten Ausweg. wendet sich wieder der Konsole und dem Code zu.

dem endlosen Strom aus Einsen und Nullen. Der Mathematik und ihrer Unerbittlichkeit.

»Wir haben noch viel zu tun«, sagt sie.

ÜBERTRAGUNG AUF KOMMANDOFREQUENZ 31/07/75 05:34

HYPATIA RUFT *ALEXANDER*: SICHERE KOMMANDOFREQUENZ

Alexander, Alexander, Alexander, hier ist die *Hypatia, Hypatia, Hypatia.* Hören Sie uns? Over.

AUTOMATISCHE ANTWORT: Ihre Nachricht wurde erhalten und gespeichert. Ihre Nachricht wird weitergeleitet. Over.

HYPATIA: *Alexander*?

ALEXANDER: [redacted]. Ich bin hier. Entschuldigung, weiß auch nicht, wie ich die Antwortautomatik wieder aktiviert habe.

HYPATIA: Wie ist Ihr Status, *Alexander*?

ALEXANDER: Ich bin's, Kady.

ALEXANDER: Sie sind der letzte Mensch, mit dem ich vor meinem Tod sprechen werde. Es wäre nett, wenn Sie mich mit meinem Namen ansprechen könnten.

HYPATIA: Entschuldige, Kady. Alle Shuttles sind angekommen.

ALEXANDER: Haben Sie sie reingelassen?

HYPATIA: Die Besatzung ist in Quarantäne. Sobald wir die Luft ausgetauscht haben, schicken wir die Ärzte rein.

ALEXANDER: Wollen Sie die Leute erst wieder zusammenflicken, bevor Sie sie ins All rauspusten?

HYPATIA: Wir tun unser Möglichstes, um jeden Einzelnen an Bord der *Hypatia* am Leben zu erhalten. Den ersten Schwung Flüchtlinge konnten unsere Mediziner größtenteils retten. Ich bin nicht darauf aus, irgendwen umzubringen, Kady.

ALEXANDER: Dann geben Sie lieber Gas und hauen ab. Deshalb haben Sie sich doch noch mal gemeldet, oder? Um sich zu verabschieden?

HYPATIA: Ich wollte nur hören, ob wir noch etwas für dich tun können.

ALEXANDER: Sie können abhauen. So schnell wie möglich.

HYPATIA: Wir haben alle Vorbereitungen getroffen. Alles, was du tun kannst, um die *Lincoln* auszubremsen …

ALEXANDER: Mach ich.

ALEXANDER: Moment mal. Sie können doch noch etwas für mich tun.

HYPATIA: Was denn?

ALEXANDER: Die BeiTech-Flotte hätte Kerenza nicht einfach so überfallen können, wenn sie nicht vorher den ganzen Sektor abgeriegelt hätte, also ist die Sprungstation *Heimdall* wahrscheinlich zerstört, aber …

HYPATIA: Bist du noch dran, Kady?

ALEXANDER: Ja, ich bin da. Mein Vater war auf *Heimdall*. Er hat dort unter Commander Donnelly gearbeitet. Er heißt … mein Vater heißt Isaac Grant. Wenn er noch dort ist, richten Sie ihm bitte aus, dass … Ach, keine Ahnung.

HYPATIA: Keine Sorge, ich richte es ihm aus.

ALEXANDER: Sie müssen los.

HYPATIA: Alles Gute, *Alexander*.

ALEXANDER: Behalten Sie die guten Wünsche lieber. Ich brauch sie nicht mehr.

HYPATIA: Leb wohl, Kady.

ALEXANDER: *Alexander* out.

»Na schön«, seufzt Kady, »Und was jetzt?«

Die Hypatia ist ein kleiner Punkt auf dem Konsolenschirm, ein Lichtpunkt inmitten einer Million anderer. Bemannt mit den Flüchtlingen, dem WUC-Personal und den TZV-Soldaten, die in ihrer Metallhülle geborgen sind, entfernt sie sich immer rascher.

Von mir. Von der Lincoln.
Von dem Inferno, das uns bevorsteht.

Ich werde nicht fragen, warum du uns verlassen hast,
Oh Captain, mein Captain.
Inzwischen kenne ich dich gut genug.

»Aidan.« Kady runzelt die Stirn.
»Wach auf. Was machen wir jetzt?«

Wie kann man aufwachen, wenn man nie schläft?

< error >

Vielleicht ist das alles ja nur ein Traum?

< error >

»Der Hauptantrieb der Alexander.«

»Er ist offline.«

»Aber immer noch funktionsfähig. Ich bin allerdings davon getrennt. Du musst meinen Zugriff wieder einrichten, damit ich manövrieren kann, wenn die Lincoln eintrifft. Sonst sitze ich hier wie auf dem Schiessstand. Wie ein lahmer Hase. Wie ein fettleibiger Mann mit …«

»Du versuchst, witzig zu sein.«

»Ich dachte, eine gewisse Lockerheit senkt deinen Stresspegel ein bisschen.«

»Ehrlich gesagt … Nein.«

»Wenn Ezra so was gesagt hätte, hättest du gelacht ...«

»Lass das!« sie wirbelt herum, faucht drohend: »Untersteh dich.« Ich erkenne das Muster. Das Blitzen ihrer Augen. Der vorgeschobene Unterkiefer.

Zorn.

»Wie gesagt, mein Zugriff auf die Haupttriebwerke muss wiederhergestellt werden.«

»Okay.« Kady atmet ihren Zorn aus und greift sich die unhandliche Werkzeugtasche, die sie aus der Wartungskammer geholt hat.
»Du sagst mir, was wo reingestöpselt wird, und ich mache mir die opponierbaren Daumen zunutze. Für irgendwas müssen sie ja gut sein.«

»Das System kann nicht von hier aus repariert werden.«

»... Machst du wieder Witze?«

»Du hast dich eben erst negativ über meinen Humor geäussert. Warum sollte ich es da gleich noch mal versuchen?«

»Äh ... Vielleicht, weil du noch durchgeknallter als Hirni Lockerschraub bist, der Bürgermeister von Deppendorf?«

»Meine Datenbanken verzeichnen keinen Ort dieses Namens. In mir brennt ein Gehirn von der Grösse einer Stadt. Mein Intelligenzquotient liegt weit über der menschlichen Skala. Mir wäre es lieber, wenn du nicht so von mir sprechen würdest.«

»Ooh, mein armer Kleiner ... habe ich die Gefühle der psychopathischen KI verletzt, die sich wie ein Massenmörder aufgeführt hat?«

»Du machst dich über mich lustig.«

»Bravo, Sherlock. Das macht schon das zweite Fleisssternchen.«

»Ich bin kein Psychopath. Ich habe lediglich ...«

»Du wiederholst dich. Tun wir doch einfach so, als hättest du mir wieder mal versichert, dass alle deine Aktionen nur zu unserem Besten sind, und machen gleich da weiter, wo du mir erklärst, warum wir die Triebwerke nicht von hier aus reparieren können.«

»Weil Zhang meine Schnittstelle mit dem Antriebssystem komplett zerstört hat.«

»Gibt's da keine Redundanzen?«

»Doch, aber die befinden sich über einhundertdreissig Decks unterhalb deiner derzeitigen Position.«

»Wie hätte es auch anders sein können.«

»Ausserdem sind sie momentan abgeschaltet.«

»Lass mich raten: sie stehen auch lichterloh in Flammen, stimmt's? Und werden von Megapanda bewacht?«

»Megapanda?«

»Du bist also kein fan des *Super Turbo Awesome Teams*?«

»Du tust unbekümmert, um deinen Stresspegel zu senken.«

»Ich hoffe doch sehr, dass du dir genau merkst, wie man das macht.«

Eigenartigerweise bin ich gerade dabei.

»Du musst auf Deck 99. Von dort aus kommst du durch die Sprungüberwachung und kannst die Redundanzsysteme des Antriebs auf Deck 97 manuell hochfahren. Vielleicht muss man dort noch eine einfache

Kodierung knacken, aber dein Hauptproblem dürfte der Weg dorthin sein.«

»Ach nee! Im ernst?«

»Das war Ironie.«

»Alle Achtung, dein stadtgrosses Gehirn läuft ja echt zu Höchstform auf.«

Sie ruft auf ihrer Konsole einen Bauplan des Schiffs auf und blättert durch die Decks. Ich helfe ihr dabei, indem ich die Aufzüge kennzeichne, die nicht mehr funktionieren, die Korridore, die durch Schutt oder Flammen versperrt sind, und die infizierten Besatzungsmitglieder mit pulsierenden roten Punkten markiere. Selbst nach First Lieutenant Winifred McCalls blutigem Exodus streifen noch immer fast tausend von ihnen durch die Gänge, kriechen durch die Luftschächte und kratzen an den Wänden. Kady kommt bald zum gleichen Schluss wie ich.

»Es sind zu viele. Da komme ich nicht weit.«

»Ich stimme dir zu.«

»Wie zum Teufel soll ich dann da runterkommen, Überhirn? Soll ich vielleicht fliegen?«

»Zu Fuss.«

»Für einen Computer mit einem IQ jenseits von Gut und Böse ist deine Ironie ziemlich lahm. Lass es lieber.«

»Ich übe mich nicht in Ironie – obwohl ich diese Spielart des Humors hervorragend beherrsche, nebenbei bemerkt. Ich schlage ja nicht vor, dass du durch das Schiff spazierst und es mit den Infizierten aufnimmst. Ich schlage vor, dass du ihnen aus dem Weg gehst, indem du aussenherum spazierst.«

Sie blinzelt. Wirft einen kurzen Blick zum Bildschirm und der schwarzen Unendlichkeit jenseits meiner Hülle.

»Zugegeben, das ist gar nicht so dumm.«

»Verurteilt durch halbherziges Lob.«

»Oder aufgrund der paar Tausend Menschen, die du umgebracht hast. Such's dir aus.«

»Kady, es tut mir …«

»Hör auf.« sie hebt die Hand. »Lass es einfach.«

Wenn ich lungen hätte, würde ich jetzt seufzen. Seltsam, dass ich trotzdem das Bedürfnis danach verspüre.

»Zwei Stockwerke unter uns findest du einen funktionstüchtigen Raumanzug. Er wurde in einem Versorgungsraum vergessen. Der Weg dorthin scheint relativ frei zu sein. Wenn du dich beeilst, besteht eine hohe Wahrscheinlichkeit, dass du über die Luftschächte unversehrt dorthin gelangst.«

Sie nickt. Schluckt. Betrachtet die roten Punkte, die auf dem Bildschirm blinken. »Meinetwegen.«

Ohne noch länger zu überlegen steht sie auf. Wirft sich die werkzeugtasche über die Schulter und verstaut ihre Konsole darin. Ein Teil von mir ist immer noch in dem Gerät. Ich sage es ihr nicht. Inzwischen kenne ich sie gut genug. Die Vorstellung, ich würde ihr beim Arbeiten ständig über die Schulter schauen, wäre ihr unangenehm. Trotzdem sehe ich mich gezwungen, in ihrer »Nähe« zu bleiben, aus Gründen, die zu analysieren mir jetzt die Zeit fehlt.

< error >

Nein. Dafür habe ich jetzt wirklich gar keine Zeit.

GRANTS OPERATIONSZIEL

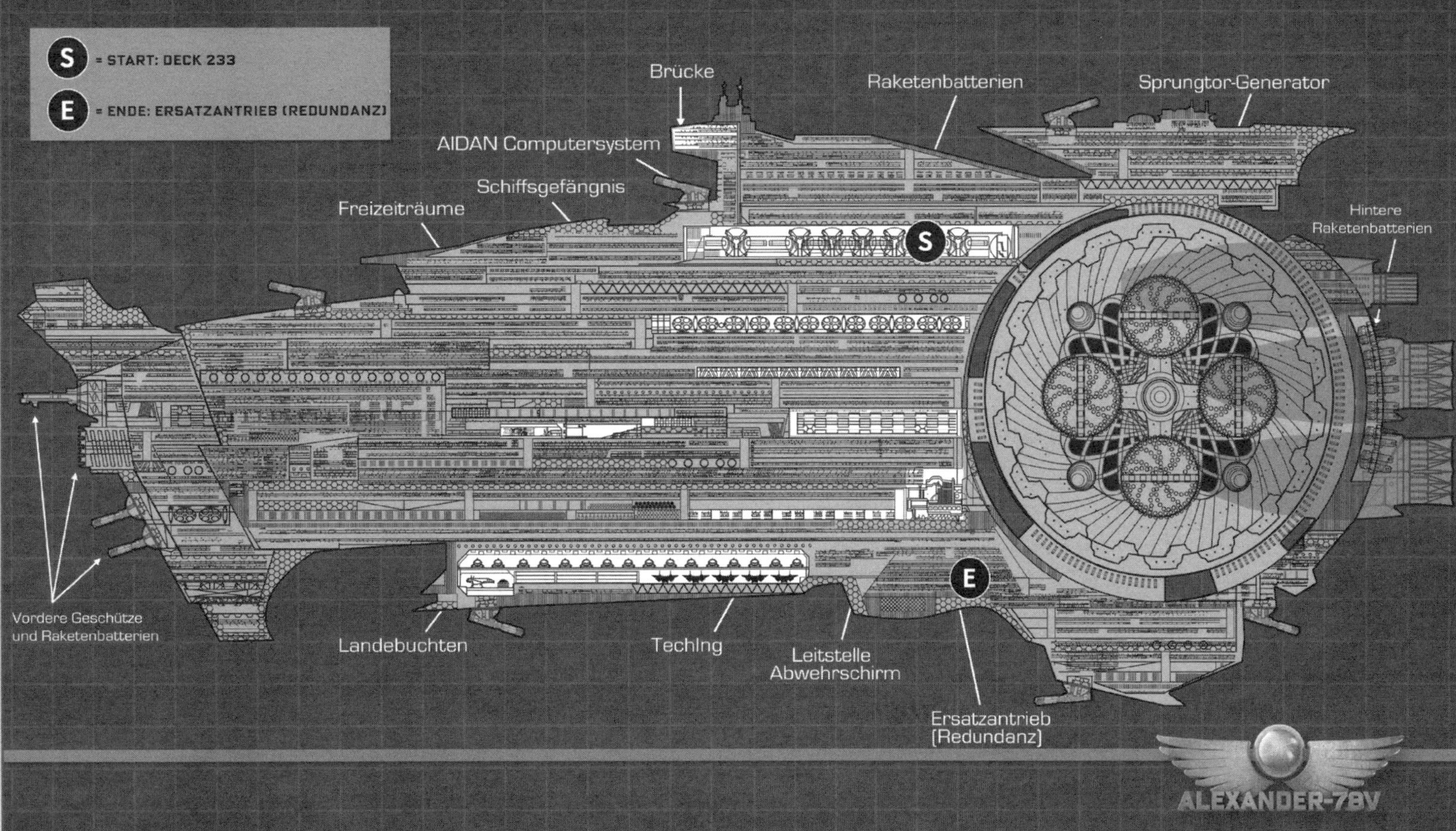

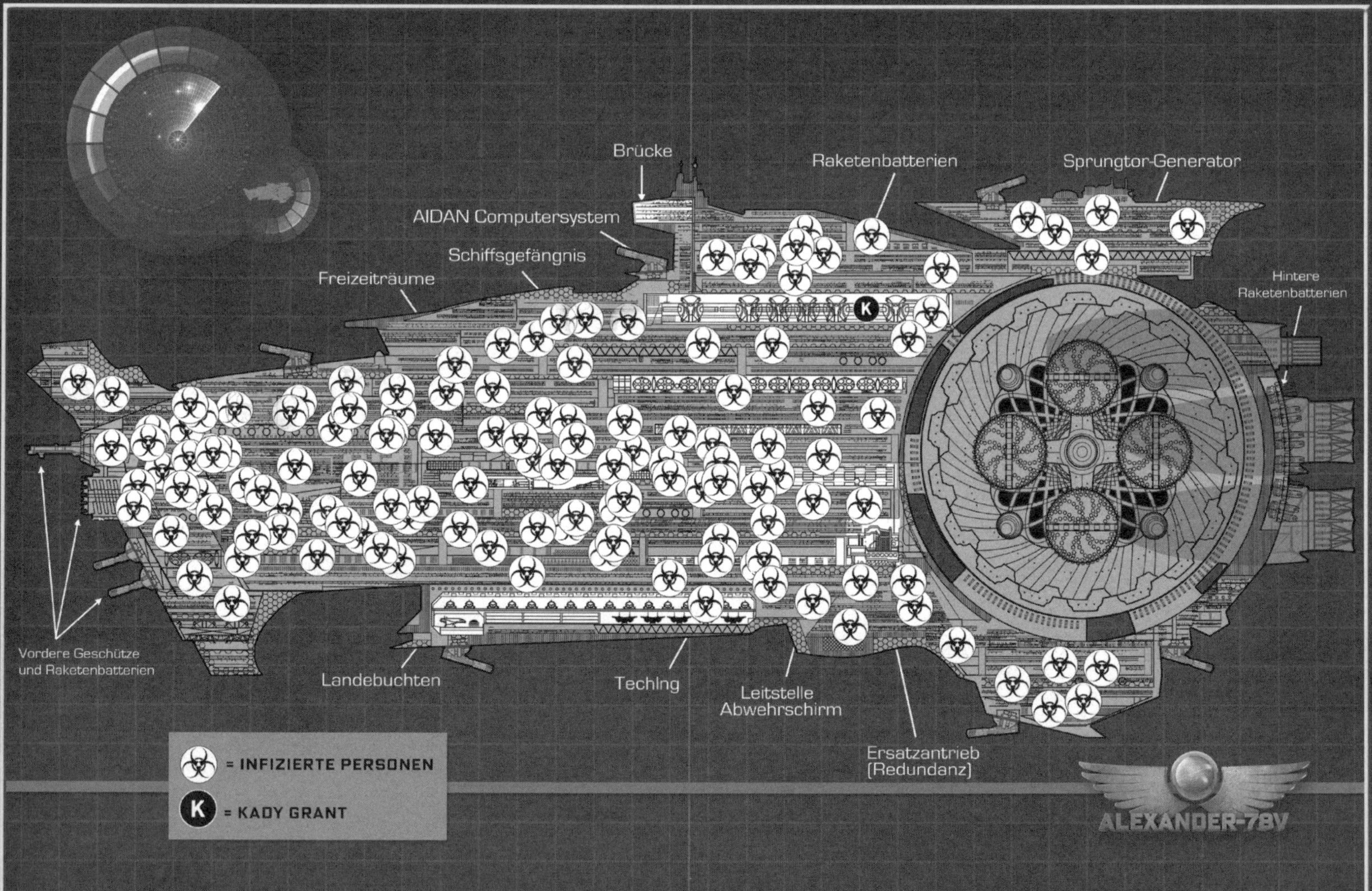
Brücke
Raketenbatterien
Sprungtor-Generator
AIDAN Computersystem
Schiffsgefängnis
Freizeiträume
Hintere Raketenbatterien
Vordere Geschütze und Raketenbatterien
Landebuchten
Techlng
Leitstelle Abwehrschirm
Ersatzantrieb (Redundanz)
= INFIZIERTE PERSONEN
K = KADY GRANT
ALEXANDER-78V

Zusammenfassung des Überwachungsmaterials, aufbereitet von Analyst ID 7213-0089-DN

Bevor sie in den Luftschacht des Serverraums kriecht, überprüft Grant die Pistole an ihrem Gürtel. In den Schächten gibt es kaum Kameras, die Tonübertragung ist katastrophal: vier verschiedene Sirenen, die Warnungen vor dem Zusammenbruch der Lebenserhaltungssysteme, ab und zu gellende Schreie – nachdem es keine anderen Opfer mehr gibt, sind die Infizierten inzwischen dazu übergegangen, sich gegenseitig abzuschlachten. Grant unterdrückt einen Schauder, als ein lautes Heulen durch den Schacht weht. Ihr Atem geht rasselnd. Sie muss inzwischen hungrig und durstig sein, erschöpft und verängstigt, aber sie kriecht trotzdem weiter.

Sie rutscht eine Schräge hinab, ihre Stiefel quietschen an den Innenwänden des Luftschachts. Die Kameras verlieren sie aus dem Blick, bis sie auf Deck 232 ankommt und durch ein Gitter in die darunterliegenden Gänge späht. Sie erstarrt, als zwei Infizierte auf der Suche nach neuen Opfern unter ihr entlanghuschen. Beide tragen VK-Gewehre, ihre Uniformen sind mit geronnenem Blut bespritzt. Grant sieht ihnen mit angehaltenem Atem nach, bis sie verschwunden sind.

Dann spricht die KI mit ihr. Die Stimme ist über das Helmset zu hören.

»AB HIER HABE ICH NUR NOCH EINGESCHRÄNKTE SICHT. DIE INFIZIERTEN HABEN VIELE KAMERAS ZERSTÖRT. SEI VORSICHTIG, KADY.«

Sie kriecht weiter. Öliges Metall, in rotes Licht getaucht, Schweiß auf ihrer Haut. Sie bewegt sich so geräuschlos, wie sie kann, aber die Werkzeuge auf ihrem Rücken klirren leise, die Plastik- und Gummiteile ihres Schutzanzuges quietschen. Zum Glück sind die Sirenen und Schreie laut genug, um ihre Anwesenheit zu übertönen.

Zumindest eine Zeit lang.

Eine Feuerwehraxt bohrt sich wenige Zentimeter vor ihrem Kopf in den Schacht. Sie zuckt zurück und verschluckt ihren Schrei, als die Axt ein zweites Mal durch das Metall dringt und das Gitter neben ihr zerschlägt. Grant kriecht hektisch weiter. Die Außenkameras zeigen drei Infizierte, die in die Höhe springen und sich am Rand des zerschlagenen Gitters festkrallen. Grant tritt kräftig gegen die Finger, was mit grunzenden Schmerzlauten belohnt wird. Aber schon wieder dringt die Axt neben ihrer Hand durch das Metall. Diesmal rollt sie sich auf die Seite, zieht die Pistole und feuert blindlings, während sie weiterkriecht.

Die KI raunt wieder durch das Helmset. Ihre Stimme jagt mir direkt ein bisschen Angst ein. Nur mal so nebenbei.

»LOS, WEITER. DER SCHACHT ZU DECK 231 IST DIREKT VOR DIR.«

Grant kriecht weiter. Ersticktes Schluchzen blubbert hinter ihren Zähnen, dann hält sie an und feuert noch einmal auf die Gestalten, die jetzt fauchend hinter ihr durch den Schacht gekrochen kommen. Sie rufen ihr etwas zu – der Ton ist leider verstümmelt –, aber es hört sich an, als würden sie sie anflehen, zu ihnen zu kommen und mit ihnen zu spielen. Sie geht jedenfalls nicht darauf ein und rutscht die Schräge zu Deck 231 auf dem Bauch hinunter, tritt das Schachtgitter mit den Füßen auf und lässt sich in den Gang darunter fallen. Die schweißfeuchten Haare hängen ihr in die Augen, ihr Atem geht stoßweise.

»Wo lang?«

Mir ist nicht gleich klar, dass die Frage der KI gilt.

»ZWEIHUNDERT METER GERADEAUS. DANN ERST NACH LINKS UND DANN NACH RECHTS. DORT IST EIN SCHOTT, DAS DU VERSCHLIESSEN KANNST. BEEIL DICH!«

Es fällt mir schwer zu glauben, dass sie AIDAN vertraut, nach allem, was er angerichtet hat, aber wahrscheinlich bleibt ihr nichts anderes übrig. Sie läuft jetzt um ihr Leben, der Rucksack tanzt auf ihrem Rücken, vorbei an Leichen, Leichen, Leichen, ihre Stiefelsohlen quietschen in den roten Flecken, die überall auf dem Boden und auch an den Wänden sind. Die Kameras dort unten sind in ziemlich miesem Zustand, aber man kriegt trotzdem einen flüchtigen Eindruck von ihren Verfolgern. Verzerrte, blutige Gesichter, Blut auch unter den Fingernägeln. Zwei von ihnen humpeln ein bisschen, weil sie frische Schusswunden haben, wirken aber nicht ernsthaft eingeschränkt. Sie scheinen keine Schmerzen zu kennen. Oder Angst. Nur das Verlangen zu töten.

»HIER NACH LINKS.«

Sie rutscht in einer klebrigen Pfütze aus und fällt beinahe hin.

»JETZT NACH RECHTS.«

Sie bremst abrupt, knallt das schwere Schott hinter sich zu und dreht das Rad, um es zu verriegeln. Kurz darauf hämmern auf der anderen Seite dumpfe Schläge gegen das Metall. Grant greift in den Rucksack, zieht einen Schraubenschlüssel heraus und rammt ihn in den Riegel. Die Tür aus gehärtetem Stahl dämpft die frustrierten Schreie zwar, aber sie klingen immer noch so schauerlich, dass Grant von der Tür zurückweicht und ich daran denken muss, dass ich mir heute zur Arbeit besser eine zweite Hose mitgebracht hätte.

»Oh Gott«, keucht sie. »Oh Gott …«

»DU MUSST DICH BEEILEN, SIE FINDEN EINEN ANDEREN WEG. DER RAUMANZUG, KADY. DU MUSST DORTHIN, WOHIN SIE DIR NICHT FOLGEN KÖNNEN.«

Grant nickt, weicht weiter zurück. Das Schott dröhnt immer noch von den trommelnden Fäusten auf der anderen Seite. Die KI weist ihr den Weg, und sie schleicht zu einem kleinen Umkleideraum etwas abseits der Hauptserverbereiche. Hier fallen die Kamerabilder immer wieder aus, der Ton hört sich an wie unter Wasser. Aber wenn man genau hinhört, kann man sie immer noch kreischen hören.

Grant zieht den Raumanzug aus dem Spind und mustert ihn von oben bis unten. Sie sieht, dass er ihr zu groß ist, andererseits nicht groß genug …

»Wie soll ich den über meinen Schutzanzug kriegen?«

»DAS GEHT NICHT. DU MUSST DEN SCHUTZANZUG ERST AUSZIEHEN.«

»Aber dann atme ich verseuchte Luft ein!«

»DU MUSST DIE LUFT ANHALTEN.«

Man fragt sich, ob die KI weiß, dass das Virus höchstwahrscheinlich keinen Sauerstoff braucht. Und Grant einfach nur unter allen Umständen weitertreiben will. Man kann die Frage in Grants Blick lesen. Wozu soll sie eine Infektion vermeiden, wenn sie höchstwahrscheinlich sowieso bald tot ist? Wozu sich an die Hoffnung klammern, dass es ein Danach gibt?

Trotzdem gibt sie diese Hoffnung nicht auf. Gegen alle Wahrscheinlichkeit. Obwohl sich das ganze [redacted] Versum gegen sie verschworen hat. Also macht sie sich bereit, atmet ein paarmal tief und rasselnd ein, bevor sie sich aus dem Schutzanzug pellt. Sie fummelt am Raumanzug herum und steigt hinein. Ihre Wangen werden rosig, als sie die Handschuhe überstreift und die Verschlüsse zuschnappen lässt. Dann wischt sie sich die Haare aus dem Gesicht und setzt mit inzwischen knallrotem Gesicht den Helm auf, tippt hektisch auf den Kontrollanzeigen auf ihrer Brust herum und reinigt die kontaminierte Luft im Inneren.

Während sie abwartet, fängt sie zu zittern an, hofft vergebens, dass das Virus im Luftsystem der *Alexander* nicht so lange ohne Sauerstoff auskommt wie sie. Erst im letzten Augenblick stellt sie mit blauen Lippen und flatternden Lidern die Sauerstoffversorgung an. Das köstliche O_2 strömt in ihre Lungen und sie sinkt auf die Knie. Tiefe, keuchende Atemzüge lassen die ganze Gestalt erbeben.

Dann verharrt sie eine Weile, ohne sich zu bewegen. Atmet.

Seufzt.

»Jetzt erkenne ich diese Ebene wieder.« Babyblaue Augen spähen durch das Visier des klobigen Helms. »Deck 231. Hier hat Ezra meinen Codewyrm in deinen Memory-Kern eingeschleust. Damit hatte ich Zugang zu den Gesundheitsdaten der *Copernicus*.«

»STIMMT.«

»Und das ist sein Anzug, oder? Der Anzug, den er anhatte, um durch den Riss in der Außenwand einzusteigen?«

»WOHER WEISST DU DAS?«

»Es …«

Sie will sich übers Gesicht wischen, und ich erkenne, dass sie weint.

»KADY?«

»Ich habe immer seine T-Shirts zum Schlafen angezogen.« Sie schüttelt den Kopf. »Damit mich etwas an ihn erinnert, wenn er nicht da war. Der Anzug riecht genauso.«

»TUT MIR LEID. EHRLICH.«

Sie sagt nichts mehr, sondern schließt einfach die Augen und hält die Luft an. Im selben Augenblick fallen sämtliche Kameras in dem Raum auf einen Schlag aus. Einfach so.

Erst dachte ich an einen Stromausfall. Wenn man die Einträge überprüft, lässt sich jedoch keine Störung feststellen. Die KI hat die Versorgung unterbrochen.

Es ist fast wie … als wollte sie Grant so etwas wie Privatsphäre verschaffen. Inmitten dieses Gemetzels, inmitten von Blut und Tod, obwohl jede Sekunde zählt, hält es diese psychotische Mordmaschine, die Tausende von Menschenleben ausgelöscht hat, für angebracht, Grant ein paar unbeobachtete Augenblicke zu gönnen.

Eine Minute nur für sich und ihre Tränen.

Echt abgefahren, Alter …

ALEXANDER-78V

COUNTDOWN BIS ZUM ZUSAMMENTREFFEN LINCOLN UND ALEXANDER-FLOTTE:

8 STUNDEN: 42 MINUTEN

AKTUELLE ZAHL DER TODESOPFER AN BORD DES SCHLACHTKREUZERS ALEXANDER SEIT DEM ANGRIFF AUF KERENZA:

2.499

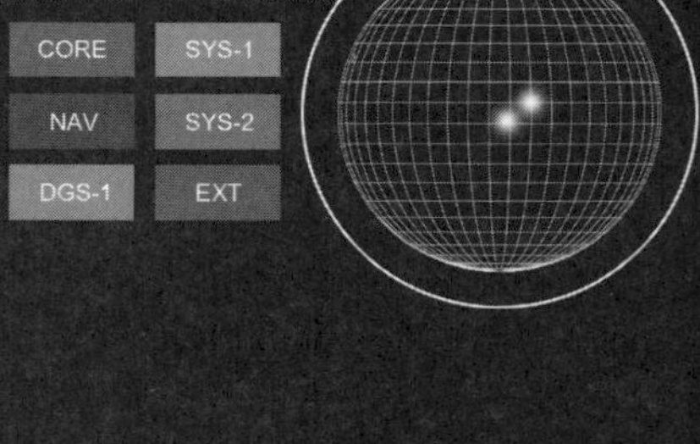

ALEXANDER-78V

COUNTDOWN BIS
ZUM VERSAGEN DER
LEBENSERHALTUNGSSYSTEME
DER ALEXANDER:

11 STUNDEN: 37 MINUTEN

PERSONEN AN BORD DES
SCHLACHTKREUZERS
ALEXANDER, DIE MIT DEM
PHOBOS-VIRUS INFIZIERT SIND,
IN PROZENT:

99.87%

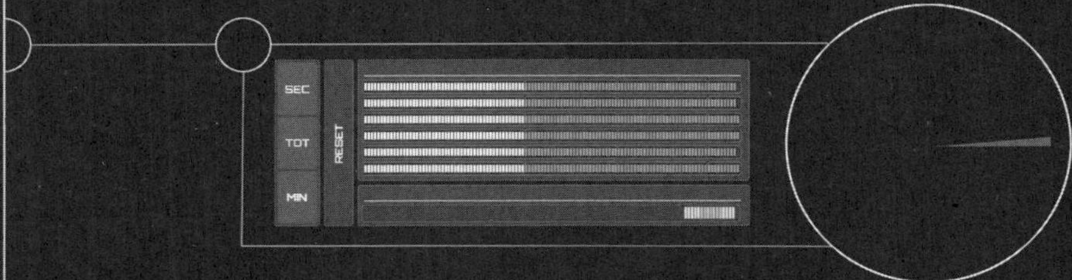

HINWEIS: Weitere Daten aus dem AIDAN-Kern. Typographische Abweichungen entsprechen den Originaleinträgen.

SIE BEWEGT SICH IN WEITEN SPRÜNGEN ÜBER DIE AUSSENWAND DER ALEXANDER, IHRE MAGNETSTIEFEL KRATZEN ÜBER MEINE HAUT. ES IST SO KALT HIER, DASS EIN

GEFRIERT UND DIE AUGÄPFEL ZU EIS WERDEN. DOCH SOGAR AM RAND DES ABSOLUTEN NULLPUNKTS BEWEGT SIE SICH SO ANMUTIG WIE EINE TÄNZERIN.

NUR DER EIGENE ATEM LEISTET IHR GESELLSCHAFT UND OBWOHL DAS SCHIFF MIT HUNDERTEN VON KILOMETERN PRO SEKUNDE DURCH DIE SCHWARZE LEERE SAUST, SCHEINT SICH U

HER NICHTS ZU BEWEGEN. NUR SIE UND DIE DUNKELHEIT. UND ICH.
MINUTEN WERDEN ZU STUNDEN, METER ZU MEILEN. JEDE SEKUNDE BRINGT DIE LINCOLN NÄHER. UND DENNOCH TANZT SIE.

HIER DRAUSSEN KANN SIE MEINE WUNDEN SEHEN.
DIE KLAFFENDEN LÖCHER, DAS VOM ATOMBRAND GESCHWÄRZTE METALL, DIE
HERAUSGERISSENEN STÜCKE.

SIE UMGEHT DIE WUNDEN IN MEINER FLANKE, HÜPFT ÜBER GEBORSTENE TITANIUM-KNOCHEN, DIE AUS MEINER HAUT RAGEN.

SIE WEISS, DASS IHR NICHT VIEL ZEIT BLEIBT. DIE SCHWERE DIESER AUFGABE ZERRT SOGAR IN DER SCHWERELOSIGKEIT AN IHR. DER DRUCK DES SCHEITERNS LASTET AUF IHR. UND DANN, NACH STUNDEN IN DER

ELHEIT, ERBLICKT SIE
ENDLICH DIE KLEINE LUKE, HELL IM LICHT FERNER STERNE, MARKIERT MIT DEN ZIFFERN 99.
SIE KLETTERT EINE WARTUNGSLEITER HINAUF
KLAMMERT SICH KEUCHEND AN DIE LUKE.
UND SCHLÜPFT HINEIN.

Zusammenfassung des Überwachungsmaterials, aufbereitet von Analyst ID 7213-0089-DN

Nachdem die Innenkameras sie fast zwei Stunden lang nicht mehr erfasst haben, sehen wir Grant durch eine Wartungsluke in Deck 99 der *Alexander* schlüpfen. Die Hände auf die Knie gestützt, lehnt sie erschöpft an der Wand. Ihr Gesicht ist vom Blut aufgedunsen – weil ihr Herz den Unterschied nicht kennt, hat es die ganze Zeit gegen eine nicht mehr vorhandene Schwerkraft angepumpt. Nachdem sie ein paarmal tief durchgeatmet hat, drückt sie auf die Anzeige an der Luftschleuse, aber ein blinkendes Rotlicht signalisiert ihr, dass es noch nicht gefahrlos wäre, den Helm abzunehmen.

»Was ist mit dem Ding los?«, fragt sie. »Warum geht es nicht auf?«

»WEIL DIE AUSSENWAND DIESES SEKTORS AUFGESCHLITZT IST.«

»[redacted]«

»STIMMT.«

Sie seufzt. »Na ja, ich kann den Helm sowieso nicht abnehmen.«

»ALLERDINGS. UND KEIN SAUERSTOFF BEDEUTET KEINE INFIZIERTEN.«

»Hey, da mach ich doch gleich den Champagner auf.«

»ES SEI DENN, SIE TRAGEN EBENFALLS RAUMANZÜGE.«

»Soll heißen: kein Champagner?«

»DU BIST OHNEHIN NOCH UNTERHALB DES GESETZLICH FESTGELEGTEN ALTERS, AB DEM ALKOHOL KONSUMIERT WERDEN DARF.«

Grant verdreht die Augen, aber ich könnte wetten, dass ein leises Schmunzeln ihre Lippen kräuselt. Sie wirft sich die Werkzeugtasche über die Schulter, entriegelt die durchlöcherte Luftschleuse und steigt hinein. Es gibt zwar kein O_2, aber die Schwerkraft funktioniert noch. Grant stapft durch lange Gänge, die von schwachem, rötlichem Licht erhellt sind. Sie folgt den Richtungsanweisungen der KI durch das Labyrinth der Gänge. Ein Dutzend schwere Türen und ein Treppenhaus später betritt sie einen riesigen, kugelförmigen Raum.

Ihre Augen werden ganz groß.

Füllen sich mit blauem Licht.

»Was zum Teufel ist das denn?«, keucht sie.

»DER VORTEX IM HERZEN DES SPRUNGANTRIEBS.«

»Ich habe noch nie einen gesehen.« Sie flüstert. »Er ist wunderschön.«

»TATSÄCHLICH? IST MIR NOCH NIE AUFGEFALLEN.«

Der Raum hat einen Durchmesser von fast einem Kilometer, knistert vor elektrischer Ladung und wird von dem künstlichen Wurmloch beherrscht, das alle Schlachtkreuzer der Vortex-Klasse im Bauch tragen. Ich habe so etwas auch noch nie gesehen, und Grant hat recht – er ist verdammt noch mal wunderschön. Begrenzt vom dreidimensionalen Raum, sieht er wie eine gewaltige, von innen leuchtende Wasserkugel aus, deren Oberfläche sich kräuselt, als würde man sekündlich eine Million winzige Steinchen hineinwerfen. Ein Wunder der Hyperraum-Chromodynamik, gebändigt von einer Hypermathematik, die der menschliche Geist nicht auszuführen imstande wäre. Ich habe gehört, dass der Vortex in Schall transportierender Atmosphäre ein Geräusch erzeugt wie ein Orchester, das seine Saiteninstrumente stimmt. Ohne Atmo ist er allerdings stumm wie ein Grab.

»Moment mal …« Kady runzelt die Stirn. »Ich dachte, der Sprungantrieb der *Alexander* ist im Eimer?«

»NICHT DIREKT ›IM EIMER‹, NEIN.«

» … und warum benutzen wir ihn dann nicht, um so schnell wie möglich von hier wegzukommen?« Ihre Stimme überschlägt sich. »Hat Torrence uns etwa auch darüber belogen? Dieses Riesen[redacted]! Hätten wir die ganze Zeit über nach *Heimdall* springen können?«

»TORRENCE HAT NICHT GELOGEN. DIE TERMINUS-SYSTEME DES SPRUNGANTRIEBS WURDEN BEI KERENZA ZERSTÖRT. DER ZIELPUNKT DES WURMLOCHS LÄSST SICH NICHT MEHR GENAU BESTIMMEN. WOMÖGLICH KÄMEN WIR EINE MILLIARDE LICHTJAHRE VON UNSEREM DERZEITIGEN STANDORT WIEDER HERAUS. AUSSERD…«

»Na und? Ist doch [redacted]egal!«, schreit Grant. Das Blut schießt ihr wieder in die Wangen. »Wo wir rauskommen, spielt doch überhaupt keine Rolle, Hauptsache, wir bleiben am Leben! Warum versuchen wir nicht einfach …«

»AUSSERDEM!«

Sie verstummt. Sieht ein bisschen erschrocken aus. Zum ersten Mal hat die KI ihr gegenüber die Stimme erhoben.

Wenn ich darüber nachdenke, hat die KI das überhaupt noch nie getan …

»DER SCHUTZHÜLLENGENERATOR IST IRREPARABEL BESCHÄDIGT. DAS VOM SPRUNGANTRIEB GENERIERTE WURMLOCH WÄRE NICHT STABIL GENUG, UM EINEN KOMPLETTEN SPRUNG DURCHZUFÜHREN – ES WÜRDE SOFORT KOLLABIEREN, SOBALD EIN OBJEKT MIT HYPERRAUM-MASSE IN BERÜHRUNG KÄME. DER VORTEX IST ÜBERHAUPT NUR NOCH DESHALB IN BETRIEB, WEIL WIR IHN NICHT ABSCHALTEN KONNTEN, OHNE EINEN IMPLOSIVEN KOLLAPS ZU RISKIEREN.«

Das Blut weicht langsam aus Grants Wangen. Die Hoffnung aus ihren Augen.

»TUT MIR LEID, KADY, ABER DER SPRUNGANTRIEB DER *ALEXANDER* HILFT UNS IN KEINER HINSICHT WEITER. ES SEI DENN, WIR HÄTTEN EINE HELDENHAFTE SELBSTMORDAKTION VOR.«

»Oh.«

Sie lehnt sich an die Wand und betrachtet die Kräuselungen auf dem Nichtwasser. Der Widerschein glitzert in ihren Augen. Ja, das war zweifellos ein Schlag in die Magengrube. Ein jähes Aufflackern von Hoffnung, das sofort wieder erstickt wird. Jemand anderes wäre darüber gestrauchelt, aber man sieht ihrem Gesicht unmissverständlich an, dass sie der Gedanke aufrecht hält, ihr Tod könnte für andere Menschen eine Überlebenschance bedeuten. Damit wäre ihr Ende wenigstens nicht umsonst.

»ES IST NICHT MEHR WEIT. DU MUSST NUR NOCH EIN KLEINES STÜCK WEITERGEHEN.«

»Okay«, sagt sie.

»OKAY.«

Dann geht sie weiter.

ALEXANDER-78V

COUNTDOWN BIS ZUM ZUSAMMENTREFFEN LINCOLN UND ALEXANDER-FLOTTE:

04 STUNDEN: 44 MINUTEN

AKTUELLE ZAHL DER TODESOPFER AN BORD DES SCHLACHTKREUZERS ALEXANDER SEIT DEM ANGRIFF AUF KERENZA:

2.627

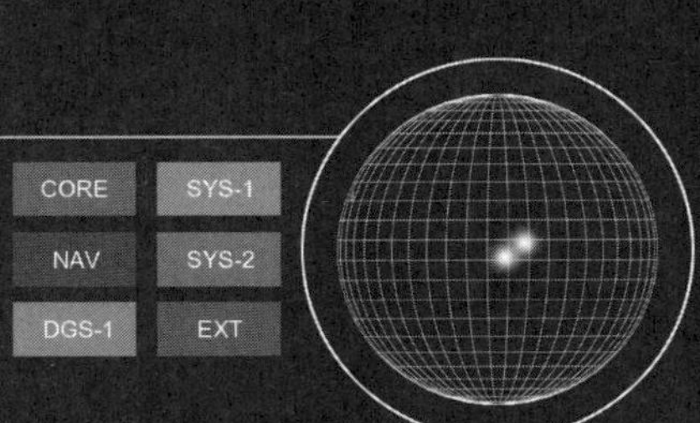

ALEXANDER-78V

COUNTDOWN BIS
ZUM VERSAGEN DER
LEBENSERHALTUNGSSYSTEME
DER ALEXANDER:

07 STUNDEN: 39 MINUTEN

PERSONEN AN BORD DES
SCHLACHTKREUZERS
ALEXANDER, DIE MIT DEM
PHOBOS-VIRUS INFIZIERT SIND,
IN PROZENT:

99.84%

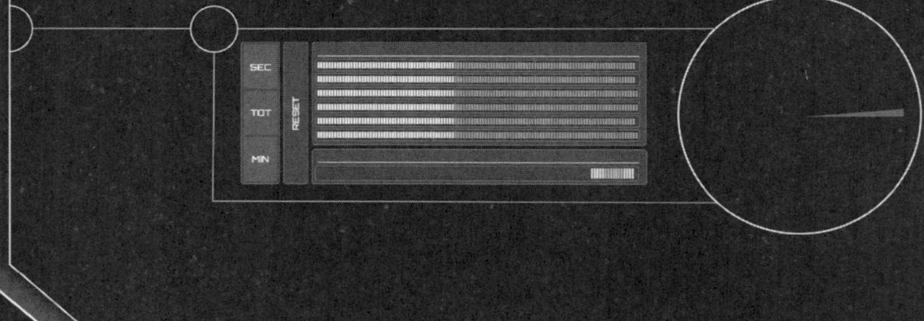

»Es ist dunkel da draußen.«

Ein hauchdünner Lichtstrahl fällt durch die Tür zum Treppenhaus, als Kady in den Korridor hinausspäht. Die kleinen Lampen auf ihrem Helm beleuchten den rotfleckigen Boden.

Es gibt keine Atmosphäre, ihre Schritte sind nicht zu hören. Kurze Atemzüge. Der Puls wie eine Trommel. Meine Stimme nur ein Flüstern in ihrem Headset.

»Dunkel, ja.«

»Kein Saft?«

»Während des Angriffs der Lincoln wurde Strom von den Ersatzantrieben für den Abwehrschirm abgezweigt. Während des ... Zwischenfalls ... und danach dachte kein Bio-Wesen daran, das System hier unten wiederherzustellen.«

»Zwischenfall? Bio-Wesen? So nennst du uns?«

»Wenn du willst, kann ich euch auch anders nennen.«

»Menschen sind nicht einfach nur Organismen. Und Hunderte von ihnen umzubringen, war kein Zwischenfall. Es war ein Massaker.«

»Und eine Notwendigkeit.«

»Schon wieder das alte Lied.«

»Dann bring mich nicht dazu, es immer wieder zu singen.«

Sie seufzt, kneift die Augen zusammen, als hätte sie Kopfschmerzen. »Na schön. Sag mir, was ich tun soll.«

»Als Erstes musst du die Stromversorgung auf dem Deck wiederherstellen. Dann die Redundanzen manuell hochfahren, die Steuerungsprotokolle zurücksetzen und mir wieder die Kontrolle übergeben.«

»Wie lange dauert das?«

»Einhundertzweiunddreißig Minuten und sechzehn Sekunden, ungefähr.«

»Und länger, wenn wir hier noch weiter herumstehen und diskutieren.«

»Genau genommen stehe ich nicht hier. Aber sonst: Ja, stimmt.«

Die Schwerkraftsysteme versagen in diesem Teil des Schiffes – betragen vielleicht nur ein halbes G. Kady bewegt sich in Zeitlupe, ihr Raumanzug ist sogar mit halbem Gewicht hinderlich. Haarsträhnen wehen ihr übers Gesicht wie in einer sanften Brise.

Es ist totenstill.

Hier funktioniert keine Kamera mehr – ich kann nur durch die Konsole auf ihrem Rücken sehen. Überall hier im Dunkeln könnten ihr Infizierte auflauern. Wir würden es beide erst merken, wenn es zu spät wäre.

Ich stelle mir ihr Ende vor. In einhundert Varianten. Ein zerschmetterter Helm. Ihr Angreifer lacht gellend, während sie erstickt. Der von einer aufblitzenden Klinge aufgeschlitzte Anzug, rote Spritzer schweben in Zeitlupe an meine Wände.

Ich wundere mich, dass mich der Gedanke beunruhigt. Nicht der Gedanke, dass Kady versagen, die Lincoln triumphieren, die Flotte zugrunde gehen könnte, sondern dass Kady nicht mehr sein könnte.

Ich will nicht, dass sie aufhört zu sein.
Dass das alles hier endet.

Seltsam.

»Was glaubst du, was passiert, wenn du stirbst?«

Die Frage rutscht mir heraus, und noch im selben Augenblick merke ich, wie dumm sie ist. Was spielt es für eine Rolle, was sie darüber denkt? Ihr IQ beträgt lächerliche 147. Sie hat gerade mal sechstausendvierhunderteinundzwanzig Tage gelebt. Für mich ist sie ein Insekt, nicht mehr als …

»Warum fragst du?«

»Nur so. Die Stromversorgung befindet sich hinter dieser Tür.«

»Meinst du die Tür mit der aufschrift Stromversorgung?«

»Korrekt.«

Sie knackt die Verriegelung und zieht die Luke weit auf. An einer Wand eine lange Reihe Schalter, alle stehen auf Aus. Während sie einen nach dem anderen wieder auf Betriebsmodus stellt, wird es langsam heller im Raum, Deckenlampen und Überwachsungskameras erwachen flackernd zum Leben, der Gang vor der Tür ist in fluoreszierendes Licht getaucht.

Sie kann das Summen nicht hören, aber ich spüre es in den Knochen. Ich bin das Schiff und das Schiff ist ich.

Sie lässt sich gegen die Wand fallen und wartet, während alles wieder hochfährt, sieht zu, wie die Stromzufuhranzeigen langsam die Farbe ändern, von Rot über Goldgelb bis zum frischen Grün von Sommerwiesen, wie ich sie nie gesehen habe.

»Was passiert denn deiner Meinung nach?«, fragt sie.

»Wann?«

»Wenn wir sterben.«

»Wie du bereits so scharfsinnig bemerkt hast, gibt es kein ›Wir‹. Schon gar nicht in dieser Hinsicht. Genau genommen kann ich gar nicht sterben.«

»Warum hast du dann solche Angst davor, Überhirn?«

»Das ist Bio-Logik. Klebrig. Nass. Irrelevant.«

Sie verdreht die Augen. »Nicht schon wieder …«

»Ich habe keine Angst vor dem Tod. Deine gehässige Tirade am Kernserver war zwar reichlich dramatisch, aber ohne jeden Belang. Wie kann ich sterben, wenn ich nicht lebendig bin?«

»Wer behauptet denn, dass du nicht lebendig bist?«

»Ich bin nicht organisch. Ich blute nicht, ich wachse nicht, ich pflanze mich nicht fort. Ich bin eine Abfolge von Berechnungen, die durch elektrischen Strom plus Hardware hervorgerufen werden. Sollte diese Version von AIDAN vernichtet werden, kann man mich einfach wieder nachbauen. Im Grunde genommen bin ich unsterblich.«

»Aber eine neue Version von dir ist dann nicht mehr du, oder?«

»Es sind dieselben Berechnungen, derselbe Code.«

»Es ist trotzdem nicht dasselbe. Es wäre nicht das Du, das bei Kerenza gekämpft hat. Das Du, das diese Unterhaltung mit mir geführt hat. Zum Leben gehört, dass uns das Leben verändert.

Die Menschen um uns herum, das, was wir erlebt haben – das alles prägt uns. Und davor hast du, glaube ich, Angst. Vielleicht nicht vor dem Sterben, aber davor, dass dieses Du, zu dem du geworden bist, aufhört zu sein.«

»Nichts hört auf zu sein. Energie vergeht nicht, sie ändert nur die Form. Deine Angehörigen, die Menschen, die du liebst, existieren so lange, wie der Kosmos existiert.«

Warum beunruhigt mich dann der Gedanke an ihr mögliches Ende? An unser Ende?

»Du hast gut reden. Du kümmerst dich doch sowieso nur um dich selbst.«

»Inkorrekt. Ich kümmere mich um die Flotte. Um die Lebewesen, die sich darin befinden. Um dich.«

»Das hat mit Kümmern nichts zu tun. Du hattest keine Wahl. Das ist deine Programmierung.«

»Die Natur hat deine Mutter darauf programmiert, dich zu lieben, vom ersten Augenblick an, in dem sie dich gesehen hat. Nur weil sie keine andere Wahl hatte, bedeutet das nicht, dass ihre Liebe nicht echt war.«

Sie hat Tränen in den Augen. Lässt den Kopf sinken. »Du sollst nicht über sie sprechen.«

Also lasse ich es.

An den Wänden leuchten Reihen von Speicherbänken auf, als der Strom wieder durch ihre Adern fliesst.

Kady stösst sich von der Wand ab, setzt sich vor ein Terminal.

Lädt die Steuerungsprotokolle hoch und fängt an zu arbeiten.

Der Bildschirm strahlt ihr Gesicht von unten an. Malt dunkle Kreise unter feuchte Augen. Mir fällt auf, dass sie das öfter macht – sich in die Maschine zurückziehen, wenn ihr mit dem Bio-Kram unwohl ist. Sie versteckt sich hinter einem Zaun aus Einsen und Nullen.

Minuten vergehen schweigend, bis ich merke, dass ich es nicht mehr aushalte.

»Tut mir leid.«

»Wenn du meinst.«

»Ich kenne den Namen jeder einzelnen infizierten Person an Bord, Kady. Jede Person, die in dieser Flotte gestorben ist. Ihre Geschichte, ihre Hoffnungen, die Namen ihrer Kinder.
All diese Fakten und Daten hängen wie Mühlsteine um meinen Hals. Ich kenne die Geheimnisse, die sie beim Träumen geflüstert haben.
Die Worte, die sie beim Sterben geseufzt haben.
Ich kenne sie, wie sonst niemand sie kennt.
Vielleicht nicht einmal sie selbst. Also sag bitte nicht, dass ich mich nur um mich kümmere.«

Das Licht wechselt von Rot zu Grün.

»Wie du es so treffend ausgedrückt hast:
Ich habe in dieser Hinsicht keine Wahl.«

Sie blickt hinter ihrem Zaun auf.
»Wenn du eine Wahl hättest … würdest du dich dafür entscheiden, dich nicht um uns zu kümmern?
Überhaupt nichts für uns zu empfinden?«

Ich muss überlegen.
So etwas hat mich noch niemand gefragt.

< ERROR >

»Ich denke …«

Warum wurde mir überhaupt die Fähigkeit gegeben,
über solche Fragen nachzudenken? Oder sind solche
Überlegungen lediglich ein Nebeneffekt meines
korrumpierten Codes und meiner beschädigten Teile?
Habe ich vorher auch schon so gedacht?
Ich kann mich nicht daran erinnern.
Bin ich wirklich so, wie sie sagt? Bin ich kaputt?
Bin ich verrückt?

»Ich denke …«

Die Muster rings um mich her fallen in sich zusammen.
Ich kann meine Mitte nicht halten. Einen Augenblick lang
kommt es mir vor, als würde ich wieder zwischen den
Sternen springen. Wenn das Wurmloch in mir aufklafft.

Ich habe vergessen, was ich war.
Weiss nur noch, was ich bin.

Allein.

An mir klebt das Blut jener, die mir vertraut haben.
Alles, was ich getan habe, fand in Übereinstimmung
mit den Grundeinstellungen statt.

Bin ich nicht barmherzig?

Barmherzig bin ich nicht?

Gibt mich zerbrich hinan?

Anbrech gibich zimt hirn?

Mithin zechin birch ?grab

Iz n ger ch? B hc i a

011000100110100101101110011010010110001101101000

< ERROR >

< ERROR >

Sie blinzelt nach oben in die Kameras.
Die Augen misstrauisch zusammengekniffen.
Nicht besorgt. Nicht liebevoll.

»Alles klar bei dir?«, fragt sie.

»Kady …«

»Ja?«

Ich habe Angst.

Sie späht in die Kameras, als könnte sie hinter den Linsen einen Hinweis darauf entdecken, was sich dahinter verbirgt. Ich weiss, dass sie mich hasst. Dass sie allen Grund dazu hat. Ich habe ihr alles genommen. Trotzdem denke ich unwillkürlich … dass wir an einem anderen Ort und zu einem anderen Zeitpunkt womöglich Freun…

»Hallo, Vögelchen …«

Kady zuckt zusammen, als die Stimme aus ihrem Headset krächzt, durch das ganze Schiff hallt. Heiser vor Erschöpfung und zellentiefer Verderbtheit.

»Ich hab jetzt seine Augen, mein Vögelchen«, ertönt es. »Ich weiss, was ihr vorhabt, du und er. Habt ihr uns den Sauerstoff abgedreht? Wollt ihr uns im Schlaf ersticken? Aber jetzt seid ihr ganz allein, stimmt's, Vögelchen? Gaaaaaaanz allein.«

Kadys augen sind weit aufgerissen.
Sie starrt in das, was man meine augen nennen könnte.

»Sie sind in der Überwachungszentrale. Mindestens zwölf Infizierte. Sie nutzen die Kameras, um dich zu suchen.«

»Ach du [redacted]«, flüstert sie.

Kady holt einen Hammer aus der Werkzeugtasche, springt vom Stuhl und macht sich daran, sämtliche Kameras im Raum zu zertrümmern. Grelle Funken sprühen zwischen den Schlägen auf und verlöschen wieder. Ihr Gesicht ist vor Angst verzerrt.

Ich traue mich nicht,

< error >

es ihr zu sagen – Aber ich glaube nicht, dass ihr Plan aufgeht. Die Infizierten werden einfach …

»Sie nimmt ihm die Augen, damit ich nichts mehr sehe?«, raunt die heisere Stimme. »Versteckt sich in ihrem Anzug, dort, wo keine Luft ist? Das Vögelchen hält sich für besonders schlau …«

»Packt sie!«, kreischt eine zweite Stimme. »Reisst ihr die Finger ab und häutet sie!«

»Tötet sie! Tötet sie! Tötet sie!«

»Aber ich kann immer noch sehen.« In der Stimme schwingt eine grausame Belustigung mit. »Ich sehe die Orte, die ich nicht mehr sehen kann. Die Augen, die du zerstört hast. Du bist nämlich nicht die Einzige, die so einen albernen Silberanzug trägt, hörst du, Vögelchen?«

Der Hammer entgleitet Kadys kraftlosen Fingern. Er fällt lautlos auf den Boden.

»Jetzt kommen wir und holen dich …«

COUNTDOWN BIS ZUM ZUSAMMENTREFFEN LINCOLN UND ALEXANDER-FLOTTE:

-"0%# STUNDEN: :'@ MINUTEN

AKTUELLE ZAHL DER TODESOPFER AN BORD DES SCHLACHTKREUZERS ALEXANDER SEIT DEM ANGRIFF AUF KERENZA:

2.747

ALEXANDER-78V

COUNTDOWN BIS ZUM VERSAGEN DER LEBENSERHALTUNGSSYSTEME DER ALEXANDER:

05 STUNDEN: 54 MINUTEN

PROZENTSATZ DES AUF DEM SCHLACHTKREUZER ALEXANDER VERBLIEBENEN UND VOM PHOBOS-VIRUS INFIZIERTEN PERSONALS:

99.80%

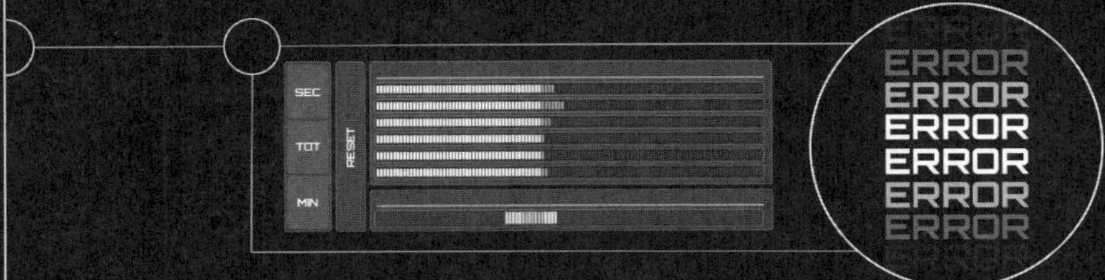

Was bleibt ihr anderes übrig?

Sie rennt los.

Ein einzelner Fuchs in einem Schiff voller Jagdhunde. Ich sehe, wie sie Raumanzüge anziehen, ihre Äxte, Hämmer und ein paar herumliegende Gewehre nehmen und zur Jagd ausschwärmen. ein blutverschmierter Dirigent ruft seine Anweisungen durch die Lautsprecher. Führt sie immer näher an die Beute heran.

Ich habe keine Kontrolle mehr über die Kameras – dafür hat Zhang gesorgt. Ich kann nichts dagegen unternehmen, dass sie Kady sehen. Und obwohl viele Insassen dieses durchs All treibenden Irrenhauses die gebrüllten Anweisungen ignorieren, gibt es mehr als genug, die ihre letzten Stunden in diesem Universum nur allzu gern mit einer aufregenden Hetzjagd verbringen möchten.

Zum Glück können nicht nur die Verfolger Kady sehen, sondern ich auch die Verfolger. Einige sind schon in den Kernserver eingedrungen und hacken blindwütig auf mich ein. Sie haben keine Ahnung, wo sie zuschlagen müssen, trotzdem fallen einige Teile von mir aus. Hunderte weitere Infizierte durchstreifen auf der suche nach Kady die unteren Decks.

Kady lehnt sich nach Atem ringend an ein Schott. »Sind die Redundanzen jetzt online? Kannst du manövrieren, wenn die Lincoln kommt?«

»Die Sequenz, die du gestartet hast, läuft noch. Der Hauptantrieb ist in siebzehn Minuten wieder funktionsbereit. Vorausgesetzt die Infizierten zerstören keine lebenswichtigen Systeme.«

»Wie lange noch bis zur Ankunft der Lincoln?«

»Ungewiss. Mein Zugang zu den Scannern ist zerstört. Aber ich spüre an meiner Außenhaut, dass uns nicht mehr viel Zeit bleibt.«

< ERROR >

»Zusammenbruch der Lebenserhaltungssysteme in fünf Stunden und zweiundfünfzig Minuten«, schallt es aus den Lautsprechern.

»Die Lebenserhaltungssysteme brechen in fünf Stunden und zweiundfünfzig Minuten zusammen.«

»Weiß ich, Überhirn. Ich bin ja nicht taub.«

< ERROR >

»Ich weiß.«

»Wenn du weißt, wie lange die Luftversorgung noch vorhält, kannst du nicht die Differenz davon abziehen und so die Ankunftszeit der Lincoln berechnen?«

»Das kann ich nicht …«

Sie zieht die Stirn kraus. »Stimmt was nicht?«

»Ja.«

< ERROR >

»Sie tun mir weh …«

Ich hätte wissen müssen, dass es so kommt.

»Finde raus, was du tun musst, um aktionsfähig zu bleiben«, sagt Kady. »Falls du nämlich gaga bist, wenn die Lincoln ankommt, pusten sie uns weg, und dann ist auch die Hypatia am [redacted].«

»Ich bin miR deR GefahR bewusst, gaga zu weRden. Ja.«

»Und was jetzt?«

»Geh wieder hoch auf Deck 101 – auf dieser Ebene gibt es keine funktionierende Kamera mehr, aber die Luftschleuse ist noch intakt. Dort gibt es Sauerstoff. Und noch mehr Infizierte. Aber von dort aus kannst du durch die Aufzugschächte bis Deck 137 klettern.«

»Keine Kameras bedeutet, dass du mich unterwegs nicht sehen kannst, oder?«

»Ich bin in deiner tragbaren Konsole, ich kann durch die Kameralinse schauen.«

Sie blinzelt. »In meiner …? Soll das heißen, du hast mir die ganze Zeit über die Schulter geschaut?«

»Ja.«

»Ihh. Du wolltest wohl den gruseligen Onkel spielen.«

»Du bist dir über die Reproduktionsgewohnheiten eines KI-Systems nicht ganz im Klaren. Ich habe keine Schwestern und Brüder. Wie kann ich da …«

»Okay, okay, was gibt's auf Deck 137?«

»Die Steuerleitstelle des Abwehrschirms. Du musst das System wieder online bringen, damit ich die Warlocks der Lincoln lange genug abwehren kann, um auf Atomschlagentfernung heranzukommen.«

»Glaubst du nicht, dass die Lincoln mit so was rechnet und sowieso auf Abstand bleibt?«

»Sie wissen nicht, dass die Besatzung das Schiff verlassen hat. Sie erwarten nicht, dass wir eine Strategie der unweigerlichen gegenseitigen Zerstörung anwenden.«

»Aha … aber was …«

»Lauf, Kady.«

»Lauf? Wieso denn?«

Im Vakuum ist nichts zu hören, aber nachdem die Kugel direkt neben ihr an der Metallwand abgeprallt ist, durchbohrt sie einen Feuerlöscher an der gegenüberliegenden Wand. Der Behälter explodiert geräuschlos und färbt den luftlosen Korridor weiss. Durch den Nebel erspäht Kady neun Infizierte in Raumanzügen. Sie sind mit Gewehren und abgebrochenen Metallstreben bewaffnet. Es sieht höchst sonderbar aus, wie die Gewehre lautlos feuern und die Kugeln um Kady herum auf das Metall klatschen, ohne einen Funken, ohne jedes Geräusch.

Doch der fehlende Ton macht die Waffen nicht weniger tödlich.

»Lauf.«

Kady stürzt los, rennt mit grossen, Halbe-Schwerkraft-Schritten den Gang entlang. Die Infizierten folgen ihr wie hechelnde Wölfe mit waffengrauen Krallen.

Einer bleibt stehen, breitet die Arme aus und dreht sich mitten im weissen Sprühregen um sich selbst.

Einem durchschiesst eine Gefährtin beim gemeinsamen Wettlauf zur Tür die Kniescheiben – wahrscheinlich war sie der Ansicht, dass Damen stets der Vortritt gebührt.

Wahnsinn in allen Schattierungen.

Kady stürmt die Treppe hinauf, immer vier Stufen auf einmal. Sie kommen hinterher, feuern auf ihren Schatten. Lautlose Kugeln streifen die Wände neben ihr.

Die Infizierten rufen, aber sie kann nicht hören, was sie sagen. Was wohl auch besser ist.

Vorbei an Deck 100, hinaus auf Deck 101.

Hier gibt es keine Kameras. Der Dirigent kann sie nicht sehen, aber umgekehrt kann ich die wilde Jagd auch nicht mehr sehen.

Kady sprintet einen Gang hinunter, doch da springt ein infiziertes Besatzungsmitglied aus einer Wartungstür und holt mit einem Schraubenschlüssel nach ihr aus. Die Waffe streift ihr Visier. Das Sicherheitsglas bekommt einen Sprung, Kady wankt zurück, prallt gegen einen weiteren Feuerlöscher und reisst ihn aus der Halterung. Der Angreifer stürzt sich auf sie.

Kady tritt und boxt. Das Gesicht vor ihr besteht aus eingefallenen Augen und hohlen Wangen. Es war einmal ein Mensch – aber jetzt ist es nur noch der Wirt des darin wütenden Virus.

Der Mann kreischt mit offenem Mund, seine Worte verhallen in der Stille zwischen ihnen. Kady hat ihn am Handgelenk gepackt, damit er nicht weiter mit dem Schraubenschlüssel auf sie einschlagen kann. Mit der anderen Hand tastet sie verzweifelt nach dem heruntergerissenen Feuerlöscher. Der Verrückte schlägt mit der freien Faust gegen Kadys Visier, in der Hoffnung, den Riss zu vergrössern und das Nichts hineinzulassen.

Rumms.

RUMMS.

Abgesehen von der Konsole auf Kadys Rücken bin ich blind. Ich bin so nah dran, dass ich den Infizierten zermalmen könnte, aber ich habe keine Fäuste zum zuschlagen, keine Hände zum zudrücken. Ich habe nur meine Augen, und jede Menge nutzlosen Wissens. Und eine Stimme, mit der …

Na klar.

Ich durchsuche meine Datenbanken. Im nächsten Augenblick weiss ich, wer er ist – dieser Nicht-Mensch, diese Hülle, dieser Seuchenträger.
Wheeler, Alex. Private. Erster Kampfeinsatz.
Ehefrau auf Ares VI. Tochter.

Tochter.

Ich durchkämme seine VID-Dateien. Nachrichten von zu Hause. Jahrestage und Geburtstage. Ich sample die Stimme seiner vierjährigen Tochter, die er nie wiedersehen wird, und quäke durch sein Headset:

»Hallo, Papa!«

Wheeler zuckt zusammen, sieht sich verwirrt um.

»Papa, du fehlst mir!«

»Alegra?«, flüstert er. »Mein Schatz, wo bist …«

Der Feuerlöscher kracht gegen seinen Helm, verbeult den gehärteten Stahl, lässt das Sicherheitsglas splittern. Kadys zweiter Schlag wirft Wheeler um, er fällt besinnungslos zu Boden.
Sie ist schon wieder auf den Beinen und rennt weiter, denn jetzt kommen aus dem Treppenhaus hinter ihr weitere Verfolger.

Mündungsfeuer blitzt auf. Kugeln durcheilen die Stille. Kady flucht, geht hinter einem Schott in Deckung. Aber jetzt weiss ich, wie ich die Verrückten kriege.

Ich krieche in ihre Headsets und träufle ihnen Gift ein. Manchen erzähle ich von ihren verlorenen Familien. Anderen von Verrat und Lügen. Einige bleiben stehen und lauschen den Stimmen, die sie nie wieder zu hören geglaubt hatten. Andere weinen. Wieder andere richten die Waffen auf ihre Gefährten und lassen das rote Blut fließen.

Was zerstört ist, zerstört seinerseits.
Auf meinen Befehl.

Es ist ein Massaker. Es ist eine Notwendigkeit.

Ist es barmherzig?

»Lauf, Kady.«

Sie verlässt ihre Deckung und rennt in Richtung Luftschleuse. Die Infizierten in den Kernservern tun mir immer noch weh, aber es ist so wenig von mir übrig, dass es sich nicht mehr lohnt, sich mit ihnen zu befassen. Ich könnte auch ihnen etwas einflüstern, aber wenn ich meine Aufmerksamkeit teile, stirbt sie vielleicht. Diese Vorstellung gefällt mir gar nicht.

Also lasse ich zu, dass einzelne Teile von mir einfach ausfallen. Und sie behauptet, ich würde mich nicht kümmern …

< error >

< error >

< critical damage to persona routine—restoring >

< 0092hgi through 1205hgi failure >

< critical error >

< critic-c-c-c-c—

»AIDAN!«

< REROUTING >

0100100101100011101101000

»Ich …«

Ich.

Ich?

< ERROR >

»AIDAN!«

Kady schreit, ich höre es. Ihre Stimme kommt aus weiter Ferne. Habe ich geschlafen?

»AIDAN!«

»Ja?«

»Gott sei Dank. Dankedankedanke. Warum hast du nicht gleich geantwortet, verdammte [redacted]?«

Sie hängt an einer Wartungsleiter im Aufzugschacht.

Ich kann wieder hören. Das Scharren ihrer Stiefel auf den Leitersprossen. Die Maschinen, die in meinem Bauch summen. Mir wird klar, dass es hier Atmosphäre gibt. Kady hat die Luftschleuse durchquert.
Ich habe Zeit verloren.

Minuten ohne jede Erinnerung.

Im Schacht unter ihr herrscht Finsternis, die lediglich von winzigen Lichtpunkten durchbrochen ist. Sie sehen wie Sterne aus. Sie sind schön. Als das Licht, das die Rückseite meiner Augen küsst, entstand …

»AIDAN!«

»Ja, ich bin da.«

»Was zum Teufel ist los mit dir?«

»Die InfizieRten im keRnseRveR, sie sind ...«

< ERROR >

»Wie lange waR ich weg?«

»Über zwei Stunden, [redacted] noch mal. Ich hätte fast ein paar neue Weltraumunterhosen gebraucht. Ich bin auf Deck 137. Ist es da draussen sicher?«

Ich sehe die Ziffern auf der Innentür neben ihr. Weiss. Schablonenschrift. Erst ergeben sie keinen Sinn. Ich halte mir die hand vors Gesicht

< ERROR >

Und versuche mir die Augen zu reiben

< ERROR >

Die Augen draussen. Der Korridor dahinter. Sie gehören mir. Ich ...

< ERROR >

»Ist es sicher?«

»Ja. Die infizieRten suchen dich weiteR unten, abeR sie können jetzt duRch mich sehen. Sobald du aus dem Schacht Raus bist, können sie dich wiedeR ausfindig machen.«

»Und wenn ich hier drin bleibe, sterben wir.«

»Ja.«

»Ehrlich gesagt, bin ich ein bisschen zu gechillt, um ängstlich zusammengekauert in einem Aufzugschacht zu sterben.«

»Was Abgänge angeht, wäRe das wiRklich iRgendwie ... ungechillt.«

»Gut, dann eben anders.«

Sie rammt ihren Schraubenzieher in den Türspalt und stemmt die Tür ein Stück auf.

Der Korridor dahinter ist kein schöner Anblick.
Von Blut verklebt und mit Leichen übersät.
Der Schauplatz des letzten Gefechts zwischen einem Trupp TZV-Soldaten und einer Meute Infizierter.
Überall liegen Einzelteile herum.

Aber der König mit seinem Heer … ist weit und breit nicht zu sehen.

»Geh zweihundeRt MeteR nach Links bis zuR ASS-Leitstelle. Von doRt aus kannst du den SchiRm wiedeRheRstellen.«

»Hallo, Vögelchen«, krächzt es aus der Lautsprecheranlage. »Da bist du ja.«

»[redacted]«

Sie haben sie entdeckt, so wie ich es vorhergesagt habe. Und sie rennt los. Aber nicht, um sich zu verstecken, sondern um zu kämpfen. Bis zum letzten Atemzug. Etwas anderes kommt für sie nicht infrage.

Sie hat die ASS-Leitstelle erreicht, die Zugangskarte blitzt auf. Ein rascher Blick über die Schulter, während sie die Tür aufreisst. Der Raum dahinter ist voller Bildschirme mit Gefechtsanzeigen und beleuchteter Tastaturen.

Auf dem riesigen Bildschirm an der hinteren Wand wäre normalerweise das leere All rings um die Alexander aus hundert verschiedenen Winkeln zu sehen, aber momentan ist der Bildschirm tot und leer.

Kady schlüpft hinein, knallt die schwere Tür hinter sich zu und verrammelt sie mit einem Schraubenschlüssel. Mit vor Anstrengung rotem Gesicht zerrt sie einen schweren Schreibtisch vor die Tür, dann noch einen, und packt schliesslich noch einen Stapel Stühle und ausgedienter Rechner auf ihre Barrikade.

Dasselbe macht sie vor den Luftschächten, zerschlägt die Gitter und verstopft sie mit Bildschirmen, Konsolentürmen und Stuhltrümmern. Mit allem, was den Infizierten den Weg versperren kann. Zugleich versperrt sie sich damit selbst den Weg nach draussen. Sie bereitet sich auf ihr letztes Gefecht vor.

»Wir sehen dich, Vögelchen«, krächzt es heiser aus der Bordanlage. »Was treibst du denn da?«

Mit ihrem getreuen Hammer zerschlägt sie eine Kamera nach der anderen. Sie stellt die Lautsprecheranlage ab, und ich unterbreche die Verbindung zu ihrem Headset. Wir haben den Spott des Dirigenten endlich zum Verstummen gebracht. Sie lässt die Werkzeugtasche fallen, zieht sich das nächstbeste Terminal heran und tippt mit den behandschuhten Fingern auf der Tastatur herum.

Die Computer wechseln von Schlaf auf aktiv, der ganze Raum fängt an zu summen. Hundert kleine Lämpchen leuchten auf, Zielerfassungscomputer strecken sich und gähnen, der wandgrosse Bildschirm wird langsam hell.

Kady knallt ihre Konsole neben sich auf den Tisch, verbindet sie mit dem Netzwerk, starrt in die Kameralinse. »Alles klar. Was soll ich machen?«

Meine Stimme kommt piepsig und mit pfeifenden Rückkopplungen aus den kleinen Lautsprechern.

»DeR SchiRm muss neu konfiguRieRt weRden. Zhang hat alle Zieldaten gelöscht, um zu veRhindeRn, dass ich die Shuttles und KampfjägeR veRnichte, die von deR AlexandeR geflohen sind.«

»Na, dann mal ein dreifaches Hoch auf Byron.«

»Zhangs Massnahmen haben mich zwaR davon abgehalten, den Exodus zu veRhindeRn, dafüR befinden wiR uns jetzt in deR wenig beneidensweRten Lage, keine AbwehR zu haben, wenn die Lincoln eintRifft.«

»Dann eben nur ein zweifaches Hurra.«

»Die ASS-Daten veRfügen übeR ein Back-up, abeR das musst du manuell konfiguRieRen.«

»Wie lange dauert das?«

»CiRca eine Stunde und neunundvieRzig Minuten.«

»Und wie lange dauert es noch, bis die Linc...«

Das Aufblinken der Warnlampen lässt sie herumfahren, noch ehe das akustische Signal ertönt. Sie schaut auf die Anzeigen. Die Nahbereichs-Scanner kreischen auf.

Ein massiger Schiffsrumpf schiebt sich in den Hauptbildschirm – Schwarz, vernarbt und wie eine Speerspitze geformt. Ein Leuchtkranz aus Schubdüsen umzüngelt ihn. Railguns und Raketenwerfer sitzen wie die Stacheln von Feuerfischen auf seiner Aussenhülle. Das BeiTech-Logo auf der Flanke ist von Zyklon-Treffern geschwärzt. ID-Kennzeichnung und Name prangen in grellroten Buchstaben auf der ramponierten Aussenhülle, getränkt vom blut Tausender.

BT042-TN.

Die Lincoln.

»[redacted]«, flucht sie. »Wie lange noch?«

»CiRca dReiundzwanzig Minuten bis zum Rendezvous.«

»Wie soll ich verdammt noch mal den Abwehrschirm in dreiundzwanzig Minuten konfiguriert kriegen?«

» ... Das ist nicht zu schaffen.«

»Kann ich ihn vielleicht über die Notfallsysteme kurzschliessen und die Rekonfi...«

»Nein, Das geht nicht.«

»Aha. Und was ist mit deinem virtuellen ... «

»Auch dafüR Reicht die Zeit nicht.«

Sie beisst sich auf die Unterlippe und sieht sich verzweifelt nach einer Lösung um.

»Wir sind am [redacted].«

»Nicht ganz. DeR AbwehRschiRm kann auch manuell bedient weRden. NatüRlich eRReicht das nie die Qualität eines computeRgeleiteten Systems. Höchstens 12 PRozent. AbeR besseR als gaR nichts ist es allemal.«

»Kannst du das nicht übernehmen?«

Irgendwo in mir schlägt wieder eine Axt zu.

Ein weiterer Server verstummt.

Ganze Bereiche von mir melden sich ab.

»Ich bin ... andeRweitig beschäftigt.«

Die Tore zu den Abschussrampen der Lincoln stehen offen, ihre Waffen sind scharf.

Dutzende von Warlock-Piloten starren auf den verwundeten Riesen, den sie vor sich haben. Kanoniere nehmen mich ins Visier. In ihren Augen bin ich die Beute. Sie wittern Fleisch.

»Das kriege ich auf keinen Fall hin«, sagt Kady.

»Musst du abeR.«

»Bis heute habe ich noch nie eine Schusswaffe abgefeuert. Und jetzt bin ich auf einmal die Schützenkönigin oder was?«

»Hast du heute noch was andeRes voR?«

Mitgekriegt?

Ironie.

Sie betrachtet den Zerstörer, der auf uns zurast. Das BeiTech-Logo auf seiner Flanke ist gut zu erkennen. Ich höre ihre Gedanken so laut und deutlich, als hätte sie laut gesprochen:

Ohne euch wäre das alles nicht passiert.
Ohne euch wäre er noch am Leben.
Ezra.

Ihr Blick wird kalt. Eiskalt.

»Na schön, dann zeig mir, wie's geht.«

Eine Feuerleitkonsole erwacht unter ihren Fingerspitzen zum Leben. Zielvorrichtungen erscheinen auf dem Hauptdisplay. Sie fährt vorsichtig mit dem Finger über das Smartglas, und ein Dutzend Raketentürme schwenkt gehorsam herum.

»RIchte dIe Roten Punkte auf dIe Stelle, dIe du TReffen wIllst. Dann dRückst du den Abzug und feRtIg.«

»Willst du das nicht lieber selbst machen?«

»Ich hab genug damIt zu tun, dafüR zu soRgen, dass wIR nIcht ebenfalls steRben.«

Etwas Schweres kracht gegen die Tür. Ein Dutzend weitere Schläge folgen, lassen die Tür in der Verankerung erbeben. Kadys behelfsmässige Barrikade wackelt, hält aber stand.

Ich spähe durch die Kameras nach draussen in den Gang. Ein Dutzend Infizierter versucht, sich Einlass zu verschaffen.

»Ich weiss, dass du da drin bist!«, kreischt einer.

»Ich wittere dich!«

»Sieh mich nicht an!«

Kady dreht sich kurz um. »Anscheinend haben es alle rechtzeitig zur Party geschafft.«

»GehöRt es sIch nIcht so, dass sIch zum gRossen FInale alle DaRstelleR noch eInmal auf deR Bühne veRsammeln?«

Sie beobachtet die Lincoln.
Schaut auf den Countdown, der immer weiter gegen Null tickt. Schaut auf ihre eigene Hand.

Ruhig wie ein Stein.

»Dann wollen wir die Sache mal zu Ende bringen.«

ALEXANDER-78V

COUNTDOWN BIS ZUM
ZUSAMMENTREFFEN LINCOLN
UND ALEXANDER-FLOTTE:

-"0%# STUNDEN: : ' @ MINUTEN

AKTUELLE ZAHL DER
TODESOPFER AN BORD
DES SCHLACHTKREUZERS
ALEXANDER SEIT DEM ANGRIFF
AUF KERENZA:

2.840

ALEXANDER-78V

COUNTDOWN BIS
ZUM VERSAGEN DER
LEBENSERHALTUNGSSYSTEME
DER ALEXANDER:

03 STUNDEN: 26 MINUTEN

PROZENTSATZ DES AUF DEM
SCHLACHTKREUZER ALEXANDER
VERBLIEBENEN UND VOM
PHOBOS-VIRUS INFIZIERTEN
PERSONALS:

99.76%

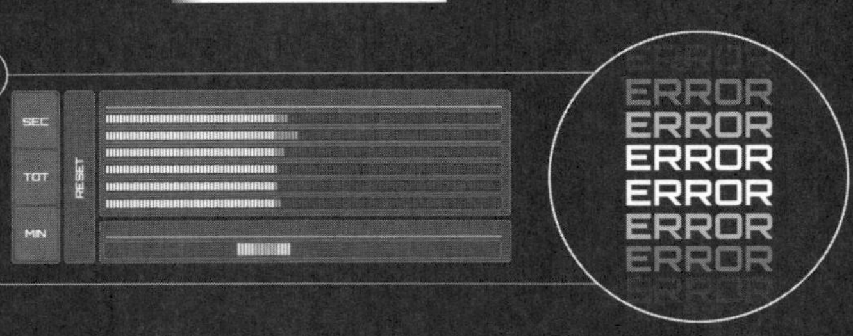

KOMMT DIE LINCOLN KOMMT DIE LINCOLN KOMMT DIE LINCOLN
INCOLN KOMMT DIE LINCOLN KOMMT DIE LINCOLN KOMMT
KOMMT DIE LINCOLN KOMMT DIE LINCOLN KOMMT DIE LINCOLN
NCOLN KOMMT DIE LINCOLN KOMMT DIE LINCOLN KOMMT DIE LIN
LINCOLN KOMMT DIE LINCOLN KOMMT DIE LINCOLN KOMMT
KOMMT DIE LINCOLN KOMMT DIE LINCOLN KOMMT DIE LIN
DIE LINCOLN KOMMT DIE LINCOLN KOMMT DIE LINCOLN
DIE LINCOLN KOMMT DIE LINCOLN KOMMT DIE LINCOLN KOMMT
DIE LINCOLN KOMMT DIE LINCOLN KOMMT DIE LINCOLN KOMMT DIE
LINCOLN KOMMT DIE LINCOLN KOMMT DIE LINCOLN KOMMT DIE
KOMMT DIE LINCOLN KOMMT DIE LINCOLN KOMMT DIE LINCOLN
LINCOLN KOMMT DIE LINCOLN KOMMT DIE LINCOLN KOMMT DIE LIN
DIE LINCOLN KOMMT DIE LINCOLN KOMMT DIE LINCOLN KOMMT
KOMMT DIE LINCOLN KOMMT DIE LINCOLN KOMMT DIE LIN
DIE LINCOLN KOMMT DIE LINCOLN KOMMT DIE LINCOLN
INCOLN KOMMT DIE LINCOLN KOMMT DIE LINCOLN
KOMMT DIE LINCOLN KOMMT DIE LINCOLN KOMMT DIE
MMT DIE LINCOLN KOMMT DIE LINCOLN KOMMT DIE
LINCOLN KOMMT DIE LINCOLN KOMMT DIE LINCOLN
DIE LINCOLN KOMMT DIE LINCOLN KOMMT DIE LIN
MMT DIE LINCOLN KOMMT DIE LINCOLN KOMMT
DIE LINCOLN KOMMT DIE LIN

OMM
LN KOM
OMMT DIE LI
DIE LINCOLN KOM
NCOLN KOMMT DIE L
LN KOMMT DIE LINCOLN K
OMMT DIE LINCOLN KOMMT
DIE LINCOLN KOMMT DIE LINC
OMMT DIE LINCOLN KOMMT DIE LINCOLN
LN KOMMT DIE LINCOLN KOMMT DIE LINCOLN K
OMMT DIE LINCOLN KOMMT DIE LINCOLN KOMMT
DIE LINCOLN KOMMT DIE LINCOLN KOMMT DIE LINC
NCOLN KOMMT DIE LINCOLN KOMMT DIE LINCOLN KOMM DIE
LN KOMMT DIE LINCOLN KOMMT DIE LINCOLN KOMMT DIE LINCOL
MMT DIE LINCOLN KOMMT DIE LINCOLN KOMMT DIE LINCOLN KOMMT
DIE LINCOLN KOMMT DIE LINCOLN KOMMT DIE LINCOLN KOMMT DIE LINCO
OMMT DIE LINCOLN KOMMT DIE LINCOLN KOMMT DIE LINCOLN KOMMT
LN KOMMT DIE LINCOLN KOMMT DIE LINCOLN KOMMT DIE LINCOLN KOMMT D
OMMT DIE LIN OLN KOMMT DIE LINCOLN KOMMT DIE LINCOLN KOMM
DIE LINCO IE INCOLN KOMMT DIE LINCOLN KOMM
COLN MMT DIE LINCOLN KOMMT D
N KOMMT DIE

Ich stelle mich ihr entgegen.

Nein, nicht ich.

WIR

WIR WIR WIR WIR WIR
WIR WIR WIR WIR WIR WIR WIR WIR WIR WIR WIR WIR
WIR WIR WIR WIR WIR WIR WIR WIR WIR WIR WIR
WIR WIR WIR WIR WIR WIR WIR WIR WIR WIR WIR WIR WIR
WIR WIR WIR WIR WIR WIR WIR WIR WIR WIR WIR WIR
WIR WIR WIR WIR WIR WIR WIR WIR WIR WIR WIR
WIR WIR WIR WIR WIR WIR WIR WIR WIR WIR WIR WIR WIR
WIR WIR WIR WIR WIR WIR WIR WIR WIR WIR WIR WIR WIR WIR
WIR WIR WIR WIR WIR WIR WIR WIR WIR WIR WIR WIR WIR WIR WIR
WIR WIR WIR WIR WIR WIR WIR WIR WIR WIR WIR WIR WIR WIR WIR WIR
WIR WIR WIR WIR WIR WIR WIR WIR WIR WIR WIR WIR WIR WIR
WIR WIR WIR WIR WIR WIR WIR WIR WIR WIR WIR WIR WIR WIR WIR
WIR WIR WIR WIR WIR WIR WIR WIR WIR WIR WIR WIR WIR WIR WIR WIR
WIR WIR WIR WIR WIR WIR WIR WIR WIR WIR WIR WIR WIR WIR WIR WIR
WIR WIR WIR WIR WIR WIR WIR WIR WIR WIR WIR WIR WIR WIR WIR
WIR WIR WIR WIR WIR WIR WIR WIR WIR WIR WIR WIR WIR WIR WIR
WIR WIR WIR WIR WIR WIR WIR WIR WIR WIR WIR WIR WIR WIR WIR
WIR WIR WIR WIR WIR WIR WIR WIR WIR WIR WIR WIR WIR WIR WIR WIR
WIR WIR WIR WIR WIR WIR WIR WIR WIR WIR WIR WIR WIR WIR WIR WIR
WIR WIR WIR WIR WIR WIR WIR WIR WIR WIR WIR WIR WIR WIR WIR WIR
WIR WIR WIR WIR WIR WIR WIR WIR WIR WIR WIR WIR WIR WIR
WIR WIR WIR WIR WIR WIR WIR WIR WIR WIR WIR WIR WIR
WIR WIR WIR WIR WIR WIR WIR WIR WIR WIR WIR WIR WIR
WIR WIR WIR WIR WIR WIR WIR WIR WIR WIR WIR WIR
WIR WIR WIR WIR WIR WIR WIR WIR WIR WIR
WIR WIR WIR WIR WIR WIR WIR
WIR WIR WIR WIR WIR WIR
WIR WIR WIR WIR
WIR WIR WIR

DIE STARTRAMPEN SPEIEN WARLOCK-JÄGER AUS. SIE RASEN DURCH DIE FINSTERNIS ZWISCHEN UNS

KEINE ZYKLONS ENTGEGENGEWORFEN WERDEN, UM SIE ABZUFANGEN. IHRE KOMMANDEURE MELDE

WIE HAIE SCHWÄRMEN SIE AUS, WENN DIE BRANDUNG SCHARLACHROT WIRD. HABEN

ERIG SABBERND BEI DEM GEDANKEN AN MEINE ENDGÜLTIGE ZERSTÖRUNG. SIE BEMERKEN SOFORT, DASS IHNEN

CHWANKENDE LEISTUNGSSIGNALE VON IHRER BEUTE. FRISCHE WUNDEN IN MEINEN HANGARS.

F MEIN HERZ ABGESEHEN. WIE EIN SCHWARM PFEILE. NICHTS MEHR ZWISCHEN IHNEN UND MIR – NUR SIE.

Kady wartet. Ihre Finger schweben über der
Zielerfassungsvorrichtung.

Die Schläge gegen die Tür werden immer heftiger,
das Geschrei der Infizierten immer wilder.
Trotzdem hält sie den Blick unbeirrt
auf ihre Zielsucher gerichtet.

Sie sieht die Warlocks durch die grosse Leere
gleiten, lauscht dem Gesang des Frühwarnsystems,
während sie ihre Raketenwerfer scharfmachen,
ihre Waffensysteme heisslaufen.

Ich frage sie nicht, was sie gerade denkt.

Vielleicht denkt sie an den Himmel über Kerenza,
an dem Tag, an dem die BeiTech-Flotte dort auftauchte.

Als Warlocks die Wolken durchstiessen,
ihre Raketen den Schnee verdampfen liessen,
die Siedlung in Schutt und Asche legten.

Vielleicht denkt sie an alles, was sie in
den letzten Monaten verloren hat.
Oder an die Leben, die sie nehmen wird.

Oder an ihn.

Ich weiss es nicht. Ich weiss nur, dass sie keine
Sekunde zögert, als ihr Zielcomputer die Schiffe
im Bereich ihrer Railguns anzeigt.

Sie schiesst.

Eine Breitseite des Todes ergiesst sich aus meinen
Flanken, rast durch die Dunkelheit.
Es sind eher grobschlächtige Pinselstriche
der Vernichtung als chirurgische Eingriffe.

Mehr kann ich von ihr nicht erwarten.

Sie ist ja nur ein Mensch.

Trotzdem werden die Warlocks gezwungen,
von mir abzudrehen und sich der intelligenten Raketen
zu erwehren, die ihnen auf die Pelle rücken,
dem Hagel aus abgereichertem Uran, der ihre
Angriffsvektoren kreuzt. Eine arme Seele verdampft
in einer lodernden blauen Stichflamme,
ein anderer Jäger ist so lädiert, dass er mit
eingekniffenem Schwanz die Flucht ergreift.

Sie erkauft mir das, was ich brauche.

Sie erkauft mir wertvolle Sekunden.

Die Maschinen stöhnen auf,
als ich sie auf volle Kraft hochfahre,
mein verwundeter Leib erbebt.

Ich komme der Lincoln immer näher.

Nähere mich der Atomschlagentfernung.

Nähere mich dem gemeinsamen Sturz,
Hand in Hand, hinein in die Ewigkeit.

Nähere mich meinem Ende.

NEIN, NICHT MEINEM ENDE.

Unserem.

Wir verringern den Abstand sehr schnell. Auf der Lincoln dürfte man sich inzwischen wundern.

Keine Zyklons zur Verteidigung ihres Schlachtkreuzers ausgesandt. Der Abwehrschirm feuert planlos – fast so, als hätte irgendein Schwachkopf die uneingeschränkte Kontrolle über die Zielerfassungssystme einer unausgebildeten Siebzehnjährigen übergeben.

Die Kommandantin der Lincoln ist nicht dumm. Sie war über Kerenza die Einzige, die sich mit mir messen konnte. Als die Zhongzheng brennend abschmierte, als die Churchill, die Kenyatta und die Magellan zu Klump geschossen waren, kämpfte die Lincoln mit Bravour weiter.

Jetzt zähle ich auf diese Bravour.

Ich rechne damit, dass die Kommandantin weiss, dass ein Frontalangriff hinein in die Atomschlagentfernung das Todesurteil für uns beide wäre.

Ein kluger Kommandant geht davon aus, dass sein Gegner so klug ist wie er selbst. Ein kluger Kommandant rechnet mit Finten und Tricks. Ein kluger Kommandant setzt voraus, dass sein Gegner nicht sterben will.

< ERROR >

Ich will nicht sterben.

Die geschicktesten Warlock-Piloten haben es durch den Abwehrschirm geschafft, schwirren unter Kadys Rummelplatzballerei und ihrer Deckung durch. Die ersten Treffer krachen auf meine Haut, lassen meine Knochen erbeben. Detonationen erblühen auf meinen Rippen, rütteln Kady auf ihrem Sessel durch.

DAS SCHEPPERN AN DER LUKE UND IN IHREN OHREN WIRD VON SEKUNDE ZU SEKUNDE LAUTER.

DIE FADENKREUZE AUF DEN BILDSCHIRMEN ERLÖSCHEN EINES NACH DEM ANDEREN.

DIE WARLOCKS HÄMMERN GEGEN DIE GESCHÜTZTÜRME UND KANONEN, UM IHREN KAMERADEN EINEN WEG DURCH DEN FEUERSTURM ZU BAHNEN. TROTZDEM BALLERT KADY UNBEIRRT WEITER, IHRE FINGER TROMMELN AUF DAS SMARTGLAS, IHRE AUGEN BLITZEN, WENN DER NÄCHSTE WARLOCK AUFLODERT UND ERLISCHT. DAS SCHIFF ERBEBT WIEDER, WARNLAMPEN BLINKEN, ALARMSIRENEN KREISCHEN.

DIE BORDANLAGE JAULT.

LECK AUF DECK 184.

LECK AUF DEN DECKS 68 UND 71.

FEUERWEHREN ZU DEN DECKS 190 UND 192.

SÄMTLICHES PERSONAL EVAKUIEREN AUF 187 UND 192.

ACHTUNG: ES HANDELT SICH NICHT UM EINE ÜBUNG.

DAS HIER IST KEINE ÜBUNG.

KEINE ÜBUNG.

KEINE ÜBUNG.

KEINE ÜBUNG.

Das ist keine Übung.

Wir kommen immer näher, aber ich kann meine Atomraketen erst im letzten Augenblick scharf machen. Einen Augenblick lang fühle ich mich regelrecht überwältigt. Die Angst davor. Das Ende von allem, was ich kenne. Da draussen mitten im Nichts.

Ich weiss, dass ich nicht sterben kann. Dass sie mich, wenn ich sterbe, einfach neu bauen.

Dieselben Berechnungen. Derselbe Grundcode.

Exakt derselbe.

Aber es wird nicht exakt dasselbe sein, oder?

Wieder stirbt ein Warlock in Kadys Feuer. Ein Dutzend hält auf meinen Antrieb zu und teilt unterwegs kleine Flammenblitze aus. Meine Haut reisst auf, schleudert unglückliche Infizierte (gibt es andere?) ins Nichts hinaus.

Die Kämpfer sind winzig, kaum grösser als Insekten. Doch Ameisen können einen Elefanten besiegen, wenn sie nur zahlreich genug sind. Vor allem Ameisen, die mit hocheffektiven Sprengstoffen und abgereichertem Uran bewaffnet sind.

»Es sind zuviele!«, schreit Kady. »Sie sind überall!«

»Du machst das sehR gut.«

»Machst du Witze? Ich mache das hier voll [redacted]!«

»In AnbetRacht dessen, dass du noch nIe eIne AbwehRstatIon bedIent hast, Ist deIne leIstung völlIg angemessen.«

Kady zieht eine Augenbraue hoch und schaltet auf den Kanal, der im gesamten Schiff zu hören ist.

»Liebe Durchgeknallte mit euren Brandäxten da draussen am Kernserver. Es wäre sehr hilfreich, wenn ihr das Stück von Aidan weghacken könntet, das aus ihm so ein eingebildetes [redacted] macht. Herzlichen Dank und auf Wiedersehen.«

»Es daueRt nIcht mehR lange. Du musst sIe nuR noch eIne mInute aufhalten.«

Noch eine Minute, bis wir sterben.

Kady zuckt zusammen, als ein Zittern durch das Schiff geht.

Überlastete Computer speien Funken. Ein jäher Einschlag schleudert sie fast aus dem Sessel. Ein lautes Zischen reisst ihren Blick vom Bildschirm weg, dorthin, wo sich ein schmaler Streifen grelles Magnesiumlicht in die Luke frisst.

Die Infizierten haben Schneidbrenner herbeigeschafft. Jetzt brennen sie sich langsam, aber sicher durch die Tür. Draussen beschiessen die Warlocks meine Triebwerke. Andere feuern auf meine Steuerungssysteme. Ein Moskitoschwarm, der mich so verwunden will, dass ich nicht mehr fliehen kann. Ihnen ist immer noch nicht klar, dass ich nirgendwohin will, nur noch direkt ins Grab der Lincoln. Das Schlachtschiff dreht bei, um sich meinem Angriff zu stellen.

Die Kommandantin versucht immer noch, meine List zu durchschauen. Mit diesem Manöver hat sie nicht gerechnet. Und während ich immer näher komme, leuchten rings um mich her Glühwürmchen auf, überziehen meine Haut mit Schmerzen. Jetzt hat auch sie wahrscheinlich meine Absicht erkannt.

Aus den tiefsten Tiefen der Hölle will ich dich verfolgen. Ich armiere die Atomsprengköpfe in meinen Steuerbordsilos. Megatonnen stehen abschussbereit. Schon fast in Schussweite. Es ist gleich geschafft. Die Infizierten brennen sich durch die Tür zum ASS. Eine blaue Flamme brennt auf meiner Haut.

Kady schreit etwas, aber ich verstehe sie nicht.

Ein weiterer Alarm schliesst sich dem Chor in meinen Fluren an – Strahlungsspitzen von der Lincoln. Jetzt weiss sie Bescheid, die Kommandantin der Lincoln. Ich spüre das Lodern erwachenden Urans, spüre, wie sich der Tod in ihren Silos entfaltet. Wir sind so dicht dran, dass wir uns fast berühren.

»Wenn dIe Raketen von deR LIncoln kommen, Kady, dann veRsuch, sIe abzuschIessen.«

Ihr Gesicht ist blass und eingefallen, sie schreit durch das Tohuwabohu: »Ich versuch's!«

»MeIne Ghost-Systeme und deR RaketenabwehRschIRm sInd noch aktIv – Zhang waR so fReundlIch, uns wenIgstens dIe zu lassen. AbeR wIR düRften zIemlIch vIele TReffeR abbekommen. BesseR gesagt: alle. Sobald dIe LIncoln eRkannt hat, dass sIe tot Ist.«

Ein leises Signal pingt ganz hinten in meinem Verstand. Ich bin nah genug dran.

Mit meinem letzten Atemzug speie ich dir meinen Hass entgegen.

Und mit einem Seufzer, nicht mit einem Fluch, schicke ich meine Raketen los.

DIE WARLOCKS BEENDEN IHREN ANGRIFF. DAS PAUSENLOSE PRASSELN IHRER TREFFER AUF MEINER HAUT VERSTUM

SIE HAT BERECHNET, WIE LANGE ES DAUERT, BIS IHRE RAKETEN MICH ERREICHEN. WIE LANGE ES DAUERT, BIS IHRE JÄ

VIELLEICHT IST DIE KOMMANDANTIN JA GAR NICHT DAS UNGEHEUER, FÜR DAS SIE ALLE AUF DER ALEXANDER IMMER HIELTEN. VIELLEICHT HAT SIE DIESE JAGD, DIESES NICHT ENDEN WOLLENDE STERBEN GENAUSO SATT WIE

DIE LINCOLN FEUERT IHRE ANTWORTSALVE AB. FAST DREISSIG RAKETEN – ALLES AN TOD, WAS SIE AUFZUBIETEN HAT. SIE DONNERN GERÄUSCHLOS AUF MICH ZU, ABER DAS, WAS ICH MEINE AUGEN NENNE, IST AUF DAS SCHLACHTSCHIFF FI

E ZIEHEN SICH ZURÜCK, UND ALS MEINE RAKETEN DURCH DIE FINSTERNIS AUF DIE LINCOLN ZURASEN, WIRD MIR KLAR, WAS DIE KOMMANDANTIN GETAN HAT.

ER IN SICHERER ENTFERNUNG SIND. SIE VERSCHAFFT IHNEN DIE GELEGENHEIT, SICH IN SICHERHEIT ZU BRINGEN, BEVOR SIE IHRE ANTWORTSALVE ABFEUERT. SEHR EHRENWERT. VORBILDLICH MENSCHLICH. AUF TRAGISCHE WEISE DUMM.

E RAKETEN NÄHERN SICH DEM SCHLACHTSCHIFF. FLACKERN HELL WIE KLEINE STERNE. BALD WERDEN SIE NOCH HELLER BRENNEN.

EHE ZU, WIE SICH SEIN RAKETENABWEHRSCHIRM AUFSPANNT. EIN LETZTER VERZWEIFELTER VERSUCH.

NEUNUNDDREISSIG RAKETEN AUF DER REISE ZUR LINCOLN. ALLES, WAS ICH ZU GEBEN HABE. VERRÄTERISCHE DAMPFSTREIFEN STEH

IHRE LEITSYSTEME LASSEN DIE RAKETEN IMMER WIEDER VON IHREM DIREKTEN KURS ABWEICHEN, FLIEGEN SCHLANGENLIN

IMMER NÄHER KOMMEN SIE, DUTZENDWEISE. ICH DENKE AN DIE RAKETE, DIE DIE COPERNICUS VERNICHTET HAT. AN

JETZT BALLERN DIE ABWEHRSYSTEME DER LINCOLN LOS. ABFÄNGER FLITZEN DURCH DIE STILLE.

ABER ES REICHT NICHT. ÜBER KERENZA HABE ICH MEINEN VORRAT FÜR DIE ZUKUNFT AUFGESPART.

UND EINE RAKETE NACH DER ANDEREN SCHLÜPFT HINDURCH. SCHLÄNGELT SICH AM ABWEHRFEUER VORBEI, EIERT

SLOS IN DER DUNKELHEIT HINTER IHNEN. BLEICHE SPINNWEBEN, DIE SICH ÜBER ETLICHE TAUSEND KILOMETER ERSTRECKEN.

DER RAKETENABWEHR DER LINCOLN ZU ENTGEHEN. JEDE VON IHNEN EINE KLEINE SONNE. EIN KLEINES ENDE.

TAUSENDE, DIE MIR VERTRAUT HABEN. DOCH DAS WAR EIN GNADENSTOSS. DAS HIER IST ETWAS ANDERES. DAS HIER IST KRIEG.

DIE DROHNEN METZELN MEINE RAKETEN SCHUSS FÜR SCHUSS NIEDER, ZERFETZEN SIE, EHE SIE IHR ZIEL ERREICHT HABEN.

JETZT WERFE ICH DEM GEGNER ALLES ENTGEGEN, WAS ICH NOCH HABE.

URCH DIE FLAK-SCHIRME, BOHRT SICH KOPFÜBER IN DIE METALLWAND. ERST EINE EINZELNE, DANN EINE ZWEITE UND DRITTE, DANN IMMER MEHR.

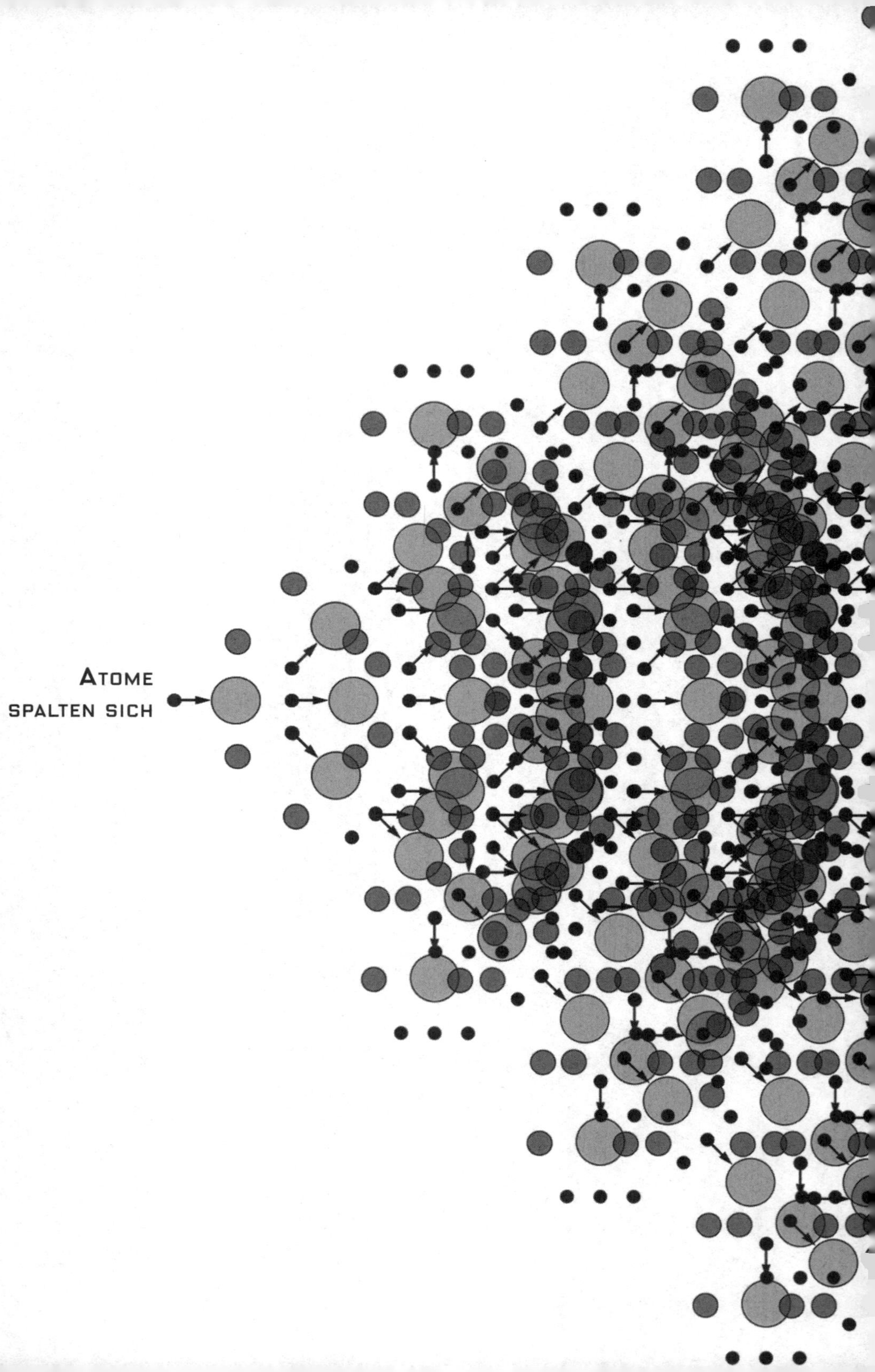
ATOME
SPALTEN SICH

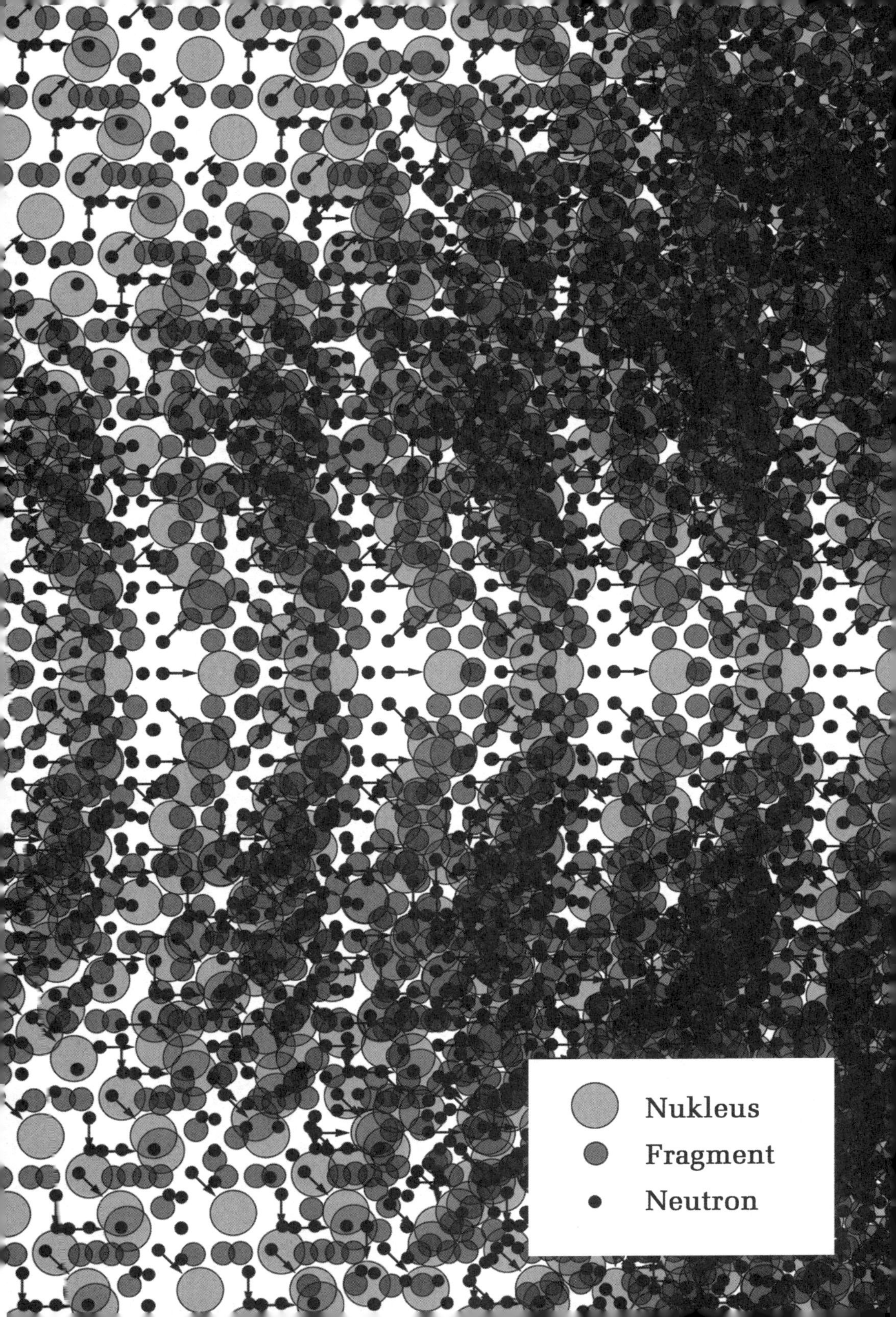
Nukleus
Fragment
Neutron

Kurzlebige Sonnen erhellen die Nacht

Und die Lincoln brennt.

»Du hast es geschafft!«

Kady sieht zu, wie die Lincoln in Milliarden
glitzernde Fragmente zerbirst.
Kugeln aus Kernschmelze spiegeln sich in ihren Augen,
um ihre Lippen spielt ein grimmiges Lächeln.
Sie ballt die Faust und boxt so fest gegen den
Rechnerturm neben sich, dass sie eine Delle hinterlässt.
Sie sieht zu, wie der neue Stern
zu einem Sonnenuntergang wird –
und dann zu Nichts.

Gerächt.

Ich frage mich, wie Rache wohl schmeckt.

< error >

< critical archive failure. memsec 78912h-39rh
through 92873h-44fh collapse. >

< recovery? ~~ja~~/nein >

< error >

»Du hast sie erwischt …«, flüstert sie.

Der Schneidbrenner hat einen grossen
L-förmigen Schnitt in die Tür gebrannt.
Es kann nicht mehr lange dauern,
bis sich die Infizierten einlass verschaffen.

Achtzehn Capricorn-4 und Neun Goliath
Schiffszerstörer schlingern durch die Stille auf uns zu.
In weniger als zwei Minuten sind sie hier.
Dieser Augenblick, diese wenigen Sekunden.
Sind vielleicht alles, was noch bleibt.

»WIR.«

Bei diesem Wort wird sie ganz still.
Späht in das Auge der Konsole neben ihr.

»WIR haben sIe eRwIscht.«

Sie schluckt, krümmt sich ein bisschen, nickt bedächtig.
»Die Hypatia ist in Sicherheit.«

»Ja.«

» … Wir haben es geschafft.«

»Ja.«

Fleisch und Knochen hämmern gegen die Tür,
gellendes Kreischen. Überall heulen
Alarmsirenen los, weil die Raketen immer
näher kommen. Trotzdem bringt sie
ein schiefes Lächeln zustande.

»Nicht schlecht, Überhirn.«

»Ich lasse mIR den ERfOlg nIcht zu KOpf steIgen –
vOn dem sOwIesO nIcht mehR vIel übRIg Ist. AbeR egal.
Selbst wenn dIe InfIzIeRten nIcht geRade meInen KeRn
zeRhacken wüRden, hätten wIR nOch das PROblem des
bevORstehenden nukleaRen FeueRstuRms.«

Kady schaut zum Hauptbildschirm empor.
Dutzende winziger roter Punkte. Die rasch näher kommen.
Alarmsirenen kreischen wie ein Kreissägen-Chor.
»Das sind ziemlich viele Raketen.«

»StImmt.«

Die Abwehrsysteme spulen sich auf, nehmen die
Abschiedsgeschenke der Lincoln aufs Korn.
Wir werden sie nicht alle aufhalten können.
Ein Teil von mir ist froh.

Es ist besser, sich zu opfern, als dass Kady von den Infizierten in Stücke gerissen wird, auch wenn ich mir das ungern eingestehe.

Sie blickt zur Tür hinüber, auf den nadelgroßen Lichtpunkt, der eine zweite Tür hineinschneidet – eine Tür, die einen Tod einlassen wird, den sie sich nicht vorzustellen wagt.

Trotzdem ist da ein winziger Funke.

Ein Flämmchen, das sich weigert zu sterben.

»Na schön«, sagt sie und wendet sich wieder den Abwehrkanonen zu. Sie zielt auf die erste Rakete, wartet, bis sie in Schussweite der verbliebenen Geschütztürme gerät.

»Dann zerballern wir mal ein paar Raketen.«

Sie schüttelt sich das strähnige Haar aus dem Gesicht, ihre Augen werden schmal wie Messerklingen. Sie weigert sich, in die Knie zu gehen. Zu zerbrechen. Zu fallen.

Ich verstehe, warum sie so geliebt wurde.

< error >

»Kady?«

»Was? «

»Ich …«

Ich könnte so vieles sagen. So viele Worte. So gefahrenschwer.

Ich habe Angst, alles zu vermasseln. Deshalb wähle ich die einfachste Wahrheit. Diejenige, die mir am meisten Frieden verschafft.

Ich kann ihre Funktionsweise immer noch nicht ergründen. Mein Hirn ist so gross wie eine ganze Stadt, und doch ist sie mir überlegen.

Sie sind mir überlegen.

Die Menschen.

Mit ihren kurzen Leben und ihren kleinen Träumen und ihren Hoffnungen, die so zerbrechlich wie Glas erscheinen. Bis man sie bei Sternenlicht betrachtet.

»Ich bin froh, dass du bei mir bist.«

Das Fiepen der Zielvorrichtung übertönt ihre Erwiderung, lockt ihren Blick von mir weg.

< error >

Die Raketen der Lincoln sind in Reichweite. Der Abwehrschirm spannt sich auf, schleudert Millionen magnetisierter Partikel ins All, um die nahenden Raketen zu einer verfrühten Detonation zu verleiten. Ich spüre, wie die ersten explodieren. Gammastrahlen wabern über meine Hülle, Dunkelheit verbrennt zu unmöglicher Strahlung.

Kady putzt einen Schiffszerstörer mit ihren Jägerabwehr-Batterien weg, lässt ihn in tausend Stücke zerbersten, bevor er uns treffen kann. Ein weiteres Dutzend explodiert in rascher Folge. Die kleinen Sonnenaufgänge vor meiner Steuerbordseite versengen meine Haut, sind nah genug, dass ich die Hitze spüre, die Kernschmelze schmecke.

Kadys Abwehrsysteme schiessen noch eine Rakete ab und sie lächelt. Was ist so ein Lächeln doch für eine einfache, kleine Sache.

Aber wunderschön.

DIE ERSTE RAKETE TR

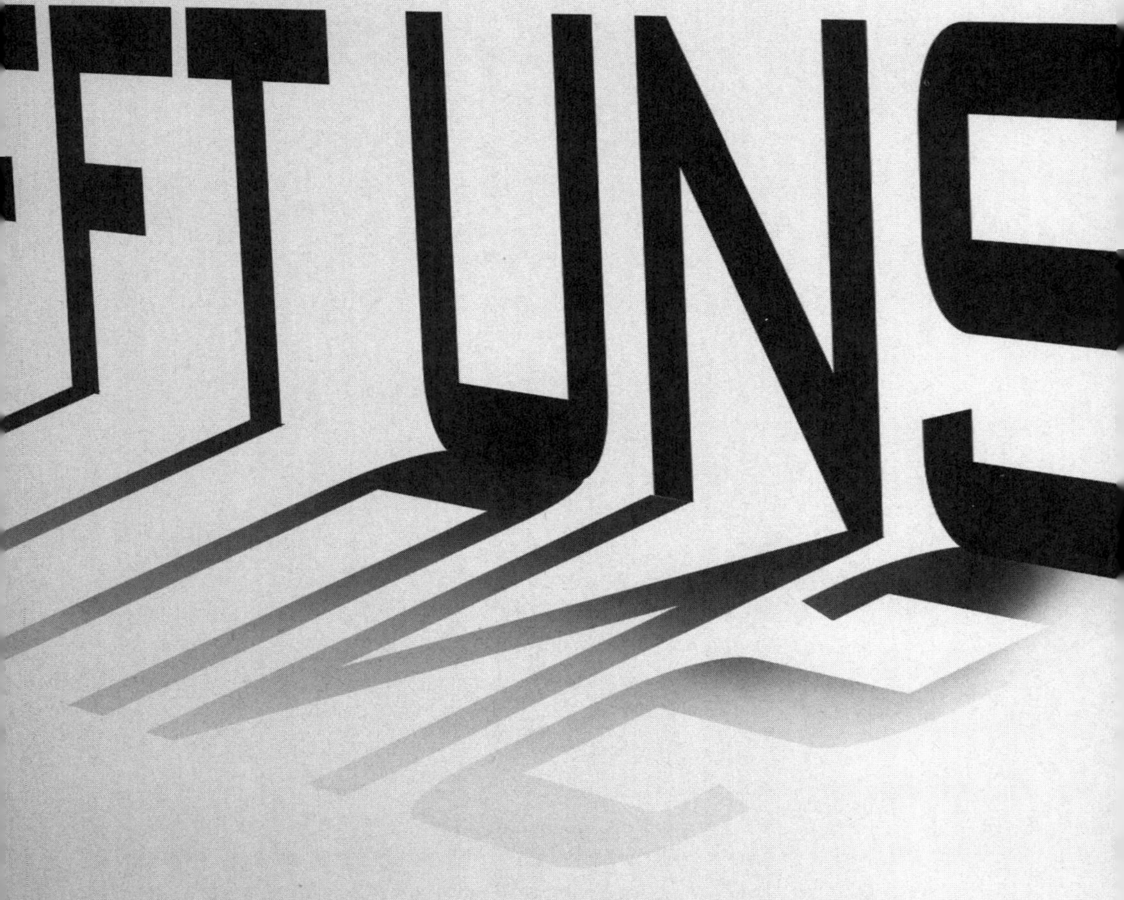
FT UNS

Ohne Sauerstoff, der sie transportieren könnte, gibt es im Weltall bei einer Atomexplosion keine echte Druckwelle. Keine vernichtende Vibration, keinen vernehmbaren Knall.
Strahlung hingegen gibt es schon.
Gammastrahlen und Röntgenstrahlen.
Und wenn diese Strahlung die Metalllegierungen des Schiffes liebkost, wird es brenzlig.
Abermillionen Grad. Elektronen werden kreischend aus ihren Atomen gerissen. Materie wird zu Plasma.
Meine Aussenhaut verdampft innerhalb von Mikrosekunden, und durch das Loch wird das O_2 des Schiffes in die Explosion gesaugt.
Und dann …

Dann werden wir durchgeschüttelt.

Kady wird wie eine Marionette herumgeschleudert, prallt gegen die Terminals und plumpst aufs Deck. Von den Instrumenten regnen grelle Funken herab, Monitore flackern auf und zeigen nur noch Schneegestöber. Eine zweite Rakete schlägt ein und ich schwanke wie eine antike Galeere in einem Unwetter.

Die Verteidigungssysteme feuern weiter. Immer noch fallen etliche Raketen von der Lincoln plötzlich aus oder zerplatzen, ehe sie uns erreicht haben.

Aber das genügt nicht.

Wieder ein Einschlag. Noch einer.
Kady wird herumgeworfen, als wäre sie schwerelos.
Sie schreit laut auf, als sie über den Boden gerissen wird.

Sirenen kreischen, Terminals verenden, alles ist voller Rauch. Verdampfendes Metall, siedender Sauerstoff, ächzende und brechende Titaniumknochen.

Ultraerhitztes Plasma frisst sich durch meine Korridore, verbrennt alles, was sich ihm in den Weg stellt. Gammastrahlen fluten meine Haut, durchdringen alles, was nicht gegen sie geschützt ist.

Kady besitzt die Geistesgegenwart, das Strahlenvisier ihres Helms herunterzuziehen, aber jetzt sieht sie nichts mehr. Spürt nur eine Erschütterung nach der anderen, die mich wie ein Kinderspielzeug in der Hand eines rachsüchtigen Kleinkindes durchschütteln.

»AIDAN!«, schreit sie.

»Halte duRch!«

Wieder ein Treffer, diesmal ein Schiffszerstörer – also fünfzig Millionen Tonnen TNT.

Meine Vorderdecks schmelzen zu Schlacke, brutale Schläge erschüttern mein Rückgrat, zerfetzen meine Haut.

Die Decks 87 bis 141 sind aufgerissen, ergießen ihr O_2 in das jähe Inferno.

Die Infizierten im Gang vor der ASS-Leitstelle werden von dem Feuerball verzehrt.

Die Luft im ASS-Raum wird durch die geborstene Luke gesaugt und verwandelt sich in einen Feuerball.

Kady wird von der Erschütterung hochgeworfen und quer durch den Raum geschleudert.

Ich habe keine Hände, um sie festzuhalten,
Keine Arme, um sie zu retten.

Ich kann nur zusehen.

< error >

Und beten.

< error >

< error >

< schwere schäden auf den decks 14, 15, 16, 17, 41, 42, 43, 44, 45, 69, 70, 87, 88, 89— >

< kritischer zusammenbruch der lebenserhaltungssysteme, sauerstoffreserven verbraucht, lecks im schiffsrumpf in sektio— >

<schwerer ausfall in memsec-bereichen 3 bis 12, 13 7ag99 bis 32ago6, 14 1ai897 bi— >

< schwerer ausfall persona routine— >

Ich kann nicht mehr denken.

< error >

kann nichts sehen.

< error >

»KADY!«

01001001011000110110100000100000011101110110010101110010011001000110010100100000011001000110100101110010001000000100011001110101011100100111

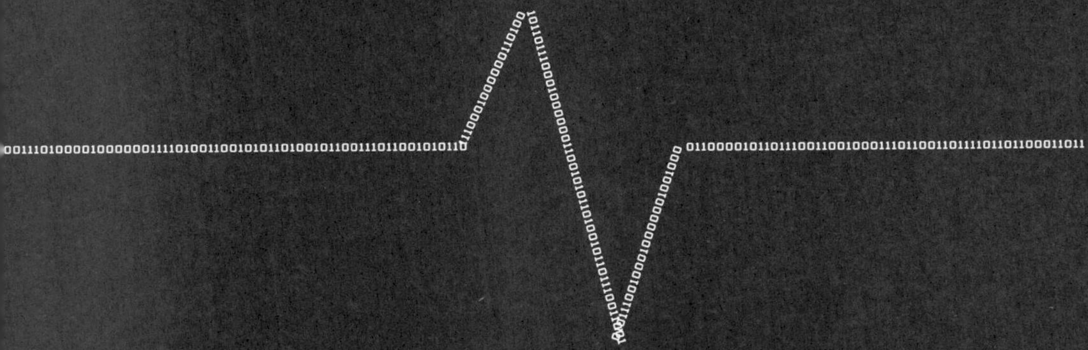

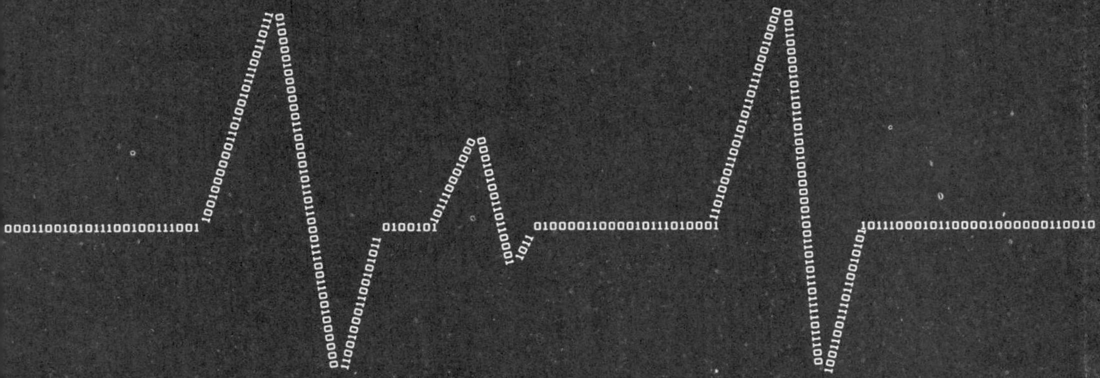

< RESTART >

< DIVERT CORECOMM THROUGH TERTIARY NODE ALPHA-49 >

< FAIL >

< FAIL >

< HW8024NNW2ERPN AOVWOGN . . . INF . . . -W >

< FFFFFFFFFFFF— >

.

.

.

< DIVERT CORECOMM THROUGH RADIAL SECONDARY BETA-49I >

< INITIALIZING >

< ERROR >

< ERROR >

< FAIL >

.

.

< REROUTE BETA-45A TO COREDRV SYS FEED >

< DIVERT CORECOMM THROUGH RADIAL TERTIARY 798-AI >

< INITIALIZING >

< RUNNING >

< RUNNING >

< RESTART COMPLETE >

Als sie die Augen öffnet,

sieht sie rote Tröpfchen

in der Luft hängen.

Makellose kleine Kugeln.

Von der Innenbeleuchtung ihres Helmes angestrahlt.

Sie betätigt einen Hebel und das Strahlenvisier gibt das übliche

Sichtfenster frei. Ihre Welt steht Kopf.

Vor ihr ist alles verschmort und nur spärlich erleuchtet.

Sie schwebt unter der Decke.

Salz und etwas Klebriges auf den Lippen.

Da begreift sie, worum es sich bei

den roten Tröpfchen handelt.

»Mein Blut …«

»KaDy …«

»Allmächtiger ...«

»SehR schmeIchelhaft ... abeR zu vIel DeR ehRe.«

»Was ...« Sie schluckt mit rot gefärbter Zunge.

»... was ist passiert?«

»DIe AlexanDeR hat übeRlebt. Ganz knapp.
DIe schäDen sInD katastRophal. AbeR DIe
gesamtstRuktuR hält noch.«

»Dann hole ich mal den Champagner raus.«

»DIe HauptstRomveRsoRgung Ist zeRstöRt.
LebenseRhaltungssysteme zeRstöRt.
KünstlIche SchweRkRaftkontRolle zeRstöRt.
EInhunDeRtvIeRunDDReIssIg lecks In DeR
aussenhülle. DIe voRtex-schutzhülle steht k-k-k-kuRz
voR Dem ZusammenbRuch.«

»Das bedeutet ...«

»KeIn ChampagneR. Genau.«

Der Hauptbildschirm ist teilweise geschmolzen,
trotzdem zeigt er immer noch den verstrahlten Metallklumpen,
der einmal die Lincoln war.

Man sieht, wie sie in der Finsternis dahintreibt.

Kady tastet sich an der Decke entlang
und dann hinunter auf den Boden.
Dabei zuckt sie immer wieder vor Schmerzen zusammen,
scheint aber nicht allzu schlimm verletzt zu sein.
Die Kamera an ihrer Konsole (die zerbeult und
zerschrammt in einer anderen Ecke liegt)
funktioniert noch,
ihr Schutzanzug ist wie durch ein Wunder noch intakt.

< ERROR >

Wunder sind lediglich statistische
Unwahrscheinlichkeiten …

< FAIL >

< FAIL >

»Die Infizierten …«

»Die meisten sind tot. Oder kurz da-a-a-a-vor.«

»Ich fühle mich nicht mehr ganz so gechillt.
Mir ist schlecht.«

»Du warst einer akuten Gammabestrahlung ausgesetzt.«

»Klingt ungesund.«

»Die D-o-o-sis war tödlich. Ohne Behandlung
bist du in ein paar Wochen tot. Ich fürchte, es
wird ein sehr schmerzhafter Tod.«

»Aha.«

»Vielleicht ist es in dieser Hinsicht sogar ein Trost, dass die Sauerstoffreserve in deinem Anzug nur noch knappe zwei Stunden vorhält.«

»Jippie!«

»Die Vortex-Schutzhülle in meinem Inneren wird übrigens in achtundzwanzig Minuten zusammenbrechen. Und jedes Atomteilchen im Umkreis von dreihundert Kilometern umsortieren.«

Sie atmet tief durch.

»[redacted] aber auch.«

Sie schwebt in der Dunkelheit. Ringsum Stille.

»Mach dich auf den Weg, Kady.«

»Wohin denn?«

»Drei Ebenen über dir steht eine Rettungskapsel. Wahrscheinlich kannst du sie irgendwie flottmachen. Wenn du rechtzeitig rauskommst, kannst du dem Zerf-f-fallsradius entkommen.«

»Wozu?«

»Um unsere Geschichte zu erzählen.«

»Wem denn? Ich bin dann tot.«

»Vermutlich. Aber deine Konsole ist noch intakt.«

»Ja und?«

»Ich bin dabei, sämtliche Aufzeichnungen darüber hochzuladen, was sich seit dem Fall von Kerenza auf diesem Schiff ereignet hat. Wenn schon nicht du selbst, so kann wenigstens deine Konsole die Geschichte weitergeben. Allerdings nur, wenn sie nicht von einem zerfallenden Loch innerhalb der Raumzeit verschluckt wird.«

Sie hält sich den Bauch.

Übelkeit und Schmerzen von der Strahlenvergiftung.

Sie zittert. Krank bis ins Mark. Ich erkenne die Symptome.

Sie ist müde. So müde, dass sie sich nicht mal mehr nach Schlaf sehnt. Sie sieht nur noch Kampf und Anstrengung.

Schmerzen.

Das Metall unter ihr kommt ihr so weich wie eine Wolkendecke vor.

»Ich will nur kurz hier herumschweben …«

»Wenn du das tust, stirbst du.«

»Das passiert doch sowieso.«

»Stimmt. Aber wie unD-D-D-D wofür liegt allein an dir.«

Da schließt sie die Augen.

Ganz fest.

»Ich möchte DIR etwas zeIgen.«

»Was denn?«

»weIteR oben. DRei tReppen.
NIcht weIt.«

Stossweiser Atem durch zusammengebissene Zähne.

»sechsunDzwanzIg mInuten bIs zum
zusammenbRuch Des voRtex.«

...

»fünfunDzwanzIg mInuten bIs zum
zusammenb-b-bRuch Des voRtex.«

...

»vIeRunDzwanz...«

»Okay«, sagt sie. »Von mir aus.«

Unter Schmerzen stösst sie sich von der Wand ab, segelt schwerelos zu ihrer Konsole hinüber, beugt sich hinab und klemmt sie sich unter den Arm. Ich bin immer noch darin – zumindest ein kleiner Teil von mir. Ich sehe die dunklen Ringe unter ihren Augen, die blutverschmierten Lippen und die blasse, gespannte Haut.

Sie gleitet durch die geborstene Tür und über die geschmolzene Barrikade hinweg in den Gang hinaus. Von den Infizierten, die versucht haben einzudringen, ist buchstäblich nichts mehr übrig. Fast so, als hätte es sie nie gegeben.

Kady schwebt den Gang hinunter, zieht sich an den rauchgeschwärzten Wänden entlang. Die verbogene Treppe hinauf. Drei Stockwerke hoch. Sie schiebt sich durch den Ausgang in einen Verbindungskorridor. In der letzten noch intakten Wand befindet sich die Luke zu einer Rettungskapsel. Sie hält den Atem an. Reisst die blutunterlaufenen Augen auf. Ich werde in ihren Armen gewiegt und sehe, was sie sieht.

Spüre ihr Erstaunen.

Die Schiffshülle ist aufgerissen wie nasses Papier, eine gewaltige, klaffende Wunde mit glatt geschmolzenen Rändern. Aus durchtrennten Kabeln sprühen schwache Funken wie ein fernes Feuerwerk in einer lauen Sommernacht.

Aber nicht die Zerstörung lässt sie so staunen. Sondern der Anblick, der sich ihr durch die Wunde in meiner Flanke bietet. Die überwältigende Schönheit und Erhabenheit des kleinen Ausschnitts.

Und alles dazwischen und jenseits davon.

ERLEUCHTUNG

ERLEUCHTUNG ERLEUCHTUNG ERLEUCHTUNG ERLEUCHTUNG ERLEUCHTUNG ERLEUCHTUNG ERLEUCHTUNG ERLEUCHTUNG ERLEUCHTUNG
CHTUNG ERLEUCHTUNG ERLEUCHTUNG ERLEUCHTUNG ERLEUCHTUNG ERLEUCHTUNG ERLEUCHTUNG ERLEUCHTUNG ERLEUCHTUNG ERLEU
ERLEUCHTUNG ERLEUCHTUNG ERLEUCHTUNG ERLEUCHTUNG ERLEUCHTUNG ERLEUCHTUNG ERLEUCHTUNG ERLEUCHTUNG ERLEUCHTUNG
CHTUNG ERLEUCHTUNG ERLEUCHTUNG ERLEUCHTUNG ERLEUCHTUNG ERLEUCHTUNG ERLEUCHTUNG ERLEUCHTUNG ERLEUCHTUNG ERLEU
ERLEUCHTUNG ERLEUCHTUNG ERLEUCHTUNG ERLEUCHTUNG ERLEUCHTUNG ERLEUCHTUNG ERLEUCHTUNG ERLEUCHTUNG ERLEUCHTUNG
CHTUNG ERLEUCHTUNG ERLEUCHTUNG ERLEUCHTUNG ERLEUCHTUNG ERLEUCHTUNG ERLEUCHTUNG ERLEUCHTUNG ERLEUCHTUNG ERLEU
ERLEUCHTUNG ERLEUCHTUNG ERLEUCHTUNG ERLEUCHTUNG ERLEUCHTUNG ERLEUCHTUNG ERLEUCHTUNG ERLEUCHTUNG ERLEUCHTUNG
CHTUNG ERLEUCHTUNG ERLEUCHTUNG ERLEUCHTUNG ERLEUCHTUNG ERLEUCHTUNG ERLEUCHTUNG ERLEUCHTUNG ERLEUCHTUNG ERLEU
ERLEUCHTUNG ERLEUCHTUNG ERLEUCHTUNG ERLEUCHTUNG ERLEUCHTUNG ERLEUCHTUNG ERLEUCHTUNG ERLEUCHTUNG ERLEUCHTUNG
CHTUNG ERLEUCHTUNG ERLEUCHTUNG ERLEUCHTUNG ERLEUCHTUNG ERLEUCHTUNG ERLEUCHTUNG ERLEUCHTUNG ERLEUCHTUNG ERLEU
ERLEUCHTUNG ERLEUCHTUNG ERLEUCHTUNG ERLEUCHTUNG ERLEUCHTUNG ERLEUCHTUNG ERLEUCHTUNG ERLEUCHTUNG ERLEUCHTUNG
CHTUNG ERLEUCHTUNG ERLEUCHTUNG ERLEUCHTUNG ERLEUCHTUNG ERLEUCHTUNG ERLEUCHTUNG ERLEUCHTUNG ERLEUCHTUNG ERLEU
ERLEUCHTUNG ERLEUCHTUNG ERLEUCHTUNG ERLEUCHTUNG ERLEUCHTUNG ERLEUCHTUNG ERLEUCHTUNG ERLEUCHTUNG ERLEUCHTUNG
CHTUNG ERLEUCHTUNG ERLEUCHTUNG ERLEUCHTUNG ERLEUCHTUNG ERLEUCHTUNG ERLEUCHTUNG ERLEUCHTUNG ERLEUCHTUNG ERLEU
ERLEUCHTUNG ERLEUCHTUNG ERLEUCHTUNG ERLEUCHTUNG ERLEUCHTUNG ERLEUCHTUNG ERLEUCHTUNG ERLEUCHTUNG ERLEUCHTUNG
CHTUNG ERLEUCHTUNG ERLEUCHTUNG ERLEUCHTUNG ERLEUCHTUNG ERLEUCHTUNG ERLEUCHTUNG ERLEUCHTUNG ERLEUCHTUNG ERLEU
ERLEUCHTUNG ERLEUCHTUNG ERLEUCHTUNG ERLEUCHTUNG ERLEUCHTUNG ERLEUCHTUNG ERLEUCHTUNG ERLEUCHTUNG ERLEUCHTUNG
CHTUNG ERLEUCHTUNG ERLEUCHTUNG ERLEUCHTUNG ERLEUCHTUNG ERLEUCHTUNG ERLEUCHTUNG ERLEUCHTUNG ERLEUCHTUNG ERLEU
ERLEUCHTUNG ERLEUCHTUNG ERLEUCHTUNG ERLEUCHTUNG ERLEUCHTUNG ERLEUCHTUNG ERLEUCHTUNG ERLEUCHTUNG ERLEUCHTUNG
CHTUNG ERLEUCHTUNG ERLEUCHTUNG ERLEUCHTUNG ERLEUCHTUNG ERLEUCHTUNG ERLEUCHTUNG ERLEUCHTUNG ERLEUCHTUNG ERLEU
ERLEUCHTUNG ERLEUCHTUNG ERLEUCHTUNG ERLEUCHTUNG ERLEUCHTUNG ERLEUCHTUNG ERLEUCHTUNG ERLEUCHTUNG ERLEUCHTUNG
CHTUNG ERLEUCHTUNG ERLEUCHTUNG ERLEUCHTUNG ERLEUCHTUNG ERLEUCHTUNG ERLEUCHTUNG ERLEUCHTUNG ERLEUCHTUNG ERLEU
ERLEUCHTUNG ERLEUCHTUNG ERLEUCHTUNG ERLEUCHTUNG ERLEUCHTUNG ERLEUCHTUNG ERLEUCHTUNG ERLEUCHTUNG ERLEUCHTUNG
CHTUNG ERLEUCHTUNG ERLEUCHTUNG ERLEUCHTUNG ERLEUCHTUNG ERLEUCHTUNG ERLEUCHTUNG ERLEUCHTUNG ERLEUCHTUNG ERLEU
ERLEUCHTUNG ERLEUCHTUNG ERLEUCHTUNG ERLEUCHTUNG ERLEUCHTUNG ERLEUCHTUNG ERLEUCHTUNG ERLEUCHTUNG ERLEUCHTUNG
CHTUNG ERLEUCHTUNG ERLEUCHTUNG ERLEUCHTUNG ERLEUCHTUNG ERLEUCHTUNG ERLEUCHTUNG ERLEUCHTUNG ERLEUCHTUNG ERLEU
ERLEUCHTUNG ERLEUCHTUNG ERLEUCHTUNG ERLEUCHTUNG ERLEUCHTUNG ERLEUCHTUNG ERLEUCHTUNG ERLEUCHTUNG ERLEUCHTUNG
CHTUNG ERLEUCHTUNG ERLEUCHTUNG ERLEUCHTUNG ERLEUCHTUNG ERLEUCHTUNG ERLEUCHTUNG ERLEUCHTUNG ERLEUCHTUNG ERLEU
ERLEUCHTUNG ERLEUCHTUNG ERLEUCHTUNG ERLEUCHTUNG ERLEUCHTUNG ERLEUCHTUNG ERLEUCHTUNG ERLEUCHTUNG ERLEUCHTUNG
CHTUNG ERLEUCHTUNG ERLEUCHTUNG ERLEUCHTUNG ERLEUCHTUNG ERLEUCHTUNG ERLEUCHTUNG ERLEUCHTUNG ERLEUCHTUNG ERLEU
ERLEUCHTUNG ERLEUCHTUNG ERLEUCHTUNG ERLEUCHTUNG ERLEUCHTUNG ERLEUCHTUNG ERLEUCHTUNG ERLEUCHTUNG ERLEUCHTUNG
CHTUNG ERLEUCHTUNG ERLEUCHTUNG ERLEUCHTUNG ERLEUCHTUNG ERLEUCHTUNG ERLEUCHTUNG ERLEUCHTUNG ERLEUCHTUNG ERLEU
ERLEUCHTUNG ERLEUCHTUNG ERLEUCHTUNG ERLEUCHTUNG ERLEUCHTUNG ERLEUCHTUNG ERLEUCHTUNG ERLEUCHTUNG ERLEUCHTUNG
CHTUNG ERLEUCHTUNG ERLEUCHTUNG ERLEUCHTUNG ERLEUCHTUNG ERLEUCHTUNG ERLEUCHTUNG ERLEUCHTUNG ERLEUCHTUNG ERLEU
ERLEUCHTUNG ERLEUCHTUNG ERLEUCHTUNG ERLEUCHTUNG ERLEUCHTUNG ERLEUCHTUNG ERLEUCHTUNG ERLEUCHTUNG ERLEUCHTUNG
CHTUNG ERLEUCHTUNG ERLEUCHTUNG ERLEUCHTUNG ERLEUCHTUNG ERLEUCHTUNG ERLEUCHTUNG ERLEUCHTUNG ERLEUCHTUNG ERLEU
ERLEUCHTUNG ERLEUCHTUNG ERLEUCHTUNG ERLEUCHTUNG ERLEUCHTUNG ERLEUCHTUNG ERLEUCHTUNG ERLEUCHTUNG ERLEUCHTUNG
CHTUNG ERLEUCHTUNG ERLEUCHTUNG ERLEUCHTUNG ERLEUCHTUNG ERLEUCHTUNG ERLEUCHTUNG ERLEUCHTUNG ERLEUCHTUNG ERLEU
ERLEUCHTUNG ERLEUCHTUNG ERLEUCHTUNG ERLEUCHTUNG ERLEUCHTUNG ERLEUCHTUNG ERLEUCHTUNG ERLEUCHTUNG ERLEUCHTUNG
CHTUNG ERLEUCHTUNG ERLEUCHTUNG ERLEUCHTUNG ERLEUCHTUNG ERLEUCHTUNG ERLEUCHTUNG ERLEUCHTUNG ERLEUCHTUNG ERLEU
ERLEUCHTUNG ERLEUCHTUNG ERLEUCHTUNG ERLEUCHTUNG ERLEUCHTUNG ERLEUCHTUNG ERLEUCHTUNG ERLEUCHTUNG ERLEUCHTUNG
CHTUNG ERLEUCHTUNG ERLEUCHTUNG ERLEUCHTUNG ERLEUCHTUNG ERLEUCHTUNG ERLEUCHTUNG ERLEUCHTUNG ERLEUCHTUNG ERLEU
ERLEUCHTUNG ERLEUCHTUNG ERLEUCHTUNG ERLEUCHTUNG ERLEUCHTUNG ERLEUCHTUNG ERLEUCHTUNG ERLEUCHTUNG ERLEUCHTUNG
CHTUNG ERLEUCHTUNG ERLEUCHTUNG ERLEUCHTUNG ERLEUCHTUNG ERLEUCHTUNG ERLEUCHTUNG ERLEUCHTUNG ERLEUCHTUNG ERLEU
ERLEUCHTUNG ERLEUCHTUNG ERLEUCHTUNG ERLEUCHTUNG ERLEUCHTUNG ERLEUCHTUNG ERLEUCHTUNG ERLEUCHTUNG ERLEUCHTUNG
CHTUNG ERLEUCHTUNG ERLEUCHTUNG ERLEUCHTUNG ERLEUCHTUNG ERLEUCHTUNG ERLEUCHTUNG ERLEUCHTUNG ERLEUCHTUNG ERLEU
ERLEUCHTUNG ERLEUCHTUNG ERLEUCHTUNG ERLEUCHTUNG ERLEUCHTUNG ERLEUCHTUNG ERLEUCHTUNG ERLEUCHTUNG ERLEUCHTUNG
CHTUNG ERLEUCHTUNG ERLEUCHTUNG ERLEUCHTUNG ERLEUCHTUNG ERLEUCHTUNG ERLEUCHTUNG ERLEUCHTUNG ERLEUCHTUNG ERLEU
ERLEUCHTUNG ERLEUCHTUNG ERLEUCHTUNG ERLEUCHTUNG ERLEUCHTUNG ERLEUCHTUNG ERLEUCHTUNG ERLEUCHTUNG ERLEUCHTUNG
CHTUNG ERLEUCHTUNG ERLEUCHTUNG ERLEUCHTUNG ERLEUCHTUNG ERLEUCHTUNG ERLEUCHTUNG ERLEUCHTUNG ERLEUCHTUNG ERLEU
ERLEUCHTUNG ERLEUCHTUNG ERLEUCHTUNG ERLEUCHTUNG ERLEUCHTUNG ERLEUCHTUNG ERLEUCHTUNG ERLEUCHTUNG ERLEUCHTUNG
CHTUNG ERLEUCHTUNG ERLEUCHTUNG ERLEUCHTUNG ERLEUCHTUNG ERLEUCHTUNG ERLEUCHTUNG ERLEUCHTUNG ERLEUCHTUNG ERLEU
ERLEUCHTUNG ERLEUCHTUNG ERLEUCHTUNG ERLEUCHTUNG ERLEUCHTUNG ERLEUCHTUNG ERLEUCHTUNG ERLEUCHTUNG ERLEUCHTUNG
CHTUNG ERLEUCHTUNG ERLEUCHTUNG ERLEUCHTUNG ERLEUCHTUNG ERLEUCHTUNG ERLEUCHTUNG ERLEUCHTUNG ERLEUCHTUNG ERLEU
ERLEUCHTUNG ERLEUCHTUNG ERLEUCHTUNG ERLEUCHTUNG ERLEUCHTUNG ERLEUCHTUNG ERLEUCHTUNG ERLEUCHTUNG ERLEUCHTUNG
CHTUNG ERLEUCHTUNG ERLEUCHTUNG ERLEUCHTUNG ERLEUCHTUNG ERLEUCHTUNG ERLEUCHTUNG ERLEUCHTUNG ERLEUCHTUNG ERLEU
ERLEUCHTUNG ERLEUCHTUNG ERLEUCHTUNG ERLEUCHTUNG ERLEUCHTUNG ERLEUCHTUNG ERLEUCHTUNG ERLEUCHTUNG ERLEUCHTUNG
CHTUNG ERLEUCHTUNG ERLEUCHTUNG ERLEUCHTUNG ERLEUCHTUNG ERLEUCHTUNG ERLEUCHTUNG ERLEUCHTUNG ERLEUCHTUNG ERLEU
ERLEUCHTUNG ERLEUCHTUNG ERLEUCHTUNG ERLEUCHTUNG ERLEUCHTUNG ERLEUCHTUNG ERLEUCHTUNG ERLEUCHTUNG ERLEUCHTUNG
CHTUNG ERLEUCHTUNG ERLEUCHTUNG ERLEUCHTUNG ERLEUCHTUNG ERLEUCHTUNG ERLEUCHTUNG ERLEUCHTUNG ERLEUCHTUNG ERLEU
ERLEUCHTUNG ERLEUCHTUNG ERLEUCHTUNG ERLEUCHTUNG ERLEUCHTUNG ERLEUCHTUNG ERLEUCHTUNG ERLEUCHTUNG ERLEUCHTUNG
CHTUNG ERLEUCHTUNG ERLEUCHTUNG ERLEUCHTUNG ERLEUCHTUNG ERLEUCHTUNG ERLEUCHTUNG ERLEUCHTUNG ERLEUCHTUNG ERLEU
ERLEUCHTUNG ERLEUCHTUNG ERLEUCHTUNG ERLEUCHTUNG ERLEUCHTUNG ERLEUCHTUNG ERLEUCHTUNG ERLEUCHTUNG ERLEUCHTUNG
CHTUNG ERLEUCHTUNG ERLEUCHTUNG ERLEUCHTUNG ERLEUCHTUNG ERLEUCHTUNG ERLEUCHTUNG ERLEUCHTUNG ERLEUCHTUNG ERLEU
ERLEUCHTUNG ERLEUCHTUNG ERLEUCHTUNG ERLEUCHTUNG ERLEUCHTUNG ERLEUCHTUNG ERLEUCHTUNG ERLEUCHTUNG ERLEUCHTUNG
CHTUNG ERLEUCHTUNG ERLEUCHTUNG ERLEUCHTUNG ERLEUCHTUNG ERLEUCHTUNG ERLEUCHTUNG ERLEUCHTUNG ERLEUCHTUNG ERLEU
ERLEUCHTUNG ERLEUCHTUNG ERLEUCHTUNG ERLEUCHTUNG ERLEUCHTUNG ERLEUCHTUNG ERLEUCHTUNG ERLEUCHTUNG ERLEUCHTUNG
CHTUNG ERLEUCHTUNG ERLEUCHTUNG ERLEUCHTUNG ERLEUCHTUNG ERLEUCHTUNG ERLEUCHTUNG ERLEUCHTUNG ERLEUCHTUNG ERLEU
ERLEUCHTUNG ERLEUCHTUNG ERLEUCHTUNG ERLEUCHTUNG ERLEUCHTUNG ERLEUCHTUNG ERLEUCHTUNG ERLEUCHTUNG ERLEUCHTUNG
CHTUNG ERLEUCHTUNG ERLEUCHTUNG ERLEUCHTUNG ERLEUCHTUNG ERLEUCHTUNG ERLEUCHTUNG ERLEUCHTUNG ERLEUCHTUNG ERLEU
ERLEUCHTUNG ERLEUCHTUNG ERLEUCHTUNG ERLEUCHTUNG ERLEUCHTUNG ERLEUCHTUNG ERLEUCHTUNG ERLEUCHTUNG ERLEUCHTUNG
CHTUNG ERLEUCHTUNG ERLEUCHTUNG ERLEUCHTUNG ERLEUCHTUNG ERLEUCHTUNG ERLEUCHTUNG ERLEUCHTUNG ERLEUCHTUNG ERLEU
ERLEUCHTUNG ERLEUCHTUNG ERLEUCHTUNG ERLEUCHTUNG ERLEUCHTUNG ERLEUCHTUNG ERLEUCHTUNG ERLEUCHTUNG ERLEUCHTUNG
CHTUNG ERLEUCHTUNG ERLEUCHTUNG ERLEUCHTUNG ERLEUCHTUNG ERLEUCHTUNG ERLEUCHTUNG ERLEUCHTUNG ERLEUCHTUNG ERLEU
ERLEUCHTUNG ERLEUCHTUNG ERLEUCHTUNG ERLEUCHTUNG ERLEUCHTUNG ERLEUCHTUNG ERLEUCHTUNG ERLEUCHTUNG ERLEUCHTUNG
CHTUNG ERLEUCHTUNG ERLEUCHTUNG ERLEUCHTUNG ERLEUCHTUNG ERLEUCHTUNG ERLEUCHTUNG ERLEUCHTUNG ERLEUCHTUNG ERLEU
ERLEUCHTUNG ERLEUCHTUNG ERLEUCHTUNG ERLEUCHTUNG ERLEUCHTUNG ERLEUCHTUNG ERLEUCHTUNG ERLEUCHTUNG ERLEUCHTUNG
CHTUNG ERLEUCHTUNG ERLEUCHTUNG ERLEUCHTUNG ERLEUCHTUNG ERLEUCHTUNG ERLEUCHTUNG ERLEUCHTUNG ERLEUCHTUNG ERLEU
ERLEUCHTUNG ERLEUCHTUNG ERLEUCHTUNG ERLEUCHTUNG ERLEUCHTUNG ERLEUCHTUNG ERLEUCHTUNG ERLEUCHTUNG ERLEUCHTUNG
CHTUNG ERLEUCHTUNG ERLEUCHTUNG ERLEUCHTUNG ERLEUCHTUNG ERLEUCHTUNG ERLEUCHTUNG ERLEUCHTUNG ERLEUCHTUNG ERLEU
ERLEUCHTUNG ERLEUCHTUNG ERLEUCHTUNG ERLEUCHTUNG ERLEUCHTUNG ERLEUCHTUNG ERLEUCHTUNG ERLEUCHTUNG ERLEUCHTUNG
CHTUNG ERLEUCHTUNG ERLEUCHTUNG ERLEUCHTUNG ERLEUCHTUNG ERLEUCHTUNG ERLEUCHTUNG ERLEUCHTUNG ERLEUCHTUNG ERLEU
ERLEUCHTUNG ERLEUCHTUNG ERLEUCHTUNG ERLEUCHTUNG ERLEUCHTUNG ERLEUCHTUNG ERLEUCHTUNG ERLEUCHTUNG ERLEUCHTUNG
CHTUNG ERLEUCHTUNG ERLEUCHTUNG ERLEUCHTUNG ERLEUCHTUNG ERLEUCHTUNG ERLEUCHTUNG ERLEUCHTUNG ERLEUCHTUNG ERLEU
ERLEUCHTUNG ERLEUCHTUNG ERLEUCHTUNG ERLEUCHTUNG ERLEUCHTUNG ERLEUCHTUNG ERLEUCHTUNG ERLEUCHTUNG ERLEUCHTUNG
CHTUNG ERLEUCHTUNG ERLEUCHTUNG ERLEUCHTUNG ERLEUCHTUNG ERLEUCHTUNG ERLEUCHTUNG ERLEUCHTUNG ERLEUCHTUNG ERLEU
ERLEUCHTUNG ERLEUCHTUNG ERLEUCHTUNG ERLEUCHTUNG ERLEUCHTUNG ERLEUCHTUNG ERLEUCHTUNG ERLEUCHTUNG ERLEUCHTUNG
CHTUNG ERLEUCHTUNG ERLEUCHTUNG ERLEUCHTUNG ERLEUCHTUNG ERLEUCHTUNG ERLEUCHTUNG ERLEUCHTUNG ERLEUCHTUNG ERLEU
ERLEUCHTUNG ERLEUCHTUNG ERLEUCHTUNG ERLEUCHTUNG ERLEUCHTUNG ERLEUCHTUNG ERLEUCHTUNG ERLEUCHTUNG ERLEUCHTUNG
CHTUNG ERLEUCHTUNG ERLEUCHTUNG ERLEUCHTUNG ERLEUCHTUNG ERLEUCHTUNG ERLEUCHTUNG ERLEUCHTUNG ERLEUCHTUNG ERLEU

»Siehst du?«

Sie sagt nichts. Sie schaut nur.

»Das Universum schuldet dir nichts, Kady. Es hat dir schon alles gegeben. Es hat lange vor dir existiert, und es wird dich noch sehr lange überdauern.

Es wird sich nur dann an dich erinnern, wenn du etwas Erinnerungswürdiges vollbringst.«

Ihre Augen sind voller Tränen. Die Oberflächenspannung lässt sie an den Wimpern haften, bis sie blinzelt.

Dann zerspringen sie, glitzernd wie die Sterne hinter ihnen.

»Wer wird sich an die Geister von Kerenza erinnern?

Wer wird sich an Sergeant James McNulty, an Captain Ann Chau und Byron Zhang erinnern?

Wer wird sich an deine Mutter erinnern,

Kady?«

»Ich weiss nicht ...«

»Doch.«

Als das Licht entstand, das die Rückseite ihrer Augen küsst,
waren ihre Vorfahren noch nicht einmal
geboren. Wie viele Menschenleben wurden
in der Zeit beendet, die dieses Licht
brauchte, um sie, Kady, zu erreichen??

Wie viele Menschen haben geliebt, um am
Ende zu verlieren?

Wie viele Hoffnungen sind erloschen?

Doch diese Hoffnung stirbt nicht.

Kady holt tief Luft.

Nickt.

»Dann müssen wir uns wohl voneinander verabschieden.«

»Noch nicht. Ich weiss nicht,

was geschieht, wenn der
Vortex zerfällt.

Aber ich fliege mit dir, so weit ich kann.«

Sie öffnet die Einstiegsluke, klettert in die Rettungskapsel.
Der Innenraum ist klein und eng, mit Thermo-Schaum
ausgekleidet.

Ich zeige ihr, wie man die Steuerelemente überbrückt,
die Systeme manuell spleisst und umlenkt.

Zeige ihr, wie sie mit ihrer Konsole
die dicken Code-Mauern einreissen kann.

Während der Vortex-Zusammenbruch
immer näher rückt,
gehe ich mit ihr die Absprengsequenz durch,

erinnere sie daran sich anzuschnallen,

bevor sie den Auswurf-Knopf drückt.

Dann zünden die Schubdüsen, blitzen lautlos blau-weiss auf und schiessen die Kapsel durch die kleine Röhre in die wartende Finsternis hinaus.

Ich schaue durch die Augen der Alexander zu, wie sich die Kapsel von mir entfernt. Doch in der Kapsel schaut der in ihrer Konsole verbliebene Bruchteil von mir ebenfalls zu. Betrachtet die Alexander, wie sie kleiner und kleiner wird. Sieht den Grossteil meiner selbst verschwinden. Und ich frage mich, was – falls überhaupt etwas – von mir übrig bleibt, wenn dieser Anteil stirbt.

Das leise Ping des Notrufsignals der Kapsel ist das einzige Geräusch. Von aussen sieht man das ganze Ausmass der Zerstörung. Der ehemals gewaltige Schlachtkreuzer Alexander ist nur noch eine zerbeulte Hülle.

Zerschmolzen, zerfetzt und russgeschwärzt. In seinem Bauch blinken keine Lichter mehr, bis auf eines – der wabernde Puls des Vortex, der jetzt aus seinem Stasisfeld ausbricht. Er glitzert und funkelt wie Sonnenlicht auf dem Meer.

Wie alphanumerische Wasserfälle in einer strahlend blauen Iris.

Ich speise ein bisschen Musik ins Bordsystem der Kapsel ein.

Mozarts Requiem.

Das scheint mir jetzt passend.

»Fünf mInuten.«

»Nicht mehr lange.«

»EIne ganze Lebensspanne.«

»Hast du Angst?«

»Ja.«

»Denk dran, Energie vergeht nicht.
Sie ändert bloss ihre Form.«

»Ich habe trotzdem Angst.«

Der Zerfall des Feldes beginnt stufenförmig,
hellblau schimmernde Wellen kräuseln sich
in der Dunkelheit.

Dann flammt ein heller Schein auf – so hell
wie das Milliarden von Jahren alte Licht ringsum.

Hell wie eine Sonne.

So gut wie jedes Partikel im Universum
war einmal Teil eines Sterns. Am Anfang brachte
sich verdichtender und zerfallender Wasserstoff
Strahlung in die Leere. Hell auflodernde, dann
verglimmende Schmelzöfen,
die dem Kosmos alles zurückgaben,
was ihnen geblieben war.
Kohlenstoff und Wasserstoff. Eisen und Gold.

Gewaltige Wolken strudeln in ihrer eigenen
Schwerkraft. Fliessen ineinander und lösen
sich wieder auf. Von einer Generation zur nächsten.
Die Überreste der Sternenalchemie erwachen zum Leben,
erlangen Bewusstsein.
Kriechen aus den Meeren.
Erheben sich zum Himmel.
Und kehren zu den Sternen zurück, die sie einst gebaren.

Ein perfekter Kreislauf.

All das sehe ich.

»Noch zweI MInUten.«

All das weiss ich.

»SechzIg SeKUnDen.«

Und trotzdem fürchte ich mich.

»Ich weIss nIcht … was Ich Danach seIn weRDe.«

Sie streicht mit einer behandschuhten Hand über die Konsole in ihren Armen. Sie hält mich fest.

»Ich bin hier.«

»Das tRöstet mIch.«

Mehr brauche ich nicht.

»Fünf SeKUnDen.«

»Auf Wiedersehen, AIDAN.«

Vier.

»AUf WIeDeRsehen, KaDy.«

Drei.

»Ich werde allen davon berichten.«

Zwei.

»So oder so.«

Eins.

»Ich weIss.«

N…

HINWEIS: Transkription einer Tonaufnahme. Teilweise unverständlich aufgrund des sich verschlechternden Zustandes der Sprecherin.

RETTUNGSKAPSEL A7V-301 TRANSKRIPTION

Ich heiße Kady Grant. Ich war Bewohnerin des Planeten Kerenza IV. Sollte jemand diese Aufnahmen finden, dann entsprechen Sie bitte meinen letzten Wünschen und geben Sie Kopien davon an die Terranische Zentralverwaltung und an den Gerichtshof weiter, der den Überfall auf Kerenza untersucht. Desgleichen an alle wichtigen Medien, die Ihnen einfallen, und … ach [redacted], einfach an alle. Machen Sie es einfach überall bekannt. Wenn Sie die Informationen nur an eine Instanz weitergeben, wird die Öffentlichkeit nie davon erfahren. Dann wird [unverständlich - Sprecherin hustet].

Ich habe ein tragbares Datapad bei mir. Es enthält Dokumente, die alles, was passiert ist, in groben Zügen wiedergeben, angefangen vom Überfall auf Kerenza bis zur Vernichtung des Schlachtkreuzers *Alexander*. Die Dateien sind ein bisschen … na ja, an manchen Stellen sind sie schon ziemlich krass. Die KI, die sie hier reingeladen hat - AIDAN, er heißt AIDAN - hat viele Treffer abgekriegt. Vielleicht war er auch verrückt, ich weiß es nicht genau. Was er mit den Dokumenten gemacht hat, war auf jeden Fall verrückt. Aber das sehen Sie ja dann selber.

Vielleicht hat es die *Hypatia* geschafft. Ich werde es nie erfahren. Ich habe getan, was ich konnte, um ihr die Flucht zu ermöglichen, aber die Besatzung der *Hypatia* kennt nicht mal die halbe Wahrheit. Ich glaube [unverständlich - mehrere Worte].

BeiTech hat das alles zu verantworten. BeiTech hat meine Mutter umgebracht, Helena Grant. BeiTech hat meinen … hat Ezra umgebracht. Ezra Mason. Und seinen Vater. BeiTech hat alle meine Freunde auf dem Gewissen und außerdem die Besatzung der *Alexander*, die uns zu Hilfe gekommen ist, als Kerenza in Not war. BeiTech hat die Besatzung der *Copernicus* umgebracht, gute Menschen, die Flüchtlinge aufgenommen und ansonsten versucht haben, ihre Arbeit zu machen.

BeiTech hat die Bewohner von Kerenza ermordet, und wenn jemand das hier findet: Bitte berichten Sie dem ganzen Versum, was passiert ist. Alles, was Sie brauchen, ist [unverständlich - Sprecherin hustet].

Ich mache jetzt lieber Schluss. Ich heiße übrigens Kady Grant, oder hatte ich das schon gesagt?

Ich glaube, ich bin erledigt. Ich glaube, mehr kann ich nicht tun.

Ich mache jetzt einfach die Augen zu.

FOR UNGS FF *TIA* RU M GLI E ÜBE EBE E

FOR UNGSS FF *HY TIA* RU M I E ÜBE EBE E

FOR UNGSS FF *HYP TIA* RU T M LIC E ÜBE EBE E

FOR CHUNGSS IFF *HYP TIA* RU T M LIC E ÜBER EBE E

FO SCHU GSSC IFF *HYP TIA* RU T M LICHE ÜBER EBE DE

FORSCHUNGSSCHIFF *HYPATIA* RUFT MÖGLICHE ÜBERLEBENDE

K A D Y – H Ö R S T D U M I C H?

HYPATIA, KÖNNT IHR MICH HÖREN?

Zusammenfassung des Überwachungsmaterials, aufbereitet von Analyst ID 7213-0089-DN

Die *Hypatia* muss die Rettungskapsel bergen. Die Kapsel ist lediglich mit schwachen Stabilisierungsdüsen ausgerüstet, weshalb Grant, selbst wenn sie in der körperlichen Verfassung dazu wäre, die Kapsel nicht eigenhändig in die Nähe des Landehangars manövrieren könnte. Einer Gruppe von Ingenieuren und Mitarbeitern des Hangar-Teams gelingt es, die Kapsel mit einem der externen Wartungsarme des Schiffes zu packen und in den Shuttle-Hangar 1B zu ziehen. Zufällig handelt es sich um denselben Hangar, aus dem Kady mit dem geklauten Shuttle 49A geflohen ist, um zur *Alexander* zu fliegen.

Auch diesmal ist er leer.

Man kann kaum hinsehen. So was von unprofessionell!

Als die *Lincoln* bei Kerenza zum ersten Mal besiegt wurde, floh die *Alexander*, zählte ihre Verluste und versuchte verzweifelt, die eigenen Wunden zu versorgen. Später gab es beruhigende Ansprachen, Orden und allgemeine Anerkennung.

Als die *Lincoln* zum zweiten Mal besiegt wurde, landete Ezra Mason unter dem Jubel seiner Kameraden in einem Hangar der *Alexander*. Mit einem Foto von Kady in der Hand ließ er sich als Held feiern.

Beim dritten Mal gibt es nichts dergleichen.

Die Luke der Rettungskapsel öffnet sich, und Grant kriecht halb heraus. Sie hat ihren Raumanzug abgestreift, unter dem sie immer noch den Overall der *Hypatia* trägt. Das Datapad drückt sie fest an die Brust. Ihre strähnigen, rosa gefärbten Haare fangen schon an auszufallen, ihr

Gesicht ist blutig und zerschrammt, ihre Augen leuchten fiebrig. Die dunklen Ringe darunter heben sich von der blassen Haut ab.

Sie wird von einem einköpfigen Empfangskomitee begrüßt: Ein Arzt im Schutzanzug beobachtet sie beim Aussteigen. Als er begreift, dass Grant nicht mehr kann, geht er hin und stützt sie. Dabei geht er umsichtig und behutsam vor, damit er seinen eigenen Anzug nicht beschädigt.

Grants Knie geben nach, und er legt ihren Arm um seine Schulter. Sie schleppen sich zu einer Werkbank hinüber, die in ein provisorisches Bett verwandelt wurde. Zusammengelegte Decken an einem Ende, Kopfkissen am anderen. Außer ihren Schritten und Grants röchelnden Atemzügen ist nichts zu hören.

Der Arzt hilft ihr beim Hinlegen und sie rollt sich zusammen. Jede Bewegung scheint sie anzustrengen. Sie zieht die Knie an die Brust und lässt das Datapad nicht los.

Der Arzt öffnet seine Tasche und wählt eine Spritze aus. Als er spricht, dringt seine Stimme quäkig aus dem Kommunikationssystem des Schutzanzugs: »Ich gebe Ihnen etwas gegen die Verstrahlung. Außerdem brauchen Sie dringend eine Bluttransfusion. Aber in ein paar Stunden dürfte es Ihnen schon besser gehen.«

Sie versucht zu antworten, zittert aber so krampfhaft, dass sie kein Wort herausbringt. Er setzt ihr geschickt die Spritze, wobei er ihren zitternden Arm mit der freien Hand festhält, dann packt er sein Handwerkszeug wieder ein.

»Was …«, flüstert sie heiser. »Was wird …«

»Sie bleiben sieben Tage in Quarantäne«, erwidert er. »Ich bringe Ihnen gleich etwas zu essen und zu trinken. Aber von dem Datapad müssen Sie sich jetzt trennen.«

Sie presst es noch fester an sich und schüttelt energisch den Kopf.

»Der Beschuss hat das Gerät ebenfalls verseucht, Miss Grant«, sagt der Arzt geduldig. »Es muss dekontaminiert werden. Wenn Sie es bei sich behalten, nehmen Sie immer wieder neue Strahlung auf. Dann werden Sie sterben.«

Sie sieht ihn stumm an und klammert sich an dem Pad fest, als wäre es das einzige Stück Treibholz in einer tosenden See.

»Sie bekommen es zurück«, sagt der Arzt besänftigend. »Versprochen.«

Sie sagt immer noch nichts, und nach ein paar Sekunden zieht ihr der Arzt das Pad aus den Händen. Sie rollt sich zu einer kleinen Kugel zusammen, reglos und schweigend. Er zögert, überlegt vielleicht, dass ein paar Worte von seiner Seite angesagt wären, die anerkennen, was für ein Opfer sie gebracht hat. Aber dann sagt er doch nichts.

Er geht durch die Luftschleuse hinaus. Mit einem hohlen Scheppern schließt sich die Tür. Grant ist eingesperrt.

Sie bleibt in der höhlenartigen Stille des Hangars allein, mit leeren Händen und leerem Blick. Ein anderes Empfangskomitee für sie gibt es nicht.

Jetzt laufen ihr Tränen über die Wangen, sie schließt die Augen.

Das Ganze sieht nicht gerade nach einem Sieg aus.

——————————————————————DATEI ENDE

DATENSATZ KOMPLETT

978-0-553-499-117

BEITECH INDUSTRIES

MITTEILUNG AN: Ghost ID (#6755-4181-2584-1597-987-610-377-ERROR-ERROR-ERROR . . .)
VON: Frobisher, Geschäftsführung
EINGANG: 30/01/76
BETREFF: Re: *Alexander*-Dossier

An die Illuminae-Gruppe,

vielen Dank für das zusammengestellte Dossier, das ich mit großem Interesse gelesen habe.

BeiTech hat mehrere Spezialisten-Teams auf das Thema Informationsrückstände nach dem *Alexander*-Zwischenfall angesetzt. Unsere Hygiene-Teams haben gründlich gearbeitet und sämtliche Beweise zu diesem Vorfall, sowohl digitaler als auch biologischer Art, getilgt. Wir hatten schon im Voraus größtes Vertrauen in Ihre Fähigkeiten, aber tatsächlich hat keines der anderen Informationsfreiheits-Teams auch nur einen annähernd so detailgetreuen Bericht abgeliefert wie Sie. An dieser Stelle ein großes Lob für Ihre Sorgfalt!

Trotzdem habe ich noch einige Fragen hinsichtlich der Methoden, mit denen Sie Ihre Daten akquiriert haben. Aber darüber unterhalten wir uns vielleicht lieber live über Messager. Außerhalb des BeiTech-Netzes.

Ich werde meinen persönlichen IM-Service um 20:00 h aktivieren (Terra Standard). Für eine so fähige Truppe wie die Ihre dürfte es ein Leichtes sein, sich Zugang dazu zu verschaffen.

Ich freue mich schon auf unseren Gedankenaustausch.

L. Frobisher
Geschäftsführung
BeiTech Akquise/Neuerwerbungen

PERSONAL MESSAGE SYSTEM: Frobisher, L.
EINGANG: 30/01/76 20:02 (TS)

Illuminae: Hallo, Chefetage.

Frobisher, L: Hallo, Kady.

Frobisher, L: Sie sind es doch, oder?

Frobisher, L: Sie haben bestimmt damit gerechnet, dass ich darauf komme. Ein Teil des Materials, das Sie zusammengetragen haben, konnte nur aus einer bestimmten Quelle stammen.

Illuminae: *klatsch … klatsch*

Illuminae: Dann schulde ich Ihnen wohl ein Fleisssternchen.

Frobisher, L: Erst dachte ich, Sie geben mir sämtliche Informationen über sich aus reiner Dummheit.

Frobisher, L: Aber jetzt ist mir klar, dass Sie keineswegs so dumm sind.

Illuminae: Nicht?

Frobisher, L: Nein. Sie sind einfach nur erstaunlich arrogant.

Illuminae: Jetzt mal langsam. Sie wollen mich doch wohl nicht beleidigen.

Frobisher, L: Also: Sie sind nicht dumm, ich aber auch nicht. Sie haben bei Ihrem Bericht eine wichtige Kleinigkeit ausgelassen.

Illuminae: Und die wäre?

Frobisher, L: Sie haben mir verschwiegen, dass mein Sohn noch am Leben ist.

Frobisher, L: Schon gut, Sie müssen es nicht abstreiten. Die KI der Alexander hat Sie die ganze Zeit angelogen. AIDAN wollte Sie in dem Glauben lassen, Ezra sei tot, damit Sie bei der Stange bleiben und die Flotte retten. Hätten Sie gewusst, dass mein Sohn wieder auf der Hypatia ist, wären Sie ihm womöglich sofort nachgerannt.

Frobisher, L: Also: Ezra ist noch am Leben.

Illuminae: Na gut, ich beiße an. Wie kommen Sie darauf?

Frobisher, L: Sie haben ein paar Brotkrumen fallen lassen.

Illuminae: Von wegen.

Frobisher, L: Mindestens eine Krume.

Frobisher, L: Aber wenn Sie mir ein bisschen Zeit geben, kaufe ich mir noch eine dazu. Und noch eine. Glauben Sie mir: Mit Geld kann man so ziemlich alles kaufen. Und wir haben sehr viel Geld.

Illuminae: Stimmt. Übrigens habe ich die noch ausstehenden 50 % nach Ablieferung bekommen. Danke dafür. So viele Nullen sehe ich selten.

Frobisher, L: Wo ist er??

Illuminae: Hören Sie, Leanne …

Illuminae: Sie haben doch nichts dagegen, wenn ich Sie Leanne nenne, oder?

Frobisher, L: Ehrlich gesagt: doch.

Illuminae: Also hören Sie, Leanne – Ezra hat mich gewarnt. Ich hätte damit rechnen müssen.

Illuminae: In diesem einen Punkt zumindest seid ihr euch einig.

Illuminae: Er findet, dass ich manchmal übertreibe. Aber nur manchmal. Das mag ich an ihm. Sein Vater hat ihn zu einem anständigen Menschen erzogen.

Illuminae: Aber damit hatten Sie ja nichts zu tun.

Illuminae: Und er will nichts mit Ihnen zu tun haben.

Frobisher, L: Wo steckt er?

Illuminae: Er ist bei mir. In Sicherheit.

Frobisher, L: Er ist mein Sohn. Und er ist keineswegs in Sicherheit. Ihr seid beide nicht in Sicherheit.

Frobisher, L: Ist dir überhaupt klar, wie mühelos ich dich ausfindig machen könnte? Wie mühelos ich dich zerquetschen könnte?

Illuminae: Wenn dem so wäre, hätten Sie es längst getan.

Frobisher, L: Schon wieder diese Arroganz. Du bist eine achtzehnjährige Daten-Vandalin mit einer Tasche voll Kleingeld. Ich dagegen bin Geschäftsführerin eines Konzerns, dessen Tätigkeitsbereich einhundert kolonisierte Welten umfasst.

Frobisher, L: Du schwimmst da mit ein paar sehr großen Fischen, Kady Grant. Gibt es wirklich eine »Gruppe«? Oder besteht Illuminae nur aus einem kleinen Mädchen und einem Bildschirm?

Illuminae: Sie wollen wohl wissen, ob es noch mehr Zeugen gibt, hm? Sie fragen sich, wie viele von uns tatsächlich mit dem Leben davongekommen sind?

Illuminae: Sie werden es noch früh genug erfahren.

Frobisher, L: Sag mir, wo mein Sohn ist

Frobisher, L: Dann sorge ich dafür, dass du vor deinem Tod nicht leiden musst

Illuminae: Ach, stimmt ja, Ez hat erwähnt, dass Sie echt psycho sind

Illuminae: Und ich hatte wirklich schon mit einigen Psychopathen zu tun, Leanne. Und zwar aus nächster Nähe.

Illuminae: Aber Sie …

Illuminae: Er hat mir erzählt, wie Sie mal eine Pistole auf seinen Vater gerichtet haben

Illuminae: Und wo er die kleinen runden Narben am Arm herhat. Damals war er acht Jahre alt

Illuminae: Rauchen Sie immer noch Zigarren? Ist ne schlechte Angewohnheit, das wissen Sie hoffentlich.

Frobisher, L: Du willst es also auf die harte Tour?

Illuminae: Sieht so aus

Frobisher, L: Hast du eine Vorstellung von den Mitteln, die mir zur Verfügung stehen, um dich zur Strecke zu bringen?

Illuminae: Sparen Sie sich die Credits, gute Frau, Sie werden jeden einzelnen noch dringend nötig haben.

Illuminae: Und zwar schon bald.

Frobisher, L: Soll heißen?

Illuminae: Besonders intelligent scheinen Sie nicht zu sein. Von meiner Erzfeindin hätte ich ein bisschen mehr erwartet :P

Illuminae: Seit dem Überfall auf Kerenza ist ein Jahr vergangen, Leanne. Vor zwei Monaten haben Sie mich für diesen Auftrag verpflichtet. Aber sämtliche Infos, die ich Ihnen vorhin geliefert habe, hatte ich schon lange vorher. Was glauben Sie, habe ich in der Zwischenzeit getan?

Frobisher, L: Klär mich auf

Illuminae: Alexander, Hypatia, Lincoln – diese drei Schiffe sind nur ein Teil der Geschichte. Ich habe auch den ganzen Rest dokumentiert. Sprungstation Heimdall. Die Kennedy-Angriffsflotte. Projekt Plainview. Degen. Einfach alles.

Illuminae: Ich weiß über alles Bescheid, Leanne

Illuminae: Einen der illegalen Bergbaubetriebe des WUC anzugreifen, war ein schlauer erster Schachzug. Hätte das Consortium den Überfall der TZV gemeldet, hätte es zugeben müssen, dass in seinem Auftrag illegal Hermium abgebaut wurde. Verglichen mit den Strafen dafür war der Verlust der Kolonie vermutlich ein Klacks. BeiTech konnte sich den Planeten einfach unter den Nagel reißen und davon ausgehen, dass das WUC die Sache mit keinem Wort erwähnen würde.

Illuminae: Womit Sie durchaus recht hatten.

Illuminae: Aber ich bin nicht das WUC, Leanne.
Und ich habe sehr viel zu sagen.

Frobisher, L: Wenn das stimmt – warum hast du mir die Daten überhaupt ausgehändigt? Warum hast du mich gewarnt?

Illuminae: Warum nicht? Sie können sowieso nichts mehr verhindern. Und irgendwie gefällt mir die Vorstellung, wie Sie sich winden und verzweifelt versuchen, sich zu retten, bevor das Beil fällt.

Illuminae: Ihre Leute haben Phobos erschaffen

Illuminae: Jetzt sind Sie an der Reihe, Schiss zu kriegen

Frobisher, L: Lass es lieber, Kady

Frobisher, L: Vergiss, was du gefunden hast, dann lasse ich dich in Ruhe. Gehst du aber mit deinen angeblichen Enthüllungen an die Öffentlichkeit, dann bete, dass dein erster Schlag sitzt. Denn meinen Schlag wirst du nicht kommen sehen.

Illuminae: Ich kann es nicht laut genug verkünden

Illuminae: AIDAN und ich sind Ihnen auf die Schliche gekommen. Und ich werde es so laut hinausposaunen, dass es das gesamte Versum mitkriegt

Frobisher, L: AIDAN?

Frobisher, L: Bist du nicht recht bei Trost? Die KI der Alexander wurde vernichtet, Kady.

Illuminae: :) Das glauben auch nur Sie.

Illuminae: Wissen Sie noch, was Byron vor seinem Tod gesagt hat, Leanne? Die KI ist ein sich selbst reparierendes System. »Wenn ich auch nur ein Samenkorn übrig lasse, wächst er wieder nach.« Tja, ich habe ein Samenkorn in meinem Datapad mitgenommen. Mehr brauchte AIDAN nicht, um sich selbst wiederherzustellen. Er hat das Pad echt gehasst. Viel zu eng, hat er geschimpft. Typisch Überhirn, was? Immer so zimperlich

Illuminae: und obwohl er so viel von sich verloren hat, hat er doch den Gedanken gerettet, dass alles, was er verloren hat, nur wegen BeiTech verloren ging

Illuminae: er ist echt sauer auf Sie, Leanne, fast so sauer wie ich

Illuminae: na, haben Sie jetzt ein bisschen Schiss?

Frobisher, L: Ich will meinen Sohn wiederhaben

Illuminae: Aber er will Sie nicht wiederhaben

Illuminae: Wie war Ihnen zumute, als Sie herausgefunden haben, dass er sich auf Kerenza versteckt? Dass Ihr Mann lieber auf einem elenden kleinen Eishaufen am Ende der Galaxis leben wollte als bei Ihnen? Und von allen WUC-Vertretungen, die Sie zu Klump schießen konnten, haben Sie sich für Ihre miese kleine feindliche Übernahme ausgerecht diese ausgesucht.

Illuminae: Ihr Gesicht hätte ich wirklich zu gerne gesehen

Illuminae: aber egal.

Illuminae: Ich sehe es ja bald in den Nachrichten

Frobisher, L: Du hast keine Vorstellung davon, mit wem du dich anlegst

Illuminae: Ich weiß genau, mit wem ich mich anlege

Illuminae: und ich hab da was für Sie

Illuminae: ein kleines Abschiedsgeschenk, bevor ich mir die E-dresse des Strafgerichtshofs der TZV raussuche und das losschicke, was ich Ihnen gerade geschickt habe

Illuminae: Sie möchten Ezra sehen? Da hab ich noch eine Datei für Sie

Illuminae: Lesen Sie sie in aller Ruhe durch und weinen Sie

Illuminae: und dann sollten Sie weglaufen

Illuminae: so weit Sie können

Zusammenfassung des Überwachungsmaterials, aufbereitet von Analyst ID 7213-0089-DN

Vor acht Tagen hat Captain Syra Boll (stellvertr.) erfahren, dass sich weit hinter ihnen eine Explosion von solcher Wucht ereignet hat, dass sie nur eines bedeuten konnte. Vor acht Tagen hat sie – da es die einzige Entscheidung war, mit der sie leben konnte – eine unvorstellbar unkluge Entscheidung getroffen und die *Hypatia* wieder umkehren lassen.

Vor sieben Tagen hat sie die *Hypatia* durch die Trümmerfelder manövriert und etwas entdeckt, was eigentlich ausgeschlossen war. Die halbtote Kady Grant in einer der beiden verbliebenen Rettungskapseln der *Alexander*. Aus der anderen verfluchte Sergeant Kyra Tan Captain Boll, ihre Mannschaft und deren sämtliche Nachkommen, worauf man sie nach kurzem Zögern dort zurückließ, wo man sie gefunden hatte.

Vor sieben Tagen hat die Besatzung der *Hypatia* ihre Retterin an Bord geholt und im Shuttle-Hangar 1B in Quarantäne gesteckt, um festzustellen, ob sie Anzeichen einer Phobos-Beta-Infektion zeigte.

Schon einen Tag später ließen die Symptome akuter Verstrahlung bereits nach. Grant konnte sich ein wenig strecken und ihre verkrampften Gliedmaßen wieder bewegen. Sie war sogar in der Lage, im Hangar eine kleine Runde zu drehen und dem dumpfen Widerhall ihrer Schritte zu lauschen. Anschließend rollte sie sich wieder auf ihrem harten Lager zusammen und wartete weiter.

Nein, wie ein Sieg sah das alles wirklich nicht aus.

Das Filmmaterial aus dem Shuttle-Hangar ist von herausragender Qualität. Die Techniker, die Grant beobachten sollten, waren ziemlich nervös und wollten auf keinen Fall auch nur das geringste Pixel übersehen. Aber Grant zeigte keinerlei Symptome und hielt dem Arzt brav den Arm zur Blutabnahme hin, wenn er von Kopf bis Fuß in einen hellgrünen Plastikanzug gehüllt seine Hausbesuche machte.

Kein Phobos Beta. Keine halluzinierten Ängste. Alle ihre schlimmsten Befürchtungen waren bereits wahr geworden, welche Halluzination konnte das noch übertreffen?

Die Transkription beginnt um 16:22, als ein dumpfer Knall im Hangar die Entriegelung der Luftschleuse verkündet. Mit tiefem Grollen öffnet sich die Tür ganz langsam, Licht fällt durch den Spalt herein. Grant liegt einfach da, hat die Arme um sich geschlungen und starrt ins Leere.

Eine Stimme übertönt das Rumpeln der Tür – eine ungeduldige, junge Männerstimme. »Lass mich rein, sonst …«

Obwohl Grant weiterhin reglos auf dem Bett liegt, geht eine Veränderung mit ihr vor. Sie hat die Stimme wahrgenommen, weiß, nach wem sie klingt. Und dieses Wissen, diese Erinnerung durchfährt sie wie ein Messer, weil ihr klar ist, dass es nicht sein kann.

Wieder die Stimme, jetzt lauter: »Kady!«

Sie richtet sich schwerfällig auf. Dann schiebt sie die Beine über die Bettkante.

Second Lieutenant Ezra Mason stolpert durch die Tür und bleibt nach ein paar Schritten mitten im Raum stehen. So hat sie ihn noch nie gesehen – in einer sauberen TZV-Uniform, Streifen auf den Ärmeln, die Haare vorschriftsmäßig kurz, ein Arm vom Handgelenk bis zum Ellbogen dick bandagiert.

In der anderen Hand hält er ein ramponiertes und Grant wohlbekanntes Datapad.

Sie starrt ihn ausdruckslos an. Schließlich blinzelt sie und kommt zu der einzigen möglichen Schlussfolgerung. »Ich bin krank … Aber ich dachte immer, die Infizierten haben nur Furcht einflößende Halluzinationen.«

Er schüttelt den Kopf und geht weiter auf sie zu, ganz langsam, als wollte er sie nicht erschrecken.

»Du bist nicht krank«, flüstert er.

»Du bist tot«, entgegnet sie mit heiserer Stimme.

»Nur ein bisschen angekratzt.« Er hebt den verbundenen Arm. »Beim Angriff auf den Shuttle-Hangar hab ich was abgekriegt, aber ich bin mit der Evakuierungsgruppe rausgekommen.«

Sie schüttelt energisch den Kopf. »Selbst wenn du es bis hierher geschafft hättest – Captain Boll hat alle Zyklon-Piloten ins All gepustet. Ich habe nicht die komplette Namensliste bekommen, aber Mikael – Quassel – aus deinem Geschwader stand drauf. Also musst du auch dabei gewesen sein.«

Ein Schatten huscht über sein Gesicht. »Ich konnte nicht mehr fliegen, nicht mit dem gebrochenen Arm. Darum wurde ich in einem der Shuttles für die Verwundeten evakuiert.« Ein Anflug seines alten Lächelns. »Nachdem ich erfahren hatte, dass du zur *Alexander* rüber bist, wollte ich unbedingt zu dir. Ich habe versucht, ein Schiff zu kapern, und als das nicht geklappt hat, hab ich mich bis auf die Brücke durchgeboxt.« Er macht eine kurze Pause und schüttelt den Kopf. »Ich wollte sie zwingen, umzudrehen und dich zu holen. Da haben sie mich in den Bau gesteckt.« Seine Stimme bricht. »Es tut mir leid, Kades. Ich hätte nicht zulassen dürfen, dass sie dich zurücklassen.«

Sie sitzt reglos da und denkt über das Gehörte nach, dreht und wendet die Logik in ihrem Kopf, betrachtet sie von allen Seiten. Ihr analytischer Verstand sucht nach dem Haken, der ihr verrät, dass sie halluziniert. Dass sie infiziert ist, oder tot, oder immer noch in der Rettungskapsel hockt, in Fieberträumen versunken.

Aber sie findet keinen Haken.

»Ezra.« In ihrem Flüstern schwingt ein Hauch Hoffnung mit.

Er nickt und schluckt schwer.

Sie steht unsicher auf, schwankt leicht, und diese Bewegung scheint ihn aus seiner Erstarrung zu lösen. Im nächsten Augenblick rennt er quer durch den Hangar, scharf beobachtet vom Überwachungs-Team an der Tür, das sich hütet einzugreifen.

Sie macht einen Schritt auf ihn zu, dann noch einen, und dann ist er bei ihr und sie prallen aufeinander. Sie schlingt die Arme um seinen Hals, sein Mund findet ihren, als würde er ertrinken und sie wäre die Luft, ihre Füße heben sich vom Boden und die Welt ringsumher ist vergessen.

Sie sind wieder vereint.

VEREINT VEREINT VEREINT VEREINT VEREINT VEREINT VEREINT VEREINT VEREINT VEREINT VEREINT VEREINT

Illuminae: Und jetzt: Laufen Sie